BASTEI
LÜBBE

Tanith Lee

UNSTILLBARES VERLANGEN

Ein unheimlicher Roman voller Magie und Erotik

Ins Deutsche übertragen
von Adelheid Hartmann

BASTEI LÜBBE

BASTEI-LÜBBE-TASCHENBUCH
Band 13 498

Erste Auflage:
November 1993
Zweite Auflage:
Februar 1994

Deutsche Lizenzausgabe 1993
by Bastei-Verlag Gustav H. Lübbe
GmbH & Co., Bergisch Gladbach
Originaltitel: Dark Dance
Lektorat:
Uta Büermann/Dr. Edgar Bracht
Titelfoto: Mark Harrison
Umschlaggestaltung:
Quadro Grafik, Bensberg
Satz: KCS GmbH,
Buchholz/Hamburg
Druck und Verarbeitung:
Brodard & Taupin, La Flèche,
Frankreich
Printed in France

ISBN 3-404-13498-2

»Aber ich habe keine Lust, Verrückte zu besuchen«, wandte Alice ein.

»Oh, das läßt sich nicht vermeiden.« Die Katze grinste. »Hierzulande ist jedermann verrückt. Ich bin verrückt. Auch du bist verrückt.«

»Woher weißt du, daß ich verrückt bin?« fragte Alice.

»Sonst wärst du nicht hier«, antwortete die Katze.

Alice im Wunderland,
Lewis Carroll

1

DIE FRAU IM NEBEL

Sie lief durch ein sich ständig bewegendes Gefängnis. In Intervallen tauchte der Pfahl eines Straßenlichtes wie ein großer dünner Baum vor ihr auf, oder eine winklige Mauer sprang ihr aus dem Nebel entgegen.

Von hoch droben spähten elektrisch beleuchtete Fenster mit ihrem gedämpften Licht auf sie heran. Sie fand den Weg aus dem Gedächtnis.

Der Nebel verströmte einen traurigen, melancholischen Geruch, der alles unter sich zu ersticken drohte. Es kam ihr vor, als verfolge sie jemand, ein völlig irrationales Gefühl, da es von allen Seiten gleichzeitig auf sie einzudringen schien.

Die Frau lief weiter. Sie war schlank, trug einen dunklen Mantel. Ihr dichtes Haar reichte bis auf ihren Rücken hinab, es war tiefschwarz und wallte um ihren Kopf wie üppige Blätter an einem Busch. Ein schmales weißes Gesicht mit zwei blassen Augen. Mit der einen Hand hielt sie ihren Kragen geschlossen. Ihre Nägel waren unlackiert und ziemlich lang.

Sie bog in die Lizard Street ein, lief an dem großen Gebäude mit den Löwen vorbei und betrat die Buchhandlung.

»Oh, Rachaela. Sie kommen zu spät.«

»Ja«, sagte sie.

»Zwanzig Minuten.«

Sie ging an Mister Gerard vorbei nach hinten, in den winzigen Raum mit seinem Wasserkessel, den Massen an Zeitungen und den Stapeln von Büchern, in glänzendes Plastik verpackt und brandneu, oder so alt wie sterbende, zerfallende Motten. Sie hängte ihren Mantel an den Haken.

Darunter trug sie einen schwarzen Rock, eine dunkle Strickjacke und Stiefel. Der Laden war niemals warm, außer wenn er in der sengenden Hitze des Sommers zum Backofen wurde und man nichts anderes auf der Haut ertragen konnte als ganz dünne Hemdchen, Mister Gerard jedoch immer noch in seiner verschwitzten Jacke und Krawatte herumlungerte. Heute trug er seinen bunten Norwegerpullover, ein fröhliches Muster unter seinem fetten Gesicht, das stets aussah, als hätte er gerade in eine Zitrone gebissen.

Er überließ ihr seinen Platz hinter dem Ladentisch. »Zeichnen Sie diese Bücher hier anhand meiner Liste aus.«

Rachaela nickte.

Der Job brachte nicht viel ein, und es wurde außerdem noch von ihr erwartet, daß sie den Tee zubereitete, belegte Brote holte, den Boden fegte und die Regale abstaubte, was sie jedoch nur selten tat. Sie widersprach nie und beschwerte sich auch nicht, entschuldigte sich andererseits aber auch nicht für ihre Trägheit oder ihr ständiges Zuspätkommen. Mister Gerard drohte ihr nicht. Sie hatte ihn weder bestohlen noch gab sie freche Antworten. Wenn er wegen irgendeiner Sache in die Luft ging, starrte sie einfach abwesend vor sich hin und schien seinen Ausbruch im nächsten Atemzug schon wieder vergessen zu haben. Zu den wenigen Kunden war sie so höflich wie eine Marionette. Mister Gerard wußte so gut wie nichts von ihr. Eine mysteriöse Frau.

Als Mister Gerard sich in den hinteren Teil seiner schäbigen, muffigen Höhle zurückgezogen hatte, kam ein Mann herein, um ein Buch zu kaufen. Der Nebel schlich sich in trüben Schwaden mit ihm in den Raum, und als wolle er die Lücken füllen, wand er sich um die Bücherbände.

»Fürchterlicher Tag«, sagte der Mann. »Ich dachte, wir hätten so was schon seit Jahren hinter uns. Schauderhaftes Wetter.«

Rachaela schob sein Buch in eine Tragetasche und tippte den Preis in die Kasse. Die Ladenkasse war einer der Gründe dafür gewesen, daß sie sich vor einem Jahr um diesen Job beworben hatte. Sie haßte Computer, die ihr Angst einjagten. Sie mochte alte Dinge, deshalb fühlte sie sich in diesem Laden gar nicht einmal so unwohl.

Der Kunde nahm sein Buch und reichte ihr das Geld. Rachaela zählte langsam sein Wechselgeld ab, bevor sie es ihm übergab. Zahlen machten ihr ebenfalls zu schaffen. Eigentlich war sie nur mit gedruckten Wörtern richtig glücklich.

»Entschuldigen Sie«, sagte der Kunde. Rachaela sah ihn an, sie schien erschrocken. War ihr beim Wechselgeld ein Fehler unterlaufen?

»Sie sind Miss Day, nicht wahr?«

Sie zögerte.

Und als würde sie ein gefährliches Geheimnis preisgeben, flüsterte sie: »Ja.«

Ihre Stimme hatte einen leisen, weichen, leicht nasalen Klang.

»Das habe ich mir gedacht. Ich soll Ihnen das hier bringen.« Er überreichte ihr einen braunen Umschlag. Mißtrauisch nahm sie ihn entgegen. Sie stellte keine Fragen, doch ihre schlanken Finger mit den langen Nägeln berührten den Umschlag nur widerwillig, ihre Hand verharrte zwischen ihnen in der Luft.

»Ich erkläre das wohl besser«, sagte er freundlich. »Ich komme von nebenan. Lane und Soames. Der Boss hat mich gebeten, Ihnen das zu bringen. Sie haben nach Ihnen gesucht, müssen Sie wissen.«

Sie hatte die Sprache wiedergefunden. »Wer?«

»Meine Firma, Lane und Soames. Wir haben Sie gesucht, und dabei waren Sie die ganze Zeit direkt vor unserer Nase.«

Man hatte sie also gejagt.

Rachaela zog den Umschlag an ihre Brust. Ihre Hände hielten ihn fest umklammert.

Sie hatte ihn gespürt, den schweigenden Verfolger im Nebel. *Day* war eigentlich nicht ihr richtiger Name, sie benutzte ihn jedoch schon seit Jahren. Sie nahm an, daß es in der Zwischenzeit wohl schon legal geworden sein mußte; auf jeden Fall stand er auf ihrer Versicherungskarte, und sie bezahlte ihre sämtlichen Rechnungen unter diesem Namen.

Möglicherweise handelte es sich aber trotzdem um ein Mißverständnis.

»Sind Sie sicher, daß ich die Richtige bin?«

»Da dürfen Sie mich nicht fragen. Ich bin nur der Botenjunge. Habe gesagt, ich würde es bei Ihnen vorbeibringen.«

Seine fröhlichen Augen blickten ausdruckslos; er mochte sie

nicht, ihre Distanz, oder ihre unaufdringliche, zurückhaltende Schönheit, die man fast nicht wahrnahm, und die weder von Make-up noch von eleganter Kleidung besonders betont wurde.

»Also dann«, sagte er. »Zurück in die Suppe.«

Er ging ohne ein weiteres Wort, die Tür schloß sich hinter ihm. Im Laden war jetzt dichter Nebel, und Rachaela erinnerte sich an *Alice im Spiegelland*, den Laden mit den Schafen, und das stetig ansteigende Wasser . . .

Im Hinterzimmer hing Mister Gerard am Telefon. »Aber ich sagte zu ihm, Mac, mein Lieber, du kannst nicht einfach . . .«

Er würde mindestens eine Stunde lang beschäftigt sein. Vor den Fensterscheiben stand die weiche, zart graugelbe Wand. Dahinter konnte sich alles Mögliche verbergen, die Soldaten eines Exekutionskommandos, halbverhungerte Bestien, die aus dem Zoo entflohen waren. War es ein Leopard, der sie durch den Nebel verfolgt hatte?

Rachaela sah, daß ihre Hände zitterten.

Sie riß den Umschlag auf.

›Liebe Miss Day.‹

Sie wissen es nicht.

›Wären Sie so nett, in meinem Büro vorbeizukommen, wann immer es Ihnen paßt.‹

Irgend jemand, irgend jemand weiß es.

›Meine Klienten, Mitglieder der Familie Simon, haben mich gebeten, Sie in einer Angelegenheit ausfindig zu machen, die für beide Seiten von Vorteil sein könnte.‹

Der Name ist auch nicht echt.

Es sei denn – etwas anderes –

Was könnte es sonst noch sein?

Am einfachsten wäre es, den Brief des Anwalts zu ignorieren. Und doch waren sie schon so nahe. Lane und Soames, nur durch ein paar Meter und eine Mauer von ihr getrennt.

Vor Rachaelas innerem Auge erschien das müde und verbitterte Gesicht ihrer Mutter. »Laß dich nicht mit ihnen ein.«

Sie konnte ihr Herz hören. Eine Trommel im Nebel.

»Oh, nun komm schon, erzähl mir nichts!« röhrte Mister Gerard in den Telefonhörer.

Um sechs Uhr trat Rachaela auf die Straße hinaus. Mister Gerard, in Dufflecoat und Schal gehüllt, verschloß den Laden. »Was für ein ekliger Abend.«

Es dunkelte allmählich, der Nebel warf seine Schatten auf den Bürgersteig, viele grelle Lichter durchbrachen ihn, wirkten verschwommen und gefährlich.

»Achten Sie auf Ihren Weg, Rachaela.«

»Ja«, sagte sie. »Gute Nacht.«

»Vielleicht solltest du dich einfach in Luft auflösen«, schimpfte Mister Gerard stark wütend über das klemmende Türschloß.

Rachaela überquerte die Straße beim Lane-und-Soames-Gebäude. Die riesigen Löwen saßen, vor Nässe ganz schwarz, sprungbereit auf den Hinterläufen, rührten sich jedoch nicht. Niemand konnte sie zwingen, zwischen ihren großen Tatzen hindurchzugehen und hineinzugehen.

Sie lief in östlicher Richtung weiter und geriet in den breiten Strom der allabendlichen Heimkehrer, die sich durch die Straßen schoben und drängelten. Sie wartete schweigend an einer Bushaltestelle, während andere Leute über die Verspätung des Busses murrten und fluchten. »Du lebst nicht in der realen Welt wie wir anderen.« Das stimmte nicht. Ihre Mutter hatte voller Zorn geglaubt, daß die Bosheit dieser Welt Rachaela nichts anhaben könnte.

Schließlich traf der Bus doch noch ein.

Männer und Frauen drängten sich vor sie. Sie ließ es geschehen. Die Welt war für Rachaela etwas äußerst Schreckliches und sie erwartete deshalb auch nichts Gutes von ihr. Aus diesem Grund weigerte sie sich standhaft, irgendwelche Freundschaften oder Liebesbeziehungen einzugehen, war jedoch trotzdem einmal von einem Bekannten nach einer langweiligen Party vergewaltigt worden. Das einzige, was sie erwartete, waren Angriffe – auf ihre Intimsphäre, ihre Persönlichkeit. Die Vergewaltigung hatte Rachaela nicht sonderlich aus der Fassung gebracht. Sie streifte sie einfach ab wie eine alte Haut.

Nach einer halben Stunde verließ sie den Bus und wurde erneut vom Nebel verschlungen. Sie mußte jetzt die riesige

Grünfläche vor den Wohnhäusern überqueren. Deren Gefahren kannte sie, die fürchtete sie nicht, die waren Realität. Was ihr Furcht einflößte, war etwas anderes.

Mit dem Nebel war die Angst gekommen, und er hatte ihr auch diesen Brief eingebrockt. Mittags in der Cafeteria hatte sie überlegt, ob sie sich den Nachmittag freinehmen sollte. Doch bisher hatte sie so etwas noch nie getan, noch nicht einmal als sie Grippe hatte, und sie wollte sich dummerweise auch jetzt nicht ihren guten Ruf damit verderben. Sie sparte sich das Blaumachen für irgendeinen perfekten Tag auf, an dem sie durchbrennen würde, um durch malerische Gärten zu wandeln oder einen Film im Kino anzusehen.

Außerdem wäre der Brief sowieso für sie abgegeben worden. Sie hätte nicht entkommen können.

Sie ging an einer vor Nässe triefenden Baumreihe entlang. Weiter vorne leuchtete eine Straßenlaterne wie ein lebendiger, bleicher Mond.

Ein Mann stand vor ihr. Er war plötzlich da. Er war sehr groß, dunkel, vom Nebel umhüllt, gesichtslos.

Rachaela wurde starr vor Schreck. Dann war der Mann verschwunden. Es war nur ein Baum.

»Entschuldigen Sie bitte«, sagte eine Stimme. Er stand neben ihr, kleinwüchsig, in schwarzem Mantel und Wollmütze. Sie dachte, er wolle sie um Geld anbetteln, statt dessen fuhr er jedoch fort: »Mister Simon ist sehr darauf bedacht, daß Sie bei Lane und Soames vorbeischauen.«

»Wer sind Sie?« fragte Rachaela.

»Ein Freund von Mister Simon.«

»Lassen Sie mich in Ruhe.«

»Aber Sie müssen gehen, wissen Sie.«

Es war nur normal, einer Autoritätsperson Gehorsam zu erweisen, einer anwaltlichen Aufforderung Folge zu leisten. Doch Rachaela ließ ihre Rechnungen unbezahlt, bis die Mahnungen einsetzten. Ungerührt ignorierte sie die Bittbriefe, die durch ihren Briefschlitz gesteckt wurden, und in denen Geld für hungernde Kinder oder Kranke erbeten wurde.

»Gehen Sie.«

Sie rannte nicht weg. Die Wiese endete an einem Bürgersteig, und die Straßenlaterne erfüllte den Nebel mit einem undurchdringlichen Lichtstrom.

Der dunkle Mann starrte sie an. Er hatte ein fremdländisches Gesicht und eiskalte Augen. Würde er versuchen, Gewalt anzuwenden?

»Sie werden gehen«, sagte er, »zu Mister Soames.«

Dann wandte er sich ab und verschwand im Nebel.

Rachaela überquerte die Straße, und plötzlich radelte ein kleiner Junge wie ein Geist an ihr vorüber.

Sie stieg die Treppen hoch und schloß die Tür auf.

Der Nebel kroch in die kahle Halle, über den Steinfußboden und den staubigen Tisch mit der Post.

Sie fürchtete, noch einen zweiten Brief dort vorzufinden, entdeckte aber lediglich die Telefonrechnung, die für sie keinerlei Bedrohung darstellte, da sie sowieso nie jemanden anrief. Das Telefon hatte sich schon vor ihr in der Wohnung befunden, sonst hätte sie sich gar nicht erst darum gekümmert.

Rachaela nahm ihre Rechnung und trat in den winzigen, von der Treppe völlig in Beschlag genommenen Vorraum.

Vor einem Jahr hatte sie noch eine Katze besessen, eine schwarze, rundliche Katze, die zu faul war, um sie bei ihrer Heimkehr zu begrüßen. Die Katze war jedoch schon sehr alt gewesen und einfach im Schlaf gestorben. Rachaela hatte sie eines Morgens auf ihrem Bett gefunden und aus Einsamkeit geweint, doch bis jetzt hatte sie der Geist dieser ersten Katze, den sie manchmal durch den Raum huschen sah, davon abgehalten, sich eine neue zuzulegen.

Deshalb erwarteten Rachaela auch nur die vertrauten Wände, vom Hausbesitzer cremefarben gestrichen, und der Boden, den er mit zartbeigen Teppichfliesen belegt hatte.

Rachaelas riesiges Bücherregal quoll über, so daß sich jetzt viele Bücher auch noch an der Wand entlang stapelten, aber das erinnerte sie in keinster Weise an den Laden. Und doch war es ihre Beziehung zu Büchern gewesen, die sie diese Beschäftigung annehmen ließ. Vor der Buchhandlung hatte sie mehrere lockere Jobs gehabt; sie hatte in einem Café bedient und hinter dem Ladentisch eines Stoffgeschäftes gestanden oder ähnliche Dinge.

Es war kalt. Rachaela stellte den elektrischen Kamin an, eine Einrichtung, die ebenfalls von dem Hausbesitzer stammte, häßlich aber wärmend. Sie zog die beigefarbenen Vorhänge zu, um den Nebel auszusperren. Er schien selbst bis in diesen Raum vorgedrungen zu sein, war wie Blütenpollen oder Gas durch die unzähligen verborgenen Risse und Spalten des Hauses hereingekrochen. Rachaela öffnete den Kühlschrank in ihrer Miniküche. Sie holte einige Scheiben Brot heraus und schob sie in den Toaster. Sie machte sich eine Tasse Kaffee, nach der sie eigentlich gar kein Verlangen hatte, die ihr jedoch ein angenehmes Gefühl vermittelte, da sie das Ritual des Heimkehrens vervollständigte. Es war angenehm, sich nur selten Sorgen um eine Mahlzeit machen zu müssen. Als ihre Mutter noch lebte, hatte immer ein warmes Abendessen auf dem Tisch gestanden; billige Würstchen und harter Kohl, wäßrige Omelettes, oft verbrannt, und Pellkartoffeln, deren schwarze Augen sie vom Teller aus anglotzten.

Rachaelas Mutter war ganz plötzlich an einem Herzinfarkt gestorben. Rachaela ertrug das Mitleid der Nachbarn und der Freunde ihrer Mutter mit Gleichmut. Sie war damals fünfundzwanzig Jahre alt gewesen, hatte immer bei ihrer Mutter gelebt, und es wurde von ihr erwartet, daß sie trauerte und zusammenbrach.

Doch Rachaela erledigte die verwirrenden Formalitäten für die Beerdigung ihrer Mutter, ohne dabei auch nur eine Träne zu vergießen. Auf dem Friedhof, als der muntere, junge Geistliche der ›lieben, alten Dame‹ gedachte – ihre Mutter hatte sich selbst, solange sie lebte, als ›mittleren Alters‹ bezeichnet –, hatte Rachaela einen schrecklichen Schmerz am ganzen Körper, besonders am Herz verspürt. Zum ersten Mal seit fünfzehn Jahren konnte sie sich entspannen. Sie war frei.

Und sie hörte nie auf, Dankbarkeit für diese Freiheit zu empfinden. Sie genoß das Alleinsein. Sie vermißte ihre Katze, die ihr eine gleichgültige und fast sorglose Liebe entgegengebracht hatte, ihre Katze, die nie wütete oder schrie, die ihr nie etwas befahl und nie etwas von ihr verlangte. Ihre Mutter jedoch war wie ein Gewicht aus Blei gewesen, das an ihren Füßen hing. Rachaela hatte sich lange so leicht wie ein Lufthauch gefühlt.

Bis jetzt.

Jetzt kam es ihr vor, als wolle ihre Mutter erneut von ihr Besitz ergreifen. Die schuldbeladenen Seitenarme des Familienstammbaums, der Zweig des unbekannten Vaters, der, bevor er sie im Stich ließ, gerade genug gestanden hatte, um ein lebenslang währendes Stigma des Betrugs und der Täuschung zu hinterlassen.

Seine Familie, nicht *Simon,* jedoch mit einem Namen belastet, den Rachaela kaum vergessen konnte, da sich seine Unaussprechlichkeit in der Wiederholung verlor, ›Scarabae‹ – was wie *Scarraby* klang.

Der eigenartige Name eines eigenartigen Mannes, der für eine Nacht geblieben war. »Ich liebte ihn, dieses Schwein, diesen Abschaum«, hatte Rachaelas Mutter gesagt.

Sie hatte seinen Namen nicht angenommen. Ihr eigener Name war Smith, so dämlich, daß ihn Rachaela, sobald sie allein war, einfach ablegte.

Rachaela stellte das Radio an, das dritte Programm, und lauschte Schostakovichs unverkennbarem Geschmetter silbriger Töne. Sie setzte sich neben das Feuer und zog ihre Stiefel aus. In einer halben Stunde würde sie ihr Abendessen zubereiten, Toast mit Käse. Morgen war Freitag, und sie würde im Delikatessengeschäft einen Salat und etwas Aufschnitt besorgen. Vielleicht auch ein Glas Wein.

Draußen wartete der schweigende Nebel. Sie hatte den Brief von Lane und Soames zerrissen und ihn in der Buchhandlung in den Papierkorb geworfen.

Vielleicht war sie ja auch an etwas Geld geraten.

Würde sie es annehmen, wenn es von der schamlosen Familie ihres Vaters stammte?

»Er ist mittlerweile tot. Muß er einfach bei dem Lebenswandel«, tönte ihre Mutter laut in Rachaelas Gedanken. Vier Jahre seit der Beerdigung.

»Sie sind einfach nicht hingegangen, oder?« Die Stimme des jungen Mannes klang anklagend.

Sie hatte versucht, ihm aus dem Weg zu gehen, indem sie die Regale abstaubte, alte, mit Stockflecken verunzierte Bücher hervorzog und sie sorgfältig abbürstete.

»Geht sie das etwas an?«

Der junge Mann wurde leicht nervös. Die Leute verließen sich stets darauf, daß man ihnen gegenüber nicht ausfallend wurde, während sie selbst immer beleidigender wurden. Rachaela machte dieses Spiel nicht mit.

»Nein – nun, ja. Ich habe den Brief ausgeliefert. Jetzt denkt der alte Soames, ich hätte Scheiße gebaut und ihn nicht abgegeben.«

»Das haben Sie aber doch.«

»Ja, verdammt noch mal. Warum sind Sie nicht hingegangen?«

»Entschuldigen Sie mich«, sagte Rachaela und flüchtete hinter das Regal, um seinen Fragen zu entkommen.

»Um was geht's denn?« wollte Mister Gerard wissen, der gerade aus dem Hinterzimmer kam, wo er sich mit Keksen vollgestopft hatte. »Stimmt etwas nicht?«

»Äh, nein, diese junge Dame – ich habe ihr einen Brief von Lane und Soames überbracht, und sie hat nicht darauf reagiert. Jetzt denkt der alte Soames, es wäre meine Schuld.«

»Was für einen Brief?«

Rachaela antwortete nicht. Sie staubte eine Ausgabe von *Der Ägypter* ab und stellte sie vorsichtig wieder zurück an ihren Platz. »Hat was mit Grundbesitz zu tun«, sagte der junge Mann. »Jedenfalls vermute ich das. Sie sind alle schon ganz irre deswegen, ist verdammt lästig.«

Der Nebel hatte sich erneut in den Laden geschlichen.

Unerbittlich breitete er sich überall aus.

»Sie muß nicht einmal einen Termin vereinbaren. Einfach nur hingehen, und Soames wird sie empfangen. Würde noch nicht mal 'ne Minute dauern.«

»Sie könnten in Ihrer Mittagspause gehen, Rachaela. Mein Gott, glauben Sie nicht, daß Sie hingehen sollten? Es könnte sich vielleicht lohnen.«

Rachaela sagte nichts.

Sie sagte Mister Gerard nicht, er solle sich um seine eigenen Angelegenheiten kümmern, da sie ihm gegenüber noch nie ausfallend geworden war. Dafür bezahlte er einfach zu wenig.

Der junge Mann seufzte. »Ich nehme dann nur die Biographie. Reine Zeitverschwendung, Romane zu lesen.«

»Glücklicherweise denkt nicht jedermann so«, sagte Mister Gerard abschätzig. Der junge Mann merkte, daß er sich unbeliebt gemacht hatte und eilte aus dem Laden.

»Was zum Teufel tun Sie da, Rachaela?«

»Ich wische Staub.«

»Sie wischen doch sonst nie Staub. Hören Sie auf damit. Sie wirbeln nur den ganzen Dreck auf. Machen Sie Mittagspause. Sie können zehn Minuten länger bleiben. Gehen Sie zu Soames.«

Es war Samstag morgen, und die Bestie Mensch ging einkaufen. Wie immer verdrossen und enttäuscht.

Rachaela schlenderte zur Imbißbude. Ein vorüberhastender Mann streifte sie und hätte sie fast umgeworfen. Sie erkannte den Mann aus dem Nebel.

»Miss Day, gestatten Sie mir, Sie zu begleiten.«

Er nahm ihren Ellenbogen und drehte sie um. Sie gingen gegen den Strom, und die Menge kämpfte gegen sie an.

»Sie zwingen mich, dorthin zu gehen?«

»Nein, nein, Miss Day. Es wird Ihnen gefallen. Kommen Sie nur.«

Es war Samstag. Würde Soames denn überhaupt in seinem Büro sein? Anscheinend ja.

Drei Jugendliche in den Trikots irgendeines Fußballvereins vom Mars rempelten sie an. Der fremde Mann und Rachaela wurden auseinandergerissen.

Rachaela wirbelte in den Nebel, mitten hinein in die dichte Menschenmenge, und paßte sich deren hastigem Rhythmus an. Der Mann rief ihr nicht hinterher. Seine Hand griff nicht nach ihrem Arm.

Sie ging zum Museum, wo sie ihre Mittagspause inmitten der

blauen und pinkfarbenen steinernen Gottesvögel und lächelnden Pharaos zubrachte. Sie aß zwei Bananen, die sie auf dem Weg zum Laden an einem Stand gekauft hatte, Nebelbananen. Der Mann kam nicht in den Laden, und auch der jüngere Mann kehrte nicht zurück.

Mister Gerard fragte sie: »Und, waren Sie dort?«

»Nein.«

»Wie dumm. Dummes, dummes Mädchen. Machen Sie uns einen Tee.«

Sie stand im Bus nach Hause. Im Wagen drängten sich aufgeregte ›Flüchtlinge‹.

Der Laden schloß samstags eine halbe Stunde früher, damit Mister Gerard genau wie seine Angestellte zu irgendeinem ausgelassenen Fest aufbrechen konnte. Doch sie bezweifelte, daß es für ihn so etwas überhaupt gab. Wahrscheinlich genausowenig wie für sie. Mister Gerard blieb (durchaus angenehm) geheimnisvoll für sie, genau wie sie ein provozierendes Mysterium für ihn darstellte. Er lebte mit einer Ehefrau in der Nähe von Kennington. Sie konnte sich eine Mrs. Gerard nur wie eine weibliche Version von Mister Gerard vorstellen, in Norwegerpullover oder verschwitztem Kleid und Strickjacke, Cremetörtchen verschlingend oder Zeitungsartikel am Telefon vorlesend.

Der Nebel hing so dicht über der Wiese wie eh und je, doch Rachaela ahnte die Anwesenheit des Mannes nicht. Ihr war nicht bewußt, was sie erwartete. Irgend etwas Unangenehmes.

Sie trank gerade ein Glas Wein – den Rest aus der Flasche vom Freitag –, als es an der Wohnungstür läutete.

Rachaela erhielt nie Besuch.

Sie dachte an irgendeinen Notfall. Vielleicht war auf der Straße ein Unfall passiert. Wahrscheinlich hatte sie das Quietschen der Bremsen über dem Sturm der Beethovensinfonie und der lauten Rockmusik aus der Wohnung unter ihr einfach überhört.

»Hallo?«

»Miss Day?«

Sie konnte die blecherne Stimme nicht durch die Sprechanlage erkennen.

»Was wollen Sie?«

»Miss Day, ich bin Mister Soames von Lane und Soames. Wären Sie bitte so freundlich, mich einzulassen?«

»Ich denke nicht.«

»Aber Miss Day, ich habe wirklich alles getan, um sie in dieser sehr dringenden Angelegenheit sprechen zu können. Es handelt sich um eine äußerst dringliche Sache, Miss Day . . .«

»Nein, Mister Soames, ich bin nicht interessiert.«

»Mein Klient, Mister Simon, hat mich autorisiert . . .«

»Auf Wiedersehen, Mister Soames.«

Die Türklingel läutete noch dreimal, nachdem sie den Hörer aufgelegt hatte.

Rachaela lief in ihrem winzigen Zimmer auf und ab. Einen Stock höher befanden sich ein noch winziger Schlafraum und ein Schrank, dem man zum Bad umfunktionieren konnte – diese zwergenhafte, teure Wohnung hatte sie sich nur aufgrund der Ersparnisse ihrer Mutter leisten können; was, wenn diese aufgebraucht waren?

Vielleicht hatte Mister Soames ihr Geld anzubieten?

Geld war etwas, über das sich Rachaela keine Gedanken machte. Teilweise fürchtete sie sich auch davor, es brachte Verantwortung mit sich, verursachte so viele Probleme und richtete so viel Schaden an. Aber immerhin.

Der Türsummer war verstummt.

Mister Soames hatte sie verlassen.

Am Sonntag nachmittag nahm sie ein langes Bad, während sie einem Hörspiel im Radio lauschte. Sie rasierte ihre Beine und ihre Achselhöhlen, wusch ihr Haar, wie alle drei Tage, und ließ es unter der künstlichen tropischen Hitze ihres Föns trocknen. Sie liebte dieses Ritual. Als sie noch ein Kind war, hatte ihre Mutter ihr Haar nur alle vierzehn Tage gewaschen.

Draußen durchdrangen Regentropfen den gelben Nebel. Zum Abendessen gab es Lammkoteletts, und sie mußte während des Essens daran denken, was für eine wundervolle, weiße, wollige

Kreatur das einmal gewesen war. Der Gedanke verursachte ihr keine Übelkeit, er stimmte sie einfach nur traurig. Sie genoß das Lammfleisch dadurch irgendwie noch mehr, weil ihr gefiel, was es einmal war, und weil sie Mitleid damit empfand. Im Teenageralter hatte sie einmal versucht, sich rein vegetarisch zu ernähren, doch sie hatte daraufhin ganz fürchterlich erbrochen und wochenlang mit schrecklichen Magenschmerzen im Bett gelegen. Danach hatte sie es aufgegeben.

Ihre Mutter hatte über ihren Versuch und den Fehlschlag gelacht. Sie hatte Rachaela einen Teller mit verbrannten Fischstäbchen vorgesetzt. »Hör auf mit diesem Blödsinn.«

Ihre Mutter hatte sie ganz alleine aufziehen müssen.

Sie dachte zuviel an ihre Mutter.

Es schmerzte nicht, aber es beunruhigte sie.

Sie hatte sich nie von ihrer Mutter verabschieden können, vielleicht war das ihr eigentliches Problem. Das Freiheitsgefühl war nur etwas Spontanes gewesen. Vielleicht hätte sie der einbalsamierten Leiche einen Abschiedskuß auf die Augenbraue drücken sollen, wie in einem der etwas gefühlvolleren, altmodischen Horrorfilme. Der einbalsamierte Leichnam hatte nicht wie ihre Mutter ausgesehen. Irgend etwas war schief gelaufen, sie hatten den ziemlich mächtigen Bauch ihrer Mutter in den Sarg gequetscht, so daß sie auf eine Art und Weise korpulent und matronenhaft wirkte, wie das im wirklichen Leben nie der Fall gewesen war. Das Rouge auf ihren Wangen war fleckig. Sie war nicht tot, sie schlief nur – nein: gewiß war sie tot.

Sie vermißte die Katze, die gewöhnlich am Rand von Rachaelas Badewanne gehockt und das Wasser manchmal voller Verwunderung mit der Pfote berührt hatte. Oder sie hatte einfach dekorativ auf dem Tisch gesessen, hatte nie gebettelt.

Vielleicht sollte sie sich einen lukrativeren Job suchen. Wo? Wer würde sie schon nehmen? Sie hatte keinerlei Erfahrung. Sie war neunundzwanzig. Sollte sie jetzt wieder in einem Weinlokal arbeiten? Sie dachte an den Lärm und das Gedränge, die zerbrochenen Gläser und die Betrunkenen. Nein, die Buchhandlung war sicher. Die hatte immerhin das Kotelett bezahlt.

Rachaela seufzte.

Hinter den Vorhängen gab der Nebel endlich nach. Sie

konnte über die Wiese auf einen glänzenden Sonntagsbus blicken, der sich träge in westlicher Richtung bewegte.

Am Montag morgen lief Rachaela eine klare graue Lizardstreet entlang auf die schwarzen Löwen zu. Sie betrat das Gebäude und ging zur Rezeption. Wenige Minuten später befand sie sich in einem Lift, der sie in Windeseile zum obersten Stockwerk beförderte!

Ohne den Nebel hätte man von einem Fenster aus die Buchhandlung sehen können, die sich fünf Stockwerke tiefer unter ihrem schmutzigen Dach zusammenkauerte.

Die Sekretärin von Mister Soames begrüßte sie überaus freundlich und brachte sie sofort in sein Zimmer, als wäre sie eine besonders wichtige Klientin. Das Büro war ein nüchterner Raum, dessen Fenster auf den Park hinaus gingen. Auf den Bäumen lag ein letzter Rest der gelben Nebelschwaden. Die Wand war gefallen, der Jäger enttarnt.

»Hier bin ich«, sagte Rachaela.

»In der Tat. Darf ich sagen, wie froh ich bin, daß Sie Ihre Meinung geändert haben.«

»Das ganze ist etwas ausgeartet, oder nicht? Ihr Brief. Dieser kleine Mann mit dem Überzieher und der Wollmütze.«

»Ich fürchte, ich weiß nicht, wer das sein könnte«, bemerkte Mister Soames aalglatt. Er hatte noch nie Augen gehabt, nur Brillengläser. Sein ganzes Gesicht lag dahinter verborgen.

»Möchten Sie nicht Platz nehmen?«

Rachaela setzte sich in den Ledersessel. Der Gedanke, daß das einmal ein Stier gewesen sein mußte, der über Stoppelfelder dahingerast war, bereitete ihr äußerstes Unbehagen. Vielleicht war es ja auch einfach nur ein gut gemachtes Kunststoffimitat.

Sie hatte die Hände gefaltet und ihre Beine übereinandergeschlagen. Ihr Herz klopfte unruhig, doch Mister Soames schien noch nervöser zu sein als sie.

»Miss Day – ich nehme zunächst einmal an, daß Ihr Name bis vor kurzem noch ein anderer war. Habe ich recht?«

»Möglicherweise.«

»Ich möchte das zwar nicht überbewerten, doch meine Klienten, die Simons, schienen ziemlichen Wert darauf zu legen. Ihre Mutter – eine gewisse Miss Smith: Und Ihr Vater – nun, diese Dinge passieren eben.«

Rachaela wartete.

Mister Soames wand sich vor Verlegenheit.

»Die Simons gehören einem Familienzweig Ihres Vaters an. Er ist ihr Cousin, glaube ich.«

Rachaela wartete. Ihre Mutter hatte nie von irgendwelchen Cousins gesprochen, hatte ihr einzig die Scarabae-Familie beschrieben, die obskur und künstlerisch, düster ominös, irgendwo außerhalb der Stadt hauste, für jedermann unzugänglich, und von dort aus ihren Einfluß geltend machte. »Er ist nicht bei mir geblieben, weil sie ihn immer und immer wieder beschwatzt haben.«

Natürlich war er nicht bei ihr geblieben, weil sie mit Rachaela schwanger wurde. Seltsam, daß sie Rachaela diesen Vorwurf nie ins Gesicht gespuckt hatte. Das hätte ihr eigentlich ähnlich gesehen.

»... Und ich hoffe, daß Sie die Familie besuchen werden, obwohl inzwischen soviel Zeit vergangen ist.«

Sie hatte überhaupt nicht zugehört.

»Sie besuchen? Die Simons?«

»Ja, genau das. Ich muß Ihnen sagen, Miss Day, eine sehr wohlhabende Familie.«

»Und der Name *ist* Simon?«

»Ja, Miss Day.«

»Dann verstehe ich nicht, was sie mit mir zu tun haben sollen.«

»Vielleicht sollten Sie sie einfach aufsuchen. Dann werden Sie es auch herausfinden. Wie ich schon sagte, sind sie ebenfalls bereit, Ihre Reisekosten zu übernehmen.«

Sie hatte nicht aufgepaßt, also wußte sie auch nicht, wohin sie eigentlich reisen sollte.

»Ich finde das alles äußerst eigenartig. Es kommt mir verdächtig vor.«

Mister Soames läutete nach einer Akte.

»Ich werde Ihnen die Korrespondenz zeigen, Miss Day.«

Sie wollte sie nicht sehen. Sie spürte keine Neugier. Sie fühlte sich bedroht.

Ihr Name war nicht Simon, und Gott allein wußte, wo sie lebten oder warum sie sie finden wollten, dieser Zufall, daß dieses Anwaltsbüro so nahe lag, all das ergab wirklich keinen Sinn. Es sei denn, *sie* hatten tatsächlich schon vorher versucht, sie ausfindig zu machen, und dann die Angelegenheit Lane und Soames übergeben, um dem ganzen den Anschein von Aufrichtigkeit und Seriosität zu verleihen. Es war ein Leichtes, sie zu schnappen, da sie sich genau nebenan befand – perfekt für sie. Und dieser andere Kerl war auch von ihnen geschickt worden.

Die Akte kam in den kirschroten Klauen der strahlenden Sekretärin. Sie tänzelte herein und wieder hinaus, als wäre sie beschwipst.

»Der Name dieser Leute«, wiederholte Rachaela, »lautet er eigentlich Scarabae?«

Soames zuckte nicht zusammen, er reagierte überhaupt nicht. Er blieb ungerührt, ein wenig gereizt.

»Der Name, den ich habe, ist Simon, Miss Day.«

Er öffnete die Akte vor ihr und deutete auf die umfangreiche Korrespondenz, viele große Blätter mit sauber geschriebenen Daten in etwas mangelhafter Schreibmaschinenschrift und handgeschriebene Briefe auf neutralem, weißem Papier. Rachaela konnte Handgeschriebenes überhaupt nicht lesen. Möglicherweise war ihr auch nur dessen Intimität zuwider. Sie warf einen kurzen Blick auf die unleserliche Adresse der handgeschriebenen Blätter und zog die Augenbrauen hoch, um Soames konzentriertes Interesse vorzuspielen. Sie verhielt sich nicht, wie er es erwartet hatte. Sie fühlte sich in die Ecke gedrängt. In diesem Raum pirschte sich der Leopard an sie heran. Hatte sie schon immer gefürchtet, daß diese Leute ihr eines Tages zu nahe kommen würden? Warum war dieser Gedanke so schrecklich für sie – denn das war er, einfach entsetzlich. Ihre Mutter hatte die Familie immer schlechtgemacht, obwohl sie rein gar nichts von ihr wußte. Diese Leute standen hinter ihrem Liebhaber, und sie machte sie bequemlicherweise für dessen Desertion verantwortlich. Als sie noch ein Kind war, mußte sie ihr Horrorgeschichten erzählt haben, die jetzt zu tief in ihrer Erinnerung vergraben lagen, als das man sie ans Licht bringen könnte, eingebettet in Rachaelas Unterbewußtsein wie schwarze Fossilien. Denn sie hatte Angst vor der Sippe der Scarabae.

»Nein, Mister Soames. Es tut mir sehr leid. Ich glaube nicht, daß Ihre Klienten ehrlich gewesen sind, weder zu Ihnen noch zu mir. Wenn sie Verwandte meines Vaters sind, dann besteht für sie wirklich kein Anlaß, an mir interessiert zu sein. Ich habe ihn nie kennengelernt. Ich kann ihnen nicht helfen. Das ist alles, was ich dazu zu sagen habe.«

Rachaela erhob sich. »Ich hoffe, daß ich jetzt in Frieden gelassen werde.«

»Ich bedaure Ihren Standpunkt, Miss Day.«

Er klang reserviert und verärgert, er hatte verloren.

Rachaela verließ das Büro und kam an der Sekretärin vorbei, die ihr Gesicht zu einem unechten Lächeln verzog, das einzig aus Zähnen und Lippenstift zu bestehen schien.

Der Lift schnellte abwärts.

Draußen regnete es. *Ich muß das ganze jetzt einfach abschütteln.* Doch das konnte sie nicht. Der Leopard, unsichtbar im hellen wie im dunkeln, folgte ihr immer noch auf den Fersen.

»Sie kommen zu spät, Rachaela«, sagte Mister Gerard. »Eine dreiviertel Stunde. Das ist wirklich zuviel. Ich hatte hier einen ziemlichen Andrang, zehn Leute auf einmal, und wo waren Sie?«

»Ich war bei Lane und Soames.«

»Dann gibt es also einen Grund zum Feiern?« schrie Mister Gerard.

Rachaela verabscheute seinen Ausbruch, hatte jedoch nichts anderes von ihm erwartet.

»Das ganze war ein Mißverständnis«, sagte sie. »Diese Leute haben nichts mit mir zu tun.«

»Jammerschade. So ein Pech.«

In dieser Woche verhielt sich Rachaela wie gewohnt, sie pendelte zwischen der Buchhandlung und ihrer Wohnung hin und her, erledigte ihre kleinen Einkäufe, aß in einer kleinen Imbißbude, und ging einmal ins Kino, um einen sehr bunten, gewalttätigen Film zu sehen, der sie langweilte. Sie kaufte drei Bücher,

Haarshampoo, Zahnpasta und Orangen, und während all dieser Unternehmungen haftete der Geruch des Leoparden in ihrer Nase. Er war immer noch da.

Sie spürte eine immer stärkere Anspannung, fühlte sich wie eine zu stramm gezogene Saite einer Gitarre.

Sie empfand keine Freude über die Musik, die sie hörte. Die aus den anliegenden Wohnungen kommenden Geräusche irritierten sie; eines Nachts fand dort sogar bis vier Uhr morgens eine Party statt, und sie lag wach, unfähig zu lesen, da ihr die Wörter vor den Augen verschwammen und der Sinn verlorenging.

Es war ihr plötzlich ein Greuel, wenn ein Kunde den Laden betrat. Jedesmal erwartete sie entweder den Mann im Überzieher oder den Hofnarren der Anwälte, oder sogar Soames höchstpersönlich. Aus irgendeinem Grund fürchtete sie jedoch nie einen Besuch der schrecklichen Scarabaesippe. Nein, die erledigten ihre Geschäfte aus der Entfernung. Der Name dieses unbekannten Landes in so dünnen, unleserlichen Buchstaben auf das weiße Papier gekritzelt. *Ich warte auf noch etwas.*

Aber was? Was könnte schon passieren? Sie hatte abgelehnt. Es war vorbei.

Freitag morgen fand sie einen an sie gerichteten Brief auf dem staubigen Tisch, einer von sechs identischen Umschlägen von ihrem Hausbesitzer. In diesem Brief teilte man ihr mit, daß die Straße erweitert oder renoviert oder irgendwie von oben nach unten gekehrt werden sollte, und daß sie binnen sechs Monaten eine andere Bleibe finden müsse. Sie glaubte nicht an einen Zufall, auch nicht an eine schicksalhafte Fügung. Eine Welle der Furcht überkam sie. Sie stand einfach da, ihre blassen Hände verkrampft unter ihrem blassen Gesicht. Die Komplikationen, die diese Situation mit sich brachte, machten ihr mehr zu schaffen als der Verlust.

Dann ging sie zur Arbeit, zu spät, da sie den Bus verpaßt hatte, und Mister Gerard führte sie direkt in das schmuddelige Hinterzimmer.

»Rachaela, es tut mir leid, aber ich werde Sie entlassen müssen.«

Sie mußte über diese hervorragende Ausgewogenheit ihrer Notlage fast lachen.

»Sie dürfen nicht denken, daß es etwas mir Ihrer, na ja – ziemlich unberechenbaren Zeitplanung zu tun hat. Wir sind doch eigentlich ganz gut miteinander ausgekommen. Das Problem ist, daß dieser Laden einfach nicht genug abwirft. Ich hab' schon länger darüber nachgedacht. Hab' gestern mit dem alten Steuerberater darüber gesprochen. Ich kann's nicht ändern.«

Zum Trost bot er ihr einen Keks an.

Sie stellte sich den Agenten des Leoparden vor, der Mister Gerard aufsuchte, und ihn mit einem glänzenden Messer bedrohte. Sie dachte außerdem, daß die Agenten vielleicht auch auf den Hauseigentümer angesetzt worden waren.

Sie biß in den Keks und schluckte das geschmacklose Gebäck runter.

»Bleiben Sie bis zum Ende des Monates. Ich werde Ihnen einen Extramonat als Entschädigung bezahlen. Ich weiß, daß das etwas zuviel ist. Sie sind jetzt seit einem Jahr hier, nicht wahr? Ich werde Sie vermissen.«

Sie wußte, daß er log und daß er insgeheim froh war, sie rauswerfen zu können. Wie oft hatte er versucht, etwas über sie herauszufinden, und sie hatte ihm nichts gesagt. All die Witze, über die sie nicht gekichert hatte, die erfundenen Kundenströme, die sie durch ihr Zuspätkommen verpaßt hatte. Ihre fehlenden Entschuldigungen.

Er war sie glücklich los. Aber was sollte sie tun?

Sie wußte, was von ihr erwartet wurde. Es war ziemlich offensichtlich. Der Leopard saß da, wartete auf sie, seine tintenschwarze Gestalt verborgen in einem Gewand aus Nacht und Nebel.

Sie nahm ein zerbrechlich aussehendes, zerfleddertes Buch in die Hand, eine tote schwarze Motte. Sie schlug es auf und las: »Ihr Herz war von Freude erfüllt, über das bevorstehende fröhliche Wiedersehen«, und zitterte. Es war unvermeidlich, und das war es schon von Anfang an gewesen. Sie würde nachgeben müssen.

Keiner der anderen Mieter sprach Rachaela auf den bevorstehenden Auszug an. Vielleicht war es ihnen egal. Zwei der Wohnungen wechselten sowieso regelmäßig ihre Bewohner, und auch der Rockmusikenthusiast war erst vor wenigen Monaten zugezogen. Sie hatte den Kontakt mit ihnen allen vorher stets vermieden. Doch wahrscheinlich waren sie angesichts der Mühlen dieser Bürokratie genauso hilflos wie sie selbst. Sie ging pünktlich zur Arbeit und überzog ihre Mittagspause auch nicht mehr. Sie machte sich ernsthafte Sorgen.

Mister Gerard quetschte sich neben sie an die Ladenkasse. Er hatte sein Versteck im Hinterzimmer verlassen, um die Kunden zu bedienen, so daß er sich schon einmal daran gewöhnen konnte. Er hing nicht mehr nur am Telefon, stopfte jedoch eine Riesenmenge Kekse in sich hinein. Als die Woche zu Ende ging und das Monatsende nahte, wurde Mister Gerard verlegen, ließ schreckliche Extrawitze vom Stapel und trug Rachaela auf, den Boden zu fegen; etwas, was ihn vorher nie interessiert hatte. Er schickte sie nicht nach Sandwiches, sondern kaute trockenes Brot und Gurken. Sie mochte seine Nähe nicht. Sie war jetzt nur noch selten allein im Laden und begann sich regelrecht nach dem Monatsende zu sehnen. Sie würde sich einen anderen Job suchen müssen. Es wäre wohl am besten, sich an irgendeine dieser Agenturen zu wenden. Sie waren klug und flink. Sie waren ihr verhaßt.

Es regnete heftig, und sie eilte über den Rasen, wobei sie beinahe mit dem Mann in Überzieher und Wollmütze zusammenprallte.

»Miss Day, ich wurde gebeten, Ihnen das persönlich zu geben.«

Sie nahm den Umschlag entgegen, die Aufschrift war maschinengeschrieben. Sie standen sich im strömenden Regen gegenüber, zwei Kreaturen im Dschungel, denen die Nässe nichts anhaben konnte.

»Ich will das nicht.«

»Sie müssen es nehmen. Lesen Sie es.«

»Ich dachte, all das wäre vorbei.«

»Bitte, Miss Day.«

»Na schön. Gut.«

Sie lief mit dem Brief in der Hand weg, und der Regen glitzerte auf ihrem wundervollen Haar wie zerbrochenes Glas. In der Eingangshalle schüttelte sie sich mit einem kleinen trotzigen Murren. Die geschlossene Außentür war wie eine Barrikade. Der Dämon war ausgesperrt.

Einer der anderen Hausbewohner klapperte die Treppe herunter. Ein Mädchen in rotem Mantel. Rachaela überlegte, ob sie sie aufhalten sollte, um mit ihr über den Niedergang ihres Hauses zu diskutieren. Doch das Mädchen wirkte irgendwie irreal. So jung und modern, daß sie kaum zu existieren schien, ein ovales Gesicht, glatt, keinerlei Anzeichen, daß sie gelebt hatte oder lebte.

Rachaela ließ sie vorbeigehen und öffnete die Tür zu ihrer Wohnung.

Das Licht schien bizarr, der Regen verlieh ihm eine grünliche und elektrische Atmosphäre. Die Wände tanzten. Sie sehnte sich nach dem warmen, rundlichen Körper der Katze, die sie jetzt aufgeweckt hätte, um ihr Gesicht in das weiche Fell drücken zu können, das immer irgendwie nach Kräutern und Leben gerochen hatte. Doch die Katze war nicht mehr da, nur ihr Geist, eine von müden Augen vorgegaukelte Sinnestäuschung, schien sie immer noch gleichgültig heimzusuchen.

Rachaela zog ihren Mantel aus und hängte ihn an den Haken. Sie zerrte die Stiefel von ihren Füßen, setzte sich auf die Kante eines Sessels und öffnete den Umschlag mit einem bronzefarbenen Brieföffner, der aussah wie ein Dolch.

Dickes, weißes Papier.

Der Brief war mit Maschine geschrieben, als wüßten sie, daß sie ihre Handschrift nicht lesen konnte oder wollte. Keine Möglichkeit sich blind zu stellen. Zu kurzangebunden, um einfach darüber hinwegzugehen.

Liebe Miss Smith,

Sie werden inzwischen wissen, daß wir Sie ausfindig gemacht haben und sehr darauf bedacht sind, Sie kennenzulernen. Bitte geben Sie uns die Gelegenheit dazu. Ihre Mutter wußte nur sehr wenig über die Familie, und Ihr Vater hat Sie, wie wir sehr wohl wissen, im Stich gelassen. Geben Sie uns die Chance zu einer eventuellen Wiedergutmachung. Die Familienbande sind sehr komplex, und wir werden nicht versuchen, sie hier zu beschreiben, hoffen aber, daß wir irgendwann in der Zukunft einmal die Möglichkeit haben werden, es Ihnen persönlich zu erklären.

Unser Name ist natürlich nicht der, den wir unseren Agenten nannten, sondern, wie Sie schon richtig geraten haben, ›Scarabae‹. Der Name, auf den auch Sie ein Anrecht haben. Wie Mister Soames Ihnen wahrscheinlich mitgeteilt hat, werden sämtliche Reise- oder anderweitige Kosten, die Sie aufwenden müssen, um Ihre Angelegenheiten zu regeln, von uns getragen.

Wir hoffen, bald von Ihnen zu hören.

Der Brief war mit einem kühnen ›Scarabae‹ unterschrieben. Keinerlei Initialen eines Vornamens. Eine dynamische Kollektivbezeichnung, die rein gar nichts preisgab.

Es gab keine Adresse. Im Briefkopf stand einzig ›Das Haus‹ und das Datum dieses Winters.

Rachaela blickte instinktiv auf das nicht angezündete elektrische Feuer. Ihr erster Impuls war, den Brief zu verbrennen. Statt dessen saß sie eine dreiviertel Stunde einfach nur da und hielt ihn in der Hand, in der eiskalten Wohnung, während der Regen auf den Fensterscheiben und Wänden tanzte, als wolle er sie verschlingen.

»Ja, ich habe meine Meinung geändert.«

»Ich freue mich wirklich außerordentlich, Miss Day«, strahlte Soames. »Ich bin sicher, daß Sie eine weise Entscheidung getroffen haben.«

Als Rachaela dieses Telefonat erledigt hatte, rief sie bei Mister Gerard an.

»Es tut mir leid, aber ich werde nicht bis Ende des Monats bleiben können.«

»Oh, das ist nun wirklich nicht sehr fair.«

»Sie haben mich entlassen. Welchen Unterschied macht das schon für Sie.«

Mister Gerard begann, sie ausführlich über eben diesen Unterschied zu informieren; er brüllte. Rachaela legte auf. Vier Tage später traf ein Scheck ein. Er hatte ihr weder ein Extramonatsgehalt noch einen Pfennig über den letzten Tag hinaus, an dem sie zuletzt für ihn gearbeitet hatte, einen Freitag, bezahlt. Er würde den Samstagansturm der zwei Kunden nun allein bewältigen müssen.

Sie wanderte in der winzigen Wohnung umher; putzte sie ein letztes Mal. Falls sie zurückkehrte, würde es die Wohnung nicht mehr geben. Sie würde ihr Mobiliar irgendwo einlagern, Scarabae konnte dafür bezahlen.

Tag für Tag wurde die Wohnung jetzt mehr zu einem Gefängnis. Sie konnte sich zu nichts anderem aufraffen, als ihre zwei neuen Koffer zu packen und die wenigen Überbleibsel für den Flohmarkt herzurichten. All ihre Pflanzen waren ohnehin eingegangen, sie hatte einfach keine Hand dafür. Die Katze war gestorben. Sie besaß keine Freunde, niemanden, von dem sie sich verabschieden mußte. Sie schickte ihre neue Adresse an den Hausbesitzer, der sie wahrscheinlich ignorieren würde. Die neue Adresse war auf jeden Fall nur fiktiv, vielleicht sogar völlig erfunden, ein Ort, der nicht existierte.

Viele Sachen ließ sie unerledigt. Bis sie zurückkam. Das war jedoch im Moment, da diese große Reise mit all ihren Verwicklungen und Hinterhalten vor ihr lag, etwas Unbegreifbares – eine Rückkehr.

Zweimal dachte sie, sie hätte den Agenten mit der Wollmütze draußen auf dem Rasen erspäht, wie er sich hinter den nassen Bäumen verbarg und sie beobachtete. Aber es hätte auch eine Halluzination sein können.

Sie hoffte, daß der Geist der Katze ihre Räume verlassen würde, sobald sie weggegangen war. Bei dem Gedanken mußte sie, wie häufig, bitterlich weinen, doch das dauerte niemals lange.

Seit ihrer Kindheit hatte sie, wenn sie sich ausruhte oder vor dem Einschlafen im Bett, gefühlvollen sexuellen Phantasien nachtgehangen. Sie stellte sich problemlose Abenteuer vor, mit großen, schwarzhaarigen, fast gesichtslosen Männern. In Wirklichkeit traf sie solche Männer nie, obwohl sie vielleicht hin und wieder, an irgendeiner Straßenecke, am anderen Ende eines Raumes, eine flüchtige Illusion erhascht hatte, die sich bei näherem Hinsehen sofort auflöste. Nach dem Tod ihrer Mutter —als Rachaela fünfundzwanzig war — empfand sie, daß sie zu alt war für solche immer wiederkehrende Träume, zusammenhanglos, verschwommen und völlig unwahrscheinlich, Rendezvous in Sturm und Nebel, auf saftig grünen Hügeln, unter Bäumen um Mitternacht . . .

Sie unterdrückte diese Träume einfach. Ab und zu wollte ein Buch oder Film sie wieder an die Oberfläche dringen lassen, doch sie blieb hart.

Im Moment beschränkten sich diese Exkursionen ihrer Phantasie auf den Ort, zu dem sie reisen würde. Der Gedanke daran erfüllte sie mit Entsetzen. Es war wie ein Sumpf, der sie hinabzuziehen drohte.

2

Nach der letzten Etappe der viele Stunden andauernden Fahrt blieb die Reisende wie hypnotisiert zurück, ihr Körper bewegte sich immer noch im wiegenden, rüttelnden Rhythmus des Zuges, ihre Augen blickten erstaunt auf die plötzlich stillstehende Landschaft.

Sie stand vor einem winzigen, halbverfallenen Bahnhof, umgeben von winterlichem Unkraut.

Der Himmel verschmolz mit der Erde. Es war ein Bild von Turner, riesige Wolkenbänke, und Umrisse von Bergen; kein Sonnenstrahl durchdrang den trüben Nachmittag.

Dann näherte sich ein hellbrauner Cortina auf der Asphaltstraße, die am Bahnhof vorbeiführte. Als einzige Eindringlinge in dieser Landschaft schienen das Auto und sie füreinander bestimmt zu sein.

Der Cortina bog in den Bahnhofsvorplatz ein und kam inmitten von Unkraut und Wintergras zum Stehen. Ein Fenster wurde heruntergekurbelt.

»Ist Ihr Name Smith?«

Der Fahrer sprach mit einem unbestimmbaren ausländischen Akzent.

»Ja.«

Die Tür öffnete sich und der Mann stieg höflich aus, um ihre zwei Taschen in den Kofferraum zu wuchten. Da sie durch die Bücher, die sie mitgeschleppt hatte, sehr schwer geworden waren, mußte das ein ziemlicher Kraftakt für ihn sein.

»Sie wollen hier Ferien machen?«

»Nein«, sagte Rachaela kühl und abweisend.

Anders als die Fahrer in der Großstadt setzte er nicht voraus, daß sie unbedingt reden wollte und drang nicht weiter in sie. Er schwieg und öffnete die Beifahrertür. Rachaela stieg ein.

Als das Auto anfuhr, verspürte sie große Erleichterung. Ihr Körper befand sich nun schon so lange in Bewegung, daß er sich einzig in diesem Zustand wohl zu fühlen schien.

Das Auto war muffig und feucht, doch sie lehnte sich in die Polster und sehnte sich danach, die Augen schließen zu können. Doch in Anwesenheit des fremdländischen Fahrers konnte sie sich nicht völlig entspannen. Sie betrachtete das blasse Olivgrün der vorüberziehenden Landschaft. Dunkles Waldland, gelegentlich von der tabakbraunen Fläche eines Ackers durchbrochen, ein Bauernhaus, eine uralte Werkstatt, deren Schild schon lange heruntergefallen war, und die inzwischen strahlend-roten Rost angesetzt hatte. Der Fahrer sprach dreißig Meilen lang kein Wort.

Dann fragte er sanft: »Ich kenne mich nicht so gut in der Gegend aus. Ich komme aus der Stadt. Wissen Sie, wo Sie hinwollen?«

»Ich fürchte nein.«

»Dann werden wir es wohl einfach riskieren müssen. Mister Simon hat mir eine kleine Straßenkarte geschickt. Vielleicht kann die uns weiterhelfen.«

Sie dachte an den Augenblick, wenn der Fahrer sie in dieser Wildnis zurücklassen und sein schäbiges Auto heimwärts kutschieren würde, zurück an ein elektrisches Kaminfeuer, in einem warmen, vor Kinderspielzeug und Wäsche überquellenden Reihenhaus; Hamburger zum Abendbrot, eine liebevolle

Frau und zwei lebhafte Kindern, vielleicht sogar ein Baby. Einen Moment lang war sie rasend eifersüchtig, voller Zorn und neidisch auf soviel Normalität. Nur die Hypothek, und seine langen, unregelmäßigen Arbeitsstunden machten ihm Kopfzerbrechen; doch er konnte zu seiner warmherzigen Frau und den Sprößlingen ihrer früheren Liebe, heimkehren.

Und was bin ich? Wie sehe ich mich eigentlich?

Vor ihrem inneren Augen erschien das Bild einer schwarzen Motte, die durch die Nacht flatterte; Wild, das zwischen angsteinflößenden Schatten hindurchpreschte, alle Sinne angstvoll geschärft.

Kein warmes Kaminfeuer für sie. Wo ging sie hin, wohin brachte sie dieser seltsame Fahrer, der seinen Weg noch nicht einmal selbst kannte?

Vor ihr breitete sich gähnend ein Sumpf aus.

Rachaela war übernervös, ihre Hände krampften sich um die schwarze Handtasche, die bereits völlig zerknautscht war. Eine leichte Übelkeit überkam sie, das war ihr in den letzten Tagen mehrmals passiert. Angesichts ihrer Zukunftsaussichten bestand vielleicht wirklich Grund zur Sorge.

Scarabae.

Hinter den ebenen Feldern konnte Rachaela die Sonne sehen; verschwommen und verschleiert versank sie in den westlichen Tälern. Kühne Berge ragten kerzengerade aus dem Boden, einige trugen weiße Masken aus Kalk, wie die Köpfe von Fabeltieren, lauernd und grinsend, Grimassen ziehend, ihre Augen dunkle Höhlen. Bäume wuchsen aus dem Fels, Efeuranken überwucherten die Erde und hielten das bröckelnde Gemäuer zusammen. In früheren Zeiten hatten hier vielleicht einmal Häuser gestanden. Doch jetzt nichts mehr. Vergangenheit.

»Was für ein verlassener Ort«, der Fahrer unterbrach erneut das Schweigen, beim Klang seiner Stimme zuckte sie zusammen. »Werden bald die See sehen.«

Diese Art Stabreim bohrte sich in Rachaelas Gedanken. Sie hatte nicht gewußt, daß sie in Richtung Küste fuhren. Eigentlich wußte sie gar nichts. Die ganze Welt war ein Rätsel für sie, fremde Namen und Sprachen aus ihrem Radio.

Der Laden in der Lizardstreet würde jetzt bald schließen, und die Feierabendbusse würden auf den Autobahnen entlangkriechen. Lichtjahre entfernt. Verloren, vergangen.

Am Himmel segelten Möwen. Die Straße stieg an, machte eine Wende, und plötzlich breitete sich der fischgraue, glitzernde Ozean vor ihnen aus. Weit unten sprühte schaumige Gischt gegen die Klippen. Rachaelas Herz stieg mit ihr empor und sank dann matt und furchtsam wieder zu Boden. Die See brachte keinen Trost.

Sie fuhren über das Wasser, manchmal sahen sie ein Stück des gewundenen Strandes, und einmal schwamm ein riesiger Tanker am Horizont wie ein gemächlich dahintreibender Dinosaurier.

»Wir werden jetzt bald an eine Abzweigung kommen, wenn ich die Karte richtig entziffere.«

Erneut riß die Stimme des Fahrers an ihren Nerven.

»Eine Abzweigung«, wiederholte sie. Aber nun schien er nicht mehr zum Reden aufgelegt zu sein.

Gerade erschien die Abzweigung zu ihrer Linken, die Straße wand sich zwischen dichten Baumreihen hindurch. Schwarze Tannen wuchsen am Berghang, ein Wald wie aus einem Märchenbuch, nur kleiner. Sie entfernten sich schnell vom Meer, und ein Dach aus dicken Zweigen warf seinen Schatten über sie. Äste wurden mit aller Wucht gegen das Auto geschleudert. Es war eine holprige Straße, voller Schlaglöcher; Schotter spritzte auf wie Maschinengewehrsalven.

»Schlecht für meine Reifen«, brummte der Fahrer.

Rachaela zeigte kein Mitleid.

»Hat mir niemand gesagt, daß es so schlimm werden würde.«

Sie bahnten sich ihren Weg durch den Wald. Unter den Bäumen herrschte völlige Dunkelheit. Die Sonne brach manchmal durchs Geäst wie ein Blitz und war im nächsten Augenblick schon wieder verschwunden.

Die Straße machte eine Kurve und endete plötzlich am Rande des verwitterten Berges. Es war dunkel, nur die Bäume lauschten ihrem Eindringen. Der Cortina stoppte, in der eintretenden Stille zwitscherten und jubilierten Vögel; ein seltsames, urzeitliches Geräusch.

»Schauen Sie.«

Rachaela erblickte einen steinernen Wegweiser, auf dem nur zwei Worte standen: *Das Haus*.

Nichts weiter, nicht einmal ein Richtungspfeil.

»Muß da oben auf dem Hügel liegen.« Der Fahrer drehte sich zu ihr um und grinste, zeigte schließlich doch das gefürchtete Gesicht des Feindes.

»Mit dem Auto komme ich da nicht rauf. Keine Straße. Sie werden zu Fuß gehen müssen.«

Er öffnete den Kofferraum und hob die zwei schweren Koffer heraus, die sie den ganzen Tag schon mit sich herumgeschleppt hatte und die ihr bereits die letzten Kräfte geraubt hatten.

»Kommen Sie zurecht?« fragte er, was keinesfalls hilfsbereit, sondern abweisend klang.

»Was bin ich Ihnen schuldig?« fragte Rachaela.

»Ist schon erledigt. Haben bei uns ein Konto, die Simons. Weiß gar nicht, wozu, bis jetzt haben sie anscheinend nie ein Auto gebraucht. Passen Sie auf, wo Sie hintreten.«

Hinter dem Wegweiser führte eine Art Pfad den Berg hinauf. Wurzeln überzogen ihn wie Adern, und Tannennadeln bildeten einen weichen Teppich. Im Sommer würde das Gestrüpp wahrscheinlich noch dichter sein und den Pfad völlig unsichtbar werden lassen.

Rachaela ging vom Auto weg, der Dunkelheit entgegen. Sie hörte den Motor aufheulen, und den Schotter prasseln, als das Auto auf dem schlechten Weg wendete. Sie blickte sich nicht um.

Die Koffer waren schwer wie Blei, doch sie enthielten alles, was ihr wichtig erschienen war. Sie hievte sie den Berg hinauf. Sie war müde, und die nervöse Furcht war fast völlig ihrer Erschöpfung gewichen. Existierte das Haus vielleicht gar nicht, so wie in den meisten ihrer Tagträume?

Sie verließ den Tannenwald; Zedern und massige Eichen mit bemoosten, phosphoreszierenden Stämmen ragten, riesigen Säulen gleich, aus dem Erdreich empor, ein Flechtwerk von dämmrigem Licht als Kontrast zur Dunkelheit. An solch einem Ort könnte alles Mögliche zwischen den Bäumen auf sie lauern.

Der Pfad führte aus dem Wald heraus. Sie war hoch oben und hörte immer noch das Rauschen der See. Es herrschte

Zwielicht, die Sonne war bereits landeinwärts gewandert. Der Himmel schloß allmählich seine Tore. Sie sah zwei Sterne, und weit hinter dem offenen Land vor ihr ein Gebäude.

Da war ein Turm mit kegelförmigem Dach. Zinnen und schräge Mauern. Die letzten Lichtstrahlen verliehen den Reihen der schmalen Fenster einen seltsamen Glanz. Es war ein großes Haus, und in der Dämmerung verwandelte es sich in eine steinerne Pflanze.

In ihrem Schatten erstreckte sich das weite Land. Tief unten warf sich die See mit aller Macht gegen die Felsen, und das Kreischen der Möwen durchbrach die Stille. Hier? *Hier* sollte sie ihnen gegenübertreten? Wem eigentlich? Von der Anspannung ganz benommen, stellte sie die zwei Bleiklumpen zu Boden.

Sie würde die konturenlose Entfernung zwischen sich und dem Haus zurücklegen müssen. Sie mußte eine Türglocke läuten oder irgendeinen primitiven Klopfer betätigen, und einer von ihnen würde erscheinen. Sie würde eintreten und dann beginnen zu verstehen.

Es war kalt hier im Hochland. Jetzt konnte sie schon sieben oder acht silbrig schimmernde Sterne am Himmel ausmachen, dünn und hart schien ihr eisiges Licht.

Sie nahm die Koffer auf, und in ihre Schultern bohrte sich ein brennender Schmerz. Sie ging auf das Haus zu, stolperte beinahe über verstreut liegende Steine und stoppeliges Wintergras.

Das Haus kam immer näher, es schien in der bläulichen Abenddämmerung zu schweben.

Sie erreichte eine von zwei Pfosten unterbrochene Außenmauer. Kein Tor. Der Weg war weit offen, jedoch nicht unbedingt einladend. Über den Kronen der großen Gartenbäume wurde ein Fenster im Haus erleuchtet.

Rachaela starrte hinauf. Das Licht war gedämpft, doch das Fenster wurde in seinem zarten Schimmer zu einer Blume aus buntem Glas – flüssiges Karminrot, intensives Purpur, zartes Grün. Was sollte dieses Feuer bedeuten? Sollte es überhaupt etwas bedeuten? Nichts?

Es wirkte nicht wie ein Willkommensgruß, eher wie eine Abschreckung. Der Pfad verlief schnurgerade von der Mauer zum Haus. Zu beiden Seiten von wuchtigen, uralten Eiben flankiert; Friedhofsbäume, zwischen denen die Dunkelheit lauerte und raschelte.

Auch das Haus war bis auf sein eines erleuchtetes Fenster, ausdruckslos und schwarz. Eine Veranda kam in Sicht. Pechschwarzes Ebenholz, kunstvoll geschnitzt, fünf schmale, zartgemusterte Stufen, die sie schließlich erklomm. Kein Licht hinter der Tür. Ein solider Holzrahmen. Keine Klingel.

Rachaela suchte nach einem Klopfer oder einem ähnlichen Instrument, das ihr Einlaß verschaffen konnte. Die Tür war jedoch nur angelehnt. Sie stand offen für diese leere Welt, die Nacht und die Bäume. Rachaela stellte ihre Koffer ein weiteres Mal ab und gab der Tür einen zögernden Stoß, sie gab nach.

Schwärze und wiederum das blasse Muster auf weißen Bodenfliesen. Ein schwarzes Rechteck in der Dunkelheit – eine zweite Tür innerhalb der ersten, sie entdeckte schließlich einen altmodischen Türknauf, eine Kugel, die sich drehen ließ, als sie danach griff. Auch die innere Tür stand offen. Ein schwaches rotes Licht erschien, so gegenstandslos, so ungreifbar wie das Flackern einer ersterbenden Kerze.

Sie mußte sich in dieses Spinnennetz aus Zwielicht vorwagen. Oder in der kalten und flüsternden Dunkelheit verharren.

Hinter der zweiten Tür tat sich eine riesige, weite Fläche auf, eine Halle oder Lobby mit einem Schachbrettmuster aus rostfarbenen und schwarzem Marmor auf dem Boden. Ein großer, offener Raum mit massigen Schatten, die alles Mögliche bedeuten konnte, Korridore, Türen, lauernde Bären.

Auf einem von Staubblumen überzogenen Mahagonitisch brannte eine rubinrote Öllampe, der Docht war heruntergedreht, von der Decke baumelte ein unbeleuchteter schneeflockenförmiger Kronleuchter. Zarte Spinnweben schmückten die Glasprismen des Leuchters, der im Luftzug der geöffneten Tür leise hin und her schaukelte. Lichtperlen der roten Lampe fielen darauf wie Tropfen von roter Tinte.

Rachaela konnte den Staub des Hauses und seiner modrigen

Gewölbe riechen, doch auch die Öllampe verströmte einen seltsamen Duft nach Fell, Kräutern, Puder und unbestimmbaren Tinkturen.

Sie zerrte ihre Koffer in die Halle und wollte die Tür schließen.

»Bitte lassen Sie sie offen«, bat eine leise, weiche Stimme. Sie drehte sich hastig um. Eine dürre, kleine Gestalt, ein Mann, stand leicht vornübergebeugt am anderen Ende des Lichtscheins.

»Die Türen bleiben nach Einbruch der Dunkelheit immer etwas geöffnet.«

Diese seltsame Aussage brachte Rachaela nur noch mehr aus der Fassung. Sie ließ die Tür los und harrte neben ihren Koffern der Dinge, die da kommen mochten.

»Ich werde jemanden für Ihre Koffer holen. Gestatten Sie mir, Sie zu dem Zimmer zu führen, das für Sie vorbereitet wurde.«

»Wer sind Sie?« fragte Rachaela.

Im Schein der Lampe sah sie eine Figur in einem altmodischen verlotterten Anzug, ein schmales, blasses Gesicht mit zwei winzigen Äuglein. Graues Haar.

»Mein Name ist Michael. Ich stehe im Dienste der Familie.«

»Und Sie kennen mich?«

Wer sonst hätte schon mit der Dunkelheit hier hereinschneien können?

»Sie sind Miss Rachaela.«

»Und – die Familie?« fragte sie, ihre Hände verkrampften sich nervös.

»Miss Anna und Mister Stephan werden in Kürze herunterkommen, um Sie willkommen zu heißen.«

Die flache, sanfte Stimme und was sie sagte beruhigten Rachaela keineswegs.

Der Mann nahm die Öllampe auf, ihr Flackern ließ die Schatten erbeben, die Wände schienen auf sie einstürzen zu wollen. Außergewöhnliche Schnitzereien tauchten auf und verschwanden wieder, wenn das Licht über sie hinwegglitt.

Rechts von Rachaela erschien eine Treppenflucht in der Dunkelheit. Sie betrachtete sie erstaunt. Eine hölzerne Nymphe bewachte den Geländerpfosten, mit blinden Augen hielt sie eine reichverzierte Lichtfassung in der Hand. Die Treppe schien sich endlos umporzuwinden, in ihrer Mitte lag ein roter Teppichboden, dessen Farben die Öllampe zum Glühen brachte.

Im magischen Schein des Lichts erklommen sie die Stufen. Rachaela zählte zweiundzwanzig. Hinter ihr wurden die Koffer von der Schwärze der Halle verschluckt. Einzig auf dem Kronleuchter waren immer noch die kleinen roten Tropfen inmitten der Staubschicht zu sehen.

Sie erreichten einen mit Teppichen belegten Treppenabsatz. Ein Korridor wurde sichtbar, von einer weiteren Öllampe auf einem Sockel erhellt. Diese Lampe hatte einen rosig-weißen Farbton, und plötzlich konnte Rachaela eine Sekunde lang das Gesicht ihres Führers sehen, eine Kamee zwischen Schatten und Feuer. Kein junger Mann. Seine Augen starrten ausdruckslos ins Leere, überzogen von einem seltsamen Schleier, ähnlich der Staubschicht auf dem Tisch und den anderen Möbelstücken.

Sie betraten den Flur, der an einem massigen Bleifenster abbog. Das fleckige Glas zeigte keine Farbe mehr, nur das Dunkel der Nacht. An den Wänden hingen irre Bilder. Der Diener öffnete eine Tür.

»Das wird Ihr Zimmer sein, Miss Rachaela.«

Der grüne und blaue Raum wirkte gotisch, wie das ganze Haus. Eine Lampe mit smaragdgrünem Fuß und durchsichtigem Schirm brannte auf dem Sims eines grüngekachelten Kamins. In seinem Innern fraß sich das Feuer durch einen Holzstapel. Glatte, weiße Kerzen brannten in Haltern an den Wänden. Sie bemerkte, daß es hier nicht so staubig war, möglicherweise hatten sie extra für Rachaela Staub gewischt, oder dieser seltsame Diener hatte das getan.

Am anderen Ende des Raumes stand ein Himmelbett mit einer flaschengrünen Samtdekoration. Unter einer indigoblauen Tagesdecke schauten weiße, sehr sauber wirkende Kissen hervor. Vielleicht hatten sie speziell für sie neue Bettwäsche angeschafft.

Sie konnte ihre Vorbereitungen regelrecht spüren. Sie war etwas Besonderes, Einzigartiges, aufregend wie ein Neugeborenes. Der Raum roch leicht modrig, doch das wurde vom trockenen, würzigen Duft des Feuers und einem Geruch nach Gesichtspuder überdeckt.

»Ihre Koffer werden Ihnen gebracht.« Der Diener Michael deutete auf den Korridor. »Das grüne Badezimmer ist dort drüben. Wir haben heißes Wasser.«

»Vielen Dank.«

Natürlich war das Haus alt genug, um auch schon ohne ausgekommen zu sein. Sie wollte, daß der Diener ging. Der Raum überwältigte sie, doch könnte sie sich vielleicht für wenige kostbare Minuten darin verstecken.

»Wann werden Mister Stephan und Miss . . .«

»Miss Anna und Mister Stephan werden in Kürze hinuntergehen.«

»Wie werde ich sie finden?« fragte sie.

»Die Räume im Erdgeschoß werden dann beleuchtet sein, Miss Rachaela.«

Der Diener ging hinaus, und die Tür schloß sich hinter ihm. Ein Vorhang, wie der über dem Bett, fiel davor herab.

Hinter dem Bett befand sich ein weiteres großes, schmales Fenster, die Stores waren nicht zugezogen, und auch dieses Fenster war aus getöntem, fleckigem Glas. Rachaela starrte darauf und konnte neben der fedrigen Krone eines Baumes zwei Gestalten ausmachen. Sie würde Tageslicht benötigen, um sehen zu können, was ihr hier tatsächlich Gesellschaft leistete. Sie ging zu dem Feuer hinüber. Es war angenehm, ein Luxus, und sie würde sich weder mit dem Problem der Reinigung noch mit dem Holznachlegen herumärgern müssen. Ein Diener – die Scarabae hatten Hauspersonal.

Rachaela versuchte, das Feuer zu genießen.

Auf die Kaminkacheln waren blaue Irisblüten emailliert. Der Teppich im Zimmer war sehr alt, vermutlich ein Perser, mit blauen und rosé-farbenen Pflanzen und grünen Vögeln.

Hinter den Kerzen glitzerten an zwei Stellen mit buntem Glasschmuck verzierte Spiegel. Und auf einer riesigen, alten Frisierkommode stand ein Flügelspiegel, der ähnlich hergerichtet worden war. Rachaelas Ebenbild wurde von Hecken aus Lilien und einem wilden Sonnenuntergang, in dessen Strahlen Schwalben segelten, durchzogen. Wie bizarr. Es spielte jedoch keine Rolle, da sie ihren eigenen, ganz normalen Spiegel mitgebracht hatte.

Sie setzte sich einen Moment lang aufs Bett, lauschte dem gedämpften Rauschen des Meeres und dem Ticken zweier Uhren, einer schwarzen mit zwei Engeln geschmückten Uhr auf dem Kaminsims und einer winzigen Turmuhr neben dem Bett. Die größere Uhr sagte ihr, es sei halb acht, während die Zeiger der Turmuhr auf neun wiesen. Rachaela schaute auf ihre Armbanduhr, aber sie hatte, wie schon so oft, vergessen, sie aufzuziehen. Sie war stehengeblieben. Nun, sie würde sich für Stephan und Anna zurechtmachen müssen.

Sie konnte sich die beiden absolut nicht vorstellen. Sie stand auf und zwang sich dazu, den beleuchteten Korridor zu betreten. Sie fand das Badezimmer ohne Schwierigkeiten, da es die einzige andere Tür an diesem Ende des Flurs war. Das Bad war ein perfektes, zeitgeschichtliches Relikt, für das die Reichen und Berühmten der Stadt ohne zu zögern ein Vermögen hinblättern würden.

Eine weitere Öllampe beleuchtete den grünen Marmor des Bades, das marmorne Waschbecken und die mit einem Holzsitz ausgestattete Toilette, auf der ein Dekor aus grünen Gänseblümchen wucherte. Das vielgelobte heiße Wasser wurde von einem Gasofen erzeugt. Jungfräulich weiße Handtücher lagen auf einer Kommode bereit, die außerdem eine nilgrüne Waschschüssel mit Krug, und einen Teller mit getrockneten Blütenblättern beherbergte. Die Seife war ebenfalls grün und roch nach Geißblatt. Neue Seife, neue Handtücher.

An den Wänden tauchten Meerjungfrauen in die Kacheln. Rachaela blickte nach oben. An der Decke hing eine Fassung ohne Glühbirne. Die Elektrizität war also gekommen und wieder gegangen.

Als sie sich Gesicht, Hände und Arme wusch, bemerkte sie, daß sie zitterte. Auf dem Spiegel hinter dem Waschbecken war eine Meeresszene mit einem dreimastigen Schiff abgebildet. Er reflektierte ihre Lippen, ihre Augen, und ihr schwarzes Haar in Teilstücken.

Im Schlafzimmer waren ihre Koffer geräuschlos angetroffen. Sie wechselte ihren Pullover, zog die Stiefel aus und streifte hochhackige Pumps über. In dem riesigen Kleiderschrank mit seinen von einer feinen Staubschicht bedeckten Mahagonigirlanden und Ornamenten würde sie später ihre wenigen Kleidungsstücke aufhängen. Sie trug keine Farben, sie verletzten sie. Seltsamerweise würde sie durch das Schwarz, das Grau und Beige, das weiche Zartgrün und Blau auf ewig mit diesem Raum in Verbindung gebracht werden.

Und erneut empfand sie die Endgültigkeit ihrer Ankunft, *deren* Erregung und auch Dauerhaftigkeit. Diese Gefühle machte ihr angst, doch für irgendwelche Skrupel war es jetzt zu spät. Sie hatte angeklopft, und sie hatten ihr die Tür geöffnet.

Sie puderte ihr Gesicht in ihrem eigenen Spiegel und zog den Kajalstrich um ihre Augen nach. Nachdem sie auch noch ihr Haar gekämmt hatte, ging sie zur Tür. Und hielt inne.

Sie hatte die Ankunft der Koffer nicht mitbekommen, doch jetzt lief jemand unüberhörbar den Korridor entlang. Es war eine seltsam rhythmische und doch ungleichmäßige Gangart. Dann hörte sie die Stimme, hoch und übermütig: »Hottehü, Hottehü!«

Rachaela mußte an ein Kind denken, das auf einem imaginären Pferd einherritt. Ein etwas altes Kind, das auf dem Korridor spielte. Sie vernahm ein leises Scharren. Das Pferd bäumte sich auf, »Brrr!« galoppierte vorbei und verschwand. Rachaela öffnete die Tür mit einem Ruck. Ein schwarzer Schatten vollführte wilde Bocksprünge am Ende des Ganges, bevor er aus ihrem Blickfeld verschwand.

Etwas lag vor ihrer Tür.

Rachaela bückte sich und berührte mit einem Finger den Körper einer perfekten kleinen Maus mit sehr langem Schwanz. Sie war tot, ohne Anzeichen einer äußeren Verletzung. Um den kleinen Körper war eine Schleife aus verblichener, pinkfarbener Seide gebunden.

Rachaela hob das ›Geschenk‹ auf. Sie empfand keinen Ekel. Die Maus war weich und mitleiderregend, in ihrem Tod so wunderschön wie ein Spielzeug. Sie legte sie auf die Frisierkommode, nahm ihre Tasche und betrat das Haus.

Im Erdgeschoß waren überall Lampen und Kerzen zum Leben erwacht. Sie sah Türen an den Wänden des Ganges, eine davon wirkte mit ihrem schwarzen Eisenrahmen wie eine Tür aus einem Schloß. Auf dem Marmorboden schwammen lodernde Flammen. Ein Bogengang führte in ein Wohnzimmer, ein Raum von immenser Größe, angefüllt mit wunderbaren, düsteren Möbelstücken und feingewobenen Spitzenvorhängen aus Staub. Die Scarabae lebten in einer Wüste aus Staub, reinigten nur, was unbedingt notwendig war, da hier und da ein Tisch wie ein schwarzer Spiegel glänzte.

Ein Feuer war in der Mitte eines Kamins aus weißem Marmor entzündet worden, eisig flankiert von weißen Säulen und heraldischen Schilden.

Niemand befand sich in dem Raum, er schien voller Erwartung.

Rachaela spürte, wie der Raum sie aufnahm und über ihrem Kopf zusammenschlug. Das Meer rauschte hier viel lauter.

Zumindest einer von ihnen mußte wahnsinnig sein – der mysteriöse Reiter, Überbringer von toten Mäusen. Es war die Stimme eines Mannes gewesen, schrill und geisterhaft zwar, aber männlich. Konnte es *Mister Stephan* gewesen sein, der vorübergeritten war?

Ein Geräusch.

Michael, der Diener der Scarabae, erschien mit einem silbernen Tablett, auf dem Flaschen und Karaffen glitzerten. Er stellte es auf dem staubfreien Tisch ab. Rachaela fühlte sich an eine aufwendige Werbeszene erinnert. Durch den Türbogen mußten jetzt zwei elegante und gutangezogene Menschen treten.

»Darf ich Ihnen etwas anbieten, Miss Rachaela?«

Rachaela bat um Wein, und ein Glas wurde gefüllt. Das Kristall war exquisit, der Wein klar und transparent.

Rachaela trank dankbar, und der Alkohol stieg ihr zu Kopf. Ein elektrisierendes Gefühl ließ sie herumfahren.

Durch irgendeine andere Tür oder einfach aus dem Nichts waren zwei Gestalten aufgetaucht. Sie standen Seite an Seite.

Sie waren sehr alt, dürr wie verdorrte Zweige, eine weibliche und eine männliche Person, und an der Grenze zu dem Alter, in dem die Geschlechter eigentlich miteinander verschmelzen.

Doch diese beiden hatten sich ihre Verschiedenheit erhalten. Das Haar der Frau war metallgrau und türmte sich hoch auf ihrem Kopf, zusammengehalten von vergilbten Perlenkämmen. Ihr altes, dunkles Kleid sah aus, als stamme es aus einem Second-Hand-Laden für exklusive Garderobe in der Stadt, und hing bis zu ihren Knöcheln hinab. Ihre Schuhe waren vor hundert Jahren modern gewesen, und waren es wieder. Pailletten funkelten. Sie war überzuckert mit winzigen Glitzerpunkten.

Der Mann trug eine antike Smokingjacke und abgetragene schwarze Hosen. Sein Hemd war gestärkt, sein Haar dicht und weiß, und seine Augenbrauen schimmerten wie Eisenspäne. Die schmalen Hände der beiden waren mit Ringen geschmückt. Wie zwei ältliche Puppen standen sie im Schein des Feuers und der Kerzen am anderen Ende des Zimmers, und ihre Augen funkelten wachsam.

Augen von schlauen Ratten, nicht Mäusen.

»Es ist Rachaela«, der alte Mann sprach mit der klaren, trockenen Stimme, und der fehlerfreien Betonung eines Schauspielers; keine Andeutung eines Dialekts, nicht einmal dieser Gegend. Er hörte sich nicht an wie der Reiter.

»Sie ist es«, bestätigte die alte Frau. »Sie ist es.«

Und sie rührten sich nicht vom Fleck. Sie waren so alt, daß sie die absurde Flatterhaftigkeit der Jugend nicht länger motivieren oder stören konnte.

Rachaela sagte: »Sie müssen Miss Anna und Mister Stephan sein.«

»Anna und Stephan«, antwortete die Frau. Sie lächelte, und ihr Gesicht wogte wie das Meer; eine Welle, Schichten gegerbter Haut. Ihr Lächeln war jedoch nur eine Maske.

Der alte Mann meinte: »Wie höflich sie ist. Bitte keine Förmlichkeiten bei uns.«

Er lächelte nicht, doch wirkten die wie aus Stein gemeißelten, starren Falten in seinem Gesicht ebenso maskenhaft. Sie hielten das Alter selbst wie einen Schild vor sich und lugten dahinter hervor mit den klugen Augen von Ratten hinter einer Mauer.

»Später«, sagte die alte Frau, »wirst du all die anderen kennenlernen. Einer nach dem anderen. Hier und da. Kein Grund zur Eile.«

»*Wir* dinieren, mußt du wissen«, bemerkte der alte Mann.

»Ich diniere gern«, fuhr er fort. »Es ist zivilisiert. Aber der Rest ... Wir halten uns an unterschiedliche Zeiten.«

»Du wirst dich daran gewöhnen«, meinte Anna. »Du mußt hier nur das tun, wonach dir der Sinn steht. Das ist jetzt dein Zuhause.«

»Nein«, sagte Rachaela. Sie stieß es zu schnell, richtig brutal hervor. Entweder bemerkten die beiden es nicht, oder es spielte für sie keine Rolle.

Stephan sagte: »Wir haben dich eingeladen.«

»Wer von euch hat mir geschrieben – diesen getippten Brief?«

»Oh, wir nicht«, antwortete Anna. Die Gezeiten in ihrem Gesicht gerieten in Bewegung. *Wir* nicht.

»Abscheuliche Apparate«, sagte Stephan. Er zog eine Grimasse und wischte die Überreste der Schreibmaschine von seinen Händen.

»Der Brief ...« wiederholte Rachaela.

»Mach dir jetzt keine Gedanken um den Brief. Jetzt bist du hier, bei uns. Wir sind deine Familie, Rachaela.«

Der Diener erschien auf der Bildfläche, begab sich zu dem Tablett, und sie warteten schweigend.

Im Schein des Feuers brachte er dem alten Mann ein kleines, schlankes Glas mit pechschwarzer Flüssigkeit, und die Frau erhielt einen Fingerhut voll Granatrot. »Wir werden in Kürze dinieren«, sagte Stephan.

Michael verneigte sich – eine eindeutige Geste – er verneigte sich und verließ den Raum.

»Ich hoffe, das Abendessen wird dir schmecken«, meinte Anna. »Wir essen hier sehr einfach. Wir leben vom Land.«

Sie durchquerte den Raum und setzte sich auf einen der Stühle. Der alte Mann blieb weiterhin stehen, als Rachaela sich jedoch ebenfalls niederließ, weil sie dachte, daß er nur darauf wartete, rührte er sich immer noch nicht.

Er ging zu einem staubigen Tisch, auf dem ein Schachbrett mit Onyxfiguren aufgestellt war. Vorsichtig machte er einen Zug und trat zurück.

»Ich muß euch fragen, warum ich eingeladen wurde. Ihr habt mich aufgespürt. Warum wolltet ihr, daß ich herkomme?«

»Aber es ist doch ganz natürlich, daß wir dich bei uns haben wollen. Nicht nur Stephan und ich. Auch die anderen. Es ist gut, daß du deinen Platz zwischen uns eingenommen hast.« Anna blieb unerschüttert.

»Es gibt viele von uns«, sagte Stephan. »Wir haben es beschlossen.«

»Jeder einzelne von euch hat beschlossen, daß ich – daß ich hierherkommen muß?«

»Natürlich. Wir haben mehrere Jahre gewartet. Auf den richtigen Zeitpunkt.«

»Warum«, fragte Rachaela, »ist gerade jetzt der richtige Zeitpunkt.«

Anna antwortete mit leiser Stimme. »Alle Dinge haben ihren bestimmten Zeitpunkt. Ihn zu kennen ist die einzige Kunst.«

»Miriam und Eric, George und Peter, möglicherweise auch Sylvian, sie hätten dich schon viel früher geholt«, sagte Stephan.

Allein diese Aufzählung ließ Rachaela zurückschrecken. Gab es so viele von ihnen, war die Sippe der Scarabae wirklich so groß?

»Der Zeitpunkt war jedoch nie der richtige«, meinte Anna. »Erst jetzt ist der Moment gekommen.«

Sie stürzte das Granatrot in ihrem Fingerhut in einem Schluck hinunter, erhob sich und ging durch das Zimmer auf einen Türvorhang zu.

Stephan sagte: »Wir werden dinieren« und eilte ihr voraus, um den Vorhang beiseite zu schwingen und die Tür weit aufzureißen.

Rachaela stand auf. Sie folgte ihnen wie ein gehorsames Kind. Als sie noch nicht einmal ›geplant‹ gewesen war, waren diese beiden schon dagewesen und hatten Gott weiß was für ein Leben geführt.

Rachaela hatte noch nie Kaninchen gegessen. Sie erzählten ihr, es wäre Kaninchenpastete, und fragten sie, ob sie etwas dagegen hätte, ob es in Ordnung wäre. Zuerst gab es eine einfache Tomatensuppe.

Michael und Cheta bauten das Gemüse an, wurde ihr gesagt. Sie versuchten, so wenig wie möglich von der Stadt abhängig zu sein.

Das Kaninchen machte ihr nichts aus, es schmeckte eigentlich gar nicht unangenehm, ziemlich mild, dachte sie. Sie fragte sich, wer die Kaninchen wohl jagte – etwa Michael mit seinen seltsam starren, ausdruckslosen blinden Augen?

Cheta servierte ihnen das Essen. Sie war das weibliche Abbild von Michael, trug ein gewöhnliches, dunkles Kleid, mit einer Brosche am Kragen. Die weißen Steine darauf sahen echt aus. Ihr graues Haar war tief in ihrem Nacken zu einem Knoten zusammengebunden, als wollte sie damit ihre Unterwürfigkeit zum Ausdruck bringen, und ihre Schuhe waren flach. Ihre Augen waren genau wie Michaels.

Er und Cheta waren zwar noch nicht so alt wie Anna und Stephan, doch auch sie waren alt und wirkten modrig wie ein verstaubter Dachboden. Sie waren Anna und Stephan in weltlicher Ausgabe.

Kerzen beleuchteten den langen Tisch, auf dem nur drei Gedecke lagen. Darüber hing ein unbeleuchteter, zerbrochener Kristallüster, in dessen Glas sich die Flammen des Kaminfeuers spiegelten. Auf dem Kaminsims stand eine goldene Uhr, sie tickte nicht, stand wahrscheinlich schon seit Jahrzehnten still.

Das Mahl war tatsächlich sehr einfach. Nach der Pastete, die mit wahrscheinlich selbstgezogenen Karotten und gebratenem Kohl serviert wurde, gab es ein Dessert aus geschnittenen Früchten in irgendeinem alkoholhaltigen Saft. Dann eine Käseplatte und von Cheta und einer unsichtbaren Maria gebackene Kekse.

Welche familiäre Beziehung Anna und Stephan wohl miteinander verband? Waren sie auch irgendwie mit den Bediensteten verwandt, da sich alle Gesichter irgendwie ähnelten. Auf Rachaela wirkten sie nahezu beunruhigend vertraut. Sollte das etwa bedeuten, daß sie auch bei sich selbst diese gewisse Ähnlichkeit feststellen konnte? Eine solch intime Frage wollte sie jedoch nicht stellen. Es war schon schwierig genug für sie gewesen, die Fragen vorhin zu stellen.

Und sie hatten nicht geantwortet – vielleicht gab es aber

auch in Wirklichkeit keine Antwort. Vielleicht hatten sich ihre ältlichen Herzen nur nach ihrer Jugend gesehnt. Sie waren von ihr fasziniert. Das konnte sie sehen. Die kleinen, nur aufs Essen bezogenen Fragen, die sie ihr abwechselnd stellten – was sie am liebsten aß, ob sie noch Salz benötigte –, drangen in sie ein, wie blanke Münzen in einen Spielautomaten, um ihr Reaktionen zu entlocken. Sie fixierten sie mit ihren scharfen, grausamen Augen, als wollten sie sie bei lebendigem Leib verschlingen. Sie mußte einfach nur dasein, um ihnen als Nahrung zu dienen.

Sie aßen das Kaninchen mit verwöhnten, scharfen Bissen. Die Konversation war seicht. Sie schienen nicht sonderlich gesprächig und waren einzig zum Essen heruntergekommen.

Als Stephan sich von dem höchstwahrscheinlich in der Stadt gekauften Käse nahm, raschelte ein Vorhang, eine Tür öffnete sich, und ein weiterer dünner, alter Mann schwebte schwerelos und praktisch geräuschlos in das Zimmer. Er überquerte den Teppich und glitt an den Tisch, jedoch nicht um zu dinieren. Mit leicht vorgerecktem Hals starrte er gierig auf Rachaela.

»Eric, das ist Rachaela«, stellte Anna sie vor. Eric hatte Annas und Stephans Augen. Sein verknittertes Mumiengesicht zeigte keine Regung, die dünnen, spröden Lippen öffneten sich nicht.

Eric ließ ein winziges Geräusch hören, beinahe wie ein Schluckauf, und schwebte durch einen anderen Vorhang, der für einen Moment in einen Garten zu führen schien, hinaus.

»Du mußt dir nichts draus machen«, meinte Anna. »Wir sind nicht alle geschwätzig. Eric ist ein Denker, er liest.«

Der Türvorhang bewegte sich erneut, und zwei alte Frauen in perlenbesetzten, antiquierten Kleidern wehten herein.

Sie segelten ebenfalls auf den Tisch zu, auch sie hatten diese Augen.

»Rachaela ist hier«, bemerkte Anna überflüssigerweise, da die Augen den Neuankömmling ohnehin schon zu verschlingen schienen.

»Rachaela, das ist Alice, und das hier Sascha.«

»Guten Abend«, sagte Rachaela, um sie zu testen.

Alice im pflaumenfarbenen Kleid antwortete mit einem kleinen, schnellen Zucken ihrer Hände. Sascha im Spitzenkragen antwortete, »Guten Abend, Rachaela.«

Wie Anna und Stephan sprach sie mit völlig akzentfreier Stimme, obwohl eigentlich ein fremdartiger Akzent zu hören sein müßte. Eigentlich sollten sie alle gleichermaßen in irgendeinem Dialekt eines bergigen europäischen Hochlands sprechen.

»Hattest du eine angenehme Reise?« fragte Alice abrupt mit Annas und Stephans Stimme.

»Eigentlich nicht«, antwortete Rachaela.

»Oh, das tut mir leid«, meinte Alice, die Wellen ihres Gesichts verzogen sich besorgt.

»Das Reisen ist heutzutage so ermüdend. So strapaziös. Niemand ist mehr hilfsbereit.«

»Nun, Alice, wann bist du denn das letzte Mal irgendwohin gereist?« tadelte Anna scherzhaft.

»Ich erinnere mich noch sehr genau«, antwortete Alice aufgebracht, »diese großen, schwarzen Eisenbahnen und all der Dampf und Qualm. Sie waren so schmutzig. Ich erinnere mich, daß mein Hut fast davongeweht wurde und Peter ihn einfangen mußte.«

Rachaela mußte unwillkürlich an eine russische Schneelandschaft denken, in deren Mitte das urtümliche Monster einer Eisenbahn, um das Funken und Dampfwolken stoben. »Es ist schon Jahre her, daß einer von uns sich weiter weg gewagt hat«, bemerkte Stephan über die Käseplatte hinweg. »Wir haben nur wenig Bedürfnis danach.«

»Wir wurden vertrieben«, sagte Alice an Rachaela gewandt. Ihr Gesicht wirkte immer noch wie eine Maske, jedoch eine ziemlich mitteilsame Maske. Ihre Augen fixierten Rachaela, um zu sehen, wie sie reagieren würde. »Aus dem Land vertrieben.«

»Die Progrome«, ließ sich Sascha plötzlich vernehmen.

Rachaela saugte das fremde Wort gierig in sich auf. Sie hatten etwas von sich preisgegeben.

»Unsere Geschichte ist nicht immer friedlich verlaufen«, sagte Anna, ihre Stimme klang weder warnend noch vorwurfsvoll. »Aber es ist noch zu früh, um Rachaela mit der Vergangenheit zu belasten. Sie hat solche Dinge nie erfahren, und vielleicht wird sie das auch niemals.«

»Alte Narben«, tönte Stephan. Er schob seinen Teller weg. »Alte Geschichte. Die Familie hat schon sehr viel ertragen müssen.«

Von irgendwoher, vielleicht sogar aus diesem Raum, ertönte der entfernte Glockenschlag einer Uhr.

»Der richtige Zeitpunkt ist noch nicht gekommen«, sagte Anna, immer noch klang keine Warnung in ihrer Stimme. Rachaela zitterte angesichts der Macht des Einklangs in diesem rechteckigen Raum.

Es gab viele von ihnen, wie viele wagte sie sich in diesem Moment nicht einmal vorzustellen. Ein Schwarm, die Scarabae, und schwerbeladen mit einer Geschichte, die nicht ihre eigene war, und die doch, durch die familiäre Beziehung, zu ihrer eigenen werden mußte. Sie spürte die schrecklichen Verknüpfungen. Sie *glaubte* jetzt, daß sie mit ihnen verwandt war, hatte in diesen wenigen, eigenartigen Stunden, die sie hier verbracht hatte, irgendwie die Bestätigung dafür erhalten. Alice bemerkte mit ihrer einwandfreien Stimme. »Sie wird die Bibliothek sehen.«

Anna ließ ein kleines Lachen hören, das wie eine zerbrochene Tonleiter klang.

»Die Bibliothek!«

»Sylvian war heute dort beschäftigt«, sagte Stephan.

Sie seufzten, jeder einzelne von ihnen, wie aus einer Kehle. Das riesige Haus wimmelte von diesen Kreaturen, doch sie waren völlig eins; die Facetten eines Ganzen bildeten eine Einheit. Und sie, Rachaela, wie würde sie da hineinpassen? Sollte sie absorbiert, völlig vereinnahmt werden?

»Anna«, sie zwang sich dazu, den Namen herauszupressen, als sei es Hexenwerk, diese Menschen mit Namen anzusprechen. »Ich bin furchtbar müde. Würdet ihr mich entschuldigen? Ich möchte zu Bett gehen.«

»Du mußt genau das tun, was du tun willst, Rachaela. Neben dem Kamin in deinem Zimmer befindet sich eine Klingel. Wenn du irgend etwas wünschen solltest, werden sich Michael, Cheta oder Maria darum kümmern. Hat Carlo deine Koffer nach oben gebracht?«

»Irgend jemand hat es getan.«

»Ja, das war dann Carlo. Er ist unser Starker.«

Rachaela erhob sich. Sie war größer als alle anderen. Anna und Stephan, die am Tisch saßen, Cheta und Michael, Alice und Sascha betrachteten sie über die glänzende Fläche des Tisches hinweg, auf der nur drei Gedecke lagen. Die Kerzen glühten und strahlten Wärme aus. Über ihnen, mit Glitzerpunkten reflektierten Lichts bedeckt, hing der Kristallüster in verstümmelter Schönheit.

»Wie viele seid ihr eigentlich?« Rachaela versuchte die Panik in ihrer Stimme zu unterdrücken. Das Meer rauschte sehr laut in ihren Ohren. Stephan lachte. Sein Lachen war das männliche Gegenstück Annas.

»Viele, viele.«

Anna antwortete leise. »Wir sind jetzt einundzwanzig Personen.«

Stephan widersprach. »Du vergißt . . .«

»Nein«, sagte Anna. »Nein.«

Die tote Maus war von der Frisierkommode verschwunden, doch die Schleife war, ordentlich zusammengelegt, zurückgelassen worden.

Rachaela setzte sich und bürstete ihr Haar. Früher hatte das immer ihre Mutter getan. Sie war dabei grob und ungeschickt vorgegangen, da sie zu glauben schien, daß die dichte Üppigkeit des Haares jegliche Empfindlichkeit in den Wurzeln von vorneherein ausschließen würde.

Rachaela war ein verwirrtes Kind gewesen. Einmal war ihre Mähne aus Bequemlichkeit abgeschnitten worden. Rachaela hatte geweint. Sie war voller Haß gewesen, bis die Masse ihres Haares wieder nachgewachsen war.

Das Haus brachte sie nicht dazu, an ihre Mutter zu denken. Sie verwendete diese brüske Erinnerung nur ganz kurz als Schutzschild, den sie zwischen sich und dieses Haus brachte. Die Scarabae. Auf der Treppe, als sie auf dem Weg in ihr Zimmer war, hatte sie einen weiteren alten Mann in grünlicher Jacke getroffen. Er hatte mit brennenden Augen in ihr Gesicht gestarrt.

»Ich bin Rachaela«, hatte sie sich vorgestellt. »Und du?«

Aber dieser alte Mann eilte davon, jedoch nicht aus Furcht vor ihr, sondern weil er nicht reden wollte. War es Peter, oder George, oder Sylvian aus der Bibliothek?

Was für eine Rolle spielte das schon? Sie waren alle eins, und einundzwanzig an der Zahl.

Im Schloß zu ihrer Tür steckte ein Schlüssel, und nachdem sie aus dem Bad zurückgekommen war, drehte sie ihn herum. Eine Vision überkam sie, natürlich von anderen Schlüsseln, die den Weg öffnen würden, und einer Truppe von ihnen, die in geräuschloser Prozession durch ihr Zimmer flanierte, um sie im Schlaf zu beobachten. Spinnwebartige, beringte Finger auf ihren Sachen, ihrem Kamm, ihrer Bürste, ihrem Puder und Spiegel; muffige Kleider, die vorüberraschelten, das Streifen des Ärmels eines alten Mannes . . .

Es war unmöglich, das Haus zu verlassen. Es gab keinen Weg. Außerdem war sie zum Bleiben verdammt. Sie hatte sonst nichts mehr. Auf der großen, weiten Welt gab es kein einziges Versteck, das ausreichen würde, sie vor ihren Augen verborgen zu halten. Denn sie wußte, daß sie zu ihnen gehörte. Es lag in ihrem Blut. Dieses sichere Bewußtsein machte sie schaudern.

Sie legte schließlich die Kleider ab und zog eines der beiden Nachthemden über, die sie nur für den Notfall aufgehoben hatte; normalerweise schlief sie nämlich nackt. Doch hier wollte sie auf den fadenscheinigen Schutz der handgewebten Seide nicht verzichten.

Das Nachthemd war schwarz. Sie betrachtete sich hinter dem Sumpf aus Lilien und dem flammenden Sonnenaufgang im Spiegel. In den unteren Räumen hatte sie zwei oder drei Spiegel entdeckt, deren Glas ebenfalls getönt und bemalt war. Als ob die Betrachtung des Ebenbildes auf ein Minimum hatte beschränkt werden sollen.

Ein leeres Bücherregal lehnte gegen die Wand. Um ihre Nerven zu beruhigen, hatte sie bereits ausgepackt und ihre Bücher hineingestellt. Sie betrachtete die vertrauten Buchrücken. Es waren ihre Bücher, ihre eigenen. Wie bedeutungslos ihre wenigen Besitztümer sich doch in dem Haus der Scarabae ausmachten. Wie bedeutungslos sie selbst war im Vergleich zu den Räumen und Korridoren, den Türen und Nebengebäuden und inneren Gemächern dieses dichtbebauten Ungetüms.

Einundzwanzig an der Zahl, krochen und schlichen die uralten Käfer schattenhaft um sie her. Sie jedoch stand allein, erdrückt von der Architektur und den ungewöhnlichen Formen.

Rachaela schlüpfte zwischen die sauberen, weißen Laken und lehnte sich gegen das saubere, weiße Kissen; jetzt hatte der Raum einen Rahmen aus flaschengrünem Samt. Das Feuer brannte niedrig.

Weit entfernt im Haus hörte sie das weiche Seufzen des Holzes, den leisen Atem seines verwitterten und lebendigen Herzens. Hinter dem Fenster mit dem Baum lag reglos die Winternacht. Die See rauschte schwach.

Rachaela hörte alte Schritte ihren Korridor hinunterschlurfen. Dann plötzlich Absätze von Frauenschuhen, langsam und gemessen, sie hielten nicht an.

Der Reiter war nicht zurückgekehrt.

Wie sollte sie hier schlafen können?

Sie lag in ihren Kissen, ihr Körper zitterte vor Übermüdung. Um schlafen zu können, muß man vertrauen, sich vollkommen gehenlassen. In dieser Wiege würde sie wahrscheinlich noch Dutzende von Nächten wachliegen.

Rachaela hörte, wie eine Uhr Wände und Räume mit ihrem Glockenschlag überwand. Sie hatte mehrere Uhren gesehen, jede von ihnen zeigte eine andere Zeit.

Ich kann noch nicht einmal lesen. Sie hatte Angst, den Blick von dem Schlafzimmer, dem Kamin und der verschlossenen Tür zu lösen.

Gut, dann beobachte eben. Beobachte die ganze Nacht lang. Irgendwann würde der Schlaf sie schon übermannen. Sie mußte an ihre Wohnung denken. Sie war nie ihr eigen gewesen. Hatte nie existiert.

Der Katze hätte dieses Haus sicherlich gefallen. Sie wäre darin herumgetigert und hätte zart an seinen Türen gekratzt, um hinein- oder hinausgelassen zu werden. *Sie* würde hier schlafen können, zusammengerollt auf der indigoblauen Tagesdecke. Rachaela sah, wie die Katze lauernd das Sterben des

Feuers beobachtete. Nein, sie mußte wohl einen Moment lang geträumt haben. War also letztendlich doch noch eingeschlafen.

Sie war sicher. Diese Leute waren wahnsinnig, aber sie ebenfalls, daß sie hierher gekommen war. »Laß dich nicht mit ihnen ein«, sagte Rachaelas Mutter streng in einem längst vergangenen Raum ihrer Erinnerung.

»Nein, Mami«, sagte Rachaela.

Sie schloß die Augen und erblickte eine große, männliche Gestalt, gesichtslos, mit schwarzem Haar, zwischen Boden und Decke schwebend.

Rachaela schlief.

3

Ein unwahrscheinlich greller Farbenblitz.

Die Frau im Bett öffnete ihre Augen und stellte fest, daß sie lebendig ertrunken war. Es war das Fenster mit seinem fleckigen Glas. Das Tageslicht dahinter durchdrang jetzt die Scheiben und erfüllte das Zimmer mit ihrem bunten Leuchten. Rachaela bewegte sich und eine Flut von Blutrot und Smaragdgrün glitt über ihren Körper hinweg, bemalte die Tagesdecke mit Schwarz und Scharlachrot und tauchte ihre Haut in bunte Farben.

Der Raum war in blendendem Licht gebadet. Ein Wahnsinn aus Grün und Rot, Magenta, Gold und Saphirblau. Die Stellen des Glases, die weiß glänzten, waren undurchsichtig und milchig. Hinter dem Fenster war nichts zu erkennen. Rachaela sah das Bild, das wie eine Erscheinung über ihr schwebte. Der Baum spaltete das Fenster in zwei Hälften, erhob sich zu einem Flechtwerk auf grünen Blättern und Ästen, an denen blutrote Äpfel hingen. Unter dem Baum verführte ein Mann in goldener Rüstung und riesigen Flügeln eine nackte Frau mit einer Frucht. Um den überreichten Apfel wand sich eine Schlange, wie eine Kette aus Juwelen. Hinter den Figuren leuchtete ein tiefblauer Himmel, und die Wege eines festlichen Gartens waren zu sehen, auf denen Tiere – eine Gazelle, ein Löwe, ein Einhorn – gelassen ruhten. Vom Himmel herab strahlte eine zornentbrannte Sonne.

Eva von Luzifer höchstpersönlich in Versuchung geführt? Es war geradezu betäubend, im Einfluß dieses Bildnisses zu erwachen. Der gesamte Raum war in diesem Netz gefangen. Es strahlte keinen Frieden aus. Wieso hatten sie gerade diese Verführung der Eva für ihren Gast als geeignet gehalten?

Oder hatte das Thema keinerlei Bedeutung? Diese bemalten Fenster füllten das ganze Haus, sie hatte sie im Wohn- und Eßzimmer bemerkt; draußen auf dem Flur markierte eines eine Ecke des Korridors.

Sie würde mit Eva und Luzifer leben müssen.

Die Uhr auf dem Nachttisch zeigte zehn. Die schwarze Uhr auf dem Sims behauptete, es wäre halb neun. Welche Uhrzeit die richtige war, wußte sie nicht, und noch während sie darüber nachdachte, ertönte der Glockenschlag einer weiter entfernten Uhr, irgendwo im Haus. Sie zählte: fünf Schläge.

Rachaela stieg aus ihrem bunten Bett und ließ die Laken allein mit dieser Farbenflut. Luzifers Gesicht spiegelte sich auf ihrem Kissen in drohenden und exakten Linien, dieser gefallene Engel trug die blasse und unbefleckte Maske eines Heiligen.

Im Spiegel der Frisierkommode konnte sie inmitten der Lilien und dem Sonnenaufgang den Baum hinter sich erspähen. Sie war von Glas umgeben. Sie ging ins Badezimmer. Das Fenster dort bildete ein Meer aus Muscheln. Sie ließ Badewasser ein. Als sie badete und ihre Zähne putzte, konnte sie außer einem beständigen, leisen Ächzen, dem Flüstern des rieselnden Mörtels und der sich allmählich lösenden Kacheln kein weiteres Geräusch im Haus vernehmen. Das Haus war schmuddelig und hatte einige Reparaturen bitter nötig.

Einzig seine eigene, irrsinnige Schönheit und seine einundzwanzig Personen gaben ihm noch Halt.

Als sie aus dem Badezimmer kam, eilte eine alte Frau in einem mindestens sechs Jahrzehnte alten, braunen Kleid mit eingezogenem Kopf vorüber. Sie schenkte Rachaela keinerlei Beachtung. Dann waren sie also doch nicht alle an ihr interessiert. Für manche stellte sie möglicherweise eine Bedrohung dar, ein neues, lackiertes Spielzeug, das ihnen vielleicht schaden konnte.

Sie kleidete sich an und betätigte die Klingel mit ihrem Zug aus fadenscheinigem blauen Samt, so daß Michael, Cheta, Maria oder Carlos erscheinen würden. Es war Cheta, die sich in ihrem dunklen Gewand und ohne Brosche präsentierte.

»Womit kann ich Ihnen dienen, Miss Rachaela?«

»Ich möchte frühstücken«, sagte Rachaela, »was muß ich tun?«

»Ich werde Ihnen etwas bringen, Miss Rachaela. Sie können aber auch ihr Frühstück zusammen mit Mister Peter und Mister Dorian einnehmen. Sie frühstücken gerade im Morgenzimmer.«

»Bringen Sie mir bitte etwas hierher.«

Es war ein Wunder, daß sie nicht mitten in der Nacht, mit Messern und Gabeln bewaffnet, über sie hergefallen waren. Toast wäre vielleicht noch im Bereich des Möglichen, aber nicht Kaffee. Die Familie trank keinen Kaffee. Dann eben Tee. »Wie kommen Sie denn an den Tee?« fragte Rachaela, »sie bauen ihn doch bestimmt nicht selbst an?«

»Ein Lieferwagen aus der Stadt fährt die Ferienhäuser an. Carlo und ich kaufen die Lebensmittel dort.«

»Gibt es hier Ferienhäuser?«

Rachaela erspähte einen Hoffnungsschimmer am Horizont. Die Welt war also doch nicht so weit entfernt. Aber die Frau antwortete: »Sechs Meilen weit weg, Miss Rachaela. Es ist ein langer, rauher Weg, aber wir sind daran gewöhnt.«

Wenn es nicht völlig undenkbar gewesen wäre, hätten Chetas Augen Rachaela davon überzeugt, daß die Frau blind war. Sie waren dunkel wie die Augen sämtlicher Personen hier, blickten jedoch nicht klug und scharf, sondern schienen starr und verschleiert, Augen, die sich fast nie bewegten. Und doch marschierte Cheta in perfekter Präzision von einem Ort zum anderen. Zielstrebig manövrierte sie sich durch das durchbrochene, klebrige Licht der Fensterscheibe und verließ das Zimmer. Das Geräusch des Meeres kam und ging in diesem Haus, verschwand zwischen Mauernischen, hinter Möbelstücken oder langen Vorhängen. An anderen Stellen wiederum rauschte die See plötzlich laut, der Wellenschlag gegen die Felsen weit unten war klar zu hören. Vom Haus aus war das Meer nicht zu sehen. Nichts war vom Haus aus zu sehen. Jedes Fenster bestand aus dickem, hektisch bemaltem Glas.

Die Scheiben waren gemustert oder mit seltsamen Stilleben geschmückt: Früchte, Urnen und Blumenranken, die Himmel tiefrot, safrangelb, lachsfarben, grünlich und malvenfarben wie Giftefeu, himmelblau oder flammendrot.

Die Räume wurden von ihrem durchbrochenem Licht zu Puzzleteilen zerstückelt. Auf mehreren der größeren Fenster waren Bilder zu sehen. Rachaela erkannte unheimlich und scheinbar blasphemische Parodien auf die Bibel: zum Beispiel Kain, der von Abel ermordet wurde, nachdem er ihm Trauben und Weizen angeboten hatte, der erlegte Hirsch hing um Abels Jägerschultern, aus seinem Haus tropfte das Blut wie Karneol. Und weitere Karneole auf einem Fenster über der Treppe, auf dem ein Prinz bei einer Hochzeit den gelben Wein in rotes Blut verwandelte.

Rachaela verspürte kalte Belustigung über den schlechten Geschmack, den diese exzentrischen Szenen bewiesen, die wahrscheinlich dazu entworfen worden waren, die Familie bei ihrem Eintreffen in dieses Haus zu erfreuen.

Und doch sehnte sie sich nach einem winzigen Bruchstück, nur einen kleinen Splitter klaren, normalen Glases, durch das man hinaussehen konnte. Das Haus glich einer Schachtel, es war eine Kirche, völlig in sich abgeschlossen.

Die schrecklichen Farben bedrückten die Räume und verliehen ihnen ein mürrisches Aussehen. Edelsteine aus Feuer hingen mitten in der Luft, Regenbogen spiegelten sich in der dicken Staubschicht.

Im gesamten Haus war das Holz mit Schnitzereien verziert. Die alte Frau Anna hatte Rachaela angeboten, sich ganz wie zu Hause zu fühlen.

Da sie nichts Besseres zu tun hatte, lief Rachaela durch das Gebäude, verirrte sich in seinen Korridoren, fand verschlossene Türen vor, öffnete andere, die nicht versperrt waren. Sie spähte in verschwenderisch ausgestattete Gemächer und entdeckte auf diese Weise zwei alte Männer, die unter einem Fenster mit weißblauen Engeln in ein Schachspiel vertieft waren. Die dürren Finger ihrer blaugeäderten Hände erstarrten über dem Brett. Zwei uralte Mumiengesichter bewegten sich wie rostiges Uhrwerk.

»Sie ist es«, bemerkte ein altes Gesicht.

»Sieh nur, ihr Haar«, meinte das andere.

Sie war kein Eindringling, sondern ein Ausstellungsstück. Sie ließ die beiden allein und schloß die Tür. Auch an anderen Orten traf sie auf die Scarabae oder ihre Spuren. Einige von ihnen begrüßten sie höflich, ihre scharfen Augen fraßen sich in sie hinein, einer oder zwei ignorierten sie und trotteten, irgendeine verrückte Mission verfolgend, weiter durch das Haus. Sie hatte sich an diese seltsamen Begegnungen gewöhnt. Ihre Namen spielten keine Rolle – obwohl eine von ihnen sich an ihre Seite stahl und flüsterte, »Ich bin Miranda, und du bist Rachaela.«

Da sie alle nur Teilstücke eines Ganzen darstellten, würde der Kollektivname, Scarabae, wohl ausreichen.

Sie erinnerten sie jetzt an Insekten, mit ihrer staksigen, aufrechten Haltung und ihren knochigen, flinken Händen. Eigentlich war es auch nicht schlimmer, als in irgendeinem obskuren Altersheim wohnen zu müssen.

Besser noch, da sie ja alle unabhängig und imstande waren, auf sich selbst acht zu geben. Einer von ihnen, ein Interessierter, verfolgte sie, dessen war sie sich sicher. Schlich hinter ihr her und verschwand hastig in irgendeinem leeren Zimmer, wenn sie sich umdrehte.

Diese Tatsache gefiel ihr gar nicht, doch was sollte man schon anderes von ihnen erwarten.

Der Bauplan des Hauses entbehrte für sie jeglicher Logik. Es war ein bewegtes Kaleidoskop aus fleckigem Glas und schwarzen Schatten. Die Räume waren bei Tage wesentlich dunkler als während der Nacht.

Jede Uhr, an der sie vorüberkam oder die sie schlagen hörte, gab eine andere Zeit an. Jeder Spiegel war verstümmelt und seinem wahren Zweck entfremdet.

In einem Korridor befand sich ein Spiegel aus klarem Glas, das mit einer ebenso künstlerischen wie pedantisch gestalteten Szene aus Hainen, Springbrunnen, Wiesen und Hügeln bemalt war. In einem ordentlichen Stapel neben dem Spiegel lag das

Werkzeug des Künstlers: ein Farbenkasten, eine Palette, Pinsel, Terpentin, Lappen.

Sie hatte auch schon andernorts Gemälde bemerkt, sie jedoch nicht eingehender studiert. Auf einem von ihnen schien ein Ziegenbock aus einen beschürzten Frauenleib zu lugen.

Es ist also nichts sicher hier, kein Tag, keine Zeit, kein Ebenbild im Spiegel.

Es war tatsächlich ein Irrenhaus.

Da ihr jeglicher Zeitbegriff verlorengegangen war, ließ sie sich einzig von einem vagen Hungergefühl leiten. Sie fand den Weg ins Eßzimmer, auf dem langen Tisch lagen zehn Gedecke, und zehn Mitglieder der Sippe saßen schon davor parat. Sie alle blickten hoch, als sie das Zimmer betrat.

Es waren sechs alte Frauen in altertümlichen Gewändern und vier alte Männer in altmodischen, muffigen Jacken. Alle Ebenbilder von Anna und Stephan – dichtes Haar, zurückgekämmt oder mit Haarnadeln auf dem Kopf aufgetürmt. Beringte Finger arbeiteten sich durch kalte Kaninchenpastete und Salat. Rachaela erkannte Kleider und Juwelen, die ihr auf ihrer Wanderung durchs Haus begegnet waren – es war ihr jedoch unmöglich, die Gesichter und Frisuren auseinanderzuhalten.

Konnte es wahr sein, daß all diese alten Frauen eine hundert Jahre ältere Ausgabe ihrer selbst waren?

Sollte sie sich hinsetzen und mit ihnen die Reste verspeisen?

Für Rachaela war kein Gedeck aufgelegt worden, doch eine Frau in dunklem Gewand – ihre Augen blind und verschleiert, ihr Haar tief im Nacken verknotet, und doch nicht Cheta, es mußte wohl Maria sein – war gerade dabei, diesen Fehler auszumerzen und ein weiteres Gedeck am Kopfende des Tisches aufzulegen.

Rachaela setzte sich.

Die Sippe beobachtete jede ihrer Bewegungen, sah ihr stumm dabei zu, wie sie eine Scheibe Pastete, einige Tomaten und grünen Salat nahm.

Dann tönte eine der alten Frauen – es war Miranda – mit quäkender Stimme: »Wir sollten nicht so starren.« Und widerwillig wandten sie den Blick wieder ihren Tellern zu und aßen weiter mit den flinken, schnappenden Kaubewegungen Annas und Stephans.

Rachaela versuchte erst gar nicht, eine Unterhaltung in Gang zu bringen. Das ganze war ohnehin nur eine schreckliche Farce.

Sie glaubte nicht, daß sie irgend etwas sagen konnte, was diese Leute auch nur im entferntesten emotionell berühren würde, und doch würden sie sie alle wieder anstarren, zehn schwarze Augenpaare.

Anna und Stephan mußten so etwas wie ihre Anführer sein. Anna und Stephan drückten sich verständlich aus, oder jedenfalls beinahe, und hatten noch nicht ganz den Schein der zwischenmenschlichen Beziehungen abgeschüttelt.

Diese Leute hier waren wilde Wesen, die in einem Wald aus fleckigem Glas hausten. Sie kamen an den Bach, um zu trinken, aßen aufrecht sitzend Beeren und Kaninchen, starrten, überlegten, liefen davon oder verfolgten.

Hatte sie etwa einer von ihnen verfolgt?

Sie war nicht in der Lage, sich eine Frage vorzustellen, die sie auch nur einem von ihnen stellen könnte. Würden sie überhaupt fähig sein, Fragen zu beantworten?

Warum bin ich so wichtig für euch? Ein gefürchteter Schatz, Nahrung für eure Gedanken?

Sie würden ihr sagen, wenn sie überhaupt etwas sagten, daß es ihre Bestimmung war, hier an diesem Ort zu sein. Sie war ein Teil von ihnen. Hier lag ihr Schicksal.

Aber tatsächlich stellte sie sich vor, wie sie ihre Frage mit ihren dürren Klauen zerpflückten, sie wie eine Lüge aussehen ließen. Sie waren so alt, daß gesellschaftliche Formen für sie keine Rolle mehr spielten.

Und auch Rachaela hatte sich nie viele Gedanken um Formen gemacht. Eigentlich war sie doch nicht so hungrig.

Die Alten pickten und schluckten, ließen ihre Teller saubergeleckt zurück. Sie reichten Früchte herum. Ihre Zähne waren, wie sie feststellen konnte, obschon ziemlich verfärbt, immer noch funktionstüchtig.

Sie lauschte dem Geräusch des Nagens und Schlürfens, dem

Krachen von Rinden, dem Knacken und Reißen von Schalen, dem Prasseln von ausgespuckten Kernen.

Sie unterhielten sich noch nicht einmal untereinander. Selbst die alten Männer am Schachbrett waren ziemlich schweigsam gewesen.

Das Fenster, von seinem Vorhang befreit, stellte einen Drachen dar, der mit einem Einhorn kämpfte, doch das laute Rauschen des Meeres ließ vermuten, daß es eigentlich auf den Ozean hätte blicken müssen.

Michael und Cheta kamen mit zwei Teekannen herein, und eine Fülle von hauchdünnen, feinen Porzellantassen wurde aufgetragen. Rachaela blieb nicht zum Tee, und als sie den Raum verließ, blickten die Kreaturen des Waldes auf und starrten über sie hinweg.

Während der Tageszeit, die sie für den Nachmittag hielt, fand Rachaela eine Kammer in den oberen Stockwerken, die ein Klavier und eine Harfe ohne Saiten beherbergte. Die Harfe war sehr groß und wunderschön und, ebenso wie das Klavier, in Staub gebadet. Seit Jahren hatte niemand mehr darauf gespielt, Rachaela fegte den Staub weg und berührte die Tasten. Die Töne klangen überraschend klar. Sie selbst konnte nicht spielen. Sie war Zuhörer, nicht Schöpfer. In diesem Moment sehnte sie sich nach Musik und dachte an ihr Radio, das sie heute morgen aus dem Koffer geholt hatte. Sie besaß nur eine Reservebatterie. Was, wenn diese aufgebraucht wäre? Im gesamten Haus hatte sie nichts Radioähnliches, geschweige denn einen Plattenspieler entdeckt.

Wie weit lag die Stadt entfernt? Gab es irgendein Transportmittel? Würden sie ihr gestatten, ein Auto zu mieten und in die Stadt zu fahren, oder war sie, als Mitinsassin des Hauses, nun ebenfalls eine Gefangene?

Sie fand auch die Bibliothek an diesem Nachmittag, ein monumentaler Raum mit hohen Bücherregalen an den Wänden, in dem alles, bis auf den runden Tisch, der vom ständigen Gebrauch glänzte, mit einer dicken Staubschicht bedeckt war. Auf dem Tisch lag ein Stapel Bücher bereit, daneben ein ebenholzschwarzes Lineal, ein Tintenfaß und ein Federhalter. Rachaela ging zu dem Bücherregal, nahm willkürlich einen der Bände heraus und entfernte vorsichtig die Staubschicht.

Nachdem sie es aufgeschlagen hatte, entdeckte sie, daß jede Zeile in dem Buch sorgfältig durchgestrichen war. Sie versuchte es mit einem anderen Buch und erreichte dasselbe Ergebnis.

Wieder ein anderes, und noch eines, aus verschiedenen Teilen des Regals. Bei allen dasselbe.

Sylvian ... in der Bibliothek beschäftigt.

Nichts konnte sie mehr überraschen. Sie gab dem verunstalteten Globus auf dem Tisch einen Stoß, verließ die Bibliothek und lief in die Richtung ihres Zimmers. An der Kreuzung zweier Korridore wählte sie den falschen Gang und gelangte an ein großes Fenster, auf dem ein Baby ganz offensichtlich zwischen Schilfhalmen ertränkt wurde. Darunter stand ein riesiges, ausgestopftes Pferd, irgendeines fremden Tierpräparators Meisterstück, auf dessen Rücken ein Mann in Teilen einer Rüstung hockte. Der Mann fuchtelte mit einem Schwert vor ihrer Nase herum und kicherte in einem dünnen Sopran.

Rachaela hielt entsetzt inne.

»Hottehü«, meinte der Reiter beharrlich und trat dem ausgestopften Tier derart fest in die Flanken, daß Staubwolken aufstoben. Als sie an ihm vorbei und weitergegangen war, spürte sie, wie er sich ihr verstohlen an die Fersen heftete.

Wahrscheinlich war er es gewesen, der sie verfolgt hatte, und er war es auch, der Mäuse als Geschenk überbrachte. Vielleicht fing er sie sogar selbst. Er sah nicht exakt aus wie die anderen, trug sein Haar sehr lang unter dem Helm seiner Rüstung. Wahrscheinlich hatte er die nicht immer angelegt, sonst hätte sie ihn schon zuvor über die Korridore rasseln gehört.

Als sie ihr Zimmer erreicht hatte, verspürte sie endlich ein schwaches Gefühl der Erleichterung. Sie verriegelte die Tür und legte sich aufs Bett. Sie merkte gerade noch, wie sich das Gesicht des Teufels wie ein Schatten auf ihres legte und schlief fast augenblicklich ein, als hätte man sie mit einem Zauberbann belegt.

Das Fenster war dunkel, und die schwarze Uhr zeigte auf halb acht. Ein Kaminfeuer warf seine unheimlichen Schatten an die Wände. Auf dem Nachttisch neben dem Bett lagen Streichhölzer, und sie zündete die Kerzen auf dem Kaminsims und die Lampen an. Sie richtete sich genau wie am Abend zuvor für ein intimes Dinner mit Anna und Stephan her. Es gab einige Fragen, die sie ihnen stellen mußte. Die Notwendigkeit der Hygiene- und Pflegeartikel – Zahnpasta, Puder und so weiter – mußte geklärt werden. Außerdem benötigte sie Batterien für ihr Radio. Und mehr Bücher, in denen die Zeilen nicht durchgestrichen worden waren ... Wenn sie bleiben sollte, mußte sie – *sie mußte* –

Rachaela konnte über das Geräusch des Ozeans hinweg neue Schritte auf dem Flur vernehmen. Sie wirkten nicht wie die anderen, die sie schon kannte, waren leichter und flinker. Etwas strich an der Tür entlang.

Rachaela hielt den Atem an. Etwas Fremdes lief den Korridor hinunter. Dann war es verschwunden.

Sie konnte sich fast eine Minute lang nicht dazu überwinden, die Tür zu öffnen, und als sie es schließlich doch tat, war natürlich nichts mehr geblieben, was ihr verraten hätte, wer oder was vorbeigekommen war.

Also eine weitere Frage. Im Korridor hing ein seltsamer Duft. Er erinnerte sie an etwas Angenehmes. Doch sie wußte nicht mehr, woran.

»Du muß Cheta eine Liste mit den Dingen geben, die du benötigst. Der Lieferwagen, der die Ferienhäuser anfährt, hat fast alles dabei, jedenfalls die meisten bekannten Markenartikel«, lautete Annas Antwort auf ihre erste Frage.

»Ich würde aber lieber selbst auswählen«, widersprach Rachaela.

»Oh, nein. Wäre es das denn wert, dieser lange und beschwerliche Weg. Hinter dem Wald liegt die Heide, mußt du wissen. Es geht ständig nur bergauf. Cheta ist sehr stark, nicht wahr, Cheta?«

»Ja, Miss Anna.«

»Du bist doch nicht an eine solche Wanderung gewöhnt. Sieben Meilen.«

Rachaela merkte, daß die Entfernung größer zu werden schien.

»Könnte ich nicht ein Auto mieten, das mich in die Stadt bringt?«

»Oh, aber meine Liebe – das ist so teuer. Die Stadt liegt fünfunddreißig Meilen von hier.«

Sollte Rachaela das tatsächlich glauben?

»Außerdem ist es so fürchterlich umständlich, ein Auto zu mieten. Wir haben kein Telefon im Haus.«

»Am Bahnhof hat mich aber ein Auto abgeholt.«

»Im Dorf gibt es eine öffentliche Telefonzelle. Carlo hat die Firma von dort aus angerufen. Wir mußten ihnen ja auch noch die Wegbeschreibung durchgeben.« Dann also umständlich, aber nicht völlig unmöglich. Anna wollte sie jedoch augenscheinlich endgültig entmutigen. Sie würde dieses Thema vorerst ruhen lassen. Der vielgepriesene Lieferwagen würde vielleicht Batterien und andere wesentliche Grundausstattungsgegenstände mit sich führen.

An diesem Abend lagen fünf Gedecke auf dem Tisch. Es waren nur noch zwei weitere Scarabae erschienen – die beiden alten Männer von dem blauen Schachbrett. Dorian und Peter. Sie aßen mit gierigen Bissen wie Wespen und starrten hin und wieder zu Rachaela hinüber, damit sie nur ja keine ihrer Bewegungen versäumten. Sie sprachen nicht mehr als ein oder zwei Worte. Rachaela war froh, daß sie nicht mit den beiden gefrühstückt hatte.

Drei alte Frauen hatten den Raum während der Mahlzeit, die aus Soufflé und Fisch mit einer scharfen Sauce bestand, betreten. Die Namen der alten Frauen waren Miriam, Livia und Unice, was wie gewöhnlich nicht sehr viel bedeutete. Sie blieben nicht, verschlangen Rachaela nur mit den Augen und trippelten dann wieder hinaus.

»Vor meinem Zimmer war irgend etwas«, sagte Rachaela schließlich.

»Wahrscheinlich Onkel Camillo«, meinte Stephan. »Er spielt einem gerne seine kleinen, dummen Streiche.«

»Ja, ich glaube, ich habe ihn auf einem ausgestopften Pferd gesehen. Und er hat mich verfolgt.«

Anna schüttelte traurig den Kopf. »Camillo ist sehr, sehr alt«, sagte sie ziemlich ernst. »Sehr ungezogen. Aber harmlos, wie ein albernes Kind.«

»Es war nicht Camillo.«

Anna zögerte. »Im Haus gibt es eine große Katze. Eine Kreatur der Nacht. Wir sehen sie nur selten, sie führt ihr eigenes Leben.« Rachaela schüttelte den Kopf. »Ich glaube nicht, daß es eine Katze . . .«

Die Tür wurde geöffnet.

»Das ist Sylvian«, stellte Anna vor, »Sylvian, das ist Rachaela.«

Der Verstümmeler von Büchern trat langsam vor, die Hände vor der Brust verschränkt, und seine Augen fraßen sich regelrecht in Rachaelas Gesicht.

»Ich wollte dich schon kennenlernen«, sagte Rachaela. »Warum streichst du die ganzen Wörter durch?«

»Die Wörter«, wiederholte Sylvian. Er sah viel zu zerbrechlich aus, als daß man ihn mit Fragen traktieren könnte, doch das konnte sie jetzt auch nicht mehr abhalten. Sie wirkten ohnehin alle so zerbrechlich wie die zarten Flügel von Grashüpfern und waren doch so gefräßig wie Heuschrecken. »In der Bibliothek. Dort ist auch ein Globus, auf dem die Kontinente durchgekratzt wurden.«

»Worte bedeuten überhaupt nichts«, meinte Sylvian. »Sie häufen sich an wie der Staub.«

»Worte vermitteln Konzepte und Träume«, widersprach Rachaela.

»Was ebenfalls keine Bedeutung hat.«

»Also verstümmelst du die Bücher.«

»Ich korrigiere sie«, berichtigte Sylvian mit seiner krächzenden, festen Stimme. Er löste die Hände voneinander und breitete die Arme aus. »Wenn ich fertig bin, wird die Bibliothek gesundet sein.«

»Ich hoffe, ich werde irgendeinen Abschnitt finden, den du noch nicht zerstört hast«, sagte Rachaela eisig.

»Die Nordwand«, erklärte er zuvorkommend. »Daran muß ich noch arbeiten. Eine langwierige Aufgabe.«

»Sylvian tut das, was er für richtig hält«, sagte Anna, die

Übersetzerin. »Es tut mir leid, wenn du die Bücher lesen wolltest. Ich lasse mir Bücher aus der Stadt mitbringen. Erlaube mir, daß ich auch für dich einige mitbestelle. Wenn du mir so ungefähr sagen könntest, was ...«

»Werden die Bücher hierher geliefert?« fragte Rachaela hastig.

»Oh, nein. Der Lieferwagen bringt sie ins Dorf, und Carlo holt sie für mich ab.«

»Aha.«

»Und der Globus«, Stephan lächelte gütig, »ist nicht Sylvians Werk. Alice hat ihn mit einer Hutnadel zerkratzt.«

»Die Orte, von denen die Familie vertrieben wurde«, fügte Anna erklärend hinzu.

»Die Pogrome«, sagte Rachaela.

»Oh, Sascha gebraucht dieses Wort, weil sie es für angemessen hält. Belassen wir es dabei.«

»So viele Länder haben die Scarabae vertrieben.« Rachela erinnerte sich plötzlich wieder lebhaft an die zerkratzte Oberfläche des Globus.

»Warum?«

»Die Familie ist uralt«, antwortete Anna.

»Und unbeliebt«, kicherte Stephan.

»Abergläubische Ängste der Unwissenden«, meinte Anna.

»Wovor?«

»Wir sind anders. Das hast du doch bemerkt. Wir stehen uns alle sehr nahe und haben unsere eigene Art zu leben.«

»Die Fenster hier«, stieß Rachaela willkürlich hervor.

»Einige von ihnen stammen aus unseren anderen Häusern. Wir sind hier sicher.«

»Aber die Fenster«, beharrte Rachaela, »Szenen aus einer Bibel der Hölle.«

»Genau«, bestätigte Anna schlicht. »Einige von ihnen wurden von dem Pöbel zerbrochen und von Künstlern wieder zusammengesetzt. Nicht alle sind alt. Es wurden auch einige neue angefertigt.«

»Und euch mißfällt die Aussicht vom Haus.«

»Uns mißfällt das Tageslicht.«

Rachaela erinnerte sich an die Doppeltüren in der Halle. Sie stellte sich Cheta und Carlo auf ihrer Reise ins Dorf vor, vermummt wie in einem Schneesturm.

Kreaturen der Nacht also, genau wie ihre Katze.

»Und ihr erwartet von mir, daß ich so lebe?« fragte Rachaela ungläubig.

»Es wird dir bald als sehr angenehm erscheinen«, sagte Anna.

Dorian und Peter lachten plötzlich auf ihren Stühlen, ein Lachen wie aus einer Kehle.

Rachaela bohrte weiter. »Darf ich nicht hinausgehen?«

»Natürlich. Natürlich, Rachaela. Bei Nacht oder Tag. Oh, laß mich dir den Garten zeigen. Komm.«

Stephan eilte Anna voraus, um die schon angelehnte Tür, die Rachaela bereits am Abend zuvor entdeckt hatte, weit für sie aufzureißen. Sie führte in einen Wintergarten mit gigantischen Pflanzen. Farne ragten bis hinauf zu dem Glasdach. Das Glas war geriffelt und reich verziert, ansonsten jedoch klar. Der Kopf eines steinernen Löwen stand inmitten der Blumenkübel.

»Hier entlang«, Anna öffnete eine zweite Tür, die in die freie Nacht hinausführte.

Rachaela keuchte vor Erleichterung. Die Luft war angefüllt mit dem Geruch von Blättern und Frost, dem nächtlichen Atem der riesigen Bäume.

Über dem Land hing ein runder Mond, ein heiler Kristallüster. Mit seinem blauweißen Schein beleuchtete er einen wildwuchernden und ungezähmten Phantasiegarten. Eine Eibe, eine Pappel und eine Zeder breiteten ihre riesenhaften Äste über ihren Köpfen aus; Eichen ragten empor wie Säulen, die den Himmel stützen wollten. Ein Dach aus kahlen Zweigen, die im Sommer einen Sonnenschirm aus Laubwerk bilden würden. An den Bäumen wucherten Efeuranken, und wilde Rosensträucher wuchsen an der Zeder hinauf. Die See brauste und donnerte unermüdlich gegen die Mauern der Nacht.

»Am Ende des Gartens befindet sich ein kleines Tor. Ein Pfad führt die Klippe entlang. Er ist ziemlich sicher, wenn man vorsichtig ist«, erklärte Anna. Sie hob ihr Gesicht voller Falten und Krater dem Balsam des Mondes entgegen.

»Kannst du die Kiefern riechen?« fragte sie. »Es sind schreckliche Bäume, sie würden alles überwuchern, wenn sie nur könnten. Carlo reißt sie im Garten aus und mäht auch den Rasen im Sommer.« Sie huschte umher wie eine alternde Fee. Die anderen wagten sich murmelnd und säuselnd hinter Rachaela in den Garten. Stephan bahnte sich seinen Weg durchs Gebüsch, um die Rosen zu inspizieren, Dorian und Peter posierten grotesk auf dem rauhen Gras. Sylvian blieb im Türrahmen stehen.

Es gab auch eine Monduhr im Garten, ein Halbmond, der aussah wie ein Totenkopf. Die Uhr konnte jedoch die Zeit nicht angeben, es gab keine Ziffern.

Rachaela schob sich durch die Rosenranken auf das Tor zu. Sie versuchte es zu öffnen und fand es unverschlossen. Draußen eröffnete sich ihr die freie Nacht, die Klippe mit ihren Knäueln aus wilden Blumen; eine Terrasse aus Kiefernbäumen. Die See unterhalb der Klippe war glatt wie silbriges Zigarettenpapier.

Ozon, Salz, Kohlenstoff, Dioxyd.

Hinter ihr standen die Alten, von ihrer Freude angenehm gerührt, betrachteten sie sie mit hungrigen Augen in blassen, faltigen Gesichtern.

Sie erwachte und erschrak über die grellen Schockfarben des Fensters, die sich in ihre Augen brannten. Die Turmuhr behauptete, es wäre zehn.

Rachaela kam der Gedanke, daß sie wie gewohnt um halb acht erwachte, wie in den Tagen von Mister Gerard und dem Laden. Zehn bedeutete somit also halb acht, und das halb neun der schwarzen Uhr mit den Engeln bedeutete ebenfalls halb acht. Die Logik dieser Tatsache stimmte sie fröhlich. Es bedeutete einen Triumph über das Haus. Sie schlug die Laken zurück und mit ihnen den Körper des goldenen Teufels, der sich, während sie schlief, über ihr ausgebreitet hatte. Heute brauchte sie keine Entdeckungsreise durch die Korridore und Räume des Hauses. Die Freiheit des Gartens und des Klippenpfades lag vor ihr. Sie würde sich gar nicht erst mit dem Frühstück aufhalten, wie sie das auch in ihrem früheren Leben oft getan hatte. Sie vermißte ihren Kaffee. Vielleicht würde ihr Cheta eine Dose löslichen Kaffee von dem mysteriösen, sieben Meilen entfernten Lieferwagen mitbringen können.

Es wäre ein Spaß, Cheta und Carlos mit ihrer eigenen neckischen Liste loszuschicken, Sachen, die die Alten nie brauchten – Batterien und Tampons.

Im unteren Teil des Hauses war wahrscheinlich noch niemand. Dorian und Peter nahmen ihr Frühstück im Morgenzimmer ein – wo immer das auch sein mochte.

Sie lief nach unten. Die zwei hohen Fenster reflektierten ihre violetten Urnen und safrangelben Sonnenuntergänge auf den schachbrettgemusterten Bodenfliesen. Die hölzerne Nymphe wachte auf ihrem Posten.

Einem Impuls folgend, näherte sie sich der eisenumrahmten Tür. Sie rüttelte daran, doch fand sie verriegelt. Als sie sich den Aufbau des Hauses ins Gedächtnis zurückrief, schien es ihr, als müsse diese Tür in den Turm führen. Daß sie verschlossen war, paßte nur allzugut in das kapriziöse Mysterium dieser Kirche der blinden Spiegel.

Rachaela ging durch das Wohnzimmer ins Eßzimmer. Der Tisch war leer, und Maria polierte ihn gerade gemächlich. Der mit jahrealtem Staub überzogene Lüster sah von oben auf sein Spiegelbild hinunter.

»Guten Morgen, Maria.«

»Guten Morgen, Miss Rachaela.« Maria fuhr wie in Trance mit ihrer Arbeit fort.

Rachaela ging auf den Vorhang zu und zog ihn zurück, die Tür dahinter war geschlossen.

Würde sie sich immer noch auf den Wintergarten öffnen, oder wäre er auf geheimnisvolle Weise verschwunden? Als sie die Tür öffnete, war sie plötzlich im brutalen Weiß des Tageslichtes gebadet. Ihr schwindelte, und sie hätte sich beinahe ihre Augen zugehalten. Tageslicht – schon ungewohnt. So schnell hatte das Haus sie geblendet und in seinen krankhaften Bann gezogen.

Sie vernahm ein Stöhnen, und als sie den Kopf wandte, sah sie Maria mit blinden Augen aus dem Raum hasten. Rachaela drängte in das kristallklare Leuchten des Gartens hinaus und zwang ihre Augen, sich langsam an das strahlende Licht zu gewöhnen. Nach zwei oder drei Minuten kehrte ihr Sehvermögen zurück. Sie stand still und genoß das helle Licht. Auch die Pflanzen blühten auf, denn die Sonne schien heute, und der gläserne Raum war schon ziemlich warm.

Rachaela bahnte sich einen Weg durch den Blätterwald, bog die grünen Federn des Riesenfarns und die außerhalb der Saison blühenden Trompetenlilien auseinander.

Obwohl die Tür zum Wintergarten am Abend auch geschlossen war – was den Pflanzen gewiß nicht sonderlich behagen konnte –, fand sie diese jetzt nur angelehnt vor. Auch die Haustüren blieben nach Einbruch der Dunkelheit geöffnet. Die Nacht war in dem Haus willkommen, nicht so der Tag.

Auf dem Steinfußboden neben dem Türeingang lagen Lilienblüten. Nein. Keine Blüten. Kräftige, weiße Federn waren wie eine Opfergabe überall auf dem Boden verstreut worden. Und sie sah auch Blut.

Sie mußte an die Katze denken, die Anna erwähnt hatte. Die Federn waren jedoch riesig, große Schwanzfedern, und sicherlich würde die Katze nichts von dieser Größe angreifen. Möglicherweise eine große Möwe. Rachaela verdrängte die beunruhigenden Gedanken an die weißen Federn. Sie wollte sich an diesem Tag von nichts ablenken lassen, riß die Tür weit auf, schloß sie hinter sich und trat hinaus in die frische Luft.

Der Wintertag war kalt, aber nicht eisig. Die Sonne balancierte am hellblauen Firmament zwischen zarten, schaumigen Wölkchen. Die Kiefern formten eine schwarze Wand. Auf dieser Seite des Hauses hatte sie sich weit vorgewagt und bildete hinter den winkligen Streben ihre Terrasse, die über die Steilkante der Klippe auf die See hinunterblickte. Der Pfad war gut zu übersehen und sehr breit. Ziemlich sicher, genau wie Anna gesagt hatte. An seinen Rändern wuchsen wilde Blumen, wie flammende Sterne; Blumen, die hier eigentlich gar nichts verloren hatten, da der Frühling noch in weiter Ferne lag. Die Klippe machte einen Buckel, und bevor sie abfiel, ging es um eine Kurve. Durch einige Spalten im Fels konnte man die Wellenbrecher erspähen, die zweihundert Meter in der Tiefe an den Felsen zerbarsten.

Von der Klarheit des Lichts und der Frische der Luft angeregt, lief Rachaela den Pfad entlang. Die Aussicht auf das Meer war schwindelerregend.

Sie wußte um die Todessehnsucht, die ein gähnender Abgrund auf Menschen ausüben konnte, auch um die Leichtigkeit, mit der man sich fallen lassen konnte, und hielt sich an die sichere Mitte des Pfades.

Sie bog um eine Kurve, und danach führte der Weg direkt zwischen dichtwachsenden Kiefern weiter.

Sie blickte zum Haus zurück. Blaßgrau, von Regenschauern und anderen Wettereinflüssen und dem Einfluß samtiger Rankenfiguren fleckig und feucht. Die Dächer mit ihren emporgereckten Zinnen, der Rauch ihrer Schornsteine mit ihren Brüstungen, der Gürtel aus Wetterfahnen, von denen es jede einzelne fertigbrachte, in eine andere Richtung zu weisen. Die Kuppel des Turmes war gerade noch zu sehen. Selbst die Fenster konnten diese starre Fassade nicht durchbrechen, obwohl einige fast bis auf den Boden hinunterreichten. Sie bildeten ein undurchsichtiges Hexengebräu aus Dunkelheit. Hier und da erstrahlte in einem von ihnen ein inneres Leuchten in gähnendem Rosa oder mattem Grün, das wie abgestandenes Wasser aussah, oder in dem Blau alter Medizinfläschchen. Doch wirkten sie eher wie Edelsteine, nicht wie Öffnungen.

Bleib draußen, schienen diese Fenster zu sagen.

Ein geizendes Haus, abweisend und unbeherrscht. Es brodelte regelrecht in dem grauen Totenkopf seiner Mauern.

Rachaela bewunderte es. Es übte eine magische Anziehung auf sie aus. Das, was ihr am wenigsten daran gefiel, das Erdrückende dieses Gefängnisses, schmeichelte selbst noch, als ihr Körper von den Windböen des echten Windes belebt wurde, ihrem Kunstverständnis und ihrem Intellekt. Sie würde dem Haus früher oder später erliegen, Anna hatte recht gehabt. Warum dagegen ankämpfen.

Sie folgte dem Pfad in den schwarzen Kiefernwald hinein. Nadeln raschelten unter ihren Stiefeln. Die Erde war fuchsrot. Um einen Baumstumpf lagen noch mehr Federn verstreut; doch hier draußen, in dem wilden Wald, war das in Ordnung, wenn die Katze ihrem schrecklichen Mordtrieb nachgab.

Die Bäume wurden spärlicher, und die Landschaft veränderte sich. Die Kiefern endeten in einem kraftstrotzenden Finale am Rande einer weiten Graslandschaft, die mit einem Polster aus Heidekraut und Ginster bewachsen war. Unter ihr erstreckte sich das Meer, und nach oben sah man weit und breit nur Heideland. Weit entfernt erspähte sie kleine Buchten, grünumrandete Klüfte, von der Gischt aschgrau gefärbt.

Und zudem noch das Anschwellen des hügeligen Landes, blasses, mit Brauntönen durchwebtes Grün, ein seltsamer Baum, der plötzlich wie ein Mast aufragte, und ganz in der Nähe ein riesiger, schräger Felsbrocken, die einem abgestürzten Blitz ähnelte.

Rachaela ging auf den Fels zu. Er war so alt wie die Bäume, sehr wahrscheinlich sogar noch um einiges älter. Möglicherweise hatte er schon erlebt, wie die Römer an diesen Küsten landeten. Vielleicht waren sie an ihm vorübermarschiert, hatten ihn bewundert oder Gebete zu ihren eigenen Göttern vor ihm gemurmelt.

Kaninchen, die das Gras knabberten, schossen davon, als sie sich ihnen näherte.

Der Fels war von einer schmutzigweißen Farbe und ziemlich kariös. Seine eigenartige, zackige Gestalt erinnerte an Legenden der Gewalt. Diese war hier jedoch ohne Bedeutung, ebenso wie die vorbeimarschierenden Römer.

Worte bedeuten nichts, hatte Sylvian gesagt.

Natürlich nicht, nichts war von Bedeutung. Nicht einmal das hier. Nicht einmal sie, Rachaela, die hier stand mit ihrer Kapuze aus schwarzem Haar, ihrem Londoner Mantel und ihrem weißen Gesicht, das immer noch das einer jungen Frau war; nicht einmal sie oder das, was aus ihr werden würde, spielte hier eine Rolle.

Sie würde sich mit deren Altersvirus infizieren. Sie würde uralt werden, hager und porös und zäh, genau wie sie. Vielleicht würde ihr Haar grau werden und ihre Brüste herabhängen wie verdorrte Pflaumen. Und auch ihre Zähne würde sie genau wie die anderen behalten. Bei den Scarabae gab es keine Anzeichen irgendeiner Knochenschwäche, keine Arthritis, kein Humpeln, keine Gicht. Der metallisch glänzende Schnee ihrer

Haare war so dicht wie ihr eigenes. Ihre Augen wirkten sogar noch schärfer mit ihrem barbarischen Glanz.

Es war dumm sich zu fragen, was sie hier zu suchen hatte. Sie hatte sich in das Unvermeidliche gefügt.

Die nörgelnde Stimme ihrer Mutter, die sie niemals ganz zum Schweigen bringen konnte, warnte Rachaela immer noch vor den Scarabae, doch selbst diese Warnungen hatten sie, wie es schien, noch weiter in ihr Lager getrieben.

Ihre Furcht vor ihnen war dahingeschmolzen. Sie saß in der Falle.

Und wenn sie so alt war wie die Scarabae, was kam dann? Sie war nicht wie sie. Sie war die *Außenseiterin*. Das war ihr Sinn und Zweck.

Rachaela umrundete den Fels. Sie hatte seltsame Kratzwunden an den Stämmen mancher Kiefern gesehen, und in der Erde unter dem Fels befanden sich lange Krallenspuren, wie von einer Harke gezogen.

Würde sie von hier aus zum Dorf laufen können? Sechs oder sieben Meilen. Wie lange würde sie brauchen? – der Weg sah ziemlich uneben aus. Und sie wußte nicht, in welche Richtung sie gehen mußte.

Eine düstere, schwärende Wolke war über den Horizont gekrochen und hatte die Sonne verdeckt. Schwarzes Licht verdunkelte die Heide. Sie würde zu dem Hügel laufen und von dort aus Ausschau halten. Dann würde sie müde sein, denn sie war das Wandern nicht gewohnt. Sie würde zurück zum Haus gehen, um zu essen, sich dann in ihr Zimmer zurückziehen und Musik hören. Morgen würde sie weiter laufen.

Wie abgelegen diese Heide war. Niemand auf der Welt, nur sie und die Scarabae.

An diesem Abend trug Rachaela ihr grünes Kleid und eine Kette aus grünen Glasperlen, die sie auf einem Wohltätigkeitsbasar erstanden hatte.

Anna und Stephan saßen auf dem Sofa im Wohnzimmer und tranken bereits ihre seltsamen Aperitifs.

Rachaela nahm sich ein Glas Weißwein.

»Hast du den Spaziergang genossen?« fragte Anna freundlich.

»Sehr.« Völlig übermüdet, war sie nach ihrer Rückkehr im Licht des Fensters und zu Klängen von Verdi eingeschlafen.

»Welcher Weg führt ins Dorf?«

»Über die Heide. Aber es sind acht Meilen. Das ist sicher zu weit für dich?«

»Vielleicht werde ich dafür trainieren. Das Laufen wird mir guttun.« Sie gingen hinüber ins Eßzimmer, auf dem Tisch lagen drei Gedecke. Cheta und Maria trugen das Essen auf. Maria hatte sich von ihrem Schmerz erholt, der Explosion des Tageslichts aus dem Wintergarten.

Es gab Spargelsuppe und dann ein Fleischgericht, Bratenscheiben in einer Sauce. Das Fleisch schmeckte seltsam fischig und war ziemlich sehnig.

»Was ist das für Fleisch?«

Anna blickte sie entgegenkommend an.

»Seemöwe.« Und dann: »Ich hoffe doch sehr, daß dir das nichts ausmacht?«

Rachaela hatte aufgehört zu essen und ihre Gabel beiseite gelegt. Möwe war auch nicht schlimmer als Kaninchen oder Lamm, aber es wirkte auf sie irgendwie anstößig. Sie wollte nicht mehr davon.

»Ich fürchte, diese Vorstellung gefällt mir gar nicht«, meinte sie.

»Unsere Gewohnheiten entspringen rein der Notwendigkeit.«

Wer hatte diese Möwe erlegt und ihre Federn überall auf dem Boden verstreut? Sicher nicht die Katze, wie sie zuerst vermutet hatte.

»Ja, das kann ich sehr gut verstehen. Aber ich möchte trotzdem lieber nichts mehr essen.«

Es folgte eine Apfeltorte, und Anna drängte sie, zwei Portionen zu nehmen, was sie dankend ablehnte. Sie war an spärliche Mahlzeiten gewohnt. Nach dem Abendessen unterhielten sie sich nicht. Stephan stierte ins Feuer, Anna stickte lange Blumengirlanden und Ranken aus grünen Blättern. Rachaela saß schweigend daneben und entschuldigte sich schließlich.

Auf dem Korridor spürte sie eine prickelnde Unterströmung in der abgestandenen Luft. Irgend etwas war vorübergegangen oder verharrte noch in den Schatten. Sie ging zu der Tür, von der sie annahm, daß sie in den Turm führte, und drückte die Klinke herunter. Sie war immer noch verschlossen.

Eine alte Frau in Purpur kam die Treppe herunter und ging mit einem kurzen Blick an ihr vorbei. Rachaela versuchte erst gar nicht zu erraten, ob sie ihr schon begegnet war. War es Livia, oder Unice? Würde sie überhaupt einen von ihnen wiedererkennen? Anna und Stephan, möglicherweise. Und Sylvian, den Zerstörer.

Auf dem Flur im ersten Stock lag ein Geruch von Wärme, von etwas Lebendigem, doch nichts rührte sich. Auf der Schwelle lag keine Maus.

Jenseits des verschlossenen Sarkophages, den dieses Haus darstellte, erhob sich der Wind, stöhnte um seine Ecken herum.

Regen trommelte gegen das Fenster der Versuchung. Der kühle, stille Tag endete in einem Sturm. Rachaela stellte sich vor, wie der Regen in den Wintergarten, gegen die Doppeltüren an der Vorderseite des Hauses und durch jede Ritze, die für die Nacht geöffnet worden war, peitschte. Donner krachte gegen das Haus, als wolle er es abreißen. Das Gebäude erbebte. Rachaela öffnete die Augen und setzte sich auf. Hinter dem verdunkelten Fenster pulsierte und waberte der Regen, und der Wind und die See machten ein Geräusch, in dem man urzeitliche Schreie und das Einstürzen von riesigen Mauern in der Ferne erkennen konnte.

Die Luft knisterte wie elektrisiert, und auf ihr lag ein Schimmer wie unsichtbares Feuer.

Rachaela wünschte sich, sie könnte den Sturm vom Fenster aus sehen. Sie saß aufrecht im Bett und wartete auf den Blitz. Er kam. Das Bild im Fenster erstrahlte in geisterhaftem Blau und Ockergelb; sekundenlang prägte es sich auf den Raum, auf Rachaelas weiße Arme und Gesicht.

In einem Sessel auf der anderen Seite des Zimmers saß etwas und sah sie an. Das Licht war verschwunden. Hatte sie sich geirrt – war es eine Sinnestäuschung gewesen?

Ganz langsam streckte sie die Hand nach den Streichhölzern

und der Kerze auf dem Nachttisch aus. Sie mußte dieses primitive Licht zum Leuchten bringen, um sehen zu können.

Rachaela entzündete das Streichholz.

In dem Sessel saß ein Mann, Schwarz in der Dunkelheit, Blässe auf dem Schwarz.

Onkel Camillo . . . Camillo, der Schelm war in ihr Zimmer eingedrungen.

Ihre Finger wurden taub, sie hielt das Streichholz an die Kerze und nahm sie in die Hand. Ihr Schein durchdrang den Raum, und der Mann war wirklich da.

Es war nicht Camillo.

Er sagte, »Du magst Stürme.«

»Ja, aber ich mag es nicht, wenn sich Fremde in mein Zimmer einschleichen.«

»Ich bin kein Fremder, Rachaela.« Selbst im Sitzen wirkte er groß. Sie konnte nicht erkennen, was für Kleidung er trug; etwas Dunkles. Sein schwarzes Haar schien einzig als passender Rahmen für sein Gesicht zu fungieren. Das Gesicht selbst war ein Bildnis aus Licht und Schatten, die Konturen seines Gesichtes in scharfen Zügen auf die Haut gezeichnet. Er war nicht alt, vielleicht so alt wie sie. Seine Augen glichen jedoch nicht den Augen der Anderen, sie blickten schwarz und starr, wie Seen aus dunkler Farbe.

»Das ist mir egal«, sagte Rachaela mit Nachdruck, »ich will, daß du gehst. Sofort.«

»Aber ich möchte dich betrachten. Ich mußte fast dreißig Jahre darauf warten. Ich bin neugierig.«

Sein Gesicht wirkte unglaublich vertraut. Es war ihr eigenes Gesicht.

»Wer bist du? Einer der Scarabae?«

»Der letzte, abgesehen von dir.«

»Du willst mir also weismachen, daß du mein Vater bist.«

»Du hast rein gar nichts von deiner Mutter. Hat sie dir nie übelgenommen, daß du aussiehst wie ich?«

Ungewollt erschien das Gesicht ihrer Mutter vor ihrem inneren Auge, der abschätzige Blick, die stets vorhandenen Feindseligkeiten.

Eine Mutter, die nie vertraute, nie tröstete, und die stets nur

Geschichten von düsteren Dingen erzählte, von dem Wolf, der das Haus der Schweinchen umblies ...

»Du bist viel zu jung, als daß du mein Vater sein könntest.«

»Ich sehe jünger aus als ich bin. Ebenso wie du, Rachaela.«

Er sprach ihren Namen aus, als würde er ihn auf dem Gaumen kosten wollen.

Sie zog die Laken nicht hoch, um ihr Nachthemd zu bedecken, wich seinem Blick nicht aus. »Du mußt verrückt sein«, sagte sie. »Verrückt, wenn du mein Vater bist, und verrückt, wenn du es nicht bist.«

»Wo sonst könnte ich sein, wenn nicht hier?« fragte er.

Es blitzte erneut, und der Donner folgte sofort.

Irgendein Luftzug oder eine Vibration löschte die Kerze, wie in einer der klischeehaftesten Romanerzählungen.

In der pechschwarzen Dunkelheit hörte sie den Sessel flüstern, vernahm das Murmeln der Tür, als sie sich öffnete.

Und wieder schloß.

4

Sie waren genauso gekleidet, wie sie es vorhergesehen hatte, mit langen Mänteln und Stiefeln, Schals um ihren Hälsen, Handschuhen an den Händen. Er trug einen schäbigen, alten Hut und sie ein Kopftuch in unpassend grellen Farben.

Beide trugen dickrandige Sonnenbrillen: Angezogen für die Schweizer Alpen.

Sie verharrten in Schweigen.

Rachaela hatte sie, von Anna am Abend zuvor alarmiert, in der Küche aufgespürt.

»Morgen werden Çheta und Carlo zu den Ferienhäusern gehen. Hast du deine Liste fertig? Sie werden früh aufbrechen.«

Anstatt jedoch Cheta ihre Liste zu geben, war Rachaela persönlich um acht Uhr in der Küche erschienen, deren Standort sie herausgefunden hatte, als sie die beiden durch den engen Flur, der von der Halle abführte, hatte hasten sehen.

Carlo hatte sie inzwischen beim Unkrautzupfen im Garten kennengelernt. Der Garten war überaus fruchtbar und wucherte vor sich hin, egal zu welcher Jahreszeit.

Er war ein großer, muskulöser, alter Mann, wie ein Zigeuner – und trotzdem sah er genauso aus wie der ganze Rest. Dasselbe Gesicht und die starren, verschleierten Augen von Michael, Cheta und Maria.

»Ihr geht ins Dorf. Ich komme mit euch.«

»Es ist ein langer Fußmarsch, Miss Rachaela.«

»Ja, ich weiß. Neun Meilen, oder zehn.«

Cheta warf Carlo einen kurzen Blick zu. Wie konnte sie ihr widersprechen, wenn sie darauf bestand?

Seit einer Woche trainierte sie jetzt ihren Körper, hatte täglich weite Entfernungen an den Klippen entlang und über die Heide zurückgelegt. Sie war bis zu den entfernter liegenden Hügeln und zurück gewandert. Ein Marsch, von dem ihre jetzt aufgezogene und auf ihre geschätzte Weckzeit von sieben Uhr dreißig eingestellte Uhr behauptete, daß er drei Stunden gedauert hätte. Sie würde es mit Cheta und Carlos langem Fußmarsch aufnehmen können.

Die Küche war riesig, voller Spülbecken, Regalen und Pfannen; ein schwarzer Herd war zu sehen, der wahrscheinlich nie benutzt wurde, da an seiner Seite ein ältlicher Gaskocher kauerte. Gas war ins Haus gekommen und geblieben, jedoch nur in der Küche und in den Boilern im Badezimmer. Der Küchenboden war aus Stein, und der Holztisch auf seiner Mitte blankgeschrubbt. An den Wänden waren ganz klar Mauselöcher zu sehen. Sie stellte sich den nächtlichen Raubzug der Mäuse vor, und die wie Nachtkatze über sie herfiel. Eine Vorratskammer ging von der Küche ab.

Die geisterhaften Scarabae, die nicht diniert hatten, würden sie wohl in der Dunkelheit heimsuchen, wie die Mäuse. Sie stellte sich vor, wie Onkel Camillo sich mit kalter Seemöwe vollstopfte.

Es gab Gläser mit eingelegtem Fisch und Eingemachtes, dunkelbraun und malvefarben.

Auf dem Tisch lagen zwei rotgrüne Kohlköpfe und ein großes Messer. Die undurchlässigen weißen Fenster wurden von

Blättern aus kohlfarbenem Glas beherrscht; Öllampen standen bereit, die Essensvorbereitungen zu beleuchten.

Eine seltsame Unterwasserküche.

Und hier standen sie, die zwei Reisenden, zögernd, in ihrer alpinen Kleidung und mit ihren schwarzen Schutzbrillen.

»Ein herrlicher Morgen«, tönte Rachaela und öffnete die Tür. Draußen lag ein gefliester Korridor, und natürlich, eine zweite Tür.

»Gehen wir?«

Sie folgten ihr, und wie zwei widerspenstige Hündchen schlichen sie durch die zweite Tür hinein in das feindliche, blasse Sonnenlicht. Nach dem Sturm war das Wetter die ganze Woche lang ziemlich gut gewesen.

Der Sturm hatte sowieso nicht mit der Gewalt zugeschlagen, wie sie angenommen hatte. Der Traum hatte sich zusammen mit ihm verflüchtigt. Am Morgen, als sie erwachte und sich daran erinnerte, war sie noch lange im Bett geblieben und hatte darüber nachgedacht.

Es konnte kein Zweifel bestehen, daß es ein Traum gewesen war, der Donnerhall, die Wucht der Blitze, der Mann, der in ihrem Zimmer gesessen hatte.

Später war sie aufgestanden und hatte den Sessel untersucht, als ob auf ihm irgendein physischer Eindruck hinterlassen worden sein könnte.

Doch in Wahrheit hatte sie sofort gewußt, daß es ein Traum war. Sie waren schon oft in ihren Tagträumen aufgetaucht, der große Mann und das Treffen im tosenden Sturm. Natürlich mußte sie hier solche Träume haben. Und natürlich hatte sie ihren Vater aus den Gliedmaßen und dem Körper des Hauses erschaffen. Er war das Phantomwesen ihrer Jugend, der böse, schwarze Wolf, der den ungewollten Samen in das Leben ihrer Mutter geblasen hatte.

Egal wie vernünftig sie es jedoch auch bedachte, die Wirklichkeit des Traums hatte den Tagen, die ihm folgten, einen seltsamen Anstrich verliehen. Wenn sie sich nachts ins Bett legte, fragte sie sich, ob er wieder auftauchen würde. Ihre Träume beschränkten sich jedoch auf den gewöhnlichen Unsinn. Sie träumte von der Buchhandlung und von Mister

Gerard, der die Regale mit Keksen bestückte, oder von den Wohnungen, die von einem Bulldozer dem Erdboden gleichgemacht wurden, und von Fledermäusen, die den Überresten entfleuchten.

Vor dem Haus verlief der Pfad an der Klippe entlang, führte danach in den Wald zurück und auf die Heide zu.

Cheta übernahm die Führung. Carlo folgte ihr, und Rachaela folgte Carlo.

Drei wagemutige Forschungsreisende an diesem klaren, kalten Morgen.

Sie marschierten eineinviertel Stunden durch ihr schon fast vertrautes Gebiet und wandten sich dann dem Landesinneren zu, hinunter in den wildwuchernden Kiefernwald und die stacheldrahtartigen Schützengräben des Ginsters.

Cheta und Carlo sprachen weder miteinander noch mit Rachaela. Das wollte sie auch gar nicht. Vögel zwitscherten im Dickicht. Über ihren Köpfen segelten Möwen. Hier, weit ab von der Erhabenheit des Meeres, wirkte die Landschaft nackt und öde.

In den Felsspalten konnten sich seltsame Kreaturen verborgen halten. Es war ein Ort, an den ein Ritter kommen würde, um Drachen zu bekämpfen.

Eine halbe Stunde später tauchte eine Straße vor ihnen auf, kaum mehr als ein Feldweg, die ziellos durch das Land zog. Cheta und Carlo betraten sie und spazierten in der Mitte der Fahrbahn weiter. Sie hatten keine Angst vor plötzlichem Verkehr, und es kam auch keiner.

Kahle Hecken begrenzten die Straße, und Streifen wilder Wiesen, einst Felder, traten gelegentlich hinter ihnen zum Vorschein.

Einsame Bäume, vom Wind gekrümmt, ragten empor. Aus den nackten Sträuchern flatterten plötzlich Krähen in die Luft, und die drei kamen an den finsteren Mauern eines abgebrannten Bauerhauses vorbei.

Noch eine weitere Straße, und die Straße ergoß sich in ein Tal, und dort lag das Dorf.

Rachaela verspürte keine Müdigkeit, und das war gut so, denn sie mußte ja auch den Rückweg bewältigen, der allein fast drei Stunden dauern würde. Anna hatte vielleicht doch nicht übertrieben wegen der Entfernung.

Das Dorf war eine Enttäuschung. Graue Steinhäuser säumten beide Seiten der jungfräulichen Straße. Dunkle Winterfelder erstreckten sich auf den Hügeln, auf einem stand ein verrosteter, defekter Traktor. Überall standen Schwadronen verlassener Autos, mit eingedellten Dächern, auf deren Motorhauben tintenschwarze Krähen hockten.

Sie liefen den Fußweg hinunter und kamen an einem dunkelbraunen, kleinen Gasthof vorüber, an dem ein knarrendes Schild hing: Die Eremitage.

Im Dorf gab es einen freien Platz, und dort wartete auch schon der große, blaue Lieferwagen auf die Geschäfte.

Niemand sonst war zum Einkaufen erschienen. Die Bewohner des trostlosen Dorfes mußten ihre Einkäufe wohl schon erledigt haben und wieder in ihren armseligen Steinhäusern verschwunden sein.

Hinter dem Lieferwagen lugte eine Telefonzelle hervor. Schon aus einiger Entfernung konnte Rachaela erkennen, daß der Hörer nutzlos an dem Kabel herunterhing. Bunte Drähte quollen hervor. Sie fühlte eine plötzliche Furcht, was sie jedoch nicht überraschte. Die Telefonzelle, hier in diesem abgelegenen Niemandsland, war von Vandalen zerstört worden.

Es war anzunehmen, daß zumindest einige der Häuser auch Telefone hatten.

Sie stellte sich vor, wie sie zu diesem steinernen Dorf Meilen zurücklegte, und an eine Tür nach der anderen klopfte, ohne daß sich eine öffnete, und wie die Krähen mit ihren heiseren Stimmen von den verstümmelten Autos auf sie herunterkrächzen würden.

Sie gingen zur Rückseite des Lieferwagens, wo sich ein fetter Mann im Anorak und eine dünne Frau, mit roter Nase und Frostbeulen an den blaugeäderten Händen, gerade erhoben.

»Da sind Sie ja«, begrüßte der Mann Carlo und Cheta mit betonter Fröhlichkeit. Anscheinend war er ihren Anblick gewohnt. »Was können wir heute für Sie tun?«

Er hatte einen Londoner Akzent, der Stadt, die Rachaela verlassen hatte.

Cheta reichte ihm ihre Liste hoch.

»Nur das Übliche«, sagte der Mann, nachdem er einen kurzen Blick daraufgeworfen hatte.

»Die Dame benötigt auch einige Dinge«, sagte Cheta.

Der Lieferwagenmann blickte mit listigen Augen auf Rachaela, und sie verspürte die vertraute, alte Scham aus ihrer Kindheit, um intime Sachen bitten zu müssen, doch da standen die fröhlich bunten Tampaxschachteln, groß und breit, zwischen Seife und Brot.

Die Frau packte Mehl und Butter, Zucker und Toilettenpapier in die Leinentasche, die Cheta unter ihrem Mantel hervorgezogen und hochgehievt hatte.

Der Mann hievte zwei riesige Ölkanister auf den Tresen und stellte sie für Carlo beiseite. Rachaela hatte geglaubt, sie würde ihre Einkäufe selbst tragen müssen, und sich zurückgehalten. Doch Carlo übernahm ihre Plastiktüte. Er war der Diener der Scarabae.

Cheta fragte: »Könnten Sie das nächste Mal wieder von dem Brandy mitbringen? Zwei Flaschen?«

»Wenn ich ihn kriegen kann.« Der Mann addierte alle Waren und nannte einen Preis. Cheta bezahlte aus einem Bündel brauner Noten.

Woher nur bezogen die Scarabae ihr Geld?

Rachaela wurde nicht zum Bezahlen aufgefordert, was sie erleichterte, jedoch nicht überraschte.

Cheta und Carlo wandten sich von dem Lieferwagen ab, beladen wie die Packesel auf Postern des Tierschutzvereins gegen die Brutalität an Eseln. Es gab weder Aufschub noch Rast, geschweige denn ein geselliges Schwätzchen.

Der fette Mann und die Frau mit den Frostbeulen zogen sich zurück, als sie über die Straße gingen.

Rachaela konnte sich ihre Unterhaltung vorstellen.

»Na, das war vielleicht was.«

»Wer war sie?«

»Ein junges Ding aus der Sippe.«

»Keine Sonnenbrille.«

Das Abenteuer des Dorfes und des demolierten Telefons war vorüber. Jetzt gab es nur noch den Dreistundenmarsch zurück zum Haus. Eine Welle der Erschöpfung übermannte Rachaela. Was würden sie tun, wenn sie zurückbliebe und sich auf einem Stein ausruhte?

Nun, geduldig unter ihrer Last auf sie warten. Es tat ihr nicht leid, das Dorf zu verlassen. Es war deprimierend und enttäuschend.

Die Krähen lachten zwischen den toten Autos.

Von der abstrakten Willkür der Ereignisse geschlagen, durchstapfte Rachaela die Heide zurück zum Haus der Scarabae, hundemüde und all ihrer Widerstandskraft beraubt. Während ihrer Abwesenheit war ihr Bett mit Akribie gemacht worden. Sie gab sich niemals damit ab, warf die Laken einfach zusammen und schüttelte die Kissen auf, damit sie das Gesicht des Teufels widerspiegeln konnten.

Sie ließ sich Badewasser ein und streckte sich in der Wanne aus, während aus dem Radio, für das die Batterien jetzt sichergestellt waren, Mozartklänge ertönten. Es war ein Klavierkonzert. Es schien ihr, als hätte sie auch in ihren Träumen Klaviermusik im Haus wahrgenommen . . . Ihre sorgfältig aufgezogene Armbanduhr zeigte auf halb vier.

Um halb fünf stieg sie aus der Wanne und ging in ihr Zimmer. Sie zog sich um und legte sich aufs Bett, badete jetzt einzig in der Musik. Sie dachte ernsthaft über das Haus nach. Während der Woche ihrer Spaziergänge im Freien hatte sie es in Frieden gelassen und nur ab und zu an der eisernen Tür zum Turm gerüttelt, lustlos, sicher, daß diese zugesperrt sein würde.

Sie hatte die Gemälde im Korridor vor ihrem Zimmer etwas eingehender betrachtet und entdeckt, daß an manchen Stellen die obere Farbschicht abgeblättert war und darunter andere Bilder zum Vorschein kamen. Sie erinnerte sich an den Kopf des Ziegenbocks, der aus dem Frauenleib hervorlugte.

Und sie hatte die Küche mit ihrem Gaskocher und ihren Mauselöchern gefunden.

Sie dachte an den Sturm und den Traum von dem Mann. Sie bildete sich sehr oft ein, daß irgend etwas sie durchs Haus verfolgte. Auf der Heide verflüchtigte sich dieses Gefühl. Sie hielt es jetzt für eine Art Hysterie, da der sehr verrückte, sehr alte, alte Mann ihr weder gefolgt noch plötzlich vor ihr aufgetaucht war. Möglicherweise hatte er das Interesse an ihr verloren.

Rachaela wurde allmählich schläfrig. Nun, sie würde bis zum Abendessen mit Anna und Stephan etwas ausruhen können. Das Dinner wollte sie auf keinen Fall versäumen. Sie wollte mit ihnen sprechen; mit Anna.

Es wäre ein leichtes, einfach vor sich hinzudösen, umherzuspazieren und die Zeit totzuschlagen, als wäre das alles, was von ihr verlangt wurde.

Sie wußte jedoch, daß das nicht der Fall war. Irgend etwas wurde von ihr erwartet. Es mußte so sein. Sie war wie das Opferlamm, gut genährt und versorgt, bis zum Tage seines rituellen Todes. War es so weit hergeholt, wenn sie bezweifelte, daß die Scarabae etwas anderes mit ihr im Sinn hatten? Es war ihnen leicht zuzutrauen, ihre Pflege, ihre rituelle Schlachtung während einer vorherbestimmten Mondphase. Sie würden sie mit erbarmungslos festem Griff um Mitternacht schreiend über die Heide zerren, der starke Carlo und Cheta; und Sylvian mit dem riesigen Messer für die Kohlköpfe, das er so zaghaft hielt wie das ebenholzschwarze Lineal.

Ein weiteres Wort, das es auszulöschen galt: *Rachaela.*

Der Raum verschwand vor ihren Augen. Sie stand an einer Wegegabelung auf der Heide, nackt bis auf ihr wehendes Haar. Sie wartete, doch niemand erschien, bis auf den blauen Lieferwagen, und den fetten Mann, der anhielt und ihr fröhlich zurief: »Willst du mitfahren? Spring rein.«

Stephan kam nicht, um zu ›dinieren‹, Anna erschien allein in ihrem lagen, kohlschwarzen Gewand, ihre Stickarbeit in der einen Hand. Michael servierte ihr den Fingerhut voll Granatrot, und für Rachaela brachte er ein Glas Weißwein.

Es gab wieder Kaninchenpastete. Rachaela erinnerte sich an die Kaninchen, die sich an dem Heidekraut gütlich getan hatten. Es gab unzählig viele, eine Vorratskammer für die Scarabae. Wahrscheinlich war es Carlo, der sie jagte. Und doch hatte sie nie das Knallen eines Schusses gehört.

Sie saßen vor dem Kaminfeuer im Wohnzimmer. An den Wänden waren obskure Spiegel, übermalte Gemälde und zugezogene Vorhänge, hinter denen sich fleckige Bilder aus Glas drängten.

Die Figuren auf dem Schachbrett waren in Unordnung geraten, jemand hatte seine Wut an ihnen ausgelassen; die Königin lag auf dem Gesicht.

Kerzen brannten und die gelben Lampen. War es nun gemütlich am Feuer oder makaber?

»Anna, ich muß wirklich mit dir sprechen. Ich meine, ich hätte gern einige Antworten.«

»Was immer ich für dich tun kann, Rachaela.« Anna sprach in gütigem Tonfall, wie immer.

»Ich bin mit Carlo und Cheta ins Dorf gegangen.«

»Du bist sehr tapfer. Aber ich kann sehen, daß der Marsch dich ermüdet hat.«

»Das Dorf hat ziemlich tot ausgesehen. Und das öffentliche Telefon war zerstört.«

»Herrjeh!« Anna stickte in aller Seelenruhe weiter.

»Angenommen, man brauchte ein Telefon. Ist es sinnvoll, wenn keines im Haus ist?«

»All der Ärger, bis ein Telefon installiert ist«, meinte Anna. »Ich fürchte, wir sind auf unsere Art ziemlich festgefahren. Wir hassen Eindringlinge.«

»*Ich* bin ein Eindringling.«

»Du? Rachaela, du gehörst doch zu uns.«

»Angenommen«, sagte Rachaela, »einer von euch wird krank.«

»Wir sind niemals krank«, erwiderte Anna, »nur alt.«

»Das allein wäre doch . . .«

»Nein, Rachaela. Dieser Fall würde niemals eintreten. Wir sorgen selbst für uns.«

»Und ich«, beharrte Rachaela, »wenn ich nun jemanden anrufen wollte.«

»Es tut mir leid.«

Anna blickte von ihrer Stickarbeit hoch. Ihre scharfen Augen sagten: *Du bist allein. Du hast niemanden.* Rachaela ließ nicht locker. »Es verwirrt mich. Die Art, wie ihr hier lebt. Und wenn ich bleiben sollte, die Art, wie ich mit euch leben muß.«

»Du mußt schon entschuldigen, aber wir wissen so einiges von dir, Rachaela. Dein Mangel an gesellschaftlichen Kontakten, deine eigene Art zu leben. Fast wie eine Eremitin.«

»Ich hatte aber die Wahl.«

»Wirklich? Hast du nicht außerdem die Wahl getroffen, mit uns zu leben?«

»Nein«, sagte Rachaela. »Ich will ehrlich sein. Die Wahl hierherzukommen, wurde mir aufgezwungen. Und ihr habt mich gejagt, oder nicht?«

»Oh, ja«, sagte Anna. »Das müssen wir zugeben.«

»Ich habe dich schon einmal gefragt und ich muß dich wieder fragen. Warum?«

»Du gehörst hierher. Zu uns.«

»Dem kann ich nicht zustimmen«, log Rachaela. Anna lächelte leicht. Es war sinnlos, zu lügen.

»Ich habe hier keinerlei Verantwortung. Keine Selbständigkeit. Ich bin nur irgendeine Marionette. Das fühle ich. Daß ich für etwas hier aufbewahrt werde.«

»Nur um deiner selbst willen«, erwiderte Anna. »Begreifst du nicht, wie wertvoll du bist? Wir legen großen Wert auf Tradition. Wir schätzen das Ideal der Familie. Und du bist die letzte von uns. Die allerletzte Blüte an unserem Baum.«

Rachaela dachte an seine Worte in dem Traum: *Der letzte, bis auf dich.*

Die Kehle wurde ihr eng, doch sie sprach trotzdem weiter, etwas heiser, »und der letzte vor mir war mein Vater.«

»Ja.«

»Warum«, fragte Rachaela, »ist *er* dann nicht bei euch?«

»Aber Rachaela, das ist er doch. Natürlich ist er das.«

Rachaela dachte an die alten Männer im Haus, und ihr wurde das Herz schwer. Ihre Mutter hatte ihn immer als jungen Mann bezeichnet.

»Hier. Dann habe ich ihn bestimmt schon kennengelernt.«

»Dein Vater ist ein Einzelgänger, Rachaela. Genau wie du eine Einzelgängerin bist. Er lebt hier, und doch nicht im eigentlichen Sinn mit uns zusammen.« Anna legte ihre Stickerei beiseite. »Als er jünger war, etwa in deinem Alter, rannte er davon. Er rannte in die Welt hinaus, und wir ließen ihn ziehen. Es war der richtige Zeitpunkt. Und, dort draußen in der Welt, hat er dich geschaffen. Dann ist er zu uns zurückgekehrt.«

»Aus freien Stücken?«

»Nein, nicht ganz, er hat lediglich resigniert. Er wußte nicht, wohin. Ihr ärgert euch über die Abgeschiedenheit dieses Hauses, ihr beide. Und doch haßt ihr die Weite der Außenwelt, die Städte, die Menschen. Sie beleidigen eure Sinne. Das *Leben* beleidigt eure Sinne. Ihr seid Scarabae. Hier seid ihr sicher.«

»Wo«, flüsterte Rachaela, und ihre Hände verkrampften sich ineinander, »wo ist er?«

»Du hast schon mehrere Male an der Tür zum Turm gerüttelt. Dort. Ich fürchte, du wirst sie deinem Vater überlassen müssen, die Stunde eures Treffens. Du mußt sehr aufgeregt sein, vielleicht verärgert.«

»Verärgert, ja.«

»Das ist etwas, das du mit ihm ins reine bringen mußt. Du und er, ihr seid nicht wie der Rest von uns. Er wird zu dir kommen.«

»Sag mir seinen Namen«, verlangte Rachaela. Ihre Mutter hatte den Namen ihres Vaters niemals ausgesprochen. Er war nur gesichtsloses Dunkel, Zorn.

»Adamus«, sagte Anna. »Sein Name ist Adamus. Dieser Name ist sehr alt. Eine Familientradition.«

Rachaela wollte den Namen nicht akzeptieren. Er klang in ihren Ohren nach, wie Musik aus einem anderen Raum.

»Und er lebt im Turm. Streift er des nachts im Haus herum?«

»Was für eine scharfsinnige Frage. Früher hat er das getan. Er ist inzwischen ruhiger geworden.«

Rachaela starrte ins Feuer. War es also doch ein Traum gewesen? Oder war es Wirklichkeit? Oder könnte es eine Vision, eine Vorhersehung der Tatsachen gewesen sein? Der Mann im Traum war zu jung. Ihr Vater hatte ›sie in der Welt geschaffen‹ als er so alt war wie sie jetzt. Er mußte also fast sechzig sein. Vom Alter gezeichnet, mußte er dieselben Merkmale wie Sylvian, Peter und Camillo tragen.

Rachaela fühlte sich außerstande, noch mehr zu fragen. Das

kurze Aufflackern ihres Widerstands war erstorben. Eine neue Flamme brannte in ihrem Inneren. *Adamus.* Der Name eines Heiligen oder Dämonen in einem geheimnisvollen Stück. Eingemauert in dem dunklen, abgeschlossenen Turm. »Ich werde zu Bett gehen, Anna«, sagte Rachaela. Anna lächelte erneut, nahm ihr Strickzeug wieder auf und stickte Blutstropfen in eine Blüte.

In der Nacht setzte sich Rachaela in den Sessel, in dem er gesessen hatte, in Wirklichkeit, nicht im Traum. Ihre Gedanken wollten nicht schweigen. Sie sah ihn überall. Er war ihr *Vater.* Es gab so viel, das sie ihm sagen wollte, das sie ihm ins Gesicht schreien wolle. Sie würde in seiner Gegenwart bestimmt stumm bleiben, geknebelt von all den unausgesprochenen Sätzen und Vorwürfen.

Ihr Feuer brannte niedrig, und sie legte mehr Holz aus dem Messingkasten nach. Den ganzen Tag gingen die Bediensteten der Scarabae hier ein und aus, wirbelten den Staub auf, so daß er von einer Fläche gewischt wurde, nur um sich auf einer anderen wieder niederzulassen, machten das Bett, sorgten für Lampen und Kerzen, das Feuer und einen ausreichenden Vorrat an Holzscheiten.

In der Nacht war er jedoch erschienen und hatte einen Schlüssel benutzt, denn die Tür war abgesperrt gewesen. Wenn sie nicht erwacht wäre, würde er dann einfach nur eine Weile dagesessen und sie beobachtet haben? Sie hätte niemals erfahren, daß er in dem Zimmer war. War er zurückgekehrt, und sie hatte es nicht bemerkt?

Weit entfernt schlug eine Uhr. Zwei Schläge – es war ein Uhr morgens.

Rachaela stand auf. Sie nahm die Öllampe mit dem grünen Sockel auf und öffnete die Tür.

Wie sie es vorhergesehen hatte, war die Lampe auf dem Korridor gelöscht worden. Der Korridor lag schwarz vor ihr, und ihr eigenes Licht glitt darüber hinweg und verwandelte die Dinge, die Bilder, das zu Trauben und Äpfeln geschnitzte Holz für einen kurzen Augenblick in etwas Lebendiges. Die Scarabae patrouillierten das Haus nach Mitternacht, sie hatte ihre Schritte schon oft genug auf dem Flur vernommen.

Ebenso wie er, obwohl Anna es leugnete; denn wenn Anna etwas abstritt, bedeutete das manchmal auch, daß man den Nagel genau auf den Kopf getroffen hatte.

Die Lampe zitterte ein wenig in ihrer Hand. Sie brachte sie zur Ruhe. Schließlich und endlich war er es, vor dem sie sich die ganze Zeit über gefürchtet hatte. Nicht das Haus, die Familie, sondern *er*.

Wo sollte sie anfangen... warum nicht bei der Tür zum Turm, wo er vielleicht höchstpersönlich auftauchen würde.

Sie lief den Korridor entlang und gelangte an die oberste Stufe der Treppe. Einen Moment lang zögerte sie, denn das gesamte Areal der Halle lag in Dunkelheit.

Dann erspähte sie ein schwaches, weiches Niemandslicht im Wohnzimmer – eine Lampe oder Kerze mußt dort wohl angelassen worden sein. Vorsichtig begann sie die Stufen hinabzusteigen, beleuchtete jede einzelne von ihnen mit ihrem Licht. Wie rot der Teppich im Schein der Lampe wirkte. Die Nymphe sprang aus dem Schatten hervor, ihre leere Laterne fest in der Hand.

Als Rachaela den ebenen Boden der Vorhalle erreicht hatte, ging das Licht in den angrenzenden Zimmer plötzlich aus. Eine letzte vergessene Kerze verlöschte. In dem Zimmer befand sich offensichtlich kein Mensch, da sie kein Schlurfen oder Klappern, kein Rascheln eines Kleides oder Ärmels hörte.

In der Schwärze der Dunkelheit erschien die Halle um sie herum riesig, als führte sie hinter dem Licht in die Ewigkeit. Doch ein Beobachter, der sich vor ihm im Schatten verborgen hielt, könnte Rachaela in ihrem Scheinwerferlicht klar sehen. Es war nicht unwahrscheinlich, daß es Beobachter gab. Rachaelas Phantasie versuchte die Grenzen ihres Verstandes zu sprengen. Die Halle war angefüllt mit formlosen und doch empfindsamen Dingen, den Geistern des Hauses, ebenso hungrig wie die Scarabae.

Und dann trat etwas aus dem Korridor in die Halle. Es kam unsichtbar und geräuschlos, und doch fühlte sie seine Gegenwart. Die kleinen Härchen an ihren Armen richteten sich auf. Dies war keine Einbildung.

Rachaela hob die Lampe an, und ein Flügel der Halle sprang aus der Dunkelheit hervor, etwas schräg wirkend in dem flackernden Licht.

Zwei helle, grüne Augen leuchteten aus dem Nichts.

Eine Katze. Zu hoch für Katzenaugen. Rachaela vernahm weiche, schleichende Fußtritte, die sich anhörten, als ob eine Feder über den Boden strich.

Sie erstarrte und streckte die Lampe auf Armeslänge von sich. Eine Kreatur stand mit ihr in der Halle. Sie hatte die Gestalt einer Katze, doch die Größe eines Labradors. Ihr Fell war lang, buschig und schwarz, es schimmerte in der Dunkelheit. Ihr großes Katzengesicht hatte sich ihr zugewandt, und die Augen glitzerten jetzt wie Topase, barbarisch, intensiv und schauderhaft.

Rachaela wagte es nicht, sich zu bewegen. So etwas war nicht möglich, aber dort stand es und sah sie an, so still, daß sein Sprung viel zu schnell erfolgen würde, als daß ihr Verstand ihn wahrnehmen könnte. Er würde plötzlich über ihr sein, die riesigen Pfoten würden sie mit ihren Klauen zerfetzen, scharfe Zähne an ihrer Kehle reißen.

»Hab keine Angst vor ihm. Er wird dir nichts tun.« Der Wahnsinn dieser Stimme drang körperlos aus dem Nichts.

Sie wagte weder zu sprechen noch sich zu rühren.

»Er kennt dich«, sagte die Stimme. Dann trat ein Mann aus der Dunkelheit und brachte die Schwärze mit sich. Er legte seine blasse Hand auf den Kopf der riesigen Katze und kraulte sie zärtlich zwischen den Ohren.

Die Katze gab kein Geräusch von sich, doch ihre Augen waren halb geschlossen. Sie erduldete die Zuwendung huldvoll. Der Mann war Adamus, ihr Vater. Er mußte aus dem Turm gekommen sein oder aus dem Korridor, der zur Küche führte, die Richtung, aus der die Katze gekommen war. Er trug eine schwarze Hose und einen schwarzen Pullover – ganz normale, modische Kleidung. Keine Ringe an den langen Fingern. Um seinen Kopf herrschte schillernde Schwärze, sein Haar, eine dünne Linie auf seiner hohen Stirn, ein perfekter Rahmen für sein Gesicht.

»Er fängt dein Abendbrot, wußtest du das nicht?« fragte er

lässig. »Die Scarabae lassen ihn für sich jagen, erst dann geht er für sich selbst auf die Jagd. Er verabscheut Mäuse. Tötet sie nur zum Zeitvertreib.«

Rachaelas Körper entspannte sich unfreiwillig, ihre Knie gaben nach. Sie ließ beinahe die Lampe fallen. »Vorsichtig«, sagte er.

Er verließ die Katze und kam auf sie zu; das flackernde Licht der schwachen Lampe warf riesenhafte Schatten an die Wände. Er nahm ihr die Lampe aus der Hand.

»Und ich hatte gedacht, daß du all die Überraschungen hier mit Gleichmut hinnehmen würdest.«

Die Katze betrachtete sie, dann machte sie kehrt und tappte lautlos durch die geöffnete Tür ins Wohnzimmer. Rachaela erinnerte sich an all die offenen Türen. Sie sah die Katze, wie sie dort ein und aus ging. Sah, wie sie eine Möwe ansprang und die im Zwielicht der Dämmerung grasenden Kaninchen.

»Und du kannst nicht sprechen«, stellte er fest.

»Was soll ich sagen?«

»Was dir in den Sinn kommt.« Die Lampe beleuchtete sein Gesicht. Seine schwarzen Augen blickten lebhaft und brennend, weder wie die Augen der Scarabae, noch wie sie sie zuletzt gesehen hatte, als bleierne Bergseen in seinem weißen Gesicht. Jetzt konnte sie die Stoppeln auf seinem maskulinen Kiefer erkennen: die Zeichen einer ganz normalen Rasur; die haarfeinen Linien um Augen und Lippen; die charakteristischen, schwarzen Striche der buschigen Augenbrauen; die Wimpern, auf denen das Licht perlte. Das Gesicht war dreißig Jahre alt, nicht mehr.

»Wer bist du?« fragte Rachaela.

»Aber das habe ich dir doch gesagt, Rachaela.«

»Und ich habe es *dir* gesagt. Zu jung.«

»Die Familie neigt dazu, jünger auszusehen als sie ist. Wie alt glaubst du, daß Anna ist? Stephan? Wenn du noch hundert Jahre dazuzählst, liegst du vielleicht richtig.«

»Das ist lächerlich«, widersprach sie. Sie glaubte ihm. Anna, einhundertundachtzig Jahre. Und Sylvian, noch älter. »Aber«, sagte sie, »da besteht immer noch ein Widerspruch. Wenn du sechzig Jahre alt bist, und der Rest von ihnen ist zweihundert, woher kommt die Lücke zwischen euch?«

»Es gab andere«, antwortete er, »sie haben versagt. Sie sind gestorben.

»Nur du bist geblieben.«

»Und jetzt du.« Er legte seine Hand auf ihren Arm. Ihre Nerven spielten bei dieser Berührung verrückt. »Sollen wir in das Zimmer dort gehen?«

Sie ließ sich von ihm führen.

Im Wohnzimmer lag etwas Trübes, Rotes im Kamin. Er stellte ihre Lampe auf einen Tisch. Sie saßen sich in dieser Oase gegenüber, und die Schwärze, die sie umgab, spielte keine Rolle mehr. Er war hier.

Und die Katze war, als wäre sie sein Symbol, in der Nacht verschwunden.

Mit der sorglosen Nachlässigkeit eines jungen Mannes warf er ein Holzscheit ins Feuer. Und als er den Kopf drehte, konnte sie sehen, daß sein Haar nicht etwa sehr kurz, sondern nur aus dem Gesicht gebürstet war, und wie ein dickes, schwarzes Tau auf seinen Rücken herabfiel. Das Haar eines jungen Mannes. »Vielleicht erzählst du mir«, begann sie, »warum ich hierherkommen mußte. Hast du den Brief auf der Schreibmaschine geschrieben?«

Über sein Gesicht huschte ein belustigtes Lächeln und war im selben Augenblick wieder verschwunden.

»Sie fürchten die Schreibmaschine. Eine sehr nützliche Einrichtung.«

»Dann warst du es, der mich hierhaben wollte.«

»Es war der richtige Zeitpunkt.«

»Anna redet genauso. Der *Zeitpunkt*.«

»Ja. Anna ist sehr klug. Du hast keine Ahnung, wie schön sie früher einmal war. Ich muß dir Bilder zeigen. Fast so schön wie du.«

Eine eisige Hitzewelle durchdrang ihren Körper bei diesen Worten.

»Merkwürdig«, sagte sie, »ein Kompliment von dir.«

»Von Komplimenten halte ich nichts, Rachaela. Eine Tatsache. Die Familie ist für ihr gutes Aussehen bekannt. Es gab Zeiten, in denen ihnen das zum Verhängnis wurde.«

»Also billigst du sie auch. Diese Sippenmystik.«

»Möglicherweise.«

»Geisteskranke und Exzentriker; ihr haltet euch für etwas Besonderes.«

»Was hat dir deine Mutter über mich erzählt?«

Rachaela starrte ins Feuer. Sollte sie ihre Mutter jetzt verraten, diese verbitterte, mürrische Frau mit den Schwielen an den Händen.

»Sehr wenig. Du hast ihr wenig genug gegeben.«

»Ja, sehr wenig. Ich weiß nicht, ob sie es dir erzählt hat, Rachaela, aber ich war nur drei Nächte lang mit ihr zusammen. Zwei am Anfang. Eine Nacht drei Monate später, als sie schon mit dir schwanger war.«

»Warum bist du zurückgekommen?«

»Um zu sehen, ob sie schwanger war, warum sonst?«

»Das war sie, und du hast sie verlassen.«

»Es war vollbracht. Es gab nichts mehr zu tun.«

»Ich glaube, damit willst du sagen, daß sie dich gehen ließen, deine hochgeschätzte Familie, damit du deine Saat aussäen kannst. Und als du das erledigt hattest, haben sie dich zurückbeordert.«

»Ich bin zurückgegangen. Zu der Zeit habe ich die Sinnlosigkeit all der anderen Dinge erkannt. Dieses Haus ist mein Gefängnis, und doch brauche ich es. Der Rest ist Abfall. Hast du das nicht ebenfalls so empfunden?«

»Nein«, log sie erneut, »in der Tat habe ich meine Freiheit geschätzt.«

Er lächelte. Es war ein kaltes, abstoßendes Lächeln, das sie wünschen ließ, sie hätte geschwiegen. Er schüchterte sie ein, doch das war absurd. Er war eins mit den Scarabae, eine Kreatur dieser Farce.

Gab es nichts, was sie ihm sagen wollte, wollte sie ihn nicht verfluchen? Aber es war unmöglich, daß er ihr Vater war. Nein, sie glaubte es nicht. Es war ein Streich, den sie ihr spielten. Sie war von seiner Gegenwart wie magnetisiert. Sie konnte den Kamin nicht verlassen, solange er noch da war. Sie hatte sich noch nie so von innen nach außen gekehrt gefühlt, so schrecklich und so leicht zu durchschauen.

»Ich stimme zu«, meinte sie schließlich, »daß dieses Haus eine Art Gefängnis ist.«

»Wohin möchtest du denn sonst gehen? Und wer hält dich davon ab? Du mußt nur deine Tasche packen und gehen.«

»Leichter gesagt als getan. Es gibt keine Transportmittel. Und das einzige Telefon in der ganzen Umgebung ist kaputt.«

»Ich verstehe«, sagte er. »Sie wollen also, daß du bleibst.« Er war in Gedanken versunken. Seine Augen wirkten wie schon einmal zuvor, unbeweglich und überschattet.

»Wußtest du das nicht?« fragte sie.

»Oh, ich nehme an, ich habe es vermutet. Dann hast du allerdings keine Wahl. Du wirst bleiben müssen.«

»Wozu?« fragte sie hastig.

»Für das, was als nächstes passiert. Was immer das auch sein mag.«

»Spionier mir nicht wieder nach«, befahl sie. »Du hast kein Recht dazu.«

»Oh, Rechte. Klemm doch einen Stuhl unter den Türknauf, wenn dich das beruhigt.«

»Würde dich das abhalten?«

»Ich habe dich jetzt gesehen. Ich bin zufrieden.«

»Daß der Stammbaum der Familie weitergeführt wird.«

»Du gehörst mir«, sagte er, »es war ganz natürliche Neugier.«

»Ich gehöre nicht *dir*. Wie kannst du es wagen, etwas so Unangebrachtes zu sagen. Ich bin nichts für dich. Meine Mutter war nichts für dich.«

»Da hast du recht.«

»Dann kannst du auch keine Ansprüche stellen.«

»Das tue ich nicht. Überhaupt keine Ansprüche. Du gehörst trotzdem mir. Ich habe dich geschaffen.«

»Blödsinn«, sagte sie kalt. »Du hast mich wie eine heiße Kartoffel fallen lassen. Ich bedeute dir weniger als das.«

»Ich wollte dich zeugen«, sagte er, »und ich habe es mit vielen Frauen versucht. Der Samen der Scarabae ist widerspenstig. Er pflanzt sich besser in Inzucht fort. Aber deine dumme, seelenlose Mutter hatte, überraschenderweise, die richtigen Eigenschaften, die zu mir paßten. Ich wußte es. Als ich in dieser Nacht zurückkam, wußte ich, was ich vorfinden würde.«

»Ihr ganzes Leben lang«, stieß Rachaela hervor und hörte die falsche Verzweiflung in ihrer Stimme, »hat sie dich gehaßt, für das, was du getan hast. Es war ein ständiger Kampf. Sie hat mich dafür bezahlen lassen.«

»Das tut mir leid«, seine Stimme klang ausdruckslos. »Aber jetzt ist es vorbei, oder nicht?«

»Warum hast du mich nicht in Frieden gelassen?«

»Du hast deinen Frieden lange genug gehabt.«

»Du Bastard.« Aber er war nicht ihr Vater. Er war ein Mann aus dem Dunkel, der sie festhielt, ohne sie zu berühren; und das Feuer, das an den Holzscheiten emporklomm, vergoldete ihre Gesichter.

Sie konnte nicht gehen. Sie stand auf.

»Ich kann ebensogut zu Bett gehen.«

»Ja«, sagte er. »Schlaf gut, Rachaela.«

Zu ihrer Bestürzung brannten plötzlich Tränen in ihren Augen. Er sprach ohne Zärtlichkeit, und er war nichts für sie, und doch war ihr, als ob während der gesamten neunundzwanzig Jahre ihres Lebens, dieser einfache und unehrliche Wunsch in ihr gelauert, und echte Gefühle hervorgebracht hätte.

Sie konnte nicht antworten.

Sie nahm die Lampe und ließ ihn am Kaminfeuer zurück, während die Katze irgendwo durch die pechschwarze Nacht jagte.

Sie betrachtete ihr Ebenbild hinter den Lilien und dem flammenden Sonnenuntergang des Flügelspiegels.

Sie war nackt, umrahmt von schwarzem Haar. Ihr weißer Körper, bar jeglichen Schmucks, nur das weiche, schwarze Dreieck schimmerte in ihrem Schoß. Lang und schlank, wie aus Elfenbein geschnitzt, die Brüste voll und rund, mit kleinen zartrosa Knospen. Ein blaugrüner Schatten lag über der Blässe wie etwas auf dem Grund des Meeres.

Sie starrte auf ihren Körper, auf das, was sie davon im Spiegel sehen konnte, und versuchte, ihn als ihren eigenen zu erkennen.

Rachaela hatte ihre Mutter nie nackt gesehen. Ihre schlaffe, geschlagene Gestalt war immer in Kittelschürzen oder Nachthemden und zeltartige Morgenmäntel gehüllt. Einmal, als sie an der Badezimmertür klopfte, hatte die harte, furchtsame Stimme ihrer Mutter geantwortet: »Du kannst nicht reinkommen.«

Ihre Mutter war entrüstet gewesen, daß Rachaela nackt schlief. Ebenso, wie sie entrüstet über das häufige Haarewaschen und Rachaelas beständiges Zuspätkommen zu ihren verschiedenen Arbeitsstellen war. Alles dasselbe, alles verdammenswert.

Ihre Tochter war ein Geschöpf der Venus. Sie hatte Rachaela vernünftige Nachthemden gekauft, die Shampooflasche markiert, und den Wecker in ihrem eigenen Schlafzimmer gestellt, um Rachaela rechtzeitig wachrütteln zu können. »Sie werden sich das nicht bieten lassen. Weißt du eigentlich, daß du fast die ganze Flasche aufgebraucht hast, als du dir dein Haar gewaschen hast? Warum läßt du sie nicht abschneiden und trägst eine anständige Frisur?«

Eine Lilie zeichnete sich auf Rachaelas Nabel ab, deren grüner Glasstengel das Dreieck ihres Schamhaares teilte.

Sie wandte sich vom Spiegel ab und ging nackt zu Bett. Sie hatte einen Stuhl unter den Türknauf geklemmt.

Das war närrisch. Er hatte sie gesehen.

Sie schlief lange Zeit nicht ein, und zweimal hörte sie gedämpfte Schritte auf dem Flur, die sie an die riesige Katze erinnerten, die vorüberschlich und die Tür mit ihrer Flanke streifte, etwas Totes im Maul.

Rachaela stand am Fuß des Turmes.

Es war dunkel, und zwischen dem mit Federn bedeckten Stufen, die scharlachrot und feucht glänzten, wuchsen Lilien aus Glas. Er reichte ihr die Hand. Sie griff nicht danach. Sie stieg weiter hinauf in den Turm. Der Aufstieg war endlos. Die ganze Zeit über drückte ihr unbändige Furcht die Kehle zu. Sie wollte zu ihm gelangen – und hatte Angst davor. Schließlich gelangte sie in einen großen Raum unter der Dachspitze. Zu ihrer Verwunderung waren dort Fenster aus durchsichtigem Glas. Sie blickte auf die Wälder, die Klippe, und das Meer. Adamus, wenn sie ihn so nennen mußte, war nicht da. Der Raum war verlassen. Und Rachaela begann zu weinen.

Das Bild im Korridorfenster war furchtbar; ein Löwe, der ein

Schaf riß – und seine lebendigen Farben wurden von dem ausgesperrten Sonnenlicht überall verstreut.

Rachaela durchstreifte ziellos das Haus.

Der Korridor war endlos lang, und es schien ihr, als müsse er in die Bibliothek führen, aber sie konnte sich nicht mehr genau erinnern. Sylvian würde in der Bibliothek beschäftigt sein, Wörter ausstreichen, oder Alice würde mit ihrer Hutnadel auf dem Globus herumkratzen.

Sie sah die Scarabae, wie sie über die Oberfläche der Weltkugel gescheucht wurden. Hinter ihnen loderten brennende Häuser, als sie durch den Schnee flüchteten, und der Schnee wurde vom Schein des Feuers blutrot gefärbt.

Irgend jemand verfolgte sie.

War es die Katze? Wie sollte sie allein mit der Katze fertig werden? Sie würde es nicht wagen, sie zu berühren.

Der Korridor war so schrecklich lang. Sie war an so vielen Türen vorbeigekommen, hatte an einigen von ihnen gerüttelt, und sie waren versperrt. Was lag hinter den verschlossenen Türen der Scarabae verborgen?

Sie hörte ein heiseres Kichern hinter sich, das Kichern eines ungezogenen Kindes.

Camillo.

War das ein Grund, erleichtert zu sein? Verloren im Nebengebäude des Hauses, von einem Geisteskranken verfolgt.

Hatte er das Schwert bei sich?

Der Korridor bog um die Ecke, und als sie ihm folgte, sah sie, daß er vor einer Tür endete. Die Tür war von schwarzem Eisen umrahmt. Könnte das eine weitere Tür zum Turm sein? Dann wohl ebenfalls verschlossen.

In diesem Moment wurden Camillos Schritte lauter, kamen auf dem weichen Teppich immer näher.

Er rannte. Dieser wahnsinnige, alte Mann rannte, um sie zu erwischen.

Rachaela drückte sich gegen die Wand, und der ungezogene, verrückte Onkel Camillo sprintete an ihr vorüber. Er kicherte während er vorbeilief, und rannte auf die Tür zu. Er hatte einen Schlüssel, mit dem er die Tür aufschloß, und dahinter erschien ein schwarzes Rechteck, Nacht am Tag.

Camillo verneigte sich und hielt die Tür, das Rechteck der Nacht, für Rachaela geöffnet.

Sie öffnete die Augen und sah ihr Zimmer in dem Wahnsinn des Fensters der Versuchung.

Sie hatte wieder nur geträumt. Onkel Camillo hatte die Tür zum Turm nicht geöffnet. Ihr Treffen mit Adamus hatte sie jedoch nicht geträumt. Er stand dort so hell und klar wie der Leuchtturm in einem Meer aus Alpträumen. *Schlaf gut*, hatte er gesagt.

5

Sylvian war in der Bibliothek beschäftigt. Er blickte bei ihrem Eintreffen nicht von seiner Arbeit hoch.

Rachaela stand im Türrahmen und beobachtete, wie er das Ebenholzlineal ansetzte und die Feder in das Tintenfaß tauchte, einen sauberen dünnen Strich zog. Wieder ein Satz für immer verloren. Ein weiterer Gedanke ausgelöscht. Rachaela ging auf den Tisch zu, zog einen Stuhl darunter hervor und setzte sich ihm gegenüber.

»Ich wünschte, ich könnte dich davon abhalten.«

»Nein, Rachaela. Ich kann nicht aufhören. Das hier ist eine Notwendigkeit.«

Sie saß da und sah ihm zu. Ein Schrei wollte in ihrer Kehle aufsteigen, sie unterdrückte ihn. Nur ein weiterer wahnsinniger, alter Mann.

An anderen Orten wurden diese Bücher in Ehren gehalten und gelesen. Oder auch nicht. Einige von ihnen waren zerfleddert und uralt. Die einzigen Ausgaben, die es in dem Haus der Scarabae noch gab, und Sylvian löschte sie aus.

»Warum bin ich hier, Sylvian?«

»Du gehörst hierher«, antwortete er und hielt nicht einmal jetzt inne, warf ihr lediglich einen kurzen Blick aus seinen scharfen Augen zu.

»Wo kann ich Camillo finden?« fragte sie.

»Onkel Camillo geht hier und da und überall hin. Er ist ein Irrlicht.«

»*Onkel*«, sagte sie, »ist er dein Onkel, Sylvian?«

»Er gehört zu der vorhergehenden Generation. Wie Anna. Er ist sehr alt.«

»Zweihundert, dreihundert.« Sie sagte es leichthin, und ihr Herz klopfte wie rasend in ihrer Brust.

»Mehr, mehr«, erwiderte Sylvian abwesend, »Onkel Camillo erinnert sich noch an die Flucht aus der letzten Stadt. Ein anderes Land. Vor langer Zeit. Ich kann mich nicht mehr an das Datum erinnern. Ich war damals noch ein Baby.«

Vor Rachaelas innerem Auge erschien das brennende Haus aus ihrem Traum. Eine Menschenmenge brüllte und zerbrach die bunten Fenster mit Steinen.

»Sag mir, wie alt du bist, Sylvian.«

»Oh, das habe ich vergessen.«

»Wie alt ist Adamus?«

Sylvian strich liebevoll einen weiteren Satz durch. Von der anderen Seite des Tisches aus wirkte die Buchseite wie eine wunderschöne Matrize voller sorgfältig plazierter Linien und Striche.

»Adamus ist dein Vater«, antwortete Sylvian gleichgültig.

»Das hat er mir schon gesagt. Wie alt?«

»Das mußt du ihn fragen. Ich vergesse solche Dinge. Die Zeit schleicht dahin, und doch geht sie so schnell vorbei. Ein Jahr vergeht wie ein Monat. Ein Tag wird zu einem Jahr.«

»Und du wirst mir nichts über Camillo sagen.«

»Er läuft im Haus herum. Er ist dir gefolgt.«

»Jetzt nicht mehr. Er hat das Interesse verloren.«

»Anna weiß es vielleicht«, meinte Sylvian gedankenverloren.

»Ich sehe Anna nie tagsüber. Fast keinen von euch, außer den Bediensteten. Was sind sie? Irgendein zweitrangiger Zweig der Familie?«

Sylvian hatte die letzte Seite des Buches fertiggestellt. Er legte es beiseite und zog ein neues Buch heran.

Rachaela konnte nicht mehr hinsehen.

Sie fragte sie, die Scarabae, die ihr begegneten, wo Camillo sich aufhalten könne. Sie glaubte an die Macht der Vorhersehung ihres Traumes. Camillo würde ihr den Weg in den Turm weisen. Dann konnte sie über ihn herfallen, wie er über sie hergefallen war.

Im Moment wollte sie nicht über diesen Zeitpunkt hinausplanen. Einzig ihre Machtlosigkeit, die ihr immer bewußter wurde, störte sie.

Wahrscheinlich war der Traum eine ihrer wilden Illusionen. Sie führte sich selbst in die Irre. Doch sie wußte nicht, was sie sonst tun sollte.

Sie ging hinunter in die Küche. Sie hatte die Absicht, Cheta, Carlo, Michael und Maria zu befragen, doch keiner von ihnen war anwesend. Sie waren ebenfalls verschwunden. Sie konnte sich ihren Aufenthaltsort gut vorstellen, in den Höhlen abgelegener Schlafzimmer, oder in irgendwelchen anderen engen Zellen, wo sie aufrecht stehend in der Dunkelheit gegen die Wände lehnten.

Das Haus war die Gruft. Diese den Tag fürchtenden Kreaturen mußten sich nicht in irgendwelche Särge verkriechen. Die Doppeltüren und überzuckerten Fenster beschützten sie. Sie fand den Korridor mit dem ertrinkenden Säugling im Schilf, und dem ausgestopften Pferd wieder, Camillo hatte keine Spuren, nicht einmal seine Rüstung zurückgelassen. Sie kam wieder an dem bemalten Spiegel vorbei. Noch mehr Hügel waren darauf erschienen. Und der Ziegenbock im Frauenbauch resultierte tatsächlich daraus, daß zwei Bilder übereinandergemalt waren. In dem Raum mit dem verstaubten Klavier und der Harfe ohne Saiten, hatte jemand eine gelbe Gitarre an einem Haken aufgehängt. Das Fenster im Musikzimmer, das sie beim ersten Mal nicht genauer betrachtet hatte, zeigte ein Orchester aus allerlei Getier: Tiger, die Flöte spielten; ein Elefant, der auf einer Orgel herumhämmerte; ein Krokodil mit Viola. Vielleicht hatte es belustigend wirken sollen, aber das Fenster wirkte entschieden furchterregend, wie eine pubertäre Schauergeschichte.

An anderer Stelle war eine Arche Noah abgebildet,die von der Flut überspült wurde, und einzig zwei goldene Einhörner hatten überlebt. Der Löwe und das Schaf waren jedoch ein Produkt ihres Traumes. Es sei denn, es war ein Hinweis, den ihr schlafendes Gehirn hervorgebracht hatte.

Vielleicht kannte Onkel Camillo den Weg zum Turm gar nicht, hatte ihn vergessen oder würde ihn ihr nicht zeigen.

Ein Löwe, der ein Schaf riß... *Wolf und Lamm sollen weiden zugleich... der Löwe wird Stroh essen wie ein Rind*... es sähe ihnen ähnlich, ein solches Fenster in ihrem Besitz zu haben. *Und ein kleines Kind wird sie führen.*

Ein Kind. Wo würde sich ein Kind aufhalten?

Rachaela hob den Kopf. Das ungezogene Kind Camillo – spielte über ihr im Kinderzimmer eines Speichers. Es gab bestimmt einen. Staub und Spinnenweben, und die antiken Spielsachen der Scarabae, aus ihrer Jugend, vor Jahrhunderten.

Sie hatte noch keinen Weg entdeckt, der zu einem Speicher führen könnte. Sie wollte nicht dorthin gehen. Wenn Onkel Camillo sich dort befand mit seinen Spielsachen und den Schlüsseln fürs Haus – für den Turm – mußte er ungestört bleiben.

Rachaela wartete in ihrem Zimmer, bis sie anhand der Uhren abschätzte, daß es Zeit fürs Mittagessen war. Dann ging sie hinunter ins Eßzimmer.

Irgendwie hatte sie es geahnt und war deshalb nicht überrascht, als sie die Tür öffnete. Der Tisch war vollbesetzt. Nicht nur zehn, sondern mit Sicherheit mindestens sechzehn von ihnen saßen da. Sie blieb im Türrahmen stehen und zählte laut nach.

Sie hoben ihre alten, silbrig glänzenden und weiß drahtigen Köpfe und warfen ihr einen kurzen Blick aus ihren stechenden Augen zu.

Rachaela stellte sich an das noch unbesetzte Kopfende des Tisches und sagte willkürlich die Namen derer auf, die sie kennengelernt hatte und an die sie sich noch erinnern konnte. Sie wirkte wie eine Lehrerin, die die Anwesenheitsliste ihrer Schüler durchging: »Anna, Stephan, Peter, Dorian, Sylvian, Alice, Unice, Miriam, Sascha, Eric, George, Miranda, Livia...«

Und als sie nicht mehr weiter wußte, fuhren die drei, die sie vergessen hatte, wie wohlerzogene Schüler, mit schrillen Stimmen fort:

»Teresa.«

»Jack.«

»Anita.«

Auch Michael, Cheta, Carlo und Maria waren anwesend. Die beiden Frauen servierten Käseomelettes, Carlo war mit dem Kaminfeuer beschäftigt, und Michael bereitete den Salat zu. Ihre Gesten wirkten insektenartig. Sie waren an diesen Ort gestrebt wie fließendes Wasser. Nur Onkel Camillo, den sie eigentlich hatte treffen wollen, war nicht erschienen. Camillo und Adamus, Alter und Jugend – denn für sie war Adamus ein Knabe, und sie selbst – sie war ein Baby.

Maria stellte sich neben Rachaela und legte noch ein weiteres Gedeck für sie auf, genau wo sie stand, am Kopfende des Tisches.

Rachaela setzte sich schweigend und aß, was ihr angeboten wurde. Und die Scarabae fingen an zu schwätzen. Sie zwitscherten und tschilpten miteinander wie in einem Nest voller kleiner, zäher, gefährlicher Vögel mit rasiermesserscharfen Schnäbeln. In dem allgemeinen Durcheinander konnte sie nur einzelne Worte ausmachen:

Rüschchen, Omelette, Schachfigur.

Und Anna, die wie gewöhnlich als Sprachrohr fungierte, warf Rachaela ein- oder zweimal ein mitleidloses Lächeln zu. *Siehst du jetzt, wie wir sein können,* schien es zu sagen. *Gefällt dir das besser?*

Der Raum knisterte und vibrierte am Rande des Wahnsinns. Rachaela saß wie hypnotisiert, in schwindender Faszination. Es war, als befände sie sich in einer kaputten Spieldose. Ein kurzes Drehen am Schlüssel würde sie verstummen lassen. Nur welcher war der richtige Schlüssel?

Als die Teller blank und das Obst herumgereicht und ebenfalls verschlungen worden war, wurden die Teekessel hereingetragen, drei diesmal.

Von dem unsäglichen Lärm gefangengenommen, blieb Rachaela sitzen. Sie trank Tee.

Alice und Sascha waren die ersten, die sich erhoben. Rachaela stand ebenfalls auf und ging auf die beiden zu. Sie hatte Alice wiedererkannt, die eine pflaumenblaue Strickjacke und eine lange Kette aus karmesinroten Perlen trug.

»Alice, erzähl mir etwas über den Dachboden.«

»Oh, der Dachboden«, stieß Alice sofort wie aus der Pistole geschossen hervor. »Voller Krimskrams. Ein Kleid von meiner Mutter« – seltsam, daß dieses Geschöpf eine Mutter gehabt haben sollte – »auf einer Schneiderpuppe. Und das alte Schaukelpferd, erinnerst du dich, Sascha?«

»Wie kommt man zum Dachboden?« fragte Rachaela.

»Über eine Treppe. Wir zeigen sie dir.«

Als sie den Raum verließen, folgten ihnen die Blicke der anderen. Der Lärm wurde jedoch um keine Nuance leiser.

Sie gingen auf den Treppenabsatz zu und bogen nach links ab. Der Korridor wand sich um mehrere Kurven wie ein Wurm und zweigte dann ab. Alice wandte sich erneut nach links. Sie kamen durch einen Anbau, auf dessen Fenster Salome mit dem Kopf von Johannes tanzte; das alte Rot eines sterbenden Sonnenuntergangs auf einer abblätternden Wand.

»Da oben«, sagte Alice. »Jetzt weißt du es.«

Sascha sagte: »Paß auf Onkel Camillo auf. Er hat da oben auf dem Dachboden sein Weinlager.«

»Oh, ja«, bestätigte Alice. »Schauderhaftes Zeug, fürchterlich sauer und trocken. Nicht zu trinken. Aber er macht ihn gerne, den Wein. In der Küche sind ihm immer die Korken herausgesprungen. Deshalb lagert er ihn jetzt da oben.«

Als Rachaela die Treppe betrat, winkte ihr Alice zu, »auf Wiedersehen, auf Wiedersehen«, als begebe sie sich auf eine waghalsige Reise.

An der Speichertür hingen keine Spinnweben, sie wurde also benutzt. Es gab zwar ein Vorhängeschloß, doch die Tür war nur angelehnt. Sie stieß sie auf. Die Frauen waren gegangen.

Der Speicher war weiträumig und hoch, vollgestopft mit allen möglichen Sachen. Sie sah Truhen, alte Kleiderschränke, ausgestopfte Vögel und tatsächlich auch die Schneiderpuppe in einem scharlachroten, modrigen Gewand. Das Schaukelpferd, gebadet in einen Lichtstrahl, blutrot und schneeweiß schimmernd. Ein rundes Fenster durchbrach das Ende der Mauer, mit seinen vielen Speichen wirkte es wie ein altes Wagenrad.

Sein Glas war staubig und grünlich, ansonsten jedoch klar. Ein Traumfenster am falschen Ort. In seinem spärlichen Licht entdeckte sie schließlich die Reihen brauner Flaschen, die überall standen, und letztendlich Onkel Camillo in einem Schaukelstuhl, den er wahrscheinlich irrtümlicherweise für das Pferd hielt.

Er saß außerhalb der Reichweite des Lichtstrahls, obwohl dieser fast den gesamten Speicher erleuchtete. Er reflektierte weiße Funken auf seine gefalteten drahtigen Hände, drei Ringe; und ließ die lange Kapuze seines weißlichen Haares glitzern. Camillos Augen waren geschlossen, als sie ihn jedoch anstarrte, öffnete er sie langsam.

»Hottehü!« rief er dem Schaukelstuhl zu, und brachte ihn in Bewegung. Das daraufhin einsetzende Knarzen und Quietschen wirkte wie ein Aufstöhnen seines gekrümmten Körpers.

»Das Licht«, sagte Rachaela.

»Du wirst dich damit abfinden müssen«, erwiderte er. »Meide einfach den direkten Strahl.«

»Mir macht es nichts aus.«

»Das kommt noch.«

»Und du?« fragte sie, »fürchtest dich nicht vor dem Licht?«

»Zu alt«, antwortete Onkel Camillo schaukelnd. »Willst du hinunter zum Meer?«

»Nein. Gibt es einen Weg in den Turm?«

»Adamus versperrt die Tür«, erwiderte Onkel Camillo. »Adamus ist fortgelaufen. Hinaus in die Welt, ganz allein. Dann ist er zurückgekommen.«

»Du kennst den Weg in den Turm«, behauptete Rachaela.

»Das ist leicht«, meinte er, »über das Dach.«

Er deutete auf das Fenster. Rachaela stellte sich direkt in den durchs Fenster einfallenden trüben Lichtstrahl. Es gab einen Schließhaken, mit dem man das Fenster vielleicht aufschieben konnte. Dahinter lagen ein flaches Dach und eine Art Steinwall. Eine der Wetterfahnen war äußerst merkwürdig gebogen, es war ein Drachen. Hinter dem flachen Dach war ein weiteres und dahinter die Kuppel des Turmes. Unter der Turmkuppel befand sich ein langes, dunkles Fenster aus gefärbtem, in Blei gefaßtem Glas. Es wirkte unzugänglich.

»Nimm dir etwas Wein«, offerierte Onkel Camillo.

Er schien gar nicht so verrückt zu sein, wie sie zuerst geglaubt hatte. Möglicherweise verbarg er mit seinen verrückten Kapriolen nur seine äußerst unwillkommene Gesundheit.

»Nein, vielen Dank.« Sie öffnete das Fenster.

Es war bestimmt möglich, sich durch den Spalt zu zwängen. Sie betrachtete die Dächer und das Fenster unter der Kuppel. Sie hatte Angst, er könnte das Fenster hinter ihr schließen, um sie auszusperren, doch er schaukelte friedlich. Sie glaubte nicht, daß er es täte. Er würde den direkten Lichteinfall meiden, so wie er es ihr zuvor geraten hatte.

»Ich werde zurückkommen müssen«, sagte sie. Sie glaubte nicht, daß der Mann Adamus sein Fenster öffnen würde, selbst wenn das möglich wäre.

Sie kletterte aus dem Fenster und stellte sich auf das Dach. Die anderen Dächer des Hauses breiteten sich unter ihr aus, und sie erspähte Andeutungen von Mauervorsprüngen, und darunter den gelbbraunen Erdboden, die Bäume im Garten, und den Wald. Auf der anderen Seite erstreckte sich das Meer, das heute rastlos und grün schillerte. Es fing an zu nieseln.

Sie überquerte das Dach, sprang auf das nächste hinüber. Als sie dem Turm näher kam, hörte sie Klaviermusik, rohe, ungeschliffene Klänge, Teil einer zornigen Melodie, passend zu der donnernden und tosenden Gischt.

Sie dachte an ein Radio oder einen Plattenspieler im Turm. Er war wie sie, verlangte nach Musik, und gestattete den modernen Geräten, sie für ihn zu erzeugen. Auch das Klappern der Schreibmaschine hatte sie hören können. Sie erreichte das Fenster. Als sie der schweren Bleifassung mit den Augen folgte, entdeckte sie die Gestalt eines Löwen, der jedoch nicht über einem Schaf, sondern über einem Ritter in Rüstung kauerte. Es war unmöglich, die genauen Farben auszumachen. Da sie keinen Zugang zum Turm entdecken konnte, hämmerte Rachaela laut gegen das Fenster. Dann zog sie ihre Faust zurück, erschrocken über das, was sie eben getan hatte. Die Klaviermusik wurde jedoch nicht unterbrochen. Keinerlei Regung im Turm deutete darauf hin, daß sie gehört worden war. Rachaela lief durch den Regen zurück. Das Speicherfenser war aufgeklappt, und Camillo schaukelte immer noch. Beim Einsteigen stellte sie sich etwas ungelenker an. »Ja, ich möchte etwas Wein.«

»Gern. Bedien dich.«

»Ich kann die Flasche nicht öffnen.«

»Dann wirst du ohne auskommen müssen.«

»Du hast einen Schlüssel für die Tür zum Turm.«

Camillo fragte: »Hat er Klavier gespielt? Es gibt einen Eingang. Hast du geklopft? Vielleicht hat er dich nicht gehört.«

Sie setzte sich auf eine niedrige Truhe in den Staub.

Camillo schaukelte. »Ich bin der älteste von ihnen.«

»Das haben sie mir erzählt.«

»Möchtest du wissen, wie alt ich bin?«

»Ja.«

»Geht nicht. Kann mich nicht erinnern. Hottehü«, wandte er sich an den Stuhl und schloß erneut die Augen. Dann meinte er: »Ich kenne einen Weg zum Strand hinunter. Am Meer entlanglaufen.«

Ihm zuliebe antwortete sie. »Also schön. Ich gehe mit dir.« Sie erwartete eine erneute Abfuhr, doch er erhob sich augenblicklich aus seinem Schaukelstuhl. Behende duckte er sich unter dem Lichtstrahl hindurch. In einer Ecke glitzerte die Rüstung; ein Schwert. Er hatte die Maus aus den Fängen der großen Katze geholt.

»Dann komm, Rachaela.«

Hinter der Stelle, wo der Pfad wieder zurück in den Wald führte, wuchs dichtes Gebüsch, das eine in die Klippe gehauene Steintreppe verbarg.

Die Stufen waren glitschig und gefährlich. Rachaela stieg mit größter Vorsicht hinab. Doch Camillo huschte zielsicher und furchtlos vor ihr her wie ein Frettchen.

Weiter unten lag ein langgezogenes Strandstück mit kleiner Bucht, während auf der anderen Seite die See heranrauschte und sich gegen die steilen Felsklippen warf.

»Bei Ebbe«, erklärte Camillo mit Nachdruck, als gäbe er

irgendeine heißbegehrte Information preis, »fängt Carlo Fische.«

»Ich dachte, die Katze fängt das ganze Essen.«

»Möwen, Kaninchen. Einmal hat sie auch ein Rotkehlchen erwischt und wieder fliegen lassen. Ich habe es gesehen.«

»Mäuse«, sagte Rachaela.

»Hat dir die Maus gefallen? Sie war perfekt.«

»Ja, das war sie. Irgend jemand hat sie weggeschafft; Cheta oder Michael wahrscheinlich.«

»Hat sie bestimmt ins Gulasch geworfen«, Camillo stieß sein schrilles, wahnwitziges Kichern hervor, als hätte er es schon zu lange zurückgehalten.

Sie befanden sich im Tageslicht. Camillo schien das genausowenig auszumachen wie der feine Nieselregen. Seine Haut glich dünnem Papier, die Knochen einem Rahmenwerk aus harten Zweigen. Er wirkte nicht zerbrechlich.

»Warum meidet die Familie das Tageslicht?« fragte Rachaela.

»Es bekommt ihnen nicht gut.«

»Und dir?«

»Mir bekommt überhaupt nichts. Ich mag die Farben des Tages. Es gab eine Zeit, da konnte ich sie nicht ertragen. Ich erinnere mich noch an einen nächtlichen Ausritt, der in der Morgendämmerung endete. Ich habe die Hände vors Gesicht geschlagen und geweint.«

»An einem anderen Ort«, sagte sie.

»Weit weg.« Er sprach sehr schnell in irgendeiner fremden Sprache. Es konnte russisch oder eine andere serbische Sprache sein. Er gackerte:

»Ich sollte dir die Familiengeschichte nicht erzählen. In meinem Kopf herrscht ein solcher Wirrwarr. Ich erinnere mich an eine Kathedrale zu Heiligabend, und an einen Misthaufen, und zweihundert Frauen, und all die Hunde. Aber ich habe vergessen, wo und wann das war. Warum sollte ich mir darüber den Kopf zerbrechen? Es interessiert mich nicht. Nicht einmal du. Zuerst schon ein wenig. Aber du bist so berechenbar, Mädchen. Genau, wie ich es mir gedacht hatte. Wandert herum in deinen schwarzen Kleidern, mit deiner weißen Haut. Du wirst auch weglaufen, aber du wirst zurückkommen. Du bist diejenige. Genau wie er.«

»Adamus.«

»Der Junge.«

»Ist er mein Vater?«

»Wenn er das sagt.« Er kauerte auf einem Fels wie ein Wasserspeier, und sein langes, weißes Haar wehte in dem feuchten Wind um sein Haupt. Die See hob und senkte sich in hoffnungslosem Zorn.

»Warum bin ich wichtig?«

»Ein Gen«, antwortete Camillo. »Wir alle tragen es in uns. Bei manchen tritt es zutage. Bei Adamus. Bei dir.«

»Was meinst du damit?« Sie verspürte Angst.

»Es gab noch andere«, erklärte er. »Aber die sind gestorben. Nur ihr beide seid übriggeblieben. Wir anderen hätten es auch gern gehabt. Prächtig und bösartig. Zuerst hat die Familie ihre schwarzen Schafe verbannt, dann hat sie sie gehütet. Die Familie weidet sich an ihren Gegensätzlichkeiten.«

Plötzlich sprang Camillo auf. Er vollführte einen kleinen Galopp, im Kreis auf dem Strand. Er benutzte eine Reitgerte, wieherte, und die Bucht hallte von dem menschlichen Pferdegeräusch wider. Der Irrsinn war sein Gewand, doch er hatte es so oft getragen, daß es ihn völlig aufsog. Die Maske war er geworden.

Rachaela wurde ungeduldig und wartete, daß der Pferdetanz endete. Doch ein Teil von ihr wollte mit ihm zusammen galoppieren. Sie hatte nie eine richtige Kindheit gehabt. Mit elf Jahren wurde ihr die einzige Puppe, die sie besaß – ein hartes, unbiegsames Geschöpf – weggenommen und zu einem örtlichen Wohltätigkeitsbasar gebracht. Dort sah Rachaela sie eine Woche lang im Schaufenster, dann kaufte sie jemand.

Camillo, das Seepferd, ruhte sich aus.

»Er muß zu dir kommen«, keuchte er, »oder du zu ihm. Es ist vorherbestimmt, unvermeidlich. Deshalb willst du zu ihm gehen, sein Mysterium durchbrechen.«

»Er hat mich im Schlaf beobachtet«, sagte Rachaela.

»Unverzeihlich«, meinte Camillo, dann, »ich werde dir den Weg in den Turm zeigen. Jeder von ihnen hätte das tun können, aber sie lieben das Spiel. Cheta, Maria, oder Michael hätten dich bringen können.«

»Ich habe geträumt, du hättest den Schlüssel.«

»Eine junge Frau träumt von mir: Ich fühle mich geschmeichelt.«

Sie stiegen die verräterischen Stufen wieder empor. Rachaela rutschte aus und sah die Klippe und das wirbelnde Meer. Danach beendete sie den Anstieg fast auf allen vieren, voller Angst. Camillo jedoch fürchtete den Tod nicht, wie der Blitz erklomm er die Stufen und rutschte kein einziges Mal aus.

Sie betraten das Haus durch den Seiteneingang, durch den sie es auch verlassen hatten. Er führte durch einen Gang in das Morgenzimmer, wo Peter und Dorian ihr Frühstück einnahmen und jetzt nach dem Essen in ihren Stühlen vor dem Feuer ein Mittagsschläfchen hielten. Im Schlaf sahen sie tot aus. Camillo schenkte ihnen keinerlei Beachtung. Das Fenster des Morgenzimmers zeigte eine Königin, die in einem Weinberg grüne Trauben pflückte – Jezabel, die Gattin Ahabs? Camillo führte sie nicht zum Speicher zurück.

Er brachte sie bis zu dem Nebengebäude mit der Salome, und dort deutete er mit seinem dünnen Finger auf einen schmalen Treppengang.

»Führt zu einem Korridor, der vor einer Tür endet. Öffne die Tür und geh in Adamus' Turm. Klopfe vorher.«

»Er hat nicht angeklopft, als er bei mir spionierte.«

»Dann klopfst du eben nicht.« Camillo hüpfte die Treppe hinauf.

Rachaela zögerte und ging dann hinunter.

Der Korridor war dunkel bis auf das Licht, das durch die Treppenflucht drang, ein pinkfarbenes, flüssiges Salomeleuchten. Sie kam an spinnwebumrankten, verschlossenen Türen vorbei, die sie nicht öffnen wollte. Der Korridor machte eine Biegung, und das Licht verschwand in deprimierender, unheimlicher Dunkelheit.

Die letzte Tür erschien, wie in dem Traum, genau vor ihr. Rachaela erreichte sie. Sie lauschte.

Das Klavier spielte noch ein Stück von Brahms, wie ihr schien; ein Klavierkonzert ohne Orchester.

Sie war noch nicht bereit.
Sie wandte sich um und eilte zurück ins Licht.

Rachaela legte ihr zartblaues Kleid an und eine Brosche aus gedrehtem Silber, die sie eines Tages im Regen vor den Londoner Wohnungen gefunden hatte. Sie ging hinunter ins Wohnzimmer und wartete am Feuer des weißen Kamins auf Anna und Stephan, denn sie war es inzwischen gewohnt, mit ihnen zusammen das Abendessen einzunehmen. Doch sie kamen nicht.

Michael erschien verspätet mit seinem Tablett voller Flaschen und Karaffen.

»Wo ist Anna?«

»Ich weiß nicht, Miss Rachaela.«

Genauso unerwartet, wie sie bei dem lärmenden Mittagessen erschienen waren, blieben sie jetzt fern.

Rachaela mußte den Fischauflauf und die Stachelbeertorte allein verspeisen. Das Feuer krachte und flackerte, als heftiger Regen durch den Schacht des Kamins drang.

Nach dem Essen fand Rachaela den Weg zurück ins Morgenzimmer. Der Raum war verlassen, der Kamin schwarz. Rachaela setzte sich eine Stunde lang vor das Feuer im Eßzimmer. Niemand kam, und sie verbrachte zehn weitere Minuten im Wohnzimmer, wo die goldene Uhr in Schweigen verharren mußte, da sie keine Zeiger hatte.

Niemand betrat eines der Zimmer. Es schien Rachaela, als wäre den ganzen Nachmittag lang niemand auf dem Korridor vor ihrem Zimmer entlanggeschritten.

Michael, der ihr das Abendessen allein serviert hatte, war jetzt verschwunden.

Das Haus jammerte und ächzte wie ein Baum im Regen und tosendem Wind. Es schien leer zu sein, bis auf sie selbst.

Rachaela ging zurück in den ersten Stock. Im Badezimmer machte sie sich für die Nacht zurecht. In einem der Nachthemden setzte sie sich im Schlafzimmer vors Feuer. Draußen tobte der Wind, wie ein Sturm auf See. Sie hörte, wie der Ozean sich ins Landesinnere rollte.

Rachaela nahm ein Buch zur Hand und versuchte zu lesen. Sie las denselben Absatz immer wieder. Die Uhr mit den Engeln verkündete, es wäre ein Uhr, es war Mitternacht.

Rachaela ging zu Bett.

Eine Stunde lang versuchte sie einzuschlafen.

Hinter den Mauern und Fenstern wurde der Sturm heftiger. In den Winkeln des Hauses kreischte es, und das Glas der Fenster erschauerte unter den metallenen Splittern des Regens.

Wenn das Gewitter einsetzte, würde sie überhaupt nicht schlafen können. Ein blasser Blitz, und das Bild von Eva und Luzifer mit dem chromgrünen Baum erwachte für einen Augenblick zum Leben. In solch einer Nacht . . .

Rachaela stieg aus dem Bett. Sie entzündete die Lampe, kleidete sich an, puderte ihr Gesicht und umrahmte ihre Augen mit schwarzen Kajalstrichen. Ihre dunklen Wimpern warfen Schatten auf ihr blasses Gesicht, ihr Mund hatte im Schein der Lampe eine reife, rote Farbe. Es war der *richtige Zeitpunkt.*

Wie zuvor nahm sie die Lampe mit hinaus, und wie zuvor lag der Flur in Dunkelheit, und die Obstschnitzereien tanzten und wogten in Licht und Schatten.

Sie fürchtete sich vor einem Zusammentreffen mit der abnormen Katze, doch diese Angst konnte sie jetzt nicht mehr von ihrem Vorhaben abbringen.

Sie wandte sich nach links und folgte dem Korridor bis zu der Abzweigung, lief erneut in linker Richtung weiter und fand Salome, bleiern in der Dunkelheit.

Zwischen den Stufen der Treppe hingen Spinnen, in ihren filigranen Netzen fingen sich kleine Tropfen aus Licht. Im unteren Korridor leuchtete die Lampe ohne zu flackern, sie passierte die Reihe der Türen, und die letzte Tür erschien vor ihr wie ein schwarzes Rechteck. Würde sie ebenfalls verriegelt sein?

Sie erreichte die Tür und drückte ohne zu zögern die Klinke herunter, sie gab nach.

Wie in dem Traum lag der Raum in völliger Dunkelheit. Schlief er, der hier lebte, lag er in einem Meer aus Schwarz, während der Sturm um ihn herum tobte?

Es wäre nur gerecht, wenn sie ihn heimsuchte wie Psyche das Monster in der Legende, als sie den sengenden Tropfen aus ihrer

Lampe fallen ließ. Rachaela würde nicht so unvorsichtig sein. Wenn sie ihn schlafend vorfand, würde das vielleicht das Gleichgewicht wiederherstellen.

Das Licht fand eine Treppe innerhalb des Turmes, und Rachaela stieg sie langsam empor.

Über ihr erschien ein blaßrotes Glühen, der Schatten eines niedrig brennenden Feuers.

Sie betrat einen Raum. Die Lampe erhellte das dunkle Innenleben des Löwenfensters, das sie von außen gesehen hatte, und gegenüber entdeckte sie die schwarzen Konturen des Klaviers mit seinen dämmrig weißen Tasten.

Er selbst also, nicht eine Maschine, hatte die Musik gemacht, die sie gehört hatte.

Sie wandte sich ab und ließ den Schein ihrer Lampe über die Deckenbalken und das Mobiliar zum Kamin gleiten. Die große Katze lag vor dem Feuer und beobachtete sie aus halbgeschlossenen Augen.

Dann traf das Licht ihrer Lampe auf ein zweites Licht. Zwei Kerzen auf dem Kaminsims waren zu Leben erwacht. Sie entdeckte Adamus, der in seinen schwarzen Kleidern vor dem Kamin stand und das Streichholz in das Feuer segeln ließ.

»Ich konnte nicht schlafen«, erklärte sie, als wolle sie nur an ihre vorherige Konversation anknüpfen.

»Ich auch nicht.«

Er sah unverändert aus, als müsse er immer so aussehen. Er beugte sich vor, um den ebenholzschwarzen Kopf der Katze zu kraulen, und das Licht spiegelte sich für einen Augenblick auf seinem seltsamen Gesicht, bevor es erneut in die Schatten eintauchte. Er setzte sich auf einen Stuhl vor dem Feuer. Sein Gesicht war das eines Fremden, den sie kannte.

»Dann komm her«, forderte er sie auf, »setz dich und sag, was du zu sagen hast.«

Sie machte einen Schritt nach vorn und stellte ihre Lampe auf den Kaminsims, über dem ein mit schwarzen Schnörkeln verzierter Spiegel hing und eine weiße Uhr, deren Zeiger in Windeseile rückwärts liefen.

»Ich habe nichts zu sagen.«

»Warum bist du dann hier?«

»Ich bin neugierig«, höhnte sie. »Ich mußte fast dreißig Jahre warten, um meinen Vater zu sehen.«

Er beobachtete sie, als sie in dem Stuhl ihm gegenüber Platz nahm. Zwischen ihnen lag die riesige Katze wie ein lebendiger Bettvorleger, ihr Kopf ruhte auf ihren Vorderpfoten. Die Anwesenheit der Katze zu akzeptieren war letztendlich doch einfach. Nicht so die ihres Vaters.

Auf der gefliesten Umrandung des Kamins stand eine Flasche Rotwein mit zwei Gläsern. Das eine voll, das andere leer. Er beugte sich vor, füllte das zweite Glas und reichte es ihr. Sie nahm es entgegen.

Er hatte sie anscheinend erwartet.

»Du wußtest, daß ich kommen würde. Du hast mit Camillo gesprochen.«

»Ich spreche kaum mit den anderen. Und Camillo geht mir ganz besonders aus dem Weg. Meine – Jugend ist für ihn eine Beleidigung.«

»Anna und Stephan haben nicht mit mir zu Abend gegessen. Das haben sie sonst immer getan. Und doch waren zum Mittagessen alle anwesend. Selbst der Diener. Sie haben durcheinander geschwätzt, *gezwitschert*. Ein absonderliches Geräusch.«

»Eines ihrer Spielchen«, erwiderte er. »Sie spielen mit uns beiden. Das solltest du begreifen.«

»Aber du hast mir den Brief geschrieben.«

»Anna hat mich darum gebeten. Anna kann sehr gewinnend und überzeugend sein. Sie hat mir den Text diktiert.«

»Wer hat unterschrieben?« fragte Rachaela.

»Das war ich.«

»Scarabae.«

»Mein Name.«

»Du hast einen sehr melodramatischen Namen. Was hat meine Mutter eigentlich dazu gesagt?«

»Sie dachte, ich hieße Adam. In gewisser Weise bin ich das.«

»Mann«, stöhnte Rachaela.

Er zuckte die Achseln. Unbeabsichtigt nahmen sie beide gleichzeitig einen Schluck aus ihren Gläsern. Der Wein schmeckte vollmundig, ein tiefer metallischer Geschmack.

»Hier bist du also«, stellte er nach einer Weile fest.

»Ja. Ich dachte, ich sollte dir einen Gegenbesuch abstatten. Und Camillo hat mir den anderen Weg in den Turm gezeigt.«

»Normalerweise ist die Tür verriegelt.«

»Ein Versehen.«

»Ich wußte, daß du kommen würdest.«

»Wie?«

»Ich weiß es nicht.«

»Das glaube ich dir nicht.«

»Das ist dein Problem, Rachaela.«

»Warum sprichst du meinen Namen auf diese Art aus?«

»Mir gefällt dein Name. Es ist ein Familienname, den ich deiner Mutter vorgeschlagen hatte. Sie hat ihn natürlich nur mit Widerwillen akzeptiert. Sie dachte wahrscheinlich, ich würde zurückkommen, um sie zu einer ehrbaren Frau zu machen.«

»Ja, sie wäre lieber verheiratet gewesen. Aber ich denke, sie wäre schon mit ein wenig Unterstützung von dir zufrieden gewesen. Wenn du einfach nur dagewesen wärst.«

»Ich konnte nicht bleiben. Mich hat das alles nicht interessiert. Die Familie hatte mich dazu überredet, daß ich es tun mußte. Ich habe zwei Jahre außerhalb dieses Gefängnisses verbracht und sie dafür gehaßt. Ich habe dich gezeugt, und das war es dann. Ich mußte auf die Erde zurück, hierher.«

»Und du hast dich überhaupt nicht für mich interessiert.«

»Nein. Als Kind hast du mir nichts bedeutet. Du warst nur etwas, das ich vollbracht hatte.«

Rachaela schluckte die Bitterkeit ihrer Mutter zusammen mit dem kupferfarbenen Wein hinunter ebenso wie die fünfundzwanzig Jahre mit dieser verschrobenen und gereizten Frau. Es hatte für sie nur zufällige Begegnungen mit zauberhaften Dingen gegeben – klassische Musik, Bücher – Dinge, die ihre Mutter verabscheute. Allzu oft wurde das Radio auf einen Sender mit Popmusik gestellt, oder das Buch aus ihren Händen gerissen, um ihre Träume auszulöschen: »Wenn du eine Beschäftigung brauchst, kannst du die Spültücher auswaschen.«

»Du hast mich alleingelassen«, sagte Rachaela, »in einer Wüste.«

Sie dachte an eine Kindheit, in der sie an der Hand eines großen, dunklen Mannes durch den Park spazierte, Schwäne auf dem Wasser, Brotkrümel für die Enten. Sie dachte an die Stimme eines Mannes, die ihr aus einem Buch vorlas. Ein Schatten, der Klavier spielte. Und heiße Tränen stiegen ihr in die Augen. Der Schmerz wollte ihr schier das Herz zerreißen. »Aber es hätte dich ja gelangweilt. Ein Kind.«

»Ich muß versuchen, dich jetzt zu finden«, erwiderte er.

»Du kommst zu spät. Jetzt will ich dich nicht mehr. Ich brauche dich nicht mehr. Du hast es verdorben. Ich werde dich nicht an mich heranlassen.«

»Aber du bist da.«

»Genau wie du. Ich bin neugierig. Ich wollte sehen, was mich vor neunundzwanzig Jahren verlassen hat, als ich noch blind und taub war.«

»Tu das nicht, Rachaela«, sagte er.

Sie konnte auch in seinem Gesicht den Schmerz lesen, seine Augen, die Augen eines jungen Mannes, und sein Mund verzogen sich.

»Es ist sowieso eine Lüge«, sagte sie. »Ich glaube immer noch nicht, daß du mein Vater bist.«

»Da siehst du es.«

Sie verfielen in Schweigen, und die Katze erhob sich zwischen ihnen, streckte ihre Glieder, ihr wunderbares Fell schimmerte in dem Schein der sterbenden Flammen.

»Ihn verlangt nach der Nacht«, sagte Adamus. »Ich muß ihn hinauslassen. Komm mit.« Der Kater folgte ihm aus dem Raum und die Treppe hinunter, wahrscheinlich bis zu der unteren Tür.

Sie blickte sich in dem ungleichmäßigen Raum um, durchsuchte die Dunkelheit hinter dem Lichtschein der Lampe und der Kerzen, wo die Dinge sich zauberhaft in der roten Glut des Feuers spiegelten; das grüne Umbra des Lampenschirms wie Augen oder Gedanken.

Der Wein hatte auf einmal einen salzigen Geschmack.

Es war dumm, daß sie sich so von ihren Gefühlen überwältigen ließ. Damit hatte sie nicht gerechnet, es war sicherlich ein Trick, dieses Gespräch mit einem angeblichen Vater.

Sie schätzte, es war möglich, wenn die Scarabae wirklich so lange lebten, wie sie vorgaben. Doch selbst das war wahrscheinlich eine Lüge, irgendein seniler Einfall, zwischen dem Wunsch zu belustigen oder zu erschrecken.

Hinter dem Fenster heulte die Dunkelheit. Das Gewitter war verstummt.

Sie hörte ihn nicht zurückkommen. Er erschien aus dem Nichts, außerhalb des Lichtkreises. Ein großer Schatten.

Er setzte sich nicht wieder zu ihr, durchquerte statt dessen den Raum und setzte sich ans Klavier.

Zu keiner anderen Reaktion fähig, hielt Rachaela den Atem an. Und im dunkeln begann er zu spielen. Die Musik schwebte in langgezogenen, klagenden Tönen über dem maschinengewehrartigen Rattern des Regens. Die düsteren, ernsten Klänge in Moll waren durchzogen von einer hellen, weißen Melodie in Dur. Sie kannte den Namen des Komponisten nicht, der sich so sorglos durch die Oktaven bewegte. Der Sturm der Musik überdeckte das Tosen des Windes, der gegen den Turm tobte. Rachaela schloß die Augen.

Sie saß in ihrem Sessel, schwebte auf der Flut der Klänge, hielt ihr Glas voller Feuer lose in der einen Hand. Gegen ihren Willen fühlte sie, wie sie sich der Melodie ergab, die er geschaffen hatte. Schließlich verebbte die Musik, löste sich in einzelnen, wiederholten Sequenzen auf. Endete.

Ohne die Augen zu öffnen, bat sie« »Spiel noch etwas.«

Er antwortete nicht. Doch nach einigen Minuten erschollen die schnellen Klänge einer Melodie von Chopin und erfüllten den Raum mit ihrem Leben.

Was wäre aus ihr geworden, wenn sie so etwas schon in ihrer Kindheit erlebt hätte?

Langsam rannten ihr die Tränen über die Wangen. Sie ließ es zu, ertränkte sie in Musik.

»Du hast geschlafen.«

Er stand vor dem Kamin. Das Feuer war erloschen. Die Lampe ließ die Flüssigkeit in seinem Glas karmesinrot schimmern, als er einen Schluck daraus nahm.

Die Länge seines zurückgekämmten Haares erstaunte sie.

»Ich habe alles gehört.«

»Ich weiß. Du bist eingeschlafen, als ich aufhörte zu spielen.«

So beruhigend. Der Schmerz hatte sie in der Flut der Klänge verlassen. Ebenso wie der nichtssagende Zorn und die überschäumende Wut.

»Du mußt mich wiederkommen lassen«, sagte sie. »Ich will dich wieder spielen hören.«

»Warum nicht.«

Wie ein Kind strich sie ihr Haar aus dem Gesicht. Die Zeiger der Uhr schnellten von halb fünf auf drei, der Zwei entgegen. Es mußte irgendwann in den frühen Morgenstunden sein. Sie wollte nicht gehen, ihr war kalt, und plötzlich fürchtete sie sich auch. Wie nahe war sie ihm gekommen. Und was war er eigentlich? Sie kannte ihn nicht, wußte nicht, was oder wer er war. Er konnte in der Dunkelheit sehen, wie der Kater.

Er beugte sich vor, ergriff ihre Hand und half ihr auf die Füße. Seine Hand war etwas Neues für sie. Männlich und warm. Sie genoß die Berührung – und schon gehörte diese wieder der Vergangenheit an. Sie stand da, einsam, allein und erschöpft.

»Welche Tür?« fragte sie.

»Welche auch immer die Dame bevorzugt.« Die Vorstellung, daß sie zu ihrem Zimmer zurücklaufen mußte, verstärkte ihre Müdigkeit. Sie mußte schnell sein und fortlaufen. Sie wußte nicht, was sie denken sollte.

»Die hier ist gut genug.«

Er begleitete sie durch den Raum, trug ihre Lampe für sie, die er ihr dann, als sie an der Treppe angekommen waren, höflich überreichte. Sie nahm die Lampe entgegen und stieg die Stufen hinunter, der unteren Schwelle, und der überwältigenden Dunkelheit des Korridors entgegen.

Die Tür schloß sich hinter ihr, sie lauschte nach dem kratzenden Geräusch eines Schlüssels, der im Schloß herumgedreht wurde, hörte jedoch nichts.

Rachaela träumte von ihrer Mutter, die ein Sonntagsmahl kochte, was sie ungefähr alle sechs Monate getan hatte, und was dann jedesmal einen ziemlichen Aufwand bedeutet hatte.

Rachaela stand an der Spüle, schälte unzählige Kartoffeln und markierte jede davon, wie befohlen, mit einem Kreuz gegen den Satan. Ihre Hände schmerzten.

Von der Küchentür her rief er sie mit verzerrter Traumstimme.

»Nein«, befahl ihre Mutter. »Mach erst die Kartoffeln fertig.«

Aber Rachaela ließ die Kartoffeln in der Schüssel.

An der Tür wartete der Mann mit ausgestreckter Hand.

»Das darfst du nicht«, sagte ihre Mutter. »Bleib ihm fern.«

Doch Adamus hob sie in seine Arme, obwohl sie schon erwachsen war, hob sie hoch und trug sie fort.

Rachaela erwachte und hatte diesen so realistischen und so verwirrenden Traum immer noch vor Augen.

Die Turmuhr behauptete, es wäre fünf nach halb eins. Zehn, schätzte sie. Sie hatte verschlafen.

Sie ließ sich Badewasser ein und fand ein wunderschönes Schmuckstück auf dem Teppich vor ihrer Tür; eine Kette aus kleinen Muscheln, zartbraun, rosa und elfenbeinfarben. Möglicherweise ein weiteres Geschenk von Camillo, aus den Schatztruhen des Speichers hervorgekramt.

Sie stand da mit den Muscheln in der Hand und legte sie dann auf die Frisierkommode.

Als sie aus dem Badezimmer zurückkam, von dem heißen Wasser mehr betäubt als belebt, kleidete sie sich an und bürstete lethargisch ihr Haar. Und die Muscheln lagen vor ihr.

Einem Impuls folgend, nahm sie sie auf und hielt sie, eine nach der anderen, obwohl sie dafür eigentlich zu klein waren, an ihr Ohr.

Als sie noch ein Kind war, hatte ihre Mutter ihr von diesem Trick erzählt, doch zuerst schien er nicht so recht zu funktionieren. Es war irgendwo in einem Strandkorb am Meer, wo sie tagsüber hingefahren waren. Es hatte genieselt, und der Wind vom Meer war schneidend gewesen. Rachaela war über die Sanddünen gestolpert und hatte sich das Knie an einem Glassplitter aufgerissen. In der Fischsuppe ihrer Mutter war eine große Gräte, über die sie sich schrecklich aufregte.

Natürlich kam das Meeresrauschen nicht aus den Muscheln. Und doch meinte Rachaela, eine Welle gehört zu haben, als sie die Muscheln wieder vom Ohr nahm. Ein *Geräusch* drang an ihr Ohr.

Rachaela

Sie hörte ihren Namen in dem flüsternden Rauschen, als hätte das Zimmer, die Steine der Mauern, ihn ausgesprochen. Eine blödsinnige Illusion, die sie trotzdem zutiefst bestürzte. Sie legte die Muscheln zurück auf die Kommode. Sie dachte an die Zuckerstange, die sie so gerne gehabt hätte, weil die anderen Kinder auch eine hatten, und die ihre Mutter ihr dann auch widerwillig kaufte. »Die Zähne werden dir ausfallen.« Sie dachte an ihre Mutter, die so unecht und verrenkt in dem Sarg gelegen hatte, so steif wie ein Brett, mit roten Rougeflecken im Gesicht. Wie in der Nacht zuvor stiegen ihr wieder die Tränen in die Augen.

Einige Minuten lang weinte sie bitterlich, dann war es vorbei. Ein Abschied also. Von irgend etwas jedenfalls.

6

Nun, da sie den Weg zum Strand kannte, wagte sie sich manchmal die rutschigen Stufen hinunter zum Meer. Sie erforschte die enge, kleine Bucht, die bei Flut vom Meer überschwemmt wurde und danach von Algen, Treibholz, toten Quallen und anderem nicht identifizierbaren Treibgut bedeckt war.

Ansonsten marschierte sie immer noch eisern an der Heide entlang, bahnte sich ihren Weg durch Ginsterhecken und trockenes Laub, während die Möwen über ihr kreischten und die Kaninchen in dem Gras vor ihr flohen. Sie zwang sich zu diesen Gewaltmärschen, um nicht verrückt zu werden. Sie hatte nichts zu tun. Das ganze war ein langer Urlaub, den sie wie in Trance erlebte.

Sie durchwanderte auch das Haus, versuchte, seine Winkel und Parabeln irgendeinem sinnvollen Plan zuzuordnen. Es blieb ein Labyrinth, selbst dort, wo sie sich schon auskannte.

Sie hatte wieder angefangen, verschiedene Türen auszuprobieren und war ein oder zwei Mal auf die Scarabae gestoßen, die sich unter diesen Steinen verbargen: die alte Anita strickend neben einem roten und violetten Fenster, das Begräbnis eines Königs; Miriam und Unice, die unter einem jadegrünen Fenster – vielleicht der auf einem Wal reitende Jonas – riesige Fotoalben wälzten.

Miriam und Unice hatten sie hereingewunken und ihr Hunderte von Fotografien gezeigt, bis sie völlig betäubt war. Sie führten ihr wunderschöne, wächserne Bildnisse von Männern und Frauen in altmodischen Kleidern vor, die vor Landschaften und Palmen in großen Kübeln, posierten. Es gab keine neueren Fotos, keine Farbbilder. Rachaela war überrascht, daß auf den Bildern überhaupt Menschen zu erkennen waren, denn sicherlich waren diese Sippenmitglieder doch für eine Kamera so unsichtbar wie Geister, ebenso wie ihr Ebenbild allem Anschein nach auch von den reichverzierten Spiegeln nicht reflektiert wurde.

Eines Morgens nahm sie zusammen mit Peter und Dorian das Frühstück im Morgenzimmer ein. Niemand sprach. Einmal begegnete sie Alice, die, irgendeine unerklärliche Mission verfolgend, in einem Schal durch das Haus flatterte wie die Weiße Frau.

Sie ging Sylvian in der Bibliothek aus dem Weg, las ihre eigenen Bücher zum wiederholten Mal.

Sie hörte Radio, doch die gespielte Oper gefiel ihr nicht. Der Gesang erdrückte die Musik.

Anna und Stephan fanden sich jetzt wieder allabendlich im Wohnzimmer ein. Sie benahmen sich, als wäre nichts geschehen, und doch machte gerade Anna den Eindruck einer Katze, die an der Sahne geschleckt hatte. Sie waren zufrieden mit ihr. Ihr ganzes Benehmen drückte Wohlgefallen aus. Sie stellte ihnen keine Fragen. Camillo sah sie überhaupt nicht, und auch die anderen nur kurz, wenn sie vorüberhuschten.

Nach sieben Tagen und Nächten ging sie eines Nachmittags über die Hintertreppe und durch den unheimlichen Korridor zum Turm. Die Tür war verriegelt. Sie hämmerte dagegen, doch niemand antwortete. Eine nahezu rasende Wut packte sie; sie war verschüchtert, fast beschämt.

Am achten Abend, nach dem Dinner, traf sie in der Halle auf die riesenhafte Katze, die an der unteren Turmtür kratzte. Eine Woge des Mitgefühls überkam sie. Sie ging auf die Katze zu und streichelte ihren Kopf. Das Fell fühlte sich struppig an und knisterte vor Elektrizität; ihr Streicheln schien der Katze jedoch nicht unangenehm zu sein.

»Ausgesperrt«, sagte sie, drückte aber trotzdem die Klinke herunter. Obwohl sie gegen den Rest des Hauses bisher immer versperrt gewesen war, gab sie jetzt nach. Die Katze schlängelte sich durch den Spalt, und Rachaela folgte ihr. Zwei weitere Türen flankierten den Treppenaufgang, ihr fehlte jedoch der Mut, diese ebenfalls auszuprobieren. Sie kam zu dem Treppenabsatz, auf dem sich die zweite Tür befand, und gelangte so in den weitläufigen oberen Raum mit dem Klavier. Das Löwenfenster wirkte dunkel und abweisend, doch auf dem Klavier brannte eine Lampe, ebenso auf dem Kaminsims. Das Feuer brannte hoch, und auf dem Tisch lagen die Reste eines Abendessens. Adamus hatte all diese Hinweise hinterlassen, war jedoch selbst abwesend.

Die Katze schlich zum Kaminfeuer und ließ sich wohlig davor nieder.

Rachaela setzte sich ans Klavier und ließ ihre Finger zart über die Tasten gleiten.

Adamus erschien nicht, und nach ungefähr einer Stunde verließ Rachaela den Raum wieder. Die Katze schlief neben dem Feuer.

Sie bekam Adamus fünfzehn Tage und Nächte lang nicht zu Gesicht, rüttelte bei drei weiteren Gelegenheiten an den beiden Türen, nur um sie verschlossen zu finden.

Es kam ihr der Gedanke, daß er ebensolche Angst vor ihr haben könnte wie sie vor ihm.

Sie wollte niemals wieder in seine Nähe kommen, fühlte sich jedoch magisch von ihm angezogen wie eine Motte vom Licht.

Eines Morgens wurde ein schreibmaschinengeschriebener Brief unter ihrer Tür durchgeschoben. Sie wurde darin als *Miss R. Smith* angeredet. Dieser zwanglose Ton ärgerte sie, als wolle er sie verspotten. Zuerst ließ sie den Brief ungeöffnet, die einzige Post, die sie wahrscheinlich im Haus der Scarabae erhalten würde.

Schließlich öffnete sie ihn doch.

»Rachaela – ich habe deinen Duft im Zimmer gerochen. Auf den Klaviertasten lag ein langes, schwarz-gelocktes Haar. Du hast also doch etwas von deiner Mutter – diese zarten Locken in deinem Haar. Ein Besuch, und ich war nicht da. Komm heute nachmittag. Was möchtest du gerne hören? Chopin? Prokofjew? Ravel? Ich erwarte dich.«

Dieses Mal hatte er mit ›Adam‹ unterschrieben. Der Brief war unehrlich und doch einladend.

Sie fühlte sich wie ein Schulmädchen, das die Schule geschwänzt hatte – ihr wurde vor Aufregung übel, ihr Herz pochte heftig.

Also schön, sie würde nicht gehen. Um sich für ihre Gier zu bestrafen. Sie zog das grüne Kleid über und legte die Kette aus Glasperlen an. Sie benutzte niemals Parfum. Ihr Duft ... es konnte nur der Duft ihrer Haut und ihres Haares sein, ein fremder Geruch in seinem Turm.

Sie machte sich auf, als die schwarze Uhr auf vier Uhr fünfzehn stand, etwa ein Viertel nach drei nachmittags, als ginge sie zu einer Verabredung. Was der Fall war.

Sie benutzte die geheime Tür an der Hintertreppe und fand sie unverschlossen.

Das bunte Fenster, der lohfarbene Löwe mit dem rostbraunen Krieger beherrschten die Atmosphäre des Raumes und verliehen ihnen einen seltsamen Anstrich. Die Deckenbalken trugen einen gelben Rand.

Er stand vor dem Feuer, las in einem alten, schimmlig schwarzen Buch, wie ein Überbleibsel aus Mister Gerards Laden.

Als sie eintrat, legte er das Buch aus der Hand, ohne die Seite zu markieren.

»Du bist gekommen.«

»Ja.«

Angesichts seines langen Haares und seiner Jugend fühlte sie sich schüchtern und unbeholfen. Nach ihrer ersten Begegnung waren ihre Träume wiedergekehrt. Sie wünschte, er wäre so alt wie das Buch, oder daß sie sich nicht auf diesen Besuch eingelassen hätte.

»Komm ans Feuer«, sagte er und sie ging auf ihn zu.

Er hat Angst. Er hatte Angst vor ihr, trotz ihrer Unbeholfenheit. Ihre einzige Verständigungsmöglichkeit, die Musik.

»Wirst du Prokofjew spielen?« Nur mit Widerwillen baute sie ihm diese Brücke.

»Was immer du möchtest.«

»Kennst du so viele Stücke?«

»An manchen Tagen, manchen Nächten ist es das Einzige, was ich tue – Klavierspielen.«

Sie stellte ihn sich in dem dunklen Turm vor, die von der See beherrschte Atmosphäre angefüllt mit zornigen Noten, Harmonien. Die Katze war nicht anwesend. Sie war dazu übergegangen, die Katze nur noch im Zusammenhang mit ihm zu sehen.

Sie setzte sich in denselben Sessel wie beim letzten Mal.

Entspannte er sich ein wenig? Er ging zu dem Klavier, und die Musik setzte augenblicklich ein.

Es war, als würde er sich mit ihr unterhalten. Weiche Kadenzen, mit stürmischen, unterschwelligen Tönen, die sich in schnellen Akkorden auflösten. Die Melodie wanderte über die schwarzweiße Fläche.

Sie drehte ihren Sessel herum, um ihn beobachten zu können. Seine Hände, von der Musik völlig in Besitz genommen, bewegten sich mal langsamer, mal schneller. Die Muskeln seines Rückens wogten unter dem dunklen Hemd, und seine lange Haarflut wehte im Rhythmus zur Musik.

Sie schien seine Aura sehen zu können. Sie war kalt und blaß wie Stahl, die Essenz seiner Dunkelheit. Wie es wohl wäre, hinter ihm zu stehen, seine Schultern und seinen Nacken unter dem wallenden Haar leicht zu berühren? Diese Macht zu spüren, mit der seine Hände und sein Körper durch seine Haut mit ihr sprachen?

»Adamus«, flüsterte sie atemlos.

Das Stück endete oder verwandelte sich zu einer neuen Melodie. Die Töne waren beißend, das Tempo rasend. Ihr Herz klopfte so schnell, daß es fast schmerzte.

Wer war er?

Ein kurzer Blick auf sein Profil, seine Züge wandelten sich mit den Wellen der Melodie. Sein Gesicht ernst und starr, seine Augen brannten, und seine Lippen bewegten sich. Ärger auf seinem Gesicht und Verzweiflung. Nur einmal hatte sie ein solches Gesicht vor Augen gehabt, nicht rein und gutaussehend wie dieses, sondern in einem hell erleuchteten Raum um zwei Uhr morgens: das Gesicht eines Verrückten, der nichts wahrnahm, kein Flehen oder Drohen, bis es sinnlos geworden war, etwas anderes zu tun, als still dazuliegen und daran zu denken, wann es vorbei sein würde. Zerrissen und geschunden unter der häßlichen Gewalt des Gesichtes. Und dieses Gesicht so anders und doch wurde sie erinnert, das Gesicht eines Reiters in der Nacht.

Sie fuhr voller Angst hoch.

»Hör auf.«

Er hob augenblicklich die Hände von den Tasten. Er drehte sich um. Die Luft zwischen ihnen bebte. »Was ist los?«

»Ich weiß es nicht.«

»Du weißt es«, widersprach er. Mit ihr nur halb zugewandtem Gesicht befahl er: »Sag es mir.«

»Es – macht mir angst«, stieß sie hervor, bevor sie die Worte zurückhalten konnte.

»Ja«, antwortete er.

»Die Musik führt an einen Abgrund, und ich will nicht hinunterstürzen.«

»Wir haben keine Wahl. Wir müssen uns fallenlassen.«

Ihre Hände verkrampften sich ineinander, und er erhob sich von dem Klavierhocker. Er kam auf sie zu. Es schien, als würde er alles Licht vom Fenster aussperren. Sie war in einem See aus Gold, Braun und Honig, und seine Dunkelheit breitete sich über ihr aus. Sie konnte sein Gesicht nicht erkennen, sah nur zwei brennende Augen, schwarzes Feuer.

»Nein!« Sie trat einen Schritt zurück.

Der Kamin mit seiner ungezähmten Hitze lag hinter ihr. Gefangen zwischen dem Teufel und der versengenden, roten Flamme.

Er streckte die Arme aus, und die Dunkelheit drohte sie zu verschlingen. Seine Hände waren wie zwei glühende Kohlen auf ihren Armen, als er sie von der Flamme zurückzog.

»Du wirst fallen.«

»Du hast gesagt, wir hätten keine andere Wahl«, sagte sie.

»Rachaela, hör auf dich zu wehren. Du wirst dir weh tun.«

»Du wirst mir weh tun. Das wirst du.«

»Wahrscheinlich.«

»Laß mich los.«

Er zog sie an sich. Ihre Brüste berührten ihn, seinen harten, flachen, maskulinen Oberkörper, wie eine Rüstung aus Fleisch und Blut. Jetzt brannte die Flamme genau an dem Punkt, an dem sich ihre Körper trafen. Der Raum fing an sich langsam zu drehen. Sie ertrank in dem See, und er allein konnte sie retten, nur er konnte sie herausziehen . . .

Sie schlug mit der Faust auf ihn ein.

Sie hatten sich getrennt. Zwei Meter lagen zwischen ihnen.

»Und was nun?« fragte er.

»Nichts. Was hattest du denn erwartet, *Vati*?«

»Das glaubst du doch nicht.«

»Ich weiß nicht, was ich glaube. Hier scheint alles möglich.«

»Das ist wahr.«

Sein Gesicht war ausdruckslos. Wie in all ihren Träumen, war er nahezu gesichtslos. Die Augen trübe Farbkleckse. Die Lippen schmal und streng.

»Ich werde gehen«, sagte sie. »Ich werde gehen, und ich will dich nie mehr sehen. Ich werde einen Stuhl vor meine Tür stellen. Und wenn du hereinkommst, werde ich gegen dich kämpfen. Ich werde dich töten.«

»Ich werde nicht in dein Zimmer kommen. Arme Rachaela. Wo sonst könntest du dich verstecken?«

Sie wandte sich um und verließ den Raum mit vorsichtig plazierten Schritten. Sie lief die Treppe hinunter. Der schreckliche Korridor vor der Tür schien angefüllt mit irgendeinem ätzenden Virus. Sie ging aufrecht weiter, zurück in das Licht des Salomefensters. Es war eine Flucht.

Eine alte Galionsfigur war an den Strand gespült worden. Es war ein Wassermann, grüne und gelbe Farbe klebte noch an ihm. Sein graublauer Torso endete in einem langen Fischschwanz. In der Hand hielt er einen völlig verbogenen Dreizack. Camillo würde die Figur gefallen, dachte sie. Der Wassermann lehnte an der Klippe und schien auf ihn zu warten.

Sie saß in der Bucht und betrachtete das Meer. Die See hatte keine Antwort, selbst das Treibgut schien sie nur verhöhnen zu wollen.

Sie würde ihre Koffer packen, ins Dorf marschieren und ein Haus mit Telefon suchen. Dann würde ein Mietauto kommen und sie irgendwohin bringen. Aber wohin? Und – realistisch gesehen – wie sollte sie die schweren Koffer so weit tragen können? Sie würde alles über Bord werfen müssen, um fliehen zu können.

Zweifelsohne würde er sie jetzt in Ruhe lassen. Wenn sie nicht selbst zu ihm ging, um ihn aufzufordern. Es war ihre eigene Schuld. Nicht wie bei der Vergewaltigung, gegen die sie sich nicht hatte wehren können. Sie hatte diesen Mann ermutigt, ohne zu wissen, was sie tat. So mußte es sein.

Ein weiterer Zentimeter, eine weitere Minute, und sie wäre in den Abgrund gestürzt.

Sie mußte entkommen.

Es war reine Ironie, als Cheta, die Rachaela das Frühstück brachte, ihr erzählte, daß sie und Carlo sich in ein oder zwei Tagen auf den Weg machen würden, um den Lieferwagen zu treffen.

Sie würde Carlo und Cheta nicht überreden können, ihre Koffer zu tragen. Sie waren ein Teil dieser Verschwörung, um sie hier festzuhalten. Sie konnten sich ihr gegenüber zwar nicht ungebührlich verhalten, doch sie konnten ihr die Hilfe verweigern. Sie gehörte der Familie.

Am Abend zuvor hatte Anna so zufrieden ausgesehen, und Stephan hatte auf dem Schachbrett mehrere Züge gegen sich selbst ausgeführt. Anna repräsentierte die Scarabae. Ihr billigendes Lächeln war Ausdruck für das Wohlwollen der gesamten Sippschaft.

Sie spielen mit uns beiden. Das solltest du begreifen. Er hatte es ihr gesagt. Sollte sie denken, daß er ebenso hilflos in ihrem Netz gefangen war?

Die See warf sich gegen die Klippen und zerbarst. Rachaela

erhob sich und machte sich auf den Weg zurück über die gefährlichen Stufen. Was würde passieren, wenn sie ausrutschte? Das wäre das Ende ihrer Pläne für die Fortdauer der Familie.

Sie kam unbeschadet oben an.

Der Schrei eines Brachvogels hallte über die Heide. Sie konnte ihn nicht sehen.

Durch den Wintergarten gelangte sie zurück ins Haus. Carlo war dort; über ein Büschel malvenfarbener Blumen gebeugt, fast unsichtbar.

Kein Scarabae in Eß- oder Wohnzimmer. Irgendwo schlug eine Uhr, dreizehn Mal.

Sie kam in die Halle und fand acht Scarabae, die fast bewegungslos beisammen standen: Eric, dachte sie, Peter und Dorian, Unice, Livia, Miranda, George und Jack.

Irgend etwas war im Gange. Aber was?

Die bunten Fenster ließen einen dunklen Schatten auf dem schachbrettgemusterten Boden erkennen. Zuerst konnte sie nicht ausmachen, was es war. Dann sah sie einen alten Mann in schäbiger Jacke, der auf dem Gesicht lag; seine dünnen, alten Gliedmaßen verschlungen, seine Hände wie zerknülltes Papier.

Miranda drehte sich zu Rachaela um. Sie sprach fast andächtig: »Er ist einfach heruntergefallen.«

»Ich habe es gesehen«, sagte Unice. »Er ist die Treppe heruntergekommen und dann umgefallen. Einfach so.«

»Er ist krank«, meinte Rachaela verdutzt. Ihre stählerne Unverwundbarkeit war also doch brüchig.

»Nein, nicht krank«, warf Jack vom anderen Ende der Halle her ein. »Er ist tot. Ich habe seinen Puls gefühlt.«

»Wir sind sicher«, sagte Miranda, »ziemlich sicher.«

»So passiert es«, meinte Livia.

»Ganz plötzlich«, fügte Miranda hinzu.

»Aber . . .« wollte Rachaela protestieren.

»So läuft das bei uns«, sagte George. Er legte seine Hand auf Jacks Schulter. »Am besten holst du Carlo.«

»Er ist im Wintergarten«, sagte Rachaela. »Soll ich . . .«

»Ja, ja«, erwiderte Miranda. »Geh du, meine Liebe.«

Rachaela wandte sich wie betäubt um und verließ die seltsame Gruppe; sie standen wie Statuen, diese erschrockenen alten Menschen, mit welken, starren Gesichtern, und unergründlichen schwarzen Augen.

Im Wintergarten hangelte sich Carlo mit seiner Sprühflasche wie ein Affe zwischen den Farnen hindurch.

»Carlo. Sylvian ist in der Halle gestürzt.«

Carlo stellte die Flasche ab und setzte sich ohne ein Wort in Bewegung. Sein Gesicht war ausdruckslos. Sie folgte ihm zurück in die Halle.

Noch drei weitere Familienmitglieder waren eingetroffen, und standen wie angewurzelt auf der Treppe: Anita, Sascha und Alice. Dieselben Gesichter. Rachaela blickte hoch, und Miriam erschien auf dem oberen Treppenabsatz. Aus dem Korridor vor der Küche kam Cheta mit einer Schürze über ihrem dunklen Kleid, Michael und Maria folgten ihr wie ein Echo.

Ohne ein Geräusch oder einen Schrei vernommen zu haben, wußten sie es und versammelten sich. Carlo ging auf Sylvian zu und hob ihn mit einem Ruck vom Boden auf. Es wäre sinnlos, sie zur Vorsicht zu ermahnen. Sie verachteten Medizin, Ärzte und jegliche vernünftige Behandlungsmaßnahme. Sie sagten, Sylvian war tot. Und wahrscheinlich hatten sie recht. Rachaela erinnerte sich an seine sauberen, drahtigen Hände, die in der Bibliothek die Bücher verstümmelten. Waren die Bücher an der Nordwand verschont geblieben?

Carlo erklomm die Stufen. Die Scarabae gingen ihm gemächlich nach – eine seltsame Prozession.

Rachaela folgte ihnen verschreckt.

Auf der rechten Seite einen Korridor entlang, bis Carlo eine Tür öffnete, wahrscheinlich die zu Sylvians Schlafzimmer. Sylvian wurde hineingetragen, und der Rest folgte. Sie machten kein Geräusch bis auf das zarte Rascheln und Schlurfen ihrer Kleider, Sandalen und Schuhe.

Sylvian wurde aufs Bett gelegt. Auf dem darüberliegenden Fenster war irgendeine Schlacht abgebildet, Pferde und Harnische vor einem feuerroten Himmel. Der Raum war in flüssiges Licht gebadet, und Sylvian lag auf seinem großen, grauen Himmelbett mit den Schuhen auf der Tagesdecke und seinem aus

Stein gemeißelten Kopf auf den Kissen. Carlo bettete Sylvians Arme neben seinen Körper.

»Nein, nein, Carlo«, widersprach Miriam, »leg die Hände auf seinen Körper. Das macht es später einfacher.«

Und Carlo gehorchte diesem seltsamen, düsteren Befehl.

Nur Anna, Stephan und Camillo waren nicht erschienen.

Sie gruppierten sich um das Bett.

Sie starrten auf Sylvian, als wollten sie wirklich sichergehen. Es war bestimmt ein totes Gesicht, das Weiß der Augäpfel war gerade noch zu sehen, der Mund stand offen. Fast wie ein schlafender, alter Mann, nur daß er nicht atmete. Vielleicht hatten sie nach seinem Herzschlag gefühlt, oder brauchten sie das nicht? Erwarteten sie so alle das Ende ihres uralten Lebens? Nach so vielen hundert Jahren, zwischen zwei Schritten, das Stocken des Atems, große Stille und völlige Dunkelheit, das Ablegen dieser würdelosen Würde.

»Ich werde Sylvians Augen schließen«, sagte Alice.

Sie trat vor und tat es brüsk. Sie versuchte auch den Mund zu schließen, doch der öffnete sich immer wieder hartnäckig.

»Am besten, du läßt es bleiben«, meinte Jack. Alice ließ es bleiben und trat beiseite.

Einer nach dem anderen, pärchenweise, zogen sie ab, die Scarabae verließen den Raum.

Rachaela beobachtete diesen Auszug verwirrt und verloren.

Bevor sie wußte, was sie zu ihnen sagen könnte, waren sie alle verschwunden. Sie war allein mit dem toten Sylvian, der Korridor draußen war leer. Sie erreichte Cheta auf dem Treppenabsatz.

»Cheta, was wird jetzt geschehen?«

»Geschehen, Miss Rachaela?«

»Mit Sylvian, natürlich.«

»Miss Anna und Mister Stephan werden sich darum kümmern.«

Cheta wandte sich ab und lief die Treppe hinunter.

Es gab soviel zu tun. Eine Todesurkunde mußte ausgestellt, eine Beerdigung arrangiert werden – Rachaela erinnerte sich der zahllosen Pflichten der Lebenden bei einem Tod.

Die Ruhe des abgelegenen Hauses würde unterbrochen und

gestört werden. Sie stellte sie sich vor, auf irgendeinem ländlichen Friedhof, einundzwanzig schwarze Krähen, die um ein Grab herumstanden. Es schien unvorstellbar.

Rachaela ging in ihr Zimmer und schaltete das Radio an. Musik erscholl, um die Leere zu füllen, doch die Musik half nicht, und das Fenster störte sie.

Ihr Mangel an Furcht war unheimlich. Dieses Symbol von Vergänglichkeit. Es schien ihnen nichts auszumachen. Sie war gekränkt, ihre eigene Reaktion auf den Tod der Mutter wiederzuerkennen – ihr *Des*interesse, vielleicht sogar ihre Erleichterung – ausgeführt von den Scarabae, die hätten jammern und zittern müssen.

»Bist du da, Camillo?«

Das Speicherfenster schien blau vor Staub, ein Vorhang aus fleckiger Luft. Das Schaukelpferd erhob sich wie zwei Hügel in dem sterbenden Licht. Die Flaschen blinkten. Der Schaukelstuhl war leer.

Sie entdeckte Camillo, der auf einem Kissen auf dem Boden saß, und an irgend etwas herumspielte.

»Du bist gekommen, um es mir zu erzählen, oder?« fragte er. »Ich weiß es.«

Einer der anderen war nach oben geklettert, um ihm die Neuigkeit zu überbringen.

»Sylvian«, sagte sie.

»Zerstörer von Büchern.«

Auch bei Camillo kein Anzeichen von Mitleid oder Furcht. Das hatte sie auch nicht erwartet. Sie hatte zumindest irgendeine Reaktion erwartet.

»Keiner von euch fühlt etwas«, sagte sie. »Es ist nichts Besonderes. Ich dachte, ihr wäret alle Teil eines Ganzen.«

»Ja«, sagte Camillo. »Eine Blüte. Ein Blütenblatt ist abgefallen.«

Im Halbdunkel konnte sie erkennen, daß er Sylvians Lineal vor sich hatte. Weiß auf schwarz kratzte er ein Bild in das Ebenholz.

»Und die Beerdigung«, sagte Rachaela.

»Du solltest dich darauf freuen.« Camillo gab dem Schaukelpferd einen Stoß, und es setzte an zu einem stetigen, rollenden Galopp.

»Hoffe, es wird dir gefallen.«

»Ist das wahrscheinlich?«

»Pferdchen, flieg wie der Wind.«

Sie wollte eigentlich mit ihm über Adamus sprechen, doch was sollte sie sagen?

»Warum sind die Scarabae, wie sie sind, Camillo?«

»Sind sie das? Wie sind sie denn?«

»Nicht einmal ein Arzt, wenn ein Mann stirbt.«

»So alt wie Krümel in den Ritzen des Lebenssessels. Modrig. Aber nicht so alt wie ich. Willst du wissen, wie alt ich bin?«

»Du kannst dich nicht daran erinnern.«

»Manchmal schon.«

»Aber heute nicht«, sagte sie.

Er gackerte. »Nein, heute nicht.«

»Was werden sie mit Sylvian machen?«

»Irgendwas.«

Sie zögerte. »Wird Adamus aus seinem Versteck kommen, um dabeizusein?«

»Das glaube ich nicht«, antwortete Camillo. »Als Adamus noch ein Kind war, hat Sylvian damit angefangen, die Bücher durchzustreichen. Adamus hat versucht, ihn davon abzuhalten. Es kam zu einer Szene in der Bibliothek. Ein Kind, das einen alten Mann anbrüllte. Anna hat eingegriffen. Sie war zu der Zeit manchmal noch tägsüber unterwegs.«

»Adamus mochte die Bücher.«

»Damals.«

»Was mag er jetzt?« Sie schüttelte sich.

Aber Camillo antwortete nur: »Frag ihn selbst.«

»Ich habe vor, ihm aus dem Weg zu gehen.«

»Dann geh ihm aus dem Weg.«

Er kratzte ein Skelett in das Lineal.

»Du willst mir nichts Brauchbares erzählen.«

»Hü, Pferdchen, Hü.«

»Ist das Sylvian, den du da malst?«

»Irgend jemand«, sagte Camillo. »Berühr dein Gesicht, und du kannst die Schädelknochen unter deiner Haut fühlen.«

»Ich weiß.«

»Also bist du in Ordnung.«

»Nein, Camillo. Camillo . . .«

»Pferdchen, hottehü!«

Rachaela verließ ihn und ging zurück in ihre grüne und blaue Kammer.

Sie betrachtete die Versuchung der Eva. Was war so verlockend an einem Apfel?

—

Als Anna und Stephan das Zimmer betraten, wartete Rachaela angespannt darauf, daß die anderen hinter ihnen eintreten würden, so wie sie sich zu dem merkwürdigen Mittagessen versammelt hatten. Doch niemand sonst erschien. Es war ein Abend wie jeder andere.

Michael servierte die Drinks und verließ sie wieder.

»Anna«, sagte Rachaela. »Was werdet ihr tun? Wird Cheta ins Dorf gehen, um ein Telefon ausfindig zu machen?«

»Du mußt dir keine Gedanken darüber machen«, antwortete Anna.

»Man wird sich darum kümmern«, fügte Stephan hinzu.

»Aber ihr werdet einen Arzt brauchen, der die Todesurkunde ausstellt. Wann wird Cheta gehen? Morgen?«

»Cheta wird morgen zu den Ferienhäusern gehen. Der Lieferwagen wird da sein.«

»Und sie wird einen Arzt rufen?«

»Rachaela«, sagte Anna, »mach dir darum keine Sorgen. Es wird alles erledigt. Du mußt verstehen. Dies ist früher passiert und es wird wieder passieren. Wir sind alt. Wir sterben.«

Annas Gesicht war heiter, ihre Stimme einschmeichelnd. Überzeugend und gewinnend, hatte Adamus gesagt. Sie lächelte zum Trost für ein verdrießliches Kind.

»Nein«, sagte Rachaela. »Ich verstehe das nicht. Diese völlige Gleichgültigkeit . . .«

»Er ist von uns gegangen«, sagte Anna.

»Er ist von uns gegangen«, sagte Stephan.

»Er ist oben in seinem Zimmer«, sagte Rachaela, »in dem grauen Schlafzimmer mit dem brutalen Fenster. Etwas muß mit ihm geschehen.«

»Natürlich, natürlich. Warum so ungestüm? Wir sind es gewohnt, uns um so etwas zu kümmern.« Anna seufzte. »Kannst du dir überhaupt vorstellen, wie viele wir verloren haben? Auch junge.«

»Die Jungen sind das schlimmste. Eine Verschwendung«, sagte Stephan und nahm einen Schluck von seinem schwarzen Gebräu. Er blickte in die Flammen.

»Doch Sylvian hatte ein langes, erfülltes Leben«, sagte Anna.

»Und deswegen trauert ihr nicht um ihn«, sagte Rachaela, von ihrem Gleichmut betroffen. Sie wollte irgendeine sinnvolle Reaktion sehen, und die nicht wie ihre wäre. »Trauer ist überflüssig«, meinte Anna. »Es ist vorbei.«

Sie erhob sich, und Stephan und sie gingen ins Eßzimmer.

Rachaela sah, daß außer den normalen drei Gedecken keine weiteren aufgelegt worden waren. Anna und Stephan nahmen Platz. Rachaela setzte sich ebenfalls.

Cheta und Michael erschienen mit einer Terrine Kohlsuppe. Sie aßen schweigend. Ein Gefühl in Rachaela kratzte und knurrte, die Erwartung und Furcht, die sie seit gestern empfand, als sie vor ihm geflohen war, konzentrierte sich jetzt auf einen Punkt.

»Und die Beerdigung«, fragte sie. »Wo werden die Scarabae Sylvian beerdigen?«

Anna sah sie an. Die Augen dieser Leute hatten nicht mehr nur diesen hungrigen Blick. Der Hunger war etwas anderem gewichen. Eine Ähnlichkeit zwischen seinen und Annas Augen war glaubhaft. Flächen tiefer, schwarzer Flüssigkeit. Augen wie dunkle Bergseen.

»Mach dir keine Sorgen über das, was passiert ist, Rachaela. Nichts soll dich beunruhigen. Wir haben unsere eigene Art, älter als das Haus. Du mußt es uns überlassen, wie wir mit unseren Toten verfahren.«

»Wie?«

»Wie wir es für richtig halten.«

Gewinnend, überzeugend, so hart wie kalter Stahl. Nichts konnte sie aus der Fassung bringen. Sie sprach für sie alle.

Die Suppe wurde abgeräumt.

Michael brachte eine Fischpastete. Anna und Stephan begannen, sich über das ausgezeichnete Wintergemüse zu unterhalten, und wie geschickt es von Carlo und Michael war, auch außerhalb der Saison etwas anzupflanzen.

Rachaela hörte zu. Sie wurde von Depression und Furcht übermannt, etwas, das sie, *sie* eigentlich hätten empfinden müssen. Dort oben lag der Tote in seinem Bett. Das Haus roch nach Rauch.

Sie war ausgeschlossen. Sie hatte keinen Anteil an diesen Riten. Sie würden sie nicht zu der Beerdigung einladen. Denn der Tod hatte nichts mit ihr zu tun; sie war das neue Leben, ebenso wie Adamus. Die blutschänderische Blüte, die sie mit ihrem Lächeln und ihrer Hintergründigkeit genährt hatten.

Rachaela wurde allmählich wütend. Aber auch das war sinnlos. Nicht nur, daß sie ihr Pfand war, sie war ihr angebeteter Nachkomme. Wenn Trauer hier überflüssig war, sie war es ebenso.

Stephan und Anna aßen ihre Portionen von der Pastete.

Rachaela stocherte in ihrem Essen herum. Früchtekompott wurde serviert.

Rachaela sagte nichts mehr, und als sie damit fertig war, auf ihrem Teller herumzuspielen, ließ sie die zwei allein und ging nach oben.

Was konnte sie tun, außer in ihrem Zimmer sitzen, den tröstlichen Klängen des Radios zu lauschen, und so zu tun, als wäre dies ein gemütliches, freundliches Haus, in dem sie wohnte; das Feuer und die Lampen irgendeine hübsche, nostalgische Nettigkeit, nirgends Dunkelheit, keine Schatten, das Fenster klar und bereit, den kommenden Tag einzulassen.

Die düstere Symphonie von Mahler verstärkte ihre trübsinnige Stimmung. Sie schaltete auf einen Nachrichtensender, um eine normale menschliche Stimme zu hören. Etwas, das sie nur sehr selten tat.

Männer und Frauen unterhielten sich fachmännisch über Politik. Rachaela saß wie hypnotisiert. Die Welt da draußen, gefährlich und echt. Sie konnte sie sich nicht vorstellen und versuchte verzweifelt, daran zu glauben. An wie vielen ganz gewöhnlichen Orten lauschten diejenigen, die ein normales Leben führten, diesen Worten, die für sie jetzt nur noch unwirkliche Schneeflocken waren. Sie hatte die strategischen Punkte der Landkarte nie kennengelernt. An diesem Abend waren andere Länder wie Träume, die Hauptstadt eine Illusion.

Es gab nur das Hier und Jetzt.

Um Mitternacht hörte sie, wie sie sich durch das Haus bewegten wie Wasser durch eine Leitung.

Sie lief vor dem Kamin in ihrem Zimmer auf und ab. Sie wußte, daß sie sich um Sylvian kümmerten, irgendeine eigene Zeremonie, die nichts mit Ärzten, Priestern oder der Kirche zu tun hatte.

Einem Impuls nachgebend, öffnete sie den Kleiderschrank und nahm ihren Mantel heraus.

Sie verließ ihr Zimmer und verharrte lauschend auf dem Korridor. Sie konnte sie jetzt kaum mehr hören, doch dann vernahm sie ein leises Geräusch wie das Piepsen von Fledermäusen. Sie waren auf der Treppe, dem roten Perserteppich, auf dem Weg nach unten. Und Carlo mußte bei ihnen sein, der starke Carlo, der Träger mit seiner Last.

Rachaela ging mit festen Schritten zu dem Treppenabsatz. Sie sah sie unten in der Halle. Sie waren alle gekommen, außer Camillo. Camillo und Adamus – zu alt und zu jung, um an so etwas teilzunehmen.

Würden sie sie zurückschicken? Flehen oder drohen?

Als sie die Treppe hinabstieg, drehte Livia ihren eisgrauen Kopf; Miriam und Jack funkelten sie mit ihren klugen Rattenaugen an. Es wurde kein Wort gesprochen. Sie gehörte zur Familie. War kein Teil von ihnen, aber auch nicht ausgeschlossen. Eine Zeugin.

Sie gingen durch die Halle ins Wohnzimmer. Das Feuer war aus. In den unteren Räumen war es kalt. Hinaus in die Schleuse des Wintergartens. Carlo lief ihnen voraus. Er trug etwas, das Rachaela nicht sehen mußte, um es identifizieren zu können.

Sie bahnten sich ihren Weg durch die hochaufragenden Pflanzen. Dieses Mal fielen Blütenblätter zu Boden. Rachaela erinnerte sich daran, was Camillo ihr erzählt hatte, die Blüte ... Die Nacht war eisig und bis auf das Rauschen der See fast schmerzlich still.

Die Flut war gekommen, der Mond stand hoch am Himmel. Möglicherweise hatten sie auf diese Erscheinungen ebenso gewartet wie auf das Eintreffen der Nacht. Sie beobachtete, wie sie vor ihr den Pfad entlanggingen, auf dem die unzeitgemäßen wilden Blumen wuchsen.

Sie hielt ein wenig Abstand zwischen sich und dem letzten von ihnen; momentan war es Miriam.

Sie umrundeten die Klippe, stiegen den Pfad am Wald entlang hinunter, und wandten sich erneut seewärts. Sie befanden sich auf den glitschigen Stufen. *Leicht ist der Abstieg zum Avernus* – Diese uralten, zerbrechlichen Körper auf den schlüpfrigen Stufen. Sie hielt für sie den Atem an, doch sie zögerten nicht, drängten sich an den Abgrund.

Und jetzt bückte sich Carlo. Sie sah ein Seil, das heruntergelassen wurde, und etwas schlug dumpf gegen die Felsen. Sie hatten den Körper von Sylvian festgebunden und ließen ihn vor sich den Steilhang hinuntergleiten. Er streifte die Felsen wieder und wieder, ein Geräusch, das Rachaela das Blut in den Adern gefrieren ließ.

Sie stellt sich vor, wie sie die Leiche ihrer Mutter bis zur Müllhalde hinter sich herzerrte, und ihr wurde übel. Doch sie ließen Sylvian zum Strand hinunter, zum Meer. Was hatten sie dort mit ihm vor? Ihn dem Ozean übergeben wie einen Wikinger?

Die alten Männer und Frauen begannen ihren Abstieg an der Klippe entlang. Sie plazierten ihre Schritte sorgfältig, doch ohne extreme Vorsicht. Sie stolperten und rutschten nicht, schlängelten sich so beständig bergab wie Würmer.

Keiner von ihnen hatte sich für eine Beerdigung angemessen gekleidet. In dem blauweißen Licht des Mondes wirkten ihre Mäntel wie mit bunten Schals und Tüchern umwobene Flicken. Alices Hut mit samtigen Veilchen, Miriam trug ein Barett aus weißem Pelz.

Rachaela, die hinter ihnen herlief, war diejenige, die Furcht verspürte. Sie lief mit unsicheren Schritten den Fels hinunter, krallte sich an Vorsprünge, riß sich die Hände auf, brach einen Nagel ab, voller Angst.

Die anderen schwirrten längst über den Strand, als sie erst die Hälfte des Abstiegs geschafft hatte.

Sie hielt an und starrte auf sie hinunter. Sie zwang sich weiterzugehen. Ihre hexenhaften Stimmen drangen plötzlich zu ihr empor, und sie hielt erneut inne, klammerte sich an die Klippen, ihre Füße suchten festen Halt.

Was machten sie da?

Einen Moment lang wankte das Bild vor ihren Augen und bauschte sich auf wie ein Segel im Wind.

Rachaela hielt sich an der Klippe fest und holte dreimal tief Atem. Sie konnte nicht weiter hinuntergehen. Sie öffnete die Augen und sah die kleinen Gestalten geschäftig umherkrabbeln wie Ameisen in Zucker.

An den Felsen der Bucht lehnte die trunkene Galionsfigur des Wassermannes und wartete auf Camillo. Carlo und Michael kletterten darauf zu.

Der Körper von Sylvian ruhte ausgestreckt auf dem Sand, genauso wie er auf dem Boden im Haus gelegen hatte. Die Scarabae kamen und gingen, brachten ihm Gaben, die sie am Meeresufer aufgeklaubt hatten.

Sie mußte näher herankommen.

Rachaela ging noch vier Schritte und blieb wieder stehen, wie festgefroren. Der Mond hatte die Stufen noch schlüpfriger werden lassen, wie mit Wasser besprüht. Sie würde letztendlich wieder hochsteigen müssen, ihnen voran.

Vorsichtig ließ sie sich zur Seite gleiten und erreichte einen Felsvorsprung. Ihr Körper zitterte vor Erschöpfung, und ihr Mund war wie ausgetrocknet.

Sie konnte sie hören und sehen, doch sie waren zu weit weg, und sie konnte sie nicht verstehen.

Die Gaben wurden nun um Sylvian herum angehäuft. Cheta, Jack und George legten Sachen aus einem Sack darauf, und daneben ragte ein schwarzes Rechteck in den Himmel, obenauf das Licht des Mondes.

In der Zwischenzeit hatten Carlo und Michael den Wassermann erreicht. Sie krabbelten um ihn herum, hoben ihn hoch. Holzfällern gleich, begannen sie, ihn auf den Strand hinunterzuzerren. Sie schafften es nicht ganz. Rachaela hörte, wie Carlo einen Warnruf ausstieß. Der Wassermann polterte über die Felsen auf den Strand, nachdem er, wie Sylvians Leiche zuvor, mehrere Male gegen die Klippen gestoßen war.

Carlo sprang hinterher, und Michael folgte ihm.

Die Galionsfigur blieb auf dem Strand liegen. Die zwei Männer hatten sie erreicht und zogen sie auf den Leichnam zu. Sie schleppten sie neben Sylvians Körper, und legten sie an seine Seite.

Würden sie Sylvian an der Figur festbinden, und die beiden mit der einsetzenden Ebbe, gemeinsam aufs Meer hinausschicken?

Die Scarabae versammelten sich erneut um den Leichnam. Sie erwartete irgendeinen zittrigen Singsang, eine wilde Hymne, die aus ihren Kehlen dringen würde, doch sie gaben keinen Laut von sich.

Weit draußen auf dem Meer wiegten sich weiße Schaumkronen. Eine orangerote Blume erblühte in Carlos Hand. Es war ein Streichholz. Der weiche, feuchte Wind wollte es nicht brennen lassen.

Rachaela sah, wie Michael das schwarze Rechteck in die Hand nahm, den Deckel abschraubte und die Flüssigkeit über Sylvian und all das Treibholz, das sie um ihn herum angehäuft hatten, und auch auf die kleinen Holzscheite goß.

»Sie werden ihn verbrennen.« Sie hatte laut gesprochen. Ohne ein Gebet oder Gesang würden sie ihren Toten am Ufer des Meeres einäschern, wie alte Kleider oder anderen Unrat.

Eine zweite Flamme erwachte in Carlos Hand. Sie flog auf den Scheiterhaufen. Ein paar Augenblicke lang geschah nichts, und dann schoß eine riesige blaugelbe Stichflamme, vom Benzin entfacht, in den Himmel.

Einige der Scarabae traten ein paar Schritte zurück. Andere wiederum rieben ihre kalten Hände über dem Feuer. Vom Tod gewärmt.

Rachaela drang der Rauchgeruch in die Nase, und der

schreckliche Gestank von verbranntem Menschenfleisch. Sie preßte das Gesicht gegen die Klippe und würgte. Doch der Wind blies den Geruch fort. Es war zu kalt, als daß er länger hängenblieb.

Einer von ihnen, Eric, hatte sich ein paar Schritte entfernt, und kehrte nun mit einer weiteren Gabe zurück. Schwer und weiß hing die tote Möwe, die er am Ufer gefunden hatte, in seiner Hand.

Er warf sie in Sylvians Lagerfeuer. Ein zorniger Funkenregen stob empor. Und dann fingen sich einige der Federn im Wirbelsturm der Hitze und flatterten brennend in die Luft. Federkiele zum Auslöschen von Zeilen in den Büchern des Feuers und der Nacht.

Wenn das Feuer ihn verschlungen hätte, würden sie fortgehen und Sylvians schlanke Knochen der Flut überlassen. Der Ozean würde sie sich einverleiben, sie auf ewig polieren und in Korallen verwandeln.

Der Wassermann knisterte, und aus seinem Schwanz und Bauch drangen lodernde Flammen.

Sie mußte zurück auf den Felsen klimmen.

Rachaela lehnte sich gegen die Klippe, das Lagerfeuer des Toten glomm neongelb in ihren Augen.

7

Das Licht des Morgens verlieh Cheta eine kohlgrüne Farbe. Sie verstaute gerade die schweren, aufs kleinste zusammengefalteten Leinenbeuteln in den Taschen ihres Mantels. Carlo stand daneben, und hinter ihm schimmerte der Gaskocher in dem meergrünen Licht des Fensters.

»Sie werden wieder mit uns kommen, Miss Rachaela.«

Rachaela nickte. »Ja.«

Vielleicht hielt sie sie auf. Pech.

Sie machten sich auf den Weg, den Pfad entlang, fort von dem Ort, an dem die gefährlichen Stufen zur Bucht und den Überresten von Sylvian im Wasser führten.

Es war ein kristallklarer, sonniger, eisiger Morgen, die Fausthandschuhe und Sonnenbrillen, die sie trugen, wirkten nicht mehr so unpassend. Die Landschaft erstrahlte im hellgleißenden Licht der Sonne. Wie zuvor sangen Vögel im Gebüsch, die Heide war dieselbe, hell und öde. Die Aussicht auf den langen Marsch machte Rachaela nervös, und gleichzeitig drehte sich ihr vor Anspannung der Magen um. Sie trug die schwarze Tasche lässig über der Schulter. Das Gewicht erdrückte sie.

Sie kamen durch das Drachengebiet und erreichten die menschenleere Straße. Wie zuvor gingen Carlo und Cheta mitten auf dem Fahrweg weiter. Man würde lange vorher hören können, wenn etwas angefahren kam.

Irgendeine Distelart hatte sich durch den Asphalt gebohrt.

Sie liefen zwischen den Hecken hindurch. Rachaela sehnte sich nach dem Meilenstein, den das ausgebrannte Bauernhaus für sie darstellte, doch es dauerte ewig, bis sie es erreichten. Ihr ganzer Körper schmerzte, als wäre sie seit Wochen nicht mehr gelaufen.

Endlich stieg die Straße an, und das Tal breitete sich vor ihnen aus wie ein schmutziggrünes Becken. Da waren die verrosteten Autos, die Felder und die Steinhäuser. Wie beim ersten Mal hatten Cheta und Carlo kein Wort gesprochen.

Rachaela konnte nicht anders, sie mußte fragen. »Der Lieferwagen wird heute da sein?«

»Oh, ja. Er kommt immer an demselben Tag.«

Und Rachaela erkannte, daß sie über ihrem listigen Bemühen, die Zeit in Minuten und Stunden, Nachmittage und Morgen einzuteilen, die Tage vergessen hatte.

Was für ein Tag war heute? Wenn sie Cheta fragte, würde Cheta es ihr sagen? Rachaela konnte sich nicht zu einem Versuch überwinden.

Sie liefen die Straße entlang und kamen an dem trostlosen Gasthaus mit seinem knarzenden Schild vorüber.

Der blaue Lieferwagen stand mitten auf dem freien Platz genau wie zuvor. Und im Hintergrund, unrepariert, die zerstörte Telefonzelle.

Wie gewöhnlich war niemand sonst erschienen.

Im rückwärtigen Teil des Lieferwagens las der fette Mann in

einer Zeitung. Er schien tatsächlich auf Cheta und Carlo zu warten. Die dünne Frau stricke etwas pinkfarbenes Flauschiges. Rachaela betrachtete die beiden eingehend. Sie nahm den Trauring zwischen den Frostbeulen wahr und erkannte, daß die Augen der Frau von einem verwaschenen Jeansblau waren. Aus der Nase des Mannes stakten schwarze Haare, und unter seinem Anorak trug er einen Pullover, den wahrscheinlich seine Frau gestrickt hatte.

»Da sind Sie ja«, sagte der Mann, wie schon zuvor. »Hatte schon fast nicht mehr mit Ihnen gerechnet heute. Was kann ich für Sie tun?«

Cheta reichte ihm ihre Liste. »Und die Dame wird auch einige Dinge benötigen.«

»Nein«, sagte Rachaela. »Ich brauche heute nichts.«

Sie warf dem Mann, der sie überrascht beäugte, ein gezwungenes Lächeln zu.

»Haben Sie noch weitere Orte anzufahren?«

»Das ist der letzte für heute«, antwortete der Mann. »Dann geht's zurück in die Stadt, und erst mal die Füße hochlegen.«

Die dünne Frau schniefte. »Und dann fängt *meine* Arbeit an.«

»Die Arbeit einer Frau ist nie beendet«, meinte der Mann, offensichtlich zufrieden mit dieser vor jahrelanger männlicher Eitelkeit und Drückebergerei strotzenden Aussage.

Die Ölkanister wurden für Carlo hervorgeholt, und etwas Benzin. Natürlich, sie hatten ja auch eine Menge Benzin für Sylvian aufgebraucht.

Als sie sah, wie Carlo die Kanister herunterhievte, erinnerte sich Rachaela daran, wie er den Wassermann von den Felsen gehoben und zum Strand gezerrt hatte.

Cheta, ihre Taschen beladen mit Seife und Waschpulver, Mehl und Haferblocken, fragte: »Haben Sie den Brandy mitgebracht?«

»Konnte nur eine Flasche kriegen. Ist nur ein Schlückchen.«

Der Mann quetschte sich in den rückwärtigen Teil des Lieferwagens, schob seine strickende Frau beiseite wie eine Schachtel Cornflakes, und kehrte mit der schwarzen Flasche zurück.

Stephans Getränk. Zweifellos der mäßige Trostspender auch

für einige andere. Die Scarabae tranken nicht viel, doch sie fanden Gefallen an ihren kleinen Erquickungen.

»Hab' auch ein paar Bücher für die werte Dame«, tönte der Mann und überreichte der vollbeladenen Cheta ein Päckchen, das auf altmodische Art mit Schnüren zusammengebunden war.

Cheta zog das Bündel brauner Noten hervor.

Rachaela dachte an den Umschlag mit den braunen und türkis Banknoten in ihrer eigenen Tasche.

»Wäre es möglich, daß Sie mich in die Stadt mitnehmen?« fragte Rachaela mit fröhlicher, unschuldiger Stimme, ein plötzlich gefaßter Entschluß.

Cheta versteifte sich an ihrer Seite, unmöglich zu erkennen, weswegen – Erstaunen, Schrecken oder Drohung.

»Nun . . . Dies ist nur ein kleiner Lieferwagen.«

»Ich werde gerne dafür bezahlen.«

Wie sie erwartet hatte, reizte ihn das leichtverdiente Geld.

»Was sagst du, René? Sollen wir dem Mädchen helfen?«

Rene faltete ihre Strickarbeit zusammen. »Ich hab' nichts dagegen.«

»Bis später«, sagte Rachaela zu Cheta, fröhlich, unschuldig – eine Lüge.

Cheta und Carlo standen am Abhang, sagten kein Wort und rührten sich nicht, ihre leeren Gesichter und trüben Augen fixierten sie ruhig. Sie hatte sich darauf verlassen, daß sie vor dem Lieferwagenfahrer und seiner Frau keine Szene machen würden, und recht behalten.

Die Leichtigkeit, mit der ihre Flucht verlief, stieg ihr zu Kopf. Sie setzte sich auf den langen Vordersitz neben Rene, die angewiesen wurde, sich ›etwas kleiner zu machen‹. Der Lieferwagenführer schloß die Schiebetür und schob sich neben sie auf die Fahrerseite.

Es würde keine bequeme Reise werden, doch das hatte sie auch niemals angenommen.

»Eine lange Fahrt«, sagte der Lieferwagenmann. »Muß Sie um einen Fünfer bitten. Wegen dem zusätzlichen Gewicht und Benzin«, erklärte er einfältig, während er Rene und Rachaela fast vom Sitz drückte. Als der Wagen anfuhr, blickte Rachaela aus dem geöffneten Seitenfenster zurück. Sie sah Carlo, mit den riesigen Kanistern in beiden Händen; er starrte ihr vornübergebeugt nach, als sie fortgebracht wurde. Er wurde kleiner und kleiner.

Während der Fahrt redeten der Lieferwagenmann und seine Frau unablässig. Rene bat Rachaela, das Fenster zu schließen, und im Lieferwagen wurde es heiß und stickig. Im Wagen breitete sich der Geruch von Lebensmitteln und Waschpulver aus. Hinter ihnen rummste und polterte es, als wären irgendwelche Ungetüme darauf bedacht, das Gleichgewicht zu halten.

»Das war das Olivenöl. Ich hab' dir doch gesagt, daß es nicht richtig sicher steht«, sagte Rene.

Sie sprachen nicht den hiesigen Dialekt, sondern hatten einen Londoner Akzent, vielleicht ein Zeichen?

Rachaela versuchte, sich darauf zu konzentrieren, was sie tat, doch ihre Flucht machte sie nervös, und das nicht enden wollende Geschwätz und die zahllosen Fragen lenkten sie ab und ermüdeten sie.

»Ich hätte große Lust auf Rinderbraten zum Abendessen«, sagte der Mann immer wieder.

»Es gibt Fischstäbchen oder gar nichts«, schnauzte ihn Rene jedesmal an. Sie wandte sich an Rachaela. »Ich hoffe, Sie nehmen es mir nicht übel, aber es muß schon ein komisches, altes Volk sein, das da oben in dem Haus wohnt. Arbeiten Sie dort?«

»Ja, genau.«

»Muß schon ziemlich lästig sein, dort oben so festzusitzen. Was machen Sie denn so?«

»Was meinen Sie?«

»Ich meine, was für Arbeit haben die Ihnen gegeben?«

»Ich tippe ein Buch für sie«, erwiderte Rachaela aufs Geratewohl.

»O Gott, Sie wollen damit doch wohl nicht sagen, daß die da oben wirklich Bücher schreiben.«

»Memoiren.«

»Oh, Memoiren.«

Wieviel wußten sie über das Haus? Nicht viel.

»Seltsam, diese Dienerschaft, nicht? Heutzutage. Wer würde schon so eine Arbeit machen wollen? Erniedrigend. Nur zwei oder drei alte Hennen und diese ganze Dienerschaft, die um sie herumrennt.«

Auf einem Feld stand eine Kuh, mutterseelenallein, kein Haus in Sicht. »Sehen Sie die Kuh? Ich hätte wirklich große Lust auf ein bißchen Rinderbraten.«

»Entweder Fischstäbchen oder gar nichts.«

Die einsame Landschaft füllte sich allmählich mit Dörfern an, die nicht bösartig und abgetakelt wirkten wie der Ort mit den toten Autos, sondern mit ihren Gärten und dem Efeu in Kübeln, der Wäsche auf der Leine, und hier und da einer Schaukel oder einem Kind, das auf dem Rasen mit einem Hund spielte, recht hübsch anzusehen waren.

Die Felder waren dicht besät, sauber und gepflegt, mit großen Bäumen als Windschutz. Die immer breiter werdende Straße war von Hecken begrenzt. Nach einer Stunde überholte sie ab und zu ein Auto und einmal sogar ein Bus.

Schließlich erreichten sie die breite Landstraße. An der Straße standen Häuser, aus Stein, auch mit Gips und Rauhputz veredelt, helle rote Vordertüren, Auffahrten, mit Motorrädern.

»Wohin müssen Sie?« fragte der Lieferwagenfahrer.

»Einfach in die Stadtmitte.«

»Da fahren wir nicht hin«, warf Rene schnell ein.

»Ich lasse Sie in der Market Street raus«, sagte der Lieferwagenmann, »von da ab ist es nur noch ein Klacks.«

Sie bezahlte ihnen ihren Fünfer, und der Lieferwagen bog in eine breite, gewöhnliche Straße ein, deren unteres Ende von dem hohen, braunen Turm einer Kathedrale beherrscht wurde.

»Gehen Sie einfach nur auf die Kirche zu«, sagte der Lieferwagenmann, den Rene anscheinend nicht genug leiden konnte, um ihn mit Namen anzusprechen.

»Sind wahrscheinlich froh, ein bißchen rauszukommen. Neue Gesichter zu sehen.«

»Ja.«

Rachaela stieg aus, ihre schwere Tasche mit all den notwendigen Dingen über der Schulter. Sie blieb verwirrt stehen, als der blaue Lieferwagen sich wie eine Muschel schloß und auf der Straße davonfuhr. »Na, die war vielleicht komisch.« – »Hatte anscheinend nicht viel zu sagen.« – »Stockfisch.« – »Ich hätte große Lust auf ein bißchen Rinderbraten.« – »Fischstäbchen.«

Ihr Plan lautete: Einfach geradeaus. Diese Stadt erreichen, und von dort nach London zurückkehren. Es gab nichts, für das es sich zu bleiben lohnte – alles, das es zu meiden galt. Es war richtig, daß London Probleme mit sich brachte, nichts war dort sicher, keine Wohnung, keine Arbeit, verschwindend geringer Vorrat an Geld. Doch dieser Zustand war ihr vertraut. Und die Scarabae waren weit weg.

Sie war verrückt gewesen, auch nur in ihre Nähe zu geraten. Und der erste Teil ihres Planes hatte besser funktioniert, als sie es gehofft hatte. Denn der Lieferwagen hätte sich weigern können, sie mitzunehmen, oder Cheta und Carlo hätten sie wie Gefängniswärter festhalten können.

Sie war also frei.

Frei, und hier.

Rachaela fühlte sich eingeengt, fast ängstlich. Die Straße und die Stadt waren ihr jetzt fremd. Sie war so lange in der farbigen Dunkelheit des Hauses eingesperrt gewesen, einzig mit dem Meer und der Heide als ihrem Übungsplatz. Die Straße war lang, und auf ihren Seiten drängten sich die Dächer von weiteren Häusern den Hügel hinauf.

Menschen mit Körben, Einkaufstaschen und Kinderwagen eilten an ihr vorüber. Autos fuhren auf der Straße. In jeder Richtung herrschte Bewegung, als ob der Boden unter ihren Füßen vibrierte.

Es wäre unglaublich dumm, sich von alldem beeinflussen zu lassen.

Rachaela begann, auf den Turm der Kathedrale oder Kirche zuzugehen.

Es gab Geschäfte, und Menschenmengen auf dem Bürgersteig. Ein Kind brüllte, und ein Schokoladenriegel rutschte ihr vor die Füße. »Sammy, ich hab's dir doch gesagt!«

Die Straße bog ab und mündete in eine andere. Der Turm wechselte die Seite. Er lag jetzt links von ihr, und es schien kein Weg dorthinzuführen.

Rachaela nahm ihren Mut zusammen. Sie mußte nach dem Weg fragen. In der Stadtmitte würde sie Informationen erhalten.

»Entschuldigen Sie. Wie kommt man von hier aus zur Kirche?«

Die Frau sah sie an, als wäre sie schwachsinnig. »Gehen Sie einfach hier runter, dann über die Straße und wieder hoch.«

»Danke.«

Rachaela überquerte die Straße und bog in ein winziges Gäßchen ein. Die Menschenmenge drückte und quetschte sich mit ihr in die Gasse, überholte sie. Ein winziges Postamt bot farbige Ansichtskarten der Stadt feil. Zwei oder drei frühe Touristen wühlten sich durch das Kartenangebot und verstopften so die Gasse noch mehr.

Rachaela kam an einen Zebrastreifen und eine Straße, die bergauf führte. Der Turm und Teile des Kirchendaches erschienen über den Häusern.

Die Menschenmenge schob und drückte.

»Und ich habe zu ihm gesagt, du mußt es bleiben lassen.«

»Was erwartet er denn?«

Im Gegensatz zu den Lieferwagenleuten besaß diese Stadt einen Akzent. Möglicherweise lebten Rene und der Rindfleischliebhaber schon jahrelang an diesem Ort, immer noch als Fremde angesehen.

Die Straße endete vor einer öffentlichen Bücherei aus grauem Stein, fest verschlossen. Der Weg führte auf beiden Seiten unter dem Kirchturm vorbei, der jetzt erneut teilweise hinter den Dächern verschwunden lag.

Rachaela bog nach links ab und lief die Straße entlang. Die Geschäfte in dieser Gegend waren kunstvoll gestaltet mit ihren Bogenfenstern und freundlichen Urlaubssouvenirs, bemalten Milchkannen und geschnitzten Tieren, und der ersten Ausbeute an Ostereiern.

Ein Polizist spazierte gemächlich über die Straße. Rachaela mißtraute jeglicher Uniform, aber auch das war ziemlich dumm. Sie konnte von Glück reden, ihn zu treffen.

»Entschuldigen Sie.«

»Ja, Madam.«

»Ist es möglich, von hier aus einen Zug nach London zu bekommen?«

»Oh, nein, Madam. Sie müssen in Flohsham umsteigen«, sie

war absolut sicher, daß er *Floh* gesagt hatte, »und dann nochmal in Purrli, um nach London zu kommen. Eine ziemlich umständliche Reise, fürchte ich.«

Wer würde auch schon diesen Ort verlassen wollen, um an einen Ort wie London zu fahren?

Der andere Bahnhof, auf dem sie angekommen war, würde die Reise einfacher machen, sie hatte nur einmal umsteigen müssen, doch der lag irgendwo in der Wildnis, und sie fürchtete, daß keine Autofirma ihn finden würde, da sie ihnen keine Wegbeschreibung liefern konnte. Es sei denn, sie könnte die Autofirma ausfindig machen, die sie dort abgeholt hatte, und sie konnte sich nicht daran erinnern, deren Namen gesehen zu haben. Außerdem würden die Scarabae sich ausrechnen, daß sie es mit diesem Bahnhof versuchte. Sie könnten jemanden schicken, der sie aufhielt, wie schon zuvor. Hier gab es die Massen der frühen Urlauber.

Ihr Blick wanderte zurück zu den Ostereiern. War es bald Frühling? Würde der Frühling ihr Deckung bieten?

»Können Sie mir den Weg zum Bahnhof erklären?«

»Das kann ich, Madam. Aber ich kann Ihnen auch sagen, daß es heute keine Zugverbindung von Flohsham nach Purrli gibt. Nicht vor Freitag.«

Sollte sie ihn fragen, was für ein Tag heute war? Nein.

»Und wo ist der Bahnhof?«

»In der Wagon Street. Über den Fluß bei St. Biene.«

Sie war sich ebenfalls sicher, daß er *Biene* gesagt hatte, als wären alle Namen hier aus einem Spielzeugland, dazu erdacht, die Menschen zu verwirren und zu verspotten.

»Und das ist die Kirche dort drüben.«

»Ja, Madam.«

»Ich versuche schon die ganze Zeit, zu dieser Kirche zu kommen.« Spielte das noch eine Rolle? Ja, sie mußte ein Ziel haben.

»Sie gehen da hinunter, dann beim Baker's Arms nach links und stoßen direkt darauf.«

»Danke.«

Sie glaubte ihm nicht.

Aber er würde sie vielleicht beobachten, also lief sie zunächst einmal in die beschriebene Richtung.

Die Art, in der er vom ›Freitag‹ gesprochen hatte, beinhaltete eine lange Wartezeit. Aber der Lieferwagen würde das trostlose Dorf doch sicher nicht an einem Sonntag, dem Tag der Ruhe, aufsuchen? Das endlose Gemurmel über Rinderbraten war Gier, nicht Anzeichen für ein Sonntagsessen gewesen. War es also Montag? Die Menschenmasse war dicht, weiblich und männlich, oftmals träge, und es war jetzt ein Uhr, früher Nachmittag.

Samstag?

Sie erreichte das Baker's Arms, einen krokodilgrünen Gasthof, aus dessen Innenraum die Lichter von Spielautomaten flackerten. Eine schmale Allee führte zu einem kopfsteinbepflasterten Platz. Das schien zu passen. Sie lief darauf zu. Am Ende der Straße wurde der Platz breiter, umrahmt von noch kunstvoller gestalteten, niedlichen Geschäften, die vor Raritäten und flauschigen Spielsachen überquollen.

Die Kirchen-Kathedrale blickte über das Kopfsteinpflaster hinweg auf das Moderne; ein braun und molassegelbes Gebäude, durchsetzt mit Schnitzereien und gespickt mit seltsamen Ungeheuern, die sich von ihren hohen Plätzen herab gefährlich dem Erdboden zuneigten.

Auf der anderen Seite des Platzes stand ein Hotel. Es sah zu vornehm aus und würde zuviel kosten, doch es brachte sie wieder auf den Boden der Tatsachen zurück. Sie würde sich bis zum Tag des Zuges eine Bleibe suchen müssen.

Das wäre also erledigt; ihr Plan verzögerte sich zwar, aber er war nicht zunichte.

Um vier Uhr hatte Rachaela ein kleines Hotel ausfindig gemacht, das Übernachtung und Frühstück anbot. Es lag in einem Straßengewirr hinter der Kirche, ein weißgetünchtes, georgianisches Gebäude, das zusammen mit all den anderen Sachen ein weiteres Symbol ihres Ziels darstellte: London. Als sie es endlich gefunden hatte, war sie bereits am Ende ihrer Kräfte. Ausgehungert und zum Umfallen müde, ließ sie sich auf das schmale, kleine Bett sinken und blieb mit geschlossenen Augen liegen.

Sie hatten sich geweigert, ihr ein Sandwich zu machen; es gab nur Frühstück aufs Zimmer, und das zwischen halb acht und neun Uhr morgens. Es wurde allmählich dunkel, und der strahlende Tag verschwand hinter einer bleiernen Wolke. Von ihrem Fenster aus blickte Rachaela auf einen Hof, einige Abwasserrohre, und ein mit einem weißen Vorhang verschleiertes Fenster gegenüber, das offensichtlich denselben Ausblick bot, wie ihr eigenes – Hof, Rohre, Fenster.

Das war nebensächlich. Sie hatte das Datum aus dem Eintragungsbuch des Hotels erfahren. Es war Dienstag. Also würde sie dies hier nur zwei Tage ertragen müssen. Dann in den Zug nach Flohsham und so nach Purrli oder wie diese Stadt hieß, und von da zur Hauptstadt. Wo sie sich auf ewig unsichtbar machen mußte für die Scarabae mit ihren exzentrischen und intimen Einäscherungen von Leichnamen an der Küste. Vor allem unerreichbar für den Mann, der behauptete, ihr Vater zu sein und dessen eigenes schwarzes Feuer sie versengt und auf diese Flucht geschickt hatte.

Sie versuchte tief durchzuatmen, ihr Brustkorb wurde so eng, daß es schon schmerzte.

Keine Aufregung mehr.

Es gab nichts, wovor sie sich fürchten mußte.

Wie konnten sie sie finden? Sie hatte sogar sich selbst in die Irre geführt, war in dieser schauderhaften Stadt hin und her gelaufen, hatte in Geschäften nach dem Weg gefragt, einmal in ein Café gesetzt, ohne jedoch den Tee trinken oder den Kuchen essen zu können. Sie mußte sich beruhigen. Sie hatte es geschafft.

Nichts, wovor sie sich fürchten mußte.

Sie verließ das Hotel um acht Uhr abends, betrat das kleine Café am Ende der Straße, bestellt ein Omelette und Pommes frites und schaffte es, zusammen mit einem Glas Wein ein wenig davon zu essen.

Rachaela wollte nicht in das konturenlose, enge Zimmer zurückkehren, doch es blieb ihr nichts anderes übrig. Auch wollte sie nicht wieder durch die menschenüberfüllte Straße wandern.

Die Kirche wurde mit Flutlichtern angestrahlt – St. Biene bei

Nacht. Die Autos hatten blitzende weiße Augen. Die Bewohner und Besucher der Stadt spazierten lachend und gestikulierend umher.

Sie war in einem anderen Land.

Sie hatte vergessen, wie die Welt draußen war.

Was hatte er gesagt? *Das Haus ist mein Gefängnis. Zwei Jahre außerhalb dieses Gefängnisses, und ich haßte sie . . . ich mußte zur Erde zurückkehren.*

Sie wollte jedoch das Gefängnis des Hauses nicht.

Nein.

Bis auf zwei hatte sie all ihre Bücher zurücklassen müssen. Sie hatte ihre Auswahl schlampig und in aller Eile getroffen. Bücher, die etwas bedeuteten, schwierig sie zu bekommen, möglicherweise die falsche Wahl. Irgendwann in der Zukunft würde sie ihre verlassen Habe vielleicht von den Scarabae zurückfordern können. Oder würden sie an ihrer Statt nun ihre Sachen einkerkern? Mit Sicherheit würde sie nie mehr mit der Familie in Kontakt treten. Was hatte sie wirklich zu dieser Flucht bewogen? Sylvian oder Adamus? Oder etwas anderes, das mehr im Verborgenen lag?

Zu dieser Stunde würden die Lampen und Kerzen brennen. Ann und Stephan würden dinieren. Möwenfrikassee. Trotz allem eine großzügige Gabe; der Vogel, den Eric auf Sylvians Scheiterhaufen geworfen hatte – sie hätten ihn essen können.

Was würden Anna und Stephan sagen?

Rachaela ist weg.

Hatte sie ihnen einen fürchterlichen Schlag zugefügt? Sie wollte nicht an sie denken. Rachaela ging zurück zu ihrem Zimmer in dem kleinen Hotel. Das Bad lag am Ende des Korridors, doch man hatte ihr gesagt, daß es um diese Jahreszeit keine weiteren Gäste gab und sie es ganz für sich haben würde. Sie ließ sich Badewasser ein. Sie rasierte Arme und Beine und wusch ihr Haar, fürchtete trotz aller Versicherungen die ganze Zeit, daß jemand an die Tür klopfen würde. Zuletzt wusch sie ihre Unterwäsche und nahm sie zum Trocknen mit auf ihr Zimmer.

Die Zentralheizung in dem kleinen Raum war nur lauwarm.

Sie legte sich ins Bett. Ihr war kalt.

Es fing an zu regnen, und sie war froh darüber. All die Kneipenrunden und Pizzamahlzeiten im Freien, von dem Regenguß zunichte gemacht. Das Geräusch von nassen Autos, die durch Pfützen rasten, hörte nicht auf.

Um Mitternacht hörte sie die Kirchenglocke läuten.

Die Uhr stimmte mit ihrer Armbanduhr überein, und es war Dienstag. Im Spiegel über der Kommode würde sie sich selbst sehen können.

Sie lag in embryonaler Haltung zusammengerollt und zitternd in dem eisigen Bett.

Schlaf gut.

Am Morgen wurde sie von den Straßenkehrern geweckt, die vor dem Hotel brüllten und lärmten.

Es war halb acht.

Sie stand auf und zog sich an, und um acht Uhr kam ihr Frühstück – Brötchen und warmer Kaffee –, widerwillig überbracht von einem bläßlichen, lippenstiftbemalten Mädchen. Obwohl nur warm, war der Kaffee eine Wohltat. Ja, das war er. Was sollte sie nun mit diesem Tag anfangen?

Sie konnte sich natürlich verstecken wie der Spion in einem Roman, aber schon allein bei dem Gedanken an zehn oder mehr Stunden in diesem Schlafzimmer wurde sie leicht hysterisch. Außerdem würden sie das Zimmer in Ordnung bringen wollen und erwarten, daß die Gäste während dieser Zeit außer Haus waren.

Also mußte sie ausgehen.

Rachaela stopfte die schweren Sachen aus ihrer Tasche in die Kommodenschublade. Ihre Zahnpasta und Bürste, Kosmetikartikel, und anderen Sachen hatte sie wie Zinnsoldaten darauf aufgereiht. Sie verspürte den Drang, alles mitzunehmen, kämpfte ihn jedoch noch rechtzeitig nieder.

Der Tag draußen war grau und gelb. Auf den Bürgersteigen marschierten Regenschirme. Die Menschenmenge war jedoch keineswegs kleiner geworden; Männer mit Einkaufstaschen und Frauen mit Kinderwagen, in denen von Plastikwänden umgebene Babies verächtlich auf die herumgeschubsten, ungeschützten Erwachsenen blickten, die sie selbst einmal sein würden.

Rachaela bewegte sich vorsichtig, versuchte, die nur halberschlossene Straßenkarte in ihrem Kopf zu behalten.

Sie betrat Geschäfte und inspizierte fünfzig Jahre alte Antiquitäten, Wollmäntel und blaue Enten mit Blumendekors auf ihren Rücken.

Zur Mittagszeit ging sie in eine Imbißbude und aß einen trockenen Salat mit noch trocknerem Schinken. Doch sie hatte schon so lange keinen Schinken mehr gegessen. Er war salzig und fett. Sie hatte vergessen, daß Schinken so schmeckte. Am Meer. Es war in Ordnung. Nur noch heute, und ein weiterer Tag, und dann konnte sie den Zug nehmen.

Sie sollte versuchen, den Bahnhof ausfindig zu machen. Hinter der Kirche, über den Fluß, Wagon Street. Sie hatte die Adresse des Hotels im Kopf gespeichert und konnte den Weg zurück finden.

In der Stadt gab es römische Überreste. Sie hatte oberflächlich danach gesucht, sie jedoch nicht entdeckt.

Der Bahnhof war wichtiger.

Sie kam an den Fluß, wie der Himmel, weit und gelbgrau, Schiffe fuhren auf und ab, glatt und aufgetakelt oder verrostet und dem Tode geweiht. Eine Brücke schwang sich über den Fluß, und darunter spreizten sich die Straßen auseinander, nur um sich gleich wieder ineinander zu verwinden. Sie fragte zwanzigmal nach dem Weg. Es war sicher, daß es in dieser Stadt Leute gab, die sie in die Irre leiten wollten. Eine Fremde veralbern.

Schließlich, um dreiviertel vier, erreichte sie Wagon Street und sah die Backstein- und Eisenfassade des Bahnhofs wie ihr El Dorado vor sich. Sie eilte darauf zu und trat ein. Der Bahnhof war sehr sauber und voller Plastik, mit Abfallkörben, und Toiletten auf Londoner Art gekennzeichnet – die Frau mit nur einem Bein.

Niemand am Fahrkartenschalter. Niemand auf dem breiten, windigen Bahnsteig, über dem die Dunkelheit allmählich ihre Schwingen ausbreitete.

Schließlich klopfte sie an die Tür mit dem Schild ›Nur für Personal‹. Doch niemand öffnete.

Es schien, als wäre der Bahnhof nur eine Attrappe. Ein Komplott, um zu beweisen, daß es theoretisch möglich war, wegzukommen, doch nicht praktisch.

Wer wollte von hier weg?

Keine Züge, die über die glänzenden Schienen rollten. Keine Signallichter, die wechselten. In den Toiletten kein Rauschen einer Spülung, in den Abfallbehältern kein Müll. Egal. Der Bahnhof existierte. Er war da und konnte benutzt werden. Am Freitag würde sie sehr früh hierherkommen, vor acht, und wenn es sein müßte auf ihr lauwarmes Frühstück verzichten. Sie würde warten, und wenn nötig, würde sie den Zugschaffner eines jeden Zuges, der anhielt, ansprechen. Flohsham, Purrli. Die große, blinde, sorglose Stadt, die einen aufsaugte und begrub. Begraben zu werden. Das war es.

Rachaela entfernte sich wieder von dem Phantombahnhof, aufmerksam auf ihren Weg achtend. Die Sonne versank hinter einer brodelnden Wolke.

Auf der Straße glitten immer noch die Regenschirme hin und her. Sie verirrte sich dreimal, bevor sie die Straße mit dem Hotel erreichte. Nichtsdestotrotz kam sie dort an.

Ihre Sachen lagen an ihrem Platz, ihr Bett war in gedankenloser, gestärkter Präzision gemacht worden, und das Laken straff wie eine Zwangsjacke darüber. Sie hatte den Mittwoch geschafft. Jetzt gab es nur noch den Abend, die Nacht, Donnerstag.

Damit würde sie auch noch fertig werden.

Im Haus würden sie jetzt die Lampen anzünden.

Sie trugen ihn zum Strand hinab. Es gab keine Stufen, nur einen langen Abhang. Carlo und Michael trugen ihn zwischen sich. Camillo lief hinter ihnen her, sein langes, weißes Haar tanzte auf seinen Schultern. Alice trug eine Maus auf ihrem Hut.

»Du mußt nicht weinen«, sagte Anna zu ihr.

Sie weinte aber nicht, vergoß keine einzige Träne, hatte alle Trauer abgestreift.

Sie würden ihn verbrennen. Seinen schlanken Männerkörper, die flinken Finger, das knochige Gesicht, den Schleier aus schwarzem Haar.

Ein loderndes Feuer würde bestimmt in seinen Augen brennen.

Sie waren am Strand. Adamus lag zwischen dem Treibholz und den Scheiten. Michael und Carlo hievten das Klavier über den Felsen auf seinen Körper hinunter.

Rachaela erwachte.

Es war mitten in der Nacht. Die Autos waren verstummt. Sie konnte fast den Mechanismus der Turmuhr hören, deren Zeiger leise dem Morgen entgegenrückten. Sie läutete nur zur Mittags- und Mitternachtsstunde.

Sie tastete nach ihrer Armbanduhr und las im dämmrigen Niemandslicht des Fensters die Zeit von dem Zifferblatt ab, vier Uhr. Warum hatte sie geträumt, daß Adamus tot wäre?

Weil sie ihn fürchtete. Sein Tod würde eine allzu taugliche Lösung darstellen.

In dem Traum hatte sie etwas Schreckliches empfunden, nicht Trauer oder Verlust. Etwas viel Schlimmeres.

Sie riß sich zusammen, um noch etwas schlafen zu können, und lag bis halb acht, als grünes Rattenlicht langsam durch das Fenster gefiltert wurde.

Rachaela erledigte ihre Einkäufe regelrecht pedantisch. Sie kaufte einen beigefarbenen Pullover, eine Packung neuer Baumwollhöschen, Strumpfhosen, ein Taschenbuch, und sie kaufte eine große, schwarze Tasche, in der sie das alles verstauen konnte. In London würde sie Kleidung, Bücher und ein Radio erwerben müssen. Wenn sie sich erst niedergelassen hatte. Ein bißchen Geld war übriggeblieben. Sie würde sich eine Arbeit suchen müssen. Alles wäre recht. Als die Tage in der Stadt vergingen, obwohl es nur so wenige waren, hatte sich die Dringlichkeit der Großstadt immer weiter von ihr entfernt. Wenn und falls.

Sie mußte erst einmal hinkommen.

Der Tag schlich dahin, wanderte gemächlich von Stunde zu Stunde. Sie aß noch einen billigen Salat in der Imbißstube, und später setzte sie sich für eine Weile an den Fluß. Der Nachmittag war klar. Auf dem Wasser schwammen Enten, die sie vorher nicht wahrgenommen hatte. Brot für die Enten, und eine warme Hand, die ihre hielt. Es war fast eine Erinnerung, erfunden und lange vorbei.

Sie kam an einem Kino vorüber und sah sich den Film an. Er sollte lustig sein, und manchmal lachten die ältlichen Rentner in den vorderen Reihen auch mürrisch auf. Wie anders sie doch waren als die Scarabae – wieviel jünger. Zerknittert und gebeugt, verzerrt und verwundet. Mitleiderregend. Die Scarabae waren nicht mitleiderregend. Nicht einmal Sylvian auf seinem Scheiterhaufen. Rachaela verließ das Kino, bevor der Film zu Ende war.

Die Kirchentür und ihre Armbanduhr bezeugten, daß es fünf Uhr war. Der Donnerstag war fast geschafft. Sie machte sich jetzt mit dem Gedanken an Freitag vertraut. Ihr wurde ein bißchen übel, wenn sie daran dachte. Wenn der Zug den Bahnhof verließ, würde die Trennung vollzogen sein. Wie würde sie sich dann fühlen? Mein Gefängnis. Zurück zur Erde.

Am Abend packte Rachaela die spärlichen Habseligkeiten ihrer Flucht sorgfältig in die neue schwarze Tasche. Sie ging wieder aus, und nahm in dem Café eine wäßrige Spaghetti Bolognese zu sich. Der Wein schmeckte wie Essig und half ihr nicht beim Essen, machte sie aber eine halbe Stunde lang ziemlich beschwipst, während der ihr all die jüngsten Ereignisse äußerst witzig erschienen. Dieser Zustand verwandelte sich genau dann in Depression, als es Zeit wurde, zu Bett zu gehen.

Sie versuchte das Taschenbuch zu lesen, doch das wirkliche Leben war zu allgegenwärtig, und sie konnte ihre persönliche Wahrnehmung nicht ausschalten.

Wußte Adamus, daß sie weg war? Hatten sie es ihm gesagt? Wie hatte er reagiert? Wahrscheinlich war er erleichtert. Es war alles nur ein Ritual, etwas, das ihm das Haus zu tun befahl. Diese versengenden Momente vor dem Feuer – hatte sie geglaubt, daß es seine eigene Absicht war, oder gehörte das auch zum Ritual? Wie konnte sie an ihn als ihren Vater denken – er war nie einer gewesen. Er war ein Fremder, und ein Trugbild ihrer Tagträume.

Es war ihre Schuld. Sie hatte es provoziert. Falls es passiert war.

Sie schlief und träumte von Sylvian, fünf Faden tief auf dem Meeresgrund, und von Fischen, die in seine Augenhöhlen hinein und wieder heraus schwammen. Es war ein friedvoller Traum. Sie wachte auf und erkannte den Sinn dessen, was sie getan hatten. Er war tot. Was sie mit seinem Körper anstellten, spielte keine Rolle mehr. Und immerhin – sie hatten ihn eingeäschert. Sehr hygienisch und modern. Letztendlich floh sie nicht vor der Verbrennung am Strand oder vor dem Mann und vor dem, was beinahe mit diesem Mann geschehen war, sondern nur vor der Beengtheit des Hauses. Floh eigentlich vor der Sicherheit, die es ihr bot. Ihre Kleider, ihr Radio und ihre Bücher hatte sie zurückgelassen. Wie eine Sechsjährige, die von zu Hause wegläuft.

Es war Freitag.

Sie hatte ihre Rechnung am Abend zuvor bezahlt. Jetzt mußte sie nur noch aufstehen, sich anziehen und gehen. Sie wollte kein Frühstück, ihr Magen spielte ohnehin verrückt. Sie trank etwas Leitungswasser, das nach Chemikalien schmeckte, benutzte das ungemütliche Badezimmer und war bereit.

Um Viertel nach sieben trat sie auf die Straße hinaus.

Der Morgen war wieder regnerisch. Die Straßen glänzten wie nasses Seehundfell, und ein oder zwei Straßenlampen leuchteten immer noch verwirrt auf den dunklen Tag herunter. Die Autos spritzten und rauschten vorüber wie gewöhnlich. Die Geschäfte waren leer. Menschen begannen auszuschwärmen wie aufgescheuchte Kaninchen, auf dem Weg zu ihrer frühen Arbeit, und erleuchtete Busse strömten durch die Straßen.

Sie kannte den Weg. Selbstbewußt überquerte sie den gesprenkelten Fluß und betrat die tosende Straße. Sie verpaßte eine Abzweigung, aber nur einmal, dann kam sie in die Wagon Street. Es war zehn nach acht. Sicherlich würde die einzige Verbindung nach Flosham nicht so frühzeitig abfahren. Sie hatte die Zeit nicht richtig berechnet. Sie eilte in das Bahnhofsgebäude. Gott sei Dank standen auf dem Bahnsteig, tatsächlich sogar auf beiden Seiten, Menschen; sie standen in gebeugter

Resignation mit durchweichten Zeitungen unter ihren tropfenden Regenschirmen, als warteten sie auf ihre Hinrichtung.

Hinter dem Fahrkartenschalter saß ein Mann. »Wann kommt der Zug nach Flohsham?

Er sah sie an und runzelt die Stirn. »Welcher Zug?«

»Flohsham. Er fährt nur heute. Die Verbindung nach Purrli. Ich möchte nach London.«

»Oh, Sie meinen Blohsham.« Der Mann zog seine Bibel hervor und blätterte darin herum.

Was sie anging, konnte der Zug genausogut um sechs Uhr abends fahren. Es spielte keine Rolle. Sie konnte warten.

»Um zehn Uhr fünfundvierzig morgens.«

Rachaela lächelte. »Dann habe ich ihn also nicht verpaßt.«

Der Mann lachte zutraulich. »Nun, gewissermaßen haben Sie das schon. Er fährt Dienstag morgens, nicht freitags. Fletchers Junction fährt heute.«

»Gibt es irgendeine andere Möglichkeit, wie ich nach Purrli kommen kann?«

»Nicht mit der Bahn. Und vor Dienstag gibt es von Purrli aus keine Verbindung nach London. Dienstag oder Donnerstag. Elf Uhr fünfzehn.«

Der Tag, an dem sie den Polizisten gefragt hatte. Das war am Dienstag. Und er hatte ihr gesagt Freitag.

Die Umstände drückten sie zu Boden wie eine Tonne Backsteine. Sie wußte nicht wohin und mußte noch vier Tage warten. Nun, sie würde eben warten müssen. Was konnte sie sonst tun. Sie bedankte sich nicht bei dem strahlenden Mann, der über seine schlechte Nachricht höchst erfreut schien. Später würde er seinen Kollegen erzählen: »So eine dämliche Tussi wollte doch heute tatsächlich über Blohsham nach Purrli und dachte, der Zug würde nur ihr zuliebe an einem Freitag losziehen. Ich hab's ihr gesagt. Vor nächste Woche läuft nichts.«

Sie würde sich ein anderes Hotel mit Übernachtung und Frühstück suchen; nicht, *auf gar keinen Fall* dasselbe wie vorher. Die reinste Geldverschwendung, aber was sollte sie tun. Und auch die Tage würden eine ebensolche Verschwendung sein, der schreckliche, lärmende Freitag, dann der Samstag, und der tödliche Sonntag mit seinem Kirchengeläut, und am

Montag wäre es dann nur noch ein Tag. Wenn es wirklich stimmte, was dieser Typ ihr gesagt hatte. Vor dem Bahnhof überkam sie heiße Furcht.

Es war nicht die Furcht vor dem Haus der Scarabae, oder davor, daß sie ihr folgen könnten. Es war die Furcht vor dieser Stadt. Vor ihren Straßen und Menschen, den Autos und einem weiteren Anstaltszimmer, mit Ausblick auf irgendwelche Rohre und ein blindes Netz aus Fenstern.

Sei kein Narr. Es ist in Ordnung.

Aber das war es nicht. Sie hatte die Nase voll. Die Welt schien sich gegen sie verschworen zu haben, um ihre Flucht zu vereiteln. Wie schon einmal.

Rachaela hatte sich in ein Café gesetzt und versuchte, etwas Toast und Kaffee zu sich zu nehmen. Den Kaffee hatte sie geschafft. Dann mußte sie sich ein anderes, ein ganz anderes Hotel suchen. Sie hatte keinen Erfolg, und schließlich führte sie ihr Weg zurück zu dem Kopfsteinpflasterplatz vor der Kathedralen-Kirche. Sie stand da und blickte zu den Ungeheuern auf.

Es war leicht, sich die Männer vorzustellen, die in mittelalterliche Gewänder gehüllt, auf Gerüsten stehend, an der Kirche arbeiteten. Die Erschaffung der Teufel und Dämonen, der Grotesken; mit dem Gesicht des Vorarbeiters, oder der hiesigen alten Frau, die als Hexe verschrien war, zum Vorbild.

Vom Hochschauen wurde ihr schwindlig, die Ungeheuer beugten sich herab, bereit, sich auf sie hinunterzustürzen.

Es kam ihr der Gedanke, daß sie vielleicht in die Kirche gehen sollte, um sich hinzusetzen, weg von der Straße und der drängelnden Menschenmenge, ohne das Bedürfnis etwas zu essen oder sich etwas vorzumachen.

Rachaela trug ihre zwei Taschen unter den geschnitzten Vorbau und durch das hölzerne Portal.

Drinnen überkam sie sofort die Vertrautheit, die Bedrängnis, ein unleugbares Gefühl der Erleichterung.

Es waren die bunten Fenster. Ein riesiger, dämmriger Platz, überfüllt mit poliertem Holz, einem Steinfußboden. Und das Licht, in Käfigen aus Rot, Grün und Indigoblau gefangen, das sich dann in gebrochenen Strahlen auf alles niederließ. Selbst der Weihrauchgeruch war nichts Außergewöhnliches, wirkte er doch wie der pudrige Duft des Hauses.

Rachaela ging zu einer Bank und ließ sich darauf nieder. Der gesamte Innenraum murmelte leise wie eine Muschel, oder wie es eine Muschel tun sollte.

Niemand sonst befand sich in der Kirche, nicht einmal Besucher, die die Orgel und den Chor besichtigen und die Fenster begutachten wollten.

Niemand, der betete.

Unter der Bank gab es bestickte Kissen für die Knie.

Rachaela verspürte den Drang, niederzuknien und zu beten. Wofür? Sie erinnerte sich an die Schulgebete, zu denen sie immer öfter zu spät gekommen war, *Vater Unser im Himmel*, die Aussöhnung einer jähzornigen und eifersüchtigen Gottheit, von der man behauptete, sie wäre mitfühlend, und die doch das Verlangen nach Lobpreisung hatte, schlimmer als das eines unsicheren Jugendlichen. Gab es einen Gott? Logischerweise nicht. Niemand, an den man sich anlehnen konnte. Niemand, der verstand oder den man anflehen konnte. Sie war auf sich gestellt, wie üblich.

Rachaela lehnte sich statt dessen leiderfüllt an die Bank. Ihr ganzer Körper schien gefoltert, ihr Rücken und Nacken waren steif, in ihrem Kopf wanden und bogen sich glühendrote Drähte.

Vier Tage. O Gott, nichtexistenter Vater, vier Tage.

Sie beobachtete, wie das scharlachrote Sonnenlicht vor dem Fenster durch eine Wolke brach. Die Bilder hier waren kein Wahnsinn. Christus verwandelte Wasser zu Wein, und die Säuglinge schwammen in ihren Körbchen im Schilf, anstatt im Wasser ertränkt zu werden. Und der Wolf würde weiden mit dem Lamm.

In der Kirche befand sich ein Leopard.

Er bewegte sich so leise, verhielt sich still nach jedem Schritt, den sie nicht gehört hatte. Sie hatte sich einlullen lassen.

Doch jetzt kam er auf sie zu, und sie konnte ihn riechen, wußte nicht, welcher Duft ihn verriet, hörte ihn, hörte nichts.

Sie blickte nicht hinter sich.

Hinter der blauen Reflexion der Jungfrau bewegte sich der Schatten des Leoparden und verschlang das Licht.

Er war hier.

Natürlich, wo sonst als hier, würde er auf sie warten, weit ab von der Sonne, unter den Schatten. Dort, wo sie schließlich hinkommen mußte. Oder hatte er den richtigen Zeitpunkt gekannt, ihre Hand an der Tür, ihr Körper zusammengesunken auf der hölzernen Bank.

Sie drehte sich schließlich um und sah Adamus, der sich über sie beugte.

8

Als sie fünf Jahre alt war, hatte sie ihre Mutter einmal in einem Warenhaus verloren. Irgend jemand hatte sie schließlich durch die geschäftige, alles überragende Riesenwelt des Geschäftes geführt und zu ihrer Mutter zurückgebracht. Der Eindruck hatte sich ihr eingeprägt, daß ihre Mutter sie weder gesucht hatte noch über ihre Rückkehr sonderlich erfreut war, denn Rachaela hatte sofort eine Ohrfeige bekommen.

»Woher hast du gewußt, daß ich hierherkommen würde?«

»Du magst alte Gebäude. Zufluchtsorte.«

»Wie lange hast du nach mir gesucht?«

»Nicht lange.«

»Und sogar bei Tageslicht«, sagte sie bissig.

Er trug einen langen Ledermantel, zu jung für ihn, wenn er seinem Alter entsprochen hätte. Aber das tat er nicht. Er trug keine Sonnenbrille. Sie würde in seiner Tasche verborgen sein, bereitgehalten für das Tageslicht. Glücklich über das schlechte Wetter? Aber die Sonne war ja doch noch zum Vorschein gekommen.

»Ich mag das Licht nicht«, sagte er, »aber ich kann es aushalten.«

»Und es war unumgänglich, daß du mich findest.«

»Du hast dich verirrt.«

Seine Worte drückten genau ihre eigene Einschätzung der Lage aus.

»Nein, ich habe mich nicht verirrt. Ich wollte nach London.«

»Das ist von hier aus ziemlich kompliziert, wenn ich mich recht erinnere.«

»Ein Zug pro Woche, und sie haben mir den falschen Tag genannt. Oder ich wäre schon *fort*.«

»Dann hätte ich warten müssen, bis du zurückkommst.«

»Ich wäre niemals wieder in deine Nähe gekommen.«

»Das denkst du.«

»Ich weiß es. Du kannst mich nicht dazu zwingen, mit dir zurückzugehen. Wenn du mich anfaßt, schreie ich.«

»Das würde Krach machen.«

»Ich meine es ernst, Adamus.«

»Wie mittelalterlich das klingt aus deinem Mund. Interessant. Bei Anna hört es sich nur viktorianisch an.«

»Ich werde keine Spielchen mehr mitspielen. Ich gehe in ein Hotel. Und ich werde den Zug nehmen – wenn er kommt.«

»Schön«, sagte er. »Wie du willst.«

»Also bist du mir umsonst nachgejagt.«

»Abgesehen von dem Vergnügen, dich wiedergesehen zu haben.«

Er setzte sich neben sie auf die Bank. Seine Dunkelheit verbarg das blaue Fenster, die segnenden Hände der Jungfrau.

Sie sollte zum anderen Ende der Bank hinüberrutschen und weglaufen, doch sie war entsetzlich müde. Sie wußte nicht, wohin. Er würde ihr folgen. Auf und ab laufen an ihrer Seite, möglicherweise höflich ihren Arm nehmen. Wieviel von dem grauen Sonnenlicht konnte er wirklich ertragen? Sie konnte sich einzig darauf verlassen, daß er vor ihr schwach wurde. Und sie hatte den Verdacht, daß er niemals schwach wurde.

»Du mußt mich gehen lassen«, sagte sie.

»Warum?«

»Du hast kein Recht, mich aufzuhalten. Ich werde zur Polizei gehen, wenn es nötig ist.« Sie dachte an den hilfsbereiten Polizisten, der ihr den falschen Abfahrtstag genannt hatte.

»Ich werde dich nicht schreiend und um dich tretend an den

Haaren fortzerren. Wenn ich dir wirklich weh tun sollte, dann auf ganz andere Art.«

In ihren Adern pulsierte und bebte das Blut, ihre Haut erschien wie eine dünne, kalte Hülle; losgelöst.

»Halt den Mund«, sagte sie. »Sprich mich nicht an.«

Er saß schweigend, beherrscht, wurde mit jedem Moment größer, überragender, fast wie in den unkontrollierten Momenten im Turm. Nicht ganz.

Sie sagte: »Ich werde wirklich weggehen. Hörst du mich.«

»Es ist mir gestattet zu sprechen?«

»Ich kann dich nicht davon abhalten.«

»Nein, das kannst du wirklich nicht. Wenn du gehst, dann gehst du. Wo wirst du wohnen?«

»Als ob ich dir das sagen würde.«

»Du hast das eine Hotel verlassen und wirst dir ein neues suchen müssen.«

»Du – bist mir gefolgt?«

»Nein, Rachaela. Das ist offensichtlich, oder nicht? Du hast es verlassen, bist sogar weggelaufen, ohne deine Rechnung zu bezahlen – soviel ich weiß –, um deinen Zug zu erwischen. Aber der Zug ist nicht erschienen. Und jetzt sitzt du mit zwei Taschen hier in der Kirche.«

»Wenn du mir nachgehst, werde ich etwas tun, das dich davon abhält.«

»Das wäre vielleicht ganz unterhaltsam. Schon gut. Ich werde dir nicht nachlaufen. Ich werde hier sitzen und dich fortgehen lassen. Ich werde eine Stunde hier warten, du siehst so aus, als könntest du dich nur noch kriechend fortbewegen.«

»Ein neues Spiel. Blinde Kuh. Aber du wirst mich nicht finden.«

»Ich werde es nicht versuchen. Schließlich muß ich doch nur den richtigen Abfahrtstag herausfinden, und dich dann auf dem Bahnsteig abfangen.«

»Versuchs nur. Du wirst sehen, was passiert.«

»Nichts würde passieren. Ich würde dich auf die Wange küssen, und du würdest mir vom Fenster aus zuwinken. *Flüchtige Begegnung.*«

Rachaela versuchte, ihren Atem unter Kontrolle zu bringen.

Sie war schrecklich aufgeregt. Sie wollte ihn schlagen. »Du sagst, daß, wenn ich diese Kirche verlasse, ich meine Ruhe haben werde.«

»Völlig richtig.«

»Frei von den Scarabae.«

»Nein, du wirst niemals frei von den Scarabae sein. Du gehörst zu uns. Das wird dich immer begleiten. Und das wird dich auch zurückbringen.«

»Leb ruhig in dieser Hoffnung.«

»Ich weiß es aus eigener Erfahrung. Ich bin geflohen. Ich bin zurückgekommen. Du bist schon infiziert. Es ist zu spät.«

»Du denkst also, daß ich es vorziehen werde, in diesem Mausoleum – dieser *Gruft* von einem Haus – eingemauert zu sein.«

»Was erscheint dir wünschenswerter?«

Bevor sie Einwände vorbringen konnte, stand plötzlich ihre Zukunft hell und klar vor ihr.

Die Züge, die Stadt, ihre Suche nach einem miesen, schlechtbezahlten Job, einem Zimmer, der Lärm der Nachbarn, die überquellenden Straßen, die offene Feindseligkeit der Hauptstadt. Sie sah auch die Länge der Tage, die endlos schwarzen Kammern der Nacht. Sie sah ihr Alleinsein, das jetzt Einsamkeit bedeutete, und sie sah das Alter, worüber sie sich vorher nie Gedanken gemacht hatte. Sie war ohne Ziel, hatte keinen Rückhalt. Sie hatte gelebt, als warte sie stets auf Rettung, das Geld ihrer Mutter, die Ankunft der Scarabae. »Es wird mein Leben sein.«

»Das wird es, egal wo du bist.«

Das war eine unbestreitbare Tatsache.

Sie würde aufstehen und die Kirche verlassen müssen. Je länger sie blieb, desto mehr Macht gewann er über sie. Er umwob sie wie eine Spinne mit seinem Netz.

Aber sie war so müde, und ihr Herz schlug so schnell. Sie wollte nicht gehen. Sie war froh über seine Anwesenheit, seine Kraft neben ihr auf der Bank, er, der sie mit seiner Dunkelheit vor der blauen Frömmigkeit der Jungfrau bewahrte. Das rote Fenster war eine dunkle Rose. Die Sonne war wieder verschwunden.

»Wie bist du in die Stadt gekommen?« fragte sie, um Aufschub zu gewinnen.

»Ich habe ein Auto gemietet. Wie sonst? Hattest du gedacht, ich würde den ganzen Weg zu Fuß zurücklegen wie der arme Carlo?«

»Wie hast du das Auto bestellt?«

»Das hat Carlo getan. Oder Cheta. Ich glaube, irgend jemand im Dorf hat sie ein Telefon benutzen lassen.«

»Das Auto ist nicht bis zum Haus gekommen.«

»Wie du weißt, führt die Straße nicht bis dort hin.«

»Warum bist du gekommen und nicht die anderen?«

»Erinnere dich, ich bin der Jüngste. Und ich bin dein direkter Blutsverwandter.«

»Blut«, sagte sie. »Das Blut der Sippe.«

»Dein Blut unterscheidet sich von meinem.«

»Wie?«

Er machte eine lange Pause. Sie fühlte, wie er seine Kräfte sammelte, einer Bestie gleich, welche die mächtigen Sprungfedern ihrer Gelenke stählt. Schließlich antwortete er: »Komm mit zurück, und du wirst es sehen.«

Sie sagte: »Du willst mit mir schlafen. Das ist alles. Du sagst, ich bin deine Tochter, du *glaubst* es, aber du willst mich trotzdem ficken.«

Aus dem Augenwinkel nahm sie wahr, wie er ihr das Gesicht zuwandte. Wie aufgezogen drehte sie ihren eigenen Kopf, bis sie ihn direkt ansah. Sein Gesicht wirkte wie eine Offenbarung. Sie konnte kaum atmen.

»Ja, ich will dich ficken. Komm zurück und laß dich von mir ficken.«

»Jetzt sagst du endlich die Wahrheit, du Bastard.«

»Jetzt sage ich die Wahrheit. Wo liegt das Problem? Die Familie wird begeistert sein. Sie werden sich daran weiden. Das ist schon vorher geschehen, wieder und wieder, Mutter und Sohn, Vater und Tochter. Bruder und Schwester. Zwei Drittel von ihnen sind aus irgendeiner Inzuchtverbindung entstanden, manche sogar in doppelter Hinsicht. Eine hübsche, kleine Orgie, die schon Jahrhunderte überdauert hat. Die geheimen Freuden des Hauses. Und welche anderen Werte halten dich zurück? Das Kriterium der Kirche, der Moral, der Welt? Es bedeutet dir nichts. Komm zu mir, und ich werde dir geben, was du willst.«

»Das will ich nicht.«

Er streckte eine Hand nach ihr aus, lange Finger, leichenblaß, bedeckt mit einem zarten Flaum aus schwarzen Haaren. Die Hand bewegte sich wie in Zeitlupe. So langsam, daß sie alle Zeit der Welt hatte, ihr auszuweichen, und doch war sie nicht schnell genug, und die Hand berührte sie hinter dem Nacken, die Finger spielten in ihren Haaren. Heiße Schauer rannen über ihren Rücken. Ihr Magen wurde zu Eis, ihr Kopf zu Feuer. Sie konnte nichts tun.

»Laß«, flüsterte sie, laß mich . . .«

Der Schatten warf sich nach vorn und fiel mit langsamer, eindringlicher Gewalt über sie her.

In seinen Augen loderten pechschwarze Flammen.

Sie schmeckte seine Haut, seinen Mund, kühl und unbekannt. Sie schloß die Augen. Sie war blind, wirbelte in den Abgrund hinab. Einzig der Druck seiner Hand hinter ihrem Kopf gab ihr Halt in dem Tosen des Sturms.

Sie war nur selten geküßt worden. Niemals auf den Mund. Nie hatte sie jemand erobert und besessen.

Sein Mund saugte an ihren Lippen. Ihr Kopf sank zurück. Sie ließ es zu, daß er sie in dem tiefen Wasser ertränkte, war selbst zu schwach, ihre Hände zu heben, um sich an ihm festzuhalten. Fiel und fiel immer tiefer in dem endlosen Ozean.

Als er seinen Mund von ihr löste, hielt er sie mit einer Hand fest. Zuerst konnte sie ihre Augen nicht öffnen, und als sie es tat war die Kirche von verschwommenen Farben und Lichtstrahlen erfüllt. Die weißen Gesichter der Heiligen waren jetzt irrsinnig und aufgeschwemmt, ihre Reinheit war geschändet.

Sein Gesicht war immer noch beherrscht, nur der Mund ließ eine Veränderung erkennen, seine Lippen waren geöffnet. Sie wandte sich ihm zu, hob die Hände und faßte seinen Kragen. »Küß mich noch einmal.«

»Noch einmal?« Und er lachte sie an wie ein kleiner Junge. Er lachte, als er erneut von ihr Besitz ergriff, und das Lachen erstarb ganz plötzlich, wie abgeschnitten.

Jetzt schwebte und wirbelte ihr ganzer Körper. Sie klammerte sich an seinen Mantel, um nicht unterzugehen, und versank immer tiefer, gedankenlos, emporstrebend. Sie preßte sich an ihn, versank in seinem Fleisch, seiner männlichen Härte; verloren, sie war verloren. »Hör nicht auf.«

»Nicht hier«, sagte er.

»Wo dann?«

»Was glaubst du, Rachaela?«

»Es ist mir egal. Ich werde mit dir gehen.«

Das Auto wartete in einer Seitenstraße.

Sie liefen darauf zu und stiegen ein.

Der Fahrer startete den Motor, ohne ihnen einen Blick zu gönnen. Adamus hatte seine Sonnenbrille nicht aufgesetzt. Er hatte den Arm um sie gelegt. Der Arm, sein Druck auf ihren Schultern, verscheuchte ihre Vernunft. Sie wollte, daß das Auto anhielt. Als die Baumreihen immer dichter wurden, wollte sie unter ihm liegen in dem kahlen, blattlosen Braun eines Waldes. Sie hatte solche Dinge noch nie gefühlt, nur vage Andeutungen. Tagträume.

Sie wollte über die Dummheit des Fahrers lachen. Er wußte nichts. War ausgeschlossen.

Es spielte keine Rolle, daß sie in das Haus der Scarabae zurückkehrten. Was machte das schon? Nichts war wichtig, außer sich wieder seinem fordernden Mund zu ergeben.

Die Landschaft schlängelte sich vorüber.

Die Reise war so lang.

Doch sie erreichten das Haus, oder besser gesagt, die Straße darunter, und als Adamus den Fahrer bezahlt hatte – kein Wort von einem Konto – liefen sie im schattigen Licht des Nachmittags den Abhang hinauf, an den nassen, grünen Eichen vorüber; und das Haus tauchte vor ihnen auf. Und Rachaela wurde wieder nüchtern.

Da waren die Dächer, die Reihen der Fenster, die Kuppel des Turmes.

»Ich bin wieder hier«, sagte sie.

»Du warst einverstanden«, sagte er. Er versuchte nicht, sie zu berühren.

»Ja, ich war einverstanden.«

Ihr Körper hatte ihn vergessen. Die Wärme, das Frieren, das Schwindelgefühl der plötzlichen Begierde, hatten sich verflüchtigt, und sie blickte nur noch ängstlich darauf herab.

Sie erreichten die Veranda und die Doppeltür.

Adamus benutzte einen Schlüssel – etwas so Gewöhnliches. Sie betraten die schachbrettgemusterte Halle, die still und verlassen dalag. Sie schien alles wie aus weiter Ferne zu sehen.

»Geh nicht«, sagte sie.

»Du mußt Geduld haben«, erwiderte er, »genau wie ich. Die einzige Regel. Bei Nacht.«

»Es gibt keine Regeln. Das hast du mir gesagt.«

»Ja.«

Albern wie eine Braut in ihrer klischeehaften Hochzeitsnacht mußte sie die passende Stunde abwarten. Sie wollte es nicht glauben. Es war eine weitere seiner Grausamkeiten oder ein Test?

»Ich könnte meine Meinung ändern.«

Er stand vor ihr und sah sie an, und sie wurde zu ihm hingezogen, wie mit Ketten. Sie zwang sich zur Ruhe.

»Tu das nicht«, sagte er.

»Ich finde es albern und entwürdigend.«

»Das tut mir leid.«

»Ich hasse dieses Haus.«

»Nein. Geh in dein hübsches grünblaues Schlupfloch. Geh nach oben und warte auf mich.«

»Du bist ein Witzbold«, sagte sie säuerlich.

Er grinste sie an. Wie sein Lachen, das Grinsen eines kleinen Jungen. Konnte ein alter Mann noch so grinsen und lachen? Vielleicht wurde es normalerweise nur von der knittrigen Haut, den gelblichen Augen und Zähnen verborgen und entstellt.

»Du willst mich so sehr«, sagte er. »Ich bin froh.«

»Das wird vorübergehen.«

»Ich hoffe nicht. Vertrau mir. Heute nacht.«

Sie wandte sich ab und stieg wie betäubt die Treppe hinauf. Hier war sie also, zurückgekehrt.

Ihr Zimmer war unverändert. Das Bett gemacht, die Oberflächen abgestaubt. Im Kleiderschrank hingen ihre Kleider, auf der Frisierkommode stand ihr Radio. Sie betrachtete ihre Sachen in stummer Verwunderung. Sie war benommen. Was war mit ihr in der Kirche geschehen – in einer *Kirche* – und mit ihm. Camillo hatte ihr gesagt, daß sie weglaufen und wieder zurückkommen würde. Aber sie hätte wenigstens bis London kommen müssen. Das ganze war absurd.

Sie setzte sich in einen Sessel vor den Kamin. Das Feuer war zumindest nicht angezündet worden. Sie waren sich nicht sicher gewesen.

Sie lehnte sich im Sessel zurück, und er verflüchtigte sich aus ihrem Körper wie Alkohol. Es war wie der kurzzeitige Schwips nach dem Glas Essigwein. Er hatte länger gedauert, aber da hatte sie ihn noch berührt.

Sie hatte sich wirklich zum Narren gemacht. Sie hatte sich zur Rückkehr *verführen* lassen, und jetzt mußte sie alles noch einmal machen.

Noch einmal . . . Küß mich noch einmal. Sie hatte *so etwas* gesagt.

Brennende Röte schoß aus der Tiefe ihrer Leisten in ihre Brust, ihre Kehle, ihr Gesicht.

Sie schämte sich ihrer Verlegenheit.

Doch sie war auch so müde. Sie hatte in dem kleinen Hotel so schlecht geschlafen.

Sie erhob sich und stellte das Radio ein. Sofort füllte sich der Raum mit sanften Klängen. Wie sie das vermißt hatte. Sie legte sich aufs Bett, zog die Decke über sich, und der goldene Satan strahlte hinter ihren geschlossenen Augen.

Sie fühlte sich wohlig und warm. Sie schlief ein.

Am Abend nahm sie ein Bad, zog ihren Rock und den neuen Pullover über und ging ins Eßzimmer hinunter.

Sie war nicht sicher, was sie erwartete, doch einzig Anna und Stephan waren erschienen.

»Willkommen«, sagte Anna. »Wir sind so froh, daß du wieder da bist.«

»Ihr habt mich vermißt«, stellte Rachaela fest.

»Ja, natürlich. Wir haben dich alle vermißt.«

»Bis auf Sylvian.«

»Äh, ja. Bis auf ihn.«

»Ich bin weggelaufen«, sagte Rachaela. »Um diesen Pullover zu kaufen.«

»Du hättest uns sagen sollen, daß du so schrecklich gern in die Stadt wolltest.«

»Ich wollte schrecklich gern nach London.«

»So weit weg. Kannst du deine Angelegenheiten nicht per Post erledigen – Cheta wird den Brief mit ins Dorf nehmen.«

»Es war eine Flucht«, sagte Rachaela. »Wie ihr sehr wohl wißt.«

»Möglicherweise.«

»Ich bin weggelaufen wie Adamus, und Adamus hat mich zurückgebracht. Er hat mich mit einem väterlichen Kuß überredet.«

Anna lächelte und senkte den Blick.

Stephan summte eine kleine Melodie und rührte in seiner Suppe.

Eins war sicher: sie wußten es.

»Ich verstehe euch nicht.«

»Solange du dich bei uns wohl fühlst.«

Die Stadt war gräßlich gewesen. Ihre Menschenansammlungen, die Fehlinformationen und Falschheiten. Wie ein Alptraum. Das Haus war sicher. Es hatte seine eigene, irrsinnige Vernunft.

Nein. Das Haus war der reine Wahnsinn. Nur die Außenwelt war echt.

Nach der Suppe gab es einen Gemüseauflauf mit überbackenem Käse. Ihm folgte eine Stachelbeercreme.

Rachaela aß hungrig. Das Essen war gehaltvoll und gut.

Sie hatte ihre Lektion erhalten.

Sie saß mit ihnen vor dem Kaminfeuer im Wohnzimmer.

Alice und Unice schauten vorbei, nickten ihr kurz zu, setzten sich und strickten.

Eric spazierte durch den Raum, er, der Möwenmann, mit einem Buch.

Jack und Dorian erschienen und verschwanden.

Es gab noch anderes Kommen und Gehen. Ein Flattern im Augenwinkel, das zweifelsohne Miriam, Sascha, Anita, Teresa, Miranda und Livia, George und Peter waren. Einmal kam Carlo mit Holzscheiten.

Maria, Cheta und Michael hatten das Abendessen serviert.

»Oh, Michael, in Miss Rachaelas Zimmer muß noch Feuer gemacht werden.«

»Das ist schon erledigt worden, Miss Anna.« Ein Feuer. Dieser Luxus, diese Bequemlichkeit.

Sie wollte ihn nicht mehr, diesen Mann. Sie wollte nur noch ein kleines Mädchen sein in diesem sicheren, wohltuenden Haus, mit den lieben, alten Omis und Opis und der großen Miezekatze, den Puppenstubenbettchen und all den hübschen Fensterlein. *Bleib mir vom Leib,* dachte sie.

Nichts sollte dieses Wolkenkuckucksheim zerstören. Nichts so Weltliches wie Sex.

Es war seltsam, dachte sie, als Unice strickte, Anna nähte, und Alice ihr Muster überprüfte, und der gute, alte Opi Stephan das Feuer betrachtete, seltsam, daß sie nie zuvor richtig Lust auf Sex empfunden hatte. Es war, als wäre sie unberührt davon. Es war nichts für sie gewesen. Sie würde nicht an das Küssen und Geküßtwerden vor den weißen Augen der Jungfrau denken.

»Michael«, sagte sie. »Ich hätte gerne noch ein Glas Wein.«

All die alten Großeltern in dem Raum strahlten sie an. Sie war ihr Lieblingsenkelchen.

Sie sollte die Familientradition aufrecht erhalten. Sie sollte mit ihrem eigenen Vater schlafen.

Sie zog sich aus und schlüpfte nackt unter die Decke. Nach der Turmuhr war es fast eins, also ungefähr halb elf.

Früh zu Bett.

Die schüchterne Braut in der Hochzeitsnacht.

Sie hatte die Tür abgeschlossen. Es war ein Zeichen. Ein notwendiges Zeichen. Schließlich besaß er Schlüssel zu jeder Tür des Hauses.

Vielleicht würde er sie bis Mitternacht warten lassen.

Sie versuchte nicht daran zu denken, was passieren würde. Sie konnte es sich ausmalen, war abwechselnd verwirrt, erregt und wütend. Sogar belustigt.

Sie hatte sein Gesicht gesehen, als er das Klavier liebte.

Im Radio wurde ein Hörspiel gebracht. Sie hatte es ausgeschaltet. Andere Dramen konnten sie nicht fesseln. Eine Stunde strich vorbei. Auf dem Kaminsims brannte eine einsame Lampe.

Sie hörte das Atmen der See. Niemand war auf dem Korridor vorübergegangen. Das Haus murmelte, seine Balken knackten, die Fenster knisterten in ihren Rahmen.

Natürlich. Er würde nicht an ihre Tür kommen. Die Nacht würde ohne ihn kommen und gehen.

Rachaela machte ein Geräusch, ihre Kehle und ihr Körper wehrten sich, ein Protest, den ihr Gehirn weder befohlen noch gestattet hatte. Und die Klinke an ihrer Tür wurde heruntergedrückt. Die Tür öffnete sich. Draußen war es dunkel, und wie gewöhnlich strömte die Dunkelheit mit ihm herein, in seinen Haaren, seiner Kleidung. Er schloß die Tür und verriegelte sie erneut. Er stand vor ihr und blickte sie an.

Sein Gesicht verriet keinerlei Regung, nichts, was sie als Zuneigung interpretieren konnte, noch nicht einmal Verlangen. Es war das Gesicht eines Hohepriesters im Augenblick der Opferung. Und sie – sie mußte der Altar sein, denn er kam instinktiv auf sie zu.

»Rachaela«, sagte er. »Willst du das Licht oder lieber nicht?«

»Ich will das Licht.«

Er war barfuß hereingekommen. Jetzt zog er sich seinen Pullover über den Kopf, knöpfte sein Hemd auf und ließ es fallen, streifte elegant Hose und Slip ab, als wäre er darin sehr geübt. Sein Körper schimmerte lohfarben wie eine Ikone im Licht der Lampe und dem Schein des Kaminfeuers, sein Weiß verwandelte sich in Gold; er war lang und sehr schlank, nur wenig muskulös, sein Bauch fast nach innen gewölbt, die Rippen ausgeprägt wie Schnitzereien. Seine Beine waren lang und kräftig wie die eines Läufers, die Schultern breiter, als sie unter der Kleidung wirkten.

Das Haar in seiner Leistengegend war blauschwarz, und dort lag die Schlange, die sie nur aus Büchern, von einer Vergewaltigung und den albernen kleinen Dingern der kleinen Jungs aus ihrer Kindheit kannte. Wie Bernstein, die Schlange, noch weich und ruhend; der Gedanke an sie, ihr Anblick unter der Decke, hatte sie noch nicht erweckt. Erst als er vollkommen nackt war, zog er die Decke sanft von ihrem Körper.

Sie glaubte, daß sie für ihn ebenso goldweiß schimmerte, der Bernstein blühte auf ihren Brüsten, das Flies an ihrem Schoß indigo-schwarz, doch geschlossen und geheimnisvoll – nicht wie seines.

Er betrachtete sie, und sie sah, wie er sich aufrichtete; der magische Mechanismus des männlichen Penis, der zu einer riesigen Rute in der Farbe eines trüben Sonnenuntergangs wuchs.

Sie glitt auf eine Seite des Bettes, und er bewegte sich durch den vergoldeten Raum, sein Körper senkte sich zu ihr herab. Er lag neben ihr und sie empfand eine urzeitliche Furcht, so alt wie die Berge – weit älter als die Scarabae.

»Ich habe Angst.«

»Ja.«

Auf einen Ellbogen gestützt, beugte er sich über sie. Sein Gesicht war ernst konzentriert. Eine duale Kreatur, die Rute des Lebenshungers und das Gesicht des Priesters. Mit einem Finger berührte er ihre Lippen, dann senkte er den Kopf und legte seinen Mund auf den ihren. Während dieses keuschen, kühlen Kusses, griff er mit der anderen Hand nach hinten und löste etwas in seinem Nacken. Ein Schauer schwarzen Regens. Sein Haar, losgelöst, breitete sich auf ihrem Körper und ihren Brüsten aus wie eine wildseidene Flut.

»Dein Haar«, flüsterte sie, »dein Haar«, und streckte ihre Hand danach aus, krallte sich darin fest, und der Kuß verwandelte sich in den Kuß von zuvor.

Die Furcht wurde größer und drohte sie zu verschlingen. Es war keine Furcht.

Sein Mund löste sich von ihrem. Sie wollte ihn festhalten, reckte sich ihm entgegen, und eine Strähne seines Haares, das den Duft der Nacht trug, streifte ihre Lippen. Sie biß hinein, als sein Mund an ihrer Kehle herabglitt und ihre Brüste fand.

Seine Zunge brannte runde Feuermale. Er nahm ihre Spitzen zwischen seine Lippen, und süße Schauer rannen über ihren Körper. Eine Harfensaite vibrierte in ihrem Schoß, Sternenregen zart wie Federn, strahlende Lichter, die von ihren Brüsten in ihre Mitte, ihren Schoß, ihre Fußsohlen, ihr Gehirn strömten.

Er glitt langsam an ihr herab, das harte, glatte Fleisch seines Körpers, das samtige Streicheln seines harten Penis, als er ihren Bauch und ihre Schenkel streifte...

Seine Hände lagen auf ihren Brüsten, wo sein Mund sie geküßt hatte. Die Musik wurde heftiger, Glissandi aus Feuer.

Er kniete wie zum Gebet zwischen ihren Schenkeln, sein Gesicht grausam wie das eines Engels. Er senkte den Kopf.

Ein atmender Rhythmus setzte ein. Ihr Innerstes schmolz in einem Augenblick. Tosende Wellen reiner Ekstase rollten wieder und wieder über sie hinweg.

Sie stöhnte vor Lust, bäumte sich auf; Rot hinter ihren Augen, in ihren Ohren klang Musik, Meeresrauschen in einer Muschel. Seine Zunge beschrieb Berge und Täler, sich windende Flüsse. Wogen ergossen sich in sie wie der Ozean.

Sie wurde hochgehoben und herausgeschleudert. Sie hörte sich laut schreien, als sie ihren Körper verließ, ausgestoßen von den Spasmen der Erregung, die ihn erschütterten.

Er lag wieder neben ihr, betrachtete sie, streichelte leicht über ihre Rippen und ihren Bauch.

Sie beobachtete ihn, wollte nicht sprechen.

Die Bewegung seiner Hand wirkte jetzt besänftigend. Sie wurde ruhiger. Es war, als wäre sie von einer großen Last befreit. Sie hörte das Meer, leise und unaufhörlich rauschte es gegen die Klippen.

Er nahm ihre Hand und führte sie über seinen Körper, hinunter zu seinem harten Geschlecht.

Vorsichtig berührte sie sein Totem, wurde selbstbewußter, als es zuckte und steif wurde. Sie spielte mit ihm, wie er mit ihr gespielt hatte. Er legte sich zurück, und sie streckte sich über ihm aus, beugte sich herab zu seinem Mund, öffnete seine Lippen mit ihrer Zunge. Ihr Fleisch berührte sich, und sie wurden eins. Sie ergab sich ihren Körpern und ihrem Instinkt. Sein

Haar breitete sich unter ihm aus wie ein schwarzer Umhang. Ihre Hände glitten hindurch und an seiner Seite herab.

Er ergriff sie und drehte sie um, der schwarze Mantel seines Haares umhüllte jetzt ihre Hüften und Beine. Erneut fühlte sie seine Zunge, die wie eine Flamme an ihrem Innersten leckte.

Sie küßte und liebkoste seinen Bauch, seinen Nabel. Ihre Zunge bewegte sich in geheimnisvoller Magie über seinen Körper. Sie fand die brennende Rute und tastete sich an ihr entlang, zu der dunklen Rundung, wie eine glattgeschälte Frucht prall gefüllt mit Lebenssaft.

Sie verlor sich in ihm, seiner Haut, dem Geschmack seines Fleisches, der exquisiten Qual, die sein Mund und seine Finger ihr zufügten.

Alles andere war vergessen.

Sie war nur noch Gefühl, als er sie wieder umdrehte und sich über sie beugte. Sein goldener Schatten fiel über ihren Körper. Er spreizte ihre Schenkel mit zärtlicher Rücksichtslosigkeit.

Sie empfand keine Furcht mehr, sondern öffnete sich seinem Eindringen.

Und doch wurde sie gespalten, auseinandergerissen. Sie hatte nur einen Mann gekannt, ein irrsinniger Kampf im Neonlicht. Damals war sie zerrissen worden, jetzt geschah es wieder. Es kümmerte sie nicht. Sie zwang ihren Körper weit auf und preßte sich gegen ihn. Feuerroter Schmerz durchbrach die Süße und eine tiefere Pein wie Donner.

Sie stöhnte und lag gefangen unter ihm, erfüllt, durchbohrt.

Er küßte ihren Mund und ihre Brüste. Wogen der Süße umspülten sie.

Als er sich erneut bewegte, wandelte sich der Schmerz in wundervolle Reibung.

Wieder preßte sie sich ihm entgegen, wurde verwundet, erhob sich ein weiteres Mal.

Sie klammerte sich an seinen Körper, sein Haar, krallte sich am Rande des Chaos an ihm fest.

Sein Gesicht über ihrem war auch nur ein Schatten, doch sie sah seine Wildheit, die ihrer begegnete.

Dann legte er sich auf sie, sein Gewicht drückte sie in das Bett wie in Sand.

Sie kämpfte, bäumte sich auf, um seinen Angriff zu empfangen.

Der Schmerz wich steigender Agonie. Sein Mund lag auf ihrem, berührte ihr Kinn, ihre Kehle. In dem rasenden Tumult spürte sie seinen zweiten Angriff, den scharfen Biß zweier gnadenloser Zähne, und versuchte seinen Namen laut herauszuschreien, doch brachte keinen Ton hervor, war besiegt.

Sie spürte, wie ihr Blut, das wie seidige Fäden aus ihrer Vene floß, in seinen Mund gesogen wurde.

Er überwältigte sie wie ein Löwe, bohrte sich in sie hinein, seine Lippen sogen ihren Lebenssaft aus.

Sie fühlte, wie sie sich von ihrem Fleisch loslöste.

Das war die völlige Umkehrung des ersten Lustgefühls. Rachaela schrie. Sie wurde in den Wahnsinn geschleudert, als sie auf dem Wirbelsturm ritt. Scheiben aus Licht und Dunkelheit zersplitterten vor ihr. Sie wurde gekreuzigt, vernichtet. Und als sie fiel, spürte sie, wie er sich auf sie preßte wie ein flammender Meteor, hörte, wie er sich an ihrer zerrissenen Kehle labte.

»Die Lampe geht aus«, sagte sie. »Cheta hat nicht genug Öl nachgefüllt.«

»Lieg still«, sagte er.

Selbst jetzt berührte er sie noch, ließ seine Hände über ihren Körper gleiten, streichelte ihre Brüste, strich ihr das Haar aus der Stirn.

Eine winzige Blume aus Blut, ähnlich der, die Anna gestickt hatte, war auf dem Kissen erblüht.

»Wie ein Verlust der Jungfräulichkeit«, sagte sie. »Das erste Mal habe ich eine Woche lang geblutet.

»Das kannst du nicht vergleichen.«

»Er hat mein Blut nicht getrunken.«

Adamus setzte sich auf. Er legte seine Lippen sanft an ihren Hals und saugte an der kleinen Wunde. Köstlich, dieses Gefühl, erneutes Verschmelzen.

»Brauchst du es?«

Er hob den Kopf. »Nein.«

»Aber es gefällt dir.«

»Sehr.«

»Wie lange . . .?«

»Deine Mutter war die letzte.«

»Noch etwas, das sie mir nie erzählt hat.« Und wieder saugte er an ihrer Vene. Sterne rasten durch ihren Körper, folgten dem Druck seines Mundes. Sie lag angespannt und zitternd, und seine Hände glitten zwischen ihre Schenkel, seine Finger verfolgten zaghaft die Funken der Verzückung. Augenblicklich, verwirrend erlebte sie den Höhepunkt.

»Tu es für mich«, sagte er. Mit geschlossenen Augen leckte er hungrig an ihrer Kehle.

Sie umfaßte sein Glied, erneut fest und glatt wie Satin; rieb und streichelte es, spürte die Schwingungen seines zweiten, fast eigenständigen Lebens.

Sie fühlte sein Drängen, als er sich an sie preßte und sein Atem stoßweise über ihren Hals kitzelte. Sein brennender Lebenssaft ergoß sich in ihre Hand.

Er küßte sie. Sie schmeckte Salz, das Gewürz ihres eigenen Blutes.

»Was wird geschehen?« flüsterte sie.

»Nichts. Ein Liebesmal.«

Ein schwaches Geräusch, jenseits der dunklen Welt des Raumes, auf dem Korridor.

»War das der Kater? Sucht er dich?«

»Er sucht mich niemals. Er kommt und geht.«

»Sind sie Voyeure?«

»Die Familie? Nein, sie haben schon alles gesehen. Und das meiste auch selbst getan.«

Rachaela erhob sich von dem Bett aus Laken und Kissen, Haut und Haaren.

»Nicht«, sagte er.

»Ich will nachsehen.«

Sie entzündete eine Kerze mit einem Streichholz vom Nachttisch, ging zur Tür und öffnete sie.

Draußen lag etwas.

»Eines von Camillos Geschenken«, sagte sie.

Sie bückte sich.

Es war ein merkwürdiges, gebogenes Herz aus Treibholz. Camillo war das Böse.

Sie griff nach dem Herzen und es zerkrümelte, zerfiel in Stücke.

»Was hat er dir gebracht? Einen Katzenhaufen in Folie? Für solche Sachen ist er berühmt.«

»Ein zerbrochenes Herz.«

»Ich verstehe. Nicht einfach nur einen Kommentar über unsere Moral.«

Sie stellte die Kerze ab. Ihr flackerndes Licht leuchtete über seinen langen Körper, jetzt schneeweiß in dem See aus schwarzem Haar. Er sah aus wie der Prinz aus einer unzensierten Geschichte, eine Illustration der männlichen Perfektion von Beardsley. Bis hin zu dem schlafenden Phallus, den Beardsley jedoch zweifelsohne aufrecht gezeichnet hätte.

»Warum ein Herz, das zerbricht?« fragte sie.

»Er ist ein Romantiker. Hat er dir von seiner nächtlichen Flucht aus der besetzten Stadt erzählt?«

»Nein. Er ist wie ein altes Kleinkind. Frech und schlau. Nichts bedeutet ihm etwas.«

»Vielleicht bedeutest du ihm etwas.«

»Dann ist es mein Herz, das brechen wird.«

»Komm her«, sagte er.

Sie ging langsam auf ihn zu. Er zog sie zu sich herab, und wieder lag sie auf seinem langgestreckten Körper.

Sie hatte sich inzwischen daran gewöhnt, an diesen reißenden Strom der Gefühle.

»Morgen«, sagte sie, »werde ich mich schämen.«

»Morgen ist es zu spät.«

»Ja.«

Er legte die Arme um sie.

Sie ließ ihren Kopf an seine Schulter sinken. Sie saugte an seinem Hals, wie er es vor dem Biß seiner Lust getan hatte.

»Du hast mich fünfmal geliebt«, sagte sie.

»Du hast mitgezählt.«

»Wir haben noch nicht geschlafen.«

»Schlaf morgen. Wenn du dich schämst.«

Er rollte sich über sie und drückte ihren Körper in die Laken.

»Ich kann nicht mehr«, sagte sie.

»Einmal noch, der guten alten Zeiten wegen.« Hinter seinem Schatten erspähte sie die dämmrigen Gestalten auf dem Fenster der Versuchung.

»Es wird hell.«

»Das kann vorkommen.«

Sie wollte ihn nicht, den Tag der Scham und Verwirrung.

Ohne Vorspiel drang er in sie ein. Ihr Körper hatte sich an ihn gewöhnt und empfing ihn weit offen. Er bewegte sich langsam in ihr, im Rhythmus des fernen Meeres.

Der tiefe, melodiöse Schmerz setzte erneut in ihr ein. Sie konnte ihn nicht ausschalten.

Sie bäumten sich auf und ließen sich auf den Strand der Stille herabsinken.

Hinter ihm verwandelte sich der silbrige Glanz des Fensters in Grün und Margeritenweiß. Die roten Blutstropfen des Apfels erschienen.

»Ich will dich sehen«, sagte er.

Er entzog sich ihr, und sie stöhnte über den Verlust. Er stand auf, blies die Kerze aus und beobachtete ihren Körper, als sich Luzifer über ihr ausbreitete.

»Der Apfel liegt über deinem Schoß. Wie passend.«

»Sie werden das Bett wohl absichtlich so hingestellt haben. Komm zurück zu mir«, sagte sie. »Schnell, schnell.«

Er legte sich auf sie und drang erneut in sie ein, so daß sie erleichtert aufschrie.

Sie tanzte unter ihm, wand sich auf einer Spindel aus galvanischer Bewegung.

»Schneller.«

»Noch nicht.«

Er ließ sie warten, zwischen Himmel und Erde, als das Fenster in den Wahnsinn seiner Farben verfiel. Die Meeresbrandung pochte in ihrem Kopf. Sein Mund berührte zärtlich ihren Hals, und erneut ergab sie sich dem Angriff des Löwen. Sie konnte nicht mehr schreien. Das Fenster brodelte. Sie hatte alles vergessen, Vergangenheit, Zukunft.

Und draußen vor der Tür flohen winzige Kreaturen aus dem Treibholzherzen.

9

»Wie viele Meilen nach Babylon?
Sechzig und zehn.
Komm ich hin im Kerzenschein?
Ja, und zurück kannst du geh'n.«

Eine Drossel oder irgendein anderer brauner Vogel antwortete ihr aus dem Gebüsch. Rachaela betrachtete ihn und lief dann weiter. Der Vogel trällerte noch einige Noten und flog dann davon.

»Wie viele Meilen, wie viele Meilen?«

Woher hatte sie nur diesen Reim? Jedenfalls nicht von ihrer Mutter, soviel stand fest. Sie erinnerte sich jetzt daran, weil er so passend war. Sie hatte Babylon besucht und war zurückgekehrt.

Wie umsichtig von ihr, den neuen Pullover mit dem Rollkragen zu wählen. Er und ein kleines Pflaster verbargen das frevelhafteste Element ihres Besuches in Babylon. Es hatte aufgehört zu bluten, war schon versiegt, als sie erwachte. Er war gegangen. Doch ihr ganzer Körper, geschunden und schmerzend, als hätte er sie geschlagen, war das Zeichen seiner Realität.

Sie war nicht beschämt, nicht verlegen. Nicht wütend, verwirrt oder glücklich. Sie war nichts. Leer. Er hatte sie ausgesaugt.

Er mußte die Überreste des Herzens entfernt haben; oder Michael oder Maria hatten sie weggeräumt, wie die Maus.

Was fühle ich?

Sie mußte sicherlich etwas fühlen.

Doch er hatte ihr Gefühl ausgetrunken, zusammen mit ihrem Blut. Die Heide leuchtete unter der launenhaften Sonne. Manchmal war sie von Strahlen der Dunkelheit umgeben.

»Ja, und zurück kannst du geh'n.«

Sie setzte sich auf einen Felsen. Von hier aus konnte sie das Haus sehen, hinter dem riesigen Stein, der aussah wie ein Blitz.

Keine Kaninchen heute.

Sie begann leise zu weinen. Also doch noch ein Gefühl.

Die See donnerte.

Die Heide schenkte ihr keine Beachtung.

Tage- und nächtelang fiel der Regen, wusch all die Zeichen hinfort, die Krallenspuren der Katze in der Erde, die zarten, kleinen Blumen neben dem Pfad, die Spinnweben vor den Fenstern. Er löschte die Erinnerung. Denn das war alles, was die jüngste Vergangenheit geblieben war.

Er war durch die Tür gekommen, hatte sich zu ihr gelegt, war ihr Liebhaber gewesen. Und zuvor hatte er sie aus der Welt nach Hause geholt, zurück in die Enklave der Scarabae.

Die Türen des Turmes waren verschlossen. Sie hatte nach zwei Tagen Wartezeit daran gerüttelt. Sie hatte geklopft.

Intuitiv wußte sie, daß Babylon nur für eine Nacht existiert hatte. Er hatte sie nur eine Nacht lang besitzen wollen. Falls er sie überhaupt hatte besitzen wollen. Es war der Akt, zu dem das Haus ihn zwang; eine Vollendung. Selbst ihr Blut reichte nicht aus, ihn anzulocken. Wenn er die Wahrheit gesagt hatte, war er dreißig Jahre lang ohne ausgekommen, ein Mönch.

Sie wollte das Haus nicht mehr verlassen.

In ihrem Leid klammerte sie sich daran. An seine fröhlichen Kamine, die Masken der Fenster. Sie konnte sich hier verstecken, vergraben, sich sicher fühlen. Keine Sorgen, kein Lebensunterhalt, den man verdienen, keine Menschen, mit denen man umgehen mußte. Wie gefährlich das Haus war, eine riesige Wiege aus Stein, ausgelegt mit Watte, die sie umhüllten.

Sie existierte mit dem Kaminfeuer und dem Radio, an den meisten Abenden begab sie sich nach unten, um mit Stephan und Anna zu ›dinieren‹, und von Zeit zu Zeit erschienen auch andere. Sie kannte jetzt jeden von ihnen.

Zum Strand war sie nicht mehr zurückgekehrt.

Doch der Regen hatte auch den Strand reingewaschen.

Sie waren alle gekommen und saßen um den Abendbrottisch. Alle, außer Camillo, der noch nie aufgetaucht war. Sechzehn Scarabae, und die vier, die sie bedienten.

Es gab Wein zum Fisch.

Daran, wenn sie es nicht vorher erraten hätte, erkannte sie, daß es sich um eine Feier handelte. Ihr Blut gefror zu Eis.

Hin und wieder lächelten sie ihr zu. Ein kleines, beißendes Lächeln, ihre alten, starken Zähne. Dann spürte sie die Falle wieder. Es war keine Wiege, in der sie sich befand.

Als sie wieder oben war, nahm sie ein weiteres heißes Bad, so heiß, daß ihr fast übel wurde.

Sie machte die Turnübungen, die sie sich auferlegt hatte, auf dem Teppich vor dem Bett.

Sie hätte mehr von dem Wein trinken sollen. Im Bett lag sie lange wach und stellte sich vor, er wäre nie gekommen, und daß ihr Leben einfach weitergegangen wäre, pendelnd zwischen dem Laden von Mister Gerard und der Wohnung. Für die Aufgabe der Wohnung würde es eine finanzielle Entschädigung geben. Sie hatte nichts gehört, aber wie könnte sie, hier.

Sie wartete darauf, daß sich die Tür öffnete. Natürlich vergeblich.

Fünf gemäß der Turmuhr neben dem Bett – halb vier Uhr morgens.

Der Regen, das rastlose Meer.

Der Regen hatte aufgehört, und nur Anna war zum Abendessen erschienen. Das schien ebenso absichtlich wie die Zusammenkunft der Sippe am vorherigen Abend.

Sie sollte sich Anna anvertrauen.

»Ich habe nachgedacht«, sagte Rachaela. »Wahrscheinlich werde ich doch für eine Weile zurück nach London müssen.«

»Warum denn das?« Anna wirkte nicht überrascht, nicht einmal wütend. Sie zeigte keine Gefühlsregung.

»Ich habe einige finanzielle Angelegenheiten zu regeln.«

»Sicherlich würde ein Brief ausreichen.«

»Zum Haus kommt keine Post.«

»Der Lieferwagen bringt sie. Cheta . . .«

»Ich denke wirklich, daß ich mich persönlich darum kümmern sollte.«

»Nun, wenn es sein muß.«

Kein Verbot also. Auch kein Beistand.

Rachaela blickte ins Feuer. Sie konnte dort keine Bilder erkennen, nicht einmal von Sylvians Scheiterhaufen.

»Wie du weißt«, sagte Rachaela, »habe ich mit ihm geschlafen.«

»Oh, meine Liebe«, erwiderte Anna. Offensichtlich war dies ein Verstoß gegen die Etikette.

»Das war es, was ihr alle gewollt und erwartet habt. Ich dachte, daß es dich vielleicht nach Gewißheit verlangt.« Anna antwortete nicht. »Ich habe seitdem nichts mehr von ihm gehört.«

Das hatte sie nicht sagen wollen.

»Adamus ist sehr verschlossen«, sagte Anna. »Du mußt ihm Zeit lassen.«

»Ich war das Unschuldslamm, nicht er. Wozu braucht er Zeit? Er hat dreißig Jahre Zeit gehabt.«

»Er hat Berührungsängste«, sagte Anna geduldig. »Ich habe ihn selbst schon lange nicht mehr gesehen, außer ganz kurz. Du mußt Geduld haben.«

»Du wiederholst dich. Warum muß ich Geduld haben?«

»Bleibt dir etwas anderes übrig?« fragte Anna simpel.

»Ja, ich verstehe. Einfach nichts. Wie lange glaubst du, wird er sich vor mir verstecken? Zwei Monate, drei?«

»Ich weiß es nicht, Rachaela.«

»Oder vielleicht ist das jetzt ein Dauerzustand. Möglicherweise sollte ich Michael oder Cheta bitten mich mitzunehmen, wenn sie Essen in den Turm bringen.«

»Das würde nie funktionieren. Du kannst dich ihm nicht aufzwingen.«

»Er hat sich mir aufgezwungen. Alle habt ihr ihn mir aufgezwungen.«

»Nein, Rachaela. Es gab auch ein gewissen Maß an Akzeptanz von deiner Seite.«

»Es ist ein Spiel«, sagte Rachaela, »wie ich vermutete.«

»Ganz und gar nicht. Mehr . . . mehr ein Tanz, Rachaela. Ein Partnerwechsel im Zug der Zeit.«

»Alleingelassen auf dem Tanzboden, und die Band ist nach Hause gegangen. Wenn der letzte kleine Stern den Himmel verlassen hat«, zitierte sie bewußt banal, »und ihr nicht mehr zusammen seid.«

»Er ist, wie er ist.«

»Das sehe ich. Wo bin ich?«

»Du bist in Sicherheit, Rachaela. Du hast uns, alle.«

Rachaela stöhnte. »Aber ihr seid alle verrückt.«

Anna lächelte auf die ihr eigene Art. »Was kann ich dazu sagen.«

Rachaela sah ein Bild in den Flammen. Es war Camillo, der auf dem Rücken des großen, schwarzen Katers ritt.

»Nun, ich werde nach London fahren.«

Anna sagte: »Warte ein Weilchen.«

»Wozu?«

»Vielleicht wird etwas geschehen.«

»Wie ich dir schon sagte, war das schon der Fall.«

Sie dachte: *Ist etwas geschehen? Ein weiterer Traum.*

Sie dachte: *London, habe ich die Kraft, es noch einmal zu versuchen?*

Sie wußte jetzt, was für ein Tag es war, hatte die Wochentage sorgfältig im Auge behalten. An einem Samstag begab sie sich zum Dachboden. Vor zwei Wochen und einem Tag hatte er sie zurückgebracht; so lange lag ihre Episode auf dem grünblauen Bett zurück. Die Türen zum Turm waren verschlossen geblieben. Sie hatte sich mit anderen Dingen beschäftigt, lief und lief, manchmal im strömenden Regen, machte ihre Gymnastik. An manchen Abenden trank sie drei Gläser Wein. Sie sprach Anna nicht an, antwortete nur höflich, wenn Anna sie ansprach.

Camillo war nicht auf dem Speicher. Es schien, als hätte er auch daran das Interesse verloren. Das Schaukelpferd stand still wie aus Stein, und sie gab ihm einen Schubs, um es in Gang zu setzen. Aus drei Flaschen war der Korken herausgesprungen, an der Wand dahinter waren Weinflecken.

Rachaela kostete den Wein. Er war sauer, wie es ihr die alten Frauen prophezeit hatten. Sauer, aber stark. Sie sollte dieses Gebräu probieren, vielleicht besser als der Wein, den Michael servierte.

Sie durchsuchte den Speicher und fand einen Hammer zwischen einer Nähmaschine und einem ausgestopften Vogel. Als hätte er auf sie gewartet.

Sie öffnete das klare Fenster und kletterte aufs Dach. Der Himmel war blau, bedeckt mit großen Wolkenbänken, wie Dampf aus einem Vulkan.

Sie spazierte über zwei Dächer und gelangte an den Turm mit seinem Fenster.

Kein Geräusch. Niemand spielte auf dem Klavier. Wie still er war. War er überhaupt anwesend? Wohin ging er, wenn er einfach so verschwand? Sie hatte gesehen, daß er das Tageslicht aushielt. War es nur Heuchelei, daß sie sich davon fürchteten, als würde es von ihnen erwartet?

Sie klopfte höflich mit dem Hammergriff. War er da, und verstellte sich nur? Begraben im Turm, sicher vor ihr.

Nichts. Nur das Rauschen der See.

Rachaela lehnte sich gegen die Turmmauer. Sie sehnte sich danach, an einem anderen Ort und ein anderer Mensch zu sein. Alles wäre ihr recht. Irgendein unscheinbares Garderobenmädchen, irgendeine sockenwaschende Ehefrau. Alles, alles lieber als das.

Sie schwang den Hammer leicht. Beim ersten Schlag, zersprang das Glas im Löwenkopf. Sie hieb noch einmal dagegen. Gelbe Kristallsplitter regneten auf das Dach wie seltsame Bonbons.

Doch sie hatte den Turm noch nicht durchbrochen. Hinter dem gezackten Loch, das sie geschlagen hatte, war noch mehr Glas, oder eine andere, dickere Substanz. Sie hämmerte hart dagegen, und das Fenster erbebte; kleine Sprünge erschienen wie die Risse nach einem Erdbeben. Die Substanz hinter und zwischen dem Glas gab nicht nach. Das hätte sie sich denken können. Sie hatten von dem steinewerfenden Pöbel gelernt. Das Glas war gegen jedwede Attacke gesichert.

Sie ließ die herausgebrochenen Glasscherben liegen, brachte

den Hammer zurück in den Speicher und legte ihn ordentlich neben einen Paradiesvogel mit zitronengelben und kirschroten Federn.

Ein nutzloser Akt der Aggression.

Man hatte es ihr vorgeführt. Sie waren unangreifbar für sie. Und sie war keine Vandalin; es lag nicht in ihrer Art, Dinge zu zerstören.

Sie ging zurück in ihr Zimmer.

Mit dem Kugelschreiber schrieb sie auf ein Stück Papier, das sie sich von einem uralten Stapel im Schreibtisch des Morgenzimmers geholt hatte.

Adamus, es ist unfair, mich auszusperren. Ich möchte mit dir reden. Das ist nicht einfach nur eine Laune. Wie lange wirst oder kannst du dich vor mir verstecken?

Dann zerriß sie diesen Brief, und die zwei oder drei, die ihm folgten, und verbrannte sie im Kamin.

Adamus war der Prinz der Dunkelheit. Er würde auf ihr Flehen nicht antworten. Ein kapriziöser und boshafter Geist, ein Schattenwesen. Er hatte ihr seinen Willen, oder den der Scarabae, auferlegt. Jetzt mußte sie deren Fesseln lösen. Sie mußte und sie konnte es. Es war leicht.

Voller Schrecken saß sie da und dachte an ihre Zukunft.

Sie war einfältig gewesen und verdiente keine freundliche Behandlung.

Sie mußte die Kraft aufbringen. Sie mußte.

Ungefähr um vier Uhr morgens warf sie, im Schein einer Kerze, zwei weitere Bücher in ihre neue, schwarze Tasche, testete deren Gewicht und zog den Reißverschluß zu.

Diesmal hatte sie auch einige Kleider und mehrere leichtere Bücher, die Taschenbuchausgaben, hineingestopft. In ihre Handtasche packte sie Make-up und Toilettenartikel. Sie konnte das Radio nicht mitnehmen, doch wie zuvor hatte sie sich damit abgefunden. Auch die Mehrzahl der Bücher mußte sie zurücklassen. Es war Dienstag, sie hatte sorgfältig nachgerechnet. Möglicherweise der Tag des Lieferwagens, das war jedoch nicht wichtig. Den Lieferwagen konnte sie nicht noch einmal benutzen. Sicherlich würden Carlo und Cheta es diesmal verhindern.

Sie zog ihren Mantel über und warf sich die neue Tasche über wie einen Rucksack. Sie war schwer, doch erträglich.

Sie würde es aushalten müssen. Die kleinere Tasche hängte sie sich über die Schulter.

Rachaela öffnete die Tür zu der üblichen ›nächtlichen‹ Schwärze. Sie umklammerte die Kerze.

Die Schnitzereien tanzten, und eine hölzerne Eule starrte ihr aus hölzernen Blättern entgegen. Irgend etwas stimmte nicht.

Sie wußte es, bevor sie den Treppenabsatz erreicht hatte. In der Halle brannte ein Licht – die rote Lampe.

Sie kam an die oberste Stufe und sah nach unten.

Sie waren alle da. All die Scarabae. Sie sah sie an, einen nach dem anderen, Unice und Alice, Peter und Dorian, Jack und George und Eric, Stephan und Anna standen etwas abseits, Teresa, Miranda, Anita, Sasche, Livia und Miriam. Und Onkel Camillo in seiner Rüstung, deren Brustpanzer und Helm das Lampenlicht reflektierte, das Visier geschlossen, so daß man nicht sehen konnte, ob er lachte.

Rachaela verhielt in ihrem Schritt.

Sie stand ihnen gegenüber und wartete darauf, daß einer von ihnen oder alle gleichzeitig sprechen würden.

Wieso wußten sie es?

Und dort, neben dem Korridor, standen sogar die vier Bediensteten, mit dem großen Carlo in ihrer Mitte. Bereit, sie festzuhalten und zum Bleiben zu zwingen?

»Ich gehe«, sagte Rachaela laut. »Ihr werdet mich nicht aufhalten.« Sie hielt die Kerze hoch und begann, die Treppe hinunterzusteigen.

Ein kleiner Schauer ging durch ihre Reihen, und sie verkrampfte sich, doch sie rührten sich nicht noch einmal.

Sie war stark und sie waren alt. Wie würde der alte Carlo auf einen Tritt gegen das Schienbein, oder einen Biß in sein Handgelenk reagieren? Sie würde auch die Kerze als Waffe benutzen können.

Sie kam in die Halle hinunter. Sie bildeten eine Mauer vor ihr, zwischen ihr und den Türen.

Sie ging auf das Wohnzimmer zu und lief ihnen direkt in die Arme.

Sie dachte daran, nach ihnen zu schlagen, alte Knochen, die wie Streichhölzer brachen. Sie würde es tun, wenn nötig...

Eric und Stephan traten beiseite. Sie ließen sie vorübergehen. Sie betrat den unbeleuchteten Raum, das Licht ihrer Kerze brach sich an den Möbelkanten. Die Tür zum Wintergarten lag genau vor ihr, halbgeöffnet wie üblich während der Nacht.

Sie folgten ihr, krochen vorwärts, in einem Rascheln und Knistern ihrer Kleider und weichen Schuhe. Krochen ihr nach, als ob sie sich anpirschten. Doch würden sie springen?

Sie drückte die Tür weit auf und bahnte sich einen Weg durch die riesigen Pflanzen, schwarz und weiß und grau, die sie streiften wie kraftlose, vorwurfsvolle Hände. Rachaela bog sie ungeduldig beiseite, so daß Stengel brachen, Blütenblätter wie Konfetti herabrieselten.

Sie erreichte die Tür zur Nacht, stieß sie auf und trat über die Schwelle.

Sie durchquerte den Garten, ging über Carlos gepflegten Rasen unter den herabhängenden Zweigen der Zedern. Jetzt nur noch das kleine Tor.

Sie stellte die Kerze ab, ließ sie einfach weiterbrennen. Als sie das Tor hinter sich schloß, warf sie einen kurzen Blick zurück.

All die Scarabae – bis auf einen – drängten sich in dem Garten. Sie beobachteten sie. Ihre düsteren, alten Gesichter verrieten nichts. Wie ältliche Kleinkinder, die ein Stück aufführten, das sie nicht verstanden, und doch um ihre Wichtigkeit wußten, betrachteten sie sie, als sie hinter dem Tor stehenblieb.

Lebt wohl, dachte sie. *Lebt wohl für immer.*

Mit einem Gefühl großer Kälte, fast Schrecken, wandte sie sich von ihnen ab, streifte ihre Blütenblätter von ihrem Mantel. Wer würde ihr diese Flucht bei Nacht glauben? Sie dachte an all die Augen, die im Kerzenlicht glitzerten. Augen wie Käfer, die durchs Gebüsch kreuchten.

Sie widerstand der Versuchung, ein zweites Mal zurückzublicken. Rachaela lief den Pfad entlang, zwischen den Kiefern hindurch, mit dem grollenden Tosen der See zu ihrer Rechten. Die Bäume wuchsen spärlicher, und sie betrat das unbeschnittene Heideland. Das Meer warf sich zwischen die starren Schotten der Klippe. Der Monolith ragte weiß in die Dunkelheit. Ein dünner Mond, ein Rest von Wolken. Die Dunkelheit war laut von ihren eigenen nächtlichen Geräuschen.

Jetzt mußte sie sich an den Weg erinnern, den Cheta und Carlo nahmen. Sie mußte das Dorf im Dunkeln finden. Sie ging über die Heide, und aus dem schwarzen Schopf der Dunkelheit tauchte ein Geschöpf auf und stellte sich ihr in den Weg.

Es war der Kater, der letzte in ihrem Bunde. Rachaela verlangsamte ihren Schritt, blieb jedoch nicht stehen.

Der Kater beäugte sie. Sein Fell war glatt und geschmeidig, die Ohren aufgestellt, nicht angelegt. Kannte er sie noch, oder würde er sich jetzt, da sie eine Außenseiterin war, auf sie stürzen? War er irgendein übernatürlicher Wächter der Scarabae? Sie erreichte ihn, streckte die Hand aus, und der Kater beschnupperte sie. Sie streichelte über seinen riesigen, barbarischen Schädel.

»Du bist ein wunderschönes Monster«, sagte sie, »wirst du mich vorbeilassen?«

Der Kater entzog sich ihr wie ein rußiges Gespenst und schlich in Richtung Fels den Abhang hinunter.

Aus einer Entfernung von hundert Metern hörte sie, wie er mit seinen Krallen die Erde aufwühlte. Er kümmerte sich nicht um sie.

Nun hatte sie sämtliche Feuerproben überstanden, und einzig die Reise war noch zu bewältigen.

Während ihres Marsches empfand sie eine andere Art von Furcht. Die weite Heide war voller Stille und Leben. Beständige Geräusche, das Zwitschern unvorstellbarer Kreaturen, das plötzliche Rascheln in einem Gebüsch, das Schlagen von Flügeln. Einmal erhoben sich drei Nachtvögel in das Blauschwarz des Himmels.

Sie störte den Rhythmus der Nacht.

Sterne, strahlend und malerisch, so viele, lächerlich, sich vorzustellen, daß es Sonnen und Planeten waren. Die Wolke formierte sich zu einem Totenschädel unter dem Mond, riesige Augenhöhlen aus nächtlichem Blau starrten herab. Alles Mögliche konnte vom Himmel kommen. Oder aus dem Boden.

Rachaela marschierte eisern weiter, das Gewicht auf ihrem Rücken wie die Sünden der Pilger in einer religiösen Geschichte.

Was waren ihre Sünden? Inzucht, zum einen. Doch das Wort hatte keine Bedeutung. *Tu was du willst, solange du nicht erwischt wirst.* Aber da ...

Möglicherweise würde der lange Marsch ihr helfen, die Sünden abzugelten.

Albern, darauf zu hoffen. Sie hatte unbedacht gehandelt und wurde bestraft.

War es eine Sünde, die Scarabae zu verlassen?

Standen sie immer noch wie Statuen in dem Garten? Hatten Anna und Stephan sie hineingeführt?

Sie mußte die Scarabae vergessen. Adamus vergessen.

Ihre Mutter hatte es nie geschafft. Sie würde anders sein müssen. Es war nicht schwer, sich Carlos und Chetas Route ins Gedächtnis zurückzurufen. Unbewußt hatte sie gewisse Wegezeichen in ihrem Gehirn gespeichert. Sie hatte sich an der richtigen Stelle landeinwärts gewandt, davon war sie überzeugt. Doch wo war die Straße?

Aus einem Kiefernbestand brach ein schlankes, graues Wesen hervor. Es blieb stehen und sah sie an. Die Zeichnung um seine Augen gab ihm ein wildes, wölfisches Aussehen, aber es war nur ein Fuchs, der weitaus erschreckter über diese Begegnung war als sie. Er trottete eilends davon.

Hinter den Kiefern verlief die Straße, verlassen und in geisterhaftem Schwarz.

Rachaela mißfiel ihr Aussehen bei Nacht. Sie ging vorsichtig auf die andere Seite. Aus der Dunkelheit könnte ein riesiges, unbeschreibliches Monster auf sie stürzen.

Das ausgebrannte Bauernhaus tauchte auf, silbrig glänzend im Mondlicht. Unheimliche Lichter hätten in den Fenstern aufleuchten können, doch es geschah nichts. Ein schwarzer Rabe oder eine Krähe saß in der Hecke wie eine Drohung. Sie sah das Glitzern der Augen. Alles hier war Scarabae. Doch die Krähe beachtete sie nicht, flog ihr nicht ins Gesicht, mit menschlicher Stimme *Geh zurück!* kreischend.

Wie sehr die Nacht ihre Phantasie anregte.

Das Dorf könnte verschwunden sein oder ausgestorben, oder all die Einwohner könnten zu Stein geworden sein, wie ihre Häuser. Nein, das Dorf war einfach ein Dorf. Es gehorchte den Gesetzen der Normalität. Es gab Telefone, und man würde ihr die Tür öffnen, wenn sie laut genug klopfte. Sie mußte nur der Straße folgen.

Der Mond verblaßte allmählich, die Wolke zerriß wie wehendes Haar oder wabernder Dunst.

Sie konnte sich nicht an diesen Wald an der Seite der Straße erinnern. Konnte sie irgendwie den falschen Weg genommen haben, hier in diesem geraden flachen Gelände? War ein Teil des Landes abgetragen und fortgezaubert worden? Doch dort, sie erinnerte sich an diese verfallene Mauer. Hinter dieser Erhebung lag das Dorf. Wahrscheinlich.

Sie erreichte die Anhöhe und sah, wie die Straße sich in das Tal ergoß, das Dorf auf seinen Sohle, schweigend, als wäre es seit hundert Jahren in einem See versunken.

Die Tür des Gasthauses mit Namen Eremitage war aus dickem Holz, ohne Klingel oder Klopfer. Vor einer schlampig gestrichenen Seitentür standen zwei armselige Töpfe voller Unkraut, und daneben gab es cinc Klingel und einen Briefkasten.

Der Himmel wurde heller, und die Sterne hatten ihren Uhrwerksglanz verloren. Die Morgendämmerung nahte.

Erwachet, erwachet.

Sie drückte brutal auf die Klingel, ließ ihren Finger lange darauf, und klapperte mit dem Deckel des Briefkastens.

Nach einer langen Zeit drangen von oben gedämpfte Geräusche herab. Ein Fenster wurde erleuchtet. Wie sie angenommen hatte, war es das beste gewesen, sie zu überrumpeln.

Das Fenster wurde hochgeschoben. Ein kahler, doch wirrer Kopf schob sich heraus.

»Bist du das, Sandy?«

Rachaela räusperte sich.

»Nein, ich brauche Ihre Hilfe. Ein Notfall. Ihr Telefon.«

»Unten am Weg steht eine Telefonzelle«, gab das gequälte Wesen oben zurück.

»Zerstört«, sagte Rachaela. *Als ob der Bastard das nicht wüßte.* »Bitte. Es ist dringend. Ich werde dafür bezahlen.«

»Um diese Zeit«, sagte der Mann.

»Bitte.«

»Kommen Sie von der Farm?«

»Nein.«

»Warten Sie.«

Der Himmel war bläulich-grau, breite Streifen von Dunkelheit zogen darüber hinweg.

Vor den Toren des Dorfes trällerten wilde Vögel ihr zügelloses Morgenständchen.

Sie stellte sich vor, wie der Mann durch seinen Gasthof stampfte, wütend und pflichtbewußt. Wer war ›Sandy‹? Noch jemand, der sie vor Tagesanbruch aus dem Bett holte.

Die Tür wurde aufgesperrt und einen Spalt breit geöffnet.

»Also, was wollen Sie?«

»Ihr Telefon.«

»Ich weiß nicht. Wer sind Sie?«

»Es ist sehr dringend. Ich muß mir ein Auto rufen.«

»Ein Auto? Was wollen Sie denn mit einem Auto?«

Der Mann sprach, wie sie bemerkt hatte, mit Londoner Akzent, wie die Lieferwagenleute. Ein weiterer Außenseiter.

»Es ist ein Notfall«, wiederholte Rachaela.

»Also gut. Sie kommen besser rein.«

Rachaela trat ein. Der Gang roch nach Bier und Schmutz.

»Ich brauche die Nummer von der Autovermietung«, sagte Rachaela.

»Will das Telefon und will die vermaledeite Nummer und alles.«

»Ich bin sicher, Sie haben einige Nummern.«

»Vielleicht in der Bar. Ich muß mal nachschauen. Warten Sie hier.«

Der Mann ging fort in seinem braunen Morgenrock. Von oben ertönte die klagende Stimme einer Frau: »Was ist los, Harry?«

Rachaela stand in dem dunklen und trostlosen Gang. Sie starrte auf das Telefon und fühlte sich betrunken. Vielleicht lag das an dem Geruch.

Der Mann kam zurück und hielt ihr eine Karte vor. »Das muß reichen. Ich verlange zwei Pfund für den Anruf. Sie haben fünf Minuten.«

Rachaela nahm die Karte, öffnete ihre Tasche und legte das Geld auf den schmutzigen Tisch. Der Mann schnappte sofort gierig danach.

»Harry!« Kreischte die Frau.

»Was zum Teufel willst du?«

»Was geht da unten vor sich, Harry?«

»So 'n Mädchen will telefonieren«, brüllte er. »Steh auf und mach uns Tee. Ihr Frauen«, schnauzte er Rachaela mit Abscheu an.

Sie nahm den Telefonhörer ungläubig in die Hand und wählte die Nummer auf der Karte. *Quickies.*

Es läutete. Es läutete und läutete.

Vierundzwanzig Stunden Service, stand auf der Karte. Vielleicht machten sie auch gerade Tee oder saßen auf dem Klo.

»Quickies Autos.«

Rachaela hielt den Atem an.

»Ich brauche ein Auto zum Bahnhof in der Stadt.«

»Und wo sind Sie?«

Wo bin ich. Rachaela sagte, »einen kleinen Moment.« Sie fragte den Mann. »Wie heißt dieser Ort?«

»Was, der hier?«

»Ja, das Dorf.«

»Das wissen Sie nicht?«

»Nein.«

»Bidschli«, sagte er. Jedenfalls hörte es sich so an.

»Bidschli«, sagte sie mit Nachdruck in den Telefonhörer.

»Tut mir leid«, antwortete der Mann am anderen Ende.

»Bidschli. Können Sie es für mich buchstabieren?« fragte sie den Wirt.

Er buchstabierte das Wort. Es war »P-i-t-c-h-l-e-y«.

»Ich glaube nicht, daß ich das kenne«, sagte der Mann von der Autovermietung.

Rachaela wandte sich selbstsicher an den ungeduldigen Gastwirt. »Würden Sie so freundlich sein, ihm eine Wegbeschreibung zu geben?«

»Also, Sie haben vielleicht Nerven, das muß ich schon sagen. Holen mich um diese Uhrzeit aus dem Bett, und dann soll ich auch noch 'ne Wegbeschreibung geben.«

Rachaela reichte ihm den Hörer.

Zu ihrer Erleichterung nahm er ihn entgegen und tat, worum er gebeten worden war. Die Beschreibung hörte sich für sie unverständlich an, doch als er ihr den Hörer wieder zurückgab, sagte der Automann: »O. K., ich habe es notiert. Wird ungefähr eine Stunde dauern. Früher geht es nicht.«

»Gut. Vielen Dank.«

»Wo soll ich Sie abholen?«

»Ich bin im Gasthof ›Die Eremitage‹.«

»In Ordnung.«

Quickies klinkte sich aus.

»Das war's dann also«, sagte der Mann.

Seine Frau kam in einem blauen, gewebten Morgenmantel und Lockenwicklern im Haar die Treppe herunter.

Sie begleiteten Rachaela hinaus, warfen die Tür hinter ihr zu und verriegelten sie.

Eine Stunde, und dann vielleicht noch eine Stunde bis in die Stadt – noch reichlich Zeit, den Zehn-Uhr-fünfundvierzig nach Flohsham zu erwischen, genau wie sie es sich ausgerechnet hatte.

Angenommen der Zug fuhr nicht an einem Dienstag. Doch, das tat er. Er fuhr, und sie würde rechtzeitig ankommen. Irgendwo mußte irgend jemand doch einmal die Wahrheit sagen.

Sie war entschlossen. Jetzt würde sie es verwirklichen.

Rachaela saß auf dem Boden, auf dem Abhang unbebauten Landes an der Straße.

Sie hielt Ausschau nach dem Auto.

Das Dorf um sie herum erwachte allmählich zu Leben, in manchen Fenstern gingen Lichter an und verlöschten wieder, als es heller wurde. Eine Frau kam aus einem der Häuser und schüttete allem Anschein nach Tee aus einer Kanne um den Strunk eines Busches. Eine andere Frau hängte Wäsche auf eine Leine – geschmacklose Bettwäsche und düstere Hemden.

Ein Auto oder zwei – nicht die richtigen – fuhren auf der Straße in Richtung Stadt. Ein Hund bellte.

Das Dorf war, wie sie schon angenommen hatte, eine Müllhalde, in der die Zeit mit irgendwelchen seltsamen Unterfangen totgeschlagen wurde.

Von den Scarabae verseucht.

Doch das Auto würde kommen. Das Auto verspätete sich. Es war halb zehn, und das Auto war noch nicht da. Rachaela stand auf. Hatte sich der Mann verfahren?

Der Mann hatte sich nicht verfahren. Ein alter grüner Ford Zodiac erschien auf der Straße und fuhr auf das Dorf zu. Er kam an Rachaela vorbei und blieb vor dem Gasthof stehen.

Rachaela rannte.

»Ich muß den zehn-Uhr-fünfundvierzig in der Stadt erwischen.«

»Ich bezweifle, daß Sie das schaffen, Miss«, sagte der Fahrer traurig.

»Sie kommen zu spät.«

»Der Verkehr, wissen Sie. Sie hätten das Auto früher bestellen sollen, Miss.«

»Das habe ich.« Sie stieg ein. »Werden Sie es versuchen?«

»Wollen Sie nach Purrli?«

»Nach Purrli, ja. Und dann nach London.«

»Am besten wäre es, wenn ich Sie direkt nach Purrli fahre. Wird Sie ein wenig mehr kosten, aber dann kriegen Sie den elf-Uhr-fünfzehn nach London ganz bestimmt noch.«

»Also schön. Dann tun Sie das«, verlangte sie kühn.

»Sie verstehen schon, ich will Ihnen nur helfen.«

»Fahren Sie nach Purrli.«

»Ich möchte nicht, daß Sie denken, ich wollte nur mehr Geld rausschlagen.«

»Es spielt keine Rolle. Wenn ich nur den Zug erwische.«

Das Dorf fiel zurück und verschwand. Endlich war der Moment der Trennung gekommen. Das Auto raste die Straße entlang. Einen Moment lang verspürte Rachaela irrsinnige Freude. Als ob sie ihre gesamten Probleme zurücklassen könnte. Doch die fingen gerade erst an.

Der Fahrer war äußerst gesprächig. Sie ließ ihn plappern und warf ab und zu ein passendes Wort ein. Er wollte ihr seine Lebensgeschichte erzählen, nicht ihre hören. Vielleicht hatte er gelogen, und sie hätte den Zug gar nicht verpaßt. Er hatte vier Kinder, zwei Eltern und eine erzfaule Schwester.

In derselben Farbe wie das Auto, grüngrau, huschte die Landschaft vorüber. Sie kamen an Häusern und Feldern und einer Anzahl herausgeputzter Gasthöfe vorüber, die alle den Stempel der Scarabae trugen. Aus den Wiesen ragten malerische Kirchen mit schiefen Grabsteinen. An manchen Bäumen wuchsen zarte Blüten wie hauchdünne Brautschleier. Auch hier begann der Frühling. Die Monate hatte sie ebenfalls vergessen. War es März?

Sie fuhren auf Landstraßen, bogen auf eine Autobahn ab und verließen sie wieder. Es war zehn Uhr fünfunddreißig. Mit Sicherheit zu spät für den Zug.

Auf einem Schild stand zu lesen, *Porlea 6 Meilen*.

Rachaela hätte beinahe gelacht.

Vielleicht würde sich alles so ändern wie die Namen, wenn sie ihrem Netz einmal entkommen war.

Niemand stand auf dem Bahnsteig, um den verabscheuten Zug nach London zu nehmen, doch der Mann im Fahrkartenschalter hatte ihr versichert, daß alles seine Ordnung hätte, zumindest in den gewohnten Bahnen verlaufen würde.

Der Bahnhof war hell und freundlich, voller rotem Plastik, doch in den Abfallkörben lagen Kartons, und eine zerknautschte Zeitschrift war auf einem der Sitzplätze liegengeblieben.

Vögel flogen über den Schienen hin und her.

Dann kam der Zug, riesig, schmutzig und wahrhaftig.

Eine Ansage aus dem Lautsprecher informierte den verlassenen Bahnsteig und Rachaela, daß dieser Zug über Sonstwo nach London fuhr, mit Verbindung nach Irgendwo, und wen kümmerte das überhaupt? In ekstatischem Egoismus bestieg sie den magischen Zug.

Er war ziemlich überfüllt, aber Rachaela war so überglücklich, daß ihr das nichts ausmachte. Sie fand einen Sitzplatz und stellte ihre Tasche zu ihren Füßen ab.

Gott sei Dank, Gott sei Dank.

Mit einem gleitenden Vorwärtsrucken gewann der Zug an Wahrhaftigkeit. Er trug sie hinfort. Alles würde in Ordnung kommen. Die Frau mit dem Einkaufskorb auf ihrem Schoß startete ihren fünften Versuch an Rachaela.

»Finden Sie nicht auch, daß diese langen Zugfahrten eine Plage sind? Es ist diese ständige Bewegung. Ich kann mich auf nichts konzentrieren. Ich habe mein Strickzeug mitgebracht. Stricken Sie? Aber ich habe festgestellt, daß mir immer wieder Maschen herunterfallen. Ich stricke ein Jäckchen für meine Enkeltochter. Ein sehr modisches Muster. Ich kann Ihnen mein Enkelkind zeigen. Ich habe immer ein Foto bei mir. So ein nettes Kind. Überhaupt nicht wie meine Tochter. Geht mehr nach der Familie meiner Mutter. So hübsches Haar. Ein ganz natürliches Blond. Selbstverständlich wird es nachdunkeln. Ich habe es nie zugelassen, daß meine Tochter etwas mit ihren Haaren anstellt. Man soll so bleiben, wie Gott es bestimmt hat.«

Laß es schneiden, sagte Rachaelas Mutter, *laß dir eine nette Frisur machen. Dann kommst du leichter damit zurecht.*

Das Foto wurde hervorgezogen und Rachaela überreicht. Ein fettes, blasses Kind, mit gelben Haaren, lächelnd, die Oberlippe mit Marmelade verschmiert, oder es hatte auch noch einen roten Schnurrbart.

»Ja.« sagte Rachaela.

»Haben Sie Kinder?«

»Nein«, sagte Rachaela.

»Schade, denke ich immer, wenn man sie nicht kriegt, solange man jung ist. Das ist die beste Zeit. Ich bekam meine Janet, als ich achtzehn war. Und dann John und Kieran. Ich liebe Kinder, Sie nicht?«

Rachaela antwortete nicht.

Felder und Hochspannungsmasten zogen vorüber. Im Hintergrund Häuser mit karmesinroten Dächern. Ein weit entfernter Fluß, an dessen Ufer ein Schloß stand. Oh, dort sein zu können, ein Ziel zu haben. Für sie gab es nur London. Und bis dahin diese Frau.

»Beeil dich und sieh zu, daß ich ein Enkelchen bekomme, habe ich zu ihr gesagt. Oh, Mami, hat sie gesagt, ich bin doch erst zwanzig. Ich habe dich gekriegt, als ich achtzehn war, sage ich. Ich nehme an, Sie warten auf den Richtigen«, sagte die Frau zu Rachaela.

»Mein Martin und ich, wir sind schon seit vierundzwanzig Jahren zusammen. Das perfekte Paar, hat meine Schwester immer gesagt. Ich wünschte, hat sie gesagt, daß ich deinen Martin und deine lieben Kinder abgekriegt hätte. Was glauben Sie, hätten Sie lieber, meine Liebe, einen Jungen oder ein Mädchen als erstes Kind? Ein Mädchen ist immer besser. Hält die Jungs im Zaum. Wie eine zweite Mutter war sie, meine Janet.«

Rachaela stand auf. Die Frau war nicht beleidigt. Ihr Universum beinhaltete nur eine Person, die restliche Menschheit bildete nur die Ersatzmannschaft, erfolgreich oder nicht.

Rachaela bahnte sich ihren Weg zur Toilette.

Das Schloß war schon etwas abgenutzt. Sie verriegelte es, beugte sich mit einiger Schwierigkeit über die schwankende Schüssel, und erbrach farblose Flüssigkeit aus ihrem leeren Magen.

War das letztendlich die Wahrheit, schon so früh, der Beweis der Tatsachen? Nicht der Zug, nicht London, sondern das hier?

Als ihr Kopf wieder klar wurde, lehnte sich Rachaela gegen die Wand. Sie spülte herunter und ließ kaltes Wasser ins Waschbecken laufen, um ihr Gesicht, ihre Hände und Handgelenke einzutauchen.

Sicherlich zu früh, um in Panik auszubrechen.

Es war nur Angst.

10

Auf einem Poster an der Wand war eine blutende Rose abgebildet. *Tetanus: es muß nicht immer ein rostiger Nagel sein*, stand darunter zu lesen. Eine handgeschriebene Notiz besagte: »Wenn Ihnen oder Ihrem Kind übel wird, sagen Sie es bitte der Sprechstundenhilfe.«

Das Sprechzimmer war überfüllt, ein Seuchennest. Kinder niesten und weinten und hatten Fieber. Männer und Frauen husteten und putzten ihre Nasen; blaue Viren wurden aus ihren Mündern in den eiskalten Raum gekeucht. Es gab harte Stühle und wenig Zeitschriften. Man wurde nicht ermutigt zu kommen.

Der Summer ertönte wütend. Wer würde es wagen, der Nächste zu sein.

»Miss Day? Hier entlang, bitte.«

Rachaela betrat den ziemlich weiträumigen Behandlungsraum; Doppelfenster über einem Garten.

Der Mann trug Anzug und Krawatte. Er war schlank und durchtrainiert, mit ordentlich gekämmtem, schütterem Haar. Er gab Rachaela ein ordentliches und eisernes Lächeln. »Was kann ich für Sie tun?«

Rachaela setzte sich auf den Stuhl, auf den er deutete.

»Ich brauche eine Abtreibung.«

Der Doktor legte sein Lächeln ab und zog die Augenbrauen in die Höhe.

»Spannen wir den Wagen nicht vor das Pferd? Sie glauben also, daß Sie schwanger sein könnten. Was führt Sie zu dieser Annahme?«

»Meine Periode hat ausgesetzt. Mir ist schon mehrere Male übel geworden.«

»Wie viele Perioden sind ausgeblieben?«

»Zwei.«

»Haben Sie eine Morgenurinprobe mitgebracht?«

»Ich habe einen Schwangerschaftstest gemacht.«

»Aha. Nun, wenn Sie einmal da sind, werden wir Sie erst einmal anschauen.« Er betätigte die Sprechanlage. »Mrs. Beatty, kommen Sie bitte.« Er sagte: »Sie können Ihre Sachen dort hinter dem Paravent ausziehen. Ihr Unterkleid lassen Sie an.«

Rachaela tat, wie ihr befohlen wurde, und stellte sich vor den Untersuchungstisch. Er war sehr weiß, mit einer Art großer Papierserviette bedeckt.

Die fette Mrs. Beatty kam herein und setzte sich in eine Ecke hinter den Paravent.

»Knie nach oben, bitte, Knöchel zusammen. Entspannen Sie sich einfach.«

Das letzte Mal, daß sie ein Mann berührt hatte, war ein Wohlgenuß gewesen, ein Zauber der Gefühle. Dieser hier war grob, er wußte, wie zäh der weibliche Körper sein muß, wieviel er ertragen konnte.

»Ja«, sagte er. »Ähem.«

Und er stach und drückte an ihrer Vagina und ihrem Bauch herum. Mit einer Lampe leuchtete er in sie hinein wie ein Bergarbeiter.

»In Ordnung. Sie können sich wieder anziehen.«

Er wusch seine von ihr beschmutzten Hände an einem Waschbecken, und Mrs. Beatty schlüpfte wieder aus dem Raum.

»Nun, Miss – äh, Miss Day. Ich würde sagen, daß Sie mit Sicherheit schwanger sind.«

»Ich weiß.«

»Alles«, sagte er, »scheint in bester Ordnung. Sehen wir mal nach Ihrem Blutdruck.« Er überprüfte die Skala. Sie warteten schweigend.

»Wunderbar. Sie sind eine sehr gesunde, junge Frau.«

Seine Glückwünsche machten sie nicht froh.

»Ich will eine Abtreibung.«

»Dazu besteht absolut keine Veranlassung. Sie sind . . .« Er blickte auf ihre Karteikarte, »neunundzwanzig? Das ist nicht zu spät. Es gibt Tests, die wir durchführen können, wenn Sie befürchten, das Baby könnte . . .«

Es ist kein Baby. Es ist ein Ding, ein Parasit, der sich in mir eingenistet hat.

»Ich will es nicht.«

»Aber, Miss Day. So einfach geht das nicht. Sie haben eine

Verantwortung. Das Kind wurde empfangen. Ein Leben, Miss Day, das Sie in sich tragen.«

»Es war ein Versehen.«

Konnte sie das behaupten? Sie hatte keine Verhütungsmaßnahmen ergriffen, nichts war ihr weniger wichtig gewesen. Das Tor stand offen, und der fruchtbare Samen der Scarabae, am besten bei Inzucht, war während eines der fünf Ekstasestürme gesät worden. Ja, sie war verantwortlich.

»Ich fürchte, das Kind ist eine Tatsache, Versehen oder nicht.« Er ließ seinen Blick über sie gleiten. Er roch nach Desinfektionsmittel und Rasierwasser. »Haben Sie Familie?«

»Nein.«

»Und ich nehme an, Ihr Freund ist nicht interessiert.«

Freund.

»Ich habe ihn verlassen.«

»Ich verstehe. Eine unangenehme Situation. Aber der Mensch kann Schlimmeres aushalten. Sie müssen tapfer sein. Heutzutage wird einer jungen, alleinstehenden Mutter die Sache sehr erleichtert. Wie ich sehe, wohnen Sie in einer ziemlich netten Gegend.«

Sie hatte die kleine Wohnung gerade erst dank der Entschädigung für die andere erworben. Es hatte Wochen gedauert, bis sie das alles geregelt hatte. Deshalb auch ihr verspäteter Besuch bei diesem Mann. Diesem Mann, der an die Heiligkeit des Lebens glaubte, des Lebens von *diesem Ding*, nicht ihrem. Ihr Leben war zweitrangig.

»Meine Adresse spielt keine Rolle. Ich habe kein Geld . . .«

»Für Frauen in Ihrer Situation gibt es finanzielle Unterstützung.«

»Aber ich sage Ihnen doch, ich will es nicht. Es – es wurde mir aufgezwungen.«

»Bestimmt nicht.« Er gestattete sich ein gewisses Maß an Mißfallen.

»ich kann – ich kann es nicht bekommen und mich darum kümmern.«

»Das können Sie alles entscheiden, wenn das Baby auf der Welt ist. Und Sie werden Ihre Meinung ändern. Kinder sind eine wunderbare Sache. Etwas Besonderes.«

»Nicht für mich.«

»Nun, Miss Day, es tut mir leid, aber ich sehe keine Veranlassung, Ihnen zu einem Abbruch zu raten. Natürlich werden wir Ihre Krankengeschichte durchgehen müssen. Aber nach dem, was ich sehe und was Sie mir gesagt haben zu urteilen, sehe ich keinen Grund, warum Sie nicht dazu stehen und Ihre Verantwortung übernehmen sollten. Denken Sie an all die Frauen, die sich danach sehnen, ein Kind zu bekommen und nicht dazu in der Lage sind.«

»Das ist mir egal. Ich mache mir um meinen eigenen Körper Gedanken. Ich will meine Freiheit.«

»Dann tut es mir leid, Miss Day. Ich kann Ihnen nicht helfen.«

»Wo kann ich dann hingehen?«

»Das müssen Sie schon selbst herausfinden. Ich bin kein Schlachter. Leben ist wichtig für mich.«

»Ich bin verzweifelt«, sagte sie.

Leichte Röte überzog sein Gesicht. »Leute wie Sie machen mich krank.«

Er stand auf. Rachaela erhob sich ebenfalls.

Sie schlug ihm mit aller Wucht ins Gesicht, vertrieb mit ihrem Hieb jeglichen Ausdruck daraus. Er stierte sie an, sein linkes Auge tränte, und der Abdruck ihrer Hand leuchtete in hellem Rot auf seiner glattrasierten, nach Aftershave duftenden Wange. Er würde in dieser Verfassung seinem nächsten Patienten gegenübertreten müssen.

Auf Beinen so schwer wie Blei verließ sie den Raum.

Der Hauptraum war drei Meter fünfzig auf vier Meter. Wände und Decke waren weiß, mit einem leichten Stich ins Pfirsichfarbene, und der Teppich taubengrau. Sie hatte all das aus dem Exposé des Maklers erfahren, bevor sie eingezogen war.

Das Bad lag etwas zurückgesetzt, so daß man zunächst einmal eine kleine Eingangshalle betrat, wenn man in die Wohnung kam. Die Badezimmereinrichtung war weiß, der Boden schwarz-weiß gefliest. Das Fenster aus Milchglas. Auch die Küche konnte man vom Hauptraum aus betreten, sie besaß keine Tür. Schwarzer Fußboden, weiße Schränke und ein Spültisch aus rostfreiem Stahl. Das eine Fenster der Küche und die zwei des Haupttraumes lagen an derselben Wand. Sie blickten über Häuserreihen und Wohnungsblocks auf ein entferntes, taschentuchgroßes Stück Park mit großen, kahlen Bäumen. Im Sommer würden sie grün sein, wie der Makler geschäftstüchtig betont hatte.

Rachaela hatte ihre Möbel für teures Geld aus dem Lager gerettet. Über das Bett breitete sie eine blaue und karmesinrote Indianerdecke, stellte Lampenschirme auf und hängte blaue Vorhänge vor die Fenster.

Die Wohnung war nicht übel. Für eine Person. Sie war nur für eine Person.

Das Radio stand auf einer Arbeitsfläche in der Küche.

Sie stellte es an. Haydn, schnell und sicher, nur Leidenschaft der Melodie. Sie war so ängstlich gewesen. Sie hatte ihre ganze Kraft gebraucht, zu dem Mann zu gehen, der dachte, Kinder wären etwas Besonderes. Warum waren sie etwas Besonderes? Sie waren formloser Teig, unfertige Dinge, dazu bestimmt, irgendwann zu einem Teil der im allgemeinen unnützen und gefährlichen Masse Erwachsener zu werden.

Rachaela berührte ihren Bauch und zog sofort die Hand wieder zurück. Es war da drinnen. Ein Gewächs, das sich geschäftig von ihr nährte und von Sekunde zu Sekunde anschwoll. Es würde soviel Mut dazu gehören, einen anderen Arzt zu finden, und sie würde bestimmt in ein Krankenhaus gehen müssen. Sie fürchtete Krankenhäuser. Sie mißtraute Uniformen, weißen Mänteln. Und dann könnte sie wieder so einen erwischen wie heute.

Konnte sie selbst etwas unternehmen? Sie hatte schon mit sämtlichen unschädlichen Mitteln, von denen sie je gehört hatte, versucht, es loszuwerden. Gin und heiße Bäder, Turnübungen. Sie brachte es nicht fertig, sich die Treppe hinunterzustürzen. Der Aufruhr und die Menschen, ein gebrochenes Bein. Vor der Abtreibung hatte sie ebenfalls Angst. Allein der Gedanke daran, sich dieses Ding aus ihrer Gebärmutter herauskratzen oder -saugen zu lassen, hatte sie am Abend zuvor zu der modernen weißen Toilette im Badezimmer gedrängt.

Doch sie mußte jemanden finden. Ein freundliches Wesen, das sie an erster Stelle sehen würde.

Obwohl sie es sich untersagt hatte, stellte sie sich vor, wie die Scarabae ihre Fühler nach ihr ausstreckten. Es waren ihre Agenten in dem Behandlungsraum; der Doktor, der zuhörte und nickte.

Es war keine Verschwörung. Es war einfach Pech. Die Tradition der Familie. Beständigkeit.

Kein Wunder, daß er sie verlassen hatte. Er hatte sich um sie ebenso gekümmert, wie um ihre Mutter. Bei Rachaela war er sich sicher gewesen.

Sie setzte sich in ihren Sessel und warf sein neues blaues Polster auf den Teppich.

Wie hübsch die Wohnung war. Sicherlich würde sie in Frieden hier leben können, allein.

Und sie würde arbeiten müssen. Da war die Cafeteria in Lyle und Robbins. Altmodisch, nicht zu anspruchsvoll und keine Betrunkenen. Doch der Pizza Eater in der Beaumont Street würde mehr Trinkgeld einbringen. Keine Buchhandlungen. Computerisierte Ladenkassen. Diese Dinge konnten in Ordnung gebracht und überwunden werden.

Aber dies nicht. Sie lehnte sich in den Sessel zurück. Sie war so müde.

Die klaren Fenster ließen die Dächer von London, die unzähligen Schlote und Stengel der Fernsehantennen und den Frühlingshimmel sehen. Ein Flugzeug. Sie konnte sich nicht daran erinnern, ein Flugzeug über der Heide gesehen zu haben. Jenseits von Zeit und Ort, dieses Fleckchen Erde.

Möglicherweise wird etwas geschehen, hatte Anna gesagt.

Sie hatte die Schwangerschaft gemeint.

War es falsch, es umzubringen? Es war ein Monster.

Rachaela stieg die inmitten der stürmischen Dunkelheit gutbeleuchtete Treppe des Hauses hinunter und entdeckte eine Frau, die aus einer Tür getreten war, eine Nachbarin aus dem Stockwerk unter ihr.

»Oh, Miss Day. Ich habe das aus Versehen mitgenommen.

Ich fürchte, es ist nur Reklame, aber es ist an Sie adressiert.«

Rachaela nahm den Glanzpapierumschlag in Empfang.

»Vielen Dank.«

»Heutzutage kann man nie wissen. Vielleicht ist es etwas, das Sie gerne hätten.«

Die Frau war übermäßig freundlich. Ihr Haar war von einem ergrauenden Blond, sehr dick und zottelig. Sie hatte ein eckiges Gesicht und große, braune, lächelnde Augen. Sie wollte mit ihr Freundschaft schließen.

»Wie gefällt Ihnen die Wohnung?« fragte sie.

»Prima.«

»Mir kommt sie so klein vor«, sagte die Frau. »Na ja, ich konnte ja auch über die Jahre hinweg allerlei Krimskrams ansammeln.«

Rachaela wartete, ihr Herz trommelte und ihr Magen krümmte sich angesichts der Herausforderung der Straße und der Nacht.

»Nun, ich sollte Sie nicht aufhalten. Passen Sie auf sich auf«, fügte sie freundlich hinzu, »es ist eine verdammt häßliche Nacht.«

Rachaela lief die Treppe hinunter und verstaute die Reklamesendung in ihrer Handtasche.

Draußen vor der Tür vergaß sie die Frau wieder. Der Wind blies ihr hart ins Gesicht, der Himmel drohte unter einer dunkelblauen schwärenden Wolke zu ersticken.

Rachaela lief die Straße hinunter und erwischte an der Ecke einen Bus. Er wand und schlängelte sich durch die Straßen und brachte sie in einen unheimlichen und verkommenen Vorort, unter den gelben Laternen öde und leer.

Wo sie ausstieg, waren die Gebäude abgerissen worden, riesige Wände aus Wellblech, mit Plakaten überklebt, trennten sie von gähnenden Abgründen, die wie Zahnlücken wirkten. Sie lief an der lärmenden Kneipe vorüber, die man ihr beschrieben hatte, und einen Hügel hinauf, auf dem sich die Häuser der Sozialwohnungen mit ihren falschen Fensterläden bestückt, drängten. Gärten, überfüllt mit Zwergen, und Windmühlen, deren Flügel in dem Sturm herumwirbelten. Die Straße endete in Ödland. Einige Jugendliche in Lederjacken und Tennissocken hielten auf dem trübsinnigen Gras ein Treffen ab. Einer von ihnen brüllte zu Rachaela hinüber, ein Ritual der Boshaftigkeit. Sie marschierte weiter und erreichte ein einstöckiges Gebäude, von einem Kranz aus Stacheldraht umgeben. Durch das Tor und über den bröckelnden Boden. Sie öffnete eine Tür und betrat eine weitläufige, finstere Halle mit hohl klingendem Holzboden.

Die Luft war heiß und abgestanden, der Raum überfüllt, die Reihen der Holzstühle an den Wänden besetzt mit Frauen in allen Altersstufen, holde Maid bis hin zu altem Weib. Es war ein Ort der Frauen, ein spöttischer, leicht angeschmuddelter Verein. Aus der gelben Tür trat ein Mann in weißem Mantel, und die Augen seines Bittstellerharems fixierten ihn; das Klicken der Stricknadeln verstummte, und das Rascheln von umgeblätterten Zeitschriftenseiten hörte auf. Er alberte kurz mit einer Frau in lila Strickjacke an einem Schreibtisch und verschwand wieder, wie ein Gott.

Rachaela ging auf den Schreibtisch zu.

»Ich habe einen Termin für sieben Uhr.«

»Oh, ja. Miss Day, nicht wahr? Richtig. Wenn Sie mir bitte nur kurz Ihre Adresse mitteilen würden.« Die Frau notierte sich die Einzelheiten, und die in ihrer Nähe sitzenden Frauen lauschten. Ein bläßliches Mädchen mit runden Froschaugen beobachtete Rachaela und steckte sich einen süßen Bonbon in ihren rosigen, fettigen Mund. »Ich fürchte, wir sind heute etwas hintendran. Es könnte sein, daß Sie etwas warten müssen.«

»In Ordnung.« Rachaela verließ die Frau und fand einen Stuhl am Ende der langen Reihe.

Ungefähr dreißig Frauen vor ihr. Sicherlich waren manche zusammen gekommen. Es war zehn vor sieben.

Die Froschprinzessin saß der gelben Tür am nächsten. Wahrscheinlich würden sie, wenn jemand hineinging, alle einen Platz aufrücken, intim die Hitze der vorherigen Stuhlbesetzerin fühlend. Wir sind alle Frauen. Wir sind verpflichtet, uns selbst zu schützen. Das Kondom und die Pille, das Kratzen des Spatels, der sich einen Abstrich von uns holt, um uns vor fremdem Samen und Krebs zu bewahren. Wir sind die Verantwortlichen.

Doch manche der Frauen hatten auch ihre Kinder mitgebracht, gebändigte Kinder, die Pommes frites aßen oder auf dem Boden saßen und malten.

Vierzehnjährige mit Kindern und dick aufgetragenem Mascara, schlank mit seltsam fetten Gesichtern, die noch nicht gelebt, doch schreiend und weinend die Geburt ihrer Nachkommenschaft aus ihrer Mitte mit angesehen hatten.

Keine von ihnen sah ängstlich drein. Sie fühlten sich alle ziemlich wohl in ihrem abendlichen Verein, der Familienplanungsklinik.

Ich fürchte, ich habe gar nichts geplant. Ich trage ein Kind unter dem Herzen und möchte einen Abbruch. Würde dieser Mann zuhören?

Würde es der Mann hinter der gelben Tür sein? Sie hatte gehofft, daß es diesmal eine Frau sein würde. Die Berührung einer Frau wäre vielleicht weniger schrecklich.

Aber sie waren alle Frauen. Schau sie dir nur an.

Die eine mit den klappernden Nadeln wie Madame Defarge, mit ihrem schmuddligen gelben Haar, das sich auf ihrem Kopf türmte, und dem roten Lippenstift wie eine klaffende Wunde. Und dort schrieb eine wahrscheinlich einen Brief; sie hielt das Blatt schräg vor sich und kaute auf ihren Nägeln.

Auch die Vorhalle roch nach Frauen. Billiger und kostspieliger Duft wie Fliegenspray, klebriges Deodorant, Haarlack, Babies und Spülhände.

Rachaela wurde schlecht. Wenn es passieren würde, wo war dann die Toilette? Es mußte eine geben. Sie hätte fragen sollen. Sie konnte es fühlen, wie es von innen gegen ihren Bauch drückte wie eine solide Verdauungsstörung.

Versuche, nicht daran zu denken. Sie atmete flach in der übelriechenden Luft.

Ein Mädchen in einem purpurroten Kostüm begann, sich mit der neben ihr sitzenden Frau zu unterhalten.

»Ich kann diese Warterei nicht ausstehen. Geht mir auf die Nerven.«

»Yeah.«

Ja, dachte Rachaela.

»Weiß gar nicht, was er diesmal sagen wird. Ich schätze, er mag mich.«

»Sei nicht albern.«

»Also, wieso denn nicht?«

»Soviel können die ihm hier gar nicht bezahlen.«

Das purpurfarbene Mädchen spielte mit einer Schachtel Zigaretten unter dem ›Bitte nicht rauchen‹-Zeichen, fingerte damit herum wie mit einem Spielzeug. Wenn sie sie schon nicht rauchen durfte, konnte sie sie zumindest festhalten.

»Er sagt dauernd: ›Geben Sie es doch endlich auf.‹ Ich hab's doch versucht, oder? Hab' diesen ganzen Mist angefangen.«

»Yeah.«

»Diese ganzen Berater und Psychiater. Ob ich auch wirklich sicher sei? Klar, bin ich verdammt noch mal sicher. Kann doch nicht noch einen Balg haben, oder? Kann ich mir nicht leisten, und er wird mich auch verlassen.«

»Oh, Lyn.«

»Na ja, das hätte er doch. Wir sind sowieso schon inner beschissenen Lage. Und ich hab' die verflixte Pille genommen. Jawohl. Regelmäßig. Und dann, wuppdich, hab' ich schon wieder 'n Braten inner Röhre. Das wär' dann Nummer drei gewesen.«

»Lyn, du quatscht und quatscht.«

»Es ist dieser Ort. Er erinnert mich an das alles. All diese Psychiater in dem Krankenhaus. Gleich vier von denen haben mich bequasselt. Wie ein verdammter Richter mit seinen Geschworenen wollten se mich dazu überreden, es zu kriegen. Ich kann es nich kriegen. Ich hab' doch schon zwei.«

Rachaela lauschte mit auf den Holzboden gerichteten Blick. Hörte jemandem zu, der das alles schon vor ihr durchgemacht hatte.

»Na ja, du bist es ja losgeworden, Lyn«, sagte die unfreundliche Freundin.

»Das war vielleicht eine Quälerei. Und wie sie dich da behandeln. Und die Schmerzen. Jesus, ich habe gedacht, alles wäre dann in Ordnung. Seitdem stimmt nichts mehr mit mir. Du weißt das. Ich konnt' ihn danach nicht mehr an mich ranlassen.«

»Das war seelisch. Ham se dir doch gesagt.«

»Ne, das wars nicht. Die ham irgendwas mit mir angestellt,

diese glotzdummen Idioten. Die behandeln dich wie einen Haufen Scheiße, wenn du dirs wegmachen läßt.«

Die gelbe Tür öffnete sich, und ein schlankes, fettwangiges junges Mädchen kam mit zufriedenem Gesichtsausdruck zurück.

Erneut erschien der Gott und ging zum Schreibtisch. Er erteilte irgendwelche Anweisungen und war wieder verschwunden. »Miss Garland«, sang die Frau in Lila, und die Froschprinzessin kam nach vorn und verschwand, ihren Bonbon furchtlos lutschend, durch die Tür.

Die Defarge ließ eine Masche fallen und fluchte.

»Ich geh' nach draußen, brauch' 'ne Kippe«, sagte das purpurfarbene Mädchen. Sie stand auf und verließ den Vorraum.

Ein neues Bild. Sie untersuchten deinen Körper, und andere untersuchten deinen Verstand. Das Team der Psychiater, das versuchte, die Gründe der Möchtegernkillerin zu durchleuchten. Würde es ausreichen, wenn man Angst hatte? Nein. Der Traum, den sie gehabt hatte – sie lag auf dem Strand, gespalten und aus ihren Eingeweiden rannen schwelende Flammen, während die See über den Sand spülte – würde nicht ausreichen.

Natürlich würden sie es ihr nicht einfach machen. Es durfte nicht leicht sein. Sie trug ein Leben in sich. Sie konnte ihren Körper nicht einfach ausspülen wie eine Toilettenschüssel.

Das Mädchen neben Lyns Freundin diskutierte über irgendwelche Nahrungsmittel. »Ein schönes Steak mit Zwiebeln gebraten. Das könnte ich ihm jeden Abend vorsetzen. Es hat keinen Wert, daß ich sage, Tony, das ist schlecht für dich. Du wirst einen Herzanfall kriegen. Und versuch, ihm Salat reinzudrücken. Pommes frites mit allem. Unsere Decke ist schon ganz schwarz von dem ganzen Pommes-frites-Gemache. Triefend vor Fett. Er macht mich krank.«

Sie hatte Rachaela einen Gefallen getan. Sie stand auf und verließ eilends den Vorraum. Draußen war die Nacht wunderbar kalt, ein Geruch nach Häusermauern und offener Straße. Das starre Leuchten der widerlichen Straßenlaternen, die der Welt ein gesichts- und farbloses Aussehen verliehen.

Das purpurfarbene Mädchen, jetzt ganz in Schwarz, stand an dem Zaun und rauchte gierig. Sie warf einen kurzen Blick auf Rachaela und sah dann wieder weg. Es war nicht möglich, ihr Fragen zu stellen. Auf jeden Fall war jetzt sowieso alles enthüllt. Ein schwieriges Geschäft, ein demütigendes, nervenaufreibendes Geschäft. Das mit grober Behandlung voller Schmerzen und einer bleibenden Narbe endete.

Sie konnte das in der Nähe stehende Straßenlicht sirren hören wie ein radioaktives Isotop. Die Erde war angefüllt mit Giftstoffen und von der Bedrohung aus dem Weltraum umzingelt.

Welchen Sinn hatte das alles.

Das ausgeschabte Mädchen starrte Rachaela nach, als sie durch das Tor und die Straße hinunterspazierte. Ihr Gesicht trug einen leicht beleidigten Ausdruck, als wisse sie, daß Rachaela sich gerade einer ähnlichen Widerwärtigkeit und Pein, dem Geheimnis des weiblichen Vereins, entzogen hatte.

Über das Beethovenkonzert hinweg ertönte ein Klopfen an der Tür.

Rachaela saß in ihrem Sessel und lauschte dem Widerhall.

Warum sollte sie hingehen?

Es war niemand da. Irgendein Versehen. Als sie gerade drei Tage in dem Apartment gewohnt hatte, war ein Mann die Treppe hochgetrampelt, von einem anderen Bewohner eingelassen, und hatte an ihre Tür gehämmert. »Wohnen die Chambers hier?« Sie hatte ihm gesagt, daß das nicht der Fall wäre. Er hatte ihr nicht geglaubt, bis sie ihm die Tür vor der Nase zugeschlagen hatte.

Es wurde erneut an die Tür geklopft. Eine gedämpfte Frauenstimme ertönte: »Ich bin's nur. Von unten, Nummer Fünf.«

Rachaela erhob sich aus ihrem Sessel.

War das etwa auch ein Teil der Scarabaeischen Verschwörung? Denn, ja, es gab eine Verschwörung. Natürlich gab es sie. Sie öffnete die Tür. Es war die blonde, ergrauende Frau aus dem Stockwerk unter ihr.

»Entschuldigen Sie die Störung. Ich habe eine völlig unsinnige Bitte. Sie haben nicht zufällig etwas Milch für mich? Mir war den ganzen Tag so kalt, daß ich mir Unmengen Tee und Kaffee gemacht habe, und jetzt ist mir die Milch ausgegangen.

Der Milchmann kommt morgen. Ich kann sie also bald zurückgeben.«

Rachaela sagte: »Ich habe nur Tütenmilch.«

»Oh, das wäre perfekt, wenn Sie sie entbehren können.«

Rachaela ging in die Küche und öffnete den Kühlschrank. Sie holte die dreiviertelvolle Tüte heraus. Die Frau stand auf dem grauen Teppich. »Wie hübsch Sie es sich gemacht haben«, sagte sie, »und keine Unordnung. Das bewundere ich zutiefst. Ich fürchte, meine Wohnung ist eine Kreuzung zwischen einer Bibliothek und einem Antiquitätenladen.«

Rachaela dachte an all ihre Bücher, die sie zurückgelassen hatte. Beethoven spielte ungerührt weiter.

»Können Sie die ganze Packung entbehren?«

»Ja.«

»Also, vielen herzlichen Dank. Wie ich schon gesagt habe . . .«

»Machen Sie sich keine Umstände. Ich habe noch eine Tüte«, log Rachaela.

»Aber das geht doch nicht.«

Die Frau legte eine Pause ein. »Das ist die Dritte, nicht wahr? Ich bin ein Beethovenfan. Ich liebe seine Wut. Warum sollte der Ärmste auch nicht zornig sein, wo er doch schließlich taub wurde, nicht?«

»Ja.«

»Ich stelle mich wohl besser vor.« Rachaela sah sie nur an. Offensichtlich unerschüttert, sagte die Frau, »Emma Watt. Mrs. Nicht, daß das noch eine Rolle spielt. Mein armer, alter Liebling ist vor zwei Jahren gestorben. Ich habe das Haus verkauft und mir die Wohnung genommen. Habe versucht, mich richtig klein zu machen. Wir haben doch alle unsere eigenen seltsamen Mittelchen, mit denen wir versuchen, den Schmerz zu überwinden.«

Und die Schmerzen. Jesus . . .

»Nun ja«, schloß Mrs. Emma Watt schließlich doch eilends, »ich nehme an, Sie sind beschäftigt. Nochmals vielen Dank für die Milch. Morgen stelle ich Ihnen eine Flasche vor die Tür.«

»Das ist nicht nötig.«

»Doch, ich muß einfach.« Sie verließ die Wohnung und lief

mit einem freundlichen, zuvorkommenden Lächeln in Rachaelas Richtung die Treppe hinunter.

Wie wäre es, Emma Watt zu sein, fünfzig Jahre alt, traurig und allein, eingequetscht in eine viel zu kleine Wohnung?

Wie wäre es, das purpurfarbene Mädchen zu sein, vor lauter Angst frigide, das Kinderkriegen schon hinter sich?

Es gab kein Entkommen. Sie war Rachaela, hier und jetzt. In ihrem Bauch lag das Ding, eingebettet, zusammengekringelt.

Der Pizza Eater nahm Rachaela, gab ihr ein rotes Kleid und eine blaßgrüne Schürze und bat sie, ihr Haar hochzubinden. Sie flocht es, was ihn ebenso zufriedenzustellen schien. Sie arbeitete von zehn Uhr morgens bis sechs Uhr abends oder von drei Uhr nachmittags bis elf Uhr dreißig. Einige der späten Gäste waren betrunken, benahmen sich aber normalerweise ordentlich. Wegen der langwierigen Aufräumarbeiten wurde es oft zwölf, bevor sie gehen konnte. Zusätzlich zu dem Bedienen der Plastikholztische schnitt sie Brote, grillte Steaks, füllte Eiscreme in Becher, stapelte Pizzas zum Mitnehmen in Pappkartons, und hin und wieder spülte sie auch ab. Wie schon zuvor, gewöhnte sie sich an die schmerzenden, brennenden Füße, an die Grobheit und den Geiz vieler Gäste und an das kameradschaftliche Geschnatter ihrer männlichen und weiblichen Arbeitskollegen. Von dem Restaurant erhielt sie ein kostenloses Mittag- oder Abendessen, das ihr jedoch eigentlich nicht schmeckte. Manchmal schaffte sie ein seltenes Steak, ansonsten aß sie Salat und Eiscreme. Auf diese Weise konnte sie sich das Kochen in ihrer Wohnung sparen. Sie machte sich sogar allmählich mit der elektronischen Kasse vertraut, mit der sie oftmals zu tun hatte. An einem Nachmittag gab sie auf den Betrag, der in smaragdfarbenen Zahlen vor ihrem Gesicht aufleuchtete, ein Pfund zuwenig Wechselgeld heraus. Der Kunde merkte es nicht; und als sie es selbst feststellte, war er schon verschwunden. Da sie allein an der Kasse stand, holte Rachaela das überschüssige Pfund heraus und steckte es in ihre Tasche.

Sie konnte den Pizza Eater in zwanzig Minuten zu Fuß von ihrer Wohnung aus erreichen.

Während der ersten sieben Wochen war sie äußerst pünktlich. Wenn sie danach zu spät kam, waren es nie mehr als zehn oder fünfzehn Minuten, was die anderen Angestellten bei weitem übertrafen, die wegen U-Bahnverspätungen oder Verkehrsstaus oft eine halbe Stunde überfällig waren.

Rachaela sah den Job als etwas Vorübergehendes an. Irgendwann würde sich etwas Ruhigeres finden. In der Zwischenzeit war das Geld nicht schlecht, und das gelegentlich vergessene Pfund Wechselgeld eine einträgliche Nebeneinnahme. Nur einmal hatte ein Gast sein Geld nachgezählt und sich über die fehlende Summe beschwert. Rachaela hatte peinlich berührt dreingeblickt, sich entschuldigt und den fehlenden Geldschein aus der Kasse gefischt. »Ist schon in Ordnung«, hatte er vergnügt gesagt. »Jeder kann mal einen Feh-feh-heler machen.« Seinen Fehler ignorierte sie.

Als die Zeit kam, in der den meisten Frauen übel wurde, was sie aus einem der Bücherei entliehenen Buch erfahren hatte, ging es Rachaela besser. Bei ihr zeigten sich überhaupt keine Symptome, außer daß ihre monatliche Blutung ausblieb. Ihre Taille und ihre Hüften wurden ein wenig breiter, und sie versetzte die Knöpfe an ihren Röcken. Dann kaufte sie ihre Kleider eine Nummer größer. Sie beschaffte sich weite T-Shirts. Da das rote Kleid von Anfang an zu groß gewesen war, paßte es noch.

Aus dem trübsinnigen Frühling wurde ein regnerischer Mai. Den entfernten Bäumen vor ihrem Fenster wuchsen Strubbelköpfe aus schillerndem Grün. Das graue stürmische Wetter schien sie, wenn überhaupt, noch grüner werden zu lassen. Hornkraut bohrte sich durch den Asphalt der Bürgersteige. Die Stadt bestand nur noch aus feuchtgrünen, knospenden Ritzen und Spalten. Das Wetter log. Es war fast Sommer.

Sie dachte jetzt nicht mehr an das Ding in ihrem Inneren. Sie verdrängte es aus ihren Gedanken.

Als ob es ihre Pläne unterstützen wollte, gab es keine klaren Beweise seiner Anwesenheit.

Der möglicherweise größte Gegenstand ihres Trotzes, die extravagante Stereoanlage, die sie per Katalog bestellt hatte, traf ein, als sie im Restaurant war.

Rachaela fand sie in der Eingangshalle, als sie eines Nachts um halb zwölf nach Hause kam, offensichtlich hatte sie ein anderer Bewohner entgegengenommen.

Rachaela zerrte die Kisten drei Stockwerke nach oben.

Als sie bei ihrem letzten Gang an Nummer Fünf vorbeikam, ging die Tür auf und Emma Watt steckte ihren Kopf heraus.

»Du liebe Güte, ich habe gedacht, es wären die Handwerker! Ach herrjeh, Sie sollten das wirklich nicht tragen, ich helfe Ihnen. Nein, ich bestehe darauf.«

Und so trug Rachaela die letzte Kiste mit Hilfe von Emma Watt hinauf in ihre Wohnung.

»Wollen Sie mir erzählen, daß Sie diese ganzen Kisten hochgeschleppt haben? Und die sehen auch noch ganz schön schwer aus. Diese Firmen heutzutage sind wirklich unmöglich. Hätte der Mann sie nicht nach oben bringen können? In Ihrem Zustand – Oh, es tut mir leid.« Emma Watt errötete. »Das klingt so neugierig. Ich meine, man sieht es ja auch fast gar nicht, aber ich mußte es einfach bemerken. Sie sind so schmächtig – und, nun ja, ich hatte selbst drei Stück, und ich habe auch meinen Töchtern während der Zeit beigestanden. Ich hoffe, es stört Sie nicht, daß ich etwas gesagt habe.«

»Nein.«

»Sie müssen vorsichtig sein«, sagte Emma Watt. »Ich bin sicher, daß es diesmal in Ordnung ist, aber Sie sollten wirklich nichts Schwereres als eine Handtasche tragen – das hat mein alter Liebling immer zu mir gesagt. Er hat dann immer noch hinzugefügt, daß meine Handtaschen sogar einen starken Mann ins Schwitzen bringen könnten.«

Als wäre das ihr Stichwort gewesen, fühlte sich Rachaela plötzlich schwach. Sie setzte sich aufs Bett.

»Sehen Sie. Sie haben es übertrieben. Kann ich Ihnen eine Tasse Tee machen?«

»Ist schon in Ordnung.«

»Trotzdem. Machen Sie sich keine Gedanken. Ich werde mich nicht aufhalten, nur eine schnelle Tasse Tee. Ihre Küche ist dort drüben, nicht wahr, so wie meine? Ruhen Sie sich einfach aus. Legen Sie die Füße hoch.« Aus der Küche drang das Geräusch von laufendem Wasser und ein überraschtes »Sie haben keine Kanne – dann werde ich einfach Beutel nehmen. Die sind so bequem zu handhaben, nicht wahr.« Rachaela starrte die Kisten an. Würde sie jemals die Kraft haben, sie auszupacken?

»Was ist denn da drin?« Emma war zurückgekehrt. »Ist das eine Stereoanlage? Können Sie die selber zusammenbauen? Ich bin hoffnungslos ungeschickt in solchen Dingen. Wenn Sie Probleme damit haben, versuchen Sie es mal mit dem kleinen Mann in der Horsley Street, ist ein Elektrogeschäft. Er ist fantastisch. Hat all meine Lampen angeschlossen und meine Waschmaschine repariert.«

»Ich werde daran denken.«

»Das Wasser kocht gleich. Oh, Sie müssen so müde sein. Sie arbeiten sehr lange, nicht wahr? Ich höre oft, wenn Sie nach Hause kommen – bitte denken Sie nicht, daß Sie mich stören, Sie sind sehr leise, und ich bleibe immer bis ein oder zwei Uhr auf. Schlafe sehr schlecht. Ich habe ein paar Tabletten, aber davon fühle ich mich morgens wie ein alter Lumpen. Und ich liebe den Morgen. Ich stehe um sieben Uhr auf. Schon immer. Oh, denken Sie nicht, daß ich neugierig bin, aber ich würde es gerne wissen. Wann soll Ihr Baby auf die Welt kommen?«

Rachaela nannte das Datum, das sie sich anhand des Buches ausgerechnet hatte.

»Dezember.«

»Ein Steinbock. Die sind einfach herrlich. Aber lieber Himmel, dann sind Sie ja schon im vierten Monat. Sie sind wirklich sehr schmal. Meine Zweitälteste war genauso, groß und schlank, und man hat fast nichts gesehen. Es hat sie immer sehr geärgert, daß die Leute nichts merkten. Sie sagte, sie wolle ›über das Land segeln‹ wie Titanias Zofe. Meine älteste Tochter, das arme Mädchen, ist angeschwollen wie ein Elefant. Was sagt denn Ihre Hebamme im Krankenhaus?«

»Offenbar ist alles, wie es sein soll.«

»Ja, natürlich. Und Sie sind auch noch so jung. Genau im richtigen Alter.« Emma Watt errötete erneut. »Wie auch immer, es muß schrecklich für Sie sein, daß Sie das alleine durchmachen müssen.«

»Es war meine Entscheidung.«

»Ja, aber es ist mutig von Ihnen. Und so weise, daß Sie das Baby trotzdem haben werden, weil Sie es wollen.«

»Das habe ich nicht«, sagte Rachaela. »Ich will es nicht.«

Und wünschte, sie hätte nichts gesagt.

Emma Watt blickte nicht schockiert, nur unendlich traurig.

»Aber das ist ja entsetzlich. Warum . . .«

»Ich war beim falschen Arzt.«

»Sie armes Ding. Aber hätten Sie denn nicht – Nein, ich schätze nicht. Und jetzt müssen Sie sich damit abfinden. Ich denke immer noch, es ist am besten so. Wenn Ihr Baby auf die Welt kommt – es ist etwas so Schönes. Ich habe es immer geliebt. Wenn sie klein sind, und man kann sehen, wie sie wachsen. Und ich liebe sie, ich liebe meine Kinder. Es ist nur schade, daß sie so weit weg wohnen. Ich sehe sie kaum. Sie rufen mich natürlich immer an, aber das ist keine große Entschädigung. Sie haben immer solche Angst, daß ich nicht alleine zurechtkomme, nachdem ihr Vater gestorben ist. Ich muß ihnen beweisen, daß ich es schaffen kann.« Emma lächelte tapfer, stolz über diese Fassade, die sie aufrecht erhielt. Ihre Augen waren feucht. »Ich vermisse auch all meine Enkelkinder. Es ist furchtbar. Ich liebe Babies und Kinder. Sie faszinieren mich. Diese winzigen, hilflosen Dinger, die Tag für Tag lebendiger werden, bis sie erwachsene Menschen sind. Oh, ich bin sicher, Sie werden Ihre helle Freude damit haben.« Sie hob den Kopf. »Das Wasser kocht.«

Sie ging, um Rachaela den ungewünschten Tee zu bringen. Für sich selbst hatte sie keinen zubereitet und sie verließ Rachaela, sofort nachdem sie ihr die Tasse in die Hand gedrückt hatte. Der Raum wurde nach ihrem Weggang seltsam dunkel, wahrscheinlich eine durch Stromschwankungen erzeugte Sinnestäuschung.

Der Sommer begann Anfang August.

Die Stadt brodelte, und die Bäume wurden kupferfarben.

Ockerfarbener Staub stieg von den glühenden Bürgersteigen empor.

Der kobaltblaue Himmel ließ weder Abgase noch Gestank abziehen. Alles roch und schmeckte nach Asphalt, Benzin, Autoabgasen und süßer Eiskrem.

Rachaelas Rücken schmerzte ständig. Dafür konnte sie ihren Job verantwortlich machen. Das rote Kleid wurde eng, aber die Schürze verbarg das. Eines der Mädchen witzelte, daß Rachaela durch das gute Essen zugenommen hatte.

An einem Tag brachte sie es auf zehn Pfund von sorglosen Gästen, die ihr Wechselgeld nicht nachzählten.

Der Mann aus der Horsley Road hatte ihre Stereoanlage angeschlossen. Das Radio war nicht sehr gut, aber Kassettenrecorder und Plattenspieler waren ausgezeichnet. Sie kaufte Bücher und bestückte die Fächer ihres Bücherregals. Emma erfand Ausreden, um bei ihr auftauchen zu können, doch nicht sehr oft. Emma kannte ihren Vornamen immer noch nicht.

Der September war ein lohfarbener Monat, gebräunte, heiße Haut auf den Straßen, braune, knisternde Blätter.

Der Oktober wurde gelb. Bananenfarbene Sonnenuntergänge, durchzogen mit güldenen Fäden, zitronengelbes Licht, als Rachaela, verkrampft und schlaflos, den dämmernden Morgen beobachtete und die Bäume im Park wie Fahnen aus Topas.

Stürme bei Nacht. Heiße Regengüsse bei Tag.

Siblius, Mozart, Schostakowitsch.

Nur nicht nachdenken. So träge. Sie würde den Pizza Eater aufgeben müssen. Ihr Rücken kreischte, und wenn sie sich bückte, um die späten Gäste mit ihrem nach Bier und Cinzano stinkenden Atem zu bedienen, wurde ihr schwindelig. Niemand hatte bemerkt, daß sie schwanger war. Alle dachten, sie wäre fett geworden, eine gute Reklame für das reichhaltige Essen. Der Sommer endete in der ersten Oktobernacht. Hagel hämmerte gegen Dach und Fensterglas.

Rachaela hatte sich krank gemeldet und saß, an Polster und Kissen gelehnt an ihrem Fenster, um zuzusehen. Sie hatte eine Halluzination von einem großen, dunklen Mann, der auf der Straße durch den Hagel schritt. Adamus, in einem Umhang aus Donner, der sie für die Scarabae zurückforderte.

Aber all das war vorbei. Es war ein Traum. Es war eine unbefleckte Empfängnis gewesen, und hier saß sie, Sklavin dieses geschmolzenen Tumors in ihrer Gebärmutter, und das war die Wirklichkeit.

11

Aus den Geschäften an der Hauptstraße heulten ihr Weihnachtslieder entgegen, und Glöckchen klingelten in zwanghafter Glückseligkeit.

Es regnete in Strömen. Die Grippe kursierte. Rachaela hatte dem Pizza Eater gekündigt und ging, gerade als die kostenlosen Ballons verschenkt wurden und der Weihnachtspudding auf der Speisekarte auftauchte. Kinder hatten den grünen, mit rotem Glitzerzeug geschmückten Baum umgeworfen, und jedermann half, ihn wieder aufzurichten – ihr letzter Eindruck von dem Restaurant. Emma Watt sprang aus ihrer Tür wie der Kuckuck aus der Uhr. »Ich habe eine Flasche wirklich guten Sherry gekauft und auch etwas Wein. Werden Sie nach unten kommen und einen Drink mit mir nehmen? Um auf meinen kleinen Baum anzustoßen. Ich habe immer einen. Man muß einfach. Weihnachten ist so wichtig, es ist wichtig, es in Ehren zu halten, selbst wenn, nun, selbst wenn man alleine ist. Fahren Sie weg über Weihnachten?«

»Nein.«

»Also ein ruhiges, einsames Fest. Ja, Sie brauchen wirklich Ruhe. Trotzdem, kommen Sie runter. Gegen sechs?«

»In Ordnung«, sagte Rachaela, damit sie endlich die Klappe hielt.

Rachaela hatte sich um Weihnachten noch nie Gedanken gemacht. Es war immer nur ein weiterer freier Tag gewesen. Sie hörte in der Ferne Glocken läuten und vernahm die seltsame Stille der Straßen. Das Radio spielte Weihnachtsmusik, die sie oft nicht mochte, riesige Oratorien und pseudo religiöse, merkwürdige Hörspiele. Einmal hatte sie aus Neugierde einem Weihnachtsgottesdienst gelauscht. Sie kannte die Lieder aus der Schulzeit, zumindest die Melodien.

Ihre Mutter hatte ebenfalls geglaubt, daß man Weihnachten feierlich begehen sollte. Ein Abendessen wurde zubereitet, Truthahn oder Hähnchen mit Würsten, gerösteten Kartoffeln und Füllung. Das ganze war zumeist in denselben Streit und Ärger ausgeartet wie die gelegentlichen Sonntagsessen: Rachaela wurde dazu abgestellt, Gemüse zu schälen und in Unmengen Rosenkohl Kreuze einzuritzen. Einmal hatte sich ihre Mutter zu Weihnachten am Truthahnfett verbrannt.

Nachbarn kamen auf einen Drink, Pralinenschachteln und Taschentücher wurden ausgetauscht. Nach den Nachbarn und dem Essen und der Ansprache der Königin überfiel sie wegen des fetten Essens und der Gin Tonics jedesmal Depression.

Ihre Mutter überreichte Rachaela sinnvolle Geschenke, eine neue Bluse oder Schuhe, die drückten. Einmal hatte sie von einem Nachbarn ein Feenkostüm erhalten, und Rachaela hatte stundenlang darin gespielt. Sie war sechs, und es barg eine seltsame Magie. Doch irgendwie waren dann die Flügel zerrissen, wie ein Symbol, und ihre Mutter hatte sie ausgeschimpft und zutiefst beschämt. Rachaela wollte nicht nach unten gehen, um auf Emma Watts Baum anzustoßen. Bis jetzt hatte sie das Innere von Emma Watts Wohnung gemieden.

Rachaela saß in komfortabler Trübsal, mit dem Rücken in den Polstern vor ihrem elektrischen Feuer, und nippte an einem Glas ihres eigenen Weins. Ihr Rücken tat entsetzlich weh, und sie hatte auch drei Schmerztabletten geschluckt. Trotz der Pein schlief sie ein.

Sie wurde von kurzen, kleinen Schlägen gegen ihre Tür geweckt: Emma Watt.

»Verflucht.«

Das beste war, sie ging zur Tür und erzählte ihr, daß sie sich nicht wohl fühlte und nicht kommen konnte, früh zu Bett und so weiter. Denn wenn sie keine Antwort erhielt, wurde Emma Watt ängstlich und klopfte und rief; das war schon vorgekommen.

Als Rachaela aufstand, schien zwischen ihrer Wirbelsäule

und ihrem Bauch irgend etwas zu zerreißen. Sie blieb verwirrt stehen, wartete auf ein Nachspiel, doch nichts geschah.

Sie erreichte die Tür und öffnete sie.

»Sind Sie in Ordnung?« fragte Emma Watt. »Oh, meine Liebe, Sie sehen furchtbar aus.«

»Ja. Ich glaube, es ist besser, wenn ich nicht runterkomme«, sagte Rachaela.

Ein Schmerz, schlimmer als Zahnweh, riß an ihren Eingeweiden.

Sie fühlte sich benommen.

»Was ist denn?« fragte Emma.

»Nur ein Schmerz.«

»Was für ein Schmerz?«

Rachaela beschrieb es ihr wie betäubt. Sie mußte sich am Türrahmen festhalten. Zum ersten Mal seit Monaten, wurde ihr wieder schrecklich übel.

»Entschuldigen Sie mich, ich muß ins Badezimmer.«

Sie schaffte es. Ihr Körper entleerte seine sämtlichen Kammern. Sie kam zitternd heraus, und Emma Watt war natürlich immer noch da; sie stand in der Mitte des Zimmers.

»Meine Liebe«, sagte sie, »ich glaube es hat angefangen.«

»Was hat angefangen?«

»Sie bekommen Ihr Baby. Oh, haben Sie keine Angst. Es wird bald vorbei sein, und dann beginnt der wundervolle Teil.«

Rachaela setzte sich. Der Schmerz kam erneut, zerrte an ihren hohlen Eingeweiden und wrang ihren Körper wie einen nassen Lappen aus.

»Müssen Sie so dumm sein?«

Emma schenkte dem keine Beachtung.

»Sagen Sie, was Sie wollen«, sagte sie. »Beschimpfen Sie mich. Ich weiß, daß dieser Teil nicht besonders schön ist. Ich werde für Sie anrufen. Das Krankenhaus – ist es St. Mary's? Wie heißt Ihr Arzt?«

»Oh, das«, stöhnte Rachaela. »Kein Arzt, kein Krankenhaus.«

»Was?«

»Ich war bei niemandem. Das hat nur in deiner hübschen, kleinen Phantasie existiert, Emma. Niemand weiß etwas.«

»Aber, mein Gott, mein Gott«, sagte Emma. Panik überkam sie, doch dann bekam sie sich wieder in den Griff.

»Egal. Ich rufe einen Krankenwagen.«

Rachaela beobachtete sie lächelnd. Sie nahm einen Schluck Wein, doch der kam sofort wieder hoch. Diesmal schaffte sie es nicht bis ins Badezimmer.

»Trink das nicht«, sagte Emma hinter einem weißen Nebelschleier.

»Nimm meine Hand. So. Sie werden gleich hier sein.« Der Schmerz kam und begrub sie unter sich. »Mein Gott«, sagte Emma, »hoffentlich beeilen die sich. Halt dich einfach nur fest. Halt durch, mein Liebling. Alles wird gut.«

»Jetzt pressen«, sagte jemand, die Stimme irgendeiner Wahnsinnigen. »Ja, so ist es gut. *Pressen*. Braves Mädchen.«

Sprachen die mit ihr, diese Verrückten?

Sie lag auf einem scharlachroten Strand, und Onkel Camillo beugte sich über sie. Er zerrte einen karmesinroten Gegenstand aus ihrer Gebärmutter. Sie fühlte, wie er aus ihrem Leib entschwand, als wäre ihr Körper ausgehöhlt worden.

Das war also die Abtreibung. Die Schmerzen waren entsetzlich. Viel schlimmer, als das Mädchen behauptet hatte.

»Nur noch einmal. Pressen.«

Sie konnte nicht pressen. Was sollte das überhaupt bedeuten?

Ein angsteinflößender Rhythmus wie das Galoppieren unzähliger Pferde – und dann nichts mehr. Es war so still.

Da war soviel Licht, doch es wurde immer dunkler.

»Sie können sich jetzt ausruhen.«

Wer waren diese Leute? So viele von ihnen drängten sich in einer weißen Hecke um sie herum. War sie auf der Straße gestürzt?

Die Schmerzen hatten aufgehört. Da war ein anderer Schmerz, doch der war sehr langsam und ebbte allmählich ab.

Irgend etwas schrie wie ein ungezähmtes Tier in der Wildnis.

Es lebte.

Sie hatten das Ding aus ihr herausgeholt, und es lebte. Es gab Geräusche von sich, schrecklich und unmenschlich. Wie durch ein Objektiv sah sie ein weißes Baby, das kopfüber an einem Nagel aus Licht hing. Eine einsame, blutrote Schleife zeichnete sich glänzend auf seinem Rücken ab.

»Ein Mädchen. Sehen Sie? Sie ist perfekt.«

Emma Watt saß an ihrem Bett. Ihre Augen glänzten hell in ihrem leichtgeröteten Gesicht. Sie hatte rosa Rosen und eine Flasche Apfelsaft mitgebracht, und Trauben, und Süßigkeiten in bunten Papierchen.

»Du mußt dir um nichts Sorgen machen, Rachaela.: Sie mußte ihren Namen von einer der Krankenschwestern erfahren haben. »Ich habe für alles gesorgt. Alles. Um das Finanzielle können wir uns später kümmern, aber deswegen sollst du dir auch keine Sorgen machen. Es ist wirklich nicht wichtig. Ich habe mehr als genug, mein alter Liebling hat dafür gesorgt, daß ich bequem leben kann. Und ich weiß, na ja, – reden wir jetzt nicht davon. Die Babykleidung ist natürlich rosa. Das ist das Dute daran, daß wir nichts gekauft haben, bis wir es wußten.« Emma zögerte. »Sie werden bald kommen, nicht wahr?«

»Ja.«

»Ich kann es gar nicht erwarten, sie wiederzusehen. Oh, Rachaela, fühlst du dich nicht herrlich? Ein prächtiges, kleines Mädchen.«

»Ich fühle überhaupt nichts.«

»Nun ja, das kann vorkommen. Hast du ihnen gesagt, wie du dich fühlst?«

»Das geht sie nichts an.«

»Aber Rachaela, natürlich. Sie können dir helfen, daß du dich besser fühlst.«

»Ich fühle mich prima.«

»Aber du hast doch gesagt . . .«

»Emma, ich habe es dir gesagt. Ich wollte dieses – Baby – nicht.«

»Aber jetzt ist sie da. Und sie gehört dir.«

»Ja.«

»Möchtest du«, begann Emma vorsichtig, »daß er . . .«

»Nein. Es interessiert ihn genausowenig wie mich.«

Emma sah zu Boden. Nach einem Moment fragte sie, »Hattest du schon mehr Glück damit, sie zu füttern?«

»Glück? Du meinst, ob ich ihr schon die Brust geben kann? Nein. Augenscheinlich habe ich nicht genug Milch.« Rachaela kämpfte ihre Abscheu nieder. »Ich finde es widerwärtig. Mit der Flasche ist es schon schlimm genug.«

»Es tut mir so leid«, sagte Emma.

»Emma, du warst mehr als freundlich, aber du verstehst das einfach nicht.«

»Nein. Auch das tut mir leid.«

»Ist schon in Ordnung. Ich kann nichts dagegen machen. Das akzeptiere ich.«

All diese Monate des Anschwellens, die Schmerzen und das Gewicht, und dann so zu tun, als würde es nicht existieren. Und doch war es angekommen. Und es lebte. Die Schmerzen hatten eine Gestalt angenommen, die brüllte und aus jeder Körperöffnung tropfte. Ein weißes Krankenhausbett, das nach Kot, Urin und Krankheit roch. Etwas, das sie lieben sollte.

Außerirdische hätten es in ihren Körper pflanzen können, es hätte sie bei seiner Geburt in Stücke reißen können – was es getan hatte. Es hatte sie unterjocht und zerstört. Und jetzt sollte es auch noch ihr Leben beherrschen. Warum sollte sie ihn also lieben, diesen Dämon?

Die Krankenschwestern kamen mit ihren Nikolaussäcken voller schniefender und schreiender Babies herein.

»Bitte sehr, Emma. Dein Moment ist gekommen.«

Und Emmas unglückliches Gesicht leuchtete auf. Sie wußte jedoch sehr gut, was sich gehörte. Sie erhob sich und nahm Rachaelas Kind mit einem einschmeichelnden »Darf ich?« entgegen. Emma hielt das Baby genau so, wie man Babies halten mußte.

»Hallo, mein Engel. Hallo, meine Süße.«

Emma liebte es. Doch sie legte das Baby sogleich pflichtbewußt in Rachaelas kalte, weiße Arme.

Rachaela starrte auf das zwergenhafte Gesicht.

Es hatte in ihr gelebt, sie benutzt, aber es gehörte ihr nicht. Es gehörte ihnen. Den Scarabae.

Sie sah es diesem Ding sogar an, seine Blässe, der feine Flaum pechschwarzen Fells. Die Augen waren schon jetzt ganz dunkel, noch nicht fixiert, aber fragend. Noch keine Zähne. Noch nicht.

Rachaela sah sich um. Das Zimmer lag voller erfüllter und kuhäugiger Frauen, die darauf warteten, ihrem Nachwuchs die Zitzen zu geben. Auf den Fluren warteten die stolzen Ehemänner, Freunde und Eltern. Die Krankenschwestern der Abteilung waren streng, doch wohlwollend.

Der Raum erbebte jetzt von dem Heulen der Babies, denen sogleich die Brust gegeben wurde, um sie zu beschwichtigen. Rachaela hatte es gesehen. Die kleinen gierigen Münder, die boxenden und grabschenden Hände. Winzigkleine Vampire, alle. Aber dieses hier, dieses Monster, würde sich mit der Flasche abfinden müssen. »Das schmeckt dir nicht, oder?« fragte sie das saugende Monster. »Flasche oder gar nichts.«

Sie haßte es. Wenn es weinte, blickte sie nur abwesend darauf hinunter. Sie, die seine Tragetasche gewesen war.

Der Raum hatte sich verändert. Es gab ein Kinderbettchen. Sie konnte das Baby in dieses Miniaturgefängnis stecken, und es krabbelte in seiner Falle herum.

Manchmal mußte sie es herausholen, es füttern und seine übervollen Windeln wechseln.

Das Zimmer stank. Sie ließ das Fenster offen und das Feuer brennen. Als das Wetter milder wurde, blieb das Feuer aus. Emma ging ein und aus. Sie arrangierte die Fütterungen, prüfte die Temperatur der Milch. Sie nahm das Baby aus seinem Laufstall und spielte damit. Sie hatte ihm blaue und rosafarbene flauschige Spielsachen gekauft. Das Baby beobachtete die Spielsachen mit immer schärfer werdendem Blick.

»Ist sie nicht wunderhübsch?« Emma wollte sie anscheinend ermutigen. Das Baby war keineswegs wunderhübsch. Es war ein Baby. Urtümlich und unfertig krabbelte es herum wie eine geschäftige weiße Made.

Das Baby weinte die ganze Nacht.

Rachaela stand auf und fütterte es. Sie schaukelte es grob auf ihren Armen, haßte es, und das Baby wurde hysterisch. Es war stark. Mit jedem Tag wurde seine Stimme lauter, seine Boxhiebe und Fußtritte heftiger.

Rachaela berührte es so selten wie nur möglich.

Schließlich ließ sie es einfach weinen.

Es brüllte stundenlang und weckte wahrscheinlich das ganze Haus. Gegen Morgen hatte es sich ausgeschrien.

Rachaela stand auf und sah darauf hinab. Seine blauschwarzen Augen schienen sie zum ersten Mal richtig zu fixieren. Es hatte seine Lektion gelernt.

Sie fuhren das Baby im Kinderwagen spazieren, nahmen es mit in die Läden und in den winzigen Park mit seinen drei oder vier Blumenbeeten und seinem spärlichen Baumbestand. Der kalte Wind zerrte an ihren Mänteln, doch das Baby lag mollig warm verpackt in seinem tragbaren Bett, und die blauen und rosafarbenen Kaninchen hüpften zwischen seinem Gesicht und der realen Welt auf und ab.

»Was für ein Glück, daß sie nicht am Weihnachtstag geboren wurde«, sagte Emma. »Sie wird ohnehin schon weniger Geschenke bekommen, das arme kleine Herzchen.«

Das Baby hatte jetzt einen Namen. Es hieß ›Ruth‹.

»Rachaela und Ruth«, sagte Emma, und an das Baby gewandt. »Wo du hingehst, da will auch ich hingehen.«

Eigentlich hatte Emma dem Baby seinen Namen verabreicht. Sie hatte sämtliche Namen aufgezählt, innegehalten, um deren jeweiliges Für und Wider zu überprüfen, hatte vorgeschlagen, überredet, bis Rachaela schließlich, um des lieben Friedens willen, ihre Zustimmung gab.

Es hörte sich an wie ein Scarabaeischer Name. Es war unvermeidlich, biblisch. Ruth, Tochter des Adamus.

»Dir muß doch die Decke auf den Kopf fallen, wenn du den ganzen Tag so eingesperrt bist«, sagte Emma, als sie den Wagen durch den schneidenden Wind schoben. »Ich weiß, wie das ist. Meine Älteste ist mit ihrem Richard fast wahnsinnig geworden. Sie hat mich immer angerufen, nur um die Stimme eines Erwachsenen zu hören, der schon sprechen konnte.«

Rachaela schubste den Kinderwagen zwischen den kahlen Bäumen hindurch.

»Wenn du also ein bißchen alleine ausgehen willst, und wenn du mir vertraust«, sagte Emma, »dann kann ich mich ja in der Zeit um Ruth kümmern.«

»Danke«, antwortete Rachaela. »Aber was ich wirklich brauche, ist ein Job. Das Geld ist bald aufgebraucht.«

»Aber du kannst doch Unterstützung bekommen, Rachaela, und das mußt du auch in Anspruch nehmen.«

»Ja.«

»Es ist närrisch, wenn du versuchst, allein zurechtzukommen.« Rachaela hatte Emma das Geld für die Unmassen an rosa Kleidchen, Deckchen und Spielsachen, den Kinderwagen und das Bettchen immer noch nicht zurückgezahlt. Emma hatte ihr mehrmals versichert, daß sie das Geld nicht wollte. Ruth war Bezahlung genug. Ihr ›Anteil‹ an Ruth. Sie hatten ein stillschweigendes Übereinkommen getroffen: Emma nahm sich immer mehr von Ruth; Rachaela war nur allzugern bereit, ihr immer ein bißchen mehr zu geben.

»Ich brauche Raum zum Denken«, sagte Rachaela.

»Dann gib sie mir. Wie ich schon sagte, wenn du mir vertraust . . . Ich werde mich um sie kümmern, wenn du wieder arbeiten willst. Nur, wenn du sicher bist . . .«

»Ja. Ich komme nicht sehr gut mit – ihr – zurecht. Du machst das fantastisch«, fügte sie kalt hinzu, eine bedeutungslose Schmeichelei.

Doch Emma erblühte in dem winterlichen Park.

»Na ja, ich hatte ja auch schon drei. Und ich habe mich ein wenig um Pauline gekümmert, als sie noch klein war, nur um mich wieder daran zu erinnern. Sie ist so lieb, Rachaela. Du weißt, daß ich gut für sie sorgen werde.«

Sie hatte die neue Buchhandlung, die in der Hauptstraße eröffnet worden war, schon zuvor gesehen. ›Isis Bücher‹. Feministische Literatur und schlanke Romane standen im Schaufenster aufgereiht. Das ganze machte schon jetzt einen so schäbigen und staubigen Eindruck, daß sie sofort an Mr. Gerard in der

Lizard Street erinnert wurde. Sie trat ein und kaufte eine Romanreihe auf Chinapapier, deren Prosa ihr ebenso zusagte wie die Hitze und der Staub und die zimtigen Gerüche aus einem anderen Ort.

Ein weiches, krauses Mädchen stand an der Kasse.

»Ich bin auf der Suche nach Arbeit. Ich habe in einer Buchhandlung gearbeitet, bevor ich mein Baby bekam.«

»Oh, ein Baby«, sagte die Verkäuferin. Frauen waren die Mütter, sie standen unter dem Schutz von Isis.

»Ich frage mich, ob Sie eine zusätzliche Kraft brauchen.«

Zuerst waren in dem Laden drei Mädchen und eine Frau gewesen, jetzt war nur noch diese eine übriggeblieben.

»Teilzeit?«

»Nein, Vollzeit.«

»Nun, mit Ihrem Baby.«

»Eine Freundin kümmert sich um sie.«

»Oh, ist es ein Mädchen? Wie nett.« Die Krause gab Rachaela ihr Wechselgeld, korrekt. Es war keine elektronische Ladenkasse. »Sie werden mit Jonquil reden müssen. Sie ist heute nicht da, doch morgen früh wird sie hier sein. Warum kommen Sie nicht vorbei und unterhalten sich mit ihr.«

Am nächsten Morgen kehrte Rachaela zurück, und ließ Ruth in ihrem Laufstall in Emmas überfüllter Wohnung zurück.

Jonquil kam aus dem Hinterzimmer. Sie war ungefähr siebenunddreißig, groß und mager. Fransige Haare mit grauen Strähnen. Sie trug Jeans und einen übergroßen Pullover, Cowboystiefel, einen Ohrring aus rostfreiem Stahl.

»O. k., sicher kann ich Ihnen einen Job geben. Denise ist immer hier. Aber wir bezahlen keine Höchstraten, das kann ich mir nämlich nicht leisten.« Ihre Augen waren von wäßrigem Grau, ihr Gesicht wettergegerbt. »Hier geht es um Frauen. Wenn es hilft, dann ist es gut. Wir stellen keine Männer ein.«

Die Bezahlung war wirklich sehr gering. Aber es war Geld. Und Emma würde sich um das Kind kümmern. Das Kind würde den ganzen Tag bei Emma verbringen. Emma war gerade fachmännisch dabei, es zu entwöhnen. Nachts würde das Kind in demselben Zimmer wie Rachaela schlafen, das war alles. An manchen Abenden würde Emma das Kind auch behalten.

Jonquil führte Rachaela in der Buchhandlung herum. Jedes der Bücher war von einer Frau geschrieben worden. »Du hast also ein Kind? Das Schwein hat dich verlassen, schätze ich. Mach dir nichts draus. Sie ist ein Mädchen. Sie hat vielleicht eine Chance, die Dinge ändern sich.«

Manchmal starrten Männer in Regenmänteln zum Schaufenster herein, als wollten sie sich etwas beweisen. Doch gewöhnlich betrat niemand den Laden.

Rachaela saß am Ladentisch, machte sich Kaffee und las. In der Mittagspause schloß sie das Geschäft für eine Stunde oder länger und um halb sechs war Ladenschluß.

Jonquil schaute alle paar Tage einmal vorbei.

Donnerstags und samstags arbeitete Rachaela mit Denise zusammen. Denise war eine Abtrünnige. Sie lebte mit ihrem Freund zusammen, dem sie ihre meiste Zeit und Energie widmete. Sie gestand, daß sie nichts Rotes anziehen durfte, weil die Farbe Keith nicht an ihr gefiel.

»Sag Keith, er soll sich verkrümeln«, meinte Jonquil dazu.

Beide dachten, daß sie alles über Rachaelas Leben wußten, also stellten sie ihr auch nicht viele Fragen.

Wenn Rachaela sich morgens verspätete, war niemand da, der es merken konnte. Eines Morgens war Jonquil vor ihr angekommen.

»Das Baby hat dich aufgehalten«, meinte Jonquil. »Macht nix.«

»Sie kann laufen«, verkündete Emma mit rosigen Wangen. »Sie hat es wirklich getan. Ich weiß, du bist gerade erst heimgekommen, aber das mußt du sehen. Ich mache uns Tee. Eigentlich müßten wir Champagner trinken.«

Emmas Wohnung war das reinste Chaos.

Zu den fetten Chintzsesseln mit ihrem Sofa, dem zweiten Sofa, das man in ein Bett verwandeln konnte, den Uhren, Ornamenten, alten Puppen und Unmengen Fotografien, den frischen Blumen und bunten Briefbeschwerern aus Glas gesellten sich jetzt noch der geparkte Kinderwagen und der Laufstall, die überall verstreuten, flauschigen Spielsachen, ein riesiger Teddybär und das Baby.

Das Baby wollte für Rachaela nicht laufen.

Sie weigerte sich strikt.

Ihre glatten, schwarzen Augen blickten abwesend und unschuldig. Sie saß auf dem Boden.

»Oh, du freches Ding«, Emma hob sie hoch und knuddelte sie. »Du schlimmes Würstchen. Willst es Mami nicht zeigen.«

Und Ruth lachte, so wie sie es bei Emma oft tat. »Es tut mir leid. Es ist wirklich passiert. Ich habe es mir nicht eingebildet.«

»Nun, ich schätze, sie wird es sowieso irgendwann zwangsläufig tun. Laufen, meine ich. Und Wörter sagen.«

»Sie sollte eigentlich jetzt schon einiges sagen können. Oh, ich will damit nicht sagen, daß etwas nicht stimmt. Pauline war auch ein Spätzünder. Es kommt ganz auf ihr jeweiliges Temperament an.«

»Sie spricht nicht, weil es nicht nötig ist«, sagte Rachaela. »Du liest ihr wie durch Telepathie jeden Wunsch von den Augen ab.«

»Tu ich das? Tu ich das, Würstchen?« fragte Emma das kichernde Baby.

Wenn sein Gesicht sich zu Lachen verzog, sah es sehr alt aus. Alt wie die Scarabae.

Rachaela stellte den Kessel auf und machte Tee für Emma und für sich eine Tasse Kaffee. Sie war inzwischen mit Emmas Wohnung vertraut.

»Du solltest«, sagte Emma weich, »mehr Zeit mit ihr verbringen. Oh, Rachaela. Du verpaßt das Beste.«

»Wird sie dir lästig? Soll ich sie dir abnehmen?«

»Rachaela, du *weißt*, daß dem nicht so ist. Ich liebe sie.« Emma drückte Ruth fest an sich, beschützerisch, besitzergreifend. »Ich meinte doch nur . . .«

»Es interessiert mich nicht.«

»Oh Rachaela – das kannst du doch gar nicht wissen. Du hast es noch nicht einmal versucht.«

»Ich mußte sie austragen. Ich mußte sie gebären. Das war genug.«

»Wenn ich dir nur zeigen könnte, wie wundervoll es ist.«

»Wenn ich das sehen könnte, Emma, dann würde ich mich genauso an sie klammern wie du. Du würdest sie nicht mehr zu Gesicht bekommen. Und wir wären jetzt nicht hier.«

Emma wurde weiß. Ihr Gesicht war ganz zerknittert, doch mit einiger Mühe bekam sie es wieder glatt. Sie schluckte.

»Ja. Du hast absolut recht, natürlich.«

»Wenn ich Babies lieben würde.«

»Wenn du Ruth lieben würdest, hätte ich mich nicht – Ich hätte mich niemals so um Ruth kümmern können.«

»Und du liebst sie wirklich.«

»Ja, das tue ich.«

»Also ist es doch ein Glück«, endete Rachaela mitleidlos. »Glück für mich, und Glück für dich.«

»Ja«, sagte Emma.

Sie nahm Platz und setzte Ruth auf den Boden zu ihren Spielsachen und ihrer weichen Decke.

Emma betrachtete Ruth.

Rachaela trank ihren Kaffee und ließ Emma und Ruth in Ruhe, damit Emma Ruth ihr ekelhaftes, klebriges Abendbrot geben konnte.

Am Sonntag gingen sie in den Stadtpark, was einen unendlichen Aufwand erforderlich machte; hoben den Kinderwagen, auf den Emma Ruths Wirbelsäule zuliebe immer noch bestand, in die U-Bahn hinein und wieder hinaus und über die Rolltreppe nach oben.

Rachaela wußte nicht, warum sie überhaupt mitgekommen war. Die Bäume trugen weite Schirme aus Blättern, und das Gras war gesprenkelt mit leuchtendem Klatschmohn. Wo war das Jahr geblieben? Es war, als hätte sie es unter der Erde verbracht, in der Winterschlafhöhle ihrer Wohnung, und der eingestaubten Isis-Buchhandlung.

»Sie genießt es richtig«, sagte Emma. »Schau mal Ruth. Baum. Hundi. Sag ›Hundi‹, Ruth.«

Ruth starrte sie aus ihren alten Augen an – Anna-Augen und Onkel-Camillo-Augen. Nicht die Augen von Adamus. Zu alt. Sie schoben den Kinderwagen die Wege entlang. Die Sonne brannte heiß vom Himmel, der Stadtpark quoll vor Menschen über. Hunde rasten grinsend herum, platschten in den grünen Weiher und tauchten wieder auf, um literweise Wasser aus ihrem Fell zu schütteln.

In dem Lokal des Stadtparks tranken sie Kaffee. Auf einem Feld standen rote Pferde. »Schau, Ruth, Pferdi.«

»Ich glaube nicht, daß sie sich etwas daraus macht«, sagte Rachaela.

»Aber natürlich tut sie das. Es ist alles so verwirrend und neu für sie.«

Rachaela überlegte, daß sie für die anderen wohl wie eine ganz normale Familie aussehen mußten: Emma, die stolze Großmutter; Rachaela, die Mutter mit ihrem schwarzhaarigen Baby. Sie fragte sich, wie viele der anderen normal aussehenden Gruppen ebenfalls nicht echt waren: der Mann dort mit der Brille, ein Frau-und-Kind-Schläger; die zwei Liebenden mit ihrem geteilten Eisbecher, Bruder und Schwester. Aber es war ja verrückt, wenn sie glaubte, daß irgend jemand auch nur annähernd so seltsam sein könnte wie sie. Ihr Kind sollte ein Schild um den Hals tragen:

Empfangen von meinem Vater, während er mein Blut trank. Steht unter dem Verdacht, ein Dämon zu sein.

Ruth war offensichtlich kein Dämon. Emma glaubte das jedenfalls nicht.

Es gab ohnehin keinen Grund, sich darüber den Kopf zu zerbrechen. Emma hatte die Verantwortung übernommen. Sie schoben den Kinderwagen über den Golfplatz. Wenn Rachaela die Kontrolle darüber übernahm, wanderten die schwarzen Augen des Kindes sofort zur Sicherheit zu Emma hinüber. Wer war diese Fremde, die sie da durch die Gegend schob?

Emma versuchte, Rachaela mit kleinen Nichtigkeiten zu ermutigen.

»Sie weiß, wer du bist.«

»Sie mag mich nicht«, sagte Rachaela. »Warum sollte sie auch? Ich war nur ein Umschlag.«

Ein intensives goldenes Licht leuchtete vom Himmel herab. Es war fünf Uhr, und sie begannen wieder heimwärts zu ziehen. Die U-Bahn war überfüllt mit gebräunten und gereizten Reisenden, die auf dem Weg nach Hause oder in die Londoner Innenstadt waren. Sie trugen Zeichen von Staub und Sonne wie eine Art Blütenpollen an ihren Körpern. Die Luft roch nach Deodorant und Haut. Ein Mann mit Melone half Emma mit dem Kinderwagen.

Als sie beim Haus angelangt waren, gingen sie in Emmas Wohnung. Emma nahm das Baby aus dem Wagen.

»Meine Güte, ist dir heiß, du armes, kleines Ding. Wir werden dir ein schönes, kühles Bad machen.«

Während Emma Ruth badete, saß Rachaela auf dem Chintzsofa und betrachtete die Porzellanfigürchen und Tiere aus blauem Glas. Das beste Stück stand auf dem Kaminsims, es war ein Briefbeschwerer in Gestalt einer Giraffe, in der es völlig unpassend schneite, wenn man ihn schüttelte. Pauline hatte ihn letzte Weihnachten geschickt.

Das Plätschern aus dem Badezimmer verstummte.

»Sie ist wirklich sehr heiß«, sagte Emma. »Ich glaube, sie hat ein wenig Fieber. Sie kriegen diese kleinen Sachen. Nichts, worüber man sich sorgen müßte.«

»Besser, wenn man sie nicht allzuviel bewegt«, sagte Rachaela.

»Nein, ich werde sie lieber heute nacht hierbehalten.«

Das Kind strampelte mißgelaunt seine Decke ab. Ihr gewöhnlich blasses Gesicht war rot. Vielleicht hatte sie einen Sonnenbrand. In ihrer eigenen Wohnung angelangt, legte Rachaela eine Kassette von Brahms ein und machte sich einige Blätter Kopfsalat mit ein paar Tomatenscheiben und einen kalten Hähnchenschenkel aus dem Delikatessenladen zurecht. Sie aß ohne Appetit, absorbierte statt dessen lieber die Musik.

Später saß sie am Fenster und beobachtete, wie sich der goldene Himmel über den Dächern allmählich rubinrot färbte, und die entfernten Bäume im Park schwarz wurden und verblaßten. *Das ist also mein Leben.* Es amüsierte sie. Sie gestattete sich keinen Gedanken an die Scarabae. Sie war ziemlich geschickt darin geworden, ihnen auszuweichen. Ihm auszuweichen. Sie würde den Gedanken aufnehmen und ihn aus ihrem Kopf vertreiben. Wenn er zurückkehrte, entfernte sie ihn erneut. Sie stellte das Radio an und lauschte einem griechischen

Hörspiel, das sie nicht verstand, aber mochte. Als sie sich gegen halb elf auf ein langes Bad eingestellt hatte, klopfte Emma an die Tür.

»Bitte, mach dir keine Sorgen«, sagte sie sofort, »aber ich glaube, ich sollte besser einen Arzt rufen. Er wird natürlich nicht da sein, aber sie werden jemanden schicken. Sie ist schrecklich heiß und hört nicht auf zu weinen. Du weißt, sie weint sonst nie. Bestimmt ist es nichts Ernstes, aber ich möchte trotzdem sichergehen.«

»Gut«, sagte Rachaela. »Willst du sie hochbringen?«

»Nein, nein. Und ich kann von unten aus anrufen. Ich komme dann noch mal und erzähle dir, was sie gesagt haben.«

»Ja.«

Als Emma verschwunden war, legte sich Rachaela in die Badewanne. Sie rasierte ihre Beine und Achselhöhlen und wusch ihr Haar. Emma klopfte erneut. Rachaela ging im Handtuch zur Tür, ein zweites Handtuch hatte sie sich um den Kopf gewickelt. »Es kommt jemand. Sie sagen, in ungefähr einer Stunde.«

»Aha.«

»Du kommst doch nach unten, nicht wahr?« fragte Emma.

»Wenn du denkst, daß es nötig ist.«

»Ja, du mußt, Rachaela. Sie ist dein Kind.« Emma sah blaß und unglücklich aus.

Rachaela antwortete nicht, und Emma verschwand.

Rachaela wusch ihr Haar aus und wickelte es in ein anderes Handtuch. Sie kleidete sich an, zog ihre Schuhe über und ging hinunter in Emmas Wohnung.

Emma hielt Ruth in den Armen. Sie setzte sich und fächelte dem Baby mit einem japanischen Fächer Luft zu. Ruth sah aus wie ein Radieschen, als hätte ihr Blut angefangen zu kochen. Sie schniefte schwach, wieder und wieder.

Sie sprachen nicht, saßen sich nur schweigend gegenüber.

Der Rest der Stunde tickte gemächlich vorüber.

»Es ist Doktor Chatterjee«, sagte Emma schließlich. »Ich habe ihn noch nie rufen müssen, ich weiß nicht, wie er ist. Armer Mann, er muß diese späten Anrufe hassen. Ärzte haben es wirklich nicht leicht.« Sie fächelte Ruth zu. »Du hättest sie in die Klinik bringen sollen, Rachaela«, sagte sie, ohne Vorwurf. »Du bist nie hingegangen.«

»Nein.«

»Sie wäre regelmäßig untersucht worden und hätte ihre Impfungen erhalten. Sie sind heutzutage schon so weit mit ihren Schutzimpfungen. Und Ruth hat noch gar keine erhalten.«

»Sie ist stark«, sagte Rachaela. Es war reiner Instinkt, der sie zu dieser Äußerung getrieben hatte.

»Natürlich ist sie das. Die dumme, alte Emma, regt sich auf über gar nichts. Armes Würstchen, armes Kleines.«

Das Baby erbrach sich geschwächt auf sein Kleidchen und Emmas Strickjacke. Emma erhob sich ohne Eile oder Ekel, um es zu säubern. Sie sprach mit Ruth, erklärte ihr, was sie tat.

Rachaela saß auf dem Chintzsessel und fragte sich, ob sie irgend etwas empfand, irgendeinen Stich. Aber sie fühlte nichts. Es war, als wäre Ruth in Wirklichkeit Emmas Tochter, und als hätte Rachaela aus irgendeinem Grund herunterkommen müssen, um dieser Szene beizuwohnen. Das Erbrochene des Babys drehte ihr den Magen um und beleidigte ihre Sinne. Ruth hatte ihre Flaschenmilch häufig erbrochen, als täte sie das absichtlich, genauso wie sie die endlosen, stinkenden Massen nasser Windeln hervorbrachte.

Während Emma und Ruth noch im Bad beschäftigt waren, ertönte die Türglocke.

Rachaela stand auf, antwortete über die Sprechanlage, drückte den Knopf und ließ Doktor Chatterjee ein, der gerade vor der Wohnung angekommen war.

Er war ein kleiner, fetter Inder mit einem geschäftigen Wesen und klugen Augen.

Emma brachte Ruth, und er untersuchte das Baby sorgfältig.

»Ja, Sie haben recht getan, mich anzurufen«, sagte er zu Rachaela. »Dies ist ein sehr krankes Kind. Ich schlage vor, daß wir sie sofort ins Krankenhaus bringen.«

Emma stöhnte vor Entsetzen.

Doktor Chatterjee blickte von einer Frau zur anderen.

»Sie sind die Mutter, ja?« fragte er Rachaela.

»Ja.«

»Um Zeit zu sparen, werden wir mein Auto nehmen.«

»Vielen Dank«, flüsterte Emma demütig.

Vor lauter Angst wickelte sie Ruth viel zu fest ein, und der Arzt lockerte die Decke wieder ein wenig. Rachaela nahm das Handtuch von ihren feuchten Haaren.

Emma brachte zwei von Ruths flauschigen Lieblingsspielsachen.

Die Nacht draußen war heiß und drückend, sie wartete auf einen Sturm. Auf dem Bürgersteig lagen Pommes-frites-Tüten verstreut, und vor dem Hinterrad des Arztwagens lag eine zusammengedrückte Sprite-Dose.

Sie fuhren schnell aber vorsichtig zum St. Mary's Krankenhaus mit seiner gefängnisartigen riesigen Ziegelfassade und dem Schlot des Verbrennungsofens.

Als Ruth aufgenommen wurde, rollten zwei Tränen über Emmas Wange. Sie beherrschte sich eisern und versuchte, ihrem Gesicht einen entschlossenen Ausdruck zu verleihen. Sie saßen lange Zeit in braunen Plastikstühlen auf dem weißen Korridor.

Krankenschwestern eilten geschäftig hin und her, hielten manchmal inne, um ein paar Worte und sorgloses Gelächter auszutauschen. Eine Tragbahre wurde von zwei gewalttätig aussehenden, kaugummikauenen Pflegern vorbeigerollt.

Dies bildete einen beunruhigenden Kontrast zu den Krankenzimmern, den Körpern, die in gestärkten, weißen Krankenbetten lagen und denen für immer ein Körperteil abgeschnitten worden war, den verborgenen grauen Gestalten, die sich verzweifelt an dem letzten Stückchen Leben festklammerten. Rachaela bedrückte die Krankenhausatmosphäre. Sie hatte Krankenhäuser noch nie leiden können, vielleicht wegen der besessenen Furcht ihrer Mutter. Menschen gingen nicht in ein Krankenhaus, um Heilung zu erlangen, sondern um umgebracht oder verstümmelt zu werden.

Sie wünschte, daß sie einfach heimgehen und Emma alleine beobachten und warten lassen könnte. Doch das kam überhaupt nicht in Frage. Es war nicht möglich. Sie, Rachaela, war die verzweifelte Mutter. Sie mußte leiden und versuchen, ihre Rolle zu spielen.

Was fühlte sie? Nichts, nichts.

Es sah Ruth ähnlich, daß sie sie an einen Ort brachte, den sie haßte und verabscheute, und sie hier stundenlang mit nassen Haaren warten ließ.

Die Scarabae waren niemals krank.

War Ruth also letztendlich keine echte Scarabae?

Die Schwester erschien in ihrer abendlichen, blauen Tracht.

»Hallo, Mrs. Day? Wir tun, was wir können, aber ich fürchte, sie ist ein sehr krankes, kleines Mädchen.«

Sie wartete zögernd darauf, daß Rachaela weinen oder schreien und klagen würde. Emma brach gehorsam in Tränen aus.

»Na, na. Bitte versuchen Sie, sich zu beruhigen. Wir haben gute Aussichten.«

»Es tut mir leid«, entschuldigte sich Emma, so als ob ihre Tränen sie alle erst recht in Gefahr gebracht hätten. »Ich benehme mich wirklich kindisch.«

»Ich nehme an, Sie hätten gerne eine Tasse Tee. Wir werden sehen, was sich machen läßt.«

»Vielen Dank, das wäre sehr freundlich«, sagte Emma.

Als die Schwester gegangen war, sagte sie: »Sie sind alle so freundlich. Diese Leute sind Heilige. Ich bin sicher, alles wird gut werden.«

Später ließen sie Rachaela, allein, nach ihrem Baby sehen.

Das Zimmer stand voller Apparate, kein Arzt war zu sehen. Dann kam einer herein. »Sie sind Ruths Mutter? Richtig. Nun, ich werde ehrlich zu Ihnen sein. Wir sind sehr in Sorge. Wir werden noch einige Maßnahmen ergreifen müssen, um die Temperatur zu senken, und diese könnten etwas drastisch sein.«

»Aha«, sagte Rachaela.

Wahrscheinlich hielt er ihre Gleichgültigkeit für eine Nachwirkung des Schocks. Sie hoffte es. Sie wollte nicht, daß ihr diese Leute in den Roben aus Schnee feindselig gegenüberstanden. Er erzählte ihr noch mehr, verwendete komplexe Ausdrücke, denen sie nicht folgen konnte, was er, ihrer Meinung nach, auch beabsichtigte. In der Halle der Magier sollte sie eine Novizin bleiben.

Danach kehrte sie zu Emma zurück und gab ihr die gekürzte Version der Unterhaltung wieder.

Emma war aschfahl. Sie war nicht einmal in der Lage, ihren Tee zu trinken, obwohl sie es versucht hatte, um nicht undankbar zu erscheinen. Sie warteten die ganze Nacht lang auf dem weißen Korridor.

Um fünf Uhr morgens erschien der gestreßte Doktor und kam langsam auf sie zu.

Emma stand auf und griff angespannt nach Rachaelas Hand. Der Doktor zog eine Grimasse. Er sagte, die jüngsten Maßnahmen wären ein Erfolg gewesen, daß Ruths Temperatur gesunken und ihre Atmung freier geworden wäre. In einer halben Stunde würde Rachaela gehen und sich zu ihr setzen können.

Emma weinte erneut. Sie dankte dem Doktor so ernsthaft, daß sein weltliches, ungeduldiges Gesicht angesichts wunderbarer Errettung aufzuleuchten schien.

Rachaela wurde in einen Raum geführt, um bei ihrem blassen, geretteten Kind sitzen zu können. Sie setzte sich. Sie hatte gewollt und gehofft, daß Ruth sterben würde. Es gab keine Veranlassung, sich etwas vorzulügen. War es das, was auch ihre eigene Mutter gewollt hatte? Hatte sie die lebende Rachaela betrachtet, so wie Rachaela jetzt Ruth betrachtete?

12

Das Kind im Schnee:

Er lag um sie herum wie auf einer Weihnachtskarte. Die Straße wandelte sich unter diesem Weiß flauschig und frisch auf den Gebäuden. Schon gab es eisige schwarze Trampelpfade. Auf einem von ihnen lief das Kind auf das Haus zu.

Sie war dünn, eine kleine Siebenjährige, mit zwei dicken, rabenschwarzen Zöpfen, die von blauen Spangen zusammengehalten wurden. Sie trug eine rote Wollmütze mit Schal und Handschuhen, die Emma ihr gekauft hatte, und einen dunklen Regenmantel mit Gürtel. Ihre Füße steckten in kleinen, roten Stiefeln, passend zur Mütze, ebenfalls Emmas Idee. Sie trug einen Schulranzen. Nur ein Kind, das von der Grundschule nach Hause kam.

Rachaela beobachtete sie vom Küchenfenster der Wohnung aus. Es war reiner Zufall, daß sie gerade dort stand, als das Kind um die Ecke gebogen war.

Zuerst hatte Emma Ruth zweimal am Tag zur Schule gebracht und sie mittags und abends nach Hause geholt. Aber die meisten anderen Kinder kamen und gingen allein. Sie mußte keine Hauptstraße überqueren, und für ein Kind war es ein viertelstündiger Fußmarsch.

Ruth würde sicher nicht nach oben in die Wohnung kommen. Sie würde sowieso nicht annehmen, daß Rachaela zu Hause wäre, und nahm ihr Mittag- und Abendessen immer mit Emma ein.

Heute hatte Jonquil vorgeschlagen, Isis' Bücherladen wegen des Schnees um drei Uhr zu schließen. Die Rohre waren eingefroren und das winzige, elektrische Feuer nutzte nicht viel. Ein männlicher Klempner würde sich um die Rohre kümmern müssen. Das hatte Jonquil erzürnt und ihren stählernen Ohrring temperamentvoll schaukeln lassen.

Rachaela sah, wie Ruth die Haustür öffnete und verschwand. Sie hatte einen Schlüssel.

Rachaela machte ihren Kaffee und verließ die Küche. Sie betrachtete ihre Wohnung, wie sie es immer tat, ihre Wohnung und Ruths Bereich. Normalerweise schlief Ruth hier oben, obwohl sie ab und zu höflich bei Rachaela anfragte, ob sie die Nacht auf Emmas Sofa verbringen durfte. Es war Emma, die darauf bestand, daß Ruth immer vorher fragte. Rachaela und Ruth wußten, daß es keine Rolle spielte. Der Moment, in dem sie diese Frage stellte, war einer ihrer wenigen Augenblicke von Einvernehmen und Verständnis.

Ruths Bereich war ebenfalls Emmas Idee gewesen.

Das Kinderbett, in Mitternachtsblau überzogen, stand hinter einer Weidenwand, über die ein karmesinroter Schal drapiert war. Glöckchen hingen an der Innenseite, mit denen Ruth gelegentlich klingelte, wenn sie anwesend war. Hinter der Wand war auch eine Kommode, deren Oberfläche als Tisch für Ruths

Schätze, ihren Malkasten und ihren wackligen Bücherturm, diente.

Emma hatte ihr das Lesen noch vor der Schule beigebracht, und jetzt stapelten sich auf der Kommode goldene und rosafarbene Märchenbücher, *Winnie der Pooh, Alice im Wunderland* und andere Dinge, die Ruth möglicherweise noch nicht begriff oder noch nicht lesen sollte: *Herr der Fliegen, Der Löwe, die Hexe und der Schrank, Kleopatra.*

Rachaela überprüfte ihren Lesestoff nicht, und Emma glaubte daran, daß man den Verstand eines Kindes fordern sollte. Ruth erledigte ihre gesamten Hausaufgaben entweder in Emmas Wohnung oder auf dem dunkelblauen Bett. Sie besaß auch noch eine Topfpflanze, die auf der Kommode stand und David hieß. Die Pflanze, jeglichen Lichts beraubt, gedieh nicht gut, und schließlich zog David an eines von Emmas Fenstern um.

Eine halbe Stunde nachdem Rachaela Ruth ins Haus hatte kommen sehen, ertönte Emmas Klopfen an der Tür.

Rachaela ließ sie ein.

Emma sah beunruhigt aus, doch gleichzeitig strahlend. Vielleicht hatte Ruth etwas besonders Überwältigendes angestellt, wie an dem Tag, als sie in der Schule zur Ersten Hofdame der Maikönigin gekürt worden war. Emma hatte darauf bestanden, daß Rachaela mit ihr kam, und sie hatten im beißenden Maiwind vor dem Gatter gestanden, um zuzusehen, wie kleine Mädchen in rosafarbenen Kleidchen auf zitternden Beinchen Papierblüten streuten, während Ruth in dem roten Partykleid, das Emma ihr gekauft hatte, ein hübsches, einfältig grinsendes Kind mit Glitzerkram krönte.

»Ruth ißt gerade ihr Abendbrot«, sagte Emma, »Ich habe ihr die Würstchen gekauft, die sie so gerne mag, und Tomaten.«

»Vielen Dank«, sagte Rachaela automatisch.

»Es hat sich etwas ziemlich Schwerwiegendes ergeben«, sagte Emma.

»Was hat sie angestellt?«

Es war vorgekommen, daß Ruth ein Gemälde von einem Drachen, der einen Ritter verschlang, gezeichnet hatte, worüber ein anderes Kind augenscheinlich zu Tode erschrocken war. Jemand von der Schule hatte daraufhin Emma aufgesucht, die sich darüber vor Lachen ausschüttete. »Angestellt? Oh, es handelt sich nicht um Ruth. Ich fürchte, es geht um mich.«

»Was hast *du* angestellt?«

»Ich weiß nicht, wo ich anfangen soll. Es hat mich völlig aus der Bahn geworfen. Einfach so aus dem Nichts.«

Emma setzte sich in den Sessel neben Ruths Bereich. »Es ist Liz«, sagte sie.

Rachaela überlegte krampfhaft. Liz war eine der Töchter – die älteste.

»Liz«, echote sie.

»Sie hat mir einen außergewöhnlichen Brief geschickt. Sie schreibt fast nie, und jetzt das. Es ist wundervoll, aber sie hat sich in eine ziemlich verfahrene Situation gebracht. Sie hat erfahren, daß sie wieder schwanger ist. Ungewollt – sie ist sechsunddreißig. Sie möchte es bekommen, hat aber Angst, daß sie es nicht schafft. Und anscheinend hat Brian vorgeschlagen, daß ich zu ihnen ziehen soll. Sie haben ein großes Gästezimmer mit Bad, das ich haben kann, und Brian sagt, daß er mir eine Küchenecke einbauen wird. Es ist ein wunderschönes Haus. Ich habe es natürlich seit Jahren nicht mehr gesehen, aber sie haben angebaut. Der Garten ist herrlich, wie aus einem Magazin ... Es hat mich einfach umgehauen. Cheltenham! Sie sagt, sie braucht mich. Ich erinnere mich an das letzte Mal, sie wurde so dick. Und natürlich muß sie sich auch diesen ekelhaften Tests unterziehen, um sicherzugehen, daß mit dem Baby alles in Ordnung ist.«

Rachaela erfaßte Emmas hektische Tirade mit Verzögerung; jeder Satz hallte in ihrem Kopf wieder.«

»Aber haben sie dich nicht im Stich gelassen?« fragte sie.

»*Nein*. Niemals. Sie müssen doch ihr eigenes Leben leben. Und ich komme wunderbar zurecht. Meine unabhängige Ader.« Emma leuchtete. »Aber sie ist meine Tochter. Ich kann sie doch nicht im Stich lassen.«

Rachaela stand am Fenster, hinter sich den weißen Schnee, und fühlte, wie ihr der Boden in Zeitlupe unter den Füßen weggerissen wurde.

»Du wirst also gehen.«

»Ich muß.«

»Und wie lange wirst du weg sein?«

»Nun, ich denke, es handelt sich dabei um ein Arrangement von Dauer. Schließlich und endlich werden sie auch einen Babysitter brauchen, wenn das Baby einmal auf der Welt ist. Sie müssen sich ab und zu eine Pause gönnen. Und, wie Brian sagt – nun – in meinem Alter wäre ein bißchen Sicherheit auch nicht schlecht. Es ist eine fabelhafte Chance. Ich kann mich nicht einfach zurückziehen und Liz damit allein lassen.«

Liz hat dich aber allein gelassen.

Sinnlos, den Egoismus der anderen hervorzuheben, es war ihr eigener Egoismus, der leiden würde.

Rachaela fragte: »Hast du es Ruth gesagt?« Emma wirkte niedergeschlagen unter all ihrem Glanz.

»Nein. Ich hatte nicht den Mut. Und ich wollte es zuerst dir sagen. Sie ist erstaunlich für ihr Alter. Ich bin sicher, sie wird es verstehen. Sie mag mich gern, sie wird sich für mich freuen.«

»Sie liebt dich«, sagte Rachaela.

Emma zog die Schultern hoch.

»Es ist wahrscheinlich das Beste, Rachaela. Ihr beide müßt mehr Zeit miteinander verbringen.«

»Nun, das werden wir jetzt unweigerlich tun müssen.«

»Oh, Himmel«, sagte Emma. »Ich weiß nicht, was ich machen soll.«

Das klang nicht sehr überzeugend. Sie wußte sehr gut, was sie tun wollte. Wer war Ruth schon, verglichen mit ihrem eigenen Fleisch und Blut? Nur ein Ersatz. Hier konnte sie das Echte haben.

Abgeschoben.

Rachaela empfand bitteres Mitleid mit ihrer Tochter, dieser Schock wie mit einem Fallbeil.

Ruth würde sich nicht für Emma freuen. Ruth war ebenfalls ichbezogen und selbstsüchtig, besaß den gesamten Egoismus eines Kindes.

»Hallo, Mami«, kam Ruths klare, blasse Stimme aus dem Korridor. Und dann zutraulich: »Emma, ich bin fertig, und ich habe den Teller in die Spüle gestellt, wie du es gesagt hast.«

»Danke, Ruth.«

»Warum bist du hier oben?« fragte Ruth.

Dies war offensichtlich ein Ort, an den man nicht ging, wenn man nicht unbedingt mußte.

»Ich mußte mit deiner Mami reden.«

»Kommst du jetzt wieder runter?«

»In einer Minute, Liebling.«

Anstatt wieder zu gehen, trat Ruth über die Schwelle in das Zimmer und ging in ihren eigenen Bereich.

Die Glöckchen klingelten, und Emma zuckte zusammen.

Sie sah Rachaela bittend an.

»Warum sagst du es ihr nicht gleich?« fragte Rachaela, ängstlich und brutal zugleich.

»Glaubst du . . .? O Gott, ich schätze, das sollte ich.« Emma stand verloren da.

Und Ruth kam mit einem weißen Blatt Papier, das sie hellgrün und violett bemalt hatte, in der Hand hinter der Wand hervor. »Hier ist mein Seepferdchen, Emma. Ich habe vergessen, es dir zu zeigen. Habe ich den Schwanz richtig hingekriegt?«

»O ja. Er ist perfekt, Ruth. Sollen wir es zu den anderen hängen?«

»Ich möchte erst noch ein paar Muscheln und Seegras dazumalen.«

»Gut, mach das, und dann hängen wir es auf. Es wird eine recht hübsche Kunstgalerie. Möchtest du in eine richtige Galerie gehen, Ruth, und die Gemälde dort ansehen?«

»Wirst du dafür Zeit haben?« fragte Rachaela.

Ein hoffnungsloser Zorn, eine Art Furcht riß an ihren Eingeweiden. Sie wollte, daß es vorbei war. Sie wünschte, Emma würde das Kind nach unten bringen, es dort erledigen. Es wäre gnädiger, sie mit einem Küchenmesser zu enthaupten. Würde Ruth schreien? In der Schule hatten sie gesagt, daß sie einen Schreikrampf bekommen hätte. Niemand hatte gewußt, warum. Emma hatte vermutet, daß einige der anderen Kinder sie belästigt haben mußten, doch Ruth hatte den Grund selbst Emma gegenüber verschwiegen.

Emma hatte die Schule ausgesucht. Rachaela hatte nur an der richtigen Stelle unterschrieben. Am ersten Tag hatte Emma

Ruth an das Schultor gebracht und war mit roter Nase zurückgekommen.

Doch das lag hinter ihnen.

»Ruth, Liebling, ich muß dir etwas sagen.«

»Was denn?« Das Kind blickte erfreut in Emmas überschattetes Strahlen.

Ruth war nicht hübsch, keine Maikönigin. Ihre Haut war schneeweiß und makellos, ihre Augen groß und leuchtend schwarz, umrahmt von dichten Wimpern. Ihre Gesichtszüge waren schon so früh klar ausgeprägt, das Kinn ruhte wohlgeformt über ihrem weißen Hals, von ihren blauschwarzen Haaren umrahmt. Ruths Haar war glatt wie ein schwarzer Wasserfall. Letztendlich doch etwas von ihrem Vater.

Es war schwer zu sagen, warum sie so ein unattraktives Kind war.

Im einzelnen gesehen, war das Gesicht wunderschön, fast ätherisch, doch im gesamten war es weit entfernt von Schönheit. Und im Zorn – wenn ihr eine Zeichnung nicht gelang, wenn sie frustriert oder verwirrt war – war es ein häßliches, bestialisches kleines Gesicht.

Bald würde es häßlich sein. »Siehst du«, sagte Emma entschlossen, »meine eigene Tochter Liz, du erinnerst dich an Liz? Liz wird ein Baby bekommen.«

»Ja«, sagte Ruth ernstlich interessiert.

»Und Liz möchte, daß ich mich um sie kümmere. Und Liz lebt in Cheltenham, was sehr weit weg ist.«

Ruth nickte. Sie verstand.

Geschäftsmäßig fragte sie: »Wann fahren wir?«

»Oh, Liebling«, weinte Emma. »Oh Liebling.« Und wußte nicht mehr weiter.

Rachaela übernahm: »Du wirst nicht mitgehen, Ruth. Emma muß gehen. Ihre Tochter braucht sie. Du mußt hierbleiben.«

»Nein«, meinte Ruth vernünftig. »Ich werde mit Emma gehen.«

Emma sagte: »Liebling, ich fürchte – das kannst du nicht. Du kannst nicht mit mir gehen. Ich wünschte, du könntest.«

Lügnerin, dachte Rachaela.

Ruth zeigte keine Gefühlsregung. Sie hielt das Seepferd hoch und starrte es an, als suchte sie in den Linien nach einer Antwort.

»Du mußt hierbleiben«, sagte Emma, »und dich um Mami kümmern.«

»Nein«, sagte Ruth ruhig.

»Nein!« sagte Ruth.

»*Doch*, Ruth. So soll es sein. Ich habe dich mir nur ausgeliehen. Es war so wundervoll. Und wir werden gute Freunde bleiben. Ich werde dir jede Woche schreiben, das verspreche ich. Ich werde dir alles über Cheltenham erzählen.«

»Nein«, sagte Ruth. Sie hatte nicht geschrien.

»Und ich denke, daß ich dich besuchen werde«, sagte Emma. »Ich werde dir wundervolle Geschenke mitbringen.«

»Nein«, sagte Ruth.

»Und vielleicht kannst du mich eines Tages besuchen. Rachaela wird dich zum Zug bringen.«

»Nein!« sagte Ruth.

»O Gott«, sagte Emma, »Liebling, du mußt versuchen, zu verstehen. Es ist sehr schwer, das weiß ich. Ich werde dich schrecklich vermissen. Aber die arme Liz – ich muß gehen. Sie ist meine Tochter.«

Ruth schwieg.

Sie nahm ihr Bild mit zurück hinter ihre Wand. Die Glöckchen klingelten nicht.

Emma sah Rachaela an.

»Ich sollte jetzt besser gehen«, sagte Emma. Sie rieb sich die Stirn. Offenbar hatte sie Kopfschmerzen. »Wenn sie etwas von ihren Sachen will ...«

»Wann wirst du gehen?« fragte Rachaela.

Ruth hörte bestimmt zu, hinter ihrer Wand.

»Sie hat gesagt, so schnell wie möglich – Brian wird mich vom Bahnhof abholen. Er hat gesagt, er würde sich um den Umzug kümmern. Liz ist ziemlich verzweifelt.«

Verzweifelt.

»In einem Monat?«

»Eher – eher in vierzehn Tagen«, Emma zögerte. »O Gott«, wiederholte sie und verschwand.

Sie hatte nicht geweint. Natürlich. Worüber sollte sie weinen? Ruth hatte auch nicht geweint. Vielleicht stand dieser Ausbruch noch bevor.

Rachaela blickte hinaus auf die schneebedeckten Straßen in der Dämmerung; der Schnee häufte sich an den Mauern, und die Fußgänger rutschten und glitten über das Eis.

Die Stille im Raum war ohrenbetäubend.

Das Kind kam nicht mehr zum Mittagessen nach Hause. Sie nahm belegte Brote mit und aß sie in der Schule. Eine zusätzliche Aufgabe für Rachaela, das Streichen der Brote für das Kind. Manchmal hatte Ruth von Emma auch ihr Frühstück bekommen, doch das Frühstück war einfach, Cornflakes oder Toast. Das Abendbrot war unangenehmer. Das Kind war an warmes Essen gewohnt und verlangte danach. Sie kam in die Wohnung und wartete hinter ihrer Wand auf Rachaela. Sie sprach nie zuerst.

»Hallo, Ruth.«

»Hallo, Mami.«

Rachaela haßte es, Ruths Abendessen zu kochen.

Normalerweise war es nichts, was sie selbst essen wollte, und sie mußte jedesmal zwei verschiedene Mahlzeiten zubereiten. Rachaela versuchte, Ruth das zu bieten, was sie bei Emma bekommen hatte; Dinge, die sie mochte oder die gut für sie waren: Würstchen und Pommes frites, Hähnchen und Brokkoli, frische Karotten, gegrillter Fisch mit Käse und gebackenen Bohnen. Ruth war ebenfalls an ein Dessert gewohnt, und Rachaela kaufte ihr Obstkuchen und Eiskrem, doch Emma hatte selbst Pflaumentörtchen und gehaltvolle Puddings, Kekse und gebratene Äpfel gemacht. Rachaela füllte eine riesige blaue Schüssel mit Äpfeln, Orangen, Birnen und Bananen für das Kind, wie Emma es getan hatte.

Ein Vorrat an Orangensaft, Limo und Cola mußte im Kühlschrank sein.

Der Kühlschrank war übervoll. Das Kind zu ernähren war teuer.

Glücklicherweise wurde die Waschmaschine mit Ruths Kleidern ebensogut fertig wie in den letzten sechs Jahren. Emma hatte Ruths Blusen gebügelt. Rachaela kaufte neue, die man nicht bügeln mußte.

Nach dem Abendessen zog sich Ruth in ihren Bereich zurück. Sie erledigte ihre wenigen Hausaufgaben, wenn sie überhaupt welche aufhatte, oder malte wilde, grelle Bilder, Wälder voller Löwen und brennenden Schlössern, Duelle in der Wüste, Schiffe in Stürmen. Ihre Phantasie wurde offensichtlich von der Schule und den Büchern angeregt. Zweimal in der Woche ging sie in die Bücherei, meistens allein.

Abgesehen von den teuren, schrecklichen Mahlzeiten und der ständigen Erneuerung ihrer Kleidung machte sie sehr wenig Ärger.

Sie schlief lautlos. Während der Nacht war es schwierig festzustellen, ob sie überhaupt da war hinter ihrer Weidenwand. Emmas Wohnung stand sechs Monate leer, bevor jemand anderes dort einzog.

Es waren unangenehme Neuankömmlinge: zwei junge Männer, die abends laute Popmusik spielten und manchmal lärmende Streitigkeiten austrugen – einschließlich der am Tag ihrer Landung in diesen Gefilden.

Ruth reagierte mit Gleichmut auf diesen fremdartigen Einfluß. Sie hatte nie um Emma geweint.

Zuerst trafen Emmas auf lustiges, buntes Papier gekritzelte Nachrichten jeden neunten oder zehnten Tag ein. Ruth zog sich hinter ihre Wand zurück, um sie zu lesen und dann in einer ihrer Schubladen zu verstauen. Sie gab niemals einen Kommentar zu diesen Nachrichten ab, schien weder bedrückt noch froh, sie zu erhalten. Nach ein paar Monaten nahm die Anzahl der Briefe ab. Ruth hatte nie darauf geantwortet.

»Wenn du Emma schreiben willst«, sagte Rachaela, »nimm dir einfach Briefbogen und Umschlag aus dem Schrank.« Sie hatte diese Utensilien speziell aus diesem Grund angeschafft. »Wir haben haufenweise Briefmarken.« Ruth sagte ja, sie wisse um das Papier und die Briefmarken. Sie benutzte die Sachen nie. Nach vier Monaten erhielt Rachaela selbst einen Brief von Emma. Emma war im siebten Himmel, steckte voller Neuigkeiten über Liz, doch sie erkundigte sich auch nach Ruth. »Kinder sind so schlimm, wenn es ums Briefeschreiben geht. Ich kann mich erinnern, daß ich einfach schrecklich war.«

Rachaela beantwortete den Brief eine Woche später. Ruth und ihr ginge es gut, nichts hätte sich ereignet, Ruth hätte im Moment sehr viele Hausaufgaben und würde liebe Grüße schicken.

Rachaela hatte Ruth nicht gefragt, ob sie Emma liebe Grüße schicken wollte. Wahrscheinlich wollte Ruth das nicht. Emma war Vergangenheit.

Diese abgedroschene Kommunikation machte Emmas Overtüren ein Ende, und sie begann, aus ihrem Leben zu verblassen. Eines Tages fand Rachaela all die bunten Briefe von Emma an Ruth in dem Abfalleimer unter der Spüle. Ganz am Anfang hatte sie sich mit Ruth an den kleinen Tisch gesetzt.

»Es tut mir leid, daß Emma weggehen mußte. Es ist schwer für dich. Aber wir werden einfach das Beste daraus machen.«

Ruth hatte sie weder angesehen noch geantwortet. Sie malte gerade eine große Frau mit wehenden Ärmeln. »Du weißt, ich kann dir nicht soviel Zeit widmen wie Emma. Ich muß arbeiten. Aber wenn es Probleme gibt, dann mußt du es mir sagen, weil Emma nicht mehr da sein wird. Hast du verstanden?«

»Ja«, sagte Ruth nach einer Gedenkminute.

Rachaela sagte nicht, daß sie das Kind so oft wie möglich allein lassen würde, weil sie dasselbe von dem Kind erwartete. Das war aufgrund ihrer jahrelangen Erfahrung miteinander eine stillschweigende Vereinbarung zwischen ihnen.

Rachaela dachte, der Fehler ihrer eigenen Mutter war gewesen, daß sie ständig versucht hatte, ein Kind, das sie eigentlich nicht wollte, nach ihrem Willen zu formen und zu beugen. Ruth und sie hatten einen friedlichen Waffenstillstand geschlossen. Sie würden niemals Freunde sein, doch wenn sie ausreichend Abstand voneinander hielten, würden sie vielleicht auch keine Feinde werden.

Rachaela haßte Ruth nicht mehr. Ruth war jetzt ein eigenständiges Wesen, das alleine zur Toilette gehen, sich waschen, seine Mahlzeiten einnehmen, sich selbst anziehen und auch amüsieren konnte, ohne daß sie etwas dazutun mußte.

Da Ruth nicht geweint hatte, bestand für Rachaela keine Verpflichtung, weiterhin künstliches Mitleid und Wärme zu verströmen, die sie nicht empfand. Rachaela versuchte, das Kind nicht einzuengen, es seinen eigenen, wilden und schweigenden Weg gehen zu lassen. Ruth zeigte Rachaela nie etwas – ihre Kunstwerke, ihre Hausaufgaben oder Bücher – doch Rachaela ließ ihr freien Zugang zu ihrem eigenen, in der Zwischenzeit überfüllten Bücherregal, und ein oder zweimal, wenn Geld vorhanden war, hatte sie Ruth Bücher über bizarre Kunst von Kay Nielsen und Vali Myers gekauft. Ruth nahm diese Geschenke höflich entgegen, studierte sie trotzdem eingehend in ihrem Versteck. Emma hatte ihr zwei gläserne Briefbeschwerer und eine blaue Katze aus Glas hinterlassen. Zu ihrem achten Geburtstag kaufte Rachaela Ruth mit einer bösen Vorahnung und dem Wissen um Unausweichlichkeit etwas auf dem Sonntagsmarkt. Einen Spiegel, der mit purpurnen Irisblüten, Pfauenfedern und Muscheln aus rosafarbenem, undurchsichtigem Glas besetzt war. »Oh«, hatte Ruth gesagt, als sie ihn sah. Sie hatte sich kühl bei Rachaela bedankt und den Spiegel in ihre Höhle geschleppt.

Die Pflanze, David, war gestorben, obwohl Rachaela sie an ein Fenster gestellt hatte. Ruth hatte begonnen, von ihrem gesparten Taschengeld falsche Lackblumen zu kaufen, und schließlich schaffte sie sich einen Vogelkäfig mit einem bemalten hölzernen Gitter an.

Wenn Rachaela einen kurzen Blick in den Bereich ihrer Tochter warf – die Wand war jetzt behängt mit seltsamen Drucken in ausgeschnittenen Rahmen, und Ruths eigenen jüngsten exotischen Werken, dem Spiegel, den Glöckchen und Umschlagtüchern, Blumen und Käfig; und es gab eine weiße Uhr über der Kommode, die nicht funktionierte – dann sah sie die Scarabae. Vielleicht hatte sie das ganze selbst ermutigt, vielleicht nicht. Ruth war eine lebende Pflanze, die befleckte Glasblüten hervorbrachte. Man konnte sie nicht ausschalten, so wie es Rachaelas eigene Mutter möglicherweise versucht hatte. Denn viele von den schattenhaften Scarabae mochte sie an ihrer Tochter entdeckt und durch Haarschnitt und Kreuze auf den Rosenkohl zu vergiften versucht haben.

Hinter den Fenstern, auf den Straßen, löste sich das bunte Glas der Jahreszeiten ab. Der entfernte Park war wie ein Kalender. Grün, gelb und braun fielen die Blätter von seinen Bäumen, die schwarze spinnwebartige Kahlheit und eine weitere Eiszeit aus reinem Schnee.

Emma wurde niemals erwähnt.

Die Schule führte Ruth in Museen, Kunstgalerien und Gärten, einmal ans Meer.

Abends und an den Wochenenden saßen sie, bis auf die Musik aus der Stereoanlage und dem Bumm-Bumm aus der unteren Wohnung, stillschweigend zusammen.

Es war einfach doch unmöglich, die Anwesenheit des Kindes zu vergessen.

Jonquil war im Laden, als die junge Frau hereinkam. Sie war ungefähr zwei- oder dreiundzwanzig, hatte eine Brille und ein klares, junges Gesicht. Sie kam auf Rachaela zu.

»Mrs. Day?«

»Ja«, sagte Rachaela.

»Miss«, sagte Jonquil, »Missssss Day.«

»Oh, nun ja«, sagte die junge Frau. »Ich bin Miss Barrett aus Ruths Schule.«

»Was ist passiert?« fragte Jonquil

»Oh, nichts – nun ja, vielleicht doch. Aber – ich meine Ruth geht es gut. Es tut mir leid, daß ich Sie bei der Arbeit belästige, Mrs. Day. Doch ich wollte mit Ihnen sprechen, wenn das Kind nicht anwesend ist.«

Jonquil schwang ihre Stiefel vom Ladentisch herunter.

»Geh nach hinten, Rachaela. Nimm Misss Barrett mit. Ich kümmere mich derweilen um diese Zeitschriften.«

Sie gingen ins Hinterzimmer. Es war vollgestopft mit Kisten und Bücherstapeln. Briefe quollen aus einer Ablage hervor, die alte Schreibmaschine hockte inmitten der Kaffeeutensilien. Über einem Ofen hingen drei Paar von Denises Strumpfhosen, längst trocken.

»Wie ich schon sagte, es tut mir leid, Sie zu überfallen, Mrs. Day, aber ich dachte, es wäre das beste, wenn ich mich ohne Ruth mit Ihnen unterhalte. Wenn Sie es vorziehen, kann ich Sie in Ihrer Wohnung aufsuchen.«

»Wenn ich da bin, ist Ruth auch da. Um was geht es?«

»Nun, ich möchte Sie nicht beunruhigen. Es ist wahrscheinlich nichts, Kinder haben manchmal eine seltsame Ader. Man sollte nicht allzuviel hineininterpretieren, aber man muß schließlich auf sie aufpassen. Ich frage mich, ob Sie etwas Ähnliches bemerkt haben.«

»Was meinen Sie?«

»Wir hatten eine Freistunde, und ich sah eine Ansammlung von Kindern neben den Schuppen. Ich ließ sie eine Weile gewähren, doch sie haben sich nicht von der Stelle gerührt, also bin ich hingegangen, um nachzusehen. Die Kinder standen im Kreis, sie kicherten, aber einige von ihnen sahen etwas ängstlich drein. Auf dem Boden saß Terry Porter, der offensichtlich gestürzt war und sich dabei sein Knie ziemlich schlimm verletzt hatte. Anstatt sofort zu mir zu kommen und sich verarzten zu lassen, saß er einfach da, völlig bleich, und Ruth saß neben ihm. Als ich dort ankam, legte sie ihre Hand auf die Wunde und drückte so fest daran herum, daß sie ziemlich stark zu bluten anfing. Das Blut lief ihm in Strömen am Bein herunter. Sie sagte: ›Mach, daß es noch mal blutet, Terry.‹«

Rachaela fühlte dumpfe Furcht in sich aufsteigen, so tief, daß sie fast nicht erkennen konnte, was es war. Sie schwieg. Miss Barrett, die auf eine Reaktion von ihr gewartet hatte, fuhr fort. »Hat Ruth zu Hause schon einmal etwas Ähnliches gemacht?«

»Nein«, sagte Rachaela.

»Vielleicht ist es nur nicht zum Vorschein gekommen. Ruth hatte selbst schon die üblichen Kratzer und Schnitte, aber nie etwas wirklich Blutendes. Manchmal sind Kinder von Blut fasziniert.«

»Ja.«

»Vielleicht sollten sie mit ihr reden. Oder möglicherweise haben Sie ihr auch erzählt, wann ihre Periode eintreten wird. Manchmal kann das solche Reaktionen heraufbeschwören.«

»Nein.«

»Nun, es ist auch noch ein bißchen früh.«

»Was ist passiert?« fragte Rachaela. »Ich meine mit dem Jungen?«

»Oh, Terry. Nun, ich habe Ruth einfach gesagt, sie solle sich nicht so albern benehmen, und ihn zur Krankenschwester gebracht. Ruth ist manchmal ein wenig, nun, ein wenig ungewöhnlich. Die Sachen, die sie zeichnet. Und wenn wir sie auffordern, Geschichten zu erzählen oder kleine Stücke aufzuführen, dann ist Ruths Beitrag zumeist ziemlich schauderhaft. Manchmal frage ich mich, woher sie diese Ideen hat.«

Miss Barrett sah Rachaela mit blitzender Brille an.

»Ich zensiere ihre Bücher nicht«, sagte Rachaela.

»Nein. Nun, vielleicht sollten Sie etwas strenger sein. Wir wählen sehr sorgfältig aus, was wir ihnen zu lesen geben.«

Rachaela erinnerte sich an eine Zeichnung, die in Emmas Wohnung gehangen hatte.

»Aber Sie erzählen ihnen von der Kreuzigung Jesu Christi.«

»Nun, natürlich. Das ist religiöses Wissen.«

»Es ist zudem auch ein sehr düsteres Thema, und Ruth hat es gezeichnet.«

»Nun, ich muß zugeben«, sagte Miss Barrett und versuchte ihren Blick von Denises Strumpfhosen abzuwenden, »ich weiß, daß sie alle ziemlich blutrünstige, kleine Wilde sind. Sie haben sich danach pausenlos über die Kreuzigungsnägel unterhalten.« Sie wirkte jetzt fröhlicher, nachdem sie ihre schlechten Nachrichten losgeworden war.

»Das war alles. Ich dachte, Sie sollten es wissen und sie im Auge behalten.«

»Danke.«

»Keine Ursache«, sagte Miss Barrett.

»Typisch Frau«, schnaubte Jonquil verächtlich, als Miss Barret gegangen war.

Ruth malte hinter ihrer Wand, als Rachaela die Wohnung betrat. Rachaela zog ihren Mantel aus, wusch sich die Hände und begann automatisch mit der Zubereitung von Ruths Abendessen. »Wie war es heute in der Schule?« fragte Rachaela.

Eine Pause, möglicherweise aus Verwunderung.

»Es war in Ordnung.«

»Und gestern?«

»Da war es auch in Ordnung.«

Rachaela dachte an ihre Mutter, so viele Lektionen am

Abendbrottisch. Mahlzeiten sollten sich nicht zu Kreuzverhören entwickeln.

Sie wendete langsam die Steaks.

Heute würden sie gemeinsam essen. Steak für beide; Kartoffelbrei, Tomaten und Erbsen für Ruth; Salat und Avocados für Rachaela.

Als das Essen fertig war, rief sie Ruth zu Tisch. Sie aßen schweigend, durch die Zeichnung getrennt, der Ruth, zwischen den einzelnen Bissen, ein oder zwei Striche hinzufügte. Auf dem Kopf liegend, wirkte die Zeichnung unheilvoll, öde Landschaft unter einem bewölkten Himmel, eine Bestie, die aus ihrer Höhle kroch.

»Was möchtest du jetzt, Kuchen oder Eiskrem?«

»Beides, bitte.«

Ruth war stets höflich. Doch sie war ein nimmersattes Kind. Selbst als Emma verschwunden war, hatte sich ihr Appetit nicht verringert. Sie blieb gertenschlank, doch hatte Rachaela in den letzten Wochen schon Ansätze von kleinen Brüsten erkennen können. Sie war erst neun. Man würde schon wieder alles neu kaufen müssen, einschließlich eines winzigen BHs. Würde Ruth das peinlich sein? Rachaela sah sie niemals im Bad.

Als die Mahlzeit beendet war, spülte Rachaela das Geschirr und machte Kaffee; Ruth zog sich hinter ihre Wand zurück.

»Hast du heute Hausaufgaben zu erledigen?«

Wieder die möglicherweise verwunderte Pause.

»Nein.«

»Würdest du eine Minute herkommen, Ruth. Ich möchte mit dir über etwas reden.«

Was würde Emma tun? Emma, mit all ihrer Erfahrung, hätte sich vielleicht keine Sorgen gemacht. »Es ist eine Phase, die sie alle durchmachen. Kannst du dich nicht mehr an deine erinnern? Kümmer dich nicht darum. Sie wird darüber hinwegkommen.« Ruth tauchte mit ihrer Zeichnung auf. Sie setzte sich erneut an den Tisch und malte geschäftig daran herum.

Rachaela sagte: »Erzähl mir von Terry Porter.«

Stille.

Schließlich antwortete Ruth: »Ich mag ihn nicht.«

»Warum nicht?«

»Er schreit mir immer solche Sachen nach.«

»Was für Sachen?«

»Daß ich keinen Vater habe. Daß ich aus einem Ei geschlüpft bin.«

»Natürlich hattest du einen Vater. Er lebt nicht bei uns, das ist alles. Emma hat es dir erzählt.«

Emmas Name wurde ignoriert.

Wie ekelhaft erfinderisch von Terry Porter, zu behaupten, daß Ruth aus einem Ei geschlüpft wäre. Möglicherweise hatte er einmal von dem reproduktiven Zyklus gehört.

»Also warst du froh«, sagte Rachaela, »als Terry Porter sich verletzt hat.« Ruth schwieg. »Warum hast du die Wunde noch mehr aufgerissen? Um ihm angst zu machen?« Ruth malte weiter. Die Landschaft hatte, wie alle Wüsten, ein vertrautes Aussehen.

»Bitte sag etwas, Ruth.«

Ruth sagte: »Es hat geblutet.«

»War es das, was dein Interesse geweckt hat?«

»Es war sehr rot.«

»Du hast schon früher Blut gesehen«, sagte Rachaela. Hatte sie das wirklich? Sie mußte, sie war darin geboren worden.

»Es war sehr rotes Blut.«

Verbarg sich hinter dieser Feststellung ein ungestillter Hunger? Verbarg sich dahinter, um genauer zu sein, Durst und beginnende Sexualität?

Ruth schattierte den Bereich um ihre Bestie.

»Warum lebt mein Dad nicht bei uns?«

»Er wollte nicht.«

»Ich habe auch keine Großeltern.«

»Nein. Es tut mir leid. Nur wir beide.«

»Wollten sie mich auch nicht?« Die Frage war keine Anklage. Eine brutale Feststellung der Tatsachen.

Ich habe dich nicht gewollt. Ich will dich nicht. Du bist ein kleines Tier, das mein ganzes Leben durcheinanderbringt, das gefüttert und eingekleidet werden will, das in die Schule muß und Geschenke verlangt. Über das man sich Gedanken machen muß. Nicht liebenswert wie eine Katze. Haut und Haare und eine Stimme.

Aber die Scarabae *hatten* Ruth gewollt. O ja.

Sollte sie jetzt darüber lügen? Sie versuchte, das Kind nicht so zu belügen, wie *sie* belogen worden war.

»Ich schätze, sie wollten dich, aber sie hatten keine Wahl.«

»Habe ich eine Oma?«

»Vielleicht.« War Anna, wie Rachaela den Verdacht hatte, wirklich Adamus' Mutter? »Aber sie sind weit weg.«

»Wie Emma«, sagte Ruth überraschenderweise.

»Viel weiter als Emma.«

»Sie schreiben mir nicht.«

»Nein.«

»Ich schätze nicht, daß sie mich wollen«, sagte Ruth.

Sie hatte Rachaela erfolgreich von dem Thema Blut abgelenkt. Rachaela sagte: »Wegen Terry Porter. Du darfst so etwas nicht noch einmal machen.« Ruth fragte nicht warum. »Das verstehst du, nicht wahr? Du mußt vorsichtig sein, daß die Leute keine schlechte Meinung von dir bekommen. Vertraue niemandem. Laß dich nicht gehen. Versuch, dich wie die anderen Leute zu benehmen.«

Ruth knabberte an ihrem Buntstift.

Einem inneren Drang nachgebend, nahm Rachaela die Zeichnung und starrte darauf.

Ruth hatte die Heide gemalt, die Heide der Scarabae, den Drachenbereich, und den Drachen, der aus seiner Höhle kam, um seinen Ritter zu töten. Auf einem Hügel stand ein merkwürdig geformter Fels – der Monolith?

»Was hat dich darauf gebracht?« Rachaela deutete auf die Zeichnung.

»Ich weiß nicht.«

Ruth sah sie schließlich mit ihren scharfen, klugen, schwarzen Augen an. Ihr ebenmäßiges, schneeweißes Gesicht war uralt.

»Das ist eine sehr gute Zeichnung.«

»Danke.«

Rachaela gab die Heide und den Drachen zurück. Über diesen Ort war sie gewandelt, als Ruth nur ein Ding war, das sich in ihr zusammengerollt hatte. Wie sonst hätte das Kind ihn sehen können?

»Mami«, sagte Ruth, »können wir eine Katze haben?«

»Nein, ich glaube nicht. Tut mir leid, aber wir haben keinen Garten und sind den ganzen Tag nicht daheim.«

Sie wollte nicht, daß Ruth eine Katze bekam. Sie wußte nicht, warum. Sicherlich würde Ruth der Katze nicht weh tun, da sie sie immer streichelte. Rachaela hatte es gesehen. Es war etwas anderes. Ruth weinte nicht, versuchte auch nicht, ihren Willen durchzusetzen. Sie nahm die Heide und ging zurück hinter ihre Wand.

Ein Sturm rüttelte an dem Haus.

Rachaela träumte von Adamus, der sich über sie beugte, sein Haar eine einzige schwarze Kapuze. Ein Blitz erhellte ihn, verblaßte.

Sie öffnete die Augen. Ruth saß am Fenster und beobachtete den Sturm.

Ein blauer Blitz erleuchtete den Himmel, das Kind zuckte nicht zusammen, lehnte sich noch näher an die Scheibe. Ruth hatte Stürme beobachtet, seit sie drei oder vier Jahre alt war. Donner bombardierte die Hauptstadt.

Rachaela stand auf und tappte im Licht der Straßenlaternen, das durch die unverhüllten Fenster drang, in die Küche. »Möchtest du etwas zu trinken? Milch? Kaffee?«

»Nein, danke.«

Rachaela schaltete kein Licht an. Sie füllte den Kessel und stellte ihn auf die Herdplatte. Eine gelblich-blaue Gasflamme leuchtete in der orangefarbenen Dunkelheit auf. Es blitzte erneut.

Als sie den Kaffee trank, verspürte sie den unwiderstehlichen Drang, im Zimmer umherzugehen. Das Kind ignorierte sie. Als sie in Ruths Bereich kam, sah sie die Perlen und Glöckchen, die Uhr und die Gemälde, von einem weiteren Blitz erhellt. Soviel, das glänzte. Und dort hing der Spiegel, den sie Ruth geschenkt hatte.

Der Spiegel war verändert.

Ohne einzutreten, beugte sich Rachaela vor, um besser sehen zu können.

»Was hast du mit dem Spiegel gemacht?«

»Ich habe ihn angemalt.« Wieder das blaue Blitzlicht. Das ganze Glas war mit Feldern und Wiesen, Blumen und Wolken, entfernten, von Nebelschwaden umhüllten Bergen bedeckt.

13

Sie hatte den Badezimmerspiegel gekauft, kurz nachdem sie eingezogen war. Er ging über eine ganze Wandfläche. Als das Badewasser einlief, beschlug er mit nebligem Dampf. Rachaela wischte ihn. Das kalte Licht des Wintermorgens bohrte sich durch das Milchglasfenster; Seitenlicht, das härteste Licht überhaupt. Rachaela untersuchte ihr Gesicht und ihren Körper.

Sie war vierzig. Man sah es ihr nicht an. Sie sah noch genauso aus wie mit neunundzwanzig, vor der Geburt des Kindes. Selbst das hatte sie nicht berührt. Keine Schwangerschaftsstreifen, keine Orangenhaut, Bauch und Schenkel fest, weiß und glatt, der Busen voll und straff, die Brustwarzen klein und rosig. Der Hals faltenlos, das Gesicht faltenlos, die Augenbrauen- und Wangenpartie glatt. Das Kinn war fest. Keine Tränensäcke unter den Augen, keine Fältchen um den Mund. Gesicht und Körper einer jungen, jungen Frau. Und in dem schwarzen Haar, dem Haar an ihrer Schamgegend, keine einzige silberne Locke.

Es machte ihr keine Freude. Sie versuchte, sich nicht davon aus der Ruhe bringen zu lassen. Sie war daran gewöhnt, sah es jeden Tag. Sie hatte mit Bemerkungen wie Jonquils zu leben gelernt: »Aber du bist ja noch ein Kind.« Selbst Denise war etwas älter geworden, wurde durch die großen Mahlzeiten, die sie für den hungrigen Keith zubereitete, in ihren Dreißigern immer fülliger und schwammiger. Jonquil hatte sich nicht sehr verändert, ihre Haut war härter und widerspenstiger geworden, sie hatte den Ohrring aus Stahl gegen einen aus Horn vertauscht, und ihr Haar war grau geworden.

Wahrscheinlich werde ich ganz plötzlich alt.

Das könnte passieren. Es passierte in Büchern.

Die Leute bemerkten deine Jugend nicht, wenn sie dich ständig sahen, genauso wie die Veränderungen des Alterns hauptsächlich unmerklich vor sich gingen und nur in plötzlicher Erkenntnis offenbar wurden.

»Wie alt bist du, du mußt jetzt ungefähr achtundzwanzig sein«, hatte Jonquil im letzten Jahr gefragt, ohne eine Antwort zu erwarten.

Das Kind hatte sich verändert, natürlich.

Ruth wuchs mit penibler Regelmäßigkeit aus all ihren Kleidern heraus. Sie hatte Brüste und zwei kleine Büstenhalter, die man mit der Hand waschen mußte.

Rachaela hatte Ruth über ihre Periode aufgeklärt; sie hatte sich zu ihr an den Tisch gesetzt, während Ruth malte, und sie gefragt, ob sie verstanden hätte. Rachaelas Mutter hatte ihr nichts erzählt, sondern ihr einfach nur ein sehr ernsthaftes Buch in die Hand gedrückt. Das Blut war mitten in der Nacht gekommen, und sie war trotzdem beunruhigt gewesen. Sie hatte ihre Mutter wecken und um Binden bitten müssen, und ihre Mutter war darüber ziemlich verärgert gewesen. Rachaela steckte die Binden in Ruths Schubladen zwischen ihre Unterwäsche, während sie dabei war.

Ruth zeigte weder Abscheu noch Aufregung. »Ich habe in der Schule darüber gehört.«

»Von den Lehrern?«

»Von einem Mädchen.«

»Sag mir, wenn es losgeht«, fühlte sich Rachaela zu sagen verpflichtet.

»In Ordnung.«

Wie sah Ruth unbekleidet aus? Rachaela hatte sie nie gesehen. Sie ging abends in Rock und Bluse ins Badezimmer und kam in einem baumwollenen Nachthemd wieder zum Vorschein.

Rachaela schlief ebenfalls in einem Nachthemd. Ruths Schicklichkeit machte das irgendwie erforderlich.

Die Badewanne war voll.

Rachaela ließ es zu, daß sich der Spiegel mit Dampf überzog, und stieg in das Wasser.

»Hi, du bist spät dran«, tönte Jonquil fröhlich, als Rachaela den Laden betrat. »Hat dich dein Kind aufgehalten? Ist sie jetzt eigentlich schon in der höheren Schule?«

»Nächstes Jahr, wenn sie elf wird.«

»Ich schätze, du hast das schon alles genauestens geplant.«

»Es hängt von einigen Tests ab«, sagte Rachaela abwesend. Sie war gewohnt, gelegentliche Fragen nach dem Kind zu beantworten, von dem Jonquil wahrscheinlich sowieso annahm, daß es gar nicht wirklich existierte.

»Aha«, sagte Jonquil. »War sonst immer dieser olle Aufnahmetest, aber das ist jetzt ja alles anders. Du kannst dich sicher nicht mehr daran erinnern.«

Rachaela machte Kaffee für sich, und für Jonquil Tee aus einem ihrer Kräuterteebeutel. Jonquil wuselte um sie herum. Als sie sich gesetzt hatten, stand Jonquil sofort wieder auf.

»Du bist jetzt schon eine ganze Zeit hier, nicht wahr, Raech? Wie lange ist das jetzt – fünf Jahre?«

»Etwas länger.«

»Denise auch. Arme alte Denise. Dieser verblödete, schreckliche Typ, mit dem sie zusammen ist. Ich hatte gehofft, daß er sie in Ruhe lassen würde, aber er weiß wahrscheinlich genau, was er an ihr hat.« Jonquil nahm einen Schluck von ihrem Tee und stieß dann ungestüm hervor: »Ich fürchte, wir werden schließen müssen.«

Rachaela sah sie an. Das hatte von Anfang an in den Karten gestanden. Sie war nur überrascht, daß Isis sich so lange gehalten hatte.

»Das tut mir leid«, sagte sie.

»Yeah. Es ist eine Schande. Aber wir haben schon von Anfang an nicht sehr viel Aufsehen erregt. Verschlafenes altes Loch. Ich habe die Möglichkeit, mich mit einer Frauengruppe in der Nähe von Manchester zusammenzutun. Also wird es mir nicht allzu schlecht ergehen. Aber es bedeutet die Kündigung für Denise und dich. Wirst du zurechtkommen?«

»Oh, ich werde etwas anderes finden.«

»Irgendeinen Dienstbolzenjob. Oder du mußt irgendeinem verdammten Mann in einem Büro nachwetzen.«

»Wahrscheinlich.«

»Ich wünschte, ich könnte etwas tun.«

»Wie lange noch?« fragte Rachaela.

»Ende des Monats. Total mieses Timing. Weihnachten steht vor der Tür. Aber es wird dir etwas mehr Zeit mit dem Kind geben.«

»Ja.«

Erleichtert, daß ihre Bombe endlich geplatzt war, begann Jonquil in dem verlorenen kleinen Laden herumzuwandern und die Bücher zu überprüfen.

Die Heißwasserrohre gurgelten wie schon seit zehn Jahren.

Das bedeutete nicht das Ende der Welt. Dank Emmas jahrelanger Großzügigkeit hatte Rachaela etwas Geld auf die Seite legen können, und jetzt würde es einige Zinsen getragen haben, die sie eine Zeitlang über Wasser halten konnten, vielleicht bis zum Neuen Jahr. Das Kind war natürlich teuer, aber sie schien mit ihren Kleidern und ihren Schulausflügen gerade mal wieder auf dem neuesten Stand zu sein.

Lyle und Robbins suchten wieder nach Personal. Vielleicht würde das etwas werden. Oder sie ging zu dem Antiquitätengeschäft in der Beaumont Street, mit der einzelnen, etwas gestreßten Frau, die immer für ›nur zehn Minuten‹, zumachte.

Kein Problem.

Rachaela erinnerte sich daran, wie Mister Gerard sie gefeuert hatte, und wie wichtig und unheilvoll ihr das damals erschienen war. Die Dinge lagen jetzt anders. Oder vielleicht hatte auch nur sie sich verändert.

Am Donnerstag, als Rachaela ihren freien Tag hatte und in ihrem Sessel der Ballettmusik von Tschaikowski lauschte, klingelte jemand an der Tür.

»Ja?«

»Oh, Mrs. Day. Hier ist Miss Barrett. Vielleicht erinnern Sie sich an mich?«

»Nein, ich fürchte nicht.«

»Aus Ruths Schule.«

»Ja?«

»Ich muß mit Ihnen über etwas sprechen.«

Rachaela erinnerte sich an Miss Barrett, die vor einem Jahr, mit ihrem saubergeschrubbten Gesicht und ihrer lebensnotwendigen Brille bei ihr aufgetaucht war. Terry Porter und sein Knie. »Sie kommen besser hoch.«

Miss Barrett betrat die Wohnung in einem erdbeerroten Mantel mit weißem Pelzkragen, einer gelben Wollmütze und braunen Fäustlingen. Über dem Arm trug sie einen rosafarbenen Schirm.

»Oh, Mrs. Day. Ich bin so froh, daß ich Sie erreiche.«

»Bitte setzen Sie sich.«

Miss Barrett setzte sich in einen Sessel, Rachaela setzte sich auf einen der harten Stühle vor dem Tisch.

Miss Barrett legte Handschuhe und Mütze ab.

»Was für ein ekliges Wetter. Ich würde mich nicht wundern, wenn wir bald Schnee bekämen.«

»Was hat Ruth angestellt?« fragte Rachaela.

»O Himmel. Solche Sachen sind immer eine richtige Plage«, sagte Miss Barrett. »Mister Walker glaubte, daß es das beste wäre, wenn ich Sie aufsuche, da ich Sie ja schon einmal angesprochen habe. Wir wollen keinen zu großen Aufruhr verursachen. Es sei denn, es ist eine dauerhafte Sache, natürlich.«

»Was hat Ruth getan?«

»Eigentlich geht es eher um das, was sie nicht tut. Sie kommt nicht mehr zur Schule, Mrs. Day. Ich nehme an, daß Sie sie nicht einfach zu Hause behalten haben, ohne der Schule eine Nachricht zu übersenden? Wir müssen nämlich auf einer Benachrichtigung bestehen, sehen Sie. Ich weiß, daß derzeit eine Grippewelle umgeht.«

»Ruth ist niemals erkältet.«

»Nein. Nun, dann nehme ich an, daß sie nicht da ist.«

»Nein.«

»Mrs. Walker glaubt, sie hat Ruth in Woolworth's gesehen.«

Was für ein weltlicher Ort für eine Flüchtige. Warum Woolworth's? Manchmal, wenn Rachaela samstag mittags einkaufen ging, wurde sie von Ruth auch zu Woolworth's begleitet, doch sie hatte nie auch nur das geringste Interesse an Spielsachen, Süßigkeiten oder der lautstark dröhnenden Musikabteilung bezeugt.

»Mrs. Walker glaubt, daß Ruth dort Make-up ausprobiert hat«, sagte die ungeschminkte Miss Barrett, ihre unbemalten Augen und Lippen waren vor Schock weit aufgerissen.

»Möglicherweise hat sie das getan«, sagte Rachaela, einen Moment lang selbst verblüfft. Als sie damals die Schule schwänzte, hatte sie etwas Ähnliches getan, aber zu der Zeit war sie zumindest schon dreizehn oder vierzehn gewesen.

»Die Sache ist die, Miss Day, das ganze ist wirklich ernst. Sie müssen mit Ruth sprechen und ihr klarmachen, daß sie in die Schule kommen muß. Sie hat in diesem Monat schon mehrere Tage gefehlt. Sie hat im nächsten Jahr einen wichtigen Test vor sich, und sie wird sich darauf konzentrieren müssen. Sie ist solch eine Träumerin. Sehr viel Talent im Zeichnen, obwohl einige ihrer Gemälde, na ja. Aber sie muß sich zusammenreißen. Sie muß die Schule besuchen.«

»Ich werde mit ihr reden.«

»Ruth muß in die Schule kommen. Wenn sie das nicht tut, wird Mister Walker weitere Schritte unternehmen müssen.«

»Aha.«

Miss Barrett war zutiefst entrüstet.

»Sie macht sich sämtliche Chancen kaputt«, sagte sie. Die Schule war sehr wichtig, eine Schwimmweste im Chaos. Sie blickte regelrecht verängstigt drein.

Rachaela hatte ihr nichts zu trinken angeboten und begleitete sie auch nicht zur Tür, als sie ihre albernen Handschuhe überzog, bis sie aussah wie die Parodie eines Bären.

»Und wenn sie einmal zu Hause bleiben muß«, sagte Miss Barrett, »ist es unbedingt erforderlich, daß wir eine Benachrichtigung erhalten.«

Rachaela aß Tomaten und Toast zu Mittag und stellte sich vor, wie Ruth ihre Brote an irgendeiner Mauer oder in einem Park zu sich nahm.

Die Schule mußte sie langweilen.

Rachaela wußte, daß sie sehr gut lesen konnte, jedoch von Zahlen keine Ahnung hatte. Das war schon zu Emmas Zeiten so gewesen und hatte sich auch nicht geändert, denn Ruth hatte Rachaela ein- oder zweimal irgendeine arithmetische Frage gestellt, die Rachaela selbst nicht hatte beantworten können. Ruth hatte sogar beim einfachen Addieren Schwierigkeiten.

»Wie viele Äpfel sind noch übrig?« hatte Rachaela sie kürzlich gefragt.

Ruth hatte die Schale überprüft. »Ich weiß nicht, Mami.« Es waren sieben Äpfel. Das Kind bezahlte Sachen im Geschäft immer mit einer großen Münze oder einem Geldschein. Sie schleppte ihr Kleingeld zu Rachaela, um es von ihr in Fünfzigpencestücke und Pfundnoten umwechseln zu lassen. Vielleicht war es falsch, Mitleid mit Ruth zu empfinden, nur weil sie selbst die Schule ebenfalls geschwänzt hatte.

Und doch betrachtete Rachaela mit einiger Belustigung das nur kurze Zeit aufflackernde und allmählich abebbende Tageslicht, während sie darauf wartete, daß Ruth pünktlich heimkehren würde, als käme sie gerade von der Schule. Das Kind erschien auf der kalten Straße. Rachaela dachte an den Tag, an dem sie sie im Schnee beobachtet hatte, den Tag, an dem Emma sich mit einem gezwungenen Lächeln aus ihrem Leben geschlichen hatte. Arme, nützliche Emma.

Wie anders Ruth jetzt war.

Ihr Haar war nicht mehr zu Zöpfen geflochten, sondern hing glatt fast bis zu ihrer Taille herunter. Es war dicht und nahezu geschmacklos schwarz und schimmerte wie dicke Molasse. Keine Mütze oder Handschuhe mehr, die langfingrigen Klavierspielerhände fingerten unbedeckt an den Knöpfen ihres dunkelblauen Mantels herum. Der Ranzen war unpassenderweise noch vorhanden. Trotz der trügerischen Schultasche, den weißen Kniestrümpfen und den Kleinmädchenschuhen wirkte Ruth auf der Straße wie eine winzige Frau: ein Zwerg mit dem seltsam weißen Gesicht einer Elfe, der mehr eilig als elegant einherschritt.

Als die Wohnungstür geöffnet wurde, saß Rachaela wieder am Tisch.

»Hallo, Ruth.«

»Hallo, Mami.«

»Stell deine Tasche ab, zieh deinen Mantel aus, komm her und setz dich zu mir.«

»Was gibt es zum Abendbrot?«

»Darüber habe ich mir noch keine Gedanken gemacht.«

»Kann ich Pommes frites haben?«

»Du hattest gestern Pommes frites.«

Ruth kam in ihrem kohlschwarzen Rock, ihrem blauen Pullover und ihrer scharlachroten Bluse an den Tisch. Rachaela gestattete ihr, sich ihre eigenen Farben zusammenzustellen. Und sie bewies dabei mit Sicherheit einen besseren Geschmack als diese Miss Barrett.

»Du bist nicht in der Schule gewesen«, sagte Rachaela.

Ruth blickte sie abschätzend an. Sie versuchte nicht zu lügen.

»Nein.«

»Warum nicht?«

»Es gefällt mir dort nicht.«

»Hat es dir früher gefallen?«

»Es war in Ordnung.«

»Und jetzt ist es das nicht mehr.«

Ruth schwieg.

»Quälen dich die anderen Kinder?«

»Nein.«

»Eine Frau aus deiner Schule war heute hier. Eine Miss Barrett.«

»Plemplem Barrett«, sagte Ruth.

»Du bist bei Woolworth's gesehen worden.«

»Oh«, meinte Ruth.

»Warum Woolworth's?«

»Es hat geregnet.«

»Was machst du, wenn es nicht regnet?«

»Ich laufe herum«, sagte Ruth. Sie hielt einen Moment inne und fuhr dann fort: »Ich gehe zu dem großen Friedhof und sehe mir die Grabsteine an.« Sie fügte hinzu: »Manchmal nehme ich den Bus. Ich verlaufe mich. Ich gehe immer sicher, daß ich zum Abendbrot wieder zurück bin.«

»Ja, ich weiß.«

»Wirst du jetzt sagen, daß ich gehen muß?« fragte Ruth. Ihr Gesicht war ausdruckslos. Sie hatte Rachaela nicht in Verdacht, daß sie sich mit den Autoritäten verbündete, betrachtete sie im Gegenteil als Gleichgesinnte, und doch war sie ihr fremd, eine Außenseiterin.

»Es kommt darauf an, was du willst«, sagte Rachaela.

»Ich will überhaupt nichts.«

»Du wirst niemals einen tollen Job kriegen«, sagte Rachaela, »aber ich nehme an, daß sie dir schon alles darüber erzählt haben.«

»Sie haben uns gefragt, was wir werden wollen.«

»Und was hast du geantwortet?«

»Ich habe gesagt, Bibliothekarin.«

»Ist es das, was du werden willst?«

»Nein.«

»Wenn es für dich wirklich keine Rolle spielt«, sagte Rachaela, »dann werde ich dich nicht zwingen.« Sie erinnerte sich an das wütende, wabblige Gesicht ihrer Mutter: *»Du mußt dich zusammenreißen. Du wirst noch in der Gosse landen. Du wirst zur Schule gehen, hörst du mich? Du wirst mir nicht noch einmal eine solche Schande machen, du verdammtes kleines Biest.«*

»Aber wir werden uns etwas ausdenken müssen«, sagte Rachaela. »Du wirst ab und zu gehen müssen. Wenn du einen freien Tag haben willst, dann sagst du es mir einfach, und ich schreibe dir eine Benachrichtigung für die Schule.«

Ruth überdachte den Vorschlag. Man war in ihre Privatsphäre eingedrungen, doch sie schien die Unabänderlichkeit des ganzen zu akzeptieren.

»Wirst du das tun?«

»Ja.«

»In Ordnung. Danke«, sagte sie.

Rachaela betrachtete ihr ältliches Elfenkind. War Ruth wie sie?

»Werden Spaghetti auf Toast fürs Abendessen reichen?«

»Mit Käse?«

»Mit Käse.«

Rachaela erhob sich und ging in die Küche, um die verschiedenen Dosen auf der Arbeitsfläche auszubreiten. Ruth folgte ihr und blieb im Türrahmen stehen.

»Was würde mein Dad dazu sagen, daß ich nicht in die Schule gehe?«

Rachaela dachte nach. »Ich glaube, er würde sich einen Dreck darum scheren.«

Ruth fragte: »Werde ich ihn jemals zu Gesicht bekommen?«

»Nein.«

»Warum nicht?«

»Er wäre nicht interessiert, Ruth. Tut mir leid.«

»Woher weißt du das?«

»Weil ich ihn kenne. Er hat sich auch für mich nicht interessiert.«

»Aber der Großvater und die Omi«, sagte Ruth.

Dein Großvater ist auch dein Vater.

»Es gibt weder einen Großvater noch eine Omi. Sie sind einfach nur eine große, formlose Familie, lauter alte Leute. Sie würden dir nicht gefallen.« Wie konnte sie das so sicher wissen?

Ruth war ihr Ebenbild. Ruth hatte getan, was sie ebenfalls tun würden.

Sie durfte sich Ruth nicht in dem Haus vorstellen. Das Haus, das mit den Jahren zu einem Gespenst verblaßt war und doch immer noch dort verharrte, ein Nebelschwaden am Rande ihres Verstandes. Die Spiegel, die Fenster.

Ruth sagte: »Ich würde sie vielleicht mögen. Alte Leute machen mir nichts aus.«

»Sie sind sehr weit weg.«

»Könnte ich nicht hingehen?«

»Nein, Ruth.«

»Ich will aber.«

Wie waren sie auf dieses Thema gekommen? Rachaela legte den Dosenöffner weg und schüttete die Spaghetti in einen Topf.

»*Nein,* Ruth.«

»Ich träume von ihnen«, sagte Ruth.

Rachaela verhielt in der Bewegung.

»Was meinst du damit?«

»Ich träume von ihnen in einem großen Haus. Und ich laufe einen Korridor entlang und durch eine Tür, und da sind sie.«

Offensichtlich hatte Rachaela während der ganzen Jahren immer mal wieder etwas über die Scarabae fallenlassen. So mußte es sein. Das Kind hatte seine Träumereien, genau wie jedes andere Kind.

»Ich will nicht darüber reden, Ruth. Ich will nicht, daß du in ihre Nähe kommst, und damit basta.«

Bleib weg von den Scarabae.

Wieder sah Rachaela das aufgeschwemmte Gesicht ihrer Mutter vor sich.

»Warum darf ich nicht? Warum nicht?« fragte Ruth.

»Weil sie irrsinnig sind. Es sind verrückte Menschen. Und sie sind eine Art Vampire. Oder jedenfalls denken sie das.«

Sag nichts mehr.

»Vampire«, wiederholte Ruth. »Wie Dracula?«

»Nicht wie Dracula. Sie sind böse Menschen.« Sie rührte in dem Topf und erwartete eine weitere Attacke, die nicht kam. Als sie sich umdrehte, war Ruth wieder hinter ihrer Wand verschwunden.

Das hätte ich nicht sagen sollen.

Zu spät.

Sie hatte eine Vision von Adamus, der im Schwarz des Mondes die Häuserwand hinaufstieg, sein blasses Gesicht dem Himmel zugewandt, ein Blutrinnsal rann ihm aus dem Mundwinkel. Sexuelles Verlangen schoß plötzlich ohne Vorwarnung in ihre Mitte, verblüffte sie. Nach so langer Zeit, nach so vielen Ereignissen, war das primitiv und dumm – nach *Ruth*.

Sie legte das Brot in den Toaster, und ihre Hände zitterten. Von jenseits einer Dekade aus Spinnweben und gefärbtem Glas fühlte sie, wie sich alte, knittrige Hände nach ihr ausstreckten und sie streiften.

Der Laden war kahl, die Bücher in Kisten verpackt oder bereits verschickt.

Denise weinte leise und zerzaust vor sich hin.

»Na na«, sagte Jonquil. »Komm trink noch etwas Wein.«

Sie hockten auf den wackligen Stühlen und tranken, als

draußen vor der Tür die Nichtkunden, nun für immer ausgeschlossen, auf dem nassen, dunklen Bürgersteig vorbeihasteten.

»Erinnert ihr euch noch an die alte Frau, die immer hereinkam und Roald Dahl verlangte, nachdem sie behauptet hatte, er wäre eine Frau?« schluchzte Denise.

»Und was ist mit dem Mann, der sich immer wieder Ausgaben von Angela Truebridges *Kämpfe den guten Kampf* gekauft hat?«

»Und die Angela-Carter-Besessene?«

»Und das Mädchen, das nie den Namen der Autorin wußte?«

Sie nickten weise, als sie sich an das alles erinnerten.

»Es war schon ein komischer alter Job«, sagte Denise und putzte sich die Nase. »Ich fange nächsten Montag im Co-op an, nur bis Weihnachten. Keith ist stinksauer. Er wird sich jetzt sein Frühstück selbst machen müssen.«

»Fauler Mistkerl«, konstatierte Jonquil. »Das wird ihm guttun.«

»Aber er wird so eine Sauerei hinterlassen« jammerte Denise. »Und er spült nie ab.«

»Laß ihn doch endlich sausen.«

»Na ja, letzte Woche habe ich diesen wirklich netten Typen im Bus kennengelernt. Ich sehe ihn jeden Abend.«

»Vom Regen in die Traufe«, sagte Jonquil. »Du wirst es nie lernen.«

»Und was wirst du machen, Rachaela?«

»Ich habe mich noch nicht entschieden.«

»Wenn du nach Manchester kommen willst«, sagte Jonquil, »schreib mir einfach ein paar Zeilen. Du kannst bei einem der Mädchen auf dem Boden übernachten, bis du etwas anderes gefunden hast.«

Von draußen lugten zwei junge Männer zu den hell erleuchteten Frauen mit ihren Flaschen und Jonquils Bierdosen herein. Sie schielten lüstern und machten ihnen eindeutige Zeichen, bis Jonquil lässig auf die Tür zuschlenderte.

»Abschaum«, sagte Jonquil, als sie vor ihr flohen. »Für so was müßte es spezielle Mülleimer geben.«

»Ich muß gehen.« Rachaela glitt von ihrem Stuhl herunter.

»Ich muß Ruths Abendessen vorbereiten. Ich habe ihr gesagt, daß es später wird, aber es ist schon sieben.«

»Ja, O. k., Raech. Schwirr ab.«

Denise umarmte Rachaela und benetzte sie mit Tränen.

»Komm mal im Co-op vorbei. Ich werde dir einen Rabatt verschaffen.«

Jonquil schüttelte Rachaela die Hand. Ihre blaßgrauen Augen blickten resigniert: »Wenn du jemals nach Manchester kommen solltest, schau bei uns vorbei.«

Sie begleitete sie hinaus in die feuchtschwarze und regnerische, gelbe Nacht.

Speere aus Licht, von länglichen Neonlampen erzeugt, spiegelten sich auf den Bürgersteigen. Hinter den Geschäftshäusern zerfloß das Licht der Straßenlaternen wie Rührei in den Pfützen. Der Regen war dicht, wollte sich in Schnee verwandeln. Der Wind heulte.

Erleuchtete Fenster ließen aus den Häusern Wohnungen werden. Wie oft war sie schon an ihnen vorübergegangen, bei Regen und Sonnenschein, an Sommerabenden in Staub und Diesel, auf dem weißen Schnee, wenn jeder Schritt einen verrenkten Knöchel zur Folge haben konnte. Ein oder zwei Bäume waren schon mit Girlanden aus bunten Lichtern geschmückt. Dort in dem blauen Fenster klebte dasselbe alte ›Merry Xmas‹, das um diese Zeit immer wieder hartnäckig auf seinem Platz erschien, Jahr für Jahr.

Bald würde ein Geburtstagsgeschenk für Ruth fällig sein, und auch ein Weihnachtsgeschenk. Jonquil hatte Rachaela einige Bücher aufgedrängt, die eigentlich für niemanden das Passende waren. Sie würde sie auf den Flohmarkt bringen.

Irgend jemand war hinter ihr.

Hatte nichts zu bedeuten.

An einem Abend war ihr ein betrunkener Mann über die gesamte Länge der Rosamunde Street hinterhergeschwankt. Er hatte ihren Arm ergriffen, und sie hatte ihn abgeschüttelt. »Warum die Eile, Liebling?« hatte er gefragt, und sie hatte ihn so heftig weggestoßen, daß er das Gleichgewicht verloren hatte und gegen ein Geländer gefallen war. »Verdammte Kuh!

Beschissene Hure!« hatte er noch gebrüllt und war von dannen getorkelt.

Normalerweise waren Leute auf der Straße, harmlose Leute, die möglicherweise ein Leben voller Schlechtigkeit zu verbergen versuchten, jedoch keine Gefahr darstellten für die einsame Frau auf dem Nachhauseweg. Ein Mann mit einem Hund kam die Straße entlang. Autos rauschten auf Flügeln aus Wasser vorüber. Die Person hinter ihr fiel nicht zurück und überholte auch nicht. Seine Schritte waren sehr weich. Irgendwoher kannte sie diese Schritte – nicht den Verursacher, doch die Bedeutung. Ihr Magen verkrampfte sich. Sie benahm sich albern. Der Mann mit dem Hund war bei ihr angelangt und ging vorüber. Weiter vorne kam die Ampel der Beaumont Street in Sicht. Grün, Gelb, Rot.

Schwarzer Schnee strich ihr über das Gesicht. Es war wie damals, zu der Zeit, als sie gejagt wurde.

Nein, das war absurd. Wie hätten sie sie diesmal finden sollen? Sie erreichte die Ampel und mußte warten. Die Läden waren in bunte Farben gebadet. Sie könnte sich umdrehen, die dunkle Straße hinunterschauen, sehen, wer ihr nachgegangen war. Da war er. Etwa vierhundert Meter entfernt stand ein Mann. Zögernd, als versuchte er gerade, die Straßennummern an den Häuserfronten zu entziffern, die jedoch bei dieser Beleuchtung ganz klar zu erkennen waren.

Ihr Herz blieb stehen.

Ein kleiner Mann mit dunklem Überzieher und Wollmütze. Es war beängstigend dumm. Die Leute zogen nicht immer wieder dieselbe Kleidung an, zumindest nicht elf oder zwölf Jahre lang. Die Menschen blieben nicht immer gleich. Sie war dieselbe geblieben. Der Spiegel hatte es ihr offenbart.

Sie hatte sich nicht verändert.

Sie dachte an den Grünstreifen vor den Wohnungen und die Gestalt, die plötzlich aus dem Nichts aufgetaucht war. *»Sie müssen gehen, das wissen Sie.«*

»Gehen Sie weg«, hatte sie gesagt. Doch später war er zurückgekommen und hatte ihr den Brief überbracht, den Brief, den Adamus mit der Schreibmaschine getippt hatte, den Brief der Scarabae.

Er war zu weit weg, um sicher sein zu können, das fremdartige, möglicherweise mit keiner Falte gealterte Gesicht, die eiskalten Augen – unsichtbar.

Sie mußte ihn aus der Nähe sehen, um sichergehen zu können. Und selbst dann – würde sie ihrem Gedächtnis vertrauen können?

Es war unmöglich, daß sie sie diesmal ausfindig gemacht hatten. Selbst wenn sie es die ganzen Jahre über versucht hätten. Sie weigerte sich, das zu glauben.

Die Lichter der Ampel wechselten, die Autos ließen widerwillig ihre Bremsen aufkreischen.

Rachaela überquerte die Straße.

Sie blickte zurück und sah, daß der Mann aufgehört hatte, wie ein Tattergreis auf die Häuser zu starren. Er überquerte die Straße ein Stück weiter oben, gerade rechtzeitig, bevor die Autos sie wieder für sich beanspruchen konnten.

Er kam näher, lief in dieselbe Richtung wie Rachaela; der wäßrige Schnee glitzerte auf seiner Mütze wie Edelsteine. Rachaela ging die Beamont Street entlang. Die grelle Vorderfront des Pizza Eater leuchtete vor ihr. Sollte sie auf einen Drink hineingehen? Nein, man würde dort nicht einfach einen Drink servieren, daran sollte sie sich erinnern. Wohin dann? Sie mußte irgendwo anhalten, um zu sehen, was er tat. Es war Zufall. Er war irgendein Streuner, der sie an den Agenten der Scarabae erinnerte. Das war alles.

Der Waschsalon war geöffnet, leuchtete totenbleich und leer. Rachaela drückte die Tür auf und trat ein.

Sie setzte sich auf einen der Stühle und wartete, daß der Mann mit der Wollmütze vorbeikommen, sie sehen und anhalten würde.

Eine Frau tauchte aus dem hinteren Teil des Waschsalons auf. »Brauchen Sie Hilfe?«

»Ich warte auf eine Freundin.«

Die Frau beäugte sie mißtrauisch.

»Sie waschen nicht?«

»Nein.«

»Nun, ich nehme an, Sie wissen, was Sie tun.«

Sie fummelte mit einigen Kleidungsstücken herum, die sie

aus einer offenen Waschmaschine zerrte, und ließ dabei Unterhosen und Socken zu Boden fallen.

Der Mann erschien. Er ging ohne einen Blick auf sie an dem Fenster vorbei und lief in die Nacht hinein.

Das Licht des Waschsalons hatte ihn beleuchtet wie eine Bogenlampe. Es war der Mann, den sie vor so vielen Jahren schon gesehen hatte. Sie war sich ganz sicher. *Sicher.*

Rachaela stand auf.

»Sie gehen jetzt?« zwitscherte die Frau, und ließ noch eine Socke fallen.

Rachaela trat hinaus in die glänzende Dunkelheit und das Gewirr aus schräg angestrahltem Regen, Straßenlaternen und Autoscheinwerfern.

Wo war er? In Luft aufgelöst.

Sie hatte sich die Ähnlichkeit eingebildet. Er war nur ein Mann. Die Scarabae hatten sich in ihrem Verstand breitgemacht, wie sie das immer mal wieder taten, und sie hatte eine Erinnerung heraufbeschworen, die mit einem völlig Fremden übereinstimmte.

Sie konnten sie nicht weitergejagt haben. Sie konnten kein Verlangen mehr nach ihr haben.

Aufmerksam schritt sie die Straße entlang.

Menschenknäuel eilten durch den Schneeregen.

Rachaela bog links ab und beschleunigte ihren Schritt. Sie entfernte sich aus dem Licht, hielt auf dem dunklen Bürgersteig inne und blickte sich um. Außer einer Frau mit Schirm und einem Radfahrer, der müde um die Kurve bog, war kein Mensch zu sehen. Hinter einem roten Fenster über ihr lagen irgendwelche ordinären Sinnesfreuden oder andere Widerwärtigkeiten verborgen. Sie begann ebenfalls heimwärts zu eilen.

Als sie die Tür öffnete, war die Wohnung völlig dunkel, doch manchmal saß Ruth, wenn sie allein war, gerne in der Dunkelheit. Rachaela ging auf eines der Fenster zu. Es stand offen, der Vorhang war naß und aufgebauscht.

Rachaela schloß das Fenster.

Sie stand in dem Dunkel und starrte hinunter auf die Straße.

Ab und zu kam ein Auto vorbei. Ein Mann lief am Haus entlang, doch es war nicht der Mann, den sie zuvor gesehen hatte. Soweit sie das erkennen konnte, versteckte sich niemand in der Türöffnung, von den Schatten verborgen. Niemand beobachtete sie abwartend.

Sie wandte sich ab und machte eine Lampe an.

Eine Art verschlafenes Regen war hinter Ruths Wand zu hören.

»Hallo, Ruth.«

Ruth kam heraus.

Rachaela war verblüfft; gänzlich und beunruhigend entnervt. Ruth war in einen blauen und grünen Überwurf gehüllt, der ihre Beine und schneeweißen Schultern frei ließ. Durch die Maschen des Überwurfs schimmerte weißes Fleisch. Unter diesem dünnen Gewand war sie nackt. Ihr Haar wallte auf ihre Schultern herab, die einzelnen Strähnen knisterten vor Elektrizität.

Ihr Gesicht war geschminkt, nicht laienhaft, wie zu erwarten gewesen wäre, sondern wie eine bemalte Puppe. Kohlschwarze Lider, klebrig dickes Mascara, die Lippen exakt nachgezogen und kirschrot.

Sie wirkte trunken, als hätte sie geschlafen. Und doch war sie wie aufgeladen, eine lebende Stromleitung. Sie hatte nicht geschlafen.

Rachaela fand ihre Stimme wieder. »Das Make-up von Woolworth's?«

»Ja.« Ruths eigene Stimme war sanft. Sie klang weder verlegen noch unsicher.

»Du hast es sehr gekonnt aufgelegt.«

»Ja.«

»Was hast du gemacht?«

»Gewartet«, sagte Ruth. Natürlich hatte sie gewartet. Rachaela war im Laden aufgehalten worden und später nach Hause gekommen, als sie vorgehabt hatte.

Aber meinte Ruth das? Hatte sie auf ihre Mutter gewartet?

»Warum war das Fenster offen?«

Ruth sagte: »Um die Nacht hereinzulassen.«

Möglicherweise war das ein Satz aus einem Buch. Ruth belog

Rachaela nicht, aber sie sagte auch nicht die ganze Wahrheit. Und doch war die Wahrheit irgendwie offensichtlich.

Vampir. Ruth war geschminkt wie ein Vampir, den sie möglicherweise in irgendeinem verbotenen Horrorfilm oder auf einem Bild eines Büchereibuches gesehen hatte. Sie machte ihre Sache sehr gut.

Und dann hatte sie in der Dunkelheit gelegen, nackt bis auf ihr dürftiges Schultertuch, bei geöffnetem Fenster, um die Dunkelheit einzulassen, und hatte gewartet.

Vor Rachaelas innerem Auge erschien erneut der Mann im schwarzen Umhang, der an der Hauswand hochstieg. Diesmal brannte kein sexuelles Verlangen in ihr, ihr wurde eiskalt.

War das Ruths Traum? Dracula, der Backsteine hinaufkroch, um seinen Anspruch auf sie geltend zu machen?

Sie stellte den elektrischen Kamin an, der Raum war so kalt, als hinge er voller Eiszapfen. Sie ging in die Küche, wusch ihre Hände und legte Schinkenstreifen auf den Grill.

Ruth zog sich leise hinter ihre Wand zurück.

Als sie wieder zum Vorschein kam, trug sie ihr Nachthemd und einen Morgenmantel. Sie ging ins Badezimmer, und Rachaela hörte das Klappern des Cremedosendeckels.

Als Ruth aus dem Bad kam, trug sie keine Farben mehr, bis auf ihr eigenes Schwarz und Weiß.

»Du hättest es lassen können«, sagte Rachaela.

»Ich war fertig damit.«

Rachaela briet ein Ei für Ruth.

»Ich gehe jetzt nicht mehr in die Buchhandlung«, sagte Rachaela.

»Kann ich morgen einen freien Tag haben?«

»Ja, wenn du willst. Du könntest wieder einen Fieberanfall haben.«

»Danke«, sagte Ruth.

Sie saß am Tisch und aß ein Butterbrot. Rachaela trug das Essen auf, und sie aßen.

Draußen fiel der Schnee in großen dicken Flocken.

Als sie fertig waren, stand Rachaela auf und ging zu einem der Fenster. Sie zog den Vorhang zurück und blickte auf die verlassene Straße herunter.

»Wenn du draußen unterwegs bist«, sagte Rachaela, »darfst du mit niemandem reden. Ich erinnere mich, daß Emma dir das schon gesagt hat. Es gilt immer noch.«

»Manchmal frage ich jemanden nach dem Weg.«

»Das ist in Ordnung. Aber laß dich nicht auf Unterhaltungen ein. Sprich immer nur mit Frauen, nicht mit Männern.«

»Ja, Mami.«

Rachaela schloß den Vorhang. Sie blickte auf Ruth hinunter, die gerade eine Tasse Tee trank. Sie schien ein Durchschnittskind zu sein, vielleicht ein bißchen ungewöhnlich, wundervolles Haar, sehr gelassen.

»Sprich niemals mit Männern.«

Weihnachten kam. Sie feierten es nicht, obwohl sie das mit Emma immer getan hatten. Rachaela gab Ruth drei Bücher und einige bunte Gemälde. Ruth überreichte Rachaela eines ihrer typischen Ruthgeschenke, dieses Mal eine lange Kerze mit zinnoberroten bis apfelsinengelben Schattierungen, die sie als ihren einzigen Beitrag zum Fest abbrannten.

Zu ihrem elften Geburtstag, vor ungefähr einer Woche, hatte Rachaela Ruth ein Kleid geschenkt, das sie sich gewünscht hatte, Scharlachrot und Apfelgrün, und Ruth trug es am Weihnachtstag.

Sie aßen Hähnchen, Erbsen und Pommes frites, Apfeltorte und Creme.

Draußen fiel Regen, der den Schnee erneut abgelöst hatte, in grauen Schleiern.

Ansonsten verlief der Tag normal. Rachaela spielte Musik, Ruth zeichnete. Im Radio gab es ein Hörspiel über die Drei Weisen, die sich auf der Autobahn verirrt hatten.

Am Weihnachtsabend nahm Ruth ihr allabendliches Bad und kam im Nachthemd zurück.

»Mami?«

»Was ist denn?«

»Du hast gesagt, ich soll es dir sagen.«

»Was?«

»Es hat angefangen.«

Rachaela brauchte einen Moment, um zu begreifen. Dann sagte sie. »Du hast deine Periode?«

»Ja, Mami.«

»Bist du zurechtgekommen?«

»Ja, danke.«

»Tut es weh? Willst du eine Schmerztablette?«

»Nein, es tut nicht weh.«

»Das ist gut.«

Ruth stand da und sah sie an. Rachaela konnte sich gut vorstellen, daß Emma vor Beglückwünschungen zu den Freuden der Weiblichkeit geradezu übergequollen wäre. Ruth hatte früh angefangen, genau wie sie, Rachaela. Sie mußte ganz unbeabsichtigt denken, *bluten*.

»Ich bin jetzt anders«, sagte Ruth.

»Ja«, sagte Rachaela. Sie wußte nicht, was sie noch sagen sollte. Ruth ging hinter ihre Wand und blieb verschwunden.

14

Ende Januar fing Rachaela in Mrs. Mantinis Antiquitätengeschäft in der Beaumont Street an.

Mrs. Mantini brauchte sie nur für die Nachmittage und den ganzen Samstag.

Sie machten ein überraschenderweise gutes Geschäft, obwohl es sich zumeist um kleinere Artikel wie Wasserkrüge und Schüsseln, Porzellanhunde und Schachteln voller alter Photographien handelte. Einige von ihnen erinnerten Rachaela an die Alben der Scarabae, mit ihren aufrecht stehenden Wachsfiguren vor Palmen – und doch hätten diese Leute durchaus einmal gelebt haben können, während die Scarabae für immer und ewig festgefroren und tot ausgesehen hatten.

Mrs. Mantini mochte es nicht, wenn Rachaela im Laden saß und las. Sie wünschte, daß sie die Möbel abstaubte, die Kohlenschütte polierte und die Fenster putzte. In der restlichen Zeit gab sie Rachaela Schachteln voller Schmuck oder Münzen, die sie sortieren mußte, wertlose Objekte, die oft zu einem überhöhten Preis verkauft wurden.

Die Bezahlung war nicht großartig, doch der Job war ziemlich bequem.

Der Frühling kam früh. Ruth machte eine Phase durch, in der sie massenweise Blumen nach Hause brachte, die sie während der Tage ihrer Schulschwänzerei pflückte: Osterglocken und Tulpen, wahrscheinlich aus dem Park oder von einem Grab geklaut.

»Stehle lieber nichts, sie werden dich erwischen«, warnte Rachaela.

Die Blumenphase starb eines natürlichen Todes.

Als die Tage länger wurden, kam Ruth immer später nach Hause. Oftmals war sie nicht daheim, wenn Rachaela aus dem Laden kam.

Manchmal aß Ruth auch an einer Imbißbude, nachdem sie ihr Geld für einen Hamburger gespart hatte. Die Schule schickte Rachaela einen Brief, in dem stand, daß Ruths häufige Abwesenheit negative Auswirkungen auf ihre Arbeiten hätte. Rachaela warf ihn in den Abfalleimer.

»Auf dem Friedhof hat mich ein Mann angesprochen«, verkündete Ruth während des Abendessens.

»Was hast du gemacht?«

»Nichts. Er hat gesagt, ich wäre Ruth Scarabae, und ich habe gesagt, nein, ich wäre Ruth Day.«

»Du hättest ihm nicht antworten sollen.«

»Aber er hat sich geirrt.«

»Nun gut. Und was ist dann passiert?«

»Er hat gesagt, er würde die Familie meines Vaters kennen, und ob ich sie schon einmal kennengelernt hätte. Ich habe nichts gesagt, und er sagte, er glaube nicht, daß ich sie schon kennen würde.«

»Was dann?«

»Er hat gesagt, er würde mir eine Cola kaufen, und ich sagte, du hättest mir verboten, mit Fremden zu reden, und dann bin ich fortgelaufen.«

»Ist er dir nachgegangen?«

»Nein. Er stand einfach nur so da.«

Rachaela fragte: »Trug er einen dunklen Mantel und eine Wollmütze?«

»Ja. Ich denke, ihm muß ganz schön heiß gewesen sein.«

Rachaela versuchte sich zu beruhigen. Sie zitterte vor Angst und frustriertem Zorn. Wie hatte er sie gefunden? Wie war er Ruth gefolgt?

Wie konnte er es wagen, sie anzusprechen.

Seit Wochen überprüfte sie jetzt schon die abendlichen Bürgersteige, ob ihr jemand folgte, blickte aus den Fenstern, ob sich irgendein Beobachter im Schatten verbarg. Und die ganze Zeit über hatte er sich ungesehen an sie herangeschlichen. Natürlich war es nicht Rachaela, die sie interessierte. Ihr Begehren nach Fortdauer – das Kind . . .

»Du darfst dich niemals – *niemals* – mit diesem Mann abgeben, Ruth.«

»Warum?«

»Er ist böse.«

»Er sah einfach nur aus wie ein Mann.«

»Er arbeitet für die Scarabae.«

»Für meinen Dad?«

»Nein. Für die Familie. Ich habe dir gesagt, sie sind verrückt und gefährlich.«

Es war, als würde sie Steine ins Wasser werfen; nach einem kurzen Moment wäre der Eindruck verschwunden, ohne irgendwelche Spuren zu hinterlassen. Rachaela hatte das Gefühl, als würde sie anstatt Ruth vor den Scarabae zu warnen, sie weiter in ihre Arme treiben. Was sollte sie tun? »Ich denke, du hörst besser mit deiner Herumstreunerei auf. Entweder gehst du in die Schule, oder du bleibst hier drinnen.«

Schließ sie ein, halte sie in deiner Nähe.

»Mami, ich will nicht hingehen.«

»Du wirst gehen müssen. Ich will nicht, daß er dich erwischt.« Konnte sie zur Polizei gehen? Dieser Mann belästigt meine elfjährige Tochter . . . Fragen würden gestellt werden. Dieser Mann ist der Agent des Vaters ihrer Tochter, seiner Familie. Der Vater ihrer Tochter hat ein Recht auf ihre Tochter. Es könnte alles sehr komplex werden, noch gefährlicher. Halte das Kind in der Wohnung. Aber wie lange? Sie mußte sich dem Mann stellen, ihn vertreiben. Er ließ sich nie sehen, wenn Rachaela in der Nähe war.

»Du wirst zur Schule gehen müssen. Ich werde dich hinbringen.«

»Ich will nicht.«

»Ich weiß. Es tut mir leid. Aber das ist eine ernste Sache.«

»Er hat nur gesagt, daß er mir eine Cola kaufen würde. Ich bin nicht mitgegangen.«

»Er könnte . . . Ich weiß nicht.«

»Ich werde nicht mehr mit ihm sprechen.«

»Ruth, du mußt tun, was ich dir sage.«

Tu, was ich dir sage. Die Stimme ihrer Mutter, zornig, mit ihrem Latein am Ende.

Ruth beendete ihre Mahlzeit und verließ den Tisch. Sie ging hinter ihre Wand, und Rachaela hörte das vertraute Kratzen eines Bleistifts auf Papier.

Rachaela stand auf und ging an den Rand von Ruths Schutzhöhle.

»Ruth, wenn er dich jemals allein erwischt, möchte ich, daß du schreist – schrei so laut du kannst – und renn weg. Wirst du das tun?«

»Schreien und wegrennen«, wiederholte Ruth. Sie warf Rachaela einen kühlen und erwachsenen Blick zu, voller Ironie.

»Ich meine es ernst.«

»In der Schule haben wir eine Radiosendung gehört«, sagte Ruth. »Dieser Mann hat gesagt, daß Töchter nach ihren Vätern gehen. Wenn ich wie mein Dad bin, dann muß ich auch eklig sein.«

Rachaela starrte sie an.

Warum versuchte sie, diese Kreatur zu schützen? Hatte sie vergessen, wie sie war, wie sie in ihr gewachsen war? Im Moment spielte sie die äußerst unpassende Rolle einer besorgten Mutter, worum besorgt? Überall um Ruth herum, in ihrer Grotte, hingen merkwürdige Gemälde, Stückchen aus farbigem Glas, Glöckchen und Überwürfe. Ein Gefäß voller Schatten und gedämpften, schweren Farben, und Ruth hockte darin wie eine weiße Spinne in ihrem Netz, ihr wunderschönes, häßliches, kleines Gesicht durchbrochen von der Schwärze der Scarabae-Augen.

Rachaela schluckte.

Sie wollte zu Ruth sagen: tu, was du willst. Sprich mit dem Mann. Finde heraus, was du willst.

Ruth fühlte ohnehin alles in ihren elfjährigen Knochen.

»Du bist nicht wie dein Vater. Dein Vater will dich nicht. Die Familie ist neugierig und besitzergreifend. Du schuldest ihnen nichts. Tu, was ich sage.«

»Ja, Mami«, sagte Ruth und beugte ihren Kopf über ihre Zeichnung von einer Hexe.

Rachaela konnte Ruth nur morgens zur Schule begleiten; zumindest brachte sie sie bis zu den Toren. Am Nachmittag mußte sie Ruth vertrauen, daß sie nach Hause kam.

Manchmal kam Ruth immer noch zu spät.

»Wo bist du gewesen?«

Ruth hatte sich einige Läden angesehen oder war in der Wohnung irgendeines Mädchens, das sie zuvor nie erwähnt hatte. Wahrscheinlich stimmte das, denn Ruth log niemals, sie wich nur aus.

»Ist der Mann dir noch einmal begegnet?«

»Ich habe ihn nicht gesehen.«

»Sag mir, wenn es so ist.«

Rachaela bekam die dummen Begleitgänge zur Schule allmählich satt. Sie schickte Ruth alleine los und folgte ihr. Niemand außer ihr selbst verfolgte oder belästigte Ruth.

Eine Art Apathie überkam Rachaela.

Der Mann würde hartnäckig bleiben, das war er auch zuvor gewesen, doch es waren immer andere Leute in der Nähe. Er konnte Ruth nicht einfach entführen, selbst wenn man annahm, daß er den Befehl dazu erhalten hatte, was ziemlich unwahrscheinlich schien.

Rachaela war es egal. *Es ist mir egal.* Es blieb Ruth überlassen. Da Ruth immer noch eine Belastung darstellte. Sie mußte immer noch gefüttert und gekleidet werden, und bald schon würde über eine höhere Schule, mit Uniformen und anderen Anforderungen, entschieden werden müssen. Ruth würde zu einem noch größeren Problem werden, wenn sie älter wurde. Wie lange würde Rachaela ihr Leben mit diesem Wesen teilen müssen? Sie hatte sich an Ruth gewöhnt, das war alles. Es war nicht befriedigend.

Auf der Straße. Leise ausschreiten und lauschen.

Wer war das, der da aus der Türöffnung trat? Ein alter Mann mit einer Tasche.

Wenn du um die Ecke kommst, schau in jede Mauernische.

War jemand da?

Oben angekommen, Ruth ist nicht zu Hause. Geh im Dunkeln ans Fenster und schau auf die Straße.

Was war das.

Ein Mann im Anorak.

Wo war Ruth? Um die Ecke bei Lucile?

Das war sie, auf der Treppe. Schlüssel in der Tür.

Mrs. Mantini sagte: »Sie sehen mehr zum Fenster hinaus, als daß sie es putzen.«

Wer war das auf der anderen Straßenseite, gegenüber dem Laden, schwarzer Überzieher, vielleicht auch eine Wollmütze.

»Der Kunde hier möchte bedient werden, Rachaela.«

Der Mann war verschwunden.

Er würde jedoch nicht ihr folgen, nicht sie beobachten.

»Diese Halskette kostet fünfzehn Pfund.«

Die Bäume waren mit einem Hauch von Grün überzogen. Immer noch ein wenig Licht am Himmel.

Ruth saß am Tisch und aß ein Marmeladenbrot.

»Warum hast du nicht gewartet? Das Abendessen ist in zwanzig Minuten fertig.«

»Ich hatte Hunger. Neuerdings gibt es immer so spät Abendbrot.«

»Du kommst sonst meistens zu spät.«

»Ich geh' zu Lucile.«

Rachaela sah Ruth an. »Hast du den Mann wieder gesehen?«

»Ja.«

»Ich habe dir gesagt, daß du mir Bescheid sagen sollst.«

»Er hat nichts gemacht. Er hat nicht mit mir gesprochen.«

»Wo war er?«

»Vor den Toren.«

»Den Schultoren?«

»Ja. Er stand einfach da, und ich bin rausgekommen, und er hat sich nicht bewegt. Lucile hat gesagt, er wäre komisch.«

»Erzähl Lucile ja nicht, wer er ist.«

»Ich habe Lucile nichts gesagt. Sie hat gesagt, sieh dir diesen komischen alten Mann an.«

Wenn sie mit Lucile zusammen war, würde er sich nicht an sie heranwagen – war es das? Vielleicht war diese Verbindung mit Lucile doch eine gute Sache.

Rachaela, am Fenster, ließ ihren Blick über die Straße wandern. Er war da. Auf der anderen Seite, unter einer Lampe, die gerade jetzt hellrot aufleuchtete. Er wollte gesehen werden, sich zeigen. »Bleib da«, sagte sie zu Ruth.

Sie rannte die Treppe hinunter und schoß auf die Straße hinaus. Der Agent der Scarabae war verschwunden.

Oben vom Fenster blickte Ruths weißes Gesicht auf sie herab. Ungerührt.

Mrs. Mantini pflückte den Nagellack von ihren Nägeln: »Ich möchte mit Ihnen reden, Rachaela«, sagte sie, »darüber, daß Sie immer zu spät kommen. Sie kamen heute nachmittag eine halbe Stunde zu spät. Das wirft meinen Zeitplan durcheinander.«

»Ja«, sagte Rachaela.

»Ich muß Sie darum bitten, daß so etwas nicht mehr vorkommt.« Rachaela reduzierte die Fünfzehn-Pfund-Halskette auf die vorgeschriebenen vierzehn Pfund und legte sie sorgfältig, mit dem Preisschild nach unten, zurück an ihren Platz.

Mrs. Mantini wischte mit der Hand über die staubfreie Oberfläche eines viktorianischen Kaminsimses. »Dieser Spiegel könnte eine Säuberung vertragen.«

Dann verließ Mrs. Mantini den Laden, um die üblichen zwei Stunden vor Ladenschluß verschwunden zu bleiben.

Ein Japaner kam herein und fragte nach den Porzellanenten. Als er gegangen war, säuberte Rachaela den Spiegel mit dem Glasreiniger, der immer Schmierstreifen hinterließ, und wandte sich dann wieder der Neuauszeichnung des Schmuckkästchens zu. Um ein Viertel vor Vier kam Mrs. Mantini unerwarteterweise zurück.

»Wir müssen zumachen, Rachaela. Ich muß nach Brighton fahren.«

Nachdem Mrs. Mantini erneut verschwunden war, begannen die Nachmittagskunden einzutrudeln, und um halb fünf, eine Stunde zu früh, schloß Rachaela die Tür vor der Nase zweier begieriger Kunden ab.

Rachaela empfand ein Gefühl der Freiheit, als sie nach Hause ging. Sie dachte an Mrs. Mantini im dichten Verkehr der Autobahn. Als hätte sich eine dunkle Wolke von ihrer Seele gelöst.

Sie hatte es aufgegeben, sich wegen des Agenten der Scarabae den Kopf zu zerbrechen. Er konnte genausowenig tun wie sie selbst.

Sie erreichte das Haus, lief die drei Stockwerke nach oben. Es war ein trüber Tag, und allmählich kam die Dunkelheit.

Sie öffnete die Tür.

Und vernahm ein seltsames Geräusch. Es hörte sich an, als ob ein Kind weinte. Sie wußte sofort, daß es nicht Ruth war. Sie ging durch den vom Badezimmer abgeteilten Flur und starrte in die dämmrige Wohnung. Dann drehte sie sich um und blickte in Ruths Bereich.

Ruth, die auf dem Boden kniete, drehte sich um und sah sie an. Ihre Augen waren schwarz wie Kohle, was von dem schwarzen Lidschatten und Mascara, mit denen sie sie umrandet hatte, unterstrichen wurde. Sie hatte sich in griechischem Stil in zwei ihrer bunten Umhängetücher gewickelt, um den Hals trug sie Rachaelas grüne Glasperlen. Ihr Mund war mit dunkelrotem Lippenstift verschmiert. Zuerst hatte es ausgesehen, als hätte sie Blut getrunken.

Auf Ruths Bett lag ein braunhaariges, wimmerndes Mädchen, ebenfalls in ein Umhängetuch gewickelt und mit Make-up-Flecken im Gesicht, allerdings weniger effektvoll oder erfolgreich aufgetragen.

An dem Hals des Kindes prangte ein schrecklicher, schwarzer Bluterguß.

Das Kind setzte sich auf.

»Ooh, Mrs. Day!« Das Kind weinte und schniefte: »sie hat mich in den Hals gebissen.«

»Was zum Henker hast du getan?«

Rachaela schnappte sich Ruth und zerrte sie hoch.

»Nichts. Wir haben uns verkleidet.«

»Was hast du mit ihr gemacht?«

»Sie hat mich gebissen!« Das andere Kind fing hysterisch an zu schreien.

Rachaela ließ Ruth fallen. Sie ergriff das andere Mädchen und schüttelte es unbarmherzig. Das Kind warf sich Rachaela in die Arme und vergrub sein mit Rotz und Make-up verschmiertes Gesicht in Rachaelas Pullover.

»Es war ein Spiel«, sagte Ruth vernünftig.

»Hast du ihr diesen Fleck am Hals gemacht?«

»Ich glaube.«

»Ich habe ihr gesagt, daß sie aufhören soll«, jammerte das andere Kind, bei dem es sich höchstwahrscheinlich um die mysteriöse Lucile handelte. »Aber sie wollte nicht. Sie hat immer weiter und weiter gemacht. Blute ich?«

»Nein, du bist in Ordnung Du bist in *Ordnung*. Komm mit ins Licht und laß mich nachsehen.«

Sie zerrte die heulende Lucile zur Lampe und machte das Licht an.

Das Mal war ein Bluterguß, purpurfarben und ausgereift, einem Knutschfleck nicht unähnlich, jedoch bösartiger. Es war schauderhaft.

»Nichts Schlimmes«, sagte Rachaela. »Ich hole etwas Jod und ein Pflaster.«

»Meine Mami wird mich nicht mehr mit ihr spielen lassen«, jammerte Lucile, in ihre angsterfüllte Stimme hatte sich ein aufrührerischer Ton eingeschlichen.

»Eine sehr weise Entscheidung.«

Diese Antwort schien sie zu überraschen, denn ihr Tränenstrom ebbte zu einem gelegentlichen Schniefen ab. Sie gestattete Rachaela, die Wunde mit Jod abzutupfen und ein Pflaster darauf zu kleben.

Wenn sie Glück hatte, würde ›Mami‹ der schauderhaften Geschichte keinen Glauben schenken, besonders, wenn der Bluterguß ein wenig zurückging, bevor sie sie zu sehen bekam. Man konnte dem Kind schlecht sagen, daß es seine Mutter anlügen sollte. Lucile war offensichtlich erpicht darauf, ihre Geschichte loszuwerden.

»Du bist jetzt wieder in Ordnung, und ich denke, du gehst besser nach Hause«, sagte Rachaela. »Kennst du den Weg?«

»Ja, Mrs. Day.«

»Geh und wasch dir zuerst das Gesicht.«

Lucile lief gehorsam ins Badezimmer.

Ruth tönte über das Wasserplätschern hinweg: »Ich habe sie gar nicht richtig gebissen. Ich hätte es tun können, aber ich hab's nicht.«

»Du bist verrückt.« Rachaelas Mutter hatte wegen weitaus geringfügigerer Vergehen dasselbe zu Rachaela gesagt. »Was ist nur über dich gekommen?« Eine dämliche Frage, da es sehr offensichtlich war, was über sie gekommen war.

»Es war ein Spiel«, wiederholte Ruth.

»Nein, das war es nicht«, widersprach Rachaela. »Ich weiß, was es war.«

Ruth sah sie an, jeder Zoll ein kleiner Vampir, mit ihrem weißen Gesicht, ihren roten Lippen, den schwarzen Augen und dem wallenden Haar. Sie wirkte weder alarmiert noch bestürzt, nicht einmal ängstlich. Sie sah – selbstzufrieden – aus.

Lucile tauchte aus dem Badezimmer auf. Sie riß sich Ruths Umhängetuch vom Leib und warf es auf das Bett.

»Meine Mami wird wütend sein.«

»Anzunehmen. Also, geh jetzt nach Hause.«

Das Lucilemädchen entschwand, aufgedunsen und gekränkt. Rachaela hatte nicht so reagiert, wie Mamis das gewöhnlich tun.

Ein weiterer Fehlschlag.

Die Fenster glänzten blau im goldenen Schein der Lampe. War er da draußen, auf der Straße?

Ruth setzte sich auf ihr Bett und zog eine unvollendete Zeichnung an sich heran, Löwen, die augenscheinlich gerade Menschen verschlangen – wahrscheinlich irgendwelche Christen aus dem in der Schule erworbenen religiösen Wissen.

Rachaela verspürte den unwiderstehlichen Drang zu lachen. Ihre eigene Form der Hysterie.

»Leg das weg.« Ruth wandte sich von dem Bild ab. »Du hast etwas unglaublich Dummes getan, Ruth. Dein Verhalten wird uns Ärger machen. Du erwartest von mir, daß ich dich beschütze. Warum sollte ich?«

Ruth blickte aus dem Fenster auf die herannahende Nacht. Sie schien nicht sonderlich bestürzt zu sein, eigentlich nur darauf zu warten, daß ein langweiliges und sinnloses Gespräch, das nur ein lästiges Geräusch für sie darstellte, sein Ende finden würde.

Das versetzte Rachaela in Rage.

Es war angsteinflößende Wut, in der sich plötzlich sämtliche Aversionen und Ärgernisse der letzten zwölf Jahre zu vereinigen schienen.

»Was bist du eigentlich, du schreckliches kleines Biest?«, brüllte Rachaela.

Ruth sah sie schließlich doch an.

Das weiße, schwarz und rote Gesicht wirkte nur einen kleinen Moment lang überrascht und wurde dann zu einer starren Maske. Rachaela hatte diesen Blick vor langer Zeit schon einmal gesehen. Diesen Ausdruck, diesen Mangel an Ausdruck, dieses Sichverschließen hatte sie auf dem Gesicht des Dämonenbabys gesehen, das Ruth einmal gewesen war.

»Es war kein Spiel«, sagte Rachaela. »Es war etwas Abstoßendes, das sich dein verfaultes Gehirn ausgedacht hat.«

»Lucile kommt in Ordnung«, sagte Ruth ausdruckslos.

»Lucile, diese aufsässige kleine Göre ist mir vollkommen egal. Und du bist mir auch egal. Wenn du deine kranken Phantasien ausleben willst, dann mußt du das eben tun. Aber warum bringst du es hierher? Warum mußt du mich in diese Sachen verwickeln, du verdammtes, dreckiges, kleines Biest!«

Ruth wand sich, als wäre sie vor der Klasse bloßgestellt worden. Dann saß sie wieder völlig still, passiv, fast leblos.

»Sieh mich an«, sagte Rachaela. Und Ruth richtete den Blick auf ihre Mutter.

Eine Sekunde lang verschwammen ihre Gesichtszüge auf seltsame Art miteinander. Es schien, als wären Ruths Augen scharlachrot und ihr Mund schwarz.

»Nimm dein Bad und geh ins Bett«, befahl Rachaela.

»Wenn du hungrig bist, kannst du dir ein Brot machen. Ich will nichts mehr mit dir zu tun haben. Ich will dich nicht mehr sehen.«

»Ja, Mami«, sagte Ruth.

Sie holte ihr Nachthemd unter dem Kissen hervor und ging ins Badezimmer.

Am nächsten Morgen ließ Rachaela Ruth sich ihr Frühstück selbst zubereiten. Ruth schüttete Cornflakes und Milch in eine Schüssel und aß sie am Tisch, an dem Rachaela ihren Kaffee trank. Ruth unternahm keinen Versuch, mit Rachaela zu sprechen. Sie nahm ihren Schulranzen und verschwand ohne ein Wort.

Rachaela stand auf und blickte ihr durchs Fenster nach, wie sie den Weg in Richtung Schule entlangtrödelte.

Um zwanzig nach neun läutete das Telefon. Normalerweise erhielten sie, bis auf die gelegentlichen falsch gewählten Nummern, keine weiteren Anrufe.

Diesmal hatte sich niemand verwählt.

»Ich bin Mrs. Keating, Luciles Mutter.«

»Ja?«

»Ich nehme an, Sie wissen, warum ich anrufe.« Rachaela antwortete nicht. Sie hörte, wie sich Mrs. Keating am anderen Ende der Leitung zu beherrschen versuchte. »Ihr Kind hat Lucile gestern attackiert, und ich frage mich, was Sie dazu zu sagen haben.«

»Eigentlich nichts. Lucile wurde nicht verletzt.«

»Wenn Sie diesen schrecklichen, schwarzen Bluterguß an ihrem Hals nicht als Verletzung bezeichnen – was ist Ihr Kind eigentlich, eine Art Monster?«

Ja, wie äußerst clever Sie doch sind, dachte Rachaela.

Sie antwortete nicht.

Frustriert fuhr Mrs. Keating fort: »Ich habe noch nie etwas Ähnliches gesehen. Es ist kaum zu glauben, daß ein Kind so etwas getan haben könnte. Ich denke, Sie sollten sie zu einem Arzt bringen. Wahrscheinlich wäre ein Psychiater genau das richtige.« Rachaela antwortete immer noch nicht auf Mrs. Keatings Wortschwall. Mrs. Keating kreischte: »Ich denke, Sie sollten wissen, daß ich vorhabe, die Schule über diesen Vorfall zu unterrichten.«

»Wenn Sie wollen.«

»Wenn ich *will*? Ich muß sagen, Sie haben eine äußerst merkwürdige Einstellung. Bringen Sie Ihr schreckliches Kind zum Arzt, Mrs. Day, das ist der einzige Rat, den ich Ihnen geben kann.«

»Danke«, erwiderte Rachaela.

Mrs. Keating fluchte und legte auf.

Rachaela schaltete das Radio an. Sie wollte nicht mehr an Ruth denken.

Sie würde sie bis zum Abend nicht sehen müssen. Ein Klavierkonzert von Rachmaninow erfüllte den Raum und ließ das Problem Ruth trivial und unscheinbar werden.

Um ein Uhr nahm Rachaela ihr Mittagessen zu sich, und um fünf nach zwei, eine halbe Stunde zu spät, stand sie auf und begab sich auf den Weg in den Antiquitätenladen.

Mrs. Mantini machte ihr keine Vorhaltungen, sie schürzte ihre apfelsinenfarbenen Lippen und machte eine große Sache daraus, sich eilends aus dem Laden zu entfernen.

Der Nachmittag war wenig ereignisreich. Ein Mädchen kam in das Geschäft und versuchte, um eine Vase aus dem neunzehnten Jahrhundert zu feilschen, doch Rachaela erzählte ihr, daß Mrs. Mantini nur faire Preise berechnete und deswegen ihre Artikel niemals reduzierte. Ein gutaussehender junger Mann und eine ziemlich glamouröse Frau im mittleren Alter, wahrscheinlich dessen Mutter, sahen sich im Laden um und kauften schließlich ein kleines Messingschaukelpferd. Um ein Viertel vor fünf kehrte Mrs. Mantini zurück.

»Oh, Rachaela. Ich hatte gehofft, daß Sie inzwischen diese Kiste ausgepackt hätten.«

Die Kiste war angefüllt mit schweren Objekten, denen sich eigentlich eher ein starker Mann hätte widmen müssen. Rachaela hatte sie einfach ignoriert.

»Nun, dann machen wir es eben jetzt«, meinte Mrs. Mantini zutiefst irritiert.

Begleitet von Mrs. Mantinis Keuchen und Stöhnen, machten sie sich an die Arbeit. Um halb sechs waren sie immer noch mit der Kiste beschäftigt. Mrs. Mantini schloß den Laden ab. Sie wandte sich an Rachaela: »Sie können bleiben und weiter helfen. Auf diese Art können Sie Ihre fünfunddreißig Minuten Verspätung wiedergutmachen.«

Rachaela wollte nicht mit ihr streiten, und sie fuhren bis ein Viertel nach sechs mit dem Auspacken fort. Mrs. Mantini streckte sich und blies ihr einen letzten Atemzug ihres Knoblauch- und Zwiebel-Mittagessens ins Gesicht: »In der Tat, möchte ich noch ein paar Takte über dieses ständige Zuspätkommen mit Ihnen reden, Rachaela.«

Rachaela zog ihren Mantel über. Mrs. Mantini stand im harten Gelb der Messing-Schüreisen und -Ofenschirme. »Ich habe schon gestern mit Ihnen darüber gesprochen, aber Sie scheinen mich nicht verstanden zu haben. Ich bezahle Sie nicht fürs Zuspätkommen, ich bezahle Sie dafür, daß Sie pünktlich sind.«

»Aber Sie bezahlen nicht sonderlich viel dafür, oder?«, fragte Rachaela.

»Wenn Ihnen die Bezahlung nicht paßt, Fräulein, dann können Sie ja woanders hingehen.«

»Wunderbar«, sagte Rachaela. Sie knöpfte ihren Mantel zu. »Geben Sie mir, was Sie mir bis heute schulden.«

Mrs. Mantini warf ihr einen finsteren Blick zu, ihre Augen glühten. »Das werde ich gewiß nicht tun. Sie können am Samstag vorbeikommen und es abholen.«

»Nein. Ich möchte es jetzt.«

Sie stand vor Mrs. Mantini und sah ihr direkt ins Gesicht, bis Mrs. Mantini schließlich in sich zusammenfiel wie ein überhitztes Feuer. Sie verfluchte Rachaela ebenso wie Mrs. Keating das zuvor getan hatte, doch mit etwas deutlicheren Ausdrücken als die andere Dame, öffnete die Kasse und zählte das gekürzte Gehalt ab. Sie warf das Geld auf den Ladentisch vor Rachaela: »Und jetzt hau ab, du kleines Miststück.«

Rachaela lief hinaus auf die Straße. Ihre Beine zitterten. Sie fühlte, wie eine Welle von Unsicherheit und gleichzeitig Erleichterung sie überrollte.

Es spielte keine Rolle. Es war ohnehin alles Ruths Schuld.

In der Wohnung würde sie Ruth entgegentreten müssen. Entweder das völlige Schweigen fortführen, oder die Stille durchbrechen, und so tun, als wäre nichts geschehen. Was stellte das Schweigen überhaupt dar? Wann unterhielten sie sich denn? Nur wenn es Probleme gab.

Der Himmel leuchtete im warmen, schmuddligen Licht des schwindenden Tages. Sterne verblaßten im Schein der erwachenden roten Augen der Straßenlaternen.

Rachaela fühlte sich unbeschwert, fast heiter. Kein Job. Sie würde sich umsehen müssen. Das würde Zeit in Anspruch nehmen, und Ruth in Vergessenheit geraten lassen.

Als sie die Wohnungstür erreichte, konnte sie Ruths Abwesenheit spüren, und nachdem sie die Wohnung betreten hatte, merkte sie, daß sie verlassen war.

Rachaela zog ihren Mantel aus. Sie machte sich Kaffee und schaltete die Lampen an. Sie spülte das Mittagsgeschirr und warf einen Blick in den Kühlschrank. Für Ruths Essen an diesem Abend war Hähnchen geplant gewesen. Sollte sie es haben. Rachaela schüttete die Portionen in eine Schüssel und goß eine Dose Tomatensuppe darüber, um einen Auflauf zu machen. Sie stellte das Hähnchen in den Backofen.

Das Radio bot entweder Oper oder Politik. Sie stellte es ab und legte eine Strawinsky-Kassette ein.

Der Himmel überzog sich mit dem gelblich-schwarzen Licht der nächtlichen Stadt. Um neun Uhr dreißig war die Sauce gänzlich verdampft. Rachaela stellte den Backofen ab.

Sie saß in der Stille der Wohnung, in der Ruths Schweigen fehlte. Ruth war noch nie so spät nach Hause gekommen. Wo war sie? In irgendeiner Hamburgerstube, oder dem Pizza Eater?

Um zehn Uhr fünfunddreißig schaltete Rachaela das Deckenlicht an und ging hinter die Wand in Ruths Bereich.

Auf den ersten Blick sah alles genauso aus wie immer.

Rachaela untersuchte den Bereich sorgfältig.

Das Bett war gemacht, auf Ruths ureigenste Art und Weise, unter der dunkelblauen Tagesdecke zusammengeklumpt. Der alte Bär, den Emma ihr gegeben hatte, saß würdevoll und unbeachtet in seiner Ecke. Bücher stapelten sich zu wackligen Türmen. An der Wand, der bemalte Spiegel und die Bilder.

Auf der Kommode fehlten der grüne Briefbeschwerer und die blaue Glaskatze. Rachaela betrat den Bereich und quetschte sich bis zur Kommode durch. Sie öffnete die Schubladen. Kamm und Bürste waren verschwunden. Das Vampir-Make-up lag ebenfalls nicht mehr auf seinem Platz. Der blaue Pullover und die scharlachrote Bluse waren weg. Einige Hosen und Socken, Strumpfhosen, der zweite Büstenhalter, das neue Paket Binden – weg. Im Badezimmer fehlten Ruths Zahnbürste und ihr kleiner Deoroller.

Rachaela verließ das Bad und setzte sich.

Was fühlte sie? Wie zuvor, gar nichts.

Sie war nicht überrascht. Natürlich hatte sie gewußt, was Ruth tun würde. Genauso, wie der Mann, der Agent der Scarabae, gewußt hatte, was sie irgendwann tun würde. Er mußte sich nur zeigen und warten.

Rachaela hatte Ruth nicht nur wie gewohnt die kalte Schulter gezeigt, sondern hatte ein Feuerwerk des Mißfallens und der Abneigung auf sie herabregnen lassen. Und Ruth hatte in der Nacht leise ihren Schulranzen gepackt und war gegangen, zu ihm gegangen. Und er hatte sie empfangen oder ihr einfach nur den Weg gezeigt. Zu den Scarabae.

Was sollte *sie* jetzt tun?

Nichts. Es gab nichts, was sie tun konnte.

Es gab keine Ruth mehr. Die zwölf Jahre der Idiotie waren vorüber.

Nach vier Tagen säuberte Rachaela die Wohnung. Sie staubte die Bücher ab, staubte hinter den Büchern ab, scheuerte den

Herd, wischte die Küchenschränke aus. Sie leerte die Limonaden, die Pepsis und das Sprite in den Ausguß. Als sie in Ruths Bereich angelangt war, schob sie die Wand in die Mitte des Zimmers und entfernte die Umhängetücher, Glöckchen und Blumen. Sie zog das Bett ab und steckte Ruths Schätze, nachdem sie das Glas sorgfältig eingewickelt hatte, ihre Bücher und den Bär in zwei Pappkartons aus dem Supermarkt und stellte diese unten in den Kleiderschrank. Ruth könnte nach ihren Sachen verlangen. Ruths Kleider, aus denen sie bald herausgewachsen sein würde, steckte sie in Taschen für den Flohmarkt. Die Scarabae würden Ruth von jetzt an einkleiden müssen. Rachaela mochte die Wand nicht, aber ebenso wie Ruths Bett, war sie zu groß, um sie einfach loswerden zu können. Sie faltete die Wand zusammen und stellte sie in die Ecke hinter die Stereoanlage. Das Bett selbst überzog sie erneut mit der Mitternachtstagesdecke und fügte ein paar rotblaue Kissen hinzu.

Sie leerte die Kommode und schob sie an die Wand.

Der Raum wirkte viel größer, luftiger. Man hatte freien Blick auf seine sämtlichen Bereiche.

Sie hielt keine Ausschau nach dem Mann. Er war inzwischen verschwunden.

Am sechsten Tag ging sie zu Lyle und Robbins und fragte nach Arbeit, doch sie hatten keine freien Stellen. Der Pizza Eater wirkte total überbelegt, und die Mädchen und Jungs sahen extrem jung und lärmend aus. Es waren keine Stellen ausgeschrieben. Sie würde die örtlichen Zeitungen durchforsten müssen.

Am siebzehnten Tag kam ein Brief von der Schule. Rachaela legte ihn beiseite.

Rachaela saß in ihrem Sessel und hörte Musik.

Ohne Ruth würde das Leben viel billiger sein. Vielleicht konnte sie eine gewisse Zeit überbrücken.

Draußen vor dem Fenster herrschte der vertraute Ausblick auf Dächer und Wohnungen, Schlote und Neonreklamen. In der Entfernung schimmerte durchsichtig der Park in lebendigem Grün. Es wurde allmählich heiß, und der Geruch nach Benzin, Geranien und kochenden Bürgersteigen drang durch die geöffneten Fenster in die Wohnung ein.

Nach dem siebenundzwanzigsten Tag träumte Rachaela von Ruth im Haus der Scarabae.

Sie schien Annas Abendkleid zu tragen, lang und schwarz reichte es mit seinen glitzernden Pailletten bis zum Boden. Ihr langes Haar wehte hinter ihr her, wenn sie sich bewegte. Die Scarabae falteten wohlwollend die Hände.

Ruth war im Garten, in dem rote und weiße Rosen blühten. Onkel Camillo sprang hinter einem Busch hervor. Er ritt auf dem Schaukelpferd, das sich mühelos über den Rasen bewegte. Er überreichte Ruth einen Brief.

Rachaela konnte nur wenige Worte darauf ausmachen: *Komm zu mir.*

Sie lief ins Haus. Es war Nacht, und einzig die rubinrote Lampe brannte in der Vorhalle. Die Tür zum Turm war angelehnt.

Als sie dort stand, trat Adamus aus dem Turm.

Sie hatte sein Gesicht vergessen oder aus ihren Gedanken vertrieben, sie sah es wie durch einen Nebel, sein Körper war nackt, genauso wie sie ihn in Erinnerung hatte, goldweiß, muskulös und schlank, an seiner Leiste dichtes Schwarz, aus dem bernsteinfarben der Penis ragte.

Sein schwarzes Haar fiel auf seine Schultern herab. »Du bist es«, sagte er.

»Ja. Du darfst es nicht tun«, stieß sie eilends hervor und rang in seltsam melodramatischer Gebärde die Hände.

»Aber ich muß.«

»Adamus – sie ist nur ein Kind.«

»Nein«, sagte er.

»Elf Jahre alt«, flehte Rachaela.

»Eine Frau.«

Aus der Dunkelheit stahl sich Ruth, in ihr langes, schwarz glitzerndes Gewand gehüllt, in den Raum.

Sie trug ihr Make-up, doch diesmal kunstvoll aufgetragen, die schwarzen Augenlider schimmerten nur zart angehaucht, die mit rotem Lippenstift bemalten Lippen waren weich. Ihr Haar war seines.

Sie war kein Kind. Sie bekam ihre Menstruation und hatte straffe, volle Brüste.

Sie bewegte sich auf ihn zu, als wäre Rachaela gar nicht vorhanden. Sie legte ihre dünne weiße Hand in seine.

Adamus beugte sich herab und küßte Ruth auf ihren scharlachroten Mund. Er lehnte sich vor, hob sie auf und trug sie an seinen Körper gepreßt in den atmenden, unbeleuchteten Turm.

Rachaela folgte ihnen.

Sie betraten das obere Zimmer.

Im Kamin glühte ein Feuer. In seinem Schein sah Rachaela, wie Adamus Ruth auf das Klavier legte. Er stieg ebenfalls auf den Flügel. Er kniete über Ruth und knöpfte langsam das schwarze Kleid auf.

»Ich fürchte mich.« Ruth kicherte, wie sie das als Kind immer mit Emma getan hatte.

Adamus beugte sich über Ruths perfekte Brüste und ließ seine Zunge darüber gleiten. Ruth zog seinen Kopf näher an ihren Körper heran. Er schob ihre Schenkel auseinander und strich mit den Händen über Haut und Stoff, warf das Kleid zu Boden und begann seinen zweiten Kuß.

Flammen drohten Rachaela zu verschlingen. Sie sehnte sich danach, schreien zu können. Sie war unsichtbar, man würde sie nicht hören, sie war ein Geist.

Ruth stöhnte. Sie zog Adamus zu sich herab. Er verließ ihre ebenholzschwarze Öffnung und streichelte sie mit seinen Fingern. Er schob seinen glühenden Phallus in sie hinein. Ruth schrie. »Du tust mir weh. Tu mir noch einmal weh.«

Zu keiner Bewegung fähig, beobachtete Rachaela, wie sie sich zusammen erhoben und wieder fallenließen; ihre Körper rasten in preschendem Galopp auf dem Rücken des wilden, schwarzen Pferdes der Wollust dahin . . .

Ruth schrie. Sie schrie und trat, und umklammerte ihn mit ihren langen weißen Beinen.

Rachaelas Körper wurde von langen, schmerzhaften Krämpfen geschüttelt; sie erwachte in ihrem Bett in der Wohnung und starrte in die Dunkelheit.

Es war einfach nicht möglich.

Vater und Großvater. Das durfte er nicht.

Aber warum sollte er sich von irgend etwas aufhalten lassen? Rachaelas Zeit war vorüber, sie hatte ihren Zweck erfüllt. Jetzt würde Ruth vielleicht zur Königin des Jahres gekrönt. Fortdauer. Die verrückten Leute hielten sie in Ehren, und Adamus war ihr Instrument.

Sei keine Närrin. Wenn es sein muß, dann laß es geschehen.

Sie versuchte sich an sein Gesicht zu erinnern, aber wie im Traum war es verschwommen und unklar.

Rachaela setzte sich auf und schaltete das Licht an. Draußen auf der Straße brüllten einige Trunkenbolde. Sie war froh darüber. Sie stieg aus dem Bett und ging in die Küche, um sich Tee zu machen. Das war Emmas Medizin für alle Wehwehchen gewesen. Tee oder ein Tropfen Sherry.

Was würde Emma davon halten?

»Du darfst nicht zulassen, daß sie sie erwischen, Rachaela. Von dem, was du über sie erzählst, müssen sie schreckliche Menschen sein. Irrsinnig, furchtbar. Dein eigenes Kind. Du mußt sie aus ihren Fängen befreien.«

»Ja, Emma«, antwortete Rachaela.

Das kochende Wasser plätscherte in die Tasse, und die Betrunkenen sangen auf der Straße ihre fröhlichen Lieder.

15

Fahrer Nummer drei war sich ziemlich sicher.

»Pitchley. Ich kenne Pitchley. Wo das neue Anwesen ist. Das wird Sie einiges kosten.«

»Ja.«

»Also in Ordnung, Springen Sie rein.«

Als sie die Reihen der Taxis am Bahnhof von Porlea erblickt hatte, war sie nicht gerade in optimistischer Stimmung, doch die Zeit hatte die Weite des Landes eingeengt. In das Territorium der Scarabae war eingebrochen worden.

Sie erinnerte sich noch an den Weg, obwohl es jetzt in die andere Richtung ging und die Landschaft durch das frühsommerliche Grün völlig verändert wirkte. Sie erkannte die breite Autobahn, die Kirchen und Kneipen.

Einzig deren Normalität brachte sie aus der Fassung.

Das Dorf war nicht wiederzuerkennen.

Ein kleiner Supermarkt war errichtet worden, es gab ein Postamt und einen Gemüsehändler, einen neuen kühnen Gasthof mit einem regenbogenfarbenen Schild, auf dem ›Die Zimmermänner‹ zu lesen war. Auf der Anhöhe stand das neue Anwesen, schokoladenbraun, mit Giebeldächern, Satellitenschüsseln, Wäschespinnen, mustergültigen Kirschbäumen im Garten. Irgendwo in der Mitte standen die niedergeschlagenen, grauen Steinhäuser. Die verkommenen Felder hatten sich in Rasenflächen verwandelt.

»Da wären wir«, sagte der Fahrer. »Wo soll ich Sie rauslassen?«

»Oben auf dem Hügel.«

»Beim Anwesen.«

Er fuhr sie fast bis an die Auffahrt des letzten braunen Puppenhauses.

Sie bezahlte ihn und stieg aus. Sie beobachtete ihn beim Wegfahren.

Die Krähen waren verschwunden. Wohin gingen Krähen eigentlich?

Alles war anders. Doch es war immer noch derselbe Ort. Der Ausgangspunkt für den langen Marsch über die Heide zum Haus. Ihre Tasche war diesmal leicht, nur mit rein lebensnotwendigen Artikeln bepackt. Sie würde auf der Straße besser aufpassen müssen. Es könnte dort jetzt mehr Verkehr herrschen.

Rachaela hatte recht. Drei Autos fuhren in der ersten halben Stunde auf der Straße an ihr vorüber.

Die Sonne wandte sich allmählich gen Westen, als sie an dem ausgebrannten Bauernhof vorüberkam, den man inzwischen abgerissen hatte. Sie sah, wohin die Krähen sich verzogen hatten. An diesem Ort war eine regelrechte Kolonie von ihnen. Sie erinnerte sich an die Krähe, die in der Nacht aus der Hecke geflogen war, als sie für immer geflohen war. Für immer war letztendlich doch nicht so lange gewesen.

Die Heide schillerte in den verschiedensten Farben. Braun und Gold zwischen dem Grün, purpurfarbene Blumen, Ginster in sonniger Masse. Vögel flogen und kreisten zwitschernd. Es war richtig, daß bei ihrer Rückkehr alles anders aussehen mußte. In ihrer Erinnerung war es zu öde, zu kahl, und das hatte ihm nur noch mehr Macht gegeben.

Sie lief jetzt in Richtung Meer. Sie fühlte es vor sich, wie eine riesige leere Fläche.

Nach einem weiteren halbstündigen Fußmarsch war sie müde bis auf die Knochen. Sie setzte sich auf einen Felsen. Der Himmel verdichtete sich allmählich. Würde das Tageslicht noch ausreichen? Sie durfte sich nicht zu lange ausruhen.

In dieser Landschaft, die Ruth gemalt und mit Drachen bevölkert hatte.

Eine Möwe kreischte gehässig in den Lüften. Schließlich stand sie auf und lief weiter. Sie hatte nicht mehr die Kraft wie vor Jahren, doch sie würde es schaffen. Sie hatte kein Verlangen danach, auf der Heide von der Dunkelheit überrascht zu werden. Jetzt nicht mehr.

Zuerst wirkte das Geräusch, wie von ihrer Müdigkeit erzeugt, ein langatmiges Dröhnen in ihren Ohren. Dann erkannte sie es als das, was es war. Der Monolith ragte aus einem dünnen Pelz von Blumen und Gras, und ganz plötzlich weiterte sich der Horizont. Das Meer erstreckte sich weit unter ihr, doch dazwischen herrschte gähnende Leere. Sie stellte sich an den Steilhang und blickte in den Schlund des Drachens. Die Wellen warfen sich gegen die Bastionen der Klippen. Als wäre sie erst gestern hier gewesen.

Dunkelheit kroch in Schlieren über das Land.

Die Sonne versank, als sie am Rande des Ozeans entlangspazierte.

Wie eine Halluzination sah sie die Schwärze der Kiefern, ganz plötzlich auch das Haus, winzigklein wie ein Spielzeug in der Entfernung. Makellos. Seine Wälle und Mauern. Ein blitzendes smaragdgrünes Fenster.

Sie hielt verwundert inne. Verwundert über sich selbst. Sie war zurückgekehrt.

Nach Sonnenuntergang würden die Türen geöffnet werden. Es war der richtige Zeitpunkt, als sie das Haus umrundete und bei der Vordertür anlangte. Sie verhielt erneut, um seine gegen den dämmrigen Himmel stakende Silhouette zu betrachten. Sterne glänzten dort, leicht verändert, da es eine andere Jahreszeit und viele Jahre später war. Sie sah den Turm und spürte ein seltsames Zerren in ihren Eingeweiden. Nein, sie mußte sich daran erinnern, die Eigenartigkeit des Hauses hatte ebenfalls mit ihrer Wahrnehmung zu tun. Sie mußte, diesmal, vernünftig bleiben.

Die Türen gaben nach, genau wie früher. Wie früher betrat sie die riesige offene Vorhalle oder Lobby mit ihrem schachbrettgemusterten Boden aus rostbraunem und schwarzem Marmor. Sie war ebenso weitläufig, wie sie sie in Erinnerung hatte, die Realität ließ sie nicht kleiner erscheinen. Und dort häuften sich die Schatten, die geduckten Bären, die alles mögliche bedeuten konnten, in den hohen Fenstern spiegelten sich die ausgesperrten violett-gelben Überreste des Tageslichts.

Die rote Lampe brannte auf dem Mahagonitisch und warf ihre Blutstropfen auf den Kristallüster an der Decke.

Der Geruch des Hauses war derselbe. Eine Kirche des Moders und Weihrauchs, altes Holz und schimmlige Schränke, Politur, Öl und süßliche Verwesung.

Diesmal versuchte sie nicht, die Tür zu schließen.

Sie warf einen kurzen Blick auf den Turm im Schatten, und schüttelte ihn ab.

Niemand, der sie diesmal begrüßte.

Das war angemessen. Sie war überflüssig und möglicherweise nicht willkommen.

Würde sie den Weg in der Dunkelheit finden können?

Sie ging auf die Treppe zu. Ihr blindes Licht hoch erhoben, wachte die Nymphe auf ihrem Pfosten. Eine neue Spinne hatte ein Netz zwischen ihrer Schulter und ihrem erhobenen Arm gewoben, eine filmgerechte Szene, äußerst passend.

Rachaela betrat den roten Perserteppich und erklomm die Treppe im scharlachroten Schein der Lampe.

Zweiundzwanzig Stufen.

Der Treppenabsatz schimmerte in einem weichen Licht, das aus dem Dunkel des Korridors drang, wie in ihrer Erinnerung.

Die zweite Lampe leuchtete, wie damals. Sie erinnerte sich, wie ihr Schein auf das Gesicht und die blicklosen, sehenden Augen von Michael gefallen war, dem allerersten Menschen des Scarabaeischen Haushalts, den sie zu Gesicht bekommen hatte. Sie betrat den beleuchteten Gang, und dort in seiner Beuge war das Fenster, dunkel jetzt wie damals, eine Masse von Bildern an den Wänden, Gemälde unter Gemälden.

Und dort die Tür. Wie vertraut sie war. Ihr so bekannt, wie die Tür zu ihrer Wohnung. Würde dieses Zimmer verschlossen sein?

Der Türknauf ließ sich leicht drehen, die Tür öffnete sich in den blaugrünen Raum.

Er erschreckte sie, er war noch immer derselbe, als hätte man die Erinnerung aus ihrem Kopf gesogen und würde sie nun vor ihr entfalten. Der grüne Kamin mit der schwarzen Engeluhr, die Frisierkommode und der verzierte Spiegel, das Himmelbett mit seinen vier Pfosten. Die Bettdecke war ein wenig zurückgezogen worden, wie in einem Hotel, um die sauberen Kissenhüllen und das weiße Bettlaken zu offenbaren.

In dem sommerlichen Kamin brannte kein Feuer. Ein mit blauen Rosen bestückter Ofenschirm, der mit Sicherheit Mrs. Mantinis Interesse geweckt hätte, stand davor.

Rachaela warf ihre Tasche auf das Bett.

Das Radio stand noch genau da, wo sie es zurückgelassen hatte, auf dem Tisch. Sie nahm es hoch und sah, daß die Batterien schon vor langer Zeit ausgelaufen waren und das Holz verbrannt hatte. Sie ging auf den Schrank zu, öffnete seine Türen und sah ihre zurückgelassenen Kleider, ordentlich in Reih und Glied. Ein leicht pudriger Geruch hing über ihnen, doch sie waren nicht von Motten zerfressen, und würden ihr immer noch passen, trotz der vergangenen zwölf Jahre und der Schwangerschaft.

Das nächtliche Fenster lauerte am Rande des Zimmers. Sein Bild stand ihr noch sehr klar vor Augen, selbst in der Dunkelheit, der bleierne Baum und die zwei Gestalten, die Äpfel und das Einhorn.

Rachaela verließ das Zimmer und ging ins Bad. Mrs. Mantini wäre auch hier geschäftig zu Werke gegangen. In der Tat würde das gesamte Haus ein wahres Paradies für Mrs. Mantini darstellen. Im Bad lagen frische Seife und saubere Handtücher bereit. Man hatte Rachaela erwartet.

Warum? Würden sie denken, daß ihr mütterlicher Instinkt bei dem Auszug ihres Kindes aufbegehrte? Brennend heiß vor Eifer, eilte die zutiefst besorgte Mutter hinterher. Was wußten sie schon von ihren halbherzigen Versuchen, eine Abtreibung zu erreichen, ihrer jahrelangen Ausdauer. Hatte Ruth irgend etwas von Rachaelas mütterlicher Ader offenbart?

Rachaela nahm das haferflockenfarbene Kleid aus dem Schrank und hängte es hoch. Es gab keinen Zweifel, daß es ihr passen würde.

Sie ging zurück in das Badezimmer und ließ Wasser in die Wanne. Als sie im Wasser lag, hörte sie die weichen, eiligen Schritte eines weiblichen Scarabae auf dem Korridor vor der Tür. Unice? Miriam?

Das Geräusch war ihr so vertraut. Vielleicht hatte sie es in der Wohnung vermißt, dieses Vorübergehen. Nur die laute, schlechte Musik und die Streitigkeiten aus der Wohnung unter ihr auf dem Treppenabsatz. Sie dachte: *Ich bin nur durch ein paar Wände, Treppen, Räume von ihm getrennt.*

Bis zu diesem Moment hatte sie kaum an Adamus gedacht. Er hatte ihr Leben gestaltet, wie sie es in den letzten zwölf Jahren gelebt hatte, jeder einzelne Tag gestaltet durch den Akt einer einzigen außergewöhnlichen Nacht. In den langen Jahren hatte sie manchmal halbherzig von ihm geträumt. Sie hatte sich diese Vorstellung niemals gestattet. Und über der Erinnerung hatte sich eine Wand aus Zement gebildet, die das Haus jetzt schmerzhaft und unwiderstehlich zertrümmerte.

Sie hatte gewußt, daß sie mit Adamus, oder dem Gedanken an Adamus, konfrontiert werden würde, wenn sie zurückkam.

Er war der Grund ihrer Rückkehr; Adamus und Ruth.

Sie stieg aus der Wanne und trocknete sich ab.

In ihrem Zimmer zog sie das Haferflockenkleid über, das sie erst am Tag zuvor passend gekauft haben könnte. Sein fadenscheiniges Aussehen, der weiche Duft der Zerstörung, waren ihr nicht unangenehm. Sie mußte sich tarnen und wappnen. Sie puderte ihr Gesicht im Spiegel und verstärkte den dunklen Kajalstrich um ihre Augen.

Würde Camillo ihr eine weitere Geschenkmaus überbringen? Doch als sie die Tür öffnete, war nichts und niemand davor. Nur die brennende Lampe übermittelte das unwirkliche Leben des Hauses. Dinierten die Scarabae immer noch, oder hatten sie ihre Gewohnheiten geändert?

Sie würde es sehen.

Rachaela betrat den Korridor, und als sie die Treppe hinabstieg, sah sie, daß im Wohnzimmer, wie in der ersten Nacht vor vielen Jahren, die Lampen erleuchtet waren.

Im Wohnzimmer standen Michael und Maria wie Gestalten aus einem Schattenspiel in ihren dunklen Sklavengewändern.

»Michael, Maria«, sagte sie.

Sie verneigten sich steif vor ihr, genauso wie sie es erwartet hatte.

Michael sagte: »Miss Rachaela, bitte begeben Sie sich direkt in das Eßzimmer.«

»Ich hätte gerne erst einen Drink, Michael.«

»Miss Anna hat mich gebeten, Sie direkt hineinzuschicken.«

Rachaela zuckte die Achseln. Irgend etwas regte sich in ihrem Bauch, das Phantom eines Ruthbabys. Sie ging auf die zweite Tür zu, und Michael eilte ihr voraus, um sie für sie zu öffnen.

Sie betrat das Eßzimmer, hielt inne, nicht überrascht, nur von dem beunruhigt, was sie so plötzlich erahnt hatte. Sie waren alle erschienen, wie zu den denkwürdigen Gelegenheiten in der Vergangenheit.

Ihre bekannten, fast identischen Gesichter, glitten in einer Welle aus schäbigen Smokingjacken und mit paillettenbesetzter alter Spitze an ihr vorüber. Konnte sie sie immer noch beim Namen nennen? Ja. Alice, Peter, Jack, Livia . . . Kein Camillo, niemals Camillo. Sie sah und registrierte all das in kurzen Abschnitten. Denn am Kopf des Tisches saß der bizarrste Scarabae von allen. In einem exakt gleichen, wahrscheinlich nachgemachten Kleid aus dunkelgrünem Schleierstoff und Netz, eine Kette, die ein Herz aus grüngeschliffenem Glas darstellte, und Jadeohrhänger; ihr schwarzes Haar floß aus Schildpattkämmen, das Gesicht war zart gepudert, die Lider schwarz und die Lippen karmesinrot:

Ruth.

Ruth saß inmitten der Scarabae, wie eine lebende Pflanze unter antiken Statuen. Sie war durch ihre Zuwendung erblüht.

Sie lächelte Rachaela mit ihren geraden, weißen Zähnen, die nie einen Zahnarzt benötigt hatten, über den Raum hinweg an.

»Hallo, Mami.«

Fast das erste Mal, das sie ihr freiwillig den ersten Gruß zubilligte. Aber hier war sie zu Hause, nicht nur der unerwünschte Gast Rachaelas.

Rachaela antwortete nicht.

Anna, die rechts neben Ruth gesessen hatte, war aufgestanden.

»Komm und setz dich zu uns, Rachaela. Wir sind sehr froh, daß du gekommen bist. Wir haben so darauf gehofft.«

»Ich mußte kommen.« Ausdruckslos fügte sie hinzu: »Ihr habt mein Kind gestohlen.«

»Oh, nein, Rachaela. Nicht gestohlen. Das nicht.«

Ruth tönte wie eine wohlerzogene und selbstsichere Schülerin: »Ich habe den Mann gefragt. Er kannte den Weg. Ich bin ganz allein mit dem Zug gefahren. Das war schön. Sie haben ein Auto zum Bahnhof geschickt.«

»Und du bist durch den Wald die Anhöhe hinaufgelaufen«, sagte Rachaela.

»Michael war da. Er hat mir den Weg gezeigt.«

Sie hatte keine Angst, mit Rachaela zu sprechen. Sie war völlig ungehemmt. Als wäre das ganze genauestens geplant gewesen. Rachaela betrachtete die merkwürdige Miniaturfrau, die aus ihrer Tochter geworden war. Sie sah nicht aus wie ein Kind, das sich verkleidet hatte, eher wie die Tochter einer mittelalterlichen Familie, stets gekleidet wie eine kleinere Ausgabe der Erwachsenen, mit elf oder zwölf Jahren schon eine Frau.

»Komm und setz dich«, wiederholte Anna. Ihr Kleid blinkte mit seinen unzähligen Augen, und all die anderen Kleider, einschließlich dem von Ruth.

Rachaela trat an den Tisch. An seinem Ende lag ein Gedeck,

genau gegenüber von Ruth, von der sie durch die gesamte Länge des Tisches getrennt war. Als ob sie die Zeit ihrer Ankunft bis auf die Minute genau vorausgesehen hätten. Wahrscheinlich lag das alles schon seit Wochen bereit, vorbereitet direkt nachdem Ruth aufgetaucht war.

Rachaela setzte sich, und Cheta kam, um sie zu bedienen. Es gab Kaninchenauflauf.

Rachaela aß vorsichtig, nicht mehr sicher, ob ihr Magen eine solche Mahlzeit noch immer verkraften könnte.

Ruth aß mit feinsäuberlichen, heißhungrigen Bissen wie ein Spatz.

Es gab tief dunkelroten Wein. Cheta goß ein Glas für Rachaela ein.

Ruth hatte ebenfalls Wein bekommen, den sie in gierigen kleinen Schlucken trank.

Keiner von ihnen hatte sich verändert. Diese Familie änderte sich nicht.

Ruth glänzte in ihrer Mitte wie ein Juwel in einem Spinnennetz.

Die Familie war erfreut. Eine Aura des Wohlwollens entströmte ihr.

Sie hatten bekommen, was sie wollten. Und sie alle sonnten sich daran, die Scarabae, Ruth.

Nur Camillo war abwesend. Und Adamus. Rachaela ließ ihre Mahlzeit unbeendet.

»Vor ein paar Tagen«, sagte Ruth, »gab es Möwe. Jack hat sie gefunden.«

Rachaela sagte: »Früher hat sie die Katze gejagt.«

»Die Katze ist schon sehr alt«, erwiderte Anna. »Sie verschläft den ganzen Tag und fast die ganze Nacht.«

Also hatte sich doch etwas geändert. Die Katze hatte sich geändert.

Maria brachte eine Erdbeertorte.

Rachaela beobachtete, wie Ruth die Torte in ihren roten Mund schaufelte. Sie nahm sich noch eine zweite Portion, wie sie das auch schon beim Auflauf getan hatte. Richtige Hausmannskost, wie sie auch Emma zubereitet hatte.

Rachaela erhob sich. »Entschuldigt mich bitte.« Sie nahm ihr

Weinglas mit und beobachtete den Tisch von der anderen Seite des Zimmers aus. Es war einfach obszön, so zu tun, als wäre sie ein Teil des ganzen.

Wenn sie, Rachaela, als Kind oder Teenager entführt worden wäre, hätte sie sich dann von den Scarabae genauso angesprochen gefühlt wie Ruth? Wer konnte das jetzt noch sagen.

Das Mahl endete schließlich mit Käseplatte und Obstschale. Ruth griff auch hier wieder zu.

Die Scarabae erhoben sich und liefen wie eine kollektive Kreatur, eine Art Amöbe mit Ruth als glühendem Herzstück, ins Wohnzimmer hinüber. Hier ließen sich die alten Männer und Frauen im Raum verstreut nieder. Sie nahmen ihre Strick- und Näharbeiten auf, lasen Bücher oder spielten Schach. Ein leises Murmeln drang aus ihren Kehlen, es klang, als machten sich haufenweise Insekten in dem Raum breit.

Maria und Cheta servierten den Tee.

Ruth stand in ihrem Fürstinnengewand vor dem abgeschirmten Kamin, trank Tee, war der Anziehungspunkt aller Blicke, die sich ständig hoben und auf sie richteten, und dann das alte Lächeln mit sich brachten, das die Lippen über die verfärbten, scharfen alten Zähne zog.

Ruth stellte ihre Tasse und Untertasse neben die goldene Uhr, die nicht mehr funktionierte.

»Soll ich jetzt nach oben gehen?«

»Ja«, sagte Anna vom Sofa her. »Geh nach oben.«

Rachaela betrachtete ihr Kind, das elegant vom Kamin wegschwirrte und mit den wohlbekannten, eiligen fuchshaften Bewegungen aus dem Raum eilte. Ihre Höflichkeitsbekundungen Rachaela gegenüber waren vorbei. Ruth gönnte ihr noch nicht einmal einen Blick.

»Wohin geht sie, Anna?«, fragte Rachaela bestimmt.

»In den Turm.«

»Adamus' Turm.«

»Adamus bringt ihr das Klavierspiel bei, Rachaela.«

Rachaela hielt den Atem an, das Herz klopfte ihr bis zum Hals. Sie räusperte sich und sagte: »Wie äußerst logisch.«

»Ja. Es scheint, als hätte sie ein regelrecht natürliches Talent dafür.«

»Zweifelsohne, Anna.« Rachaela zögerte. »Ich möchte mit dir sprechen.«

Anna erhob sich, ganz die perfekte, taktvolle Gastgeberin. »Vielleicht möchtest du Ruths Zimmer sehen?«

»In Ordnung.«

Niemand beachtete ihren Fortgang. Die Scarabae scherten sich nicht mehr um Rachaela. Ihre Tage waren vorüber.

Sie liefen vom Morgenzimmer aus über eine kurze Treppe in einen engen Korridor hinauf, der mit geschnitzten Pferdeköpfen geschmückt war. Rachaela konnte sich nicht erinnern, diesen Weg in der Vergangenheit schon einmal benutzt zu haben, aber das mußte sie wohl, denn sie hatte damals mit Sicherheit das gesamte Haus erforscht. An einer Abzweigung im Korridor sah sie ein Bild, an das sie sich erinnerte, ein Schiff auf See, und unter den Wellen raste eine Kutsche aus einem früheren Bild dahin.

Hinter dem Korridor kam ein Anbau mit zwei Fenstern – völlig schwarz, unmöglich, etwas darauf auszumachen – und dann eine einzelne Tür.

Anna öffnete die Tür und bedeutete Rachaela weiterzugehen. »Es ist nur recht und billig. Du bist ihre Mutter.«

Rachaela betrat einen Raum voller Blut.

Er war knallrot gefärbt. Prägetapete an den Wänden, hier und da durchbrochen von einem modernen Bluterguß, ein feuerroter Teppich, das Himmelbett überzogen und beschirmt in der Farbe von Ruths samtigen Mund.

Rachaela stand sprachlos.

Rot. Das Blut der Menstruation und der Verlust der Jungfräulichkeit. Das Rot der Gebärmutter, das das Kind barg. Das Rot des Blutes, getrunken bei einem Festschmaus. Welches davon war es, oder war es eine Verbindung von allen?

Der Raum hatte ein eigenes Fenster.

Rachaela betrachtete es intensivst.

Sie konnte eine Weihnachtsszene darauf erkennen, die vollkommen entstellt wirkte. Ein Lichtstrahl von der Nachttischlampe offenbarte, daß das Kleid der Jungfrau eine karmesinrote Färbung hatte, während die Drei Weisen aus dem Morgenland die Köpfe von Tieren trugen: ein Pferd, eine Echse und eine

Katze. In ihrer Nähe, fast nicht zu sehen, stand ein Esel mit dem bärtigen Kopf eines Mannes.

»Euer Symbolismus ist stets zutiefst merkwürdig.«

»Wir haben unsere eigene Lebensart, Rachaela. Dies war schon immer das Kinderzimmer für die Mädchen. Sie ist unsere Errettung, weiß du.«

»Weil ein Mädchen Babys bekommen kann.«

»Genau«, erwiderte Anna ungerührt. »Sie ist zu jung.«

»Technisch gesehen natürlich nicht«, meinte Anna. »Ich bin jedoch ganz deiner Meinung. Wir sollten noch einige Jahre vergehen lassen.«

»Bis sie vierzehn oder fünfzehn ist?«

»Ungefähr.«

»Das ist in diesem Land nicht legal, Anna.«

»Oh, dieses Land«, Anna lächelte. »Wir leben in unserem eigenen Land. In allen Ländern zugleich, und doch in gar keinem.«

»Und wer soll der Zukünftige sein?«, fragte Rachaela. Sie schwitzte in den heißen Farben des Raumes.

»Das weißt du, natürlich«, antwortete Anna.

»Natürlich. Großvater und Vater und Liebhaber. Das sollte selbst für euch inzestuös genug sein.«

Anna senkte sittsam den Blick.

»Das ist für uns der beste Weg.«

»Und weiß Ruth, was ihr vorhabt?«

»Ruth weiß und akzeptiert, daß sie für uns wichtig ist. Glücklicherweise ist es uns diesmal gelungen, sie schon in jungen Jahren bei uns aufzunehmen. Sie wird sich an uns und ihren Vater gewöhnen. Sie ist schon jetzt von ihm fasziniert, was mich keineswegs überrascht. Letztendlich wird ihr alles ganz natürlich erscheinen. Wir werden das ganze mit einer kleinen Zeremonie begehen. Das wird Ruth helfen, besser zu verstehen, je älter sie wird.«

»Nein, Anna«, wehrte Rachaela ab.

»Es liegt nicht mehr in deiner Hand«, lautete Annas einziger Kommentar.

»Es liegt sehr wohl in meiner Hand. Ich werde sie wegbringen.«

»Selbst wenn du sie wegbrächtest, würde Ruth so schnell wie möglich zu uns zurückkehren. Ruth hat keine Schwierigkeiten, sich mit den Scarabae zu identifizieren.«

»Das ist ekelerregend, Anna. Was damals geschehen ist, war schlimm genug, war verdorben genug. Aber das hier . . .«

»Wie eifersüchtig du bist, Rachaela. Es tut mir leid für dich. Wenn du geblieben wärst, hättest du die Rolle der Ehefrau übernehmen dürfen. Doch du hattest dich dagegen entschieden. Wir haben all die Jahre geduldig warten müssen.«

Eifersüchtig. Ja, das mußte es sein. Es war nicht das ungewollte Kind, das sie beschützen wollte, sie konnte nicht ertragen, daß sich das Fleisch des Mannes mit dem einer anderen verband.

Anna hatte sich nicht geändert. Von allen war sie noch am meisten wie die Anna von früher. Doch sie war jetzt ebenfalls eine Gegnerin geworden.

Rachaela wurde nicht mehr gewollt oder gebraucht. Sie würde als lästiges Anhängsel geduldet, und man würde sie daran hindern, weiteren Schaden anzurichten. Sie schuldeten ihr lediglich die Geburt von Ruth.

»Nein, Anna, es ist schmutzig, und ich werde es nicht zulassen.«

Anna hob die Hände und ließ sie wieder fallen.

»Du kämpfst wie immer gegen die Flut.«

»Sie ist ein Kind. Soll ich auch ihr das antun lassen?«

»Sie wird zustimmen. Welche Alternative bietest du ihr? Du hattest deine Freiheit, Rachaela, und was hast du damit gemacht? Du verschläfst dein ganzes Leben.«

»Es ist mein Leben.«

»Dann lebe es und gestatte Ruth, ihr eigenes Leben zu leben.«

»Wir werden uns nicht einig werden, Anna.«

»Nein. Ich schätze nicht.«

Rachaela fühlte sich zutiefst hilflos, genauso wie sie sich fühlen sollte, und sie nahm an, daß Anna das merkte. »Dann soll ich also dabei zusehen«, sagte sie.

»Wenn du es wünschst.«

Um sie herum pulsierte und schwelte der blutrote Raum. Rachaela stellte sich vor, wie Ruth darin schlief. Sie wurde von den Bediensteten umsorgt, ihr Bett wurde gemacht und ihre Habe sorgfältig abgestaubt. Dort auf dem Tisch lagen ein Malkasten und ein Zeichenblock; neben dem Bett eine Schachtel voller Juwelen, Perlen und geschliffenem Glas. Es war für alles gesorgt. Hier konnte Ruth leben: ein verwöhntes Wesen, eine Märchenprinzessin, endlich in Sicherheit im Schloß. Und auch für den Märchenprinzen war gesorgt.

»Das ist alles zu perfekt«, sagte Rachaela. »Etwas wird passieren. Ihr kennt Ruth nicht.«

»Oh, doch. Ruth ist wie wir. Du warst diejenige, die aus der Art geschlagen ist, Rachaela.«

Rachaela lag in ihrem grünen und blauen Bett und lauschte dem Ächzen des Hauses und dem Atmen des Meeres.

Sie mußte sich einen Plan zurechtlegen, das beste, was sie tun konnte.

Ein- oder zweimal waren auf dem Korridor weiche, staksige Schritte zu hören.

Die Turmuhr neben dem Bett zeigte auf fünf Uhr fünfzehn, also fast drei Uhr, wenn sie den Zeitintervall richtig in Erinnerung hatte. Es sei denn, die Uhr änderte ihr Verhaltensmuster. Doch gewiß war die Uhr wie der ganze Rest unveränderlich.

Ob Adamus sich verändert hatte?

Sah er jetzt alt aus? Wenn das alles stimmte, würde er jetzt über siebzig sein – idiotisch, daran zu zweifeln. Es stimmte, mußte wahr sein.

Doch Ruth würde sich von einem alten Mann nicht angezogen fühlen. Dreißig würden einem elfjährigen Kind schon alt genug erscheinen. Aber Ruth war kein Kind. Rachaela erinnerte sich erneut daran, wie Ruth ausgesehen hatte, als sie geboren wurde. Eine ältliche Jungfer. Eine Maske in einem Kleid.

Sie würde mit Ruth sprechen müssen.

Zum ersten Mal richtig mit ihr sprechen müssen.

Die See rauschte lauter, als sie gegen den Strand brandete.

Die Macht des Wassers.

War Sylvian immer noch dort draußen, schaukelte zwischen Galeonen und Treibgut?

Am Morgen badete Rachaela, zog sich an und zog an dem Glockenstrang, bis Cheta wie durch Zauberei erschien. Alles war genauso oberflächlich wie zuvor.

Toast und Tee.

Rachaela war ihre frühere, hypnotisierte Ziellosigkeit noch sehr gut im Gedächtnis geblieben, und sie verließ eilig das Zimmer. Sie lief den richtigen Korridor entlang, fand den Salome-Anbau, stieg zum Dachboden hinauf.

Der Speicher sah nicht mehr aus wie früher. Das Schaukelpferd war verschwunden. Massen von Staub bildeten ein kompliziertes Fadenmuster in dem verlassenen Raum. Auf den Kisten hatten sich Onkel Camillos braune Weinflaschen – vielen von ihnen fehlte der Korken – mit einem feinen Staubschleier überzogen.

Camillo war seit Monaten, möglicherweise seit Jahren, nicht mehr auf dem Dachboden gewesen.

Der Staub des alten Hauses sammelte sich überall an, die Asche seiner zermalmten Knochen.

Ein kirschrot und grüner ausgestopfter Vogel verwandelte sich allmählich in ein staubiges Eiskristall.

An dieser Stelle hatte sie den Hammer abgelegt, nach ihrem Versuch, das Turmfenster zu zerschlagen. Ein nutzloser Akt der Gewalt. Sie sollte sich daran erinnern und diesmal bedachter zu Werke gehen. Rachaela verließ den Speicher. Sie durchwanderte das Haus, wie schon zuvor, öffnete Türen, und versuchte, andere Türen gewaltsam aufzubrechen. Sie fand Alice, die in einem blassen Wohnzimmer strickte, dessen Fenster wie ein gigantischer Wolkenbruch aus Blaßgelb und Grau wirkte. Am Fuße des Fensters waren brennende Städte zu sehen, und Alice klapperte und wirbelte in einem komplizierten Muster mit ihren stählernen Nadeln.

Hatte sie Alice schon einmal in diesem Raum aufgespürt? Außer Cheta, die ihr das Frühstück gebracht hatte, war ihr kein weiterer Scarabae begegnet. Bei zwei der Türen, die sie gewaltsam aufgedrückt hatte, stellte sich heraus, daß sie sich in die andere Richtung öffneten, und Schränke voller zusammengefalteter Bettwäsche waren.

»Alice, wo ist Camillo?«

Alice strickte.

»Ich weiß nicht, Rachaela. Vielleicht solltest du es einmal in der Bibliothek versuchen.«

»Das war Sylvian.«

»Onkel Camillo geht jetzt dort hin. Oh, wir hatten immer so viele Bücher. Viele, viele Räume voll. Ich kann mich erinnern, wie Onkel Camillo mit uns spielte und plötzlich hinter den Stühlen hervorsprang.«

Rachaela verließ Alice und bahnte sich ihren Weg durch das Haus zur Bibliothek. In dem Raum war niemand, doch auf dem Tisch standen der verstümmelte Globus, das Tintenfaß und das Lineal.

Rachaela betrachtete das Lineal. Es war aus glattem Ebenholz. Sie hatte gesehen, wie Camillo ein Skelett in seine Oberfläche ritzte, doch es war verschwunden.

Sie durchforstete die Bücher und betrachtete die durchgestrichenen Sätze. Sie fand ein Buch, in dem noch einzelne Wörter zu lesen waren. Nach langem Bemühen konnte sie den Satz entziffern, aus dem das Buch jetzt noch bestand: *Wir sind vor ihnen geflohen.*

Die Bücher der Nordwand waren immer noch lesbar. Trotz des ominösen Lineals und Tintenfasses hatte niemand Sylvians Arbeit übernommen.

Rachaela verließ das Haus und lief zu den Stufen, die zum Strand hinunterführten.

Türkisfarben schäumte die Flut.

Sie wandte sich zurück zum Haus und nahm ihre Suche wieder auf. Er war der älteste von ihnen. In seinem Schädel lag die Wurzel aller Dinge verborgen. Sie konnte nicht zu Adamus gehen.

Was Ruth wohl machte? Wahrscheinlich schlief sie noch. Sie schlief samstags und sonntags gerne länger. Manchmal war sie im Bett geblieben, um zu malen.

Rachaela verirrte sich im Haus, als sei das eine unumgängliche Notwendigkeit. Sie traf auf eine weitere Tür, die sich nicht öffnen ließ und hämmerte laut dagegen. Als sie erneut auf die Klinke drückte, gab die Tür plötzlich nach, als hätte sie selbst beschlossen, sie einzulassen.

In einem hohen gelben Bett lag ein alter Mann, die Decke bis ans Kinn gezogen. Zwischen dem Bett und der Tür konnte man in dem ockerfarbenen Zimmer einen rot-weißen Fleck erkennen. Das Schaukelpferd.

»Onkel Camillo?«

Das runde, alte Gesicht wandte sich ihr zu, das lange, weiße Haar lag ausgebreitet auf dem Kissen wie ein Fächer.

Auch vor den Absichten unter den Scarabae mußte man sich in acht nehmen. Sie hatte ihn finden wollen, und sie hatte es.

»Ich habe dich gesucht«, sagte Rachaela.

Sie trat langsam näher. War er letztendlich in den letzten zwölf Jahren doch hier gelandet, auf dem Sofa des Alters und der Senilität?

Der Raum roch nicht nach Krankheit.

»Camillo«, wiederholte sie.

Er sah sie an. Seine Augen waren messerscharf. »Eines Nachts«, sagte er, »kam der Pöbel. Die Leute schrien vor dem Haus, und die Bediensteten rannten vor Angst zu meiner Mutter. Mein Vater nahm mich auf den Arm. ›Zieh dich an‹, hat er gesagt, ›zieh deine wärmsten Sachen an.‹ Draußen stand der Schlitten bereit, man hatte das Pferd davorgespannt. Sie hatten die Glöckchen abgenommen. Mein Vater gebrauchte die Peitsche. Wir rasten in solch einer Geschwindigkeit dahin. Ich erinnere mich an den weißen Schnee, der wie eine Fontäne aufgewirbelt wurde.«

»Ich will das nicht hören«, sagte Rachaela ruhig.

»Der Pöbel war aufgehetzt worden«, sagte Camillo. »Die Leute rannten uns hinterher und Steine flogen um den Schlitten. Meine Mutter weinte. Sie hatte ihre gesamten Juwelen an und trug einen großen Pelzumhang über ihrem Nachtgewand. Wir lebten am Rande der Stadt. Männer mit Fackeln rannten vor uns auf den Weg, doch das Pferd preschte an ihnen vorüber. Ich war aufgeregt, zu jung, um zu verstehen, daß wir alles zurückgelassen hatten. Wir flohen hinaus in die weißen Wälder. Riesige Schneefontänen wirbelten hoch, und die Bäume sahen aus wie enorm weiße Kerzen, die im Mondlicht glühten. Ich bekam Angst, als ich mich an die Sagen erinnerte, die ich von Wölfen gehört hatte, doch mein Vater brachte mich zum Schweigen.

Mein Vater sagte: ›Menschen muß man fürchten, nicht Wölfe.‹ Dann schlossen sich die Wälder um uns, und das Licht verschwand.«

»Camillo.«

»Der Schlitten raste die ganze Nacht dahin. Einmal auf einer Anhöhe, wurde der Wald lichter, wir blickten zurück und sahen ein gewaltiges rotes Licht am Horizont. Meine Mutter schrie auf. Sie sagte, sie würden unsere Leute verbrennen. Mein Vater sagte, die ganze Stadt brenne. Dann verschlangen uns wieder die Wälder.«

»Und am Morgen«, sagte Rachaela, »kam das Licht, und du hast dein Haupt verborgen und geweint.«

Camillo grinste. »Gut. Ich muß es nicht zu Ende bringen.«

»Warum hast du mir das erzählt?«

»Du bist hier.«

»Wer waren die Leute, die gestorben sind?«

»Scarabae«, antwortete Camillo. »Immer wieder Scarabae.«

»Der Aberglaube, den sie selbst nährten, hat sie umgebracht.«

»Funkel, funkel kleiner Stern«, sagte Camillo, »was du bist, wüßt' ich so gern.«

»Du hattest Angst vor dem Licht, weil es dir so beigebracht wurde«, sagte Rachaela. »Du hast geglaubt, daß ihr Vampire seid, weil dir auch das jemand eingebleut hatte.«

»Was ist das für eine Kreatur«, sagte Camillo, »eine Maus? Ein Elefant?«

»Wie kann ich Ruth aus ihren Klauen befreien?«

»Ruth«, sagte Camillo. »Dieses böse Kind.«

Rachaela starrte Camillo an.

»Du magst sie nicht.«

»Eine Schlange an unserem Busen.«

»Dann hilf mir, sie von hier wegzubringen, Camillo. Sag mir wie?«

»Es besteht keine Hoffnung«, tönte Camillo in seinem gelben Schachtelbett. »Sie ist jetzt ihre Brut. Und du bist das Unkraut, der Busch, der nicht blühen will. Geh weg.«

»Camillo . . .«

»Eines Nachts«, sagte Camillo, »kam der Pöbel. Die Leute schrien vor dem Haus...« Rachaela blickte auf das alte Gesicht, das sich wie eine Muschel um seine Geschichte schloß. Sie ging zur Tür, und er rezitierte die Worte, bis sie nach draußen gegangen und die Tür hinter sich geschlossen hatte. Danach herrschte wieder Stille in dem Raum.

16

Als das Abendessen beendet und der Tee ausgetrunken war, stellte Ruth ihre Tasse ab, und wieder wurden dieselben Worte gesprochen: *Soll ich jetzt nach oben gehen? Ja...*

Rachaela erhob sich ebenfalls: »Ich komme mit dir, Ruth.«

Ruth wartete gehorsam, wie ihr das in all den Jahren beigebracht worden war.

Anna sagte: »Sie kennt den Weg, Rachaela.«

»Da bin ich mir sicher. Aber ich möchte trotzdem bei der Klavierstunde zugegen sein.«

Überall im Raum ging eine kaum wahrzunehmende Bewegung durch die Scarabae, sie murmelten wie Blätter in einer leichten Brise. Dorian ließ die Schachfigur, mit der er gerade einen Zug hatte machen wollen, in der Luft verharren. Alice hatte anscheinend eine Masche fallengelassen.

»Das könnte Ruth von ihrem Spiel ablenken«, ließ sich Stephan von dem leeren Kamin her vernehmen. »Ein junges Mädchen. Sie ist noch nicht sehr geübt.«

»Natürlich nicht«, sagte Rachaela. »Ich bin ihre Mutter.«

Ein Seufzen schien über sie hinwegzustreichen.

»Nun denn, selbstverständlich«, sagte Anna.

Ruth wandte ich um und lief zur Tür, jedoch nicht so eiligen Schrittes wie am Abend zuvor, damit Rachaela ihr folgen konnte. Draußen in der Halle, wo Ruths Lippen mit dem rubinroten Licht der Lampe verschmolzen, fragte Rachaela: »Gefallen dir die Klavierstunden?«

»O ja«, antwortete Ruth.

»Wie kommst du mit ihm zurecht?«, fragte Rachaela ganz beiläufig.

Ruth gab eisig zurück: »Du hast gesagt, er würde mich nicht mögen, aber das ist nicht wahr.«

»Mag er dich denn?«

»Er sagt, daß ich sehr schnell lerne. Er spielt für mich.«

»Ja«, sagte Rachaela. Sie waren bei der Tür angelangt. Sie fragte schnell: »Erinnerst du dich noch daran, was er zuallererst zu dir sagte?«

»Ja«, antwortete Ruth.

»Was?«

»Er hat gesagt: ›Mein Name ist Adam. Ich bin dein Vater.‹«

»Hast du ihm geglaubt?«

»Ja.«

»Wie alt ist er deiner Meinung nach?«

Ruth legte die Hand auf den Türknauf. »Ich weiß nicht.«

Ruth sah Rachaela an, ihr Gesicht wirkte wie ein unbeschriebenes Blatt Papier, oder genauer gesagt, wie all die durchgestrichenen und unleserlich gemachten Worte in einem von Sylvians Büchern.

»Er ist mein Dad«, sagte Ruth.

Diese schrecklich banale Behauptung stand wie eine Mauer zwischen ihnen. Ruth drehte an dem Türknauf, und die Tür zum Turm öffnete sich.

Ruth betrat als erste die Treppe zu dem oberen Raum.

Rachaela folgte ihr langsam, ihr Körper schmerzte, als hätte sie Fieber.

Der Raum.

Das Fenster war bereits verdunkelt, man konnte nicht mehr erkennen, ob das Haupt des Löwen vom Hammer beschädigt worden war. Kerzen und Lampen beleuchteten das Mobiliar und die breite, schwarze Oberfläche des Klaviers mit seinen hellen Tasten.

Neben dem dunklen, offenen Kamin lag die riesige Katze und schlief, ein Knochenhaufen unter einem Mantel aus Fell. Als sie eintraten, hob sie ihre müden Lider, und die verschwommenen Halbmonde ihrer Augen betrachteten sie wie aus der Ferne.

Ruth eilte sofort auf die Katze zu.

Sie kniete sich nieder, umarmte sie, rieb ihr Gesicht an dem großen Kopf, streichelte über das dichte Fell.

Dann blickte sie zu dem Mann im Sessel hoch.

»Hallo, Adam.«

Sie klang kein bißchen schüchtern, noch nicht einmal kokett. Wirkte sie etwa besitzergreifend? Dieser mysteriöse Fremde, der sie ins Leben gerufen hatte, und der, wie man ihr gesagt hatte, sich nichts aus ihr machen würde; jetzt hatte sie ihn vor sich, in all seiner überzeugenden Manneskraft. Gehörte ihr eine Stunde lang, oder für die Zeit, die sie eben während ihres allabendlichen Stelldicheins miteinander verbrachten.

Er trug ein weißes Hemd. Das war etwas Neues, Rachaela hatte ihn nur in schwarzen Gewändern in Erinnerung. Oder nackt, nur von Haut umhüllt.

Das lange Haar war zurückgebunden, genauso wie sie es kannte.

Es war Ruths Haar, so glatt, eine regelrechte Sturzflut.

Er wandte sich nicht nach Rachaela um, hatte nur Augen für die Kindfrau, die vor ihm kniete.

Also sah Rachaela nur sein Profil. Er war kein bißchen gealtert. Noch immer derselbe. Die düsteren Augen hafteten auf Ruth. Er hatte kein Lächeln für das Kind, sein Gesicht zeigte keinen Ausdruck.

Er sagte: »Komm zum Klavier«, erhob sich und durchquerte das Zimmer. Und Rachaela sah sein Gesicht, ein Gesicht, das sie vergessen hatte. Kein Wunder, daß ihr Verstand nicht in der Lage gewesen war, es heraufzubeschwören. Es war zu absolut, zu einzigartig, entbehrte jeglichen Vergleichs. Doch es gab eine Ähnlichkeit anderer Art. Denn plötzlich sah Rachaela, daß Ruth und Adamus völlig identische Züge trugen. Vielleicht war das auch der Grund, aus dem Rachaela Ruths Gesicht nie gefallen hatte.

Als Adamus auf das Klavier zuging, trafen seine Augen unweigerlich auf Rachaela. Sie fand seinen Blick unerträglich, doch sie konnte ihm nicht ausweichen, erschüttert, daß so viel von ihm noch in ihr verblieben war.

In demselben Augenblick schoß Ruth vom Kamin hoch, lief ihm nach, und zupfte ihn am Ärmel.

»Was soll ich spielen?«

»Ich habe ein Stück von Mozart für dich herausgelegt. Versuch es.«

Sie setzte sich ans Klavier, warf einen kurzen Blick auf die Noten und breitete ihre Hände über den Tasten aus. Sie fing an zu spielen. Sie ging dabei erstaunlich geschickt vor. Sie zögerte nicht, wurde nur ein- oder zweimal langsamer und starrte angestrengt auf die Noten. Sie verlieh dem Stück eine unheimliche, gemäßigte Qualität, vielleicht nicht ganz passend, und doch war es eine eigene Interpretation. Sie hatte in so kurzer Zeit so viel gelernt.

»Das war sehr gut«, sagte er. »Aber du darfst nicht bluffen, wenn du dich in den Noten vertust. Du mußt aufhören und es so spielen, wie es geschrieben wurde.«

»Ja, Adam«, sagte Ruth.

Und jetzt lächelte sie zu ihm auf.

Genauso hatte sie Emma angelächelt. Es war kein künstliches Lächeln, und doch wirkte es leicht kokett, als wäre sie sicher, das passende Publikum gefunden zu haben.

Und Adamus lächelte zurück, das kalte und ziemlich gleichgültige Lächeln eines Lehrers, der seinem gelehrsamen Schüler pflichtbewußt etwas Freundlichkeit zukommen läßt.

Rachaela atmete tief ein, als hätte sie während der letzten zehn Minuten die Luft angehalten. In ihrem Kopf rauschte das Blut. Sie zwang sich zum Sprechen.

»Ruth ist schon sehr geübt nach so kurzer Zeit.«

»Ja«, erwiderte er, so als hätten sie sich schon die ganze Zeit über unterhalten, als hätten sie jeden Tag während der letzten zwölf Jahre miteinander gesprochen, »es ist bemerkenswert. Aber ich war genauso. Das hat sie von mir.«

»Ich bin dir ähnlich«, sagte Ruth.

»Das will ich nicht hoffen«, sagte er.

Ruth kicherte wie ein glückliches Kind über einen neuen Witz.

»Spiel jetzt die Tonleiter«, befahl er.

Und Ruth spielte die Tonleiter.

Rachaela ließ die beiden allein und setzte sich in einen der Sessel vor dem Kamin. Sie beugte sich vor und streichelte den

Kopf der schlafenden Katze. Sie war mager geworden im Alter. Man konnte den Schädel unter der Haut fühlen.

Also hatten sie die Katze nicht infiziert.

Nach der Tonleiter spielte Ruth einige einfache Stücke von Clementi. Adamus redete dabei leise auf sie ein. Er korrigierte sie niemals, während sie spielte, doch befahl ihr manchmal danach, das Stück noch einmal zu probieren.

Rachaela lauschte den Geräuschen und der Musik des Klaviers, bis sie in eine Art Trance verfiel, in der nichts, was sie taten, mehr natürlich wirkte, als wäre ihre Beziehung eine ganz gewöhnliche, aber auch nicht wirklich.

Schließlich war die Lektion zu Ende.

»Spiel mir etwas vor«, bat Ruth. »Spiel das Stück von Chopin, das mir am besten gefällt.« Sie sprach den Namen wie Schopping aus, der kleine Scherz eines Kindes.

Adamus begann zu spielen.

Rachaela verkrampfte sich.

Als die Noten durch den Raum gewirbelt wurden wie silberne Dolche, betrachtete sie die beiden, ihren Liebhaber und sein Kind.

Ruth stand neben Adamus. Sie berührte ihn nicht. Sie starrte auf seine Hände mit den leicht gekrümmten Fingern, wie schlanke Äste im Wind. Jetzt wirkte sie noch viel weniger wie ein Kind, in ihrem moosgrünen festlichen Gewand, und mit den Schildpattkämmen im Haar. Sie sah aus wie ein Geist, eine bösartige Fee, die Magd des Teufels an Adamus' Schulter.

Rachaela fühlte, wie eine Welle des Zorns sie überkam.

Ja, ich bin eifersüchtig. Ich habe auch allen Grund dafür. Dort steht meine Nachfolgerin.

Als er aufhörte zu spielen, bat Ruth: »Und noch den Prokofjew.«

»Jetzt nicht, Ruth. Es ist genug für heute.«

Ruth protestierte nicht.

Sie wirbelte herum, kam zurück an den Kamin und ließ sich leise neben der Katze nieder, um sie am Kopf zu kraulen und zu streicheln.

»Ruth«, sagte Rachaela, »sag der Katze gute Nacht, und geh dann wieder nach unten.«

»Ich werde hierbleiben«, widersprach Ruth.

»Nein. Heute nicht.«

Ruth blickte zu ihr auf. »Ich bleibe immer noch eine Stunde hier nach der Musik.«

»Ich habe gesagt, heute nicht.«

Würde Ruth ihr jetzt gehorchen? Sie hatte keinen Grund dazu. All die alten Regeln und Gesetze waren überholt.

Doch Ruth stand wirklich auf. »In Ordnung.«

Sie lief zu Adamus, der schweigend vor dem verstummten Klavier saß.

»Mami sagt, ich soll nach unten gehen.« Eine Pause, Zeit für einen Einwand, der jedoch nicht erfolgte.

»Gute Nacht.«

»Gute Nacht, Ruth.«

Ruth neigte sich vor und küßte den Mann auf die Wange. Dann verließ sie das Zimmer und lief die Treppe hinunter, ihr langes Kleid schleifte auf den Stufen hinter ihr her. Rachaela hörte, wie die untere Tür sich öffnete und wieder schloß.

Die Katze hob den Kopf, spitzte die Ohren und legte sich wieder zurück, um weiterzuschlafen.

»Es tut mir leid, daß ich dir den Abend verderbe.« Rachaelas Stimme klang zu hart. »Ich bin mir bewußt, daß du ihr noch viel zu erzählen hast.«

»Ich habe ihr nichts zu erzählen«, sagte er. »Ich bringe ihr das Klavierspiel bei. Den Rest der Unterhaltung bestreitet Ruth ganz allein.«

»Willst du dich verteidigen?«, fragte Rachaela. »Das ist unmöglich.«

»Ist es das?«

»Das weißt du sehr gut.« Sie hielt inne und versuchte, ruhiger zu atmen. »Oder habe ich das Ganze mißverstanden?«

»Wahrscheinlich nicht.«

»Kann es wahr sein, kann es *wirklich* wahr sein, daß du dich mit diesem Kind paaren sollst?«

»Paaren«, wiederholte er.

»Wie sollte man es sonst nennen? Irgendeine ritualistische Sache, die in einem sexuellen Akt endet?«

»Zu guter Letzt. Anzunehmen.«

»Du bist ihr Vater.«

»Und ihr Großvater.« Er erhob sich und durchquerte den Raum. Er blieb vor ihr stehen und sah sie an, und die Lampe beleuchtete sein Gesicht, bis sie den Anblick fast nicht mehr ertragen konnte.

»Wir sollten nicht um den heißen Brei herumreden.«

»Das sollten wir wirklich nicht. Wie kannst du so einen schmutzigen, ekelhaften, lächerlichen Akt in Betracht ziehen?«

»Ich ziehe ihn nicht in Betracht. Es wird einfach irgendwann passieren.«

»So wie es mit uns passiert ist. Zumindest war ich schon eine erwachsene Frau.«

»Ruth wird ebenfalls eine erwachsene Frau sein. Sie werden warten, bis sie vierzehn oder fünfzehn ist.«

»*Sie*. Und was *bist* du, Adamus, etwa ihr Roboter? Hast du nichts dazu zu sagen? Bist du einfach nur eine Maschine?«

»Ein Teil des Scarabaeischen Mechanismus.«

»Ich glaube nicht, daß du das akzeptieren kannst.«

»Natürlich akzeptiere ich es. Ich bin hier.«

Rachaela erhob sich ebenfalls. Zu ihren Füßen knurrte die Katze leise im Schlaf.

»Ich werde Ruth wegbringen«, sagte Rachaela. »Du bist nicht stark genug. Weder physisch noch geistig. Ruth ist ein Teil ihrer kollektiven Seele, ihnen ausgeliefert auf Gedeih und Verderb.«

»Und du denkst tatsächlich, ich werde dasitzen und es geschehen lassen?«

»Du hast keine andere Wahl. Du hattest die Macht über dein eigenes Leben, das war alles.«

»Ach, wirklich? Hatte ich die Macht, als du mich mit diesem Ding – diesem Baby – belastet hast? Ich wollte es abtreiben, es einfach wegspülen.«

»Das hast du aber nicht getan«, sagte er. »Oder?«

Rachaela schloß die Augen. Ihre Schwäche, ihr Pech, war das wirklich der Einfluß der Scarabae gewesen, die ihre Arme nach ihr ausgestreckt hatten, um sie auf dem rechten Kurs zu halten? Sie fragte: »Was wäre geschehen, wenn ich geblieben wäre?«

»Sie hätten dich gefeiert. Du wärst die Madonna gewesen. Man hätte alles Notwendige für dich veranlaßt.«

»Ohne Ärzte«, sagte Rachaela.

»Unive und Miriam haben die letzten zwanzig Kinder erfolgreich zur Welt gebracht.«

Rachaela lachte. »Eingesperrt in der kerkerhaften Gebärmutter des Hauses mit zwei alten Frauen, die Ruth aus mir herauszerren.« Sie dachte an die Halluzination von Camillo auf dem Strand, die sie im Krankenhaus gehabt hatte.

»Und was noch? Irgendeine zeremonielle Vermählung mit dir als Bräutigam, und dann alle ein oder zwei Jahre ein Besuch von dir in meinem Schlafzimmer?«

»So ähnlich. Sie hätten uns zur Erneuerung der Familie benutzt. Ganz einfach.«

»Ja, tatsächlich. Und das ist es auch, was sie jetzt mit dir und Ruth vorhaben.«

»Solange ich noch dazu tauge.«

»Und solange Ruth noch dazu taugt. Bis es sie umbringt.«

»Es wird sie nicht umbringen. Die Familie ist sehr stark. Sogar du, Rachaela.«

»Sogar ich. Der Außenseiter. Die einzige, die nicht durch Inzest gezeugt wurde.«

Er antwortete nicht, und eine Mauer des Schweigens erhob sich zwischen ihnen.

Sie wollte sie mit den Händen niederreißen.

Sie sagte: »Ich werde mit Ruth sprechen. Ich werde ihr verständlich machen, was all das wirklich bedeutet. Dann werden wir sehen.«

»Viel Glück.«

»Du denkst, sie wird mir nicht zuhören. Aber ich habe mit deinem Kind zusammengelebt. Sie ist allein an sich selbst interessiert, und an dem, was sie unterhalten kann. Dies ist ein neues und faszinierendes Spiel für sie, aber irgendwann wird es ihr langweilig werden. Sie wird keine Lust haben, die Bienenkönigin für euren Stock zu spielen.«

»Vielleicht.«

»Du denkst, eure scarabaeischen Zauberkünste sind die stärksten, die es gibt? Du bist doch nur eine Marionette. Du hast keinen eigenen Verstand. Du bist ein Nichts. Ihre Saatmaschine.«

»So viele zornige Worte«, sagte er.

Seine Schönheit rührte eine tief verborgene Saite in ihr an. Sie sehnte sich danach, zu ihm zu gehen, sich an ihn zu lehnen, und neben ihm zu liegen. Sie wollte, daß er ihr sagte, all das spiele keine Rolle. Sie wollte seine Arme, seinen Mund, seinen Körper, genauso, wie sie an diesem Tag und in dieser Nacht der widersinnigen Ekstase danach verlangt hatte. Verfluchte Ruth, was war sie schon – ein Sandkorn, eine Flocke aus Staub.

Aber sie würde es nie mehr zulassen, daß er sie berührte. Sie würde ihm nicht gestatten, daß er in seiner leidenschaftslosen und rasenden Lust über Ruth herfiel.

»Ich habe gesagt, was zu sagen war«, sagte sie und ließ ihn allein zurück, lief die Treppe hinunter zur Turmtür, die sie wie Ruth zuvor öffnete und hinter sich wieder schloß.

Zwei heiße Tage vergingen, bevor sie Ruth allein erwischte. Rachaela sah ihre Tochter lediglich beim Abendessen, nach dem sie zu der Klavierstunde mit Adamus verschwand. Rachaela hatte das Haus aufs Neue durchstreift, sie spähte in den Garten, wo sich die Ranken an der Zeder emporwanden, auf deren Zweigen jetzt Rosen blühten. Sie hatte in dem roten Schlafzimmer nachgeschaut, das Fenster mit der karmesinroten Madonna, das gekrönte Kind, und die goldenen Könige mit den Diademen und den Tiergesichtern, gesehen. Doch Ruth hatte sie nicht entdeckt.

Am dritten Tag war Rachaela auf die Heide hinausgelaufen und hatte Ruth neben dem Monolithen sitzend vorgefunden. Sie trug ein Kleid mit kleinen Puffärmeln, das aus dem Anfang des Jahrhunderts stammen mußte. Sie hatte kein Make-up im Gesicht, und ihr Haar war zu einem Pferdeschwanz zusammengebunden. Rachaela ging auf sie zu und ließ ihren Schatten auf das sonnengebrannte Gras fallen.

Schmetterlinge flatterten über dem tabakfarbenen Laub. Vögel vollführten ihre Kunststücke auf dem zartblauen Dach des Himmels.

»Ich möchte mit dir reden, Ruth.«

»Ja.«

Rachaela setzte sich ihrem Kind gegenüber auf das Gras. *Ihr Kind.* Diese Person in dem Kleid.

»Ich nehme an, daß du dich hier recht gut amüsierst.«

»Ja, danke.«

»Sie haben dich mit offenen Armen empfangen. Sie haben dir viele Geschenke gemacht. Du darfst bei ihnen tun und lassen, was du willst. Und du mußt nicht in die Schule.«

»Und ich habe das Klavier«, half ihr Ruth weiter.

»Und natürlich das Klavier. Und Adamus.«

»Er sagt, daß ich ihn Adamus nennen darf.«

»Ich weiß. Hast du schon einmal festgestellt, Ruth, daß die Menschen oft nett und freundlich zu dir sind, weil sie etwas von dir wollen?«

Ruth sah Rachaela an. Ihr Blick war offen und forschend. Und was willst *du* von mir? Sie antwortete: »Manchmal.«

»Und daß die Menschen dich enttäuschen.« Rachaela wartete kurz, bevor sie den tödlichen Pfeil ansetzte. »Wie Emma.«

Ruth ließ keinerlei Gefühlsregung erkennen. Ihre Augen waren schwarz und undurchdringlich. »Ja.«

»Ich will, daß du darüber nachdenkst, Ruth. Die Scarabae sind nett zu dir, weil sie etwas von dir wollen.«

»Sie wollen, daß ich bleibe«, sagte Ruth. »Ich bin Adamus' Tochter.«

»Und haben sie dir gesagt, was sie von dir und Adamus erwarten?«

Ruth antwortete nicht sofort.

Dann sagte sie: »Sie haben mir gesagt, daß ich ihm versprochen bin.«

Rachaela erschauderte. Sie versuchte sich zu beherrschen.

»Weißt du auch, was das Wort bedeutet? Versprochen.«

»Es bedeutet, daß ich ihn heiraten muß.« Ruth fügte hinzu: »Anna hat mir das Wort in der Bibliothek gezeigt, im Wörterbuch.«

»Verstehst du, was damit gemeint ist?« Ruth beobachtete sie. »Daß du ihn heiraten sollst?«

»O ja.«

Rachaela wurde laut: »Töchter heiraten nicht ihre eigenen Väter.«

»Doch, das tun sie. Die Ägypter haben das immer getan.«

Rachaela verfluchte Miss Barrett, Mr. Walker und die gesamte Grundschule mit ihren unpassenden Wissensbrocken. Aber vielleicht hatte Ruth das auch aus einem Buch.

»Ihr seid keine Ägypter.«

»Die Könige haben es auch gemacht. Die wichtigen Familien. Um das Erbe nicht zu besudeln.«

»Und die Scarabae haben dir gesagt, daß du das verhindern mußt?«

Ruth lächelte geheimnisvoll und blickte auf das Gras.

»Hast du daran gedacht«, fragte Rachaela, »was du tun mußt, wenn du seine Frau bist?« Er wird dich nehmen, in dich einbrechen, du wirst gezwungen sein, die Hölle der Süße zu erfahren. – *Denk nicht dran. »Ruth.«*

»Nein, Mami.«

»Du wirst seine Kinder austragen müssen«, sagte Rachaela. »Und weiß du, was *das* für dich bedeutet?«

»Du hast mir alles über Babys erzählt.«

»In Ordnung.«

»Es macht mir nichts aus«, sagte Ruth. »Anna hat es mir erklärt. Das Erbe muß weitergegeben werden.«

»Es macht dir nichts aus, weil du es gar nicht verstehen kannst. Mein Gott, ich kann dir das auch nicht in fünf Minuten erklären. Es ist schmerzhaft und entwürdigend, Ruth. Es bedeutet, daß dein Körper nicht mehr dir gehört.« *Jesus Christus,* dachte sie, *ich höre mich schon an wie Jonquil.* »Und man wird von dir erwarten, daß du es wieder und wieder tust. Kannst du mir folgen?«

»Es wird leicht sein, hat Anna gesagt.«

»Oh, Anna hat dir also die Sache mit den Babys erklärt, ja?«

»Wir sind etwas Besonderes«, sagte Ruth. »Du bist anders. Du verstehst das nicht.«

Rachaela versuchte, ihre fünf Sinne beisammenzuhalten. Vor ihrem inneren Auge erschien Ruth, wie sie in ihre Umhängetücher gehüllt mit ihren bemalten Lippen auf dem Boden kniete, während das Mädchen Lucile auf dem blauen Bett schniefte.

»Du meinst diese Familienlegende über Vampire.«

»Sie sind wirklich welche«, sagte Ruth und korrigierte sich sogleich: »*Wir* sind wirklich welche. Im Haus gibt es kein Tageslicht. Sie gehen nur in der Nacht nach draußen. Bis auf Cheta und Carlo, die Bediensteten, die zwar keine reinen Scarabas sind, sich aber trotzdem verhüllen müssen, wenn sie bei Tag rausgehen.«

»Warum sitzt du dann hier in der Sonne, Ruth?«

»Ich habe mich noch nicht verändert.«

»Und wann wirst du dich verändern?«

»Wenn ich Adamus heirate.«

Ruth, die sich auf dem schwarzen Klavier wand, mit den Füßen um sich trat und kreischte, Adamus, der auf ihr lag, sein Mund an ihrer Kehle; ein winziges Rinnsal aus scharlachrotem Blut.

»Ich habe Adam *geheiratet*. Und mit mir ist auch nichts passiert.«

»Du bist nicht wie wir. Deine Mutter war eine Fremde.«

»Ruth, ich muß dir das alles ausführlicher erklären. Ich möchte, daß du mit mir zurück nach London kommst.«

»Nein danke, Mami.«

Rachaela sah die Veränderung in Ruth. Sie hatte sich konzentriert, war gefährlich geworden, wie Rachaela es schon einmal bei ihr erlebt hatte. In ihren Augen brannte ein Feuer, die Zähne wirkten scharf und die Fingernägel lang. Wenn man jetzt versuchen würde, sie zu berühren, würde diese Kreatur beißen und kratzen. Sie würde sie in die Brust boxen wie als Baby, und sich ihren Griff entwinden. Der Dämon der Scarabae, ein neues, hybrides Leben.

Die Sonne verdunkelte sich plötzlich, und Rachaela drehte den Kopf.

Carlo war aus dem Haus getreten, sollte sie ganz offensichtlich beobachten, gab sich noch nicht einmal den Anschein, als wäre er aus einem anderen Grund gekommen.

In der brodelnden Hitze trug er seine Ausgehuniform, seinen Hut und Schal und die Sonnenbrille.

Ruth drehte sich ebenfalls um und sprang auf.

»Da ist Carlo. Ich werde einen Apfelkuchen mit Maria backen.«

Mit geschürztem Rockzipfel rannte sie auf das Haus zu.

Sie lief an Carlo vorbei, der noch einen Moment stehenblieb und zu der im Gras sitzenden Rachaela hinüberstarrte, bevor er sich ebenfalls umwandte und zwischen den Kiefern hindurch zum Haus zurückging.

Sie konnte nichts anderes tun. Sie mußte bleiben. Sie mußte die Zeugin spielen. Auf diese Weise würde sie vielleicht ihre Chance bekommen.

Sie mußte bleiben.

Er stellte für sie jetzt keine Bedrohung mehr dar.

Und sie würde ihn nie wiedersehen.

Wenn sie ihn und Ruth trennte, würde sie mit ihm zu tun bekommen.

Die einzige Art, die ihr jetzt noch möglich war.

Anna drehte den Schlüssel in der abgesperrten Tür.

Unice hielt die Lampe hoch.

»Es wird sehr dunkel sein.«

»Wir werden aufpassen müssen.«

Die alten Frauen raschelten wie brüchiges Papier.

Sie waren alle gekommen, die Frauen, nicht die Männer.

Rachaela stand hinter ihnen, auf dem Platz, der dem Zeugen gebührte.

Ruth lief neben Anna.

Der Schein der Lampe glitt in den Raum und verlieh ihm ein gespenstisches Aussehen. Es war eine Höhle ohne Fenster, angefüllt mit roten Streifen und Flecken.

Miriam und Therese schlüpften zuerst in die Dunkelheit, und man hörte das Kratzen von Streichhölzern, die zu winzigen Flammen erwachten.

Eine Reihe von Kerzen war an der Wand angebracht worden. Es war ein vernachlässigtes Zimmer. Auf einer verblaßten, fuchsroten Tapete waren anscheinend kopfüber hängende Fledermauspaare abgebildet – und wie bei den Graphiken von Escher schienen sich in den blaßgelben Zwischenräumen weitere Gestalten zu verbergen. Nichts war sicher. Dicke Balken ragten aus der Decke.

Der Raum war voller roter Kleider. Sie hingen auf Schneiderpuppen, die sich an zwei Wandseiten entlangreihten.

Roter Stoff in jeder Schattierung und Tonart, weich und dunkel, grob und transparent, Früchten gleich, manche angefault, andere noch nicht reif, und einige, die der Sonne zu lange ausgesetzt gewesen waren.

Doch diese Kleider hatten die Sonne nie gesehen.

Sie waren alt, oder antik, im Stile anderer Jahrhunderte und anderer Länder zugeschnitten. Die meisten wirkten so zerbrechlich wie Insektenflügel. Nur wenige waren robust, für sie war die Zeit stehengeblieben.

Alle waren mit einer Staubschicht bedeckt.

Ein seltsames Parfüm entströmte diesen Kleidern, Erinnerungen an Duft und Fleisch über dem Staub.

»Komm Ruth«, sagte Anna. »Sieh dich um. Einige werden zu groß sein. Es gibt jedoch auch viele, die für so junge Mädchen wie dich zurechtgeschnitten worden sind.«

Ruth trat vor. Im Kerzenlicht schimmerten ihre Augen hart wie Marmorkugeln.

Wenn Rachaela geblieben wäre, wenn sie mit dem Kind in ihrem Leib geblieben wäre, hätten die Scarabae sie dann auch hierhergebracht, um ihr Verlobungs- oder Hochzeitsgewand auszusuchen?

Ruth machte neben einem Krinolinkleid mit riesigen Ärmeln und hängenden Schleifen halt, betrachtete es, und lief weiter.

Es gab Kleider, die wie mit rosigem Kristall bestickte Hüllen wirkten, Kleider mit geschnürten Taillen und Schleppen, und Kleider mit langen Ärmeln, auf denen falsche, rote Edelsteine glitzerten, die möglicherweise auch echt sein konnten.

Ruth hatte die Hälfte des Raumes durchschritten, sie stand inmitten der karmesinroten Säulen.

Sie wählte sehr sorgfältig aus für ihren großen Tag, sah sich alles genauestens an.

Anna stand etwas abseits. Teresa, Unice und Miranda schwebten Ruth hinterher. Abgelenkt von Erinnerungen oder aus reiner Nostalgie, wanderten Alice, Anita, Sascha und

Miriam in dem Raum umher und schienen ihrerseits ein Kleid auswählen zu wollen, so wie sie das vielleicht vor langer Zeit einmal getan hatten.

Livia blieb neben der Tür stehen. Ihr Gesicht war verzerrt. Sie wandte sich an Rachaela: »Mein Konstantin«, und preßte ihre vertrockneten, alten Hände auf ihr Gesicht. Es war, als wollte sie weinen und konnte es nicht. Ihr Seelenschmerz verebbte langsam, sie senkte die Hände, ging auf ein rotes Kleid zu und glättete zärtlich die steifen, durchsichtigen Falten mit einem ihrer beringten Finger.

Rachaela lief an einer Reihe von Kleidern vorüber.

Ruth war stehengeblieben.

In der Decke war ein Riß zu sehen, ein regelrechtes Loch war dort entstanden, und darunter hing ein einzelnes rotes Kleid etwas abseits von den anderen.

Es war, wie das Schlafzimmer, ein Kleid aus Blut, entstanden in einer Periode der Heuchelei. Die Schultern der Schneiderpuppe waren unbedeckt. Die Taille des Kleides wies, wie ein Richtungspfeil, durch eine Reihe von rubinroten Knöpfen auf den Nabel. Der Rock war lang und fließend, bestickt mit glänzendem, blutigem Faden in einem seltsamen Muster, das aussah wie Trauben, Blumen und Blattwerk. Die gerüschten Ärmel fielen von den Schultern herab bis auf den Boden, und unter ihnen waren noch einmal andere Ärmel aus enganliegender, roter Spitze verborgen.

»Das hier«, sagte Ruth.

»Oh, seht nur, welches sie erwählt hat!« rief Miranda. »Wie herrlich.«

»Wie wunderschön sie aussehen wird«, sagte Teresa. »Ich erinnere mich noch . . .« und schwieg.

All die Frauen säuselten und flüsterten, ein Chor aus Grashüpfern.

Der Rock des Kleides bewegte sich. Er wallte nach vorn und bauschte sich auf, als hätte sich ein unsichtbares Bein darunter ausgestreckt.

Ruth trat einen Schritt zurück.

Sie starrte auf das Kleid.

Jede der Frauen starrte auf das Kleid.

Und der Rock schwang erneut nach vorn, kräuselte sich.

Was ging da vor sich? Wurde das Kleid etwa lebendig?

»Nein, nein«, stöhnte Anna. »Nein.«

Sie trat eiligst näher. Rachaela sah, wie sie das Kleid erreichte, den Rock ergriff und ausschüttelte.

Plötzlich zerriß ein langer Saum in einer Wolke aus rotem Staub.

Ein Vogel flog heraus.

Das Kleid hatte den Vogel geboren.

Er flog direkt an Anna vorbei und segelte über die Köpfe der alten Frauen hinweg, so daß sie vor Schreck laut aufschrien.

Rachaela hatte die Scarabae nie zuvor so unbeherrscht erlebt.

Der Vogel sauste von Wand zu Wand, und die Frauen kreischten schrill, wehrten ihn mit Händen ab, an denen die Ringe nur so blitzten.

Dann schoß der Vogel plötzlich in die Höhe. Er verschwand durch das Loch in der Decke, und das aufgeregte Flattern seiner Flügel verstummte.

»Der Dachboden«, sagte Anna und zeigte auf das Loch, durch das der Vogel entkommen war. »Onkel Camillo läßt das Fenster immer offen.«

»Wird er hinausfliegen?« schrie Unice.

»Wird er fortfliegen?« fragten die anderen.

»Das ist anzunehmen«, antwortete Anna. Sie blickte auf Rachaela. »Vielleicht wird Rachaela irgendwann einmal hochgehen, um nachzusehen.«

»Das bedeutet Unglück, ein Vogel im Haus«, jammerte Unice.

Miranda stöhnte: »Das erste Mal seit sechzig Jahren.«

»Still«, befahl Anna. »Der Vogel ist fort. Ruth. Hast du dieses hier ausgewählt? Es hat genau die richtige Größe.«

»Da war ein Vogel drin«, sagte Ruth.

Die Panik der Alten hatte sie zwar nicht befallen, doch sie war nichtsdestrotrotz davon beeinflußt.

»Der Vogel ist fort«, wiederholte Anna.

»Jetzt will ich es nicht mehr«, sagte Ruth.

Die alten Frauen schwebten auf sie zu, als würden sie von ihr angezogen wie Eisenspäne von einem Magneten. Sie flüsterten, doch man konnte ihre Worte nicht verstehen.

»Such dir ein anderes aus«, sagte Anna.

»Aber ich wollte doch das hier.«

»Dann vergiß den Vogel.« Anna lächelte geduldig.

»Nein«, sagte Ruth.

Anna breitete die Arme aus und wartete.

Sie alle warteten auf die Kindfrau, die Ihre Zukunft bedeutete.

Ruth stand mit zur Seite geneigtem Kopf vor der Puppe.

Schließlich stimmte sie zu: »In Ordnung. Dies hier. Aber der Saum ist aufgerissen.«

Alice sagte: »Ich werde alle Säume noch einmal nachnähen. Und Cheta wird das Kleid sehr sorgfältig reinigen. Besonders die Spitze. Spitze ist so äußerst kleidsam.«

Ruth fragte: »Und was ist mit dem Schleier? Werde ich einen Schleier bekommen?«

»Ja«, bestätigte Miriam. »Wie eine Braut. Einen wunderschönen roten Schleier.«

»Und Carlo wird rote Rosen schneiden«, fügte Miranda hinzu.

»Solch ein besonderer Tag«, sagte Teresa.

Ruth stand in ihrer Mitte, wie die Nabe eines sich langsam drehenden Rades. Sie wandte dem Kleid den Rücken zu. Sie blickte nicht auf Rachaela.

Als die Kerzen ausgeblasen waren, verließen sie den Raum, aus dem Michael und Maria in Kürze die ausgewählten Schneiderpuppen entfernen würden. Draußen auf dem Korridor zog eine Wolke aus alten Frauen Ruth mit sich fort.

Später lief Rachaela zum Dachboden hinauf.

Inmitten der Truhen und Ständer war ein rotes Kleid übriggeblieben – das Kleid von Alices Mutter.

Sie konnte das Loch nicht sehen, das zu dem unteren Raum führte, doch das Fenster stand sperrangelweit offen und ließ das pralle Sonnenlicht herein.

Natürlich, sie waren Vampire, sie konnten nicht an diesen Ort kommen.

Aber Camillo hatte sich aus seinem Bett erhoben und war

hier hinaufgekommen. Er hatte das Fenster so weit aufgerissen, um den Vogel anzuziehen, der sich in Ruths rotem Verlobungskleid eingenistet hatte.

Der Vogel war fort.

Rachaela stand am Fenster und blickte über die Dächer auf den Turm.

Die Sonne spiegelte sich auf seiner Spitze, das Fenster glitzerte.

Adamus.

Er hatte ihr Blut getrunken, und doch konnte er sich im Tageslicht bewegen. Würde Ruth enttäuscht sein, wenn sie nach ihrer Nacht der Metamorphose herausfand, daß die Sonne sie immer noch nicht zum Schrumpfen brachte?

17

Kurz vor Mitternacht kam die Verlobte der Scarabae die Treppe herunter.

Sie sah aus wie eine Braut der Hölle, mit ihrem blutroten Kleid und dem Schleier, der, von dem kleinen Krönchen auf ihrem Kopf festgehalten, wie ein pochendes Herz um sie herwallte. In der Hand trug sie zwei scharlachrote Rosen.

Rachaelas Armbanduhr zeigte die genaue Zeit, doch eigentlich war es einfach nur Nacht, der letzte Rest des Sommerlichtes schimmerte noch blaß am Himmel, die Türen des Hauses standen offen.

Brennende Kerzen überall, Reihen von perlendem Feuer, das schwüle, wabernde Hitze verströmte.

Die alten Leute hatten sich in ihren Abendgewändern, ihrem Staub und ihren Spangen versammelt. Einzig Rachaela in Rock und T-Shirt wollte nicht so recht dazu passen. Sie stand abseits, war nur Zeugin.

Ruths geschminktes Gesicht wirkte völlig gefaßt, doch sie knisterte vor Elektrizität. Sie war die glühende Mitte all diesen Feuers.

Ein weiterer Raum war geöffnet worden, die Bediensteten hatten ihn gesäubert und mit Kerzen und roten Rosen angefüllt, die auf hohen Holzpodesten standen.

Am entfernten Ende des Zimmers stand ein mit rotem Samt überzogener Tisch, auf dem ein riesiges, altes Buch aufgeschlagen lag. Hinter dem Tisch stand Dorian in Abendgarderobe und gestärktem Hemd.

Vor dem Tisch stand Adamus.

Zu ihrem Entsetzen sah Rachaela, daß er ebenfalls Smoking, weißes Hemd und schwarze Fliege trug, Also hatte auch er sich als ein Produkt dieser Farce gekleidet. Sein Gesicht gab keinerlei Gefühlsregung preis, und seine Augen waren trübe Seen aus schwarzem Lack ohne Licht oder Tiefe, genauso wie sie sie in Erinnerung hatte. Es stimmte, er war ihre Marionette.

Die Scarabae bildeten eine Gasse, und Ruth lief durch sie hindurch in den Raum.

Die Scarabae schritten hinter ihr her und nahmen gesetzt ihre Plätze hinter dem Verlobtenpaar, dem Mann und der kleinen Kindfrau, ein.

Rachaela stand in der hintersten Ecke des Raumes und ließ den Blick über die Köpfe mit ihrem dichten, drahtigen Haar schweifen, unter denen ein behelmter Kopf blitzte, denn Onkel Camillo war natürlich in seiner Rüstung erschienen. Sie und Adamus waren in dem Raum die größten Menschen, was zu der lächerlich abartigen Atmosphäre des Raumes nur noch mehr beitrug.

Dorian öffnete seine welken Lippen.

»Das Haus ist in dieser Nacht zusammengekommen, um der Verlobung dieser beiden Kinder, Adamus und Ruth, die einander versprochen sind, beizuwohnen. Dies geschieht im Geiste einer alten Tradition. Es geschieht zum Wohl des Hauses der Scarabae, in der Hoffnung, daß es viele Generationen lang fortdauern und gedeihen wird.«

Rachaelas Augen waren geblendet vom Licht der Kerzen. Sie konnte dem, was Dorian sagte, nicht folgen, es war einfach zu verzerrt und unsinnig. Dann redete er auch noch in einer fremden Sprache, und danach hörte sich das, was er sagte, an, als wäre es lateinisch.

Nach all dem Gerede legte Dorian Ruths Hand in die Hand von Adamus und band sie mit einer weißen Seidenschleife zusammen, eine alte Schleife, deren Reinheit durch ihr hohes Alter schon ganz fleckig geworden war.

»Erinnert euch jetzt daran, daß ihr einander vor Zeugen versprochen wurdet, egal was kommen mag. Ihr dürft keinen anderen Menschen zu euch lassen, müßt euch bis zur Stunde der Hochzeit und Vereinigung die Treue halten. Also seid ihr verbunden.«

Ruth hob den Kopf und blickte in Adamus' Gesicht.

Sie lächelte verschlagen.

»Ihr müßt nun sagen, ob ihr dieser Verbindung die Treue halten werdet und damit einverstanden seid. Ruth, antworte du zuerst.«

»Ich bin einverstanden und werde treu sein«, sagte Ruth.

»Und Adamus.«

»Ich bin einverstanden«, sagte Adamus, »und werde treu sein.«

Dorian löste die weiße, fleckige Schleife.

»Und sei die Schleife auch gelöst, so besteht das Gelübde doch weiter fort. Alle hier Anwesenden werden das bezeugen.«

Ich bezeuge es, dachte Rachaela, *sie sind miteinander verbunden. Sie wird größer sein, wenn sie ihn heiratet. Dann wird es nicht mehr so pervers aussehen. Oder vielleicht wird es dadurch nur noch schlimmer.*

Sie dachte: *Was denkt er sich jetzt? Ist sein Verstand völlig ausgeschaltet?*

Adamus beugte sich herab und hauchte einen Kuß auf Ruths Lippen. Sie hatte ihre Augen nicht geschlossen, hielt sie weit offen und nahm seinen Anblick gierig in sich auf. Cheta, diesmal mit Brosche, trat nach vorn. Sie trug eine kleine Torte auf einer Platte. Adamus brach sie in der Hälfte durch. Ruth aß eine Hälfte und er die andere.

Michael kam mit einem Glas Rotwein. Sie nahmen beide einen Schluck aus dem Glas.

»Schreibt eure Namen in das Buch.«

Adamus tauchte den Federhalter in das Tintenfaß und unterzeichnete, Ruth nahm den Federhalter und schrieb ebenfalls in das Buch.

Hat sie aus der Macht der Gewohnheit mit Ruth Day unterschrieben?

Doch Dorian hatte an dem Eintrag nichts auszusetzen.

Adamus und Ruth verließen den Tisch Hand in Hand. Ruth überreichte Adamus die zweite Rose, die er sich sogleich ins Knopfloch steckte.

Wie fürchterlich sie aussahen, wie irrsinnige Figuren auf einem Hochzeitskuchen, der kalte, aalglatte Bräutigam und der winzige Kobold einer Braut in scharlachrotem Gewand.

Anna ging auf Ruth zu und überreichte ihr eine Päckchen.

Adamus ließ Ruths Hand los.

Sie öffnete das Geschenk auf ihre eigene fein säuberliche und gierige Art.

Ein Medaillon aus Bergkristall – es waren doch gewiß keine Diamanten. Ruth hielt Adamus das Medaillon hin, und er legte es um ihren Hals.

Auch die anderen traten an Ruth heran. Sie überbrachten ihr Geschenke: Ohrringe, und Bücher, meterweise Stoff, Ornamente und Objekte aus buntem Glas.

Nur ich habe kein Geschenk. Rachaela stellte sich vor, wie sie als die dreizehnte böse Fee nach vorn trat, um Dornröschen ihre todbringende Gabe zu erreichen.

Verlangte es sie in diesem Moment nach Ruths Tod? Waren sie wirklich so schlimm, diese idiotische Zeremonie und das wie eine Braut gekleidete kleine Mädchen?

Das kleine Mädchen stapelte gerade seine Trophäen auf dem Tisch. Hin und wieder zeigte sie ihre Ausbeute Adamus, der besten Trophäe von allen. Er nickte ihr jedesmal ernsthaft zu. Nun war die Reihe an Camillo. Sein Geschenk war ebenfalls verpackt. Ruth riß das Papier ungeduldig auf. Sie benahm sich äußerst habgierig und hatte keinen Blick übrig für die seltsame Gestalt in ihrer Rüstung.

Ein merkwürdiges Gebilde aus Metall und Holz kam unter der Verpackung zum Vorschein.

Adamus sagte: »Sei vorsichtig«, und lehnte sich vor, um ihr das Ding aus der Hand zu nehmen. Es war eine Mausefalle.

Camillo kicherte.

Anna sprach mit klarer Stimme: »Onkel Camillo ist sehr ungezogen, Ruth. Kümmere dich nicht um ihn.«

»Onkel Camillo«, sagte Ruth. Sie betrachtete ihn mit ihren kohlschwarzen Augen. Ihr Gesicht wirkte etwas spitz. Er hatte versucht, ihre Verlobung zu verderben.

Anita trat an Ruth heran und überreichte ihr ein mit roten Blumen besticktes Kissen.

Als die Vorstellung zu Ende war, begaben sich die Scarabae mit ihren Verlobten ins Eßzimmer.

Es hatte vorher kein Abendessen gegeben, doch jetzt war der Tisch wie bei einem mittelalterlichen Gelage beladen mit Pasteten und Braten, Hähnchen und allen möglichen anderen Sachen, die man zweifelsohne im Supermarkt des Dorfes erworben hatte.

Auch dieser Raum war angefüllt mit Kerzen, und Rosen verströmten ihren Duft.

Ruth saß an einem Ende des Tisches, Adamus am anderen. Rachaela hatte man den Platz zwischen Dorian und Stephan zugeteilt. Auch für Camillo war ein Gedeck aufgelegt worden, doch der hatte sich inzwischen schon wieder verdrückt. Es waren mehr Frauen als Männer anwesend, und sie drängten sich alle um Adamus.

Die Scarabae trafen ihre Auswahl an Pasteten, Kuchen und Gemüsen, die sie daraufhin sofort mit gesundem Appetit verschlangen. Rachaela warf einen kurzen Blick auf Adamus, um zu sehen, was er tun würde, doch anscheinend hatte auch er sich zur Nahrungsaufnahme entschlossen. Diesem Phänomen hatte sie noch nie persönlich beiwohnen dürfen. Er aß langsam und gleichgültig, und doch wurde das Essen auf seinem Teller immer weniger. Und Ruth aß voller Wollust.

Rachaela stocherte angewidert auf ihrem Teller herum. Sie würde das feierliche Mahl nicht genießen können.

Würden sie Reden halten und mit einem alten Champagner darauf anstoßen? Es wurde dann aber doch nur Wein herumgereicht, und niemand hatte sich erhoben, um eine Rede zu halten. Und doch war es ein Verlobungsbankett. Was versprach sich Ruth von seinem Ende?

Hin und wieder wanderte ihr Blick verstohlen zu Adamus hinüber. Ihre Augen waren unersättlich. Sie erwartete irgend etwas, und nichts würde geschehen. Vielleicht hatte man ihr das nicht so ganz klar gemacht. Was im Moment geschah, bildete den einzigen und wahrhaftigen Höhepunkt der Nacht. Als Adamus sich erhob, sah Ruth erwartungsvoll zu ihm auf.

»Gute Nacht«, sagte Adamus. »Gute Nacht, Anna. Gute Nacht, Ruth.«

»Mußt du uns schon so früh verlassen?« fragte Anna.

»Ich bin zwei Stunden geblieben«, sagte er.

Anna senkte ihr Haupt, und Adamus verließ den Tisch des Märchenfestes und spazierte aus dem Zimmer.

Ruth hatte sich schon halb erhoben.

»Soll ich . . .«

»Nein, Ruth. Bleib und iß zu Ende.«

Ruth ließ sich zurück auf ihren Stuhl fallen, in ihren Augen schimmerte es verdächtig. Sie stach mit ihrer Gabel in ihr Hühnchen, doch ein wenig ihrer Vitalität schien verschwunden zu sein.

Das Mahl ging noch lange Zeit weiter.

Rachaela hatte es herzlich satt, sie sehnte sich regelrecht danach, wie er fliehen zu können, wußte jedoch gleichzeitig, daß sie bleiben mußte, um zu beobachten.

Schließlich waren von den Früchten und Nachtischen nur noch Kerne und Krümel übrig. Die Gesellschaft erhob sich.

Ruth schwirrte hoch wie eine scharlachrote Eintagsfliege.

»Soll ich jetzt nach oben gehen?«

»Nein«, sagte Anna. »Es ist schon sehr spät. Ich bin sicher, daß du bald zu Bett gehen willst.«

Ruths Gesicht wirkte müde, sie hatte dunkle Ränder unter den Augen.

»Nein.«

»Jetzt fühlst du es noch nicht, aber später wirst du merken, wie müde du bist. Nach all der Aufregung.«

»Und das Kleid«, sagte Alice, »das Kleid muß ausgezogen und zurück auf die Schneiderpuppe gehängt werden.«

»Ich will das Kleid behalten«, sagte Ruth. »Ich will es anziehen.«

»Oh, nein, nein. Wer hat denn je von so etwas gehört? Solche Kleider werden einzig für den besonderen Tag aufbewahrt. Du willst doch das hübsche Kleid nicht ruinieren?« Alice bebte vor Erstaunen.

Ruth betrachtete Alice, und plötzlich sprühten ihre Augen geradezu vor purem Haß.

Natürlich, man hatte sie zurückgewiesen. Zuerst kein Adamus, und jetzt auch noch kein Kleid. Sie wollten ihr die Rolle streitig machen. Ein anderes Kind hätte wahrscheinlich vor Wut getobt, doch dieses Kind hatte schon früh gelernt, daß es rein gar nichts nützte, wenn man einen Koller bekam.

Alice jedoch schrumpfte unter Ruths Blick merklich zusammen. Sie wandte sich an Peter, um von ihm Beistand zu erhalten: »Es wurde schon immer so gehandhabt. Sie weiß das nicht. Erinnerst du dich daran, als Jessica ihr Kleid zerriß und man es zusammennähen mußte, als sie es trug. Es wurde um sie herum festgenäht und mußte aufgeschnitten werden, damit sie es wieder ausziehen konnte.«

Peter nickte.

Ruth sagte: »Es ist doch nur ein altes Kleid.«

Sie schockierte die Alten. Sie waren zwar daran gewohnt, sie als Kind zu betrachten, doch hatten sie sonst stets die Antworten eines verantwortungsbewußten Erwachsenen von ihr zu erhalten.

Sie wußten nicht, was sie tun sollten.

Rachaela sagte: »Alles Schöne hat einmal ein Ende.«

Ruth warf Rachaela einen kurzen Blick zu. Sie hatte von Rachaela noch nie etwas Gutes erwartet, und haßte sie deshalb auch jetzt nicht dafür, daß sie wieder einmal nichts Gutes beizusteuern hatte.

Sie verließen den Tisch, und einige der alten Frauen brachten Ruth nach oben, um ihren Putz zu entfernen.

Es war drei Uhr morgens.

Rachaela ging zu Anna ins Wohnzimmer.

»Du hättest Ruth beruhigen sollen. Sie wird ihn doch morgen schon zu ihrer üblichen Klavierstunde wiedersehen.«

Anna stickte gerade einen Pfau.

»Aber das wird sie ja nicht, Rachaela. Er wird sie nicht mehr unterrichten. Jack hat das Klavier im Musikzimmer repariert und gestimmt. Ruth kann jetzt dort üben.«

»Er hat sein neues Spielzeug also schon satt«, sagte Rachaela. Ein heißer Schmerz flammte in ihrer Körpermitte auf.

»Er hat Berührungsängste«, wiederholte Anna die Worte, die sie schon früher gesprochen hatte. »Die letzten Wochen waren ziemlich anstrengend für ihn.«

»Ihr habt ihn benutzt, um sie zu verführen«, sagte Rachaela. »Vielleicht nicht im wörtlichen Sinn, aber im Grunde genommen ist es alles das gleiche.«

»Ruth wird Geduld beweisen müssen.«

»Drei Jahre lang? Ruth ist elf. Drei Jahre werden ihr sehr lang vorkommen.«

»Ruth ist eine Scarabae.«

»Das sagst du.«

»Es ist eine Tatsache.«

Rachaela wandte sich um und verließ den Raum. Der erste Faden hatte sich schon aus dem scharlachroten Netzwerk gelöst. Vielleicht würde man jetzt auch den Rest des brüchigen, alten Stoffes auftrennen können.

Rachaela, die Zeugin, beobachtete Ruth, die Verlobte.

Tagsüber war es jetzt sehr heiß, und das verschlossene Haus wurde zum Backofen, die brennenden Farben, die durch seine Fenster drangen, machten es zu einem bunten Vakuum. Die Scarabae vergruben sich in ihren gefärbten Räumen oder lagen in ihren Sesseln herum, erbarmungslos gejagt von ihrer größten Feindin, der Sonne. Ruth war oft auf der Heide, und manchmal unten am Meer, da sie irgendwann die Stufen zum Strand entdeckt hatte. Rachaela beobachtete sie beim Sammeln von Schätzen am Ufer, beim Paddeln in den Wellen, oder beim intensiven Malen unter dem Monolithen. Ein- oder zweimal war die riesige, schwarze Katze bei ihr und schlief zu ihren Füßen. Ruth brachte der Katze eine vorhersehbare und einzigartige Leidenschaft entgegen. Einmal hatte sie ihr einen Kranz aus Gänseblümchen um den dicken Hals gewunden. Sie wirkte wie eine verlorene Mänade. Die Truppe der Bacchanten war weitergezogen und hatte sie einsam und allein zurückgelassen.

Gelegentlich spielte Ruth abends auf dem Klavier im Musikzimmer.

Ihr Spiel war zornig und angefüllt mit falschen Noten.

An den meisten Abenden ließ sie die Scarabae im Wohnzimmer sitzen und zog sich in ihr Schlafzimmer zurück, wahrscheinlich um zu malen oder zu lesen. Hatte Anna ihr Bücher gegeben? Sie hatte all ihre eigenen zurückgelassen.

Das Tempo, mit dem Ruths Leben verlief, hatte eine falsche Gangart. Sie war an eine bestimmte Routine gewohnt, die sie selbst durch das Schuleschwänzen manchmal unterbrochen hatte, doch jetzt gab es für sie keine Routine mehr, nur noch Müßiggang und keine Verantwortung, die es zu schwänzen galt, oder der sie sich im entgegengesetzten Fall widmen konnte.

Vielleicht hatte das Haus vorerst als Beschäftigung ausgereicht, doch da war Adamus in ihrem Besitz gewesen. Jetzt hatte man ihr Adamus genommen, und das Haus verblaßte, solange er es nicht mit seinem Glanz erfüllte.

Rachaela sah, wie es passierte und sie sah, wie Ruth sich veränderte, wie sie immer stiller wurde. Sie hatte begonnen, sich zu langweilen.

Eines Abends fragte sie Anna: »Kann ich in die Stadt gehen?«

»Die Stadt? Oh, das ist ein sehr weiter Weg.«

Eine vertraute Unterhaltung.

Diesmal mischte sich Stephan ein. »Es gibt dort nichts zu sehen, in der Stadt.«

»Geschäfte«, antwortete Ruth.

»Im Dorf gibt es jetzt auch Geschäfte.«

»Sie kann mit Cheta und Carlo gehen.«

»Der Weg ist mir zu weit«, sagte Ruth. Sie war ein Kind der Busse und Straßen. Sie schien kein Verlangen nach der Wildheit der Heide zu haben, auf der es weder Grabsteine, Hamburger Imbisse noch Woolworth's gab.

»Kann ich ins Kino gehen?« fragte Ruth.

»Du hast deine Zeichnungen und deine Musik«, erwiderte Anna. »Und Alice bringt dir gerade das Stricken bei.«

Ruth schwieg. Sie starrte Anna lange Zeit nur an, doch Anna stickte gleichmütig weiter, und Stephan glotzte auf die leere

Stelle im Kamin, an der im Winter das Feuer gebrannt hatte. Rachaela konnte Anna vorschlagen, daß sie mit Ruth ein Mietauto in die Stadt nehmen könnten, doch Anna würde ihr das bestimmt verweigern, weil sie dachte, daß sie Ruth entführen könnte. Irgendwann würde sie jedoch letztendlich einen Plan ausarbeiten müssen, denn Ruth entfernte sich langsam und allmählich immer mehr von den Scarabae. Vielleicht würde Ruth den nächtlichen Fußmarsch über die Heide doch noch hinter sich bringen müssen.

Wie lange würde es noch dauern, bis all die neuen Spielsachen verblaßt waren? Sicherlich war der Zeitpunkt schon gekommen. Auch die Scarabae hatten sich verändert. Sie erschienen nicht mehr in Herden zum Abendessen, sondern nur noch zu zweit oder dritt, und manchmal tauchten auch nur Anna und Stephan auf. Sie starrten Ruth nicht mehr so intensiv an.

Die Scarabae glaubten, daß Ruth ihnen jetzt sicher war. Sie war wohlbehütet und gesund. Die Verlobung hatte sie in ihre kostbare Form gepreßt, und jetzt nahmen sie sich die Freiheit, sie zu vergessen, obwohl sie sie eigentlich wie ihren Augapfel hätten hüten müssen. Wenn es ihnen gerade in den Sinn kam, blickten sie wohlwollend und gütig auf sie herab. Doch sie war nicht mehr der Stern, um den sich alles gruppierte.

Ruth hatte ihren Prinzessinnenstatus verloren. Jetzt war sie nur noch ein Kind des Hauses.

Und er, der Prinz, war ebenfalls verschwunden.

Hatte Ruth an der Tür zum Turm gerüttelt? Hatte sie die zweite Tür unter dem Nebengebäude ausfindig gemacht und auch an ihr vergeblich geklopft? Hatte sie irgendeine kindische Nachricht geschrieben und dann wieder zerrissen?

Rachaela folgte Ruth.

Sie folgte ihr durch die gewundenen Korridore, an den Reihen der schwelenden Fenster vorbei, die sich nicht öffnen ließen und die mit ihren rubinroten und leuchtend blauen Scheiben die Hitze nur noch verstärkten, so daß man sich, wenn man sie tatsächlich berühren sollte, gewiß an ihrem reflektierten Licht verbrennen würde. Sie wartete im Türrahmen, während Ruth durch schwarzlodernde Räume wanderte, die in der feuchten Schwüle einen süßlichen Honiggeruch verströmten.

Sie beobachtete Ruth bei ihrem Versuch, verschlossene Türen zu öffnen, und erinnerte sich an ihre eigenen Versuche vor langer Zeit. Und sah ihr dabei zu, wie sie die abgeschiedenen Welten der Scarabae betrat und dabei auch manchmal auf einzelne Angehörige der Familie stieß: Alice in ihrem Wohnzimmer; Eric, der eine Maske schnitzte in einem Gemach, dessen mit granatroten Blütenblättern bemaltes Fenster von einer milchigen Jalousie bedeckt wurde. Und Ruth hielt die Wolle für Alice und sah Eric beim Schnitzen zu. Später stieß sie dann auf Peter und Dorian im Morgenzimmer, die unter der Jezabel im Weinberg Schach spielten, wo selbst das Grün wirkte wie der heiße Dampf eines Vulkans.

Ruth fragte: »Bringt ihr mir das Schachspielen bei?«

Dorian, der sie mit dem dunklen Prinzen verlobt hatte, antwortete nur: »Vielleicht irgendwann einmal. Nicht jetzt. Wir sind im Moment beschäftigt.« Und Peter fügte vage hinzu: »Bist ein braves Mädchen.«

Rachaela hörte, wie Ruth den ermüdenden Geräuschen des Hauses lauschte, die einem in den Ohren kitzelten wie das Zirpen von Grillen.

Das stetige Klicken, Knacken und Stöhnen; das Steigen und Fallen des Meeres, das den Schädel zu infiltrieren und in eine riesige Muschel zu verwandeln schien.

Sie verfolgte Ruth in die Küche, und in der kohlblättrigen Düsterkeit, in der es so heiß war, daß einem das Atmen schwerfiel, lagen drei pelzige Kaninchen und stanken vor sich hin.

Ruth betrachtete die Kaninchen. Vielleicht zum ersten Mal in ihrem Leben erkannte Ruth die Verbindung zwischen Fleisch und einem lebenden Tier. Auf dem Tisch war Blut.

»Fängt die Katze Kaninchen?«

»Die Katze fängt jetzt nichts mehr«, antwortete Cheta. »Carlo tötet sie mit der Schleuder. Ein kurzer Hieb und schon ist das Genick gebrochen. Möchtest du den Auflauf mit mir zusammen machen?«

»Nein, danke«, sagte Ruth.

Offensichtlich störte sie das Blut. Es war nicht menschlich.

Draußen versuchte Ruth Adamus zu zeichnen. Das konnte man an ihren angestrengten Bemühungen, und den Blättern, die sie zerriß oder zerknitterte, klar erkennen. Sie konnte ihn nicht einfangen.

Rachaela beobachtete Ruth in ihrem blutroten Bett, als ihre flinken Hände über ihren eigenen Körper glitten in dem Versuch, die Noten seines jungen und teilweise noch unverständlichen Begehrens zu spielen. Was sah Ruth in ihrer Phantasie? Ihren Vater-Liebhaber, der sie in seine Arme nahm, ein Ritt in der Nacht, konturenlos – denn sie wußte noch nicht genug darüber – zusammengereimt aus Träumen und Bildern aus Büchern, und trotzdem in der Dunkelheit zu einer irrsinnigen Vollendung gebracht, da ihr Körper sehr wohl Bescheid wußte.

Ihr Körper war bereit. Und ihr Körper würde warten müssen. Ruth würde warten müssen. Drei Jahre, vier. Anna hatte es erklärt. All das sah Rachaela, folgte Ruth in ihren Gedanken, Tag und Nacht.

Strichen Mutter und Tochter gleichzeitig über ihren Körper, erreichten sie beide zusammen den Höhepunkt, fielen mit einem stummen Schrei zurück in morbide Einsamkeit wie eine Person?

Vielleicht lag Ruth auch tugendhaft in ihrem Bett.

Vielleicht brachten ihr Dorian, oder Stephan oder George das Schachspielen bei.

Möglicherweise war sie noch in der Küche und buk Pasteten.

Rachaela hatte nur eine einzige Zeichnung von Adamus gefunden, die vom Wind über die Heide gefegt worden war. Das Gesicht barg eine gewisse Ähnlichkeit, doch dem Körper hatte sie keine Gestalt geben können. Der Körper hatte Ruth letztendlich besiegt.

Unten auf dem Strand vollführte Onkel Camillo seine Bocksprünge, sein weißes Haar flatterte wie eine Fahne um ihn her. Er wirkte wie ein Hund, der die See angriff, nur um sofort wieder zurückzuweichen.

Weiter entfernt auf der Klippe sah Rachaela Ruth mit der

schwarzen Katze. Die Katze sauste hierhin und dorthin, wahrscheinlich auf der Jagd nach Schmetterlingen. Von ihrem Standpunkt aus wirkte sie wie ein junges, schlankes Kätzchen, Ruth rannte in ihrem Kleid aus dem Jahre 1910 hinterher und klatschte ab und zu in die Hände.

Als sie sich umwandte, sah Rachaela, wie Camillo vom Strand zu ihr hochkletterte.

Sie beobachtete ihn dabei, wie er die gefährlichen Stufen bewältigte, ohne auch nur einmal auszugleiten.

Er blickte hoch und winkte ihr zu.

Er kam auf die Heide und sah Ruth.

»Äh«, er spuckte auf dem Gras aus. »Dieses fürchterliche Kind.«

»Warum hast du ihr eine Mausefalle geschenkt?«

»Um eine Ratte zu fangen«, sagte Camillo. »Hab' ich das?«

»Ruth ist die Hoffnung der Familie«, sagte Rachaela. »Aber sie ist nicht mehr ihr Liebling. Sie wird nicht jahrelang warten.«

»Zucker für das Pferd«, sagte Camillo. »Armes Pferd. All die Meilen und nicht einmal ein Apfel.«

Rachaela wandte sich von ihm ab und blickte zu Ruth hinüber. Die Katze hatte sich zwischen den Ginstersträuchern niedergelassen. Ruth kniete neben ihr und streichelte ihren Kopf.

»Sie sieht aus wie ein normales kleines Mädchen mit seinem Haustier«, sagte Rachaela. »Von hier aus.«

»Füchsin«, erwiderte Camillo. »Die Bestie des Teufels. Weißt du, was sie gemacht hat?«

»Nein, Camillo. Was?«

»Sie hat einen Hammer. Sie ist zu dem Zimmer mit den Kleidern gegangen und hat das Schloß aufgebrochen. Sie hat ihr rotes Kleid herausgeholt und bewahrt es jetzt in ihrem roten Zimmer auf. Ich habe es gesehen.«

Rachaela dachte an den Hammer, den sie auf dem Dachboden nicht hatte finden können, der Hammer, mit dem sie das Fenster zu Adamus' Turm hatte einschlagen wollen.

»Sie verkleidet sich gerne«, sagte Rachaela.

»Das Verlobungskleid.«

Ruth saß neben der Katze. Sie schien sich lebhaft mit ihr zu unterhalten, so wie sie sich früher mit Emma unterhalten hatte, als sie noch ... als sie noch ein Kind war.

»Der Hexenkessel brodelt«, sagte Camillo.

Rachaela starrte ihn an.

»Was wird passieren?«

»Armes Pferdchen, und kein Zucker.«

»In welchem Land warst du damals?« fragte sie. »Das Pferd, die Wälder und der Schnee, die brennende Stadt.«

»Rußland«, antwortete er.

»Das habe ich mir schon gedacht. In welchem Jahr?«

»1703.«

»Jetzt sagst du mir die Wahrheit, und ich glaube dir.«

»Das ist nicht die Wahrheit«, widersprach Camillo, »es ist nur eine Antwort. Besser, du lernst den Unterschied.«

»1703«, sagte sie. »Also bist du jetzt fast dreihundert Jahre alt.«

»Unerträglich«, antwortete er. »Ich erinnere mich an meine Kindheit und meine Jugend. Aber der ganze Rest ist ein einziges Nichts.«

»Wird Ruth solange leben wie du?«

»Wenn du es glaubst. Länger.«

»Nein, ich habe mich geirrt. Ich glaube dir kein Wort.«

Einzig Anna war zum Dinieren erschienen, sonst niemand, bis auf Rachaela und Ruth.

Cheta zerteilte und servierte die Pastete.

Ruth begann zu essen. Plötzlich spuckte sie den Bissen zurück auf den Teller – Rachaela wurde daran erinnert, wie Camillo auf das Gras gespuckt hatte – und warf ihr Besteck auf den Tisch.

»Sie ist schlecht«, sagte Ruth. »Es schmeckt fürchterlich.«

Rachaela, die nicht gegessen hatte, beobachtete sie.

Anna zögerte.

»Cheta«, sagte sie, »wann wurde das Kaninchen gefangen?«

»Gestern morgen, Miss Anna.«

»Ich glaube nicht, daß Fleisch in so kurzer Zeit verderben

kann. Es ist besser, wenn man ein Weilchen mit dem Verzehr wartet.«

»Es ist *schlecht*«, wiederholte Ruth boshaft.

»Sei nicht albern«, sagte Anna. »Glaubst du, ich würde dir gestatten, irgend etwas Verdorbenes zu essen? Sieh her, ich esse es doch auch.«

»Du würdest alles essen«, sagte Ruth.

Anna widersprach vernünftig: »Natürlich würde ich das *nicht*, Ruth.«

»Doch würdest du. Du trinkst Blut. Du gehst in der Dämmerung nach draußen und fängst irgendwelche Dinge, und dann trinkst du ihr Blut.«

Anna sah verwundert und betroffen drein.

»Was bringt dich nur auf solch fürchterliche Gedanken . . .«

»Ihr seid Vampire. Alle Scarabae sind Vampire.«

»Unsinn, Ruth. Du weißt ja nicht, was du redest.«

»Du trinkst Blut«, wiederholte Ruth hartnäckig, fast stolz.

Anna wirkte wie eine Fliege in einem Spinnennetz. Ihre übliche Gelassenheit hatte sie wohl für einen Augenblick verlassen, so wie damals, als Rachaela sich mit ihr über sexuelle Dinge unterhalten wollte. Offensichtlich war auch das Trinken von Blut eine sexuelle Angelegenheit und hatte nichts mit Nahrungsaufnahme zu tun. Wahrscheinlich hatte Anna so etwas auch noch nie getan. Adamus war derjenige, in dem das verzauberte Gen zum Vorschein gekommen war.

»Du weißt nicht, was du redest«, sagte Anna. »Ich hätte nie ein solches Benehmen von dir erwartet.«

»Du saugst die Kaninchen in der Küche aus! Der alte Dorian kaut die Knochen! Alice strickt mit Knochen!«, sang Ruth und sprang erregt von ihrem Stuhl hoch. »Livia macht Halsketten aus Knochen. Jack hat braune Flecken auf seinen Händen, es sind Flecken aus altem Blut, und George spült sich die Zähne mit Blut.«

»Ruth. Jetzt ist aber genug . . .«

»Miriam und Unice trinken Blut aus Teetassen und tun so, als wäre es Tee. Stephan trinkt vor dem Abendessen Blut. Wenn ihr sterbt, werdet ihr alle in die Hölle kommen.«

»Ruth!« Annas Stimme klang kalt und autoritär, Ruths ausgelassene Stimmung brach in sich zusammen. »Du bist ein ungezogenes, dummes kleines Mädchen. Du darfst dein Abendessen stehenlassen, da du es nicht magst, und du wirst sofort auf dein Zimmer gehen.«

»Ich will Adamus sehen!« brüllte Ruth. Ihre Stimme trug einen groben, schrillen Unterton. Niemals hatte Rachaela Ruth so nahe der Hysterie gesehen, wenn ihr etwas verweigert worden war. Doch sie hatte ihr auch nie etwas verweigert, wonach es sie so sehr verlangte.

»Wenn Adamus bereit ist, wird er dich empfangen«, sagte Anna. »Aber ich bezweifle, daß er ein ekelhaftes kleines Gör sehen will, das so häßliche Reden schwingt.«

»Doch, das will er«, sagte Ruth. »Er mag mich. Er will mich heiraten.«

»Vergiß es«, sagte Anna. »Ich habe dir schon gesagt, daß du zu jung für eine Ehe bist und daß du warten mußt. Dein Ausbruch heute abend hat mir das nur noch mehr bestätigt.«

»Du bist schlecht«, sagte Ruth, ebenso wie sie es von dem Kaninchen behauptet hatte. Ihr Gesichtsausdruck schien jetzt unbeugsam, ebenso wie Annas. »Du hinderst ihn daran, mich zu sehen.«

»Er will dich nicht sehen. Er hat seine eigenen Angelegenheiten, um die er sich kümmern muß. Du bist ein Kind, Ruth, und du mußt dich auch dementsprechend benehmen. Geh auf dein Zimmer, wie ich es dir befohlen habe.« Ruth verließ den Tisch. Sie warf Rachaela einen kurzen emotionslosen Blick zu. Rachaela hätte genausogut ein weiteres Möbelstück sein können.

»Ich gehe auf mein Zimmer, aber du bist trotzdem schlecht. Du bist böse und wirst in die Hölle kommen.«

Anna erhob sich, um sie herum herrschte eine Aura des Eises und der Dunkelheit.

Ruth ging aus dem Zimmer.

Anna setzte sich und nahm einen Schluck aus ihrem Wasserglas. Zu Rachaela gewandt, sagte sie: »Du hast sie nie richtig an die Kandare genommen.«

»Doch«, sagte Rachaela. »Aber ich habe nie versucht, ihren Willen zu brechen. Damit wirst du jetzt zu kämpfen haben.«

»Ich werde mit niemandem kämpfen müssen. Sie wird schon noch Vernunft annehmen.«

»Das hat mit Vernunft überhaupt nichts zu tun. Sie will ihren Vater, ihren Liebhaber und Ehemann. Du wirst ihn ihr aushändigen müssen, oder du wirst ein richtiges Problem haben.«

»Ich bin nicht sein Vormund.«

»O doch, das bist du. Du und die Scarabae. Ihr könnt vielleicht Adamus dazu zwingen, euch zu gehorchen. Aber nicht Ruth.«

»Wir werden sehen.«

Rachaela zuckte die Achseln. Sie rührte die Kaninchenpastete nicht an.

Anna aß schweigend.

Sollte Rachaela die Gelegenheit wahrnehmen und in das blutige Schlafzimmer gehen, um Ruth jetzt zu konfrontieren? Nein, denn Ruth war noch nicht reif. Die Dinge standen schlecht, aber noch nicht schlecht genug. Ruth mußte Adamus hassen lernen, bevor Rachaela sie greifen und von hier fortbringen konnte.

Am Morgen erwachte Rachaela mit einer seltsamen Anspannung in ihrem Körper, als hätte sie die ganze Nacht wie eine sprungbereite Feder auf irgendein Ereignis gewartet.

Sie badete, zog sich an und ging ohne Frühstück nach unten, lief durch das leere Wohnzimmer und Eßzimmer in den Wintergarten, der vor riesigen gelben und kastanienbrauen Blumen fast überquoll, und begab sich direkt hinaus in den Garten. In dem morgendlichen Licht schien der dunkle Eibenbaum mit zitronengelben Troddeln gesprenkelt, und die grüne Pappel glitzerte strahlend. Die Zeder wirkte blau, und die roten Rosen, die an ihr emporkletterten verliehen ihr ein Aussehen, als würde sie lichterloh brennen. Die Eichen hatten ihre dichten, grünen Dächer geschlossen. Rachaela vernahm das hartnäckige Rauschen der See, zu laut, um nur eine Stimme in ihrem Kopf zu sein.

Vor der Monduhr lag der schwarze Kater zusammengerollt auf dem Gras, und Ruth kniete neben ihm. Sie berührte den

Kater nicht. Als sie Rachaela kommen hörte, hob Ruth den Kopf.

»Er will nicht aufwachen«, sagte sie.

Rachaela betrachtete den Kater. Er lag nicht wie sonst in seiner ruhenden, schlaffen Stellung, sein Körper wirkte hart und steif. Eine heiße Brise strich über das lange Fell hinweg und zerzauste es.

Sie ging auf den Kater zu und berührte seinen Kopf und seinen Rücken. Der Körper war kalt.

»Es tut mir leid, Ruth. Er ist tot.«

»Nein.«

»Es tut mir leid. Er muß sehr alt gewesen sein, denn er war schon da, als ich das erste Mal hergekommen bin. Er ist ganz sanft im Schlaf gestorben.«

»Ich will nicht, daß er tot ist.«

»Nein, ich weiß. Er war ein lieber Kater.«

»Ich will es nicht«, sagte Ruth. Sie begann damit, den Kater grob zu streicheln. »Wach auf.«

Rachaela ließ sie allein und machte sich auf die Suche nach Carlo. Sie fand ihn vor der Tür mit Schal und Sonnenbrille, er zupfte ganz in der Nähe Unkraut aus einem Rasenstück.

Vielleicht hatte er den Befehl erhalten, sie im Auge zu behalten, wenn Ruth und Rachaela zusammenwaren.

»Carlo, Ruth hat die Katze gefunden, und ich fürchte, sie ist tot.«

Carlo streckte sich.

Er ließ Hacke und Spaten liegen und lief über den Rasen, zwischen den Bäumen hindurch, auf Ruth zu. Rachaela folgte ihm. Sie erinnerte sich daran, wie er damals genauso schweigend mitgekommen war, um Sylvian abzuholen.

Carlo beugte sich über die Katze und stieß sie vorsichtig an.

»Er schläft«, sagte Ruth. Carlo schwieg, doch er zog die Katze am Nackenfell hoch und ließ den Kopf wieder zurückfallen.

»Laß das«, sagte Ruth.

Rachaela beruhigte sie: »Das fühlt er nicht mehr.« Sie fügte hinzu: »Sie werden den Körper wahrscheinlich verbrennen. Die

Scarabae verbrennen ihre Toten.« Ruth warf sich über die Katze.

»Nein! Nein! Wagt es ja nicht, ihn zu verbrennen.«

Rachaela wandte sich an den schweigsamen Carlo: »Würdest du die Katze begraben, Carlo, bitte.«

»Noch nicht«, schrie Ruth.

»Es ist sehr heiß«, beschwichtigte Rachaela sie. »Er liegt schon die ganze Nacht hier draußen.« Sie fuhr fort, und haßte sich im selben Augenblick für ihren Euphemismus: »Er ist jetzt nicht mehr hier, Ruth. Sein Körper muß so schrecklich müde und voller Schmerzen gewesen sein, wo er doch immer nur noch geschlafen hat, aber jetzt ist er endlich frei.«

»Wo ist er denn?« fragte Ruth rauh.

»Ich weiß es nicht.«

»In der Schule haben sie gesagt, alles, was stirbt, kommt in den Himmel.«

»Vielleicht ist er auch dort.« Rachaela verabscheute sich für diese Antwort.

»Außer die bösen Wesen. Die kommen in die Hölle. Ziegenböcke kommen in die Hölle. Er war ihr Kater. Er wird in die Hölle kommen.«

»Vielleicht ist die Hölle gar nicht mal so übel.« Es hatte eigentlich witzig klingen sollen.

Carlo hatte sie schon wieder verlassen, wahrscheinlich, um einen Spaten zu holen.

Ruth stand auf: »Er darf es nicht tun, bevor ich zurück bin. Du mußt ihm sagen, daß er warten soll, Mami.«

»In Ordnung.«

Ruth rannte davon.

Sie kehrte in ihrem roten Verlobungskleid zurück, und Carlo, der von Rachaela aufgehalten worden war, begrub die Katze unter der Friedhofseibe. Ruth stand in ihrem scharlachroten Gewand neben dem Grab und weinte. Rachaela hatte sie nicht mehr weinen sehen, seit sie ein Baby war. Es waren äußerst physische, gequälte Tränen, die in einem schmerzerfüllten Schluckauf endeten. Rachaela konnte sie nicht trösten, sie wußte nicht wie, besaß sie doch für solche Sachen keinerlei Mechanismus. Schließlich hatte der Spaten die Katze mit Erde bedeckt, und Carlo verließ die Stelle unter dem Baum. Ruth stand weinend neben dem Grab, zerdrückte ihren antiken, roten Rock mit den Händen, eine trostlose, verlassene Gebärde. Eine Gestalt aus einer griechischen Tragödie.

18

Während des Nachmittags lag Rachaela in ihrem Bett unter dem Mosaik des Fensters. Ihr war so heiß, sie konnte es nicht ertragen, sich zu bewegen. Sie fragte sich, ob Ruth, wie gewöhnlich, auch heute zum Mittagessen im Eßzimmer erschienen war. Rachaela konnte in der Hitze keinen Bissen zu sich nehmen, doch sie hatte nach Cheta geläutet, und Michael war erschienen, um ihr ein Glas Wasser zu bringen. Sie hatten noch nicht einmal für Ruth Orangensaft angeschafft, ganz zu schweigen von den sprudelnden, fruchtigen Getränken, die Rachaelas Kühlschrank stets verstopft hatten.

Sie konnte den Anblick der schluchzenden Ruth neben dem Grab der toten Katze nicht aus ihren Gedanken vertreiben.

Irgend etwas würde jetzt passieren.

Vielleicht würde Ruth in ihrem Zimmer auftauchen: »Mami, es gefällt mir nicht mehr hier.«

Rachaela machte Pläne für die Reise, und die Flucht, so wie sie das schon einmal getan hatte. Ihre Gedanken bewegten sich jedoch nicht über den Zeitpunkt hinaus, zu dem sie Ruth sicher in den Zug nach London verfrachtet hatte.

In London würde sie sich etwas einfallen lassen müssen.

Sie wollte Ruth nicht, Ruth war eine Last, doch sie wollte auch nicht, daß Ruth ihren Platz neben Adamus einnahm. Wenn sie Ruth wegbrachte, würde sie ihr etwas schulden, doch wie würde sie bezahlen? Eine andere Art der Panik wartete in London.

Darüber würde sie sich den Kopf zerbrechen, wenn sie dort angekommen waren, wenn sie diesen Wahnsinn verlassen hatten und sich nur noch um ihre eigene Verrücktheit Gedanken machen mußten.

Der Nachmittag zog sich in drückender Schwüle dahin.

Spätestens beim Abendessen, wenn nicht schon vorher, würde etwas passieren.

Sie aßen jetzt sehr spät, warteten immer, bis die Sommersonne untergegangen war.

Wenn sie sich nur irgendwie vor der kochenden Hitze des Fensters schützen könnte. Der Schlangenmensch in seiner Rüstung brannte auf ihrem Körper wie glühende Ziegel, seine Hand, die den Apfel hielt, flammte auf ihrer Leiste. Und genau hier hatte sie mit dem Teufel gelegen . . .

Denk nicht daran. Sie verdrängte es aus ihren Gedanken.

Die Uhren tickten. Sie wurde schläfrig.

Würde Ruth vor ihrer Tür erscheinen? Sie kam nicht.

Was machte Ruth gerade?

Rachaela schlief.

Als sie sich schließlich erhob, war der vor Hitze brodelnde Nachmittag schon fast vorüber. Das Fenster hatte sich in bleierne Schatten gehüllt, und das Weiß darin vergilbte allmählich zu Elfenbein. Ihr Schädel brummte. Sie schluckte einige Schmerztabletten und ließ sich ein kühles Bad ein.

Auf dem Korridor fiel ein eigenartiger, neuer Schatten auf ihr Gesicht. Sie blickte hoch. Das Fenster von Kain und Abel, das im westlichen Licht weich schimmerte, trug ein zusätzliches schwarzes Mal. Auf das untere Ende der Scheibe, über die vor dem Altar liegenden Trauben und den Weizen, war ein schwarzes Kreuz gemalt worden.

Wer von den Scarabae hatte das getan? Welcher neue obskure Prozeß lag jetzt wieder vor ihnen?

Sie ging ins Bad und legte sich in das kühle Wasser, doch das Kreuz hing über ihrem Kopf wie ein Damoklesschwert.

Nachdem sie sich eine halbe Stunde lang abgekühlt hatte, zog sie sich widerwillig an und kehrte in ihr Schlafzimmer zurück. Das Kreuz warf seinen diagonalen Schatten auf den Teppich, als sie am Fenster vorüberkam.

Ein unwiderstehlicher Drang brachte sie dazu, auch die anderen Gänge zu untersuchen, bevor das gesamte Tageslicht geschwunden war. Auf sämtliche Fenster waren ähnliche Kreuze gemalt worden, manchmal sogar über die Gesichter der darauf abgebildeten Figuren, jedoch immer weit unten.

Sie lief auf den Treppenabsatz zu, und der Prinz des Hochzeitsfestes über den Stufen sah noch genauso aus wie zuvor, doch dieses Fenster war auch sehr weit oben angebracht.

Die Urnen über der Tür waren unbeschadet geblieben.

Als das Licht verschwunden war und sie Michael hörte, der die Lampe im Gang anzündete, ging sie nach draußen.

»Michael, hast du die Fenster gesehen?«

»Ja, Miss Rachaela.«

Doch Michael gab keine weiteren Informationen preis. Was die Scarabae vorhatten, das führten sie auch aus, es war wie bei Sylvian und seiner Bibliothek. Einem Impuls folgend, ging Rachaela daraufhin in die Bibliothek. Eine Lampe brannte auf dem Tisch neben dem Globus, nichts schien verändert. Rachaela ging zu der Nordwand und zog ein Buch aus dem Regal. Es war unbeschadet und leserlich. Rachaela drehte sich um. Auf dem Tisch lag ein aufgeschlagenes Buch, Gesicht nach oben. Zwei Linien in Form von zwei Kreuzen waren exakt über jede Seite gemalt worden.

Auch all die vorhergehenden Seiten waren durchkreuzt. Das Ebenholzlineal lag bereit, und der Federhalter war feucht gewesen, hatte einen Tropfen Tinte auf dem Tisch zurückgelassen.

Eine seltsame, aufgeregte Furcht überkam Rachaela.

Sie verließ die Bibliothek und lief zurück in die Halle.

Kein Scarabae weit und breit. Wie still das Haus war, und wie laut die See rauschte.

Im Wohnzimmer brannten die Lampen.

Rachaela ging langsam auf den Raum zu. Wahrscheinlich war nur Anna nach unten gekommen. Anna, die Matriarchin, mit größter Wahrscheinlichkeit Adamus' Mutter, das Sprachrohr der Scarabae.

Rachaela betrat das Wohnzimmer nur zögernd.

Sie wartete, hielt Ausschau nach Cheta, Maria . . . doch die waren wahrscheinlich schon vor einer halben Stunde hier gewesen, um die Lampen anzuzünden. Michael würde bald auftauchen, um die Drinks zu servieren.

War Stephan im Zimmer? ... und Ruth ... Ruth würde nicht da sein.

Rachaela betrat das Wohnzimmer.

Sie ließ ihren Blick vorsichtig durch den Raum schweifen. Betrachtete die feingliedrigen Möbel mit ihrer viele Jahre alten Staubschicht, die glänzenden Oasen der polierten Tische, das noch nicht beendete Schachspiel, die Sofas und Sessel vor dem weißen Marmorkamin mit seinen Säulen und Schirmen. Anna lag auf dem Teppich vor dem Kamin.

Sie schien aus einem Sessel gefallen zu sein, da ihr Strickzeug überall verstreut lag, die bunte Seide voller Blut.

Anna wirkte äußerst dekorativ, ihre dunklen Röcke neben ihr ausgebreitet, ihre Hände lagen an ihrer Seite. Ihr Kopf war ein wenig nach rechts gedreht und auf ihrer Stirn prangte ein leuchtendes Mal, wie ein Klecks aus roter und purpurner Farbe.

In ihrer linken Brust steckte irgend etwas.

Rachaela trat vor und starrte verständnislos auf dieses Ding hinunter, bis ihr plötzlich bewußt wurde, das es der abgerundete Kopf einer stählernen Stricknadel war. Sie war ihr mit solcher Wucht in den Körper gerammt worden, daß einzig der Boden unter Annas Rücken sie hatte aufhalten können.

Annas Gesicht wirkte erstaunt, fast heiter, doch ihr Mund stand offen, ebenso wie damals bei Sylvian. Rachaela vernahm ein leises Geräusch hinter sich, dem das laute Krachen von zerbrechendem Glas folgte. Ein Schrei wie von einem in der Falle gefangenen wilden Tier gellte durch den Raum.

Sie drehte sich um und sah Maria, die das silberne Tablett mit den Karaffen und Flaschen, von denen fast alle zerbrochen waren, fallengelassen hatte. Die Scherben lagen in einer blutroten Lache auf dem Boden. Maria heulte auf und rannte aus dem Zimmer.

Rachaela wurde übel. Die Wände schienen einzustürzen und standen dann wieder still. Anna war tot. Anna war ermordet worden.

Und das einzige, was Rachaela tun konnte, war dazustehen, möglicherweise schuldbewußt, und immer wieder auf das

Stigma an Annas Stirn und die Nadel in ihrer Brust zu starren. Die anderen kamen leise herein. Sie schlurften aus ihren Schlupfwinkeln und Spalten herbei. Die Scarabae. Niemand sonst schrie auf, nur ein- oder zweimal war ein gedämpftes, kleines Aufschluchzen zu hören. Rachaela drehte sich nicht zu ihnen um. Sie war wie hypnotisiert. War sie also doch wie die anderen?

Schließlich trat jemand an ihre Seite; es war Stephan, der auf Anna herabblickte und seltsame, ziellose Bewegungen mit seinen Händen vollführte, als wollte er die Wellen der Luft glätten. Dann kam Carlo und hob Anna hoch, um sie aufs Sofa zu legen. Auf dem Teppich war kein Blut. Die Nadel hatte die Wunde, die sie beigebracht hatte, verkapselt, und das Mal auf der Stirn hatte kaum geblutet.

Die Scarabae drängten sich um die auf dem Sofa liegende Anna, gingen an Rachaela vorüber, als wäre sie ein Möbelstück. Sie wurde nicht von ihnen verdächtigt.

Sie bemerkte, wie sie die anderen lautlos beim Namen nannte, Livia, Anita, Unive, Miriam, Jack, Eric, George und Teresa, Sascha, Miranda und Stephan. Und dort waren auch Cheta und Maria, die aussahen wie erblindete Gespenster, und Carlo und Michael. Und Anna.

Stephan sagte: »Muß sie wohl zuerst niedergeschlagen haben, und es erst dann, als sie gefallen war, zu Ende gebracht haben.«

»Alices Nadel«, sagte Miranda. »Stärke fünf.«

»Wie?« fragte George.

»Hat sie mit dem Hammer niedergeschlagen. Und dann die Nadel mit dem Hammer hineingeschlagen«, sagte Jack.

»Gut durchdacht«, sagte Miriam.

»Ist auf sie zugelaufen mit der Nadel in der einen Hand und hat den Hammer in der anderen Hand verborgen«, ließ sich Sascha vernehmen.

»In diesem roten Kleid«, sagte Unice, »dem Verlobungskleid. Und Anna hat gesagt, Du darfst dieses Kleid nicht tragen.«

»Und dann hat sie sie niedergeschlagen«, sagte Miranda.

»Seht nur, wie genau der Hammer angesetzt wurde«, sagte Teresa. »Sie wußte, was sie tat.«

»Erinnert ihr euch an Onkel Camillo«, warf Miranda mit hoher, quäkender Stimme ein, »wie er sie in dieser Nacht mit der Faust niedergeschlagen hatte, und dann ihr ganzes Blut getrunken hat?«

»Still«, befahlen die alten Stimmen.

»Das hier ist schlimm genug«, sagte George.

»Laßt die Vergangenheit ruhen«, sagte Stephan, und dann: »Anna, Anna.«

»Ist sie wirklich tot?« fragte Miranda.

»Tot«, erwiderte Stephan.

Er hob den Blick und richtete ihn auf Rachaela. Stephan war wie benommen, doch seine Augen blickten scharf. Sie bohrten sich in Rachaelas Gesicht.

»Deine Tochter«, sagte er, »hat Anna das angetan.«

»Das kannst du nicht wissen«, widersprach Rachaela. Doch sie wußte, daß er die Wahrheit sprach. »Jeder von uns hätte es tun können.«

»Aber keiner von uns würde so etwas tun. Nicht einmal du. Mord liegt uns im Blut, doch nur bei wenigen von uns tritt das wirklich zutage.«

»Wie bei Camillo«, sagte Rachaela. »Ihr habt von Camillo gesprochen. Er hat schon einmal getötet. Warum nicht jetzt?«

»Das war nicht Camillo. Camillo ist zu gleichgültig, als daß er jetzt noch einen Mord begehen würde. Aber sie ist stark und eigenwillig.«

»Wir müssen sie finden«, sagte Sascha.

Und sie drängten sich zusammen wie Annas verborgenes, allmählich stockendes Blut.

»Sie wird sich verstecken«, sagte Unice.

»Aber das Haus ist unser«, sagte Jack. »Sie kann sich nirgends verstecken, wo wir sie nicht finden würden.«

»Wir müssen es Adamus sagen.«

Es war Miriam, die das gesagt hatte. Die anderen hoben ihre Köpfe wie Kreaturen der Nacht, die von einer Beute Witterung aufgenommen hatten. »Ja . . . Adamus«, sagte Stephan. Er wandte sich zu Michael um: »Geh in den Turm. Sag es ihm.«

Michael nahm eine Lampe auf und ging sofort durch den Bogengang aus dem Zimmer.

Rachaela ertappte sich, weil sie Michael folgte.

Irgend etwas wollte sie zurückhalten, hatte jedoch keine Macht über sie. Keiner von den anderen gönnte ihr einen Blick.

Wie sie vermutet hatte, benutzte Michael die Treppe, die über den Korridor in den Salomeanbau führte. Rachaela lief ein paar Schritte hinter ihm. Er sprach nicht mit ihr, benahm sich, als wäre sie nicht vorhanden.

Sie kamen an dem Fenster mit der blutrünstigen Szene vorbei, auf dem der Kopf des Täufers, mit dem Salome tanzte, nur noch als schwarzer Schemen zu sehen war, liefen die Treppe hinunter und erreichten die Tür am Ende des Ganges.

Michael zog einen Schlüssel hervor und öffnete die Tür.

Er bestieg die Treppe innerhalb des Turmes, und Rachaela folgte ihm.

Ihr Herz klopfte laut.

In dem oberen Raum stand Adamus neben dem Klavier, als hätte er sie, zumindest Michael, erwartet.

Vielleicht hatte er Marias Schrei durch die angrenzende Wand hindurch hören können und war dadurch auf ihr Kommen vorbereitet. Hatte Anna nicht geschrien?

Er war ganz in Schwarz gekleidet – angemessene Trauerkleidung für Annas Begräbnis.

»Mr. Adamus«, sagte Michael. »Etwas . . .«

»Anna ist ermordet worden«, sagte Rachaela. Sie schlug mit den Worten zu, wie Ruth mit ihrem Hammer und ihrer Nadel.

Adamus reagierte nicht. Sein gesamtes Gesicht schien zu schmelzen und sich dann wieder zu regenerieren.

»Michael«, sagte er.

»Ja, Mr. Adamus, Miss Anna ist ermordet worden.«

»Sie sagen, daß dein Kind es getan hat«, sagte Rachaela. »Ruth.«

»Wie?« fragte er, genau wie George vor ihm.

Michael senkte den Kopf.

Rachaela antwortete statt seiner: »Sie hat sie mit einem Hammer niedergeschlagen und ihr dann eine Nadel durch die Brust gestoßen. Sie hat gelesen, daß man auf diese Art und Weise Vampire töten kann.«

Adamus drehte sich um und ging zum Kamin. Er stand mit dem Rücken zu ihnen.

»Danke, Michael«, sagte er.

Michael wandte sich ab und verließ den Raum. Seine blinden Augen verrieten nichts.

Adamus fragte leise: »Und, hat Ruth es getan?«

»Wahrscheinlich. Sie scheinen es zu glauben.«

Er brüllte sie an: »Sie ist deine Tochter!«

»Und du bist ihr Vater«, erwiderte sie kalt.

Er wirbelte herum, und sein Ausdruck war völlig verändert. In seinen Augen brannte eine rasende Wut, furchterregend, mächtig, kontrolliert und tödlich.

»Anna war deine Mutter«, sagte Rachaela.

»Das kann dir egal sein.«

Er machte einen Schritt nach vorn, und sie sprang ihm eilends aus dem Weg. Er lief an ihr vorbei aus dem Zimmer.

Als der geräuschlose, radioaktive Donner seiner Schritte verhallt war, rannte Rachaela ihm nach, durch die Tür und die Treppe hinunter.

Die Scarabae jagten Ruth durch das Haus.

Treppauf, treppab, und in die Gemächer der Dame . . .

Cheta hatte Schlüssel angeschleppt, mit denen sie die abgesperrten Räume öffneten.

Sie fanden Ruth nicht.

Sie fanden Gemälde, die mit roten Kreuzen beschmiert worden waren.

Sie fanden Alice in einem blassen Schlafzimmer neben einem blassen Wohnzimmer. Sie lag auf einem blassen Bett in einem pastellfarbenen Kleid, und eine weitere Nadel, Stärke fünf, war in ihre linke Brust gerammt worden. Bei Alice, die anscheinend geschlafen hatte, war kein Schlag nötig gewesen. Ihre Augen hatten sich jedoch geöffnet und blickten verwundert.

Adamus schloß Alices Augen.

Später entdeckten sie auch Dorian und Peter in dem Raum mit dem blauen und gelben Engelfenster.

Der Schlag auf Peters Kopf war von hinten geführt worden,

es gab eine Menge Blut. Dorian trug das Mal zwischen den Augen. Beide waren Seite an Seite, äußerst dekorativ neben ihrem Schachbrett auf den Boden gerollt worden, und die stählernen Nadeln in ihrer Brust nagelten sie auf den Teppich.

Dorian war, wie es schien, nicht sofort gestorben. Sein linker Arm lag ausgestreckt, und sein Gesicht war verzerrt. Sie mußte sehr schnell und unerwartet gehandelt haben, ihre Hiebe *eins, zwei,* einfach so. Wer wußte schon, wie stark sie waren, diese uralten Männer? Doch Ruth war ebenfalls stark. Sie war eine Scarabae. Sie durchsuchten das Haus wie ein Rudel schweigsamer Jagdhunde. Fast schweigsam.

Miranda frage: »Wo hat sich Onkel Camillo damals versteckt?« Jack antwortete: »Er hat sich nicht versteckt. Er ist zu uns gekommen und hat uns erzählt, was er getan hatte.«

»Nein«, widersprach George.

Adamus sagte laut: »Ruth ist nicht Camillo.«

Sie stießen auf keine weiteren toten Personen, jetzt waren sie wieder vollzählig. Nur Camillo fehlte.

Rachaela lief hinter ihnen her.

Sie fühlte sich wie betäubt und empfand fürchterliche Angst. Sie hatte vorher gewußt, daß Alice, Dorian und Peter ebenfalls ermordet worden waren, nachdem sie bei der Versammlung im Wohnzimmer gefehlt hatten.

Das war es, was Ruth in ihrem blutroten Kleid während des langen heißen Nachmittags getan hatte. Und am Abend, nachdem die Lampen angezündet worden waren, Anna.

Sie hätte auch mich umbringen können. Doch Rachaela war für Ruth nicht wichtig; Rachaela war kein Vampir.

Für Ruth war der Glorienschein der Alten verblaßt. Ruth war jetzt nicht mehr die Vampirprinzessin, sondern die Vampirjägerin. Jedesmal, wenn sie einen von ihnen auslöschte, bewies sie, daß sie wirklich waren.

Sie durchstöberten die blauen und die braunen Zimmer, und das wie ein Herbstblatt wirkende gelbe Zimmer – Camillo war nirgends zu sehen.

Unter Adamus' Führung betraten sie das Schlafzimmer von Ruth. Mit Kerzen und Lampen. Ruth wurde nicht gefunden. Warum glaubten sie, sie würde sich im Haus verborgen halten?

Weil sie selbst sich hier vergraben würden. Sie kannten Ruth. Selbst das, was sie getan hatte. In ihr sahen sie sich selbst wie in einem verzerrten Spiegel. Hatten sie Camillo all die Jahre, über all die Jahrhunderte hinweg, für sein obskures und ekelhaftes Verbrechen geächtet? Rachaela hatte es ihm gesagt: *Ihr habt geglaubt, daß ihr Vampire seid, weil euch auch das jemand beigebracht hat.*

Sie wußte, daß Ruth nicht in die Nähe von Camillo gekommen war. Sie *wußte* es. Wußte sie dann also auch, wo sich Ruth versteckte?

Ja.

Rachaela wußte es, und wahrscheinlich wußten es auch alle anderen; diese Suche stellte für sie nur eine Art Ritual dar, das sie vollzogen, inmitten der schwarzen Fenster, die Ruth mit Kreuzen beschmiert hatte, unter den Schnitzereien, den Gemälden und bemalten Spiegeln, auf denen blutige Kreuze aus Lippenstift prangten.

Und jetzt waren sie angekommen. Cheta holte den Schlüssel hervor und steckte ihn wieder weg, da das Türschloß aufgebrochen war.

Adamus riß die Tür sperrangelweit auf.

Und da waren sie wieder, tanzten im flackernden Licht der Lampen und Kerzen auf und ab – die schimmlige Fledermaustapete und die zahllosen roten Kleider auf ihren Ständern.

Die Scarabae standen stumm im Türrahmen und legten ihre alten, vertrockneten Hände auf ihre Lippen, ihre Kehlen und auf die Schultern ihres jeweiligen Nachbarn.

Es war, als wäre ihnen der Zutritt verwehrt.

Doch Adamus trat ein. Als ob er es wüßte, als ob man ihm von der Szene mit dem Vogel berichtet hätte, was wahrscheinlich auch geschehen war – dem Vogel, der sich im Rock des Kleides verborgen hatte. Er durchschritt den Raum, und als er an den Kleidern vorüberkam, verabreichte er jedem von ihnen einen festen Stoß, so daß sie auf ihren Ständern herumgeschleudert wurden. Er war der Mittelpunkt eines roten Wirbelsturmes, und als die Kleider endlich auf dem Boden aufschlugen, zerrissen die zarten Stoffe und explodierten in einem Sprühregen aus Perlen und karmesinrotem Staub. Er, der Wind, und sie, das rote Meer, das sich vor ihm teilte.

Die Scarabaefrauen ließen winzige, spitze Schrei hören, die manche von ihnen auch ausgestoßen hatten, als man auf Anna und Alice, Peter und Dorian getroffen war. Dies hier war eine andere Form des Todes.

Doch Adamus kam zu dem Kleid in der Ecke, ein Kleid mit einem weiten Rock und einer Schleppe.

Er stieß den Ständer nicht um.

Er streckte die Hand aus, zog mit vornehmer Geste die Falten des Stoffes auseinander, und meterweise rosafarbener Satin zerfiel zwischen seinen Fingern.

Und dort, im Herzen des Kleides, hockte Ruth, wie das Kind in der Märchenblume.

Sie hatte sich in ihrem Gewand aus Blut, das in dunklen und kräftigeren Farben als ihr Versteck leuchtete, sehr klein zusammengekauert. Ihr schwarzes Haar floß auf ihre Schultern. Es war kein bißchen Blut an ihr zu sehen, und ihre Hände waren leer.

Sie schnellte mit dem Kopf herum wie eine Schlange, blickte hoch und sah Adamus, der sich über sie beugte. Und dann lächelte sie. Es war das süßeste Lächeln, das Rachaela je auf ihrem Gesicht erblickt hatte. Und dieses Gesicht, das stets wirkte wie das Gesicht eines häßlichen Zwerges, erstrahlte in diesem Lächeln zu vollendeter Schönheit wie ein Stern.

»Ich hatte gehofft, daß du kommen würdest«, sagte Ruth. »Ich habe daran geglaubt. Adam. Sie haben versucht, uns zu trennen.« Sie hörte sich an wie die Heldin eines drittklassigen Romans. Sehr sanft, fast zaghaft, zog er das Kleid weiter auseinander und hob sie mit beiden Händen daraus hervor.

Und Ruth, die einzig Augen für ihn hatte, hob ihm ihr Sternengesicht für einen Kuß entgegen.

Adamus beförderte sie in seine linke Hand. Er hielt sie an der Taille ihres Kleides hoch in die Luft.

Und dann schlug er sie mit seiner rechten Hand über Gesicht und Hals, mit einem solchen Hieb, daß es sie eigentlich in Stücke hätte reißen müssen.

Sein Fausthieb lockerte sie aus seinem Griff, das Oberteil des

Kleides zerriß und löste sich von ihrem Körper, und Ruth wurde hinterrücks auf den Boden geschleudert.

Sie blieb etwas benommen liegen, das zerrissene Oberteil entblößte ihre nackten Brüste, die weiß und vollkommen schimmerten mit ihren rosigen Knospen, auf denen sich jetzt ein winziger scharlachroter Faden zeigte, der jedoch nicht von dem Kleid stammte, sondern aus Ruths Mundwinkel getropft war. Und einen Moment lang wirkte die am Boden liegende Ruth vollkommen, bevor ihr blasses Gesicht auf der einen Seite braunrot aufflammte und anschwoll, wie das perfekte Bildnis eines Vampirs aus den Medien. »Steh auf«, befahl Adamus.

»Nein«, stieß Ruth durch ihre geschwollenen Lippen hervor. »Du willst mich nur noch einmal schlagen.«

»Steh auf und sieh ihnen ins Gesicht.«

Also stand Ruth auf und, einen Arm schützend über ihre nackten Brüste gelegt, starrte sie auf die Scarabae.

Sie starrte die Alten an und die starrten zurück.

Sie fragten sie nicht, ob, oder aus welchem Grund, sie es getan hatte. Sie leugnete nichts und versuchte auch nicht, mit ihrer Tat zu prahlen. Ihre Gesichter wirkten starr und ausdruckslos wie Ikonen. Irgend etwas wurde vielleicht zwischen ihnen vermittelt, ohne einen Blick oder ein Wort.

Die Stille dauerte sehr lange an.

Als Rachaela auf Adamus blickte, war auch sein Gesicht ausdruckslos. Er ließ Ruth stehen und ging auf die Tür zu.

Sie machten ihm den Weg frei.

Nur Rachaela hielt ihn am Arm fest.

»*Nein*, Adamus. Du kannst nicht gehen – was werden sie tun?«

»Nimm deine Hand weg«, sagte er. »Zwing mich nicht, sie gewaltsam zu entfernen.«

Sie ließ die Hand fallen, und er lief an ihr vorbei, hinaus in den dunklen Korridor.

Sie sprach laut zu den Scarabae: »Was werdet ihr tun?«

Und sie hatte Angst, doch es schien, als fürchte sie mehr um sich selbst als um Ruth. »*Stephan* – was werdet ihr tun?«

Stephan antwortete: »Wir müssen sie einsperren. Das wurde immer so gemacht.«

»Auf dem Dachboden«, sagte Miranda.
»Auf dem Dachboden kann sie keinen Schaden mehr anrichten«, sagte Miriam.
Sascha fügte hinzu: »Viele Jahre lang.«
»Ihr seid verrückt«, stieß Rachaela zum wiederholten Mal hervor. »Sie ist nur ein Kind. Ein krankes Kind. Sie braucht Hilfe.«
»Einsperren«, sagte Stephan. »Carlo.«
Und Carlo zog seine Jacke aus, während er auf Ruth zuging, und bot sie ihr an.
Doch Ruth verschmähte die Jacke und bedeckte ihre nackten Brüste weiterhin mit ihrem Arm.
Carlo legte eine Hand auf Ruths Schulter, sie war verhaftet. Doch sie hob nur arrogant den Kopf und ließ sich zur Tür führen. Und als sie an den Scarabae vorüberkam, oder vielleicht als sie Rachaela erblickte, lächelte Ruth erneut. Diesmal jedoch war es das Lächeln eines Clowns, durch die Auswirkungen des Schlages schief und verzerrt. Mit Schwierigkeiten verkündete sie: »Ihr habt es verdient«, und wurde weggeführt, um in den dunklen Gefilden des Dachbodens zu verschwinden.

»Stephan«, sagte sie, »du verstehst nicht.«
Stephan saß vor dem Kamin und starrte auf die Stelle, an der im Winter das Feuer gebrannt hatte.
Rachaela setzte sich ihm gegenüber: »Stephan, was Ruth getan hat, war schrecklich. Kannst du nicht sehen, daß sie geisteskrank ist? Sie auf euren Dachboden zu sperren, ist keine Lösung.«
Stephan starrte auf das Phantom des Feuers.
»Sie braucht ärztliche Betreuung. Sie muß in ein Krankenhaus.«
»Anna«, sagte Stephan.
»Anna kann niemand mehr helfen. Laß mich Ruth helfen.«
»Wir haben unsere eigenen Wege.«
»Ruth gehört euch nicht. Sie gehört mir.«
»Ruth gehört uns.«
Die Körper der Toten lagen in ihren Schlafzimmern, Peter

und Dorian zusammen in einem Bett, Bald, wenn die Ebbe kam, würden sie zum Strand gebracht und verbrannt werden. Soviel hatte ihr Stephan schon verraten.

»Du mußt auf mich hören, Stephan.«

»Oh, Anna«, sagte er.

Rachaela erhob sich und ging auf ihr Zimmer.

Sie saß in ihrem Sessel und lauschte der See, versuchte zu hören, wann die Ebbe kam.

Es war geschehen.

Jetzt würde Ruth Adamus hassen. Und er war seinerseits fertig mit Ruth. Soviel Leidenschaft zwischen den beiden. Viel mehr, als es zwischen Adamus und ihr gegeben hatte.

Doch sie mußte Ruth fortbringen. Jetzt war es möglich. Nur die abgeschlossene Tür des Dachbodens hinderte sie daran.

Warum? Warum mußte sie Ruth retten?

Ruth war der Dämon, für den Rachaela sie immer gehalten hatte.

Es wäre besser, wenn sie sich die Hände wusch und Ruth mit allem ihrem Blut hinfortspülte.

Aber irgend etwas ließ das nicht zu. Letztendlich existierte ein Band zwischen ihnen. Wie eine unversehrte Nabelschnur. Keine Liebe, das niemals.

Aber . . . irgend etwas.

Sie konnte Ruth nicht den Scarabae überlassen.

Die Ebbe, sicher war die Flut jetzt zurückgegangen.

Sie lauschte, doch jetzt nicht mehr nach der Flut, sondern nach den leisen Geräuschen der Scarabae, die sich zur Einäscherung ihrer Toten begaben. Wie Käfer im Holz krochen sie einher. Sie hörte, wie sie das Haus verließen, oder bildete sie sich das ein?

Schließlich ging sie vor die Tür und sah sie vom Treppenabsatz aus, wie sie sich in ihren sommerlichen Gewändern in den unteren Räumen versammelten wie zu einer mitternächtlichen Party.

Was für ein Lagerfeuer es diesmal auf dem Strand geben würde. War Adamus mit ihnen gegangen? Rachaela wandte sich ab und lief den Korridor zu ihrer Linken hinunter.

Als sie den untersten Treppenabsatz erreichte, erwartete sie eigentlich, auf einen von ihnen zu stoßen, der als Wachposten zurückgelassen worden war, doch es war niemand da.

Sie erklomm die Treppe zum Dachboden. Die Tür war fest verschlossen. Das Schloß mußte sicherer sein, als das zu dem Raum mit den Gewändern, sonst hätten sie ihm nicht getraut.

Sie zerrte an der Tür, die wackelte, doch nicht nachgab.

Rachaela wußte nicht weiter.

Was sollte sie einer elfjährige Mörderin, die vier Menschen getötet hatte, schon sagen?

»Ruth – Ruth? Ich bin es. Ruth antworte mir.«

Hinter der Tür herrschte Stille, und Rachaela meinte, ein gedämpftes, fledermausartiges Quieken und das Knistern von Funken eines meilenweit entfernten Feuers vernehmen zu können.

»Ruth.«

Hinter der Tür antwortete eine Stimme.

»Hallo, Mami.«

Die Stimme klang ruhig und leise, gedämpft durch die geschwollenen Lippen, und sehr jung. Es war die Stimme eines Kindes.

»Ruth. Fürchtest du dich?«

»Nein«, sagte die Stimme. Und dann, feierlich: »Ja.«

»Haben sie dir ein Licht gelassen?«

»Oh, ja. Sie haben mir Kerzen gegeben.«

»Sei vorsichtig damit«, sagte Rachaela.

»Ja, Mami.«

»Ich werde sie dazu bringen, dich rauszulassen. Dann gehen wir zurück nach London. Ich weiß nicht, wie lange das dauern wird.«

»Sie werden mich nicht rauslassen«, sagte Ruth. »Sie haben Onkel Camillo zwanzig Jahre lang eingesperrt. Das war in einem anderen Haus. Sascha hat es mir gesagt.«

»Sascha wollte dir nur Angst machen. Haben sie dir weh getan?«

»Nein, nur mein Gesicht. Ich habe mir in die Lippen gebissen.«

»Sind deine Zähne in Ordnung?«

»Ja. Aber mein Auge ist geschwollen.«

»Er hätte dich umbringen können«, sagte Rachaela.

»Er war wütend.« Dann trat ein zweites Mal Stille ein. Ruth sagte: »Ich wollte das nicht tun. Es war wie in dem Buch. Sie waren schlecht, und ich wollte sie bestrafen.«

»Sprich jetzt nicht darüber«, sagte Rachaela. »Wir werden einen Arzt für dich finden. Dem kannst du alles erzählen.«

»Ja, Mami.«

Einen Moment später sagte sie: »Sie haben mir meine Kleider und meinen Zeichenblock und meine Farben gebracht. Hier gibt es einen ausgestopften Vogel. All der Wein, den Onkel Camillo gemacht hat. Ich habe davon getrunken. Mir ist danach ganz komisch geworden.«

»Du darfst ihn nicht trinken«, sagte Rachaela.

»Ich kann Adams Turm von dem Fenster aus sehen. Die Lampe brennt. Ich kann den gelben Löwen sehen.«

»Läßt sich das Fenster öffnen?« fragte Rachaela schnell.

»Nein. Das Fenster haben sie auch abgesperrt. Sie haben mir mein Abendbrot auf einem Tablett gebracht. Es war nur ein Stück alter Fisch. Aber der Pudding hat gut geschmeckt.«

Rachaela kam der äußerst unpassende Gedanke, *Ich habe den ganzen Tag noch nichts gegessen.*

»Ruth, du mußt versuchen, mir zu vertrauen. Ich verspreche dir, daß ich dich rausholen werde.«

»In Ordnung«, sagte Ruth.

Zum dritten Mal trat Schweigen ein.

Rachaela dachte daran, wie Ruth an dem Grab der Katze geweint hatte.

Heiße, brennende Tränen stiegen Rachaela in die Augen und zerschnitten ihr Herz wie Rasierklingen.

»Hab keine Angst, Ruth«, sagte sie. »Es gibt nichts, wovor du Angst haben müßtest.«

Und jetzt werde ich doch noch zur Lügnerin.

»Wird er mir vergeben?« fragte Ruth.

»Nein, Ruth, das wird er nicht.«

»Nein. Ich habe es gemacht, damit es ihnen leid tut. Aber ich wollte das eigentlich nicht.«

»Ja, ich verstehe.«

»Es tut mir leid, Mami.«

Als sie hinausging, war der Himmel vom Feuer hell erleuchtet. Und als sie sich über den Abhang bei den Stufen beugte, schien das Feuer bis in die Wolken zu reichen.

Von Anna, Alice, Peter und Dorian war nichts mehr übriggeblieben. Sie hatten sich in Rauch aufgelöst. Ohne Gebet oder Gesang, wie alte Kleider oder Abfall, so verbrannten sie ihre Toten am Rande des Ozeans.

Weit draußen hüpfte die weiße Gischt auf den Wellen.

Die Scarabae, jene, die übriggeblieben waren, bildeten ihren unregelmäßigen Kreis, wie alte Kleinkinder bei einer Guy-Fawkes*-Party. Von ihrer Anhöhe aus konnte sie alle sehen, Teresa und Anita, Unice und Miriam, Sascha, Miranda und Livia, George, Stephan, Jack und Eric. Und etwas abseits die demütigen Diener, die nicht vollkommenen Scarabae, Maria, Cheta, Michael und Carlo.

Adamus war nicht bei ihnen. Auch Camillo nicht. Das Feuer brannte und brannte immerfort, wie alle Feuer dieser Welt.

19

Beide Türen zum Turm waren verschlossen.

Die Frau stand vor ihnen in Rock und Bluse, mit ihrer Flut aus schwarzem, urtümlichen Haar. Sie ging zurück in ihr grünes und blaues Zimmer. Rachaela betrachtete sich in dem Flügelspiegel, ihre straffen Brüste inmitten der Hecke aus Lilien, der sengenden Sonne und den Schwalben.

Wer bin ich?

Sie wußte es nicht. Sie sah sich selbst als eine Fremde, wunderschön und weit entfernt. So lange Zeit hatte sie nun die Gesichter der anderen betrachtet, daß sie ihr eigenes darüber vergessen hatte.

* Guy Fawkes, 1570–1606; einer der Hauptteilnehmer an der englischen Pulververschwörung, deren Jahrestag in Großbritannien durch einen Feiertag begangen wird. (Anmerkung des Übersetzers)

Es wäre ein leichtes, fortzugehen, und sie sich selbst zu überlassen.

Doch sie würden immer mit ihr reisen.

Sie konnte Ruth nicht alleinlassen, das arme, irrsinnige kleine Tier, das zwischen ihren Riten und Zeremonien gefangen war, wo sogar Mord seinen eigenen rituellen Platz erhielt. Rachaela lief in die Küche hinunter.

Cheta und Maria schrubbten Töpfe; Michael saß am Tisch und polierte mechanisch das Silber.

»Michael, ich muß Adamus sehen. Du mußt mich in den Turm lassen.«

»Wenn Mr. Adamus den Turm verschließt, dann wünscht er niemanden zu sehen.«

»Das ist mir klar. Es ist aber wichtig. Und du hast den Schlüssel.«

»Ich bringe ihm nur die Mahlzeiten, Miss Rachaela.«

»Wenn du mich nicht reinläßt, dann komme ich einfach mit dir.«

Er konnte es ihr nicht verweigern. Sie war Miss Rachaela. Und Anna war nicht hier, um ihren Befehl für nichtig zu erklären.

Sie wartete bis zur Mittagessenszeit in der Küche.

Als das Tablett mit kaltem Supermarkthähnchen und Salat, Keksen und Käse, und einem Glas Wein bereitgestellt wurde, folgte sie Michael, so wie sie ihm schon einmal gefolgt war. Sie liefen über den Salomeanbau die Treppe hinunter, und den Korridor entlang bis zur Tür. »Wenn Sie warten würden, Miss Rachaela. Ich werde ihm sagen, daß . . .«

»Nein. Ich komme mit dir.«

Michael widersprach nicht.

Sie ging ihm nach in den Turm und die Treppe hinauf.

Der Raum brannte in den braunen, goldenen und bernsteingelben Farben des Fensters und war leer.

Michael stellte das Tablett auf dem Tisch ab.

»Ich bleibe«, sagte Rachaela bestimmt.

Michael überließ sie ihrem Schicksal.

Eine halbe Stunde verstrich in der goldenen, zähflüssigen Masse des Raumes. Sie durchsuchte die Bücher in einem

Bücherregal, erkannte jedoch keines von ihnen. Auf dem Klavier standen keine Noten. In dem Zimmer gab es keinen Schmuck. Die Zeiger der Uhr auf dem Kaminsims wirbelten in die verkehrte Richtung. Die Balken an der Decke wirkten mit ihren klebrigen Spinnweben wie altes Karamell, und darin Haken für verschwundene Lampen.

Rachaela verließ den oberen Raum und lief hinunter zu den zwei verschlossenen Türen. Sie klopfte an eine von ihnen, drückte die Klinke herunter und kam in ein weißes Badezimmer mit einem Seepferdchenfenster. Zögernd klopfte sie an der anderen Tür. Sie öffnete sich auf ein kleines Schlafzimmer, in dem es sehr dunkel war, da auf seinem Fenster ein Turm im tosenden Sturm abgebildet war, wie eine Zeichnung auf einer Tarotkarte. Auf einem ganz normalen Bett lag Adamus und blickte ihr entgegen.

»Du weißt, warum ich hier bin«, sagte sie.

»Nein.«

»Natürlich weißt du es. Wegen Ruth.«

»Warum wegen Ruth.« Es klang zu flach für eine Frage.

»Ich muß sie nach London in ein Krankenhaus bringen.«

»Warum?«

»Sie ist geistesgestört. Sie braucht Hilfe.«

»Noch einmal, warum? Sie werden sich um sie kümmern und sie in Gefangenschaft halten. Glaubst du, deine Ärzte könnten mehr für sie tun?«

»Es besteht die Möglichkeit, daß sie – geheilt – werden kann.«

»Keine Chance.«

Rachaela sagte: »Ich habe sie immer wie eine Art Monster behandelt, also ist es vielleicht meine Schuld, daß sie wirklich dazu geworden ist.«

»Du glaubst doch, daß wir alle Monster sind.«

»Vielleicht hast du recht. Ich nehme an, du würdest mir widersprechen, wenn ich sagte, die Scarabae haben Ruth zu dem getrieben, was sie tat.«

»Es ist mir egal, warum sie es getan hat.«

»Ich bin überrascht, daß du das alles so schwer nimmst. Du verbringst keine Zeit mit ihnen.«

»Rachaela«, sagte er, »sie hat eine Stricknadel aus Stahl genommen und sie in Annas Brust gerammt. Nachdem sie es an Alice, Dorian und Peter ausprobiert hatte.«

»Ja, ich weiß. Und deswegen braucht sie auch Hilfe. Sie haben sie auf den Dachboden eingesperrt, wie in einem zweitklassigen Horrorfilm.«

»Anstatt sie in eine hübsche, hygienische Gummizelle zu sperren. Glaubst du, Ruth würde es zulassen, daß du sie in irgendeine Anstalt steckst?«

»Ruth fürchtet sich vor dem, was sie getan hat. Sie weiß, sie braucht . . .«

»Ruth weiß überhaupt nichts. Ruth besteht einzig aus einer Ansammlung von Instinkten und urzeitlichen Talenten. Du hast sie wie Unkraut aufwachsen lassen. Viel Gleichgültigkeit, um sie stark zu machen, und keinerlei Führung, um sie in ihre Grenzen zu verweisen.«

»Also *ist* es meine Schuld.«

»Wahrscheinlich.«

»Dann laß mich die Verantwortung dafür übernehmen. Gib mir Ruth.«

Er setzte sich auf. Im Sturmlicht des Fensters wirkte er hart un weiß wie Marmor.

»Wenn es nach mir gegangen wäre, hätte ich ihr das Genick gebrochen.«

»Sie ist auch dein Kind.«

»Ich weiß.«

»Wie lange werden sie sie in ihrem Käfig gefangenhalten? Was wird geschehen, wenn sie sie freilassen? Die Scarabae werden damit nicht zurechtkommen.«

»Sie sind schon mit anderen Sachen fertig geworden, mit viel schlimmeren Dingen.«

»Diese Geschichte über Camillo . . .«

»Die Geschichte ist wahr. Er wurde gemäß der Familientradition mit einem Mädchen verheiratet und ist in der Hochzeitsnacht über sie hergefallen. Sie ist verblutet.«

»Das hat nichts miteinander zu tun.«

»Nein. Wahrscheinlich war das, was Camillo getan hat, ein Versehen.«

»Ruth wußte nicht, was sie tat.«

Er stand auf. Er ging auf Rachaela zu und stellte sich vor sie hin. Sie wollte sich davon nicht einschüchtern lassen.

»Bitte hilf mir, Adamus. Hilf mir, sie rauszuholen. Ich werde sie fortbringen. Du kannst sie vergessen.«

»Es ist unvergeßlich.«

»Dann kannst du doch nicht wollen, daß sie bleibt.«

»Es spielt für mich keine Rolle mehr.«

»Ein Grund mehr . . .«

»Das alles. Ruth, das Haus, die anderen. Was bedeutet das schon? Gar nichts.«

Sie machte schließlich doch einen unfreiwilligen Schritt nach hinten, und er hielt sie im nächsten Augenblick an den Armen fest.

»Und du«, sagte er, »die tapfere Mutter, die für ihr Kind kämpft. Du hättest sie aus dir herausschneiden lassen, wie ein Krebsgeschwür.«

»Und *du*«, gab sie zurück, »du hast mich bestiegen wie ein Stier eine Kuh. Und dann war der Fall für dich erledigt. Du hättest dasselbe auch mit Ruth gemacht.«

Er hielt sie in eisernem Griff, so daß sie sich kaum bewegen konnte, und grinste sie mit seinen toten, schwarzen Augen an. »Nichts bedeutet mehr etwas. Aber ich weiß, warum du hier bist. Also gut.«

Er wirbelte sie herum, bevor sie sich von ihm befreien konnte, und warf sie aufs Bett.

Sie versuchte, sich aus seinen Armen zu schlängeln, er drückte sie zurück. Sein Gewicht preßte sie in die Laken. Jeder Zoll ihres Körpers war von seinem bedeckt. Was sie befürchtet hatte, geschah.

Rachaela befreite ihre rechte Hand und schlug ihn so fest sie konnte ins Gesicht. Er ergriff ihre Hand und preßte sie nieder. Sie versuchte, die Knie anzuwinkeln, doch er war zu schwer. Sein Gesicht war ausdruckslos, und doch wirkte es vor Konzentration leicht verzerrt. Seine Augen blickten stumpf wie schwarze Kohle – Ruths Augen. Als er seinen Kopf über sie neigte, grub sie ihre Zähne in seinen Hals. Sie biß hart zu und meinte, sein Blut zu schmecken.

Eine schreckliche Begierde wand sich wie eine Schlange in ihrem Körper.

Er schnellte zurück, und sie schlug ihm mit der linken Hand ins Gesicht.

Sie hielt sich an seinem Körper fest, und als er ihr rechtes Handgelenk ebenfalls freiließ, krallte sie sich in sein schwarzes Haar. Sie schlug ihn und zerrte an ihm, klammerte sich mit den Fingern an seinen schlanken, harten Körper, als wollte sie einen Berg besteigen. Sie schlang ihre Beine um ihn, und ihr Rock riß an der Naht entlang auf.

Wieder und wieder schrie sie seinen Namen.

Im letzten Moment barg sie ihr Gesicht an seinem Nacken, ihr geöffneter Mund lag auf seiner Haut.

Bebende Schauer rannen durch ihren Körper, sie wurde geschmolzen, krallte sich fest, wurde herumgewirbelt und zurückgeworfen. Sie tauchte aus dem Delirium auf und fiel aufs Bett zurück.

Als sie die Augen öffnete, hatte er sie verlassen. Er stand vor dem okkulten Fenster.

»Soviel dazu«, sagte er.

Eine Welle der Scham überrollte sie. Sie stand auf, zitternd und benommen, ihr Rock flatterte in absurder Weise um ihre Beine.

An seinem Hals war der Abdruck ihrer Zähne. Er blutete nicht.

Was geschehen war, raubte ihr die Sprache, durch geschlossene Zähne zischte sie hervor: »Ich werde dich nie mehr belästigen.«

»Das glaube ich.«

»Zwischen uns hat es nie etwas gegeben. Ruth war ein Versehen.«

Er beobachtete sie, wartete darauf, daß sie verschwinden würde. Sie hatte ihm noch soviel zu sagen, doch kein Wort kam über ihre Lippen.

Sie verließ den Raum und eilte den Korridor entlang.

Er war von einem angsteinflößenden Licht erfüllt, rot und sterbend, wie der Sonnenuntergang auf einem untergegangenen Planeten.

Ich habe bekommen, was ich wollte.
Sie fühlte sich, als hätte sie einen Toten geliebt.

Rachaela stand auf den Felsen und betrachtete das Meer. Es brach in dunklem Grün an den Klippen und wurde wieder hinausgesogen.

Die ständige Wiederholung der Meeresbewegungen wirkten wie das Leben selbst. Die endlosen, fruchtlosen Versuche, die Fehlschläge und Rückfälle. Selbst wenn die See über den Strand hinwegspülte, trat sofort die Ebbe an ihren Platz, und das Wasser wurde erneut vertrieben.

Ihre Knochen waren in den Wellen. Sie wußte nicht, was sie noch tun konnte. Sie war von tiefer Apathie befallen. Doch wenn sie Ruth von ihnen befreien wollte, würde sie kämpfen müssen.

Sie lief am Ufer entlang. Die Hitze des Tages brannte erbarmungslos, und sie mußte an den Dachboden denken, mit seinem verschlossenen Fenster. Sowohl Züchtigung als auch Gefangenschaft. Und wie würde man sich im Winter warmhalten können? Vielleicht würden sie Ruth erfrieren lassen für das, was sie getan hatte.

Sie stellte sich Adamus vor, und verbannte das Bild wieder aus ihren Gedanken.

Rachaela wandte sich um und ging zurück zum Haus. Als sie näherkam, dachte sie, wie seltsam es aussah, so grau und unbewohnt, mit seinen schrägen Mauern und den rot und smaragdgrün glänzenden Fensterreihen.

Camillo saß auf dem Boden vor Rachaelas Tür.

»Hier bin ich«, sagte er.

»Hier bist du.«

»Kein Pferd«, sagte er. »Ich bin ohne Pferd gekommen.«

»Ja.«

»Aber ich habe dir etwas anderes mitgebracht.«

Rachaela blieb stehen. Camillo blockierte die Tür, er saß wie ein Schneider mit gekreuzten Beinen davor. Unter dem schwarzen Kreuz auf dem Fenster.

»Das ist sehr nett von dir.«

»Ja. Der Junge wollte dir nicht helfen, oder doch? Adamus. Du und er, ihr seid gleich. Dunkle Pferde.« Camillo stand auf. »Du hättest es sein sollen, nicht das Kind.«

»Tatsächlich?«

»Ich habe einmal so getan, als wäre ich wie Adamus. Ich habe ihren Hals mit einem Messer aufgeschnitten. Aber das Gen hat sich in mir nicht entwickelt.«

»Ich bin kein Vampir«, sagte Rachaela. »Keiner von euch ist ein Vampir. Nicht einmal Adamus. Es ist nur etwas, das er tut. Eine Krankheit. Und diese Krankheit hat auch Ruth befallen.«

»Ekelhaft«, sagte Camillo. »Bring sie fort. Sie wird da oben auf dem Dachboden Ärger machen. Der Dachboden war mein. Aber das Schaukelpferd hat sie nicht bekommen.«

»Ich will sie von hier fortbringen.«

»Gut. Hier ist der Schlüssel.«

Er hielt ihr etwas entgegen, das in dem durch das Kreuz zweigeteilten Fensterlicht dumpf glänzte.

»Der Schlüssel«, wiederholte sie, »der Schlüssel zum Dachboden?«

»Einer davon. Er wird passen.«

Rachaela streckte langsam ihre Hand nach dem Schlüssel aus und nahm ihn entgegen.

»Danke, Camillo.«

»Bring sie weg«, sagte er.

»Das werde ich.«

Camillo lief den Gang hinunter. »Schätze nicht, daß es viel nützen wird.«

Rachaelas Hand umklammerte den Schlüssel.

Ganz ruhig. Das alles würde höchster Sorgfalt bedürfen.

Rachaela betrat das Eßzimmer, und niemand außer ihr selbst war zum Dinieren erschienen.

Sie hatte den ganzen Nachmittag lang keinen Scarabae gesehen. Sie hatten sich in die einzelnen Abteile des Hauses zurückgezogen, vielleicht versteckten sie sich.

Cheta bediente Rachaela. Es gab Lammkoteletts aus dem Supermarkt, Karotten, Erbsen und neue Kartoffeln.

Rachaela aß hungrig. Sie würde die Nahrung brauchen.

Michael war nicht aufgetaucht, und sie hatte Cheta um ein Glas Wein gebeten.

Nach dem Lamm wurde Aprikosenpudding aufgetragen, wahrscheinlich Reste vom Vortag.

Cheta servierte ihr den Tee im Wohnzimmer.

Es war eigenartig, weder Anna noch ihre Stickerei dort vorzufinden. Ihr Tod hatte sich dem Haus noch nicht eingeprägt. Sie war schon zuvor einmal ferngeblieben.

Rachaela hielt Cheta zurück, als sie das Zimmer verlassen wollte. »Hat Ruth etwas zu essen bekommen?«

»Oh, ja, Miss Rachaela. Carlo hat Miss Ruths Tablett vor einer Stunde nach oben gebracht.«

Sie würden das Tablett nicht vor dem nächsten Morgen wieder abholen, wenn man dem gefräßigen, eingekerkerten Kind Frühstück brachte.

Rachaela hoffte, daß Ruth trotz ihres geschwollenen Gesichtes in der Lage war, ihr Abendbrot zu essen. Sie würde die Nahrung ebenfalls benötigen.

Rachaela trödelte mit ihrem Tee herum. Sie verließ den Raum, als die Zeiger ihrer Armbanduhr auf fast zehn Uhr dreißig standen.

Sie ging nach oben in ihr Schlafzimmer. Sie wartete eine weitere halbe Stunde, hörte keinen der Scarabae und hatte auch bis auf Cheta keinen mehr gesehen.

Um fünf nach elf machte sie sich auf den Weg zum Dachboden.

Der Schlüssel drehte sich leicht im Schloß.

Sie trat langsam ein, auf alles Mögliche gefaßt. Doch der Raum war genauso, wie sie ihn von ihrem letzten Besuch in Erinnerung hatte, hell erleuchtet von den Kerzen in ihren Haltern auf den Truhen.

Ruth saß im Schaukelstuhl und hinter ihr, auf dem nachtschwarzen Fenster spiegelte sich das flackernde Kerzenlicht. Ihr

Gesicht wirkte verzerrt, wie das eines Clowns, und sie hatte eine der braunen Flaschen auf dem Schoß.

»Ich habe dir doch gesagt, daß du das nicht trinken sollst«, sagte Rachaela alarmiert.

Ruth starrte sie an.

»Haben sie dich herkommen lassen?«

»Nein, Ruth. Ich habe einen Schlüssel. Wieviel hast du davon getrunken?«

»Nur ein bißchen. Es schmeckt widerlich.«

»Gut.« Rachaela schloß die Tür. »Ich bringe dich heute nacht weg von hier.«

Ruth nickte. Sie stand auf.

Sie trug das Kleid aus dem Jahr 1910, doch sie würde darin laufen können, und heutzutage trugen die Leute, besonders die Jugendlichen, sowieso alle möglichen Klamotten. Das verletzte Gesicht würde vielleicht Aufsehen erregen. »Es tut mir leid, aber du wirst deine Sachen hierlassen müssen.«

»Das macht nichts«, sagte Ruth gleichgültig. »Ich brauche nichts.«

»Ich will nicht, daß du auf dein Zimmer gehst. Wenn es hier irgend etwas Leichtes gibt, was du mitnehmen willst, kann ich es tragen.«

»Nichts.«

»Wir werden über die Heide laufen müssen. Ich weiß, es ist ein langer Weg, aber es gibt keinen anderen.«

Ruth schmollte einen Moment lang, dann sagte sie: »Ist mir egal.«

»Wenn die Geschäfte erst einmal offen sind, sollten wir keine Schwierigkeiten haben, im Dorf ein Auto zu bekommen.« Ruth nahm noch einen Schluck aus der braunen Flasche.

»*Nein*, Ruth.«

»Es ist doch nur Wein.«

»Trink es trotzdem nicht. Ich bringe dich jetzt in mein Zimmer. Du mußt sehr leise sein. Wenn wir irgendeinen von ihnen treffen, dann versteck dich schnell, wenn dafür Zeit ist. Wenn nicht, nun, wir werden sehen. Ich glaube nicht, daß es passiert.«

Rachaela erinnerte sich daran, wie sie sich alle bei ihrer eigenen Flucht in der Halle versammelt hatten, und sie trotzdem widerspruchslos gehen ließen. Würden sie Ruth, die Kriminelle, ebenso kampflos aufgeben? Ja. Wieso sonst der Schlüssel, die völlige Stille des Hauses? Sie wollten Ruth loswerden, egal, was sie gesagt oder getan hatten.

Rachaela verließ den Dachboden, und Ruth folgte ihr. Als sie draußen waren, schloß Rachaela die Tür wieder ab.

Sie stiegen die Treppe hinunter, liefen durch den Anbau und kamen auf den Korridor. Nichts rührte sich. Die Scarabae hatten den Weg freigemacht.

Sie gingen den Korridor entlang, am Treppenabsatz vorbei, und erreichten Rachaelas Tür am Ende des Ganges. Das Haus hätte verlassen sein können.

Ruth sah sich in der blaugrünen Kammer um.

»Es ist nett hier. Was ist das da auf dem Fenster?«

»Die Versuchung der Eva.«

Auf dem Bett lagen Rachaelas gepackte Taschen. Ihre Stiefel standen neben dem Kamin bereit.

Ruth trug immer noch ihre Schuhe aus der Schule. Was für ein Segen.

»Es wird schön sein, nach Hause zu kommen«, sagte sie.

Rachaela dachte an die Wohnung; der Bereich von Ruth ausgelöscht, und all ihre Sachen in Kisten verpackt. Zumindest hatte sie noch nichts davon weggegeben, nicht einmal die Kleider für den Flohmarkt.

Sie will mich bei Laune halten, dachte Rachaela. *Sie betrachtet die Wohnung nicht als Zuhause. Vielleicht gar nichts. Mein Gott, was wird aus ihr werden?* Und sie stellte sich vor, wie Ruth von Männern in weißen Kitteln kreischend durch einen gekachelten Korridor gezerrt wurde.

»Ruth, du mußt jetzt hierbleiben. Geh nicht aus dem Zimmer. Mußt du auf die Toilette?«

»Nein, Mami.«

»Wie in Gottes Namen hatten sie das auf dem Dachboden geregelt?

»Ich werde nach unten gehen und nachsehen, ob im Erdgeschoß jemand ist. Ich werde nicht länger als zehn, fünfzehn Minuten weg sein. Und dann werden wir gehen.«

»Ja«, sagte Ruth. Sie setzte sich in den Sessel, in dem Adamus einmal gesessen hatte.

»Halte dich bereit, Ruth.«

Ruth nickte und baumelte mit den Beinen. Sie reichten noch nicht ganz bis auf den Boden.

Rachaela ging wieder nach draußen. Sie lief leise den Korridor entlang und verspürte eine seltsame Heiterkeit.

Vor der Treppe hielt sie kurz an. Alles war still. Das Haus murmelte und murrte leise vor sich hin. Das Meer rauschte. Die Scarabae verbargen sich in ihren Nestern.

Unten in der Halle brannten die Lampen, die rubinrote Lampe und die Lichter im Wohnzimmer.

Rachaela lief durch Wohnzimmer und Eßzimmer. Sie riß die Tür zum Wintergarten weit auf und die Tür zum Garten.

Die Luft war angefüllt mit Düften, Rosen und Jasmin und dem salzigen Geruch des Ozeans. Plötzlich überkam sie ein Gefühl der Nostalgie für etwas, das bald Vergangenheit sein würde. Sie hatte nie richtig verstanden, was sie für dieses Haus empfand.

Die Eibe war sehr schwarz. Darunter lag die Katze und verweste langsam bis auf die Knochen.

Dort draußen auf dem Meer tanzten Anna, Dorian und Peter, Alice und Sylvian mit der Flut. Und hinter ihr im Turm herrschte Adamus.

Adamus.

Sie wandte sich auf dem Rasen um und blickte auf das Kuppeldach des Turmes, und in diesem Moment wurde dort eine riesenhafte Saite angeschlagen, schien in ihrem eigenen Körper nachzuklingen, vibrierte von ihren Fußsohlen bis in ihre Wirbelsäule, in ihrem Herzen und ihrem Kopf.

Es klang wie eine metaphysische Note, wie die gesprungene Saite in *The Cherry Orchard*. Übertrug sie doch gleichzeitig auch ein Gefühl von Verlust, irgendeine unwiderrufliche Grausamkeit des Schicksals . . .

Rachaela schüttelte dieses Gefühl ab, das sich wie ein Umhang fledermausartig über ihr ausgebreitet hatte.

Sie rannte zurück ins Haus, durch Zimmer und Vorhalle und eilte die Treppe empor.

Auf dem Treppenabsatz machte sie wiederum halt. Erneut vernahm sie nur das Schweigen gedämpfter Geräusche.

Sie öffnete ihre Tür, und Ruth war verschwunden.

Es gab nur einen Ort, wohin Ruth gehen würde. In den Turm. Zu Adamus.

Seine plötzliche Abneigung und seine Gewalttätigkeit hatten für Ruth keine Rolle gespielt. Sie waren irrelevant. Ihn zu sehen, war das einzige, was für sie zählte.

Rachaela versuchte, ihren galoppierenden Puls und die schreckliche Angst unter Kontrolle zu bringen.

Schließlich würde Ruth ihn längst erreicht haben. Was geschah jetzt zwischen den beiden?

Sie war zu ihrem Zimmer gerannt, jetzt flog sie am Treppenabsatz vorbei, durch den Anbau und die Treppe hinunter. War die Tür abgesperrt, und würde Ruth noch davor warten? Aber Ruth war nicht da. Und die Tür – war angelehnt.

Rachaela trat ein. In dem oberen Raum brannte Licht. Sie kletterte mühsam nach oben, als läge eine große Last auf ihren Schultern.

Sie kam an die Tür und spähte hindurch.

Ruth kauerte in der Mitte des Zimmers neben einem Tisch, auf dem viele Kerzen standen, deren Schein sich wie beabsichtigt auf ihrem Gesicht widerspiegelte.

Sie saß ziemlich still, ihre Hände unter dem Kinn gefaltet, und ihr schwarzes Haar fiel auf den Boden herab. Sie drehte sich nicht zu Rachaela um. Ihre Aufmerksamkeit war gefesselt.

Von einem Deckenbalken über dem Klavier baumelte irgend etwas Dunkles herab, schaukelte leicht hin und her. Es schien keine Gestalt zu haben, doch als es sich bewegte, sah man einen blassen Fleck, eine Art Gesicht, unkenntlich, das mit einer kurzen, schwarzen Saite am Hals festgebunden zu sein schien.

Seine Füße waren gegen das Klavier gestoßen, als der Stuhl umgefallen war. Das war das Geräusch gewesen, das Rachaela gehört hatte.

Er wirkte wie ein formloser Kokon, der von der Decke hing und mal stärker, mal schwächer hin und herschwang.

Ruth bewegte sich. Sie stand auf.

»Ist er tot?« Ihre Stimme klang hoch und dünn.

Rachaela versuchte zu sprechen. Sie brachte keinen Ton heraus.

»Ich glaube, er ist tot«, sagte Ruth.

Sie hickste laut und bedeckte voller Angst ihren Mund.

Rachaela versuchte einen Schritt nach vorn zu machen, konnte sich jedoch nicht rühren.

»Adam«, sagte Ruth. Sie nahm den Kerzenständer vom Tisch und ging näher an das hängende, schaukelnde Ding heran. Sie hob die Kerzen hoch, um besser sehen zu können. Dann schrie sie. Sie konnte gar nicht mehr aufhören zu schreien, und ihr schrecklich schrilles Kreischen dröhnte in Rachaelas Ohren. Sie mußt Ruth zum Schweigen bringen. Sie machte einen Schritt nach vorn, und Ruth hielt die Kerzen an den hängenden Mann, Lichtströme züngelten an seinem Körper empor. Das Feuer machte ihn lebendig.

»*Nein* . . .« Rachaela quälte sich mühsam durch die vergiftete Luft des Raumes, und Ruth wandte sich mit ihrem Dämonengesicht zu ihr um.

»Wir verbrennen unsere Toten«, sagte sie.

Und sie schleuderte die Kerzen durch den Raum, verstreute die Flammen wie Blüten aus Feuer.

Die Vorhänge lösten sich in einer brennenden Fontäne auf, und die Sessel neben dem Kamin fingen Feuer. Ruth hielt immer noch eine Kerze in der Hand. Sie zielte auf Rachaela, und Rachaela warf sich zur Seite.

Ruth schoß mit der brennenden Kerze in der Hand an ihr vorbei und hielt sie, bevor sie den Raum verließ, gegen Türrahmen und Wand.

Die Tür fiel brennend in sich zusammen.

Rachaela stand inmitten eines Flammenmeeres.

Das Haus brannte.

Ein Waldfeuer. Unten am Boden huschten kleine Tiere, die flüchtenden Mäuse. Decken zerbarsten mit lautem Krachen. Hölzerne Objekte stürzten lodernd herab und zerbrachen wie welkige Blüten.

So viel Licht, das gleißende Licht der Sonne.

Rachaela rannte zwischen Mauern aus Flammen die brennende Treppe hinunter.

Sie wußte nicht, wo sie sich befand, hatte jegliche Orientierung verloren. Das Feuer rannte und sprintete vor ihr her. Ruth – Ruth war das Feuer.

Ruth mußte aufgehalten werden, doch Ruth war nicht aufzuhalten.

Die Zimmer brannten. Das Feuer breitete sich so schnell aus. Das Haus, vom Sommer ausgetrocknet mit seinem mumienhaften Staub, die alten Vorhänge lodernd wie Pergolen aus Feuer; Dielenbretter, die zersprangen.

War das der Anbau? Ein riesiges Fenster, die Bleifassung schmolz. Über das Glas zog sich ein grüner, gezackter Riß.

Rachaela rannte.

Das Feuer nagte an ihren Armen, und in ihrem Haar züngelten Flammen – sie schlug sie aus.

Raus aus dem Hochofen und auf den Treppenabsatz. Sie konnte die Brüstung immer noch erkennen, obwohl das Feuer bereits über die Balustrade sprang; und unten brannte die Nymphe, ihre tote Lampe vom Feuer entzündet.

Rachaela wandte sich ab und blickte um sich, doch sie war nicht mehr sie selbst. Sie war nur noch Entsetzen. Sie rannte die Treppen hinunter über den Teppich, auf dem kleine Lichter knisterten, und über den schachbrettgemusterten Boden, jetzt ein Spiegel wie ein See, ein See aus Feuer.

Das Wohnzimmer brannte ebenfalls, der Bogengang war angefüllt mit Flammen, und irgend etwas zerbarst mit einem gewaltigen Zischen und Seufzen.

Sie sah die Scarabae am Eßtisch sitzen, auf ihren Tellern zügelten die Flammen, die Flammen, die sie auflösten, und ihnen die Kleider vom Körper brannten, so daß sie wie mittelalterliche Gemälde von Toten wirkten, bevor sie das Feuer endgültig verschlang.

Rachaela kreischte. Sie rannte über den feurigen Boden und durch die erste und zweite Tür der Lobby hinaus in die Nacht.

Sie stolperte zwischen den Bäumen des Gartens hindurch. Ihr Körper war voller Brandblasen, und ihr Haar hatte erneut

Feuer gefangen. Sie schlug es aus. Ihre Hände waren verbrannt, und ihre Beine vom Feuer versengt. Sie hustete und weinte, und schwarze Flüssigkeit rann ihr aus Augen und Nase.

Sie sah Onkel Camillo, der auf seinem Pferd durch die Flammen ritt, und, als er verbrannte, wild mit seinem Schwert herumfuchtelte.

Sie sah sie in ihren schachtelartigen Betten wie altes Papier verbrennen.

Rachaela sank zwischen den Eichen auf die Knie, weinend und blind, während das Haus in festlichem Glanz erstrahlte, umwoben von einem Kranz aus goldenem Licht. Mäuse flitzten in einem tintenschwarzen Strom aus den Flammen heraus in die schützende Dunkelheit.

Das Haus fiel gegen drei Uhr morgens in sich zusammen.

Es brach ein wie ein gutgebauter Kamin, seine Mitte zerfiel, die Dächer stürzten mit einem gewaltigen Zischen aus Rauch und Funken herab.

Fenster explodierten wie Feuerwerk.

In der Zwischenzeit hatten sich die Überlebenden auf der Heide versammelt.

Rachaela betrachtete sie aus der Entfernung und zählte ihre Namen auf.

Miriam und Sascha, Miranda und Eric, Michael und Cheta.

Niemand sonst war dem Scheiterhaufen entronnen.

Keiner, bis auf Ruth natürlich. Aber Ruth war schon vor langer Zeit aus den Flammen gekommen und wieder gegangen, sie eilte durch die Dunkelheit wie ein boshafter Kobold. Keine Kerze mehr in ihrer Hand, war ihr Werk doch vollendet.

Sie floh über das Heideland in Richtung Drachenhügel und verschwand.

Was würde es in dieser Wildnis anfangen, dieses Dämonenkind, ohne Straßen und Läden, ohne Woolworth's und den Friedhof? Rachaela, die mit dem Rücken gegen einen Baum gelehnt auf dem Boden saß, konnte nur zusehen, die Zeugin, die jetzt die Scarabae betrachtete.

Ihr Körper war ein einziger Schmerz, und sie weinte vor

Kummer, doch die Scarabae, deren Kleider nur noch in verkohlten Fetzen an den dürren Körpern klebten, standen schweigend in einer kleinen, losen Gruppe vor dem Haus und sahen zu, wie es verbrannte und in sich zusammenfiel, so wie sie vielleicht schon andere brennende und zusammenfallende Häuser beobachtet hatten.

Rachaela in ihrer gequälten Erschöpfung gesellte sich nicht zu ihnen, beachtete sie gar nicht. Sie waren ihr egal.

Und doch tickte die Armbanduhr an ihrem Gelenk immer weiter. Die Dunkelheit lag noch wie in Trauer über dem Land, in einer Stunde jedoch würde der Morgen dämmern.

Die Sonne würde aufgehen.

Was dann?

ENDE